▼▲▼▲▼▲▼▲▼▲▼▲▼▲▼▲▼▲▼▲▼▲▼

CUENTOS FOLKLÓRICOS
LATINOAMERICANOS

CUENTOS FOLKLÓRICOS LATINOAMERICANOS

Fábulas de las tradiciones hispanas e indígenas

▼▲▼▲▼▲▼▲▼

Compilado por y con introducción de

John Bierhorst

Traducción de José Lucas Badué

Vintage Español

Vintage Books

Una división de Random House, Inc.

Nueva York

UN LIBRO ORIGINAL DE VINTAGE ESPAÑOL,
NOVIEMBRE DE 2003

Derechos de la traducción © 2003 por Random House, Inc.
Derechos de la compilación © 2003 por John Bierhorst

Información de catalogación de publicaciones de la Biblioteca del Congreso
de los Estados Unidos
Cuentos folklóricos latinoamericanos: fábulas de las tradiciones hispanas e
indígenas / compilado por y con introducción de John Bierhorst ; traducción
de José Lucas Badué.
p. cm.
ISBN 0-375-71397-2
1. Hispanic Americans—Folklore. 2. Latin Americans—Folklore.
3. Indians—Folklore. 4. Tales—America. 5. Legends—America.
GR111.H57 L3718 2003
398.2'089'68—dc21   2003053523

Diseño del libro de Rebecca Aidlin

www.vintagebooks.com

Impreso en los Estados Unidos de América
10   9   8

ÍNDICE GENERAL

PREFACIO

Los cuentos en este tomo son una muestra de la tradición folklórica de la América hispanohablante dentro de los parámetros de los mitos aborígenes del continente. Tal como lo plantea el esquema, el folklore latino es dos cosas a la vez. Es fiel al estilo del Viejo Mundo, ya que conserva arquetipos de fábulas medievales e incluso más antiguas, pero aun así, el folklore latino es igualmente nuevo, ya que al ser sancionado por los indígenas, ha salvado su tradición característica y, a la vez, ha aportado un elemento aborigen al saber popular.

Los cien cuentos folklóricos que forman el núcleo de este tomo fueron seleccionados para así incluir varios géneros europeos, entre ellos lo cómico, lo heroico, lo moralizante y lo religioso. Han sido incluidos personajes populares, tales como el estafador Pedro de Urdemalas, los dos compadres contrapuestos, y la esposa bruja, además de cuentos típicos como «El hijo de la osa», «La lila blanca», «Los tres consejos» y «El trozo de albahaca». Para dar la impresión de una presentación teatral, los cuentos se presentan en un orden secuencial que sugiere un velorio idealizado, ya que en América Latina los velorios son los eventos en los cuales más se suele compartir cuentos. Las adivinanzas, los juegos (los cuales aparecen aquí bajo el género de lo que se podría llamar «adivinanzas en cadena») y, por supuesto, las oraciones folklóricas, también ayudan a pasar el tiempo en el velorio. Pequeñas secciones de éstos aparecen después de los cuentos.

Por lo tanto, se le ha prestado mucha atención a la presentación del material hablado. Este no es un tema que requiere mención en el prefacio de un libro de cuentos folklóricos. Aun así, en la región en que se desenvuelve este libro, los novelistas también son folkloristas, y la diferencia entre la literatura y el folklore suele difuminarse. Es fácil rechazar *Las leyendas y supersticiones del Uruguay* de Valentín García Sáez como una creación del artista y no la transferencia de la presentación del narrador, pero sería menos fácil hacerlo con *Los cuentos de Tejas Arriba* del novelista colombiano Tomás Carrasquilla. En el caso de la escritora de cuentos cortos, novelista y activista política costarricense Carmen Lyra, los más de veinte cuentos folklóricos que ella ha documentado han sido aceptados por especialistas en el tema.

No obstante, la mayor gratitud se la tengo al gremio de folkloristas y antropólogos totalmente entregados que surgieron a principios del siglo XX, y que se dedicaron a documentar el folklore latino país por país. Manuel J. Andrade, que estudió el folklore de la República Dominicana; Delina Anibarro de Halushka, que trabajó con el de Bolivia; Paulo Carvalho-Neto, con el del Ecuador; Susana Chertudi, con el de la Argentina; y Ramón Laval, con el de Chile, son algunos de los que merecen ser mencionados. Sus publicaciones se encuentran en la bibliografía de este tomo. La obra de éstos era un paradigma sistemático —parecido a la historia natural— el cual cuidadosamente conservó, catalogó y clasificó muestras de la literatura oral. Sin esta esmerada labor, una antología de este tipo —la cual intenta ser panorámica— no hubiera sido posible.

El folklore afroamericano hubiera sido incluido —sobre todo en lo que se refiere al Caribe— si no fuera que este tema ya formó parte del bien conocido y fácil de conseguir *African American Folktales: Stories from the Black Traditions in the New World* de Roger D. Abraham. Por último, en este tomo no hay ninguna traducción de la región de lengua portuguesa, aunque sí hubieran cabido perfectamente dentro de la totalidad del saber popular latinoamericano. Aun así, el enorme territorio del Brasil es mayor que lo que este libro le puede ofrecer al lector. Es decir, las riquezas folklóricas de las culturas indobrasileñas, afrobrasileñas y lusobrasileñas se merecen su propio tomo.

En conjunto, Timothy Knab, Richard Balkin y Altie Karper decidieron que yo me encargara de este proyecto netamente hispano. Les doy las gracias por haberme dado la oportunidad, y le doy las gracias a Eric Martínez por su supervisión prudente de la edición de lengua española. Barbara Bader y Robert Laughlin me facilitaron información en un momento crucial, y les estoy agradecido a Susan DiLorenzo, a Jean Su, a Rosalie Burgher, a Ruth Anne Muller, a Mary Hesley y a Jeanne Elliot por haberme ayudado a localizar los textos.

J.B.

West Shokan, Nueva York, EE.UU.

Marzo de 2003

INTRODUCCIÓN

El folklore latinoamericano, o más precisamente, la documentación de la tradición hablada de Latinoamérica, tiene una historia que abarca quinientos años, marcada por grandes logros y grandes habilidades. Sin embargo, su transcurso no ha sido continuo. Existen dos períodos, el inicio de la época virreinal, que se extendió a través del siglo XVI hasta las primeras décadas del XVII, y el período del siglo XX. Entremedio yacen casi trescientos años de inactividad de parte de los escribanos y archiveros, y muchas oportunidades perdidas —y para parafrasear las fórmulas finales de los narradores— que se las llevó el viento.

Por lo tanto, los dos períodos no se pueden comparar. El primero pertenece a la primera etapa de la colonia y de la conversión religiosa, mientras que el segundo sigue el camino de dos fenómenos relativamente recientes: el desarrollo de las ciencias sociales y los indicios del nacionalismo romántico. Los diferentes planes —puestos en práctica por los misioneros por una parte, y los folkloristas por otra— produjeron resultados que eran disímiles en materia y en estilo. Este tomo trata mayormente del último período. No obstante, fue en el primero —con su tradición popular de la Conquista y el advenimiento del cristianismo— que se oyeron por primera vez los temas típicos.

El trasfondo indígena

Se supone que en los viajes iniciales de Cristóbal Colón hubo cosas que requerieron más atención que documentar cuentos. Pero en 1496 —al tener que enfrentarse al desafío de las insurrecciones incesantes de los taínos de la isla de La Española— el mismo almirante ordenó a su cape-

llán, el fraile jerónimo Ramón Pané, que hiciera un estudio cuidadoso
de las costumbres de los aborígenes. Pané vivió entre los taínos por casi
dos años, tomó notas detalladas, y en su informe incluyó fragmentos de
la tradición popular hablada, pero sólo reducidos a caligrafías alfabéticas.
Entre la pequeña y bien escogida cosecha de temas literarios estaban las
típicas tramas de los aborígenes latinoamericanos, tales como el océano
situado dentro de una calabaza, que las mujeres eran originarias de los
árboles, y que sus antepasados habían salido del fondo de la tierra.

Un poco menos de dos décadas después de los descubrimientos de
Pané, el cronista real Pedro Mártir de Anglería ya estaba trabajando en
un compendio sobre la exploración del Nuevo Mundo que incluía un
ejemplo inicial de la tradición popular de la región del noroeste de
Suramérica. De Pedro Mártir de Anglería viene la primera noticia del
tema típico aborigen colombiano de la deidad suprema femenina.

Sin embargo, documentar la tradición a fondo no ocurriría hasta
después de la conquista de la capital azteca, Tenochtitlán, en 1521. Los
frailes franciscanos, quienes comenzaron a llegar a Ciudad México tres
años después, se hicieron cargo de la cultura intelectual de la nueva
colonia y se preocuparon por aprender náhuatl, la lengua de los aztecas.
Los frailes prepararon las gramáticas y diccionarios náhuatl-españoles
que todavía se usan, al mismo tiempo que publicaron recopilaciones
voluminosas de textos en náhuatl. El primero en trabajar en este campo
fue el misionero etnólogo Bernardino de Sahagún (1499–1590), cuya
enciclopedia de doce tomos de tradición nahua, titulada *Historia general
de las cosas de la Nueva España,* incluía mitos, leyendas, oratorios, canciones, dichos y formas de hablar. Comparándose repetidamente a un
médico, Sahagún explicó que él documentaba estos textos para facilitar-
les a los predicadores la información necesaria para «curar» a los aborígenes de sus «cegueras» porque «el médico no puede Acatadamente aplicar
Las medicinas al enfermo sin que primero conozca: de que humor, o
de que causa proçede la enfermedad» (sic). Está claro, no obstante,
que Sahagún era un hombre no solamente de fe, sino también del
Renacimiento, cuyas investigaciones —quizá intencionalmente— ser-

vían al interés científico. Actualmente Sahagún es considerado como un pionero en las técnicas que un día reaparacerían como la antropología.

Esfuerzos similares, aunque no con la misma minuciosidad o ingenio, fueron iniciados en los Andes centrales alrededor de 1550, retomando impulso en la década de 1570, durante el mandato del cuarto virrey del Perú, Francisco de Toledo. Para mantener un programa de reforma y justificar su posición de que el mandato inca había sido abusivo, Toledo ordenó una investigación de la historia y costumbres incaicas, parecido a lo que Colón había hecho en La Española tres generaciones antes. Un resultado de este dictamen fue la pintoresca *Historia de los incas* de Pedro Sarmiento de Gamboa, extraída de las historias tradicionales entonadas por los bardos de la lengua quechua.

Las crónicas aborígenes, en su gran mayoría, son cuentos que hablan de reyes, presentándolos en orden cronológico, y precedidos por leyendas de orígenes tribales y mitos acerca de la creación del mundo. Esto es cierto de la sabiduría popular del siglo XVI del Perú, de México y de otras regiones, incluyendo Colombia y Guatemala. Hasta de los fragmentados recuentos de La Española se conservan los nombres de algunos caciques taínos. Cabe señalar que en los ciclos de los cuentos —sobre todo los peruanos y mexicanos— son de interés las historias de los últimos reyes que se vieron obligados a enfrentarse a la Conquista. Según algunos cuentistas aborígenes, esos mandatarios fueron figuras trágicas, ya que la Conquista estaba destinada a ocurrir. Esas historias de México y del Perú están incluidas en esta antología.

No es difícil suponer que cuando los que recolectaban la sabiduría popular oral despertaron en el siglo XX y comenzaron a clasificar el repertorio estándar de historietas populares europeas —como las que tenían las tramas del muchacho-pobre-que-se-gana-la-princesa— y de reyes omnipresentes, las versiones documentadas de las colonias indígenas serían iguales, con sólo el complemento de reyes en ropa aborigen. Pero al contrario, ya que nos enteramos de que en muchos lugares el rey indígena se ha escondido. Como si se escuchara de nuevo el lenguaje tradicional en las crónicas de la Conquista, en las creencias populares de los aborígenes «el rey» es un personaje remoto que ha sido capturado, asesinado o escondido dentro de la tierra, para luego renacer o reaparecer como libertador. En los Andes, este importante personaje se llama *Inkarrí*, la combinación de *inca* y la voz *rey*. En la región que se extiende desde Nuevo México hasta Panamá, éste se llama algunas veces «Moctezuma», evidentemente en referencia al Moctezuma de la historia azteca. Entre los borucas de Costa Rica, se supone que «Moctezuma» vive dentro de la montaña, vigilando un tesoro. Estas creencias fueron recapituladas por el antropólogo Robert Laughlin cuando escribió acerca de su experiencia con el destacado narrador Romin Teratol de la colonia tzotzil de Zinacantán: «Pude percatarme de que los zinacantecas no veían a los reyes igual que nosotros. Cuando le mostraron retratos de los reyes de la Europa contemporánea a Romin, él preguntó si eran inmortales. Por no quedar satisfecho con mi respuesta negativa, persistió: "Pero ellos vienen de las cuevas, ¿no, es así?"».

Mientras tanto, el conocido rey de los cuentos populares del Viejo Mundo —en muchas de las versiones de los narradores aborígenes— se ha vuelto el dueño de la hacienda o el patrón: personajes decididamente menos fáciles de persuadir que el prototipo. Enseguida estos relatos toman el colorido de cuentos cortos modernos con cierto tono sociológico. En resumen, la realidad sale a relucir. «El sueño del pongo» (número 36) del Perú y «El compadre malo» (número 96) de Guatemala son dos de los varios ejemplos de esto que se encuentran en esta colección.

Es difícil calcular la fecha en que los cuentos folklóricos peninsulares —las cenicientas y los asesinos de dragones— arribaron a las costas de América. Aunque los narradores modernos suponen que estas fábulas llegaron con los conquistadores, hay pocas evidencias que les den la razón. Sabemos que una colección de 47 fábulas de Esopo fueron traducidas al náhuatl en el siglo XVI, y que luego reaparecieron en antologías modernas latinoamericanas. Uno de estos cuentos, aunque no es parte del grupo en náhuatl, aparece aquí como el número 53, «Un bien con un mal se paga». Un mejor ejemplo que representa un tipo de cuento folklórico diferente es el número 15, «Lo que dijo el búho», un cuento mexicano del siglo XX, que tiene una variante peruana que fue documentada en el año 1608.

Aún más importante, sí se sabe que los misioneros trajeron con ellos los cuentos bíblicos, o por lo menos aquellas versiones ortodoxas de los mismos que se encuentran en las varias formas del catecismo conocidas como la «doctrina cristiana», y en los sermones y en otras escrituras, todas las cuales fueron traducidas a las lenguas aborígenes. A veces estos cuentos se narran en series relacionadas que comienzan con la creación del mundo, seguida por la aparición de Adán y Eva, su expulsión del Paraíso, el encuentro de Dios con Noé, el diluvio universal, el nacimiento de Cristo, la Crucifixión y la Resurrección. Sin ser una miscelánea bíblica, esta reducida secuencia esclarece la doctrina católica del pecado original y la redención; es decir, que Dios creó a los hombres para que disfrutaran de la vida eterna a cambio de su obediencia; Adán y Eva, como consecuencia de su desobediencia, rompieron el pacto y legaron su pecado a todas las generaciones que les siguieron. El diluvio fue un intento de borrar todos los pecados que se habían acumulado, aunque su efecto fue sólo temporal; fue Jesucristo, finalmente, a través de su vida, muerte y resurrección, quien restauró la promesa que había sido retirada por la expulsión del Paraíso. La versión aborigen más antigua de esta historia, que data de 1565, aparece aquí como el número 3, «Predicar la Santa Palabra». Cuando el ciclo folklórico reaparece en el siglo XX, lo hace con numerosos detalles que no provienen de las Santas Escrituras y que evidentemente fueron tomados de las tradiciones medievales; algo que sería una rareza en el mundo folklórico actual. Indudablemente, el ciclo se separó del repertorio hispano y sobrevivió sólo en las narraciones indígenas. Esta es una de las joyas características del folklore latinoamericano, presentado aquí en su forma del siglo XX en los cuentos que se encuentran entre el número 55 y 73. No debe sorprender que los narradores aborígenes hayan interpretado estos cuentos de manera diferente: los puntos de partida ahora brillan por su ausencia, y otra vez, con matices sociológicos, el énfasis está puesto en escapar de la persecución.

El siglo XX

El estudio del folklore moderno llegó tarde a América Latina. En Europa, a mitad del siglo XIX, estaba claro que los cuentos folklóricos eran tesoros nacionales que podrían darles energía a grupos tales como los alemanes, finlandeses o italianos. En América, la gran cantidad de culturas nuevas hicieron que esta circunstancia fuera menos clara. Evidentemente eran los cuentos indígenas que por razones geográficas —más que por ninguna otra— podrían serles útiles a los intereses culturales euroamericanos. En Norteamérica, la primera respuesta resonante a los dos tomos de Grimm, *Kinder und Hausmärchen*, fue *Algic Researchers* (1839), una colección de dos volúmenes de Henry Rowe Schoolcraft de cuentos de los indios algonquinos, y que el poeta Longfellow luego convirtió en su enormemente popular *Hiawatha*. En territorio latino, la situación era menos clara, ya que ahí se había perdido más de las culturas indias y europeas que en las regiones del norte donde se hablaba el inglés. Los primeros pasos tentativos fueron dados en el Brasil, donde los cuentos procedentes de fuentes indígenas amazónicas —y que aún se consideran clásicos brasileños— fueron publicados en los 1870 por Charles Frederick Hart y José Vieira Couto de Magalhães. Cuando finalmente llegó a la América hispanohablante la idea de que el folklore era un tema digno de estudiar al final del siglo XX, apareció por primera vez en las regiones más remotas, tales como Chile y Nuevo México.

Rodolfo Lenz inició el proyecto en Chile con su colección de cuentos de los araucanos o mapuches, como también se les conoce, publicada en la década de 1890. Lenz, conocido como «el Néstor de los estudios folklóricos chilenos», reunió muchos compañeros de trabajo —entre ellos Sperata R. de Saunière, Julio Vicuña Cifuentes y Ramón Laval— cuyos enfoques enseguida transformaron el folklore aborigen chileno en el folklore nacional chileno. Saunière, por su parte, dijo que ella documentó narraciones sólo de «personas de humilde condición, sirvientes de la casa o gente de campo sin instrucción y que no sabían leer... y que detalladamente preservaron las expresiones idiomáticas y los cambios en la manera de hablar». Entre los que le dieron informes había una mujer de ochenta años, llamada Juana González, de Chillán, un pueblo en el territorio indígena a 300 kilómetros al sur de Santiago, y quien relató la historia «La suerte de Antuco». El cuento aparece en este tomo como el número 5. Referente a las «expresiones idiomáticas y los cambios en la manera de hablar», esto señala el comienzo de una manera establecida de documentar los cuentos folklóricos hispanos, no solamente en Chile, sino por toda la América hispana. Lenz fue un pionero en las lingüísticas hispanas, y él y sus seguidores chilenos pronto se comunicaron con otro joven investigador, Aurelio Espinosa, de Nuevo México, que llevaría el trabajo hacia nuevos horizontes.

Proveniente de antepasados peninsulares neomexicanos cuya presencia en esa región data del siglo XVI, Espinosa había nacido en la región austral del estado de Colorado, EE.UU., en 1880. Comenzó su carrera académica en la Universidad de Nuevo México en 1902, y más tarde se unió a la facultad de la Universidad de Stanford en California, donde dio clases hasta jubilarse en 1947. Durante su larga carrera, Espinosa llevó el folklore hispano del suroeste estadounidense a un público internacional, y produjo estudios que marcaron un sendero nuevo en la dialectología hispana del Nuevo Mundo. Para Espinosa, los cuentos folklóricos eran un ejemplo del español local, rico en expresión y detalles fonéticos, y que esperaba ser comparado con muestras de otras partes de América Latina y de España. Por no estar satisfecho con los textos ibéricos disponibles, viajó a España en los 1920 y documentó cuentos para su enorme *Cuentos populares españoles,* aún la mejor recopilación de narraciones folklóricas peninsulares. Además, bajo su dirección se publicó la primera gran antología de cuentos folklóricos puertorriqueños, cubanos y mexicanos.

Ya se sabía que en América se había conservado una cultura folklórica hispana de gran pureza, sobre todo en Nuevo México. Ahí, a dos mil kilómetros de Ciudad México, en una provincia sin acceso al mar que el gobernador Diego de Vargas había llamado «remota sin comparación», todavía vivían las literaturas habladas de Castilla y Andalucía, con sus raíces moras, hebreas y surasiáticas aún visibles. Entre los miles de cuentos documentados por Espinosa y sus alumnos se encontraban los más conocidos, tales como «Los tres consejos» y «Las doce verdades del mundo», en versiones más completas que cualquier otro documento latinoamericano. Disfrazados con la falsa seriedad de la numerología de países distantes, todos estos cuentos pregonan lo recto y lo estrecho, mientras que prometen cambios en la suerte que dan al traste con las reglas. El hombre pobre que prefiere andar por el camino principal, mantiene la boca cerrada y contiene sus impulsos («Los tres consejos»), o que insiste en seguir los dictados del compadrazgo, aunque signifique hablarle al Diablo como si fuera un compadre («Las doce verdades del mundo»), siempre termina viviendo en un palacio. También se puede notar que el héroe que regresa a su casa y encuentra a su esposa en los brazos de un cura («Los tres consejos»), o que se escapa del Diablo gracias a un ángel que les reza a las once mil vírgenes («Las doce verdades del mundo»), llega a ser el beneficiario de una fe incondicional que constantemente incita a la incredulidad. Cabe señalar que en un cuento irrespetuoso cubano, San Pedro les permite a las once mil vírgenes salir del cielo una noche para que paseen por La Habana. Esto es lo mismo que una esposa en los brazos de un cura ¿qué otra cosa puede esperarse de un cuento folklórico? Igualmente conservador que revolucionario, autoritario que subversivo, piadoso que anticlerical, este, por supuesto, es el mundo contradictorio del cuento folklórico, ya sea eslavo, español, escandinavo o hindú. Aun así, tiene más en común con las versiones documentadas de la América española, donde los contrastes están grabados en relieves nítidos. «Los tres consejos» aparece aquí como el número 45 y «Las doce verdades del mundo» como el número 23.

Ya para la mitad del siglo XX, «Los tres consejos» había sido documentado no sólo en Nuevo México, sino también en Chile, México, Cuba, Puerto Rico y en la República Dominicana. De esa época se encuentran cuentos de ese tipo por toda América y, por lo tanto, se volvió el principio básico del folklore latino: la unidad. Otro principio, al parecer confirmado una y otra vez, es que las influencias folklóricas no iban del lenguaje indígena al español, aunque sí se movían libremente en la dirección opuesta. Por lo tanto, puede hacerse una distinción general entre las colecciones de Cuba, Puerto Rico y la República Dominicana por un lado, y del continente por otro. En las Antillas, donde quedan pocas colonias indígenas —si es que quedaron algunas que pudieron recibir y rehacer las tradiciones hispanas— el enfoque típico de los ídolos escondidos detrás de los altares del folklore latino ha tenido poca resonancia.

La colección de las Antillas se destaca por sus reglas que moralizan, sus alteraciones sardónicas de los cuentos tradicionales y, como era de esperarse, por sus romances folklóricos que terminan con los casados viviendo felices para siempre. En «Don Dinero y doña Buenafortuna» (número 6) de la República Dominicana, el hombre se queda caprichosa-mente con su dinero, mientras que Buenafortuna demuestra su propia versión de la verdad de la naturaleza: la suerte le gana al dinero. «El pollo del carbonero» (número 44) de Puerto Rico dice lo opuesto: un hombre pobre decide compartir su humilde alimento con la Muerte, y no con la Suerte, ya que la Muerte, y no la Suerte, trata a todo el mundo por igual. En el romántico «La mata de albahaca» (número 43), también de Puerto Rico, una mujer joven muy lista corteja al rey con adivinanzas imperti-nentes, y como la joven es más lista que el monarca, le gana la mente, el corazón y, por supuesto, su dinero. Cuentos como éste se encuentran también en el continente, pero muy pocas veces entre los indígenas.

Las versiones indígenas de los cuentos peninsulares tratan de no dar moralejas. Como un toque final, si es que se necesita alguno, el narrador prefiere el motivo etiológico. Normalmente, «El jarro del mezquino» (número 38), de los kekchíes de Belice, no termina con una máxima acerca de la avaricia, sino con una teoría epigramática sobre el origen de cierto pájaro. Según el cuento, el personaje principal se sentó y comenzó a sollozar, y luego fue transformado en el pájaro dónde-dónde. Y hasta el día de hoy, el pájaro puede verse cerca de las piscinas y en los lugares donde hay agua, chillando «dónde-dónde». Por lo tanto, la ciencia es el objetivo en vez de la filosofía, y nos saca del folklore para llevarnos al mito.

El final de los casados felices, como en «La mata de albahaca», tiene la cualidad indispensable de los cuentos folklóricos europeos, y se volvió parte de las versiones indígenas, como se puede ver por lo menos en dos cuentos, «Riquezas sin trabajar» (número 88) y «Rosalía» (número 100). No obstante, el matrimonio que es dejado atrás o la oportunidad de matrimonio que se pierde es más habitual en la ficción folklórica de los aborígenes de América. En este sentido, las historias puertorriqueñas, con sus conclusiones de novias y novios, son muy diferentes a los cuentos más tétricos de Colombia.

Los cinco cuentos colombianos de esta antología fueron documentados por Gerardo y Alicia Reichel-Dolmaroff en la década de 1950 en la pequeña villa de Atánquez —a 150 kilómetros al norte de Bogotá— situada en la Sierra Nevada de Santa María. En Atánquez se habla español, su folklore es esencialmente peninsular, con el complemento total de cuentos morales y románticos. Pero ahí también hay una corriente oculta de temas indígenas como los temas esporádicos extraídos del kankuama, la lengua chibcha que se hablaba antiguamente en Atánquez. Cerca de ahí, en el corazón de la Sierra Nevada, se extiende el territorio de los koguíes, quienes pudieron preservar su lengua y su tradición popular religiosa a través del siglo XX. En los cuentos folklóricos de Atánquez se nota que le dan de lado al matrimonio y que la unión feliz —si es que existe— es entre padre e hijo. En «La hija del pescador», por ejemplo, la joven heroína consigue un amante, pero se marcha sola a buscar trabajo —no a su amante ni a su esposo— y al final regresa a sus padres. Con el dinero que ha ganado, ella y sus padres se establecen como tenderos y consiguen lo que quieren «de ese momento en adelante». Luego nos enteramos que la hija recibió ayuda en el trabajo de la proverbial mujer vieja del folklore hispano, identificada casi siempre por los narradores como la Virgen María, especialmente cuando está acompañada de su «niño pequeño». Pero el trabajo en sí, en este caso, es el de rescatar un cabello mágico de la «madre de todos los animales». Y aquí se puede decir que está el ídolo detrás del altar, la antigua divinidad femenina de la Sierra, ahora asociada con la Virgen de la doctrina católica.

A lo largo de las décadas de 1960, 1970 y 1980, fueron publicadas antologías folklóricas latinoamericanas nuevas e importantes que incluían cuentos de la Argentina, Bolivia y el Ecuador, el grupo de países que ya podrían ser considerados bien estudiados en el campo de la narración folklórica. En este grupo fue incluida especialmente Guatemala, donde fue llevado a cabo un programa ambicioso de la Universidad de San Carlos bajo la dirección de Roberto Díaz Castillo, Celso Lara Figueroa y Ofelia de León Meléndez. Con su apoyo económico a las investigaciones, sus boletines, sus diarios y otras publicaciones, y sus programas de enseñanza, el Centro de Estudios Folklóricos ha establecido que su meta sea nada menos que la integración del folklore guatemalteco y la cultura nacional. Entre sus publicaciones más populares está la de Lara Figueroa de los cuentos del más perfecto engañabobos, Pedro de Urdemalas. Este personaje folklórico es conocido por toda la América Latina, desde México a Chile, y también en España y en Portugal (donde se llama «Pedro de Malas-Artes»). Con toda certeza, Lara Figueroa declara que Pedro de Urdemalas está «muy vivo en los corazones de la gente de Guatemala, que lo ha incorporado en su personalidad colectiva. Por lo tanto, al leer los cuentos, la gente vive sus aventuras de nuevo, identificándose automáticamente con este portador del estandarte de nuestra cultura. En Guatemala, él es el héroe que desafía a las clases poderosas; el que se origina de verdaderos valores populares». Una serie de los cuentos de Pedro de Urdemalas aparece en este tomo como el número 18, incluyendo una versión del ampliamente divulgado «Los puercos del rey» de la colección guatemalteca.

Según progresaba el siglo, los folkloristas se dieron cada vez más cuenta de la necesidad de documentar no sólo los cuentos, sino también la información sobre los narradores. De esta manera se conservaría lo que Lara Figueroa llamó «la vida de la historia»; o sea, su contexto social. La mayoría de las colecciones del siglo XX —sobre todo las primeras— no hablan de ese detalle importante. Por lo menos, en algunos casos, tenemos los nombres de los narradores, lo que nos permite entender que fulano de tal nos está dando el punto de vista de un hombre, o que la narradora llamada Bárbara nos ofrece la versión de una mujer. A veces

—y por necesidad— hasta esto ha sido ocultado, para así proteger al narrador de las repercusiones de su sociedad. Sin embargo, los coleccionistas han podido esbozar retratos de ciertos narradores, algunas veces en detalle al estilo de Geoffrey Chaucer.

Lara Figueroa presenta la siguiente información sobre Antonio Ramírez:

> Nació en Villa Nueva, departamento de Guatemala. Se trasladó a vivir a Escuintla con sus padres cuando contaba con la edad de dos años, y nunca más salió de sus límites. En Escuintla lo conocen como tío Chío, y los niños lo llaman don Consejo. Don Antonio es analfabeto y tiene 75 años de edad. De oficio ladrillero, trabajaba como dependiente de una tienda del barrio de San Pedro de Escuintla.
>
> Los cuentos que sabe los aprendió «por ahí» y de labios de un coronel llamado Julián Ponciano —su patrón—, «que se los contaba mientras desgranaba pepitas de ayote».
>
> Don Chío es un narrador especializado. Cuenta sus cuentos en los velorios. Tiene preferencia por los cuentos de Pedro de Urdemalas «porque es lo que más le gusta oír a la gente en los velorios». Quizá sea porque Pedro es mero jodido y truncia a todos. No es malo, sólo jode a los curas, a los chafas y a los ricos. Él no es malo, sólo jodedor (número 79).

La coleccionista costarricense, Carmen Lyra, presenta a su amada tía Panchita:

> Ella era una mujer bajita, menuda, que se peinaba sus cabellos canosos en dos trenzas. (...) Siempre vestía luto. En casa protegía su falda negra con delantales blancos... Vivía con mi tía Jesusa —cuyas manos estaban impedidas por el reuma— en una casita muy limpia en las inmediaciones de Morazán. La gente las llamaba «Las Niñas». Hasta sus hermanos Pablo y Joaquín, cuando me enviaban donde ellas, me decían: —Vaya donde «Las Niñas».

Hacía miles de golosinas para vender, que se le iban como el agua y que tenían fama en toda la ciudad. Estaban en el gran armario con puertas de vidrio que había en el pequeño corredor de la entrada... Se sentaba en su silla baja y me narraba sus cuentos, mientras sus dedos diligentes arrollaban cigarrillos. Yo me sentaba al lado de sus pies en el taburetito de cuero que me hizo el tío Joaquín. Olía a tabaco curado con hojas de higo, aguardiente y miel... ¡Qué largos se hacían para mi impaciencia los segundos en que ella dejaba de narrar para «fumar su cigarro», o para ir a encenderlo en una brasa del hogar! (número 21).

De su colección boliviana, Delina Anibarro de Halushka presenta al narrador José Rivera Bravo:

Sesenta y nueve años. Casado y sin descendencia. Viene de una antigua y larga familia de Sucre. Persona culta. Le gustaba estudiar las letras, y debido a la dedicación de sus padres y hermanos y a su empeño y espíritu de superación, logró adquirir muchos conocimientos a pesar de ser ciego. Vivió por muchísimos años en las haciendas de sus padres localizadas sobre el río Zudañez en Presto, donde aprendió innumerables leyendas de los indios y de la gente del pueblo de Zudañez. Le interesaba sobremanera la narrativa oral, como que publicó dos libritos titulados *Tradiciones chuquisaqueñas* (Sucre, 1958). Coleccionaba en especial leyendas que él llamaba «tradiciones». Las contaba con cierto aire de magia, como queriendo convencer a su auditorio. En cambio, consideraba los cuentos de maravillas como «cuentos de niños», y por lo tanto, nada serios (número 19).

Sabiendo todo esto, ya sea que debamos saberlo o no, regresamos a los cuentos que llevan un subtexto por dentro. Para un cuento como la versión venezolana de «El caballito de los siete colores» (número 12), tenemos solamente el nombre de quien lo cuenta, Carmen Dolores

Maestri. Pero hasta esto es sugestivo. El héroe del cuento es una cenicienta masculina, quien se queda en la cocina lavando los platos mientras sus dos odiosos hermanos van a competir a un torneo por la mano de la princesa. El fanfarrón diálogo, con sus vulgares camaraderías y tono amenazante, sirve como un comentario tácito del machismo, y por eso tratamos de confirmar si a fin de cuentas el narrador es una mujer.

Los asuntos culturales, no obstante, suelen ser el campo de los antropólogos, mientras los que estudian el folklore se han concentrado en la trama y los sucesos —o sea, en términos técnicos, en el género y el motivo— con la intención de comparar estos elementos a través del tiempo y la distancia, y así establecer clasificaciones de difusión. Poco después del comienzo del siglo pasado, cuando las disciplinas comenzaron a definir la naturaleza individual de las dos disciplinas, se dictó que los materiales aborígenes deberían ser coleccionados por los antropólogos, y que los folkloristas se encargaran de los materiales hispanos. Así era la regla, pero en la década de 1990, dos trabajos muy bien hechos por el antropólogo James Taggart rompieron lo que quedaba de esta barrera, cuando se publicó una colección doble de cuentos folklóricos hispanos e hispano-indígenas. En *Enchanted Maidens* (1990) y *The Bear and His Sons* (1997), Taggart dio a conocer versiones nuevas de viejos géneros documentados en ambos lados del Atlántico, junto con mucha información acerca de los hombres y mujeres narradores; o sea, los que recrearon los cuentos. Estas historias personales, junto con las comparaciones transatlánticas de Taggart, hacen de su trabajo una contribución a «la vida de la historia», lo que sugiere que habría una nueva dirección para trabajos futuros.

Ejecución y traducción

La mayoría de los cuentos que se presentan en este tomo —al igual que en casi todas las antologías de este tipo— fueron dictados o grabados en cinta en sesiones individuales con un folklorista o un antropólogo, y algunas veces con alguna otra persona presente. Hacer lo contrario

—documentar las ejecuciones en sus escenarios naturales— es inconveniente y hubiera resultado casi imposible antes del arribo de las máquinas de reproducción magnética. Los únicos cuentos en este tomo que se sabe que fueron documentados in situ son los relatos folklóricos bíblicos mazatecos (números 55, 62, 71, 72 y 73), documentados por Robert Laughlin durante un velorio en una pequeña villa en el estado de Veracruz, México. Según Laughlin:

> En el interior hay una mesa puesta, adornada con arcos de caléndulas y limoneros, dos velas, estampas religiosas y, por supuesto, comidas (las favoritas del muerto). Las mujeres muelen el maíz y preparan el café. Cuando llega el hombre que hace los rezos, las mujeres se arrodillan sobre esteras de paja delante del altar. A la luz de las velas el hombre canta los «Tres Misterios». Como respuesta, las voces tristemente nasales de las mujeres se elevan. Afuera, los hombres duermen o hablan en voz baja entre ellos. Melchor García se pone de pie. Él es el líder religioso de la villa, y también es el que hace los rezos, sabio en el conocimiento del español y la Biblia. García se ofrece contar un cuento religioso. Los otros, sentados sobre montones de leña, se estremecen de risa según él cuenta la historia que había oído en un velorio y que había aprendido de memoria.

Por fortuna, a través de los años una buena cantidad suficiente de mujeres ha entrado en este campo, por lo que se han documentado versiones de las mujeres tanto como de los hombres. Los hombres que trabajan en este campo han encontrado difícil obtener historias de mujeres, especialmente en sociedades indígenas conservadoras. Una excepción notable fue el padre Martin Gusinde, quien trabajó entre los yamanes del sur de Chile en los primeros años del siglo XX. Gusinde fue tan lejos como para observar: «Tengo la impresión de que ellas tienen menos ansias que los hombres de mostrarse en público para contar sus vidas y sus logros. Por eso es más fácil para ellas desenredar el tema básico del cuento con menos distracciones y mayores consecuencias lógicas».

Nos sorprende que las mujeres hayan tenido menos dificultad en obtener cuentos de los hombres. La folklorista Elaine Miller recuerda cómo tocó los timbres de las puertas en el área de Los Ángeles, California, solicitando cuentos en español. Algunos de los que mejor la informaron fueron hombres; uno de ellos, galantemente, le hizo una introducción a su narración mientras la grabadora andaba: «Voy a dedicarle a la señorita Miller un cuento a ella, pues desea tener que en... sus libros». El cuento que entonces comenzó a narrar es el número 10, «Enterrado en vida».

Los cuentos transcritos de las cintas grabadas conservan más fácilmente el estado natural de las narraciones debido a sus vacilaciones, correcciones personales y pequeños comentarios al margen.

Además del velorio o la vigilia de toda la noche, los cuentos del siglo XX han sido narrados en varios escenarios. Muchas veces se habla de los cuentos después de la comida en el hogar, los cuentos en la bodega los domingos por la mañana (mientras que otros están en misa), o los cuentos narrados durante los descansos en el trabajo en las grandes fincas. Pero los velorios siempre han sido los eventos principales, al menos para contar cuentos en público, ya sea en Cuba, Panamá, México, Chile o en cualquier otro país. Pero esto no quiere decir que la costumbre sea universal. El mexicanista Stanley Robe habla sobre recolectar historias tradicionales por toda la región al este de Guadalajara, donde nunca nadie habló de relatar cuentos en los velorios. Sin embargo, Robe tenía sus sospechas, y dijo que él «no podía confirmar que eso no sucedía». Aun así, no hay duda alguna que los folkloristas sepan que la narración de cuentos en los velorios es algo que está muy divulgado, que es muy típico y que vale la pena estudiarlo.

Las selecciones a continuación están identificadas según la cultura indígena del país (si es aplicable) y el informante (si se conoce).

▼▲▼▲▼▲▼▲▼▲▼▲▼▲▼▲▼▲▼▲▼▲▼

CUENTOS FOLKLÓRICOS
LATINOAMERICANOS

▼▲▼▲▼▲▼▲▼▲▼▲▼▲▼▲▼▲▼▲▼▲▼▲▼

PRÓLOGO:

LAS LEYENDAS DEL INICIO DE LA ÉPOCA VIRREINAL

La gente dice que los muertos están muertos,
pero están demasiado vivos.
—*proverbio*
México (cora)

La historia de la Conquista es la historia fundamental de América Latina, centralizada en México y el Perú, pero compartida a través de las fronteras nacionales como una herencia común. La historia del mundo no tiene ningún relato parecido que hable del choque de culturas y un resultado que significó tantas pérdidas irremediables. En los últimos días del siglo XVI, el conquistador Bernardo Díaz del Castillo —quien había participado en estos sucesos— pudo recordar cuando Hernán Cortés y sus hombres entraron en la capital azteca, con sus muchas torres y templos: «Dijimos que se parecían a las cosas encantadas de que habla el libro de Amadís», y se preguntaron si era todo un «sueño». Medio mundo más lejos y dos siglos después, el poeta inglés, Alexander Pope, en una de sus reflexiones poéticas, argumentó, en favor de la armonía mundial así:

El Perú una vez fue más que una raza de reyes,
Y otros Méjicos estaban cubiertos de oro,

confiado en que los lectores entenderían lo que quiere decir. Dicho y redicho por los que estudian documentos, las fábulas tienen una vida independiente en la legendaria tradición popular de los aborígenes, la cual no es tan bien conocida como los más plausibles recuerdos —si

3

bien no de menor colorido— de los testigos europeos. Los recuentos folklóricos son dignos de tenerse en cuenta no sólo porque tomaron forma tan pronto sucedieron, sino más aún por la forma en que eliminaron la Conquista de la historia de occidente, colocándola en la esfera de la profecía del aborigen americano. Es decir, los narradores indígenas nos hacen ver que el episodio fue dictado de antemano. Ya sea esto visto como un acto de resignación o de desafío, es evidente que les da el control a los aborígenes. Como comparación, unos pocos indicadores (históricos) del lado europeo son ofrecidos aquí.

En 1502, durante el cuarto viaje de Cristóbal Colón, se estableció contacto con una canoa maya dedicada al comercio en la bahía de Honduras; el mismo año en que Moctezuma ascendió al trono de México. En 1518, la expedición de Juan de Grijalva tocó tierra firme en Cuertaxtlán, un puesto de avanzada del imperio azteca, y de ahí llegaron informes a la corte de Moctezuma de que había extranjeros en la costa. Hernán Cortés y su ejército desembarcaron en 1519 y enseguida comenzaron a avanzar, llegando a la capital en la mañana del 8 de noviembre, cuando al fin tuvo lugar el famoso encuentro entre él y Moctezuma. Algunos meses después, los españoles fueron expulsados, pero regresaron y cercaron la ciudad hasta que cayó en el mes de mayo de 1521. Más tarde, Cortés fue galardonado por la corona española y nombrado Marqués del Valle de Oaxaca. En la terminología indígena, Cortés es llamado «el Marqués», o a veces, «el Capitán».

Como trasfondo, se debe hacer mención de que los aztecas —es decir, los nahuas del siglo XVI— no se consideraban gente de la antigüedad. Según sus propias tradiciones, ellos eran advenedizos al valle de México, desplazando así a los toltecas quienes habían gobernado la región desde la antigua capital llamada Tula, ochenta kilómetros al norte. Se dice que el último o penúltimo rey de Tula, el dios-héroe Quetzalcóatl, se marchó a la costa oriental, donde desapareció en el mar, prometiendo regresar algún día. Posiblemente, los españoles que se aparecieron en el litoral oriental con sus armas de fuego y otros varios pertrechos maravillosos, eran toltecas que regresaban. Por lo tanto, Moctezuma, al no querer arriesgarse, se dirigió a Cortés como si éste fuera Quetzalcóatl regresando a reclamar su reino: algo muy probable, ya que Quetzalcóatl estaba supuesto a regresar en el año Caña 1, que de acuerdo con el calendario azteca era 1519 d.C.

En el Perú los hechos se desarrollaron algo diferente. En 1514, una epidemia de origen europeo —posiblemente el tifus— llegó al Caribe y comenzó a avanzar desde la costa de Panamá hasta el territorio de los incas. Huayna Cápac, el onceno rey inca, murió en 1526, y su hijo, Huáscar, fue nombrado el doceavo rey inca en la ciudad capitalina, el Cuzco, en el altiplano andino austral. Atahualpa, otro de los hijos de Huayna Cápac, era virrey de la importante capital regional de Quito, situada a 1.600 kilómetros al norte. Al tiempo que el conquistador Francisco Pizarro y sus hombres llegaron a la sierra, Atahualpa se había apoderado del imperio y había ordenado el asesinato de Huáscar. En 1533, el propio Atahualpa fue ejecutado por el ejército de Pizarro en Cajamarca, aproximadamente a mitad de camino entre Quito y el Cuzco, cerca del antiguo centro religioso de Huamachuco. Sin ningún inca al timón, el imperio cayó precipitadamente bajo el control de los españoles.

Como los aztecas en México, los incas eran advenedizos en la larga historia de la civilización del Perú. Aparecen por primera vez en los anales de los aborígenes como una tribu pequeña del comienzo del siglo XIII de las vecindades del lago Titicaca, de donde ellos dicen haber salido del infierno a través de las aperturas en las cuevas. De ahí pasaron al sitio de lo que sería su futura capital, el Cuzco. A través de las generaciones pudieron añadir territorio, hasta que alrededor del año 1500 controlaban un vasto imperio que llamaron *Tahuantisuyu*, «tierra de las cuatro esquinas», extendiéndose del Ecuador al Perú, y más, hasta llegar a Chile. Los nombres y las hazañas de sus reyes fueron cuidadosamente mantenidos por cronistas aborígenes, y hasta tan tardíamente como en el siglo XX era el deber de cada niño de edad escolar en el Perú aprenderse de memoria al menos la lista básica de los reyes. El logro mayor era poder recitar todos los nombres de una sola vez:

1. Manco Cápac (probablemente legendario)
2. Sinchi Roca (gobernó alrededor de 1250 d.C.)

3. Lloque Yupanqui
4. Mayta Cápac
5. Cápac Yupanqui
6. Inca Raoca
7. Yahuar Huacac
8. Viracocha Inca
9. Pachacuti (Pachacutec Inca Yupanqui) (gobernó 1438–1471)
10. Topa Inca Yupanqui
11. Huayna Cápac (murió en 1526)
12. Huáscar (murió en 1532)
13. Atahualpa (murió en 1533)

El octavo rey, Viracocha Inca, no debe ser confundido con el dios Viracocha, también llamado Coniraya o Coniraya Viracocha, mencionado muchas veces en las narraciones peruanas. Sin embargo, la deidad especial de los incas era *Inti,* el sol. A través de los años, los incas adoptaron los dioses de las tribus que conquistaban, incluyendo al dios Viracocha, desarrollando al fin un panteón extenso, tal como se puede ver en el cuento «La Tempestad».

Es probable que la gran deidad a la que se refieren por igual las leyendas aztecas e incas, como «el Creador», «el Señor de la Creación», o hasta «Nuestro Señor que creó el cielo y la tierra», no sea un dios indígena, sino una interpretación reciente de la cristiandad. En el cuento titulado «Predicar la Santa Palabra», esta figura se llama Dios, o Espíritu Único, y su contenido completo es sin duda algo cristiano. No obstante, su dicción y estilo de narración son de matiz aborigen. Presentada por primera vez en 1565, la canción «Traer adelante» fue interpretada con el acompañamiento de un tambor de madera hueca de dos tonos, tocado con mazos de punta de goma. Igualmente, se dice que los cuentos peruanos, sobre todo aquellos documentados en el siglo XVI, fueron cantados por plusmarquistas profesionales.

1. Moctezuma

I. LA PIEDRA QUE HABLA

A Moctezuma lo que más le agradaba era crear monumentos grandiosos que le darían fama. Era verdad que cosas bellas habían sido mandadas a hacer por los reyes anteriores a él, pero para Moctezuma esos trabajos eran insignificantes.

—No son suficientemente espléndidos para México —decía él .

Y según pasaron los años, Moctezuma llegó a dudar hasta de la enorme piedra redonda, donde los prisioneros eran sacrificados a Huitzilopochtli.

—Quiero una nueva —dijo al fin—, y la quiero un antebrazo más ancha y dos antebrazos más alta.

Entonces se les mandó a los albañiles buscar un canto rodado en los campos aledaños que pudiera ser convertido en una piedra circular del tamaño de sus especificaciones. Cuando se encontró la piedra apropiada, en un lugar llamado Acolco, transportes y levantadores fueron llamados de seis ciudades y requeridos a traer sogas y resortes. Con estas cosas lograron forzar la extracción de una piedra de la ladera y la arrastraron a un lugar nivelado para ser esculpida. Tan pronto estaba en la posición apropiada, treinta albañiles comenzaron a modelarla con sus cinceles, volviéndola así no solamente más voluminosa que cualquier piedra redonda vista con anterioridad, sino más rara y bella. Durante el tiempo que trabajaron en ella, fueron alimentados con los más delicados manjares enviados por el propio Moctezuma y servidos por el pueblo de Acolco.

Cuando la piedra estuvo lista para ser llevada a México, los albañiles le enviaron un aviso al rey, quien ordenó a los sacerdotes del templo a que les llevaran incienso y un aporte de codornices. Cuando llegaron donde estaba la piedra, los sacerdotes la adornaron con serpentinas de papel, la perfumaron con el incienso y la salpicaron con goma derretida. Entonces le retorcieron el cuello a las codornices y la salpicaron con la sangre de las aves. Había también músicos con cuernos de concha y tambores de piel. Además, llegaron comediantes para entretener a la piedra mientras marchaba hacia su destino.

Pero cuando trataron de tirar de ella, la piedra no se movía. Parecía como si hubiera echado raíces, y todas las sogas se rompieron como cuerdas de algodón. Se mandaron a buscar a más hombres para tirar de ella de dos ciudades más, y cuando se pusieron a trabajar —dando gritos a derecha e izquierda y amarrándola con sogas nuevas— la piedra habló y dijo: — Traten de hacer lo que quieran.

Los gritos cesaron.

—¿Por qué tiran de mí? —preguntó la piedra—. No estoy dispuesta a voltearme ni a irme. No quiero que me halen para llevarme hacia donde quieren que yo vaya.

Calladamente, los hombres siguieron trabajando.

—Ahora tiren de mí —dijo la piedra—. Hablaré con ustedes después.

Y cuando dijo esto, la piedra se deslizó hacia delante y viajó fácilmente hacia Tlapiczahuayapan. Ahí, los que halaban de ella decidieron descansar por un día, mientras dos albañiles siguieron para avisarle a Moctezuma que la gran piedra había hablado.

—¿Estarán borrachos? —preguntó el rey cuando le dieron la noticia—. ¿Por qué vienen a decirme mentiras?

Entonces llamó a su dependiente y encarceló a los dos mensajeros. En cambio mandó a seis nobles a averiguar la verdad, y entonces ellos oyeron a la piedra decir: —Hagan lo que hagan, me niego a que tiren de mí.

Los nobles regesaron a México para decírselo a Moctezuma, y los dos prisioneros fueron puestos en libertad.

A la mañana siguiente, la piedra habló de nuevo: —¿Cómo me van a entender? ¿Por qué me halan? Yo me niego a ir a México. Díganle a Moctezuma que no es posible. El tiempo es muy malo y su fin se acerca. Él ha tratado de hacerse más grande que Nuestro Señor, quien hizo el cielo y la tierra. Pero tiren de mí si quieren, pobres infelices. Vámonos.

Y con eso la piedra se deslizó hasta llegar a Ixtapalapán.

Una vez más se detuvo, y una vez más enviaron mensajeros a decirle a Moctezuma lo que la piedra había dicho. Igual que antes, él montó en ira, pero esta vez estaba secretamente asustado, y aunque rehusó darles crédito a los mensajeros por decirle la verdad, no los encarceló otra vez, sino que les dijo que se marcharan y que cumplieran con sus órdenes.

A la mañana siguiente, cuando los transportistas recogieron sus sogas, encontraron que la piedra otra vez se podía mover fácilmente, deslizándose hasta la carretera que iba a México. Avisado que la piedra había llegado al otro lado del agua, Moctezuma envió a los sacerdotes a que le dieran la bienvenida con flores e incienso, y para que la apaciguaran con sacrificios de sangre por si estuviera disgustada. Una vez más comenzó a moverse. Pero una vez que estaba en la mitad del lago, se detuvo y dijo: —Aquí, y no más lejos.

Y aunque la carretera estaba hecha de maderos de cedro muy gruesos, la piedra se rompió y partió los maderos, cayendo al agua con un estrépito semejante a los truenos. Todos los hombres que estaban amarrados con las sogas fueron arrastrados y perecieron, mientras que muchos otros resultaron heridos.

Cuando fue informado de lo que había sucedido, el propio Moctezuma fue a la carretera para ver dónde había desaparecido la piedra. Pensando aún que podría llevar a cabo su plan, ordenó a los buceadores a buscar en el fondo del lago para ver si la piedra se había asentado en algún lugar de donde pudiera ser levantada a tierra firme. Pero no encontraron ni la piedra ni los hombres que habían perecido. Los buceadores fueron enviados una segunda vez, y cuando regresaron a la superficie, dijeron: —Señor, encontramos un pequeño rastro en el agua que señala hacia Acolco.

—Muy bien —dijo Moctezuma, y sin hacer más preguntas, mandó a los albañiles a regresar a Acolco para ver qué encontrarían, pero cuando regresaron, no tenían nada más que decirle al rey.

Todavía amarrada con las sogas y salpicada con incienso y ofrecimientos de sangre, la piedra había regresado a la montaña donde la encontraron.

Entonces Moctezuma se dirigió a sus nobles y les dijo: —Hermanos, ya sé que nuestros dolores y problemas serán muchos, y que nuestros días serán pocos. Respecto a mí, igual que con los reyes que

me antecedieron, debo dejarme morir. Que el Dios de la creación haga
lo que le plazca.

II. LA HERIDA DE MOCTEZUMA

Un día, cerca del pueblo de Coatepec, en la provincia de Texcoco, un
hombre pobre estaba excavando en el jardín cuando un águila descen-
dió del aire, se apoderó de él por el cuero cabelludo y se lo llevó hacia
las nubes, cada vez más alto, hasta que los dos eran sólo unas pequeñas
manchas en el cielo, y hasta desaparecer. Cuando llegaron al pico de
una montaña, el hombre fue conducido a una caverna oscura, donde
oyó el águila decir: —Señor Todopoderoso, yo he llevado a cabo tu
mandato y aquí tienes al pobre campesino que me mandaste traer.

Sin ver a quién le hablaba, el hombre oyó una voz decir: —Está
bien. Déjalo aquí.

Sin saber quién lo tomó de la mano, fue llevado a una recámara des-
lumbrante, donde encontró al rey Moctezuma acostado, inconsciente,
como si estuviera dormido. El hombre fue obligado a sentarse al lado
del rey, le colocaron flores en las manos y le dieron un tubo de fumar
lleno de tabaco.

—Mira, toma esto y descansa —le dijeron—, y mira con cuidado a
este ser miserable que no siente nada. Él está tan borracho de poder que
le cierra los ojos al mundo entero, y si quieres saber hasta dónde él ha
llegado, presiónale tu tubo de fumar encendido contra la pierna y verás
que no lo sentirá.

Temeroso de tocar al rey, el pobre campesino estaba dudoso.

—¡Hazlo! —fue la orden que recibió.

Entonces sostuvo la pipa caliente de tabaco contra la pierna del rey,
y vio que no sentía nada. Ni siquiera se movió.

La voz continuó: —Tú ves qué borracho está de su propio poder.
Es por eso que te he traído aquí. Ahora regresa al lugar de donde
viniste, y dile a Moctezuma lo que has visto y lo que te he ordenado

hacer. Para que te crea, dile que te muestre su pierna. Entonces señala el lugar en donde lo tocaste y él encontrará una quemada. Dile que el Señor de la Creación está muy disgustado y que debido a su arrogancia, su reinado está por terminar. Dile también: «Disfruta de lo que te queda».

Con esas palabras, el águila se volvió a aparecer y agarró al hombre por el cuero cabelludo y se lo llevó a su jardín. Cuando se preparaba para marcharse le dijo: —Escúchame, infeliz granjero. No tengas miedo. Fortalece tu corazón y haz lo que el Señor manda, sin olvidar ni una sola de las palabras que Él te ha dicho que repitas.

Entonces el ave se elevó al espacio y desapareció.

El pobre agricultor se quedó sorprendido, pero con la vara de excavar todavía en sus manos, se dirigió immediatamente a México y pidió hablar con Moctezuma. Cuando le dieron permiso para entrar, le hizo un saludo profundo con la cabeza y le dijo: —Señor, yo vengo de Coatepec, y mientras trabajaba en mi jardín, un águila vino y me llevó a un lugar donde había un señor con gran poder. Me hizo sentar donde había luz y brillo, y usted estaba ahí junto a mí. Entonces él me dio unas flores y un tubo de fumar encendido, y cuando se puso caliente, me mandó que se lo pegara a la pierna. Yo lo quemé con el tubo, pero usted no sintió nada y ni siquiera se movió. Él me dijo que usted no sabía lo que estaba pasando debido a su orgullo, y que muy pronto su reinado iba a terminar y estaría en problemas, porque sus acciones no eran buenas. Entonces me dijo que regresara y le dijera lo que yo había visto. El tiempo es corto. Disfrute lo que le queda.

Al recordar un sueño que había tenido la noche anterior, en el que un hombre pobre lo había herido con un tubo de fumar, Moctezuma se miró la pierna y vio que tenía una quemadura. De repente la herida le era tan dolorosa que no podía tocarla. Sin decirle una palabra al pobre hombre, llamó a su ayudante y le dijo que lo encarcelara y que no le diera alimento alguno para que se muriera de hambre. Mientras el prisionero era conducido a la cárcel, el dolor aumentó y el propio Moctezuma tuvo que ser llevado a la cama. Estuvo sufriendo por cuatro días y sólo con gran dificultad pudieron los médicos mejorarlo.

III. LOS OCHO PRESAGIOS

Diez años después de que los españoles llegaron, apareció el presagio del cielo. Era como una borla de fuego —una pluma de llamas— como un chaparrón de luz del alba que rasgaba el firmamento: estrecho en la punta ancho en la base. Levantándose en el este llegaba hasta el centro de la bóveda celestial, a su mismo corazón, justamente hasta el centro de su corazón, y era tan brillante cuando ascendía que parecía como si el día naciera en el medio de la noche. Entonces, al romper el día, desaparecía. Comenzó en 12 Casa y continuó apareciendo por un año. Tan pronto como aparecía, los hombres gritaban, golpeándose la boca con la palma de las manos. Todo el mundo temía. Todo el mundo gemía.

Hubo un segundo presagio aquí en México. Dios provocó un incendio en la casa del diablo Huitzilopochtli, la casa conocida como Su Clase de Montaña, en el lugar llamado del Comandante. Nadie provocó el incendio. Comenzó por sí mismo. Cuando fue descubierto, los pilares de madera ya estaban ardiendo, y las borlas de fuego, las lengüetas de fuego, y los penachos de fuego ardían altos, lamiendo todo el templo. La gente gritaba y decía: —¡Mexicanos, usen jarras de agua! ¡Corran! ¡Apáguenlo!

Pero cuando le echaban agua, lo único que lograban era abanicar las llamas y entonces sí se extendía el incendio de verdad.

Un tercer presagio. Al templo de techo de paja del dios del fuego, llamado Tzommolco, lo partió un rayo. Fue visto como un mal presagio porque no había tormenta, sólo unas pocas gotas de lluvia. Fue un relámpago de calor sin ningún motivo. No se oían truenos.

Un cuarto presagio. Era aún de día cuando surgió un cometa del oeste que parecía tener tres puntas, y que cayó en el este, como si fuera un largo chaparrón de chispas, con la cola muy amplia. Tan pronto lo vieron, se sintió un ruido inmenso, como si la gente estuviera gritando por todas partes.

Un quinto presagio. El lago parecía hervir, sin que hubiera viento alguno que lo encrespara. Parecía también haberse elevado a un nivel encrespado. Y cuando se elevó, se desbordó hasta llegar muy lejos a inundar los cimientos de las casas. Las casas se desmoronaban. Era el lago más grande cerca de nosotros, aquí en México.

Un sexto presagio. A veces se oía la voz de una mujer. Ella sollozaba y lloraba. De noche, sollozaba y decía: — ¡Hijos míos, ya nos estamos muriendo!

Y otras veces decía: — Hijos míos, ¿adónde puedo llevarlos?

Un séptimo presagio. Un día, cuando la gente del agua estaba cazando, usando sus trampas, cazaron un pájaro de color ceniza, como una grulla, y lo trajeron a la Cámara Negra para mostrárselo a Moctezuma. El sol se había puesto, pero todavía era de día. En la cabeza del pájaro había una especie de espejo, una especie de cubierta que podía reflejar, redonda y circular, y en ella se podía observar el firmamento y la constelación Simulacro de Incendio. Cuando Moctezuma lo vio, lo interpretó como un gran presagio. Y cuando volvió a mirarlo, vio, lo que parecía gente que llegaban como conquistadores, con armas y cabalgando sobre animales. Entonces llamó a sus astrólogos y a sus sabios y les preguntó: —¿Ven ustedes lo mismo que yo? Parece gente que se aproxima.

Pero cuando iban a contestarle, la imagen desapareció y no pudieron decirle nada.

Un octavo presagio. Gente monstruosa siguió apareciendo con dos cabezas en un solo cuerpo. Las llevaban a la Cámara Negra para que Moctezuma las viera, pero tan pronto lo hacía, la imagen desaparecía.

IV. EL REGRESO DE QUETZALCÓATL

Un día, un hombre pobre que no tenía orejas y que le faltaban los pulgares, se presentó ante Moctezuma y anunció que tenía algo que decirle. Ya que sabía de dónde era este hombre, Moctezuma le preguntó de dónde venía.

—Del Bosque de la Muerte —fue su respuesta.

¿Y quién lo había enviado? Había venido por su propio deseo para servir al rey y decirle lo que había visto. Dijo que había estado caminando por la orilla del océano cuando notó lo que parecía ser una alta colina que se movía de un lado a otro sobre el agua; algo que nunca antes había visto.

—Muy bien —respondió Moctezuma—. Descansa, y respira tranquilo.

Entonces llamó a su ayudante y le dijo que encarcelara al hombre y que lo vigilara bien.

Según el prisionero era conducido al encierro, el rey ordenó a su principal ayudante, Tlillancalqui, que partiera inmediatamente para la costa para averiguar si el hombre sin pulgares había dicho la verdad:

—Lleva contigo a tu esclavo Lomos Ceñidos. Ve al mandatario que me sirve en Cuetlaxtlán y háblale duro. Pregúntale: «¿Quién está de guardia? ¿Hay algo en el océano? ¿Por qué no se ha avisado al rey, y qué es?».

Cuando llegaron a Cuetlaxtlán, preguntaron por el mandatario y le dieron el mensaje del rey, palabra por palabra.

—Siéntense y descansen —dijo el mandatario.

Entonces él envió a un corredor a lo largo de la costa para averiguar la verdad, y regresó muy enseguida.

—Veo algo así como dos pirámides o un par de colinas —dijo—, y que se mueven sobre el agua.

El ayudante principal y su esclavo fueron a verlo y vieron la cosa moverse no muy lejos de la playa, y había siete u ocho hombres que estaban en un bote pescando con anzuelos. Para poder ver mejor, subieron un árbol muy frondoso y estuvieron observando hasta que los pescadores regresaron a las pirámides gemelas con su pesca. Entonces el jefe dijo: —Lomos Ceñidos, vámonos.

Se bajaron del árbol, regresaron a Cuetlaxtlán para saludar al mandatario y se apresuraron para regresar a México-Tenochtitlán.

Cuando llegaron a la ciudad fueron directamente al palacio a decirle a Moctezuma lo que habían visto: —Señor y rey, es verdad. Una gente desconocida ha venido al borde del océano y los hemos visto pescando desde un bote, algunos con palos, otros con redes. Cuando ya tenían sus presas, regresaron a las dos pirámides que flotan sobre el agua, y fueron cargados hasta entrar en ellas. Había alrededor de quince en total, vestidos en colores diferentes: azul, marrón, verde, gris oscuro y rojo. Tenían adornos en la cabeza que parecían cazuelas para cocinar, que deben servir para protegerlos del sol. Sus pieles son muy claras, más claras que las nuestras; muchos tienen barbas largas, y el cabello les cuelga solamente hasta las orejas.

Con estas noticias, Moctezuma inclinó la cabeza, y sin decir una palabra, colocó su mano sobre la boca y así estuvo sentado por un largo tiempo, como si estuviera muerto o mudo, sin fuerza para hablar. Por fin, dijo: —¿De quién puedo fiarme si no es de ti, un noble en mi palacio? Tú me dices la verdad a diario.

Entonces le dijo a su ayudante que fuera a buscar al hombre que le faltaban los pulgares y que lo pusiera en libertad. Pero cuando fueron a abrir la cerradura de la celda y abrir la puerta, el hombre no estaba. Había desaparecido.

El tendero estaba sorprendido y corrió a decírselo a Moctezuma, quien también estaba sorprendido, pero después de pensar por algunos momentos, dijo: —No, no estoy sorprendido, porque casi toda esta gente de la costa es maga —y entonces continuó—, ahora te voy a dar una orden que debes mantener en secreto, so pena de muerte. Si se la revelas a alguien, tendré que enterrarte bajo mi silla, y todas tus esposas e hijos serán ajusticiados, y todo lo que posees te será quitado y tus casas demolidas, y sus bases excavadas hasta que salga agua de la tierra. Entonces, secretamente, yo quiero que me traigas tus dos mejores pivotes de oro, los mejores trinchantes de jade y tus dos mejores obreros en plumas.

Y sin demora, el tendero fue a buscarlos y los encontró: — Señor, aquí están — dijo en voz alta.

—Diles que entren —dijo el rey, y cuando los vio, les dijo—: Padres míos, ustedes han sido traídos con un propósito específico. Si se lo revelan a cualquier hombre, sufrirán la muerte y penas, casas desarraigadas, perderán sus posesiones y sufrirán la muerte sus esposas, sus hijos y parientes. Ahora, cada uno de ustedes tiene que hacer dos trabajos. Tienen que hacer una cadena de oro para el cuello de cuatro dedos de ancho, con pendientes y medallas; y pulseras de oro, aretes, abanicos, uno con una media luna en el centro y el otro con un sol de oro pulido que pueda verse desde lejos. Tienen que hacerlos lo más rápido posible.

En sólo unos cuantos días y noches el trabajo estuvo terminado, y en la mañana, cuando Moctezuma estaba despierto, enviaron a uno de sus enanos a decirle que fuera al Salón de los Pájaros para que viera lo que habían hecho.

—Señor mío, examínelo usted —le dijeron cuando lo vieron acercarse.

Y cuando el rey lo examinó, lo encontró satisfactorio.

El rey llamó al tendero y le dijo: —Llévate a estos abuelos míos y dale a cada uno de ellos un cargamento de capas ásperas mezcladas, de cuatro, ocho y diez antebrazos; también capas finas, blusas y faldas para mis abuelas, y maíz, guindillas, calabazas, semillas, algodón y judías.

Y con esas cosas los obreros se marcharon contentos a sus casas.

Moctezuma entonces le enseñó las joyas y los enseres de plumas a su sirviente principal y le dijo: —Vamos, ya los regalos están terminados. Tienes que llevárselo a quien acaba de llegar, el que estábamos esperando. Estoy seguro que es el espíritu de Quetzalcóatl. Cuando él se marchó, prometió regresar y mandar en Tula y en el mundo entero. La gente vieja de Tula está segura de esto. Y antes de marcharse, enterró estos tesoros en los barrancos de las montañas y en los desfiladeros, y éstos son el oro y las piedras preciosas que hoy encontramos. Como es sabido que él regresaría del sitio en el cielo, más allá del océano, del lugar llamado la Casa del Alba, a donde fue a encontrarse con otro espíritu, y como es cierto que cualquier clase de joya de este mundo, formaba en otra época parte de su tesoro, sólo puede ser que él ahora regrese a disfrutar de todo esto. Hasta este trono es suyo, y yo solamente lo tengo prestado.

—Regresa inmediatamente a Cuetlaxtlán y haz que el gobernante cocine cualquier plato, tamales, tamales enrollados, tortillas con y sin judías, toda clase de aves asadas a la parrilla, codornices, ciervos asados, conejos, polvo de guindilla, vegetales asados y toda clase de fruta.

—Si ves que come estas cosas, sabrás que él es Quetzalcóatl. Si no las come, sabrás que no lo es. Si sólo le gusta la carne humana y te come, todo estará bien, porque yo mismo protegeré y mantendré tus casas, tus mujeres y tus hijos para siempre. No tengas miedo. Lleva a Lomos Ceñidos contigo, y si ves por estas señales que su señor es Quetzalcóatl, adórnalo con las joyas y dale los colmillos más largos. Pídele humildemente que me deje morir, y cuando yo esté muerto, podrá venir a disfrutar de su alfombra y trono, el cual yo he estado guardando para él.

A la mañana siguiente, el jefe de los sirvientes y Lomos Ceñidos se dispusieron a llevar los regalos, viajando día y noche. En los momentos en que llegaron a Cuetlaxtlán, le dijeron al que mandaba que preparara la comida usando las mejores ollas y cestas, y a la medianoche llevaron todo al borde del océano, para que al romper el alba se encontraran ahí, agitando los brazos y haciendo señas a través del agua.

El pequeño bote fue bajando. Cuatro hombres vinieron remando a la orilla para darles la bienvenida y preguntarles quiénes eran y de dónde venían. Pero los mexicanos les contestaron sólo con señas, diciendo que deseaban ser llevados a su señor para entregarle las cosas que habían traído. Entonces descargaron la comida y los sacos, y remaron a través del agua.

Cuando llegaron al barco, el capitán apareció con una mujer india, Malintzin, quien tradujo sus palabras.

—Vengan acá —dijo ella—. ¿De dónde son ustedes?

—Somos de la gran ciudad de México-Tenochtitlán.

—¿Por qué han venido aquí?

—Oh, señora, nuestra hija, hemos venido a ver a tu señor.

Entonces Malintzin se retiró a un cuarto interior y le habló al capitán. Cuando reapareció, preguntó: —¿Quién es vuestro rey?

—Señora, su nombre es Moctezuma.

—¿Por qué los envió? ¿Qué les dijo?

—Él quiere saber adónde intenta ir este gran señor.

—Este señor es tu dios, y él dice que va a ir a ver al rey Moctezuma.

—Eso le agradaría mucho. Pero él le suplica a este señor que lo deje terminar su reinado, que espere a después de su muerte antes de empezar a reinar en el país que dejó cuando se marchó.

Entonces los mexicanos abrieron sus sacos y le presentaron los regalos llenos de joyas y los dos grandes abanicos, y cuando estos fueron recibidos por el capitán, fueron pasados de mano en mano, y los españoles los admiraron con gran alegría y gran satisfacción.

—Oh señora e hija —dijeron los mexicanos—, también hemos traído comida para el señor, chocolate para él y bebidas.

—El espíritu comerá la comida —dijo Malintzin—, pero primero él tiene que verlos a ustedes comerla.

Cuando los mexicanos hicieron lo que se les pidió, los españoles todos les ofrecieron al ayudante y a Lomos Ceñidos algunas galletas marinas, que estaban bastante rancias, y vino que los emborrachó. Dijeron que deseaban regresar con una respuesta para su señor, Moctezuma.

—¿Cuál es tu nombre? —preguntó Malintzin.

—Me llamo Tlillancalqui —dijo el ayudante.

Entonces ella le dio la respuesta: —Dile a Moctezuma que besamos sus manos y volveremos a verlo en ocho días.

Llevando con ellos estas palabras, los mexicanos regresaron a su rey y contaron todo lo que había sucedido, describiendo las armas que los otros tenían y los caballos y mostrando también una de las galletas.

—¿Qué sabor tiene? —preguntó el rey, y tocándola, declaró que le parecía cal.

Pidió un pedazo de cal, las comparó, y encontró que la galleta era más pesada. Entonces llamó a sus enanos y les ordenó que la probaran, y aunque le dijeron que sabía bien, Moctezuma tuvo miedo de probarla, diciendo que era comida de los dioses. En cambio, ordenó a sus sacerdotes que la llevaran a Tula y que la enterraran en el templo de Quetzalcóatl. Ellos tomaron la galleta, la colocaron en un tarro fino trabajado en oro y lo cubrieron con un paño. Según viajaban hacia el norte desde México, llevaban quemadores de incienso, entonaban cantos a Quetzalcóatl y, cuando llegaron a Tula, enterraron la comida del espíritu al sonido de trompetas de carapachos y rugidos de cuernos de concha.

V. ¿SERÁS TÚ?

Cuando los españoles llegaron al borde de la ciudad, las cosas se pusieron al punto que Moctezuma se arregló y vistió para encontrarlos acompañado de los otros grandes señores y príncipes, quienes eran sus jefes y nobles. Y todos salieron juntos a llevar a cabo el encuentro.

Había flores finas. Fueron colocadas en una bandeja de calabaza, con rositas de maíz, tabaco amarillo y flores de cacao rodeadas de un escudo, y flores en coronas y guirnaldas; llevaron también collares de oro, cuellos y bufandas para que cuando Moctezuma los encontrara en Punto Colibrí tuviera regalos para darles a los capitanes y jefes militares. Entonces les dio las flores, les puso al cuello collares adornados con flores, y coronas en la cabeza. Y le mostró al marqués todos los collares hechos de oro, y cuando le puso en el cuello algunos de ellos, el recibimiento terminó.

Entonces el marqués le dijo a Moctezuma: —¿Serás tú? ¿Serás tú él? ¿Serás tú Moctezuma?

—Sí, yo soy él —dijo Moctezuma, y se levantó y fue hacia él y le hizo un profundo saludo.

Entonces se puso de pie en su estatura máxima, se paró muy derecho y se dirigió a él, diciéndole: —Mi señor, usted debe estar cansado, debe estar fatigado. Ha llegado a esta ciudad de México. Ha alcanzado esta alfombra y este trono que son suyos, que yo he guardado para usted por breve tiempo. Yo he estado cuidando las cosas para usted.

—Ya se han ido aquellos que fueron reyes suyos, Itzcóatl, Moctezuma el Viejo, Axayacatl, Tizoc y Ahuitzotl, que montaron guardia para usted por breve tiempo gobernando la ciudad de México. Yo, su sirviente, vine después de ellos. Yo quisiera saber, ¿pueden ellos mirar al pasado y ver por sobre su hombro? Si solamente uno de ellos pudiera ver lo que yo veo, ¡podría maravillarse por lo que me está sucediendo a mí ahora! Porque esto no es un sueño. Yo no estoy sonámbulo, no estoy viendo cosas en mi sueño. Yo no estoy soñando que estoy viéndolo a usted y puedo mirar su cara. Ciertamente, yo he estado preocupado durante tantos días como tengo dedos en las manos. Yo he fijado mi vista en lo Desconocido y lo he visto salir de entre las nubes, salir de la niebla.

—Esos reyes solían decir que usted volvería a su ciudad y continuaría andando hasta su alfombra y trono; que usted regresaría. Y esto ha sido verdad. Usted está aquí y debe estar cansado, debe estar fatigado. Bienvenido a esta tierra. Descanse usted. Vaya a su palacio y descanse el cuerpo. Nuestros señores son bienvenidos aquí.

México (náhuatl)

2. Las leyendas de los emperadores incaicos

I. MAYTA CÁPAC*

El ingazgo Lloqui Yupangui era muy viejo y no tenía hijo ni pensaba tenello.

Estando un día Lloqui Yupangui en gran tristeza y aflicción, dicen que se le apareció el Sol en figura de persona y le consoló diciéndole: —¡No tengas pena, Lloqui Yupangui, que de ti descenderán grandes señores! —y que tuviese por cierto que tendría generación de hijo varón.

Oído lo cual, y publicado por el pueblo lo que el Sol había anunciado a Lloqui Yupangui, determinaron sus parientes buscarle mujer. Mas su hermano, entendiendo la complexión del hermano, procurábale mujer conforme a ella, y hallándola en un pueblo nombrado Oma, pidióla a sus deudos, y otorgada, la trajo al Cuzco. Llamábase esta mujer Mama Caua. En la cual Lloqui Yupangui hubo un hijo, llamado Mayta Cápac.

A tres meses que su madre se hizo preñada lo parió y nació con dientes, y robusto, y que iba creciendo tanto, que de un año tenía tanto cuerpo y fuerzas como otro de ocho y aún más, y que siendo de dos

---

* La ortografía refleja la forma de deletrear en esa época.

años peleaba con los muchachos muy grandes y los descalabraba y hacía mucho mal.

Dicen que andado jugando con ciertos mozos de los Alcabizas y Culunchimas, naturales del Cuzco, los lastimaba a muchos de ellos y a algunos mataba. Y un día, sobre beber o tomar agua de una fuente, quebró la pierna a un hijo del cinchi de los Alcabizas, y persiguió a los demás, hasta los encerrar en sus casas, adonde los Alcabizas vivían sin hacer mal a los ingas.

Mas los Alcabizas, no pudiendo sufrir las travesuras de Mayta Cápac, que con favor de Lloqui Yupangui y de los ayllos que le guardaban les hacía, determinaron de volver por su libertad y aventurar las vidas por ello. Y así escogieron diez indios determinados, que fuesen a la Casa del Sol, donde vivían Lloqui Yupangui y Mayta Cápac, su hijo, y entraron con determinación de matarlos. Y a esta sazón Mayta Cápac estaba en el patio de la casa jugando a las bolas con otros muchachos. El cual, como viese entrar sus enemigos con armas en su casa, arrebató una bola de las con que jugaba y con ella dio a uno y lo mató, y luego a otro y, arremetiendo tras los otros, los hizo huir. Y aunque se le escaparon, fue con muchas heridas; y de esta manera llegaron a su cinchi.

Por los cuales, considerado el mal que Mayta Cápac había hecho a sus naturales, siendo aún niño, temieron, que, cuando mayor, los destruiría del todo, y por esto determinaron morir por su libertad. Y así juntáronse todos los naturales para hacer guerra a los ingas. Esto puso a Lloqui Yupangui gran temor y se tuvo por perdido, y reprendiendo a su hijo Mayta Cápac, le dijo: —¡Hijo! ¿Por qué has sido tan dañador contra los naturales de esta tierra? ¿Quieres que al cabo de mi vejez muera yo a manos de nuestros enemigos?

Y como los ayllos, que en guarnición con él estaban, vivían de rapiñas, holgábanse más con bullicios y robos que con quietud, y por esto, respondiendo por Mayta Cápac, dijeron a Lloqui Yupangui que callase y dejase hacer a Mayta Cápac su hijo. Y así Lloqui Yupangui no trató más en represiones contra su hijo. Los Alcabizas y Culunchimas apercibieron su gente, y Mayta Cápac ordenó sus ayllos. Entre los unos y los otros se dieron batalla, y aunque anduvo rato en peso, sin reconocerse de ninguna de las partes ventaja, al cabo, al fin de haber peleado gran pieza cada bando por verse vencedores, fueron los Alcabizas y Culunchimas desbaratados por los de Mayta Cápac.

Mas no por esto los Alcabizas desmayaron luego, antes con más coraje se tornaron a rehacer, y acometieron a batir por tres partes la Casa del Sol. Mayta Cápac, que de esto no sabía y estaba ya retirado a su morada, salió a la plaza, adonde trabó una porfiada cuestión con sus enemigos y en fin los desbarató y venció; y hizo guarachico y armóse caballero.

Mas no por esto los Alcabizas desistieron de su intento, que era librarse y vengarse, antes de nuevo llamaron a batalla a Mayta Cápac, el cual la aceptó. Y al tiempo que en ella andaba dicen que granizó tanto sobre los Alcabizas, que fue parte para que fuesen tercera vez vencidos y del todo deshechos los Alcabizas. Y a su cinchi metió Mayta Cápac en prisión perpetua hasta que murió.

Fue este Mayta Cápac valiente y el que empezó a valer por armas desde el tiempo de Mango Cápac. Cuentan de éste que como el pájaro *inti,* que Mango Cápac había traído cuando fundó el Cuzco lo hubiesen heredado los sucesores suyos, y antes de este Mayta Cápac siempre lo habían tenido cerrado en una petaca o cajón de paja, que no la osaban abrir, tanto era el miedo que le tenían, mas Mayta Cápac, como más atrevido que todos, deseoso de ver qué era aquello que tanto guardó sus pasados, abrió la petaca y vido el pájaro *inti* y habló con él; ca dicen que daba oráculos. Y de aquella confabulación quedó Mayta Cápac muy sabio y avisado en lo que había de hacer y de lo que le había de suceder.

II. LA TEMPESTAD

Cuando Topa Inca Yupangui era el señor, y luego de haber conquistado muchas provincias, descansó por largo tiempo, ya que estaba muy contento.

Pero al fin, y en diferentes lugares, hubo la rebelión de los allancus, los callancus y los chaquis. Estas tribus no se permitían ser subyugadas por el inca.

Y por eso el inca luchó en contra de ellos por doce años, y reclutó a miles de su gente. Sin embargo, todos fueron destruidos. Entonces el inca los lamentó. Se desconcertó mucho, y pensó: *¿Qué será de nosotros?*

Entonces un día pensó para él: *¿Por qué no les brindo a los dioses mi oro y plata, mis batas tejidas, mi comida y todo lo demás que tengo? Ahora, en este momento, voy a convocarlos para que me ayuden en contra de estos rebeldes.*

Entonces habló en voz alta y los llamó con las siguientes palabras:
—¡Dondequiera que estén, vengan, ustedes que reciben oro y plata!

Entonces los dioses le dijeron que sí, y fueron donde él.

Pachacamac llegó en una litera, y también los otros dioses llegaron en literas de todas partes de Tahuantinsuyu, y se reunieron todos en la plaza central del Cuzco.

Sin embargo, Pariacaca no llegó.

—¿Voy o no voy?

No se podía decidir. Entonces al final Pariacaca envió a su hijo, Macahuisa, diciéndole: —¡Ve y escucha!

Cuando Macahuisa llegó, se sentó atrás, al lado de su litera.

Entonces el inca empezó a hablar: —¡Ay Padres! ¡Dioses y espíritus! Ya ustedes saben que les he hecho ofrendas de oro y plata. El corazón lo tengo lleno de devoción. Y ahora que pueden ver que los he servido bien, ¿acaso no me podrán ayudar, ya que estoy perdiendo a miles de mi pueblo? Por eso los he convocado.

Pero cuando habló, ninguno le dio una respuesta. Sólo se sentaron ahí sin decir nada. Entonces el inca habló otra vez: —¡Hablen! Ustedes hicieron y crearon a esta gente. ¿Van ustedes a dejarlos morir en batalla? ¡Ayúdenme! Si no, voy a mandar a quemarlos ahí mismo. ¿Por qué debo servirlos y adornarlos con oro y plata, con cestas llenas de comida y bebida, con mis llamas y todo lo demás que tengo? Ustedes oyen mi pesar y no me quieren ayudar, ni siquiera quieren hablar. Los tengo que quemar ahí mismo.

Estas fueron sus palabras.

Entonces Pachacamac habló: —Inca, ay Sol Naciente, yo, quien violentamente puede estremecer todo lo que hay, incluso a ti y la tierra: yo todavía no he hablado, porque si yo fuera a destruir a esos rebeldes, entonces tú y hasta la tierra se destruirían. Por lo tanto, me siento aquí y no digo nada.

Entonces, al fin, aunque los demás espíritus mantuvieron el silencio, el que se llamaba Macahuisa habló: —Inca, Sol Naciente, ¡yo emprenderé el camino! Tú te quedarás aquí, y vigilarás a tus súbditos y los protegerás con tus pensamientos. Ya me voy. ¡Conquistaré en tu nombre!

Mientras hablaba, le salía metal de la boca, como si fuera vapor. Delante de él había zampoñas doradas. Tocó las zampoñas e hizo música. También tenía una flauta, que también estaba hecha de oro. En la cabeza tenía un turbante. Su bastón era de oro. Su túnica era negra.

Entonces, para que Macahuisa se fuera, el inca le dio una de sus propias literas y seleccionó portadores de litera de entre los collahuyas, quienes en sólo unos pocos días solían cubrir la distancia de muchos días.

Y entonces así fue como cargaron a Macahuisa en una litera en contra del enemigo.

Cuando le llevaron a una montañita, Macahuisa, el hijo de Pariacaca, hizo que lloviera, y al principio, livianamente. Y la gente que vivía en los pueblos abajo pensaron *¿Qué es esto?*, y se prepararon para lo peor.

Entonces Macahuisa soltó relámpagos e hizo que lloviera más y más, hasta que el diluvio se llevara todos los pueblos. Y donde estuvieron los pueblos, Macahuisa hizo barrancos. Con los relámpagos destruyó a sus patrones y a su nobleza. Sólo se salvaron algunas personas, pero si hubiera querido, los hubiera destruido a todos. Después de conquistarlos totalmente, llevó a los sobrevivientes hasta el Cuzco.

De ese momento en adelante, el inca le tuvo más reverencia que nunca y le dio cincuenta asistentes para hacerle ofrendas.

Entonces le dijo al hijo de Pariacaca: —Padre Macahuisa, ¿qué le puedo dar? Lo que quiera de mí, ¡pídamelo! ¡Lo que quiera!

Estas fueron sus palabras.

Pero el dios le contestó: —Yo no quiero nada, salvo que me adores como nuestros hijos de Jauja me adoran.

Entonces el inca dijo: —Muy bien, Padre.

Pero estaba lleno de miedo, ya que pensó en que quizá lo destruiría a él también. Por eso quiso sacrificar lo que el dios le pidiera. Y por eso dijo: —Coma, Padre —y le ofreció comida.

Pero Macahuisa contestó: —No estoy acostumbrado a comer comida. ¡Tráeme coral!

Entonces el inca le dio coral, y se lo comió con un crujido, *cop-cop*.

Aunque no pidió nada más, el inca le dio doncellas del sol, pero no las aceptó.

Entonces Macahuisa se fue a casa para contárselo todo a su padre, Pariacaca. Y después de eso, luego de pasar mucho tiempo, los incas iban a adorar en Jauja y a bailar bailes de veneración.

III. LA NOVIA QUE DESAPARECIÓ

Poco antes de la llegada de los españoles, Coniraya Viracocha fue al Cuzco, donde conoció al inca Huayna Cápac, y le dijo: —Hijo mío, vámonos al Titicaca. Ahí te mostraré quién soy.

Cuando llegaron, habló otra vez: —Inca, llama a tu pueblo, para que así podamos mandar al infierno a todos los magos y a todos los que son sabios.

El inca enseguida pronunció el dictamen.

Entonces su gente llegó, algunos diciendo: —Yo soy creado del cóndor —y otros que decían—, yo soy creado del halcón —y otros—, yo vuelo como la golondrina.

Entonces Coniraya les dio la siguiente orden: —¡Vayan al infierno! Díganle a mi padre, «Su hijo me ha enviado. Déme una de sus hermanas». Esto es lo que le tienen que decir —les dictaminó.

Entonces aquél que fue creado de la golondrina, junto con los otros seres creados, fueron al infierno para regresar en cinco días.

Fue el hombre golondrina el primero en llegar. Cuando llegó y dio el recado, le dieron un pequeño baúl, junto con la siguiente indicación:

—No lo abra. El mismo señor Huayna Cápac lo tiene que abrir primero —le dijeron.

Pero mientras ese hombre estaba cargando el baúl, cuando casi había llegado al Cuzco, pensó para sí mismo: *Voy a ver lo que es.*

Entonces lo abrió, y delante de él hubo una señorita muy delicada y bonita. Tenía el pelo rizado como oro. Tenía puesto un vestido espléndido, y mientras estaba acostada en el baúl se veía muy pequeña.

Pero en el mismo momento que la vio, ella se desapareció. Cuando él llegó al Cuzco, estaba muy disgustado, y Huayna Cápac le dijo: —Si no hubieras sido creado de la golondrina, ya te hubiera matado. ¡Regresa al infierno!

Entonces regresó al infierno y la volvió a traer. En el camino, mientras la traía, cuando tenía hambre y sed, sólo bastaba con decirlo y enseguida la mesa estaba servida delante de él con un lugar donde dormir.

Y así la entregó en cinco días. Y cuando llegó con ella, Coniraya y el inca la recibieron con mucha alegría.

Pero antes de abrir el baúl, Coniraya gritó: —¡Inca! Nos vamos de este mundo —y apuntó diciendo—, yo me iré a esa tierra —y apuntó otra vez—, tú y mi hermana irán a esa tierra, tú y yo nunca más nos veremos.

Entonces abrieron el baúl. En el momento en que abrieron el baúl, la tierra brilló.

Entonces el inca Huayna Cápac pronunció las siguientes palabras: —Nunca más voy a regresar de este lugar. Aquí viviré solo con mi doncella del sol, mi reina.

Entonces le dio el siguiente dictamen a uno de sus vasallos y paisanos: —¡Tú! ¡Ve en mi lugar! ¡Y di: «¡Yo soy Huayna Cápac!» ¡Ahora regresa al Cuzco!

Y en ese momento, él y su novia se desaparecieron, y Coniraya también se desapareció.

Luego de pasar un tiempo, cuando se suponía que Huayna Cápac había fallecido, sus sucesores empezaron a pelear entre sí. Debatieron quién sería el gobernante, cada uno diciendo «a mí me toca», y entonces fue que los españoles arribaron a Cajamarca.

IV. UN MENSAJERO VESTIDO POR NEGRO*

Al fin aquel dia los enemigos estauan ya fatega dissimos, y assi durmian los dos campos sin recogerse. Y al dia siguiente, desde el alba comiença la batalia, y en a las diez horas del dia, entra los Collasuyos con la misma furia con todos los Chinchasuyos; porque estos lugares eran quatro o cinco fortalezas y todo casi peñas vivas, mal podian tomar puesto; y assi, por sobre tarde, viendose ya los enemigos muy cansados y fatigados mas que nunca, y sin socorro, se comienza a hoyr a otro lugar. Y en esta sazon, el ynga Huaynacapac deja, y manda que el real se descanse por aquel día y despues los enemigos, dizen, que aquella noche se pusieron en saluamiento para fortaleza mas fuerte del capitan.

Y de ahí va a Quito el ynga para descansar y dar nueva ordenança y tassas; y entonces llega la nueva del Cuzco que como habia pestilencia de sarampion, y de ahí parte para las conquistas de nuevo reyno de Opaluna, y assi llega hasta los Pastos y de mas adelante, y en donde estando caminando el ynga, da rayos ahí los pies y de a vuelve para Quito, teniendo por mal agüero. Y quando yba hacia la mar con su campo, se vido a media noche visiblemente cercado de millon de millon de hombres, y no saben ni supieron quien fueron. A esto dicen que dijo que eran almas de los vivos, que Dios habia mostrado significando que habian de morir en la pestilencia tantos, los cuales almas dicen que venian contra el ynga, de que el ynga entiende que era su enemigo. Y assi toca armas de arrebato, y de ahí vuelve a Quito con su campo, y hace la fiesta de *capacranmi* (*sic*) solemnisandole.

Y assi, a horas de comer, llega un mensagero de manta negro, el qual besa al ynga con gran reuerencia, y le da vn *putti*, ó cajuela tapado y con llave, y el ynga manda al mismo yndio que abra, el cual dice que

---

* La ortografía refleja la forma de deletrear en esa época.

perdone, diciendo, que el Hazedor le mandaba el abrir solo el ynga; y visto por el ynga la razon, le abre la cajilla y de ahí sale como mariposas ó papelillos volando ó esparciendo hasta desaparecer; el qual habia sido pestilencia de sarampion, y assi dentro de dos dias muere el general Mihacnacamayta con otros muchos capitanes, todos las caras llenos de *caracha*. Y visto por el ynga, manda hazer una cassa de piedra para esconderse, y despues se esconde en ella tapandose con la misma piedra, y ahi muere. Y al cabo de ocho dias, saca casi medio podrido y los embalssama y trae al Cuzco, en andas, como si fuera vivo, y bien vestido, y armado y en la mano con su *ttopayauri suntor paucar,* y mete en el Cuzco con gran fiesta. Entonces dexa en Quito a vn hijo suyo llamado Topaataovallpa.

V. EL ORÁCULO DE HUAMACHUCO

Era cruelísimo Atahualpa; a diestro y a siniestro mataba, destruía, quemaba y anolaba cuanto se le ponia delante; y así desde Quito a Huamachuco hizo las mayores crueldades, robos, insultos, tiranías, que jamas hasta ahí se habían hecho en esta tierra.

Llegado, pues, Atahualpa a Huamachuco, dos principales señores de su casa vinieron a hacer sacrificio a ídolo o guaca de Huamachuco y que le preguntasen por el suceso que tendrían sus cosas. Fueron los orejones, hicieron el sacrificio consultando el oráculo. Fueles respondido por él que Atahualpa tendría mal fin, porque era tan cruel y tirano derramador de tanta sangre humana. Esta respuesta del diablo dieron los orejones al inga Atahualpa, y por esto se indignó Atahualpa contra el oráculo y apercibió su gente de guerra y fue adonde estaba la guaca. Y cercado el sitio donde ella estaba, tomó una alabarda de oro en la mano, llevando consigo los dos de su casa que habían ido a hacer el sacrificio. Llegó adonde el ídolo estaba, de donde salió un viejo de más de cien años, vestido de un vestido hasta el pie, muy velludo y lleno de conchas de la mar, que era el sacerdote del oráculo que había dado la respuesta dicha. Y sabido por Atahualpa que era aquél, alzó la alaborda y dióle un golpe que le cortó la cabeza. Y entró en la casa del ídolo, al cual también derribó la cabeza a golpes, aunque era de piedra. Y luego hizo quemar al viejo, ídolo y casa suya, hízolo todo polvos y mandólos volar por el aire.

Perú (quechua)

3. Predicar la Santa Palabra

Dios lo dice, y Él los hace: primero hubo luz. Y en el segundo día, hizo el cielo.

En el tercer día, hizo el mar y la tierra. Y en el cuarto día, formó el sol. Ah, y la luna y todas las estrellas, pues.

En el quinto día hizo las criaturas que viven en el agua, y todos los pájaros que vuelan por el aire.

En el sexto día, Nuestro Señor hizo las bestias y todo lo que vive sobre tierra, y fue entonces cuando hizo al primer hombre. Y dijo Dios: «Hagamos al hombre a nuestra imagen, conforme a nuestra semejanza; y señoree en los peces de la mar, y en las aves de los cielos, y en las bestias, y en toda la tierra, y en todo animal que anda arrastrando sobre la tierra».

Cuando Dios hizo las primeras personas les dio su bendición. Les dijo: «Fructificad y multiplicad, y henchid la tierra. He aquí que os he dado toda planta que da semilla que está sobre la superficie de toda la tierra, y todo árbol cuyo fruto lleva semilla; ellos os servirán de alimento».

Por sólo pocos momentos disfrutaron del asiento y el trono de Dios, el Espíritu Único. Y después el Señor los regañó y les dijo: «Adán, Adán, marca este pozo. En el sudor de tu rostro comerás el pan».

Y se dice que los desterró: «Cuando yo lo diga y lo requiera, tu vida terminará aquí, pues polvo eres, y al polvo serás tornado».

Mientras las personas se dispersaban y se establecían, se propagaban. Y hubo muchos pecados. Debido a éstos, Dios se enojó por segunda vez. Esta vez inundó el mundo.

Sólo quedaron ocho, los hijos de Noé, quienes reprodujeron. Fueron bien vistos por Dios. ¿Pero acaso Nuestro Señor no tiene razón para enojarse? ¡Se enoja mucho cuando lo provocan!

Pero bueno, pasaron cuatro mil años, y Dios fue bondadoso: envió a Su querido Hijo, El Salvador.

Por medio de Santa María, se encarnó. Por Su hermosísima muerte nos vino a salvar, y nos dio vida eterna.

Señores y príncipes, alaben al Señor. Escuchen lo siguiente: amaneció y el verdadero Sol salió. Era Jesucristo, quien vino y nos cubrió con Su resplandor. Una llama apareció en el cielo.

En esa época los ángeles hicieron amistad con los hombres en la tierra. Y por eso no fue casualidad que la Magdalena fuese la primera en verlo en el sepulcro.

Dichosa eres, señora Magdalena, que Nuestro Señor, el Dios verdadero hecho hombre, Jesucristo, habló primero contigo en el sepulcro. Aleluya.

Cuando los apóstoles San Pedro y San Juan se enteraron de que había resucitado, se reanimaron y fueron corriendo al sepulcro en el jardín. Debido a esto, sintieron alegría en sus corazones.

Pasaron cuatro días, y Nuestro Señor les ordenó a los apóstoles a que llevaran el Evangelio por todo el mundo. Después subió al cielo.

Francisco Plácido / México (náhuatl)

▼▲▼▲▼▲▼▲▼▲▼▲▼▲▼▲▼▲▼▲▼▲▼

LOS CUENTOS FOLKLÓRICOS:

UN VELORIO DEL SIGLO XX

Los muertos al pozo y los vivos al negocio.
—proverbio
Texas, EE.UU.

Los cuentos se dicen en los velorios para pasar el tiempo, o, yendo más al grano, para evitar que la gente se duerma. Aunque se acepta ampliamente que el alma del finado ha partido para el más allá cuando el velorio comienza, otra tradición más seria señala que el alma está preparada para entrar en el cuerpo de cualquiera de los presentes que esté medio dormido. En aras de la sociabilidad —si no por una razón más profunda— la comida, la bebida, los juegos y los cuentos ayudan a mantener el velorio en curso.

Hay informes antiguos de velorios que se celebraban en las iglesias frente al altar mayor. La escena más corriente es en casa del fallecido, donde el cuerpo se expone en un cuarto vacío de muebles, o con las sillas colocadas delante y a lo largo de las paredes. Este suele ser el cuarto que tiene un pequeño altar, con el féretro colocado sobre un banco o una mesa, con la cabeza hacia el altar. Las oraciones se rezan en este cuarto, mientras los cuentos se dicen en uno adyacente, quizá en la cocina o afuera en el patio, alrededor de una hoguera.

El rápido transcurrir del siglo XX no enriqueció la costumbre, y hasta ha caído en desuso en lugares como Nuevo México, EE.UU., donde se ha entrado en la era de las funerarias. Los tiempos han cambiado en Oaxaca, México, donde el juego de barajas —cada vez más usado— ha reemplazado los cuentos en los velorios. Y por dondequiera las viejas costumbres deben confrontar las modernas sensibilidades que fruncen el ceño ante cualquier clase de diversión en tiempos de crisis. Sin embargo, las viejas modas de los velorios fueron ampliamente documentadas, al menos al comienzo y a mitad de la centuria pasada. En los lugares donde sobrevive la costumbre, la gente que se sabe que son buenos narradores continúa siendo avisada cuando llega la ocasión para asegurar su presencia.

La manera usual es que el velorio comience en la primera noche después de que haya ocurrido la muerte, con el entierro celebrándose a la mañana siguiente. Entonces, frecuentemente, los rezos por el alma continúan por otros ocho días y noches. Entre la primera y novena noche del ciclo, llamado *novena*, la participación se va reduciendo, y pocas velas se mantienen ardiendo. En partes de Guatemala se requiere la narración de cuentos, especialmente durante el velorio; o sea, la primera noche, y durante la novena noche se acaban los rezos o novenas. En Colombia, en la Sierra Nevada de Santa Marta, pueden haber visitas con narración de cuentos en cada una de las nueve noches, aunque los invitados no se quedan más allá de la medianoche, a excepción de la primera y última noches.

Se sirven varios platos a intervalos, igual que café negro y, especialmente en el Cono Sur de Suramérica, la hierba mate, o en Mesoamérica, tazas de chocolate. Puede que también se ofrezquen puros y bebidas alcohólicas.

Como el velorio —ya sea este de una o nueve noches— es la ocasión más típica para la narración formal de cuentos, las selecciones que siguen, en vez de agruparlas temáticamente, han sido arregladas como si fueran dichas en el más natural de los ambientes. Es decir, cada tema sugiere el próximo, ya sea seleccionándolo u ofreciéndolo como contraste. El único grupo que ha sido estructurado cuidadosamente es la sexta sección, que tiene el ciclo del folklore bíblico en el orden tradicional, comenzando por la Creación y terminando con la Resurrección. Cada una de las otras secciones gravita hacia un tema particular sin observar un programa estricto. La primera sección se centra en el noviazgo y en el matrimonio, y la segunda en la vida eterna. Una selección de oraciones tradicionales aparece después del último cuento en la segunda sección, que es por sí misma una oración en forma de narrativa.

La tercera sección (la intriga romántica) y la cuarta (la gracia) continúan con las adivinanzas. Éstas también se dicen en los velorios, aunque son contadas en este contexto con mucha menos regularidad que los cuentos folklóricos. Manuel J. Andrade, describiendo sus recopilaciones folklóricas en una gira por el campo dominicano, escribe: «Dos veces oí adivinanzas en lo que parece ser su entorno natural. Una de las ocasiones fue en un velorio en una finca cerca de Higüey, donde nadie esperaba ver a un extraño, como tampoco nadie sabía aún que yo estaba interesado en las adivinanzas». Dos de las que Andrade documentó, los números XVIII y XX, están reproducidas aquí.

Cuentos de salvación y rescate, principalmente sin matices religiosos, aparecen en la quinta sección, en camino hacia las historias de la Biblia de la sexta sección. De hecho, como se denota en la introducción de este libro, el antropólogo Robert Laughlin oyó en persona los episodios mazatecos en un velorio.

Como contraste, la séptima sección se vuelve tontería, con el cuento final mostrando uno de los comienzos más exagerados entre las fórmulas de un narrador:

> *Si te digo que la sé, tu sabrás*
> *cómo decirla e incluirla*
> *en barcos para Juan, Rock y Rick*
> *con polvo y aserrín, pasta de*
> *jengibre y mazapán, triki-triki,*
> *triki-tran.*

Al menos algunas de estas extrañas fórmulas de los narradores se desprenden de los cánticos usados en los juegos de salón. El ejemplo mostrado más arriba, de Chile, puede ser comparado con una rima española antigua, cantada mientras se mecían a los niños sobre las rodillas:

> *Aserrín, aserrán,*
> *los maderos de San Juan;*

> el de Juan, come pan;
> el de Pedro, come queso;
> el de Enrique, alfañique;
> ñique, ñique, ñique...
>   *(variante)*

Los cánticos a veces se convierten en adivinanzas tontas y sin fin, o en cadena, como pudieran ser llamadas, que se vuelven narrativas, ya sean como fórmulas finales o como adivinanzas cortas y raras completas en sí mismas. Se ofrecen varios ejemplos de éstas en la séptima sección.

La octava sección gira sobre la avaricia, un elemento necesario en cualquier parte del folklore internacional, con o sin tratar de moralizar, que es una ayuda para limpiar la maldición. Finalmente, la novena sección se centra en el matrimonio y la familia. Esto, raramente, sugiere la ambigüedad de la historia corta moderna, en vez de la moral transparente de los cuentos medievales tradicionales, a pesar de que las tramas son básicamente del Viejo Mundo. Algunas son sorpresivamente sin límite fijo, llevando al lector —o a quien escucha— a otra historia que aún no se ha dicho, en lugar de terminar con una conclusión esmerada. Los mejores ejemplos de esto son «El compadre malo»; «Las gallinas prietas»; «Con dos cabezas»; y «El jornalero va a trabajar».

PRIMERA SECCIÓN

4. En la ciudad de Benjamín

En una ciudad había un rey al que le gustaban mucho las mujeres, porque ellas sabían contarle cuentos. Hacía recoger con los vasallos a todas las mujeres bonitas que existían en la comarca para hacerles sus esposas, pero siempre que le contaran cuentos. Pero todas las mujeres no le duraban sino sólo tres noches, porque no le contaban un cuento que durara siquiera una noche. Entonces les hacía encerrar. Tenía muchas mujeres encerradas como un claustro.

En esa misma ciudad existían también tres hermanas que eran bien pobres y que en ellas no se habían fijado. Entonces ellas decían que querían ir al palacio para que el rey las conociera y las cogiera como esposas. Se fue primero la una y le pasó lo mismo que a las otras mujeres; fue encerrada. De igual manera a la otra. Y cuando fue la hermanita menor, ella pensaba y decía entre ella, que ella sí podía ser la verdadera esposa porque le contaría un cuento que no se acabaría. Entonces el rey le tomó por esposa y la primera noche comenzó a contarle un cuento y ya a la madrugada, ya cansada de tanto contarle, le dice:

—Mi *sacarial* majestad, me vas a permitir descansar. Mañana te seguiré contando.

Le dejaba en la parte más interesante. Así sucedieron ocho días que le contaba el cuento y no acababa. Le dejaba siempre en el capítulo más interesante. Pasados los ocho días, dijo él:

—Esta sí es mi verdadera esposa, porque ella, sí sabe contarme cuentos.

Y como no acababa, se casaron para que terminara de contarle, que era lo que le interesaba. Así pasó mucho tiempo. Ella le contaba cuentos, cuentos, y nunca acababa. Entre tanto ella iba a tener un hijo. Cuando un día le dice ella que ya se va a acabar el cuento.

Desde más antes, como ella era ya la reina, tenía todas las atribuciones, y arreglaba, visitaba el palacio… Una vez, en una de sus visitas llega al sótano y se encuentra con que ahí había miles de mujeres, cada una más bonita que otra. Ella, curiosa, deseaba saber el por qué las tenía ahí, pues en la comarca se corría la voz que la mujeres eran sólo para tres noches y después el rey las mataba. Entonces ella deseaba descubrir, pero no tenía a quién averiguar ni preguntar. Al mismo rey le seguía contando todas las noches los cuentos y le decía que ya va a terminarse el cuento, pero que es muy trágico por lo que él debe ser muy bueno, no hacer males a nadie, que toda la comarca lo quiera. Por eso ella le decía:

—Mi sacarial majestad, no puedo contarle el final, porque es muy feo.

El rey, muy interesado, porque le gustaban mucho los cuentos, le decía que le acabe de contar. Entonces ella le dice que le acabaría de contar si él le concede una gracia.

—¿Qué gracia quieres que te conceda, mi reina?

Y ella le responde:

—Que suelte a las mujeres que tiene en el sótano prisioneras.

El rey, muy asustado, le dice:

—¡Cómo! Si es que las suelto, el pueblo se enojará y me arrastrará. No puedo hacer eso.

La reina le dice entonces:

—El cuento no tiene fin…

Como el rey estaba tan interesado, le dice:

—Mi reina, déjame pensar.

Así pasaron muchos días y la reina le decía que ya le quiere contar el fin porque ella se va a enfermar, va a nacer el hijo y presiente que se va a morir. El rey tenía miedo del fin y le decía:

—Todavía no, unos días más, mi reina.

Entretanto, la reina había preparado el ánimo del pueblo y todas las noches iba soltando a las mujeres encerradas de una en una para que no se dieran cuenta y que cada cual regrese a su hogar y mienta alguna cosa, como que ha estado de viaje, etc.

Hasta que una noche la reina le dice que ya no se aguanta más, que le va a contar el fin del cuento... Y ese era el final: nació el hijo y el rey se dio cuenta de que las mujeres ya no estaban en el sótano y que a él no le había pasado nada. Le agradeció a la reina porque el miedo que él tenía era que le arrastre el pueblo y como no le había pasado nada, vivieron felices.

El rey se convirtió y éste es el final del cuento del rey Benjui que vivía en la ciudad de Benjamín.

Rosa Salas / Ecuador

5. La suerte de Antuco*

Preuntar pa' saber y escuchar pa' aprender.

El que es tonto de remate que se vaya a tomar mate, qu'es medicina casera pa curarse la lesera.

Érase que se era un joven huachito que se llamaba Antuco y que la gente del campo había apodao el Jutrecillo, porque le gustaba andar limpiecito y arregláito. Estaba de vaquero en un gran fundo de la cordillera. En este fundo había un viejo capataz, llamado ño Anselmo, qu'era un viejo borracho. Un día, el amenistraor del fundo lo llamó y le ijo que si seguía así empinando el codo lo despediría y pondría a otro más joven. Al oír esto, ño Anselmo se figuró que ese otro había de ser Antuco, a quien el amenistraor miraba con simpatía, porque nunca tomaba y era

---

* La ortografía refleja la pronunciación criolla.

muy cumplior. Desde ese día, el viejo capataz le tuvo mala voluntá a Antuco y buscó toos los medios posibles pa' que lo despidieran.

Una noche desapareció una vaca del potrero y el capataz acusó a Antuco de haberse entendío con el lairón. El pobre joven se defendió como pudo; pero fue despedío del fundo, y el patrón, furioso, no le quiso pagar su sueldo y lo amenazó con la justicia si no se iba al tiro. Antuco recogió sus pocas prendas y, sin un centavo en el bolsillo, salió del fundo pa' venirse a Santiago, donde pensaba dentrarse de melitar, porque sin recomendaciones, ¿cómo iba a encontrar trabajo en otro fundo? El joven no conocía Santiago y no estaba bien seguro del camino, así que se demoró más de lo necesario y la noche lo sorprendió.

Se dentró en un ranchito desocupao, recogió un poco de leña seca pa' hacer fuego, porque hacía frío, y dempué de comer un piazo de galleta, se envolvió en su manta y se tendió al lao del fuego pa' dormir. Tuvo un sueño muy raro: soñó que veía, sentá al lado del fuego, a una vieja mujer que se calentaba, y como él le preuntara que quién era ella, le contestó: —Soy tu suerte.

—Si sois mi suerte ¿por qué me habís dejao sufrir tanto tiempo sin ayudarme? —dijo el joven—.

—Es que me había quedao dormía en este rancho, donde vos habís nacío, y que pa' despertarme necesitaba del calor del fuego encendío por vos. Ahora ya no me dormiré más y te ayudaré a salir de penas. Serás rico y honrao como pocos.

—Y ¿aónde he de encontrar yo esa gran fortuna, cuando no tengo ni un chico en el bolsillo?

—Esto te lo dirá el primer cristiano con quien te topes en camino y a quien le hagai un favor.

La vieja desapareció y el joven siguió durmiendo.

Al amanecer salió del rancho pa' seguir viaje a Santiago. Ya había andao bastante tiempo cuando llegó a una parte donde habían dos caminos que se cruzaban. No sabía cuál tomar, y preuntó a un hombre que llegaba de a caballo. Este le dijo que siguiera el camino de la derecha y le ofreció tomarlo en ancas, pues él precisamente seguía el mesmo camino. Antuco aceptó muy agradecío. En camino le contó al campesino que se iba pa' meterse de sordao, y el otro ijo que había salío el día antes pa' buscar a un cuñao suyo que trabajaba en una hacienda bastante distante y: —Mire mi mala suerte —ijo—, mi mujer acaba de tener guagua, y como hoy debe venir un sacerdote a la hacienda pa' bendecir la nueva bodega, pensábamos hacer el bautizo de la guagua, y mi cuñao con una vieja, tía de mi mujer, habían de ser los pairinos. Ahora sucée que mi cuñao está en cama muy enfermo, por haberse caío de a caballo, y estamos sin pairino. Mi mujer no quiere que tome a naide de la hacienda, porque dice que es gente pendenciera. ¿Agora qué vamos a hacer? ¿Está usté muy apurao por llegar a Santiago? Si no lo juera, le pediría que nos hiciera el favor de ser pairino de mi hijito. Estoy seguro que mi mujer estaría muy contenta de tenerlo por compaire.

Antuco aceptó quedarse hasta el día siguiente, y cuando llegaron a las casa, jue presentao a la mujer, a quien el marío contó la enfermedá del cuñao. La Mena, qu'ese era el nombre de la mujer, lo recibió muy bien y le ijo que le agradecía mucho el favor que le iba a hacer.

—No hay de qué —contestó Antuco—. Yo tendré a mucha honra el ser pairino de su hijito, y compaire de una señora tan güena moza.

Cuando el sacerdote llegó, se hizo el bautizo, y dempué se sentaron toos a la mesa pa' comerse una güenza cazuela de ave y tomarse güenos tragos de chicha, a la salú de la guagua.

Durante la comía, Antuco contó el sueño que había tenío e ijo riendo que pudiera ser que le saliera cierto, puesto que ya había tenío la suerte de encontrarse con una persona que le pidiera un favor.

—Bah, cosa suya, compaire —ijo la Mena—. ¿Cómo cree usté en estas tonterías? Si too lo que se sueña juera cierto, entonces mi marío s'habría encontrado ya una pila de moneas de oro y de alhajas preciosas.

—¿Cómo es eso? —preguntó Antuco.

—Sí —ijo el campesino—, figúrese que durante tres noches seguías soñé que veía a un negro gigante que me decía que en un punto de la falda de la cordillera onde hay un espino seco que tiene tres ramas en forma de cruz encontraría un ovillo de hilo colorao enterrao al mesmo pie del espino; que atara el hilo al tronco del arbolito y tirara el ovillo detrás de mi espalda. Debía seguirlo, y en la parte onde se parara encontraría un subterráneo con un arcón lleno de oro y alhajas. Ya ve usté, compaire, a ónde voy yo a buscar el tal espino. Leseras, no más, como le dijo la Mena.

Antuco lo escuchaba con mucha atención y refleucionaba. El conocía precisamente una parte de la cordillera onde había un espino tal como el compaire le había contao y, recordando lo que la vieja le había dicho, resolvió ir allá pa' ver lo que había de cierto. No quiso ecirles na a los compaires pa' que no se burlaran de él, ijo que había refleucionado y que en lugar de dentrarse de melitar quería verse con un amigo suyo que estaba de capataz en otro fundo a ver si no lo podía hacer dentrar de vaquero, y qu'era mejor que se juera esa mesma tarde en lugar de pasar la noche con sus compaires. Pidió prestao el caballo, prometiendo volver al otro día pa' devolverlo y decirles cómo le había ido.

Salió, pue, de la casa y, montao en el caballo de su compaire, se jue a todo escape a la parte de la cordillera onde él sabía qu'estaba el espino.

Era ya de noche cuando llegó, la luna alumbraba muy bien y Antuco encontró fácilmente el espino. Se desmontó del caballo, que ató a un peñasco, y sacando su navaja, se puso a cavar al pie del arbolito. Al poco rato encontró un piazo de cuero y, envuelto en él, un grueso ovillo de hilo colorao que parecía como si juera teñío en sangre. Ató el hilo al espino como el compaire le había dicho y tiró el ovillo. Este empezó a dar botes y a rodar: Antuco lo seguía corriendo. Anduvo así un güen rato, al fin se detuvo en una parte onde había tres grandes piedras. Antuco recogió el ovillo qu'era toavía bastante grueso y lo puso en su bolsillo. Luego empezó a sacar las piedras. A la primera que tocó sintió un ruido extraño que parecía venir de la tierra, a la segunda, la tierra tembló y cuando sacó la tercera, un gigante negro salió en medio de llamas de fuego. Quiso abalanzarse sobre el joven, éste le tuvo mieo y, sin pensar, pa' defenderse, le tiró lo primero que le vino a mano, que jue el ovillo de hilo.

El gigante cayó como si le hubieran dao un martillazo en la cabeza. Antuco comprendió que el ovillo era de virtú, puesto que había derribao al gigante. Pensó amarrar a éste con el hilo; pero el negro le ijo:

—Patroncito, no me amarre usté, que yo podré servirle. Soy el guardián del tesoro qu'está escondio en un subterráneo y sólo he de entregarlo al que posea el ovillo de virtú.

Levántate —ijo Antuco—, y condúceme.

Se levantó el gigante y ambos bajaron por una escalera y se metieron en un subterráneo onde había un gran arcón lleno de oro, alhajas y piedras preciosas.

Antuco iba a llenarse los bolsillos, pero el gigante le ijo: —No se tome ese trabajo, patroncito, yo llevaré el arcón onde usté quiera, pues no debo apartarme de él mientras quede una sola monea. Ahora seré esclavo suyo, ya que tiene el ovillo de virtú. No tiene más que mandar y lo que desee se cumplirá.

—Mando —ijo Antuco sacando su ovillo—, que seamos transportaos a un palacio de Santiago y que a mis compaires les sea degüelto el caballo con una bolsa llena de oro.

Al mesmo momento, Antuco con el gigante negro, que había cargao el arcón sobre sus espaldas, se encontraron en un hermoso palacio de la Alamea, en Santiago. La casa estaba amoblá que era un primor. Antuco encontró en un dormitorio vestíos de caballero; tocó una campanilla y vinieron los sirvientes que le trajeron un rico chocolate; el negro gigante puso el arcón en un cuartito al lao de la pieza de su amo y se sentó encima pa' cuidarlo.

Antuco, vestío de gran señor, con coches y caballos, salía a pasearse toos los días y se daba una vía de príncipe. Un día s'encontró en la Alamea con sus compaires muy bien vestíos. La guagua la llevaba una sirvienta. Antuco no se dio a conocer; pero los siguió y vio que se dentraban en una buena casa. Comprendió entonces que sus deseos se habían cumplío y que los compaires habían recibío la bolsa de oro. Esto le dio mucho gusto.

Al poco tiempo le dentró la gana de conocer otros países, pensó irse a la Francia de París y tamién al país de los gringos. Sacó el ovillo y mandó que le diera un rico buque que lo llevara a Europa. Too se hizo como él lo pedía. De Valparaíso le avisaron que su buque había llegao.

Antuco se embarcó en él con el gigante negro y el arcón y dempué de algunos días llegaron a París. Había mandao un telegrama a las autoridades pa' avisarles que un príncipe chileno iba a llegar, así que el rey de allá mandó a sus menistros con una carroza dorá pa' que lo esperaran en el puerto.

Cuando el buque llegó, Antuco desembarcó y quería irse a un hotel; pero los menistros del rey le ijeron que no, que el rey se ofendería si no se alojaba en su palacio. Así que Antuco no tuvo más remedio que decir que güeno; pero ijo que tamién habían de admitir a su esclavo negro, porque no se separaba jamás de él. Los menistros ijeron que claro, qu'era muy natural que juera tamién el esclavo y querían qu'éste se metiera en un coche; pero el negro ijo que no, que iría de a pie, porque tenía que llevar el tesoro de su amo. Los que ahí estaban se quearon maravillaos, al ver con qué faciliá se cargaba ese gran arcón, que cuatro hombres no habrían podío levantar. El rey, rodeado de su corte, esperaba a Antuco. Lo recibió con mucha ceremonia y le ijo que tendría a mucha honra se queara en ese su palacio.

Antuco correspondió los cumplíos y dempués se retiró a los departamentos que le habían preparao, se cambió de traje y se vistió de gran etiqueta pa' asistir a la gran comida que el rey daba en su honor.

Como sabía que sería presentao a la reina y a la princesa, hija del rey, escogió en su arcón unas joyas espléndidas que quería regalarles. Estas eran: una corona de oro cuajá de brillantes pa' la reina y un collar de perlas y un prendeor pa' la princesa. Al rey le regaló una gran cruz de brillantes y una espá toa de oro.

¡Figúrense si estos regalos fueron recibíos con gusto! Toa la familia le dio las gracias, y al poco tiempo de estar en palacio, Antuco era considerao como el príncipe más rico del mundo. Iba por todas partes con el rey y por supuesto que se hacía el rumboso y no quería que desembolsara ni un centavo; iban al teatro, a los paseos, too lo pagaba él.

La princesa, hija del rey, estaba de novia con el hijo del rey de los gringos de Inglaterra: pero, a decir la verdá, no le gustaba mucho el novio, porque era muy feo. Una vez que hubo visto a Antuco que era tan güen mozo, el otro le pareció más feo toavía. Se lo ijo a su maire, la reira, y ésta le habló al rey, diciéndole que sería mejor que la niña se casara con el príncipe chileno, que era tan rico y generoso. Al rey, claro que le habría gustao más tener a su amiguito por yerno; pero cómo hacer pa' romper el compromiso. Cavilaron mucho el rey, la reina y la princesa. Al fin, el rey le ijo a la princesa que ijera a su novio que ya había cambiao de idea, que se encontraba muy bien así de soltera, y que además, no quería casarse con un hombre de pelo rubio, porque le parecía que tenía la cabeza desteñía.

El príncipe se ofendió mucho y se retiró amenazando al rey con una guerra. Esta no se hizo esperar. A los pocos días de haber güelto a su país, hizo que su paire le declarara la guerra al rey de la Francia. Este se asustó mucho, porque sabía que los gringos eran muy valientes y ya estaba arrepentío por haber roto el compromiso, pero Antuco, a quien la princesa le gustaba mucho, le ijo que no se le diera na, que él se encargaba de too y que saldría bien de la empresa.

Pa' venirse a Francia, los gringos de Inglaterra tenían que atravesar el mar. Antuco se hizo nombrar amirante de la escuadra francesa y partió con el gigante negro, en el mesmo su buque que estaba siempre esperándolo en el puerto de París.

Cuando toa la escuadra gringa estuvo cerca de la costa, Antuco ató el hilo del ovillo que había traío a un palo de su buque y, dando el ovillo al gigante, le mandó se tirara al agua y nadando rodiara toa la escuadra enemiga con el hilo, y que volviera a subir al buque. Obedeció el negro y sin que naide lo notara, porque era de noche y por lo negro de su cuerpo, engolvió a toos los buques enemigos con el hilo.

Cuando golvió a su buque, entregó el ovillo a su amo y éste mandó a los marineros que apuraran la marcha. El buque empezó a andar, arrastrando etrás de sí a toa la escuadra enemiga, que no podía resistir ni disparar, porque estaban tan apretaítos que no se podían mover por temor de irse a pique. Así, de este modo, fue como Antuco los trajo toos de prisioneros a París. El pueblo lo esperaba a la orilla del mar y lo aclamó llevándolo en trunfio.

Entre los prisioneros gringos estaba el príncipe, antiguo novio de la princesa. Tuvo que pedirle perdón al rey y pagarle una gran suma de

dinero pa' poder volver a su patria. Antuco se casó con la princesa y el
día de las bodas hizo que too el pueblo tuviera vino y chicha pa' que
tomara a su salú. Cuando le tocó firmar el papel de casamiento, firmó
así: Antuco de Chile, príncipe del Espino.

Y se acabó el cuento, y se lo llevó el viento, pa' que más tarde de
uno se puea tener un ciento.

Juana González / Chile

6. Don Dinero y doña Buenafortuna

Don Dinero y doña Buenafortuna estaban discutiendo. Don Dinero
insistía: —Mi dinero es la solución. Sin él, no hay nada.

Doña Buenafortuna sacudió la cabeza.

—Sin buena fortuna tu dinero nada más que trae problemas. Mi
buena fortuna es la solución. Te lo voy a comprobar. Ya verás.

En ese momento, un hombre pobre se apareció y se paró frente a
doña Buenafortuna, y ella le preguntó: —¿Y cómo te va la vida?

Y él le contestó: —¿Vida? ¿Qué vida? Estoy cansado de trabajar, y
nada más que me pagan cuatro reales.

Ella le llenó la mochila con dinero, y le dijo: —Vamos a ver si esto
te ayuda. Regresa entre un rato, y déjame saber cómo te van las cosas.

El hombre se puso la mochila en la espalda y se fue. En camino a la
casa, atravesó un bosque. Se puso a pensar: *¿Quién se creerá que es esa
doña Buenafortuna? ¿Por qué debo regresar a verla? Con una bolsa llena de
dinero no me hace falta nadie.*

Siguió por su camino. Entonces, imagínense, la mochila se enredó
en una enredadera. Un avispero que estaba encima de la enredadera se
cayó, y las avispas lo picaron. Salió corriendo del bosque lo más rápido
que pudo, pero cuando llegó al campo abierto, se dio cuenta de que la
mochila se le había perdido por algún lado. Regresó, pero no la pudo

encontrar. Pero él no sabía que las avispas no eran avispas, sino que eran ladrones disfrazados de avispas.

Regresó con mucho pesar a la doña y le contó lo que le había pasado. Ella le dijo: —No te preocupes porque perdiste el dinero. Vete para tu casa.

El hombre tenía un vecino que gracias a la doña Buenafortuna —quien lo cuidaba muy bien— estaba en mejor situación económica que él. Después de que el hombre pobre se fue, la doña le mandó a su vecino una cesta de plátanos, y escondida debajo de los plátanos estaba la mochila del hombre pobre con todo el dinero. Como no sabía que el dinero estaba en la cesta, y como sabía que su vecino tenía necesidad, el hombre bueno le dijo al mensajero que se llevara los plátanos a la casa de su amigo: —Él está más necesitado que yo —dijo.

El hombre pobre estaba muy agradecido por el regalo. Y cuando sacó los plátanos, vio la mochila. Se quedó asombrado. Sacó el dinero y lo escondió, sin decirle nada a la familia. Fue corriendo adonde estaba doña Buenafortuna: —Ahora sí sé que Dios existe. ¡Y tú! Tú sabías la verdad. Sin buena fortuna, no hay dinero.

La doña le dio una mirada cariñosa: —Ya que te arrepentiste, te voy a dar un consejo. Busca un terruño, y dile al dueño que se lo quieres comprar, sin importar lo que cueste. Cuando lleguen a un acuerdo, ven a verme para que yo te diga cuánto te va a costar.

El hombre fue a hablar con un terrateniente que tenía una finca que valía quince mil pesos. El propietario le dijo: —Si me traes el dinero esta tarde, te dejo la tierra en cinco mil.

El terrateniente le dijo esto sólo para burlarse del hombre pobre, pero éste le dijo que estaba bien. Y así fue como si nada que el hombre que había sido pobre se hizo rico.

Don Dinero se viró hacia doña Buenafortuna y le dijo: —Ese hombre era pobre, ¡pero mira cómo ahora tiene dinero!

—Tienes razón —dijo la doña Buenafortuna—, pero sólo fue para comprobarte que sin buena fortuna, tu dinero no vale para nada.

José Guzmán Ribera / República Dominicana

7. La niña Lucía

Bueno, pues que este era un rey que quería casarse con la mujer más bonita del mundo, de suerte que dejó su reino y se puso en camino para buscar novia; y buscando, buscando, se anduvo todos los países, pero el caso era que por más que le enseñaban toda clase de niñas bonitas, a todas les encontraba defecto y por ninguna se decidía, hasta que aburrido de tanto andar y no hallar nada, se decidió a regresar a su reino y olvidar el propósito que tenía.

Ya que estuvo de vuelta sucedió que un día llegó al reino aquel un vendedor ambulante que andaba vendiendo retratos y tarjetas postales que traía acomodados dentro de un paraguas abierto y acertó a pasar por la calle donde él andaba ofreciendo su mercancía nada menos que el mismo rey que al oirlo pregonar:

—Lleve retratos, aquí traigo caras bonitas, también hay feas y pasaderitas; ¡lleve retratos, a los... retratos!

Lo llamó y vido que hubo los retratos, que le va gustando uno. Y pasaba que entre más lo miraba más le gustaba y no podía apartar la vista de él y luego le preguntó al vendedor quién era aquella niña y dónde vivía; a lo que el hombre le dijo:

—Sacra Real Majestad, es la niña Lucía que vive en el pueblo de la cañada, sino que como es huerfanita, su hermano Juan la cela mucho y casi lo más está encerrada, es cosa que nada más la deja asomarse al balcón una vez al año; yo no la he visto en persona, pero los que la han visto una vez, pasan el año esperando que llegue el día de poder volverla a ver.

Oído que hubo el rey lo que el vendedor le decía, y enfermo que se puso de mal de amores por haber visto el retrato de la niña, que se regresa luego a palacio y manda sus emisarios en busca de Juan para pedirle la mano de la niña Lucía.

Y que llega Juan y no bien oyó la voluntad del rey, le dijo que no esperaba nunca verse tan honrado, que con gusto le daba la mano de Lucía, pero que antes le concediera hablarle a solas. El rey lo llevó aparte y entonces Juan le dijo:

—Ha de saber Su Majestad que mi hermana, no porque sea mi hermana, pero a más de bonita y hacendosa tiene tres gracias que nadie le conoce: cuando se peina le salen perlas, cuando se lava las manos le salen flores y cuando llora, llueve.

El rey, que no se esperaba tanta maravilla, se puso todavía más ansioso de conocerla, así que mandó enganchar una carroza y en ella envió a Juan acompañado de una escolta para que fuera a traer a Lucía, mientras él se quedaba en palacio arreglando los preparativos para la boda. Y ahí dejamos al rey y nos vamos a ver a la niña Lucía que se quedó en casa muy apurada, quebrándose la cabeza pensando para qué habría mandado el rey por su hermano y piensa y piensa estaba, cuando llegó Juan y le dijo que el rey quería casarse con ella.

Lucía, que era una niña muy obediente, estuvo conforme con lo que había decidido su hermano, de modo que empezó desde luego a disponer sus cosas; lo único que no quiso dejar fueron un perico y una calandria, por lo que se puso a adornarles las jaulas con moñitos de listón para que se vieran bonitas, y en esas estaba cuando se le acercó una de las criadas y le dijo:

—Niña Lucia, ¿no me lleva asté pa' que le lave las jaulas de sus animalitos?

—Bueno —le dijo Lucía—, anda ve y dile a tu madre, a ver si te da el permiso.

Y luego regresó la criada acompañada de su madre y le dijo:

—Pos dice que no me deja ir sola, que por qué no se la lleva a ella también y que le lava su ropa como siempre.

—Bueno —dijo Lucía—, se lo diré a Juan y si él lo quiere, me las llevo a las dos.

Y Juan no halló cosa mejor, pues pensó que estando con ellas extrañaría menos Lucía su casa. Además sucedió que ya para irse se incendió el monte y unos vecinos llegaron a pedirle a Juan ayuda, y él por ayudarlos, no tuvo más remedio que encargar a Lucía con las criadas, pensando que con ellas iba segura, pues no quería quedar en falta con el rey.

Así que a toda carrera subieron las jaulas de los animales al techo de la carroza, acomodaron a las criadas y por último, Juan se despidió de su hermana; le dio muy buenos consejos y le echó la bendición; Lucía se subió a la carroza y sacando la mano por la ventana, movía su pañuelito diciendo:

> *¡Adiós Juan, que me serviste de padre y de madre,*
> *adiós capillita donde rezaba,*
> *adiós, piedrecitas con que jugaba!*
> *¡Adiós, arroyito en que me bañaba!*

—Callad, callad —decía don Juan— que voy a desfallecer.

Y la carroza empezó a rodar, Lucía a llorar y el cielo a llover... Y sucedió que al cabo de unas horas de viaje pasaron por un bosque muy tupido donde había fresas, entonces la criada vieja dijo:

—¡Mira nada más, qué fresas, niña Lucia! ¿Cómo no nos bajamos a cortarle unas al rey pa' que no llegues con las manos vacías?

—Bueno —dijo Lucía. Y mandó que hiciera alto el cochero y se bajaron las tres, y el perico al ver a Lucía le dijo:

—No me llevas, mamá Lucía?

Y Lucía que a nada decía que no, sacó al perico de la jaula, se lo puso en el hombro y comenzaron a cortar fresas. Entonces la criada vieja dijo:

—Mira, niña Lucía, más delantito están las fresas más grandes —y la fue alejando del sendero, metiéndola en la espesura.

—Mira, mi prenda —le decía—, más allá están las fresas más perfumadas, más allá más frescas.

Y así la alejó del camino, pues traía en su corazón malas intenciones y sus pensamientos no eran buenos; hasta que considerando que ya estaban bien lejos de la escolta, que se pone a maltratarla y le quita la ropa y se la cambia por la de su hija, y ya que se cansó de pegarle, la dejó sola con el perico y ella echó a correr con su hija; se subió a la carroza y le dijo al cochero que no se detuviera sino hasta llegar a palacio.

Cuando llegaron el rey y toda la corte la estaban esperando y luego que la vieron, aunque la muchacha no era fierecita, tampoco era como la del retrato, así que el rey se sintió siempre algo decepcionado y pensó que eso le había pasado por fiarse de las apariencias, pero lo que más lo consoló fue la idea de las tres gracias que tenía la muchacha y sobre todo, como «palabra de rey no vuelve atrás», no le quedó más remedio que casarse con ella.

Y pasó que terminadas las fiestas de las bodas mandó el rey abrir el balcón de palacio que daba a la plaza de armas y dijo que había de reunirse ahí todo el pueblo porque la reina iba a darles una sorpresa nunca vista al enseñarles sus tres gracias.

La plaza de armas se llenó de gente en lo que se los cuento y el rey y la corte aparecieron en el balcón, pero, como ustedes se han de imaginar, a la hora en que la criada se peinó lo que le brotaron fueron piojos, cuando se lavó las manos, no le salió más que mugre; y cuando lloró, en vez de llover, las nubes corrieron a esconderse detrás de los montes.

El rey muy avergonzado regañó a la reina pero ella le dijo que no sabía de qué se trataba por lo que el rey pensó que habían sido inventos de don Juan para animarlo más a que se casara con su hermana, así que decidió mandar por él para pedirle una explicación.

Cuando la reina lo supo se fingió enferma, se puso chiquiadores de papel de agujas pegados en las sienes con aceite de alacrán y dijo que no quería ver a nadie. Todo por no recibir a Juan por temor a que la reconociera.

Juan llegó a poco con la ilusión de ver a su hermana y fue tal su tristeza al darse cuenta que no quería recibirlo que cuando el rey lo reconvino por el engaño de las tres gracias ni siquiera se defendió.

Entonces el rey, creyéndolo culpable, pensó en castigarlo. Para esto pidió consejo a sus ministros y todos lo condenaron a muerte.

Esto pasó en el corredor de palacio donde estaba colgada la jaula de la calandria, así que desde ahí vio el animalito cómo mataban a Juan y lo enterraban en el prado.

El rey pensó que se había hecho justicia y consideró que la reina estaba enferma de pena por haber sido la causa de la muerte de su hermano.

Y ahora vamos con Lucía. La pobrecita quedó sola en el bosque sin saber para dónde ir, a más, comenzó a hacerse de noche y por más que andaba y andaba, sólo encontraba árboles y más árboles hasta que ya materialmente rendida, pensó en acostarse al pie de un ocote para pasar la noche, pero en eso el periquito le dijo:

—Mamá Lucía, un pasito y un jaloncito —y así la fue animando hasta que llegaron a la orilla del bosque desde donde vio allá lejos una lucecita, el periquito también la vio y le volvió a decir:

—Anda, mamá Lucía, un pasito y un jaloncito —y así hasta que llegaron al jacal de unos inditos quienes al verla tan sola y tan bonita pensaron que era una aparición, por lo que el indito le dijo:

—De parte de Dios te digo que si eres desta vida o de lotra al punto me lo digas —a lo que la niña le contestó que era de ésta, pero que se había perdido en el bosque cuando andaba cortando fresas, pero nada les dijo del rey, ni de su hermano Juan, ni de sus tres gracias, por miedo a que las criadas dieran con ella y volvieran a maltratarla. Los inditos se compadecían de ella y le dieron posada.

La niña y el perico pasaron la noche en el jacal y como al otro día nadie supo darle razón de dónde quedaba su pueblo, se quedó ese día y otros más de arrimada, pero como los vio muy pobres y quería ayudarlos, se fue al bosque y se puso a peinar con la escobeta de la indita y péinase y péinase y brotar y brotar perlas y el perico a levantarlas. Ya que juntó un buen puño, la niña las ensartó con mucho cuidado y se las dio al indito para que las fuera a vender al pueblo cercano que era nada menos que el reino donde estaban las criadas y la calandria.

El indito las llevó a vender a palacio y le dieron por ellas tanto dinero que ya no sabía ni dónde guardárselo. A la salida le dieron las gracias y de pasada le encargaron una costurera.

Muy contento se fue para su jacal a darle a la niña razón de la venta; pero más contento se puso cuando Lucía le dijo que todo ese dinero era para ellos. Pero a poco el gusto se le convirtió en tristeza, pues cuando la niña oyó que en palacio buscaban costurera, discurrió luego irse a ver si la querían. El indito no tuvo más remedio que irla a encaminar para que no se perdiera. Lucía les dio las gracias muchas veces; después cogió su periquito y se puso en camino muy contenta pensando que por lo pronto a los inditos los había dejado ricos, y pensando y andando llegó a palacio y ahí se quedó con su perico.

Y sucedió que estando una vez el rey en el corredor se le cayó un botón de su camisa, así que mandó luego al paje que fuera por la costurera para que se lo pegara. Lucía se presentó al instante con su perico en el hombro y el rey al verla pensó que era la niña más bonita que había visto en su vida, y no podía apartar de ella la mirada. La calandria, que como siempre, estaba en su jaula en el corredor, luego que vio a la niña la reconoció y se puso a cantar así:

> *Niña Lucía, niña Lucía,*
> *a don Juan te lo han matado*
> *y en el prado está enterrado.*

La niña al oírla se puso a llorar y al punto empezó a llover. Para esto llegó la hora del chocolate y un paje, muy elegante, se lo sirvió al rey en una mancerina de plata, acompañado de unos molletes.

Al rey se le hizo feo comer sin convidar y para consolar a la niña le ofreció uno, pero Lucía dijo que no se atrevía a tomarlo porque no tenía las manos bastante limpias; entonces el rey mandó traer una jofaina y una toalla de lino bordada.

Trajo el paje todo lo que el rey pedía; la niña se lavó las manos y las flores llenaron el lebrillo.

El rey al ver eso comprendió que aquella niña era Lucía, y muy emocionado se puso a preguntarle si al peinarse le salían perlas.

Lucía no se atrevía a contestar por miedo a las criadas, entonces el periquito le dijo:

—Anda mamá Lucía, dile al rey lo que has estado penando.

Animada por el perico la niña le contó al rey todo lo que había pasado, y el rey le dijo a Lucía que como Juan no se había defendido, lo había mandado matar creyéndolo culpable. La calandria volvió a cantar, la niña a llorar, el cielo a llover y el perico a gritar:

A las criadas matar,
para escarmentar,
a las criadas matar.

El rey mandó traer a las criadas, las obligó a que le pidieran perdón a Lucía y después las mandó colgar a las dos juntas de la rama más alta, del árbol más alto, del monte más alto...

En cuanto a la niña Lucía, se casó con el rey, y ya que pasaron las fiestas de las bodas, volvieron a anunciar que la reina les enseñaría sus gracias, abrieron el balcón de palacio que daba a la plaza, pero esta vez la gente ya venía prevenida con piedras para apedrear a la reina en caso que los engañara, pero no fue así...

Lucía se peinó con un peine de marfil y al tiempo que se peinaba caían tantas perlas que las gentes soltaban las piedras y se agachaban, ya aquí, ya más allá, para alcanzarlas.

Después trajeron una bandeja de plata y al lavarse la niña las manos le salieron tantas flores que hasta comenzaron a caer para abajo y los hombres por alcanzarlas alargaban sus sombreros y las mujeres el delantal.

Bueno, pues que ya nada más faltaba que lloviera y el rey y la reina estaban tan contentos que Lucía no podía llorar. Entonces pensaron en la calandria y la mandaron traer, el pajarito al ver a la niña le cantó:

Niña Lucía, niña Lucía,
a don Juan te lo han matado
y en el prado está enterrado.

Y Lucía al oírlo se puso a llorar y al punto empezó a llover tan fuerte, que todas las gentes del pueblo comenzaron a correr para sus casas para no mojarse; y corrieron y corrieron; y corriendo las dejamos acabándose las suelas de sus zapatos.

Bárbara (sin apellidos) / México

8. Los deseos de San Pedro

San Pedro y un amigo salieron de recorrido. Les entró sed y San Pedro empezó a pedir agua. Llegó a una casa, y cuando se la pidió a una mujer, ella le lavó el vaso y muy atenta se la dio.

San Pedro se la tomó, y cuando le devolvió el vaso le dijo:

—Que Dios te dé un mal marido...

Y siguieron San Pedro y su amigo el camino.

Llegaron a otra casa y San Pedro pidió agua. Y una mujer de lo más atenta le fregó el vaso y con cariño se lo trajo.

Y San Pedro se la tomó y le dijo:

—Que Dios te dé un mal marido...

Llegaron a otra casa y San Pedro pidió agua. Y una mujer renegona, de muy mala manera, le trajo agua en un vaso sucio.

Y San Pedro se la tomó y le dijo:

—Que Dios te dé un buen marido...

Y siguieron su camino San Pedro y su amigo. Y el amigo extrañado le preguntó a San Pedro:

—¿Por qué le deseas a la mujer buena un mal marido y a la mala uno bueno?

Y San Pedro le contestó:

—Porque a la mujer mala hay que darle un marido bueno y a la buena uno malo para que sea parejo.

Clemente Sarría / Cuba

9. La coyota Teodora

La Teodora, que conocía el secreto de las tinieblas endemoniadas, era esposa de un buen hombre de esos seres sencillos y apacibles, que se dedican calladamente a sus pequeñas labores agrícolas. La pareja vivía muy pobre, pero a pesar de eso siempre había en la cocina abundancia de viandas sabrosas y la cocinera que era la misma Teodora, servía variados y jugosos guisos a su esposo. Éste, maravillado de aquellas suculencias preguntaba a su cara mitad sobre la procedencia de los potajes, pero aquella le contestaba siempre con evasivas o le decía que las compraba o se las regalaban sus amigas; pero su esposo, a pesar de su sencillez; había entrado en sospechas, pues se le hacía difícil explicarse la forma en que su señora adquiría aquellos alimentos, ya que no disponían de medios para ello. Las sospechas aumentaban día a día y entonces su esposo empezó a observarla por las noches y a seguirle sigilosamente los pasos para averiguar la procedencia de aquella abundancia de alimentos.

Desesperaba el pobre hombre de alcanzar su objeto y la tanteaba hasta altas horas de la noche. Fue una de tantas noches, cuando vio que su mujer se levantaba cautelosamente y la oyó pronunciar entre la semiobscuridad del cuartucho una serie de oraciones para él desconocidas. La vio después dar tres vueltas a la derecha y otras tres vueltas a la izquierda mientras tartajeaba sus mágicas oraciones e irse convirtiendo, poco a poco, en una coyota. Horrorizado ante aquella transformación, se refugió todo tembloroso en su tapesco tartamudeando una serie de oraciones, persignándose febrilmente y encomendando su alma a San Antonio y a las benditas ánimas del Purgatorio.

Al siguiente día notó que como de costumbre, en la cocina había pollos y gallinas y hasta una chanchita de horno, sin que al interrogar a su mujer, pudiera ésta darle razonables explicaciones de cómo había obtenido los animalitos mencionados.

Siguió en expectativa el labriego atisbando por la noche a su mujer, y una de tantas, haciendo uso de las mismas artimañas mágicas, transformóse en coyota. Siguióla él con mucha astucia y así pudo constatar que su mujer convertida en coyota se metía a los corrales, gallineros y cocinas ajenos a proveerse de lo que le hacía falta en su casa.

Espantado el buen hombre de que su mujer fuese bruja de la expresada categoría, dispuso ir a donde el señor cura del pueblo, a quien comunicó detalladamente la transformación de su mujer. El sacerdote, cumpliendo con su deber de ministro de Cristo, le dio un cordón de San Francisco y un poco de agua bendita, para que en el preciso momento en que la bruja, de regreso de su incursión nocturna, quedara nuevamente transformada en mujer, le diera tres latigazos con el cordón de San Francisco y que le asperjara con el agua bendita, para que así nunca más volviera a convertirse en coyota.

El esposo cumplió con su cometido, según los consejos del sacerdote, pero aconteció desgraciadamente, que al regreso de sus correrías la coyota dio las tres vueltas rituales y ya estaba transformándose en mujer nuevamente, cuando anticipándose el hombre, le dio los latigazos que le habían indicado y regó el agua bendita sobre el cuerpo de aquel monstruo, pues de mujer sólo tenía la cabeza y los senos y de coyota el resto del cuerpo, por lo que, surtiendo los objetos sagrados los efectos predichos, paróse súbitamente la transformación de la coyota, quedando aquel cuerpo, parte mujer y parte bestia.

Sucedió, pues, que la mujer, no habiendo podido recuperar su forma completa y siéndole por eso mismo imposible quedarse en su casa al lado de su esposo y de su hijo, se lanzó a los bosques en donde vaga eternamente, como ejemplo y castigo de brujos y hechiceros.

Se dice que en las noches obscuras, se oyen los lastimeros aullidos de la coyota Teodora, entristecida y apesadumbrada por el abandono en que dejó a su esposo y a su hijo.

Pablo (sin apellidos) / Honduras

10. Enterrado en vida

Había... había un señor, un matrimonio, que se querían mucho. Y cuando ellos estaban platicando sus pláticas de ellos eran: —Ay, si tú te murieras, ¿qué hiciera yo?

—Aaa —dice—, si tú te morías, yo me moría también.

Y todo eso, pues, eran sus pláticas de ellos... todas las noches.

Entonces le dice el hombre: —¿Que me quieres mucho?

—Ooo —dice—, te adoro.

—Bueno —dice—. ¿Cómo no hacemos una cosa?

—A ver. ¿Qué?

—Si yo me muero, tú te mueres también. Yo me entierro junto contigo si tú te mueres.

Entonces hicieron un juramento: el que se muriera primero, el otro que estaba vivo moría también. Se enterraba junto con... con ella.

Pero como a la señora le tocó la suerte... de morir, dice: —¡Ay, caray! —dice—. Ya la señora ya se murió.

Y dice: —Yo, pues, pues ya hicimos ese juramento. Pues yo también me voy a enterrar junto con ella.

Entonces ya los que estaban haciendo ahí la sepultura, la fosa, les dice: —Háganla anchita —dice—, porque yo también me voy a morir. Me voy a enterrar áhi junto —dice—, porque hicimos un juramento con mi esposa, que... si se muriera primero —dice—, me enterraba también... ahí junto con ella.

Entonces los, los que estaban haciendo el hoyo lo hicieron anchito. Y... y él también se enterró. Pero éste jue vivo. Entonces jue a... a... por ahí, quién sabe dónde, se halló una pipita, y luego la... la echó pa' arriba para resollar, para agarrar respiración. Y... por ahí resollaba. Pos tenía oxígeno. Y no... no estaba muerto.

Entonces... vido salir de un rinconcito un, un ratoncito... que andaba para ahí y para acá y para ahí y para acá. Y luego vido una ratita que estaba muerta. Era su compañera. Y iba y corría y le besaba el piquito, y... y se metía al agujerito, y andaba loco el... ratoncito, por su ratita. Entonces... el ratoncito tanto corrió por ahí, que se halló una florecita. Y... y ahí va y lleva al piquito la florecita. Se la... se la pone en la boquita a la ratita. Y que revive la ratita, con la florecita que le puso en las narices. Y entonces corrieron los dos y se metieron al... al hoyo y dejaron la florecita.

Y el hombre, viendo el que estaba muerto vivo ahí: —Por Dios —dice—. Esta florecita tiene... tiene virtud. Yo voy a acercarla a mi esposa. Entonces agarra la florecita y se la pone en la... en la boca a la esposa. ¡Y que revive, hombre!

Entonces, oía: —Pues, ¿en dónde me tienes?

—Pues, que, ¿no sabes que te moriste, también? Y estoy enterrado aquí porque hicimos el juramento.

—¿Y ahora, qué hacemos?

Dice: —Oh —dice—, yo voy a hablar para arriba —dice—. Yo aquí tengo una pipita que sale para arriba.

Y... y luego ya dice: —Sepulturero... sepulturero.

Y entonces los que andaban ahí cuidando el panteón, los que hacían los hoyos, dice: —¿No será un fantasma?

—No —dice—, será... parece que los que enterramos ayer.

—Pos, vamos a ver.

Y luego ya... gritaba éste: —Sepulturero... sepulturero.

Y, y luego ya. —¿Qué, qué pasa? —dice—. ¿Qué, están vivos?

—Sí, sí, estamos vivos. Échenos para afuera.

Entonces agarran las palas los que andaban ahí en... haciendo los hoyos para enterrar los muertos y, y los sacaron.

—Pos, ¿qué pasó?

Dice: —Hombre —dice—, pos sabes que ya vivimos.

Y él le contó la historia que había pasado con los ratoncitos.

—Bueno, está bueno.

Pero... y este, este individuo, cuando ya se murió la esposa, le llevaron... tenían unos ahorros. Aquel dinerito que, que tenían ellos, pues, ya le llevaron a... al señor cura. —Señor cura —dice—, aquí están estos centavitos —dice—. Pos yo... ya... me, me voy a morir también.

Le contó la historia cómo había pasado.

—Oh —dice—, está bueno. Éstos te sirven a ti pa' las misas gregorianas. Son sesenta misas. Y para que... se vayan al cielo, con las sesenta misas se van a ir derechitos al cielo.

—Está bien.

Pero luego que ya vivieron, el hombre, pos, estaba pobre. Fue por el dinerito. Entonces ya... dice el padre, dice: —No —dice—. Pos, ¿si a cuál dinero? —dice—. Ya lo... ya no más queda la mitad, porque la otra mitad, pos, ya la emplié.

—Pos, 'tá bien. Era lo que quería... conformarse, pues, con... con la mitad.

Entonces le dice el cura, dice: —Te me vas a ir del pueblo... perdido —dice—, onde no... onde no te vean... aquí los del pueblo. Porque si saben que viven —dice—, hasta a mí me puede ir mal. Me pueden hasta matar. Y tú te me vas perdido.

Entonces, pos, ya vino con la mujer. Dice: —¿Sabes qué? —dice—. Nos vamos a ir perdidos. Porque el señor cura así lo dispone. Y, y nos vamos a ir perdidos. Así es de que... échanos ropita en los velices, y nos vamos a ir.

Candelario Gallardo / California, EE.UU.

11. Los tres trajes

Había una vez un señor que tenía su señora y tuvieron una hija llamada Rosa, y la madre de Rosa tenía una sortija y le dijo un día al marido: —Toma esta sortija, así que yo me muera, a la que le sirva esta sortija tú te casarás con ella.

Pues pasó que ella murió y a los pocos días pasaron voces y fama que a la que le sirviera la sortija se casaba con él. Venían señoritas de todos puntos a medirse la sortija y a unas les quedaba grande y a otras les quedaba chica y ya de eso transcurrieron muchos días. Ya estaba la hija señorita, se le perdió la sortija y estuvo perdida como un año, y barriendo un día, Rosita la encontró y se la midió y le quedó muy bien.

El padre vino de su embarcación y le encantó ver que la sortija le quedó, y le dijo: —Te tienes que casar conmigo, porque mi mujer me lo dijo.

Entonces ella le dijo: —¡Ay Papá, cómo puede ser casarme yo con mi padre!

Y él le contestó: —De cualquier manera te tienes que casar conmigo.

—Sí Papá, yo me caso con usted, pero me tiene que traer un vestido color de las estrellas.

Y él dijo: —¡Cómo no!

Y se fue a buscarle el vestido.

A los dos o tres días vino él con el traje y ella se puso lo más triste. —Bueno, Papá, yo necesito otro vestido color de los peces del mar.

Y él se fue enseguida y a los tres días vino con el traje y ella al verlo se echó a llorar y le dijo: —Papá, yo con los dos trajes no me encuentro conforme, pues necesito tres para casarme y necesito otro color de las flores del mundo.

Y él como la quería tanto se fue a buscarlo y al otro día vino con él y él fue enseguida para el pueblo a buscar los gastos para el casamiento.

Enseguida que salió él, ella lio su ropa y una varita de virtud que tenía; se la llevó y se fue montaña adentro.

Hacía dos o tres días que estaba en la montaña y se encontró una leoncita, la mató y le sacó el cuero y se metió dentro de él y se mantenía pidiéndola a la varita; y en un reinado había un príncipe que se vino a cazar a la montaña y encontró una paloma y le tiró y la paloma volaba de gancho en gancho y él detrás de ella y tanto corrió que llegó adonde estaba la leoncita y dijo él: —Me la voy a llevar para que Mamá se entretenga.

La cogió y se la llevó para su casa.

—Mamá, mire lo que le traigo aquí; una leoncita para que usted se entretenga.

Ella la cogió y la amarró debajo del fogón y ahí le ponían la comida. El sábado siguiente tenía un baile Juanito y se arregló y se fue.

Enseguida que obscureció le dijo la leoncita a la señora: —Déjeme ir a ver el baile.

Y ella le dijo: —Mira que si Juanito te ve allá te mata.

Y ella le dijo: —Déjeme ir, que él no me hace nada. —Pues vete.

Enseguida le pidió a la varita de virtud un caballo aparejado con oro reluciente, y ella se puso el traje color de las estrellas. Montó en el caballo y se fue.

Cuando llegó al baile, toda la gente salió a recibirla a la puerta para ver aquella princesa reluciendo en oro y Juanito que tenía ahí su novia no hizo ni cuenta de ella; se entusiasmó de la princesa y comenzaron a bailar y él empezó a enamorarla hasta que ella le dio el compromiso y dijo la princesa, y amaneciendo, que se venía y él le regaló un aro cifrado con el nombre de él. Ella le regaló otro aro y enseguida montó en su caballo, se vino y se entró en el cuerito. Al poco rato vino el príncipe Juanito contándole a la madre de la princesa que había visto y la leoncita le contestaba: —Quizás sí, quizás no, quizás sí sería yo.

Y le dieron un macetazo y él le dijo: —Mamá, yo voy a hacer otro baile el sábado.

Y a la semana lo hizo y volvió y se fue él para el baile y si bueno estuvo aquel, este estaba mejor y la leoncita le pidió permiso a la madre para que la dejara ir y le dijo: —¡Dios te libre que te vayas!

Ella le dijo: —Yo voy.

Y enseguida le dijo a la varita de virtud: —Varita de virtud, por la virtud que tú tienes y la que Dios te ha dado, que si bonita me pusiste la otra vez, que me pongas más bonita y el caballo más precioso que haya en el mundo.

Ella se puso el vestido de los peces del mar y montó en su caballo y se fue. Cuando llegó al baile la gente loca con ella; comenzó a bailar con el príncipe Juanito y él loco con ella; ya amaneciendo dijo ella: —Me voy porque se me está haciendo tarde.

Y él le regaló una leontina y ella le regaló otra prenda, montó en su caballo y desapareció.

Cuando la vinieron a ver ya venía muy lejos y Juanito se quedó llorando con mal de amores. Acabaron el baile y ella vino y se metió en el cuerito y al poco rato llegó Juanito y dijo: —¡Ay Mamá, que me muero! ¡Que si bonita estuvo la princesa la otra vez, ahora estaba más preciosa!

Y la leoncita le contestó: —Quizás sí, quizás no, quizás sí sería yo.

Le dieron con la paleta y dijo: —Más no es tanto, el sábado voy a hacer otro baile.

A los ocho días hizo el baile y si buenos estuvieron los dos primeros más bueno va a estar éste.

Juanito ese día no quiso comer y se fue bien temprano a esperar a la princesa y ella a las seis de la tarde le pidió permiso a la señora para que la dejara ir. Y ella por majadera le dijo que cogiera el camino y se fuera que ojalá que la mataran. Ella enseguida se fue a vestir y si bonita estaba las otras dos veces hoy estaba más bonita. Se puso el traje color de las flores del mundo, montó en el caballo reluciendo en oro y plata y se fue para el baile.

Juanito se tiró y la cogió de braza, la subió al salón y se pusieron a bailar. Enseguida puso guardias dobles para que ella no se fuera, pero a ella nada de eso la molestaba para irse. Al poquito rato él le dio una prenda y ella le dió otra y se desapareció ella.

Cuando la vinieron a ver ya iba muy retirado y a él le dio un insulto y ella vino a su casa y se metió en el cuerito y cuando llegó Juanito enseguida cogió la cama con mal de amores que ni pasaba el agua y la mamá estaba con muchísimo sentimiento, porque era su único hijo. Como a los quince días le dijo la leoncita a la dueña de la casa que si él se quería comer unos pastelitos y fueron y le preguntaron a él que si los quería. Y él dijo que no quería comer nada. La leoncita le pidió como favor que ella le quería hacer los pastelitos a ver si los comía y la viejita le dijo que no, porque si él sabía que ella los había hecho no los quería. Y ella le dijo que él no lo supiera.

Se puso la leoncita a hacerlos; hizo tres pastelitos y en uno le echó la leontina, en otro le puso el aro y en el otro le puso una sortija. Aun no los coma pero que los parta.

Se los llevó a él, llegó y él partió el primero y le encontró la leontina, en el segundo halló el aro y en el otro la sortija y recibió aquel aliento y dijo: —Mamá, ¿quién hizo esos pasteles?

Ella le dijo: —¡Yo los hice! —No, usted no fue. Tráigame a la que hizo los pasteles.

Y ya la leoncita estaba vestida con el vestido color de las estrellas. Había salido del cuarto y estaba preciosísima y cuando vino adonde estaba él dijo: —Esta era la princesa que yo le decía.

Enseguida él se alentó y siguieron fiestas reales y bailes y mandaron a buscar al cura y se casaron y él fue rey y ella reina y se quedaron viviendo con la mamá.

Puerto Rico

12. El Caballito de los Siete Colores*

Este era un hombre que tenía tres hijos y necesitaba que ellos le cuidaran un trigal, pues desde hacía algún tiempo, venía de noche un animal y se comía el trigo. Así es que llamó al mayor y le dijo:

—Necesito que esta noche vayas y me cuides el trigo.

El hijo mayor fue esa noche a cuidarlo, pero lo que hizo fue acostarse a dormir y por la mañana encontraron el gran desastre. El trigo había sido comido por el animal.

Entonces el padre regañó al mayor y llamando al hijo que le seguía le encomendó le cuidase el trigo la otra noche.

Fue el hijo segundo a cuidarlo, pero como el primero, lo que hizo fue comer y luego acostarse a dormir. Como la vez anterior, vino el animal y se comió el trigo.

El padre no hallaba qué hacerse, desesperado porque al perder todo el trigo quedaba arruinado. Entonces el hijo menor, que era apenas un muchacho, se ofreció a cuidarle el trigo.

* La ortografía refleja la pronunciación criolla.

—No, hijo mío —respondió el padre—, tú estás demasiado pequeño para cuidarme el trigo.

Pero el muchacho insistió, y el padre convino en que fuera a cuidarlo.

El muchacho se compró una guitarra y un paquete de alfileres y se fue al trigal. Colgó su chinchorro y le clavó alfileres por todas partes menos en el lado donde él estaba sentado. Se puso a tocar su guitarra y a cantar. Así estuvo, hasta medianoche sin que sintiera nada de particular. En eso comenzó a dormirse. Quiso recostarse y ahí mismo lo hincaron los alfileres. Cogió de nuevo su guitarra y se puso a tocarla. Cada vez que el sueño le volvía y se iba recostando, los alfileres lo hincaban.

Ya en la madrugada, sintió el ruido del animal que entraba en el trigal. Cogió la soga y se puso a cazarlo, hasta que lo enlazó. Era un caballito de todos colores. Pero tan pronto lo enlazó, el caballito se puso triste, y le dijo:

—No me mates. Suéltame, que yo he de ayudarte.

—¿Que tú has de ayudarme? No lo creo.

—Sí, yo soy el Caballito de los Siete Colores. Si tú me dejas libre te prometo ayudarte en cualquier apuro en que te encuentres en la vida.

—Y tú, ¿juras no volver a comerte el trigo de mi papá?

—Te lo juro.

Entonces el muchacho lo soltó. Y el caballito le entregó una varita de virtud, diciéndole:

—Clamas con esta varita por mí, y yo vendré inmediatamente a socorrerte, dondequiera que te encuentres.

Dijo esto y desapareció.

El muchacho fue a su casa, y el padre quedó muy contento de que el trigo quedara a salvo. Pero el muchacho nada dijo del caballito y la varita la guardó en su ropa.

Cuando cosecharon el trigo, el padre mandó al hijo mayor con dos cargas de trigo en un burro a venderlas al pueblo. Salió el mayor con su burro por delante y al llegar al paso de un río, se encontró con una viejita que le dijo:

—Mijito, si fueras tan bueno que me cogieras un poquito de agua...

—Gua, ¿y por qué no la coge usté misma? ¡Yo voy muy ocupado pa' perder el tiempo en eso!

—¿Y para dónde vas tú, mijo? —continuó la viejita.

—¡Pa' donde a usté no le interesa!

—¿Y qué llevas en esos sacos, mijo?

—¡Mierda! —contestó el mozo, dándole un chuchazo al burro y continuando la marcha.

—¡Anda mijo —exclamó la vieja—, que mierda venderás!

El mozo llegó al pueblo y negoció las cargas. Cuando abrieron los sacos, encontraron que estaban llenos de mierda.

Los compradores le insultaron y quisieron pegarle. El mozo tuvo que regresar a casa del padre sin trigo y sin dinero. Cuando contó lo de la vieja, el padre se imaginó que eran mentiras de él y que había malbaratado el valor del trigo.

Al día siguiente, mandó al hijo segundo a vender otras dos cargas de trigo. Salió con su burro adelante y al pasar por el río, le salió la vieja, diciéndole:

—Ay, mijito, si fueras tan compasivo que me dieras una poquita de agua...

—Gua, ¿y usté cómo se imagina que yo soy sirviente suyo? No juegue. ¡Cójala usté misma!

—¿Y para dónde vas, mijo?

—¡Adonde me lleven las patas!

—¿Y qué llevas en esos sacos, mijito?

—¡Ah viejita entrépita, caray! ¡Llevo piedras!

—¡Anda hijo, que piedras encontrarás!

Llegó al pueblo, negoció las cargas y cuando abrieron los sacos los hallaron llenitos de piedras. Indignados los comerciantes quisieron lincharlo y tuvo que salir corriendo, regresando sin trigo y sin dinero.

El padre no quiso escuchar razones, y les llamó sinvergüenzas y malbaratadores.

El tercer día, el menor se ofreció a llevarle las dos últimas cargas que le quedaban. El padre se negó, diciéndole que él estaba muy pequeño para eso. Pero tanto insistió el pequeño, que el padre convino.

Salió con su burro de trigo, y al cruzar por el río le salió la viejita:

—Hijo, si fueras tan bueno que me dieras una poquita de agua…

—¡Cómo no, vieja! —exclamó, deteniéndose a cogérsela.

Después de que la viejita tomó bastante agua, le preguntó:

—¿Y para dónde vas, hijo?

—Voy al pueblo, viejita.

—¿Y qué llevas en esos sacos, hijo?

—Es trigo de mi padre que llevo para venderlo.

—¡Anda hijo, que trigo venderás! —respondió la vieja.

El muchacho llegó al pueblo, pero ningún comerciante quería comprarle, pues estaban rabiosos por el engaño que habían sufrido en los días anteriores. Mas el muchacho abrió los sacos ante ellos y vieron que era trigo del mejor. Entonces se lo pagaron bien y pudo regresar con el dinero a casa de su padre.

Viendo aquello, los hermanos mayores decidieron irse lejos, pues se consideraban indignos de vivir junto del padre. Preparaban sus caballos para irse cuando los descubrió el hermano menor, quien les rogó:

—Hermanitos: ¡déjenme irme con ustedes!…

—¡No seas sonso!… Tú eres el que debes quedarte al lado del viejo. Nosotros nos vamos, porque no hacemos nada aquí. Todo nos sale mal.

Y montando, picaron sus bestias y se perdieron en el camino. Sin embargo, el muchachito se hizo de bastimento y cogió el camino a pie.

Día y noche estuvo caminando, hasta que allá, a lo lejos, logró distinguir a dos jinetes en sus cabalgaduras que se borraban en la lejanía. Estos, que eran sus hermanos mayores, volvieron la vista y vieron al muchachito desde lejos.

—¡Allá viene ése!…

—¿Qué vendrá buscando? Vamos a esperarlo a ver qué nos trae.

Y se detuvieron a esperarlo.

Cuando estuvo cerca, se fijaron que estaba llenito de sudor y tierra cansado de tanto caminar.

—Demen el anca, hermanos —dijo el muchachito.

—No —le contestaron—; regresa a casa de nuestro padre. Tú no vas con nosotros.

—¡Sí, hombre! Déjenme ir en el anca.

Pero ellos se negaron. Entonces el muchachito les enseñó su capotera colmada de comida. *Nada,* se dijeron, *vamos a comerle la comida a éste.*

—Si nos das la capotera, te llevamos.

—Cójanla para ustedes —respondió él.

Y les entregó la comida.

Después de que ellos se jartaron bien, le propusieron:

—Mira; nosotros te llevamos en el anca si te dejas sacar los ojos.

El muchacho aceptó y ellos le sacaron los ojos, dejándole ciego. Pero en vez de llevarlo con ellos, lo dejaron abandonado en medio del camino.

Llorando y tanteando aquí y allá, el muchacho tocó el tronco de un árbol y se sentó en sus ramas. Ahí estuvo lamentándose de su triste suerte y de la maldad de sus hermanos, cuando en la noche tres brujas se posaron sobre las ramas del árbol.

—¡Cuaj, cuaj, cuaj! —rio una—. ¿Tú no sabes qué pasa?

—¿Qué pasa chica?

—Gua, que ahora se ven unas cosas… ¡El mundo 'ta echao a perdé!

—Cuéntame, cuéntame.

—Gua, ahora los hermanos se portan mal con los hermanos. Imagínate que no hace mucho, le sacaron los ojos a un muchacho y lo dejaron ciego. ¡Figúrate, sus mismos hermanitos de sangre!

—¡Ah chica! —respondió una bruja—, pero él tiene el remedio a la mano.

—¿Y cuál es el remedio, mujer?

—Guá, con arrancar tres hojitas de este árbol en que estamos y pasárselas por los ojos, la vista le volverá.

—¿De veras?

—Sí mujer. ¡Cuaj, cuaj, cuaj!

Y fun, fun, fun, las brujas levantaron vuelo ya en la madrugada.

El muchacho escuchó toda la conversación y tanteando, arrancó tres hojitas y se las pasó por el rostro. Enseguida le volvió la luz a los ojos.

Entonces continuó caminando, día y noche.

Al cabo de un tiempo, llegó a una población donde supo que sus hermanos estaban residenciados. Fue y los encontró. Ellos al verle le preguntaron:

—Muchacho, ¿y cómo hiciste para que te volviera la vista?

—Yo no sé —respondió él, sin contar cómo había sido.

Entonces ellos consultaron y decidieron dejarlo en la casa para que les hiciera la comida, barriera y diera de comer a los caballos. Y el muchacho se quedó con ellos como sirviente.

Sucede que un día llegaron sus hermanos hablando de un concurso que había en el pueblo, en que el rey ofrecía la mano de su hija al caballero que atinara a pegarle una manzana a la princesa en el pecho cuando ella estuviera asomada al balcón del palacio.

—Yo voy a ir —dijo uno.

—Y yo también —agregó el segundo—. Vamos a ver si alguno de los dos tiene suerte y nos casamos con la hija del rey.

Oyendo esto el hermano menor —que ya era un joven— se propuso asistir también a la competencia.

Cuando llegó la fecha del concurso, sus hermanos salieron a caballo a competir con todos los caballeros de las comarcas en el lanzamiento de la manzana al pecho de la princesa.

Entonces él sacó su varita de virtud y exclamó:

—Varita de virtud, por la virtud que tú tienes y la que Dios te ha dado, quiero que ahorita venga el Caballito de los Siete Colores.

Diciendo así, apareciósele el caballito.

—¿Qué quieres de mí?

—Deseo ir al concurso del rey y quiero que me des un traje bien lujoso para disputar la mano de la princesa.

Enseguida se encontró vestido como un príncipe y montando en el Caballito de los Siete Colores, se apareció en medio del torneo cuando todos habían fracasado. A todo galope lanzó su manzana y aunque la ventana donde estaba la princesa estaba muy alta, pegó en el marco de la ventana y desapareció como había llegado. Todos se quedaron asombrados al ver la puntería de aquel extranjero que luego desapareció sin dejar rastro.

Cuando los hermanos llegaron a la casa, lo encontraron como siempre, lleno de tizne y atareado en los trabajos de la casa.

—Chico —dijo uno—, ese caballero sí tiene puntería.

—De casualidad no le pegó a la princesa.

—Y ¿te fijaste en una cosa? Se parecía a nuestro hermano menor.

—¡Qué va chico! Eso fue tu vista.

Al día siguiente, volvieron los hermanos al concurso a ver si tenían más suerte. Lanzaron sus manzanas y como la mayoría, apenas se medio acercaron a la ventana real. En esto apareció el mismo caballero del día anterior, esta vez con un traje mucho más vistoso y rico, y pasando frente a la ventana de la princesa, lanzó la manzana y le rozó el rostro. Se alzó una algarabía, pues todos creyeron que le iba a dar en el pecho. Y cuando volvieron del asombro, ya el caballero había desaparecido.

Regresaron sus hermanos a la casa y lo encontraron muy tranquilo fregando los platos en la cocina.

—Hoy me fijé en el caballero, hermano; se parecía en verdad a éste.

—¿No será éste, hermano? Tú sabes que en verdad parece tener mañas para muchas cosas. ¿Recuerdas lo del trigo?

—Sí. Y también lo de los ojos…

Se quedaron pensativos. De pronto el hermano segundo exclamó:

—¡Qué va a ser éste! ¡Si es un simplón, que no tiene ropa siquiera que ponerse, contimás montar en ese caballo que parece que cambia de colores y tiene alas!

—Sí es verdad hermano. ¡Somos bien zoquetes!

—Pero ese caballero será el que se va a llevar el premio.

—Así parece hermano. Pero vamos a probar el último día. ¡Quién quita!

Volvieron a concurrir el último día sin lograr acercarse siquiera a la ventana. De repente apareció el caballero, jinete en su hermoso caballo, vestido con todo el brillo y la riqueza de un príncipe de lejanas tierras. Se detuvo para que lo vieran mejor sus hermanos y tomando la manzana, la lanzó y fue a darle en todo el pecho a la princesa.

—¡Se casa!...

—¡Se casa!...

Fue el grito que resonó en toda la plaza.

Fue llamado por el rey y presentado a la princesa que se enamoró de él y él de ella, celebrándose la boda con gran pompa.

Entonces mandó llamar a sus hermanos y les dijo:

—Yo era, como ustedes ven, ese caballero. Hoy, que pudiera vengarme de ustedes por todas las maldades que me han hecho, los perdono. Pero vayan al pueblo a buscar a nuestro padre, para que viva con nosotros.

Los hermanos no hallaban cómo pedirle perdón, llorando. Pero él los mandó a buscar al padre y ellos marcharon a buscarlo.

Entonces el Caballito de los Siete Colores le dijo:

—Hasta hoy te acompaño. Ya tú eres feliz, y yo cumplí con mi deber.

Y desapareció, dejando al príncipe muy feliz y contento al lado de su esposa.

Carmen Dolores Maestri / Venezuela

13. La vaquita*

Este era un hombre y una mujer y ya hacía tiempo que estaban casaos y no habían tenido familia y la mujer tenía una vaquita. Viéndose que estaba pobre y su mujer ya pa' tener chiquito, le dijo:

—¿Qué dices, hija? Voy a feriar la vaquita.

—Bueno —le dijo ella—, y se salió a feriala.

Allá onde entró una calle, lo topó uno con un carnero meso.

—¿Para ónde va, mi amigo?

—Feriando mi vaca.

—Le doy este carnero meso por su vaca.

—Bueno, amigo.

Aquél agarró su vaca y él agarró su carnero meso y se jue. A la vuelta de la otra esquina, topó otro con un gallo.

—¿Para ónde va, amigo?

—Feriando mi carnero meso.

—Pues le doy el gallo por él.

—Bueno, amigo.

Cuando entró otra calle, topa a otro amigo con una ánsara.

—Amigo, le doy esta ánsara por el gallo.

—Bueno, amigo.

Y logo topó a otro lépero con un saco de mierda seca.

—Oiga, amigo, ¿para ónde va con esa ánsara?

—La ando feriando.

—Bueno, pues yo le doy este saco por ella.

—Bueno, amigo.

De allá pa' acá llegó a case su compadre, el vecino.

—¿Cómo le jue, compadre?

—Bien, compadre. Ferié la vaca por un carnero meso.

—Y ¿quése él, compadre?

—Y logo lo ferié por un gallo.

* La ortografía refleja la pronunciación criolla.

—Y ¿quése él, compadre?

Y hora ferié el gallo por una ánsara y hora ferié la ánsara por este saquito de mierda.

—¡Ah qué mi compadre tarre salvaje! Hora sí se noja mi comadre con usté.

—No se noja, compadre.

—Sí se noja.

—Pues vamos apostando, compadre.

—¿Qué me apuesta? Si no tiene usté nada.

—Le apuesto mi vida contra sus bienes a que su comadre no se noja conmigo.

Y le dijo su mujer:

—No apuestes, hombre. Te puede ganar mi compadre.

Pues que llevaron unos testigos por el fiance.

—Escóndase, compadre, con los testigos.

Y el del saco llegó a su casa y le dijo:

—¿Cómo te va, hijita?

—Bien, hijito, ¿cómo te va? ¿Cómo te jue?

—Bien, hijita. Ferié la vaca por un carnero padre.

—A lo menos lo matamos y pongo la zalea en la cama y la carne la seco y la guardo pa' cuando tenga mi chiquito.

—Pero te voy diciendo, hija. Ferié el carnero por un gallo.

—Pues mira —le dice ella—, dites en lo que era. Pues yo soy madrugadora. Ahora me levanto no más canta el gallo.

—Y logo ferié el gallo, hijita, por una ánsara.

—Pues mira, hijo, no todos tienen ánsaras.

—Y logo ferié la ánsara por este costalito de mierda.

—Bueno, hijito, mira que esta vecina que tenemos es muy pelionera. Hora no más se noja y le digo que coma del saco.

—Y el rico quedó pobre y el pobre quedó con los bienes del rico.

Concepción Rodríguez / Nuevo México, EE.UU.

SEGUNDA SECCIÓN

14. El médico y la muerte*

Éte era un hombre muí grosero y había pensado siempre que cuando encontrara trabajo se iba a ponel rico pronto. La muelte se le presentó un día y le dijo: —Yo te voy a protegel. Te voy a dal una profesión de dotol. Tú podrá cural a todo el mundo con sólo ponele la mano. Si tú me ve a lo pie del enfelmo ya sabe que tú lo cura de una ve. Pero si tú me ve a la cabesera, no te ocupe, que no tiene cura.

El hombre se fue a la suidá y comensó a hasel cura. Pol mucho tiempo etuvo sanando miyare de enfelmo. Hata que corrió la notisia de que en ese pueblo había un médico que etaba hasiendo milagro. Yegó la notisia donde el rey que tenía una hija muí grave, y seguido mandó a bucal al dotol.

Cuando éte yegó le dijo el rey: —Mi hija eta muí grave. Si uté la salva tendrá la mitá de mi riquesa y se casará con eya. Pero si la deja moril, yo lo mato enseguida.

Él convino, polque etaba muí seguro de que la podía cural. Pero cuando fue a curala se encontró con que la muelte se le había pueto a la cabesera de la cama.

Dise el hombre: —¡Fracasé! En ve de curala, me van a matal a mí.

Pero le vino una idea. Cogió la cama y le puso lo pie a la enfelma donde tenía la cabesa. La muelte en vel esa traisión juró vengalse, salió fuera de la casa para dale su catigo.

---

* La ortografía refleja la pronunciación criolla.

Cuando telminó, que el rey le dijo todo lo que tenía que desile y que tenía que volvel al otro día pa casalse, salió de la casa y la muelte lo cogió pol braso y le dijo: —Vente conmigo.

Y lo yevó al sielo y le enseñó muchísima lamparita de aseite. Y le dijo: —¿Tú ve esa lamparita? Esa son la vida de la pelsona que etan viva, y esa que se etá apagando é la tuya. Tú tiene sinco minuto má de vida.

Entonse le dise el hombre: —Ta bien, pero dame quinse minuto má y te hago un cuento que te ha de gutal.

Se lo consedió, y mientra le hasía el cuento, encontró donde tenían el aseite y le echó tanto aseite a su lamparita, que todavía eta el hombre vivo y yo lo conoco.

Feyito Molina / República Dominicana

15. Lo que dijo el búho

Antiguamente había un cazador que le dijo a su mujer que le preparara comida para llevársela a cazar animales para su alimento.

Una vez que estuvo lista se fue. Pasó todo el día sin que encontrara ningún animal. Cuando comenzó a oscurecer, se metió a una montaña donde había árboles muy grandes. Se quedó al pie de un árbol con su escopeta. Al poco tiempo llegaron dos tecolotes y se posaron en una de las ramas del árbol donde se encontraba el cazador. Estos animales comenzaron a platicar y decían:

—Así son ellos, por el favor que les hacemos nos corretean, agarran un tizón y nos corretean, agarran piedras y nos pegan, a veces agarran sus escopetas para tirar a matarnos y nosotros les queremos hacer el favor. Pero no quieren el favor que les hacemos. Si un brujo examina la enfermedad sabrá que sobre la cama está un animal y se aliviará el enfermo. Después hará un rollo envuelto en un huevo como hacen los brujeros y se aliviará el enfermo. Ya hay tres médicos que no hacen nada; están inyectando, dando pastillas, todo, y no hacen nada.

Y el cazador no sabía más que lo que dijeron los animales y eso le entendió bien. Al día siguiente se fue este individuo donde estaba el enfermo. Había una vecindad, un rancho y preguntó qué sucedía, por qué había tanta gente.

—¡Ah!, es que el señor está muy enfermo, está muy grave; hay tres médicos que no lo alivian ni le hacen nada y no ha conseguido un brujo como los indígenas que somos indios. ¿Usted sabrá de eso?

—No yo no sé, pero yo pregunto, ¿debe ser así en esta forma?

Pero ya estaba entendido él, como dijo el na... (¿náhuatl?).

Se enteró un muchacho del que estaba enfermo, su hijo del que está enfermo y fue a decirle a su papá. Después regresó el muchacho y dijo:

—Dice mi papá que le haga favor de ir a verle a ver qué le pasa, pues está muy enfermo mi papá.

—Sí, muy bien, pero cómo voy a ir yo entre los médicos, los médicos saben más, saben todo, y yo como soy así de calzoncillos no puedo igualar al médico. Si estuviera yo arreglado como médico podría ir a verlo.

Bueno, se fue el muchacho y como es rico el que está enfermo, todo tiene. El muchacho regresa ya con el pantalón y la camisa nuevos.

Pues sí, el traje tengo ya, pero ahora me hace falta el sombrero; los médicos tienen buen sombrero, zapatos y todo eso; descalzo que estoy no puedo ir a verlo, no puedo ir.

Luego, luego se fue el muchacho a decirle a su papá lo que decía el brujo:

—Ya tiene ropa, pero no tiene zapatos ni sombrero; los médicos tienen; no puede igualar a los médicos, como va a platicar un rato ahí, no tiene suficiente traje.

Dice el brujo:

—Los médicos trabajan en minutos y yo no tengo reloj. Su reloj está en la mano y sabrá cuántos minutos trabajó; yo qué cosa voy a ver en mi mano si no tengo nada.

Y se fue el muchacho a avisar a su papá; trajo el reloj que se puso en la mano.

—Ahora sí puedo igualar a los médicos, ellos trabajan en minutos y yo también.

El brujo se fue con el muchacho y cuando llegó a la casa del enfermo, pidió una mazorca y un trapo para extender el grano de maíz. Le dieron la mazorca con doce hileras y desgranó esa pieza un poco alrededor de la mazorca e hizo un puño. Lo hizo como lo hacían los brujos: haciendo y hablando y hablando. Sobre el trapo echó el maíz y un granito de maíz brincó donde estaba el enfermo. Eso queria decir que el animal estaba debajo de la cama. Alzaron el que está sobre la cama y ahí encontraron un sapo. Lo sacaron y lo mataron.

Pidió después un blanquillo y papel para envolver el blanquillo. Echó un poco de aguardiente en un carrizo con un algodón y lo tapaba. Cuando terminó de echar el aguardiente entonces hizo la agricultura con flor y lo enterraron ahí como decía su amigo, porque ya dijo el tecolote cómo lo hace uno. Así lo hizo y se alivió el enfermo. El médico no hizo nada pero él sí lo hizo y se alivió el enfermo, quien sabe, eso dice el cuento. Ahí acaba el cuento.

México (mazateco)

16. La tía Miseria

Pues señor, esta era una vieja muy vieja que vivía en su bohío sin más compañía que un bonito peral que crecía a la puerta. Los muchachos la traían loca, pues cada vez que había peras en el peral se venían ahí a molestar a la pobre vieja y a llevarle toda la fruta.

Una vez paróse a la puerta del bohío un peregrino y le pidió permiso a la vieja para pasar ahí la noche. La tía Miseria, como la llamaban los muchachos y los vecinos, le dijo que entrara. El peregrino entró y durmió ahí y por la mañana cuando se iba a marchar le dijo a la vieja que pidiera lo que quisiera que le sería concedido.

—Una sola cosa deseo.

—Pide lo que quieras.

—Deseo que todo el que se suba a mi peral no pueda bajarse hasta que yo lo permita.

—Tu deseo será cumplido.

Así fue que cuando el peral tenía fruta los muchachos volvieron con la intención de llevarse todas las peras que pudieran, pero tan pronto se subieron al árbol notaron que estaban como pegados y que no podían bajarse de ahí. Tanto rogaron a la tía Miseria que al fin ésta consintió en soltarlos con la condición de que no volverían a molestarla más nunca.

Pasó algún tiempo y otra tarde se presentó a la puerta del bohío otro caminante que al parecer estaba muy sofocado. Cuando la tía Miseria lo vio le preguntó qué quería.

—Soy la Muerte y vengo a buscarte.

Y dijo la tía Miseria:

—Está bien; pero antes de marcharme me gustaría llevarme unas peras. ¿Me quieres bajar unas pocas?

La Muerte subió y no pudo bajar porque la tía Miseria no le dio permiso.

Pasaron muchos años y no había muertes. Y empezaron a protestar los médicos, los boticarios, los enterradores y los curas porque no podían hacer negocio en sus profesiones. Además, había muchos viejos que ya estaban cansados de la vida y querían irse para el otro mundo.

Cuando la tía Miseria se enteró hizo un arreglo con la Muerte. Ésta dejaría libre a la tía Miseria para bajar del árbol, y por eso es que mientras el mundo sea mundo la tía Miseria siempre vivirá.

Puerto Rico

17. El cuento del palmito real

Fue una mujer que estaba embarazada. Y se fue a coger agua. Y llenó la tinaja de agua y se la forzó a la cabeza. No pudo alzársela. En eso vio pasar tres hombres que iban a rodar tierra. Entonces, de la fuerza que hizo, botó al hijo. Y el hijo le dijo: —Mamá, yo le alzo la tinaja. Écheme la bendición que yo me voy con estos tres hombres.

Se fue.

Y pa' llá adelante empezó a gritarles: —¡Buenos amigos, espérenme!

Dijo uno de los hombres: —Ese muchacho nos está siguiendo.

Lo cogieron y lo amarraron en un hormiguero.

Se soltó. Más adelante gritó: —¡Amigos, espérenme!

Entonces los hombres lo cogieron y lo amarraron a una piedra y lo tiraron a un pozo.

Otra vez se soltó. Entonces gritó otra vez: —¡Espérenme!

Entonces dijeron los hombres: —Vamos a dejarlo aquí.

Siguieron. Entonces el muchacho se subió a un palo y cuando vinieron los tres hombres, les dijo: —Allá lejos está una casita y sale humito. Hay gente.

Se fueron juntos. Caminaron y caminaron. Entonces llegaron allá.

Allá estaba una viejita y dijo: —¿Qué brisa les ha echado por aquí?

Dijo el muchacho: —Mamá abuelita, las brisas que corren.

Pero ella comía gente. Estaba fritando gente y les dio. Entonces comieron y dijo la viejita: —Se llegó la noche.

La viejita tenía tres hijas y cada uno de los hombres se acostó con una. El chiquito no quiso dormir adentro. Dijo que se iba a dormir al chiquero de las cabras.

Cuando la viejita pensó que estaban dormidos los hombres, se levantó y afiló un cuchillo. Y decía ella:

rrrrra, rrrrra, cuchillito pa' matá.

Entonces cuando la viejita salía para matarle al primero, el muchacho decía: —Bueno, estas cabras no me dejan dormir.

Entonces como la viejita oyó el tropel se fue y se acostó otra vez.

El muchacho estaba haciendo tres chicotes de palo, para hacer unos hombres de palo. Cuando la viejita pensó que estaban dormidos otra vez, se levantó y afiló el cuchillo:

rrrrra, rrrrra, cuchillo pa' matá.

Entonces, cuando vino ella, el muchacho dijo: —No me van dejar dormir las gallinas.

Es que se había ido al chiquero de las gallinas. Se volvió la viejita.

Cuando vino la madrugada se quedó dormida ella. Entonces vino el muchacho, cogió los tres chicotes de palo y los vistió de mujeres, con los vestidos de las muchachas, y a las muchachas les puso los vestidos de los hombres. Estaban dormidos. Pero a los hombres los llamó y se fueron.

Entonces cuando ya iban lejos se levantó la viejita y afiló el cuchillo. Vino y le dio a los que estaban vestidos de hombres. Les metió el cuchillo. La viejita se dio cuenta que había matado a sus hijas, creyendo que eran los hombres. Cogió a su cofre y una puerca guanga que tenía. Se montó y le decía:

Cochinita, andá; que te coge la madrugá.

Ya lo iba alcanzando al muchacho. Entonces ese se subió a un palo, un palmito real. Ya venía la vieja. En eso vio al muchacho que estaba en el palo. Empezó a echarle hacha y para tumbarlo. Entonces vino el muchacho y le tiró un huevo. Se puso más grueso el palo. Estaba ya delgadito. Volvió a darle hacha. Ya estaba delgadito. Le echó otro huevo. Se puso más grueso. Entonces cuando iba delgadito otra vez, le tiró otro huevo. Y se puso grueso otra vez.

Cuando ya iba delgado el palo, dijo el muchacho: —¡Mamá abuelita, tíreme el hacha!

Y se la tiró. Entonces vino y se la tiró a ella pa' matarla y le tumbó un brazo. Entonces vino la viejita y se la volvió a tirar el hacha. Pa' matarlo.

Entonces vino y la paró ahí arriba y se la volvió a tirar. Entonces la dejó lista. Y se bajó del palo. Y la abrió a la viejita y le sacó el corazón. Vino y le rajó el corazón; hizo tres tapitas del corazón. Entonces se vino y se devolvió donde vivía la viejita. Llegó allá.

Allá estaban los tres compañeros. Y las muchachas que había

matado la viejita. Las vivió otra vez untándolas con las tres tapitas que hizo con el corazón de la viejita. Y les dio las tres muchachas a los compañeros de él, a los que le habían maltratado a él. Entonces ellos quedaron ricos ahí, con la riqueza de la viejita y él se despidió de ellos. Y se fue. Y lo vieron cuando se metió al cielo. Era un ángel.

Colombia

18. Pedro de Urdemalas

I. EL CARTERO DEL OTRO MUNDO

Un día que Pedro de Urdemalas amaneció sin cristo en los bolsillos, se le ocurrió la siguiente estratagema para hacerse de dinero. Se montó en un burro con la cara para atrás y entró al pueblo gritando: —El cartero del otro mundo, ¿quién manda cartas para el cielo? ¿Quién manda cartas para el cielo?

Muchos salieron a la bulla, pero nadie le encargaba nada, hasta que una mujer lo llamó y le preguntó:

—¿Usted viene del cielo?

—Sí, señora, y luego me voy de regreso. Soy el cartero de San Pedro.

—¡Quién lo hubiera sabido con tiempo para haberle escrito a mi marido, que se murió hace un mes!

—Ya no hay tiempo de escribir, señora, porque ando apurado, pero si usted quiere mandar a su marido plata, ropa y algunas cositas de comer, porque está muy pobre y muy flaco, puede enviárselas conmigo.

—¡Ay! Cuánto le agradezco su buena voluntad. En un momentito voy a arreglarle un paquete para que le lleve de todo.

Y efectivamente, poco rato después la mujer le entregaba un gran paquete con toda clase de ropas de hombre, una gallina fiambre y doscientos pesos en buenos billetes, y le encargaba que todo lo diera a su marido personalmente y que no se le olvidara decirle que siempre lo tenía muy presente en sus oraciones para que Dios le aumentara la gloria.

Pedro se despidió de ella y siempre montando el burro con la cabeza para atrás, se alejó gritando:

—Que se va el cartero, ¿nadie manda cartas para el cielo?

Y en cuanto salió del pueblo se montó como debía y apretó a correr a todo lo que daba el burro.

Cuando se vio lejos, libre ya de cuidados y temores, se bajó de la cabalgadura y cambió la ropa vieja que llevaba puesta por la que le había entregado la mujer, que estaba como nueva, y se comió muy tranquilamente la gallina.

Con los doscientos pesos tuvo Pedro para mantenerse y divertirse algunos días.

Chile

II. LOS PUERCOS DEL REY*

Una señora tenía un hijo… llamao Pedro, y este Pedro agarró l'andancia… llegó a la casa de un rey, buscando trabajo. Pues el rey, el trabajo que le dio jue esto: ponerlo a cuidar una partida de marranos, y en… en ese lugar donde lo puso a cuidar había una gran cieniga. Y le 'ijo a Pedro ¿veá? antes que le iba a dar el oficio, su trabajo, ¡que no lo juera dejar meter a la cieniga! ¿humm?

Entonce'

—'Ta güeno— le 'ijo Pedro—, nu hay que hacer.

Entonces'h… cuando se jue'l rey para su casa… le dice 'ntonces'h… Pedro, pasaron unos comprándole la partida de marranos.

—¡Sí los vendo! —les dijo él—, pero con el compromiso… que me'ejen las… las colas, ca'a cola de cada marrano.

* La ortografía refleja la pronunciación criolla.

—Nu hay que hacer —le 'icen entonce' los compradores.

Y le compraron la partida. Entonce' Pedro lo que hizo con las colas jue enterrarlas en la cieniga una por una, una por una. Entonces... y de... asi que se jueron los cocheros, viene entonces Pedro y le dice... al rey:

—Señor rey —le dice—, se me han hundido los coches en la cieniga, ya probé y la cola me queda no mas, en la mano, ¡ellos se hundieron!

—¡Caramba! —'ijo el rey—, vamos a ver hija le 'ice a la esposa.

Entonces eh... jueron.

—¡Miren! —les dice Pedro.

Se arrolló él bien y se metió. —¡Mire! —le 'icen, haciendo juerza, la cola se viene, y la cola se viene iba él... diciéndole.

Entonces pues el rey... lo que hizo jue:

—¡Ai que se quede!

Y entonces, Pedro, ese se... eh... Pedro se jue, y le dice'l rey:

—Te vo'a perdonar por esta vez.

—'Sta bueno —dice Pedro.

Le dice 'ntonces el rey. Entonce' viene el rey, y le 'ice:

—Ya no te pongo a vos.

Viene 'ntonces... el, ya no le dio más trabajo. Entonces Pedro lo que hizo jue: robar... llevarse una mula de un señor, lleva... entonces Pedro lo que hizo jue llevarse una mula a un señor, y... a... Y... y 'ice Pedro, se llevó la mula y... y en el camino, le metió dos bambas a la mula. Y entonce' como la mula era tan buena, bonita, le 'ice un señor:

—Amigo —le 'ice—, qué bonita mula lleva usté' —le 'ice—, ¿no la vende? —dice le 'ijo.

—No señor —'ice que le 'ijo él—, porque'sta mula —le dijo—, da dinero —le 'ijo—, cuando va ensuciada —le 'ijo—, caen las bambas —le 'ijo.

Y él que... él ya se las había metido a la mula. Entonces eh...

—Véndamela, véndamela...

Y el Pedro haciéndose'l rogao. Al fin se la vendió. Y se jue Pedro con el dinero.

—Vengan a darle de comer esa mula —le 'ijo entonces el que la compró—. Ya van a ver que da pisto.

Nada le dio ya... de pisto, ya no le dio nada.

—¡Ve que'ngaño el que me hizo! —dijo'l señor—, se llevó 'm... mi dinero.

Y dicen a buscarlo a Pedro pero no... lo encontraron ¿veá?

José Cleofas Arriaza / Guatemala

III. EL SACO

Una tarde que Pedro de Urdemalas andaba vestido de fraile, haciéndose pasar por tal para que le dieran limosnas, se encontró de repente con una gran cueva muy honda, en cuyo fondo vio amontonadas numerosas talegas llenas de monedas de oro y plata y de alhajas valiosísimas. En un rincón en que se alzaba la cocina divisó colgados un cordero abierto y dos cuartos traseros de otro, cuya frescura incitaba a comerlos; y Pedro, que con el cansancio que le había producido la marcha por aquellos andurriales se sentía con un apetito fenomenal, cogió una de las piernas y se puso a asarla. En ello estaba cuando llegó una tropilla de bandidos, que eran los que habitaban la cueva, y asiéndolo lo ataron de pies y manos para arrojarlo a un río profundo que corría por ahí cerca.

Pero los bandidos también venían con hambre, y mientras la satisfacían comiéndose la pierna que Pedro había puesto a asar y que ya estaba a punto, y asaban la otra, pues una no bastaba para diez hombres que eran ellos, metieron a Pedro en un saco y lo dejaron al lado afuera un poco distante de la cueva.

Y como era hombre a quien casi siempre sonreía la suerte, tocó la casualidad de que en los precisos momentos en que quedó solo pasase por ahí un vaquero arriando un hermoso piño de vacas y terneros, gritando: —¡Ah vaca! ¡Ah vaca...! ¡Adónde va la Barrosa...! ¡Venga p'acá el Coliguacho...! ¡Ah vaca! ¡Ah vaca! ¡Ah vaca...!

Y cuando Pedro sintió que el vaquero pasaba cerca de donde él estaba, se puso a quejarse en voz alta: —¡Dios mío! ¡Que me vayan a echar al río porque no quiero recibir plata! ¡Pero bien sabes tú, Señor, que no puedo recibirla y tendré que dejar que me ahoguen...!

El vaquero, que era de suyo compasivo, al oír estas quejas, se acercó al saco, y abriéndolo vio salir la cabeza de un fraile con su capilla calada.

—¿Qué le pasa, padrecito? —le preguntó.

—¡Qué me ha de pasar, hermanito, que andaba pidiendo limosnas para mi convento y que por desgracia tropecé con unos caballeros que quisieron entregarme por fuerza unos talegos de plata; pero como nuestra regla nos prohíbe recibir mucho dinero por junto porque hemos hecho voto de pobreza, me negué a recibirlo y porque no les di en el gusto me han maniado y metido en este saco para tirarme al río.

—Yo creo, padrecito, que la cosa tiene remedio. ¿Por qué no cambiamos de ropa y me pongo en su lugar? Cuando los caballeros vengan a tirarme al río, yo les diré que lo he pensado bien y que veo que me conviene recibir las talegas; y como ya se está oscureciendo, cuando me saquen del saco no me conocerán y me entregarán la plata. Hagamos el cambio y váyase usted con el piño a otra parte.

No se lo dijeron a sordo y el cambio de traje se hizo con suma rapidez, quedando Pedro libre y el vaquero atado de pies y manos y metido en el saco, vestido de fraile.

Pocos momentos después salieron los bandidos hartos de comer y ahítos de beber de los exquisitos vinos que guardaban en la cueva, y echándose uno de ellos el saco al hombro, se dirigieron al río, sin hacer juicio de las protestas del vaquero de que aceptaba gustoso todo el dinero que quisieran darle, aunque fueran cuatro talegas o más; y llegados a la ribera, lo lanzaron entre dos, al medio de las aguas.

Pedro, desde lo alto de un árbol, contemplaba la escena y pensaba que lo que le ocurría al pobre vaquero era lo que le habría pasado a él sin astucia; y no se bajó hasta que cesaron de producirse los górgotos que en el agua ocasionaba la caída del saco.

Pedro pasó la noche con el piño de ganado por ahí cerca, y al otro día temprano, después de atravesar un brazo del río con el fin de que los animales y él mismo salieran completamente mojados, pasó por frente de la cueva de los bandidos, arriando las vacas y los terneros y gritando a toda boca:

—¡Ah vaca! ¡Ah vaca! ¡Ah vaca…! ¡Adónde va la Barrosa…! ¡Venga p'acá el Coliguacho…! ¡Ah vaca! ¡Ah vaca! ¡Ah vaca…!

Los bandidos, que ya se habían levantado, conocieron la voz de Pedro y salieron a verlo. Era él, efectivamente.

—¿Qué es esto, padre? —dijo el capitán de los bandoleros—. Nosotros lo hacíamos en el fondo del río. ¿Cómo ha podido salir de ahí? ¿Y que colgó los hábitos?

—La Providencia, hermano, que siempre vela por los pobres, me ha ayudado también en este trance. Cuando el saco cayó al fondo, sentí que alguien lo descosía, y así era en verdad, porque poco después me sacaban y me desataban, y viendo que yo era un pobre fraile que andaba pidiendo limosnas para mi convento, la gente que vive en el fondo del río, que es muy buena cristiana, y muy piadosa y muy caritativa, me dio estos animalitos y acaban de sacarnos afuera, después de obsequiarme anoche con una suculenta cena y con un excelente desayuno en la mañana. ¡Qué gente tan buena y tan cariñosa! ¡Dios les pagará el bien que me han hecho! Lo único que me pidieron fue que les dejara los hábitos, que querían conservar como reliquia.

—¡Compañeros! —dijo el capitán a su tropa—, a vestirse todos con los hábitos que les robamos el otro día a los dominicos y que el padre nos amarre de pies y manos, nos meta en un saco a cada uno y nos tire al río. Con el ganado que nos dé la gente que hay en el fondo del agua, tendremos para vivir holgadamente el resto de nuestros días en paz y tranquilamente. Creo que el padre no se negará a hacernos este servicio.

—Se los haré con mucho gusto, aunque me demore un poco en llegar a mi convento. Ya estarán los reverendos con cuidado.

E inmediatamente se pusieron a la obra, y en menos de hora y media estaban todos los bandidos amarrados, ensacados y en el fondo del río; y Pedro se encontró dueño de un buen piño de ganado y de todas las riquezas que los bandidos habían atesorado en la cueva.

Pero poco le duraron a Pedro tantos bienes. En francachelas con los amigos y amigas, que le sobraban, como les sobran a todos cuando hay higos, se le fueron por entre los dedos de la mano antes de un año.

Chile

IV. PEDRO VA AL CIELO

Pedro estaba muy pobre y dijo que ni siquiera el diablo se le apareciera. Y no acabó de decir cuando el diablo se le apareció. Pedro le dijo que le daba el alma si le daba plata para poner una herrería. El Diablo le dijo que bueno y firmaron un documento y le prestó plata. Pedro le dijo que cuando lo viniera a llevar, si estaba haciendo un trabajo que tenía, que esperar que lo terminara, y así fue.

Un día va San Pedro y le dice a Dios que se le han perdido las llaves del cielo. Y le dice Dios que no tiene más que buscarlo a Pedro de Urdemalas. Va San Pedro, le lleva las medidas a Pedro para que le haga las llaves y Pedro hace las llaves.

Viene Dios y le dice que cuánto le va a cobrar y Pedro le dice que nada. Entonces Dios le da tres virtudes y Pedro pide que una higuera que había en el patio diera frutos todos los meses. San Pedro le da, sin que pida, la gloria. Y Pedro pide que el que venga a robarle higos y le diga que se pegue en la higuera, que se pegue. Y que donde él se siente, nadie lo levante.

—Te son concedidas las tres virtudes pedidas —le dice Dios.

Ya llegó el día en que Pedro se tenía que morir y viene el Diablo a llevarlo a Pedro, mandado por el Diablo viejo. Pedro está haciendo unas herraduras y le dice que vaya a comer higos hasta que él termine. Y cuando se va a subir arriba, le dice Pedro:

—¡Pegate…!

Y el Diablo se quedó pegado. Y agarró Pedro las tenazas y el martillo y lo aporreó y le dijo:

—¡Despegate…!

Y se va el diablo, y le dice al diablo con quien Pedro había hecho el contrato, que éste no quería ir, y dice el diablo:

—¡Ya lo voy a traer yo…!

Le dice a Pedro que por qué no quería ir y él le dice que el Diablo no quería esperar hasta que él terminara las herraduras. Ahora está Pedro haciendo un trabajo, y le dice al Diablo que fuera a comer higos hasta que terminara. Va el Diablo y empieza a cortar debajo de la higuera.

—No —le dice Pedro—, esos higos no sirven, súbase arriba…

Y el Diablo se subió y Pedro le dice:

—¡Pegate…!

Y se quedó pegado. Pedro se fue a aporrearlo con las tenazas y el martillo. El Diablo, ¡que deshace el contrato! Si no lo mata. Pedro deja de aporrearlo y le dice:

—¡Despegate…!

Deshacen el contrato y se va el Diablo solo. Pedro le dice al salir que cuando él se muera le ponga en el cajón las tenazas y el martillo.

Al poco tiempo se muere Pedro, y va a las puertas del cielo y golpea con el martillo, que le abran la puerta. San Pedro le dice:

—¿Quién es?

—Soy Pedro de Urdemalas.

—Vos no venís acá —le dice San Pedro— andá al infierno.

Y Pedro se va donde están los Diablos. Les hace cruces con las tenazas y el martillo, y los diablos se disparan. Va Pedro a las puertas del cielo otra vez y dice:

—¡Tocayo! Los Diablos no quieren estar conmigo, ¡se disparan…!

San Pedro le avisa a la Virgen.

—Vamos, Pedro —le dice la Virgen— yo te voy a llevar.

Va la Virgen por delante y Pedro por detrás. Cuando van llegando, Pedro hace cruces con las tenazas y el martillo, por detrás de la Virgen. Esta no le ve, y se disparan los Diablos. Y la Virgen le dice:

—Quédate acá, enseguida han de volver.

Y Pedro le dice:

—Yo no me quedo nada, no estoy para estar solo…

Y se va con la Virgen. Esta le pone un banco afuera —en la **puerta** del cielo— que se siente. Cuando la Virgen entra, Pedro pone la mano, y la Virgen aprieta la puerta. Pedro le dice:

—Abra un poco, que me aprieta la mano...

La Virgen abre un poco y Pedro entra la cabeza y un brazo.

—Abre otro poco, Virgen, que ya voy a salir...

Abre otro poco y se entra al cielo y le gana la silla a San Pedro. Este le cuenta a Dios y Dios le dice:

—Como Pedro tiene el pedido concedido, que de donde se siente nadie lo levante, Pedro se queda en el cielo.

Noemí A. Pérez / Argentina

19. Un viaje a la eternidad

Dice que habían dos amigos. Desde la escuela que crecieron, en fin, se educaron, adquirieron profesión y cada cual hizo su vida, se fue por su lado. Pero seguían teniendo correspondencia. Así pasaba el tiempo. Hasta que un día de unos cuatro o cinco años se encontraron y uno de ellos le dice: —Mira hermano, ya estamos caminando hacia el fin de nuestra existencia, aunque somos todavía jóvenes, pero a medida que pasa el tiempo vamos entrando en años.

—Sí, compañero, pero nosotros conservamos siempre nuestra amistad fiel y... desinteresada. En tal sentido haremos un trato —le dice— y éste es el siguiente: de cualquiera de nosotros que descendiera a la tumba, ha de comunicar al sobreviviente mediante una carta que si hay o no eternidad. Y si hay silencio del fallecido es claro que todo acabó con el último suspiro y que no hay... el más allá.

—Bueno, ya está —convienen.

Seguían así sosteniendo correspondencia. Pasaron uno, dos, tres, cuatro años tal vez. Y resulta que un día llega a lo del caballero un

enviado que montaba un lujoso caballo, bien enjaezado, y llevaba otro
de tiro. Toca la puerta. Le abre un criado que tenía.

—El caballero, ¿está aquí?

—Sí, está aquí.

—¿Podría verlo?

—¿Por qué no, señor? Pase.

Lo hace pasar. Un caballero elegante, bien vestido, bien parecido
fisicamente. De… como se usa vulgarmente, buen mozo el caballero.
Bueno, sale el dueño de casa, y le dice:

—¿En qué puedo servirle, señor?

—Tengo esta carta de un caballero, le dice.

—Y, ¿podría decirme el nombre de usted?

—No señor, no le diré, porque, en fin, tengo ese encargo. Lo único
es que traigo esta carta y tengo la orden de llevarlo a usted.

—Bueno.

Lee la carta en la que le dice, bueno, lee…:

Mi querido amigo: Después de mucho tiempo te dirijo la presente,
en espera de verte pronto. No diré en espera de tu respuesta, porque
tengo la persuasión de verte a mi lado siquiera por un breve tiempo. Y
en tal sentido el portador de la… presente misiva, lleva el encargo de
traerte. Es una persona que ofrece garantía. Pierde cuidado. Y… debes
saber que yo te espero con ansia. Como recordarás teníamos convenido
en comunicarnos siempre, ya sea por correspondencia o visitarnos, en
fin, según lo permitan las circunstancias. Pero mucho tiempo dejé de
escribirte, y hoy lo hago siempre con el… con el aprecio acostumbrado
entre nosotros. Pero al redactar estas líneas, pienso que no… no le nega-
rás al portador en hacerme la visita y viajarás con él. Si no lo haces, quedará, es decir, quedará finalizada nuestra amistad.

De manera que era una carta terminante, pues, claro. Entonces él
piensa, medita.

—Y, ¿qué tiempo puedo… puede esperar señor? —le dice.

—Puedo esperarlo de dos a tres días.

—De dos o tres días. Entoces usted se queda aquí alojado —le dice.

—No. Yo tengo otro alojamiento. Siento no complacerle. Pero tengo un alojamiento un poquito lejos de aquí.

—Pero por lo menos a las horas de alimento, a comer y a almorzar.

—Tampoco, porque me han comprometido que no falte ni un día a... tal objeto.

Bueno, el caballero dice: ¡*Qué raro este señor!* —piensa para sí.

Y le dice: —Bueno.

Se despiden: —Entonces dentro de tres días estará usted aquí.

—Sí.

—Pero, por lo menos las bestias las dejará en esta casa.

—Tampoco. Tengo que llevarlas.

Bueno. Se va. Toma asiento en su cabalgadura y se lleva de tiro la otra. Ya está. En los tres días arregló rápidamente todo. Dejó a sus criados. Fue... al... en fin al tesoro y demás autoridades. (El informante interrumpe la narración para decir que posiblemente este cuento tomó lugar en España). Arregla todo lo referente a los impuestos... de su propiedad, su casa habitación, ¿no? Claro porque no tenía propiedades rústicas. Y hay que tener en cuenta que era de posibles. Era rico el caballero. Todos sus asuntos arregla. Usted ve que el dinero lo puede todo. No había demora, en fin. Corría coimas para aquí, para allá, para que lo despachen. A los tres días se presenta el enviado.

—Listo, ¿podemos partir?

—Listo. Podemos partir, señor.

Bueno, ya está. Los deja a sus criados, y les dice: —Ustedes van a ver la casa, como si fuera suya.

Les recompensa bien y parten. Salen de la ciudad, claro, y a la orilla de ésta estaban en construcción unos nuevos edificios, en ampliación de la ciudad, como hacen en muchas partes, según así. Cuando salen ya al campo, cuando se da cuenta que el caballo no corría, sino que iba por los aires, pero en una velocidad sorprendente. Según él pasaron unas tres, cuatro, tal vez seis a ocho horas que viajó. Pero ¿qué tiempo sería? No se sabe. ¡Pero era una velocidad! Claro. En aquellos tiempos admiraba a cualquier hijo de vecino, por razón de que por entonces ni se soñaba lo de los aviones.

Bien. Así dice que llegan a una sala donde habían, en fin, unas belle-
zas, dice, en la casa, y personas que cantaban completamente bellas,
en fin.

—¿Y dónde está mi amigo?

Y unas y otras personas: —Pase. Pase, señor.

Y así lo hacían pasar. Al fin llega a una habitación y lo encuentra. Y
le dice: —¡Cuánto placer tengo de verte y abrazarte! Creí que no hubieras aceptado mi invitación.

—Oh, de… eso no deberías pensar, hermano, porque tu carta era
terminante y he allanado todos mis intereses, todo, he arreglado, a fin
de complacerte y de acceder a tu invitación. Tenía que suceder. No
podía ser de otra manera, dado el tiempo de amistad que llevamos
desde nuestra niñez. Y ya más o menos estamos ambos en la mitad de la
carrera de nuestra existencia, y tal vez un poco más.

Bien. Entonces le dice: —Te voy a dar una noticia que te va a sorprender. Pero yo creo que no te asustarás, ni te ofenderás.

El caballero no sabe que respuesta dar, pero se reviste de serenidad
y le dice: —Dámela. No tengo por qué ofenderme, ni asustarme.

Pero revistiéndose de carácter, porque dice… bien.

Al fin dice que le dice: —Sabes, yo hace ya cuatro años dejé el
mundo de ustedes. Me encuentro aquí. Pero como te prometí comuni-
carte si hay eternidad, lo he hecho y te he enviado a que veas lo que es
la eternidad. Durante tres años he pasado fuertes tormentos. He sido
sometido por las culpas cometidas en el mundo de ustedes. Según yo,
era el hombre más virtuoso, pero no había sido así. Pero una vez des-
cendido a la tumba me he dado cuenta de que… las virtudes según yo
ejercía eran una pequeñez, no como debía ser para llegar directamente
aquí. Porque debes saber que recién estoy en camino al cielo y fíjate las
hermosuras que hay por acá. Porque al fin he cumplido mi pena y estoy
libre y estoy caminando yo. Yo no sé en qué tiempo llegaré. Ahora,
¿quieres quedarte conmigo, para continuar, para que nosotros vayamos
juntos? O, ¿quieres retornar al mundo de ustedes, hasta cuando el Ser
Supremo te llame? Y me vas a dar una respuesta para que mi mismo
enviado te conduzca si resuelves volver a la tierra.

Entonces dice que él titubea, no sabe qué respuesta dar. Al fin le dice: —Vuelvo a la tierra. Vuelvo a la tierra, porque para, en fin disponer de mis intereses. Cuando todo esté concluido y ya el Eterno sabrá que todo ya nada me queda en la tierra, desde el momento en que yo soy hombre solo, entonces me recogerá y nos volveremos a encontrar.

—Muy bien. Entonces lo que te recomiendo antes de que retornes es que no tengas apego a nada. Y que todo lo distribuyas, porque no ha de ser raro que te llame muy pronto el Dios del Universo.

Bueno, estuvo seguramente un rato con su amigo. Se despiden. El enviado lo volvió a llevar así. Resultado es que llegan a la ciudad, pero habían pasado tantos años. Lo que le sorprendió fue lo siguiente, que aquellos edificios que estaban en cimientos, recién en pañales de construcción, diremos ya habían estado convertidos en escombros, porque vinieron guerras y cuántas cosas, que quedó destruido todo.

—Guaj, pero si esto dejé en construcción y todo esto está abandonado. ¿Cómo es esto?

Llega a su casa, el enviado lo deja ahí y se regresa. Averiguadas las cosas, no tenía dónde llegar, ni con qué tomar un poco de agua.

—¡Caramba, ¿para qué me he venido? Si ahí yo estaba tan bien. Todo distracciones, alimentos, buen clima, buena salud. ¿Y para qué me he vuelto?

Se arrepiente. Averigua. Su casa sin saber que fue del caballero, pasados un… pasados tantos años había sido confiscada. Se remató. Ya era de otros dueños. El presentó documentos, pero lo sacaron vendiendo almanaques, hasta que tuvo que acogerse a… a un convento, creo a un convento de franciscanos. Ahí había muerto.

Ese fue el final.

José Rivera Bravo / Bolivia

20. Madre e hija

Una hija que había sido muy buena, se había muerto y como todavía era señorita, vino a la Gloria. Pero la madre también murió y ella fue al Purgatorio.

Entonces la madre miraba a la hija allá arriba y decía:

> *María, color de nieve,*
> *extiende tu cabello para que suba tu madre.*
> *¡Y si eres bonita,*
> *no habrá quien te iguale!*

Entonces la hija inclinó la cabeza hacia atrás y le caía el cabello hasta el Purgatorio. Entonces la madre fue subiendo hasta que también llegó a la Gloria. Ella ya estaba acabando de purgar sus penas en el Purgatorio, pero la hija ya estaba en la Gloria.

Colombia

21. El Pájaro Dulce Encanto

Había una vez un rey ciego, quien tenía tres hijos. Muchos médicos lo vieron y muchas promesas llevaban hechas él, la reina y sus hijos, pero los ojos no daban trazas de ver.

Había una viejecilla curandera que era bruja y tenía fama porque había hecho algunas curaciones que los doctores no habían conseguido. Por un si acaso, la hicieron venir al palacio, y ella dijo que se dejaran de ruidos y que buscaran al Pájaro Dulce Encanto y le pasaran la cola al rey por los ojos: que este pájaro estaba en poder del rey de un país muy lejano; eso sí, que se la pasara el mismo que lograba apoderarse del pájaro.

Los tres hijos del rey se dispusieron a ir a testearear la medicina, y el rey prometió que el trono sería para aquel que la trajera.

Los tres partieron el mismo día: el mayor por la mañana, el siguiente a mediodía y el menor por la tarde, cada uno en un buen caballo y bien provistos de dinero.

Al salir el mayor de la ciudad, vio un grupo de gente a la entrada de una iglesia «¿y adónde vas Vicente? Al ruido de la gente», se acercó a ver qué era, y se encontró con un muerto tirado en las gradas y uno de los del grupo le contó que lo habían dejado ahí porque no tenían con qué enterrarlo, y que el padre no quería cantarle unos responsos si no había quien le pagara.

—¡A mí qué…! —dijo el príncipe, y siguió su camino.

A mediodía, cuando pasó el otro, vio a la entrada de la iglesia al pobre difunto que todavía no había hallado quien lo enterrara.

—Eso a mí no me va ni me viene —dijo el príncipe y siguió su camino.

Cuando el menor pasó en la tarde, todavía estaba ahí el cadáver, medio hediondo ya, y las gentes que miraban tenían que estar espantando los perros y los zopilotes que querían acercarse a hacer una fiesta con el muerto.

Al príncipe se le movió el corazón y pagó a unos para que fueran a comprar un buen ataúd y él en persona buscó al padre para que le cantara los responsos; fue a ayudar a abrir la sepultura y no siguió su camino sino hasta que dejó al otro tranquilo bajo tierra.

A poco andar, le cogió la noche en un lugar despoblado.

De repente vio desprenderse de una cerca una luz del tamaño de una naranja, que se fue yendo a encontrarlo y que por fin se le puso al frente. Al príncipe se le pararon toditos los pelos y preguntó más muerto que vivo: —De parte de Dios todopoderoso, di ¿quién eres?

Y una voz que parecía salir de un jucó, le respondió: —Soy el alma de aquel que hoy enterraste y que viene a ayudarte. No tengas miedo, yo te llevaré adonde está el Pájaro Dulce Encanto. No tenés más que ir siguiéndome. Eso sí, no podés caminar de día.

Al joven se le fue volviendo el alma al cuerpo y siguió a la luz. Hizo como ella le dijo y descansaba de día. A los dos días ya no le tenía miedo y más bien deseaba que se le llegara la noche. Y a la semana ya eran muy buenos amigos.

Anda y anda, por fin llegaron al reino donde estaba el pájaro. La luz le dijo que a la medianoche se fuera a pasear frente a los jardines del palacio y que se metiera en ellos por donde la viera brillar. Así lo hizo y a medianoche entró a los jardines y echó a andar detrás de la luz, que lo pasó frente a los soldados dormidos y lo metió en el palacio sin que nadie lo sintiera. Llegaron por fin a un gran salón de cristal iluminado por una lámpara muy grande que era como ver la luna, todo adornado con grandes macetas de oro en que crecían rosales que daban rosas tintas, y el príncipe se quedó maravillado al ver los miles de rosas que se veían entre las hojas verdes. El suelo estaba alfombrado de rosas deshojadas y se sentía aquel aroma que despedían las flores que daba gusto, y en una jaula de alambres de oro en los que había ensartados rubíes del tamaño de una bellota de café, colgada del cielo raso, y muy alta, estaba el Pájaro Dulce Encanto, que era así como del tamaño de un yigüirro pero con la pluma blanca, con un copetico y las patas del color del coral. Cuando entró el príncipe, comenzó a cantar y el joven creía que entre las matas estaban escondidos músicos muy buenos que tocaban flautas y violines. Y así se hubiera quedado sin acordarse de más nada, si la luz no le hubiera llamado la atención: —¿Idiai, hombré, ya olvidaste a lo que venías? A ver si vas al cuarto que sigue, que es el comedor y te alcanzás cuanta mesa y silla encontrés.

Así lo hizo y cuando trajo todos los muebles que había, los fue colocando uno encima de otro para alcanzar el pájaro. Con mil y tantos trabajos, se fue encaramando por aquella especie de escalera y ya estaba estirando el brazo para coger la jaula, cuando todo se le vino abajo, haciendo por supuesto un gran escándalo. A la bulla, hasta el rey se levantó y corrió medio dormido y chingo a ver qué pasaba. Y van encontrando a mi señor debajo de todo, golpeado y hecho un ¡ay de mí! Lo sacaron y lo hicieron confesar por qué estaba ahí. El rey lo mandó encalabozar y que lo tuvieran a pan y agua. Cuando estaba en el calabozo, se le apareció la luz y le aconsejó que no se afligiera.

A los días lo mandó a llamar el rey y le dijo que se le devolvería la libertad y le daría el pájaro, si le conseguía un caballo que él quería mucho y que le había robado un gigante.

El príncipe le contestó que otro día le daría la respuesta. En la noche llegó la luz y le aconsejó que dijera que bueno.

Dicho y hecho, la luz lo guió hasta que llegaron al potrero en donde el gigante guardaba el caballo. Escondido entre una zanja, esperó que amaneciera. Apenas comenzaron las claras del día, salió el gigante del potrero caracoleando el caballo, que por cierto era el caballo más hermoso del mundo: negro, como de raso, con una estrella en la frente y con las patas blancas.

Ya la luz le había aconsejado que apenas los viera salir, entrara al potrero y subiera a un palo de mango muy coposo que había en el centro; que esperara ahí hasta que regresara el gigante en la noche, y cuando éste tuviera los ojos cerrados no se fiara porque no estaba dormido, sino cuando los tuviera de par en par y que entonces debería aprovechar para robar el caballo. Además le contó que el caballo tenía en la paletilla derecha una tuerca y que le diera vueltas a esa tuerca y que vería.

Pues bueno, en la noche volvió el gigante y seguramente venía muy cansado, porque no hizo más que medio amarrar el caballo del tronco del árbol, le aflojó la cincha y él se tiró a su lado. Comenzó a roncar, pero el príncipe se fijó en que tenía los ojos cerrados; poco a poco los ronquidos fueron más, más débiles, y el príncipe vio que tenía un ojo cerrado y otro abierto; por fin cesaron los ronquidos y el gigante tenía los ojos de par en par, unos ojazos más grandes que las ruedas de una carreta. Poquito a poco se fue bajando y desamarró el caballo. Pero este animal hablaba como un cristiano y gritó: —¡Amo, amo, que me roban!

De un brinco se levantó el gigante. El joven se quedó chiquitico entre una ramas.

El gigante miró por todos lados y gritó: —¿Quién te roba? ¡Nadie te roba!

Luego se volvió a dejar caer y a poco abrió los ojos.

Vuelta otra vez a bajar poquito a poco. Puso una mano en la cabeza del caballo e intentó montar, pero el animal gritó otra vez: —¡Amo, amo, que me roban!

De nuevo se recordó el gigante, pero no vio a nadie. Con cólera le contestó: —¿Quién te roba? ¡Nadie te roba! ¡Si me vuelves a decir que te roban, te mato!

Así que el príncipe vio al gigante con los ojos abiertos, muy resuelto se acercó al caballo, que esta vez no chistó. Entonces lo montó, le apretó la tuerca y el caballo salió volando.

La luz había dicho al príncipe que antes de entrar en la ciudad volviera a apretar la tuerca para que el caballo descendiera, y que no se diera por entendido con el rey de que sabía aquella cualidad de la bestia. Lo hizo así, y el rey lo recibió muy contento, pero el muy mala fe le dijo que todavía no le daría el pájaro, sino cuando le trajera su hija, que había sido robada por el mismo gigante.

El joven no quiso contestar nada sino hasta que habló con la luz, quien le dijo que aceptara.

A la noche siguiente partieron y llegaron al palacio del gigante. La luz le aconsejó que llevara el caballo y que lo dejara amarrado entre un bosque cercano al palacio. Él debería subir por una enredadera hasta una ventana iluminada, que era la ventana del comedor. A aquellas horas deberían estar cenando. Cuando viera que el gigante había bebido mucho vino y dejara caer la cabeza sobre la mesa, debía tirar unos terroncillos a la niña y le haría señas para que se acercara y lo siguiera.

Todo pasó dichosamente, porque el gigante se puso una buena juma y la princesa, que deseaba con toda su alma salir de las garras de aquel bruto, no dudó ni un minuto en seguir al joven que le pareció muy galán. Al príncipe también le pareció muy linda la niña y al punto se enamoró de ella. El caso es que los dos se gustaron.

Sin ninguna novedad llegaron al palacio, pero el rey, que era muy mala fe, le dijo que le pidiera cualquier otra cosa, pero que el pájaro no se lo daba.

Entonces la luz le aconsejó que le pidiera que lo dejara dar tres vueltas por la plaza montado en el caballo, con la niña por delante y el pájaro en su jaula en una mano. El rey convino, y para estar seguro, puso soldados en todas las bocacalles que daban a la plaza. El príncipe salió muy en ello a caballo con la niña y el pájaro. Dio dos vueltas muy honradamente, pero al ir a acabar la tercera, apretó la tuerca y el caballo salió por los aires, y al poco rato desapareció entre las nubes. Por supuesto que el rey se quedó jalándose las mechas y diciendo que bien merecido se lo tenía por tonto. A él no le había pasado por la imaginación que el príncipe supiera lo de la tuerca.

Bueno, pues, el joven, al llegar a su país, apretó la tuerca, y el caballo bajó. Al pasar por una ciudad encontró a sus dos hermanos todos dados a la mala fortuna, que se habían engringolado en unas fiestas, se habían quedado sin un cinco y no sabían con qué cara llegar donde su padre.

Los dos hermanos sintieron una gran envidia por la suerte de su hermano menor que traía no sólo el pájaro sino una linda princesa y un caballo maravilloso.

El joven los invitó a volver con él, pero ellos se negaron. Eso sí, le rogaron que les aceptara el convite que le hacían de ir a almorzar en un lugar en las afueras de la población. Él, sin malicia, aceptó enseguida. Ellos hicieron beber al príncipe y a la princesa una bebida que era un narcótico, y cuando estuvieron sin conocimiento, se llevaron al joven y lo echaron en un precipicio. Cuando la niña despertó, le dijeron que él se había ido a parrandear en unas fiestas que se celebraban en un pueblo vecino y que la había dejado abandonada. Pero que ellos no la desampararían y se la llevarían al palacio de su padre.

Volvieron a su casa y el rey y la reina se alegraron y ellos para que no supieran por qué el menor no aparecía, lo pusieron en mal, y les hicieron creer que ellos habían sido los de todo el trabajo y que la princesa era una niña loca que habían recogido en el camino. Pero no pudieron conseguir que el rey repartiera el reino entre los dos, porque le pasaron la cola del Pájaro Dulce Encanto y no surtió ningún efecto: el rey quedó tan ciego como antes.

Quiso Dios que la luz libró al joven de que no rodara entre el precipicio, sino que una rama lo agarró por el vestido y unos carreteros que pasaban lo oyeran gritar, se acercaron y lo ayudaron a salir de ahí. Les dijo quién era y como se había hecho algunas heridas y no podía caminar, ellos mismos lo llevaron al palacio del rey y a los cuatro días fueron llegando con él.

La princesa, que no había vuelto a hablar de la tristeza de la ausencia del joven, al verlo, se puso feliz y el pájaro que no había vuelto a cantar, llenó el palacio con sus flautas y violines. Pero el rey y la reina estaban muy enojados contra su hijo menor por los cuentos con que sus hermanos mayores habían venido, y no querían recibirlo. Él, entonces, contó lo que le había ocurrido; los carreteros atestiguaron; además, el joven para probar que era él quien había conseguido el pájaro, lo cogió y pasó su cola por los ojos del rey, quien enseguida quedó con unos ojos tan buenos que le podían hacer frente a la luz del sol. Se conocieron las mentiras de los hermanos envidiosos, pero el príncipe que era un buenazo de Dios, no permitió que los castigaran, los abrazó y compartió el reino con ellos.

Él se casó con la princesa, quien colgó de su ventana la jaula con el Pájaro Dulce Encanto, que diario tenía aquello hecho una retreta.

Cuando la luz vio feliz y tranquilo a su amigo, vino a decirle adiós. Mucho sintió el príncipe esta separación, pero la luz le dijo: —Ya cumplí, ya te demostré mi gratitud. Adiós y ahora hasta que nos volvamos a ver en la otra vida.

Y me meto por un huequito y me salgo por otro, para que ustedes me cuenten otro.

Tía Panchita / Costa Rica

22. La muerte le tocó al gallo

Una mujer tenía a su esposo enfermo en cama y lo cuidaba mucho, y a cada rato decía:

—Ay, Dios mío, antes que mandarle la muerte a él, mándamela a mí primero...

Y eso.lo decía a cada rato.

Y el compadre que la estaba oyendo le dijo para probarla:

—Comadre, la muerte es un gallo pelón...

Y la mujer siguió pidiendo la muerte para ella en lugar de su marido enfermo.

Y el compadre cogió un gallo y le quitó todas las plumas y lo puso a coger todo el sol del mediodía, y cuando ya se estaba ahogando, soltó el gallo pelón que salió a toda carrera y vociferando hasta que entró en la casa del enfermo.

Y la mujer que lo vio dijo:

—¡Ahí está la muerte!...

Y asustada se escondió detrás de la puerta del cuarto y le apuntaba con un dedo pa' la cama al gallo pelón y le decía:

—¡Mire, ahí en esa cama está el enfermo!...

Isabel Castellanos / Cuba

23. Las doce verdades del mundo*

Había un hombre muy pobrecito que tenía mucha familia. Y la placita onde vivía era muy chiquita, y ya se acabaló de compadres. Y cuando ya no halló ninguno a quien convidar su mujer tuvo un chi-

* La ortografía refleja la pronunciación criolla.

quito. Y la mujer le preguntó al hombre que si a quién sería güeno convidar pa' padrino, y él, muy enfadao, le respondió: —Voy a convidar al diablo.

Y antonces salió de la casa callao a buscar padrino.

A poco que caminó llegó a un bosque y ai se encontró con un hombre muy charro que era el vivo diablo. Este saltó de tras de un álamo y le dijo al pobre: —¿Pa' dónde vas, amigo?

Y el hombre le respondió: —Voy a buscar padrinos pa' bautizar a un niño.

Y el diablo le dijo antonces: —¿Qué no le gusto yo pa' padrino?

—Mucha vergüenza me da convidarlo pa' padrino —le dijo el hombre—, porque parece que usté es muy rico y yo soy muy pobre.

Y antonces le dijo el diablo: —No importa. Yo seré el padrino de ese niño y usté ya no será pobre. Pero es con una condición y es que tiene que tener a mi hijao por doce años completos menos un día. Váyase adelante pa' su casa y quite cuantos santos y cruces haiga donde voy a entrar cuando cumpla este niño ese tiempo. Y antonces vengo pa' llevármelo. Y no tiene que enseñarle oración ninguna.

El hombre se comprometió a todo.

Y de ai en adelante el diablo enviaba provisiones y de todo a la casa de los pobres con sus criaos. Y hasta les hizo un palacio pa' que vivieran como ricos. Y luego vinieron el diablo y la diabla y se llevaron al niño pa' bautizarlo. Y cuando volvieron les dijieron al padre y a la madre que el niño se llamaba Doce y Menos. Comieron antonces los padrinos y se fueron, diciendo el diablo que a los doce años menos un día volverían por el hijao.

Cuando se cumplió el tiempo llegó el diablo por el hijao. Y había ordenao que lo recibieran en una sala limpia sin santos o cruces. Y la madre del niño sintió los pasos del diablo y empezó a rogarle a Dios que librara a su hijo de esas uñas. Llegó el diablo y le dijo a a su hijao: —Abre, Doce y Menos.

Tres veces le dijo esas palabras, y el niño, muy bien dormido, no respondía nada. Y el diablo dijo por fin: —Abre, Doce y Menos, que soy tu padrino.

Y antonces el ángel de su guarda respondió en lugar del niño: —No abro; tengo mucho sueño.

—No importa; abre —le dijo el diablo.

Y el ángel de su guarda respondió antonces: —Le digo que no le abro, que tengo mucho sueño. No me moleste.

—Pues si no me abres quiebro la puerta —le dijo el diablo—. Estoy apurao porque ya se me está llegando la hora.

Pero el ángel siguió diciendo que no abría, hasta que el diablo le dijo: —Sólo de un modo no quiebro la puerta, es que me reces las doce verdades del mundo. A ver si me las puedes decir.

Y el ángel respondió que sí, que las podía decir.

Y de ai afuera onde estaba empezó a preguntarle el diablo y le dijo:

—Católico y fiel cristiano, dime las doce verdades del mundo. Dime la una.

Y el ángel de la guarda le responde:

—La una que es de Dios, donde bajó Jesucristo a bendecir la Casa Santa de Jerusalén, donde vive y reinará por siempre jamás, amén.

Y de ai pega el diablo un brinco para atrás, y le dice:

—Católico y fiel cristiano, dime las doce verdades del mundo. Dime las dos.

Y el ángel responde:

—Las dos, las dos tablas de Moisés. La una que es de Dios, donde bajó Jesucristo a bendecir la Casa Santa de Jerusalén, donde vive y reinará por siempre jamás. Amén.

Y pega el diablo otro brinco para atrás, y le dice:

—Católico y fiel cristiano, dime las doce verdades del mundo. Dime las tres.

Y el ángel responde:

—Las tres, las Tres Trinidades. Las dos, las Dos Tablas de Moisés. La una que es de Dios, donde bajó Jesucristo a bendecir la Casa Santa de Jerusalén, donde vive y reina por siempre jamás. Amén.

Y pega el diablo otro brinco pa' atrás, y le dice:

—Católico y fiel cristiano, dime las doce verdades del mundo. Dime las cuatro.

Y el ángel responde:

—Las cuatro, los cuatro evangelistas. Las tres, las Tres Trinidades. Las dos, las Dos Tablas de Moisés. La una que es de Dios, donde bajó Jesucristo a bendecir la Casa Santa de Jerusalén, donde vive y reinará por siempre jamás. Amén.

Y pega el diablo otro brinco pa' atrás, y le dice:

—Católico y fiel cristiano, dime las doce verdades del mundo. Dime las cinco.

Y el ángel responde:

—Las cinco, las cinco llagas. Las cuatro, los cuatro evangelistas. Las tres, las Tres Trinidades. Las dos, las Dos Tablas de Moisés. La una que es de Dios, donde bajó Jesucristo a bendecir la Casa Santa de Jerusalén, donde vive y reinará por siempre jamás. Amén.

Y pega el diablo otro brinco pa' atrás, y le dice:

—Católico y fiel cristiano, dime las doce verdades del mundo. Dime las seis.

Y el ángel responde:

—Las seis, los seis candeleros. Las cinco, las cinco llagas. Las cuatro, los cuatro evangelistas. Las tres, las Tres Trinidades. Las dos, las Dos Tablas de Moisés. La una que es de Dios, donde bajó Jesucristo a bendecir la Casa Santa de Jerusalén, donde vive y reinará por siempre jamás. Amén.

Y otra vez pega el diablo un brinco pa' atrás, y dice:

—Católico y fiel cristiano, dime las doce verdades del mundo. Dime las siete.

Y el ángel responde:

—Las siete, los siete gozos. Las seis, los seis candeleros. Las cinco, las cinco llagas. Las cuatro, los cuatro evangelistas. Las tres, las Tres Trinidades. Las dos, las Dos Tablas de Moisés. La una que es de Dios, donde bajó Jesucristo a bendecir la Casa Santa de Jerusalén, donde vive y reinará por siempre jamás. Amén.

Y el diablo pega otro brinco pa' atrás, y dice:

—Católico y fiel cristiano, dime las doce verdades del mundo. Dime las ocho.

Y el ángel responde:

—Las ocho, los ocho coros. Las siete, los siete gozos. Las seis, los seis candeleros, etcétera, etcétera.

Y el diablo pega otro brinco pa' atrás, y dice:

—Católico y fiel cristiano, dime las doce verdades del mundo. Dime las nueve.

Y el ángel responde:

—Las nueve, los nueve meses. Las ocho, los ocho coros, etc., etc.

Y el diablo pega otro brinco pa' atrás, y dice:

—Católico y fiel cristiano, dime las doce verdades del mundo. Dime las diez.

Y el ángel responde:

—Las diez, los Diez Mandamientos. Las nueve, los nueve meses, etcétera, etcétera.

Y pega el diablo otro brinco pa' atrás, y dice:

—Católico y fiel cristiano, dime las doce verdades del mundo. Dime las once.

Y el ángel responde:

—Las once, las once mil vírgenes. Las diez, los Diez Mandamientos, etcétera, etcétera.

Y pega el diablo otro brinco pa' atrás, y dice:

—Católico y fiel cristiano, dime las doce verdades del mundo. Dime las doce.

Y el ángel responde:

—Las doce, los doce Apóstoles. Las once, las once mil vírgenes, etcétera, etcétera.

Y antonces el diablo pega el estallido y se va, y ya no vuelve. Y los pobres padres se quedaron con su hijo con todas sus riquezas.

José Tranquilino Olguín / Nuevo México, EE.UU.

Oraciones folklóricas

I. ORACIÓN ANTES DE REZAR EL SANTO ROSARIO*

> Si en la hora 'e mi muerte
> el demonio me tentare,
> le diría: ¡No ha lugar!
> porqu'el día'e la Cruz
> dije mil veces: Jesús.

II. ORACIÓN PARA LOS FIELES DIFUNTOS*

> Bendita sea la hora
> cuando el Señor Consagrado,
> Nuestro Señor Jesucristo,
> murió en la cruz enclavado.
> Así te pido, Señor,
> qu'es'alma no vay'en pecado.

III. ORACIÓN EN CONTRA DE LA BRUJERÍA

Bendita sea la cera del Santísimo Sacramento del Altar, la Hostia Consagrada y la Cruz en que murió Jesucristo. Mil veces me he de encontrar el Domingo de Ramos frente al Crucifijo de Jesús. En la planta del pie izquierdo traigo una cruz: ¡Malditos sean los mojanes!… Y para siempre, amén, Jesús.

*La ortografía refleja la pronunciación criolla.

IV. ORACIÓN PARA DESPEJARSE DE UNA MALDICIÓN

Jesucristo, hijo de Dios vivo, por dondequiera que vaya y venga, las manos de mi Señor Jesucristo adelante las tenga; las de mi señor San Blas, adelante y atrás; las de mi señor San Andrés, antes y después. Mi Señora la Virgen vaya y venga en mi compañía; con mis enemigos tope; ojos traigan y no me vean; manos traigan y no me aten; armas traigan y no me ofendan. El velo que mi Señor Jesucristo trae puesto, tenga yo puesto; el manto que mi Señora la Virgen tiene puesto, tenga yo puesto; y que sea mi cuerpo cubierto, que no sea preso ni herido, ni de malas lenguas perseguido. Tan libre sea yo en este día como fue mi Señor Jesucristo en el vientre de la Virgen María. Paz, Cristo; Cristo, paz. Corpus, paz. Corpus, paz, Espíritu Santo. Justo Juez Jesucristo, sálvame, sálvame. Padre Nuestro y Salve.

V. ORACIÓN EN CONTRA DE LOS ENEMIGOS

Padre Nuestro, Santo inmortal, fuiste clavado en la cruz con los tres clavos de acero. Así te pido, Señor, con la fuerza con que derribaste a los fariseos, me derribes a mis enemigos y a todos aquellos que quieran venir contra mí.

Tres tembló el infierno; tres tembló el infierno; tres veces fueron a tierra; tres veces los miraste y tres veces fueron desarmados. Así creo yo, Señor, cuerpo mío no sea preso ni mis brazos amarrados. Hicos traigan, se revienten; puertas de cárceles se abran de par en par y grillos se partan. Así creo yo, Señor, que puertas y candados sean falsos para mí.

VI. ORACIÓN A SAN ANTONIO

San Antonio bendito,
tres cosas pido:
Salvación y dinero,
y un buen marido.

▼▲▼▲▼▲▼▲▼▲▼▲▼▲▼▲▼▲▼

TERCERA SECCIÓN

▼▲▼▲▼▲▼▲▼▲▼▲▼

24. El ratón y el mayate*

En una ciudá se iba a verificar un casamiento de unos jóvenes ricos y
habia una muchacha muy pobrecita y estaba ella enamorada del joven
vecino. Su madre de ella hacía algunos servicios en la casa de este rico y
venía y le contaba a su hija lo que platicaban ahí y ella siempre pensando en que aquel joven la pidiera, pero el joven ni pensaba en ella.

Pues que una tarde, después del trabajo, vino la viejita y le contó a
su hija que se iba a casar cierto día el hijo del rey.

—¿Y con quién? —le dijo ella.

—Pues con la hija del rico fulano.

Ella se sintió muy mal pero no le contó nada a su madre.

Otro día cuando se fue su madre otra vez, le mandó cerrar sus
puertas y su madre tenía a San Antonio de bulto. Fue ella y le pidió a
San Antonio que le diera a aquel muchacho para esposo. Y ella se lo
pedía y él se sonreía. Y ella se lo pedía y se lo pedía pero que se iba quedando San Antonio desimulado. Pero las vísperas del casamiento, después de haberse ido su madre a trabajar, cogió a San Antonio del nicho
en donde estaba, poniéndolo delante del fogón, agarró un malacate del
torno y lo puso a calentar. Entonces le habló en esta manera a San
Antonio:

—Mira, San Antonio, túnico azul, te he pedido una vez y otra vez a
ese muchacho para casarme con él y tú dices que tienes mucho poder

* La ortografía refleja la pronunciación criolla.

107

pero quizás no tienes porque no me has concedido lo que te he pedido. Este muchacho se casa mañana y yo te voy a agujerar las orejas con ese malacate caliente para que cuando yo te pida alguna cosa sepas entender y oyer.

Se rió San Antonio y cuando agarró ella el malacate, echó a correr él de un rincón al otro en el cuarto.

Entonces llegó su madre y llamó a la puerta. Yendo ella muy espantada a abrir y San Antonio se había metido debajo de una cama. Cuando abrió la puerta a ella, le preguntó su madre qué le pasaba, porque parecía que estaba asustada. Le dijo que nada. Entró la viejita. Poco después que entró, mirando pa'l nicho, vio que no estaba San Antonio ahí y voltió al otro lado. Viéndolo debajo de la tarima, le preguntó por qué estaba ahí San Antonio.

—Yo lo bajé —le dijo.

—¿Y para qué?

—Para limpiarlo.

—Pues ¿por que lo pusiste abajo de la tarima?

—Para alzarlo otra vez.

Lo tomó la viejita y lo puso en su lugar, siempre contándole lo que iba a pasar en la fiesta y lo que había pasado. Y ella se sentía mal cada vez que su madre le contaba esto.

Entonces se fue su madre otro día, que era el día del casorio, diciéndole que fuera con ella, y ella no quiso. Le dijo que ella no podía y que no se sentía nada a gusto y nada bien. Cuando pasó el cortejo de los novios, ella se sentía tan mal que no tenía valor ni de verlos por la ventana. Vino y volvió a hablarle a San Antonio, diciéndole que no más le volvería a pedirle nada. Pero San Antonio se rio y le dijo:

—Aquí está un ratón y un mayate. Hora tú mándales y ellos te obedecerán y ellos harán lo que tú les mandes.

Cuando vino su madre, le preguntó ella cuál era el cuarto que le tenían preparado a los novios. Su madre le señaló cuál era la ventana y cuál el cuarto. Vino ella y le dijo al ratón en la noche:

—Anda, ratón, asómate y mira si ya están durmiendo los recién casados y ven pronto y cuéntame lo que halles.

Fue el ratón y se asomó en la ventana y volvió y le dijo que no estaban dormidos. Más tarde lo volvió a despachar. Fue el ratón y vio que estaban durmiendo y vino a traile la noticia. Ya le dijo que hiciera un agujero en la ventana para que entrara el mayate. Cuando vino el ratón a darle la noticia de que había hecho el agujero, despachó al mayate y le dijo:

—Anda, mayate, al cuarto de los novios y sácale el ensonfiate a aquel que te dije y embarra a la novia y vuelve pronto.

Fue el mayate y hizo la orden y volvió pronto, no sintiendo ni uno de ellos lo que había pasado.

A poco de rato que el mayate salió del cuarto, dispertó el novio, hallando a la novia que no la podía aguantar y la novia decía que el novio. De modo que ella tuvo al fin que levantarse y irse al baño, avergonzada. Se levantó el novio también y ya empezaron a bañarse y abriendo las puertas para estar a gusto sin saber qué les pasaba.

Le contó otro día a sus padres el novio lo que había pasado en la noche.

—Esto pasa casi siempre —le dijo su padre—. ¿Qué no ves que en las bodas se come de todo y algunas comidas hacen daño? Y posible éstas le hicieron daño a la novia.

La siguiente noche fue lo mismo, y él se sentía muy desagusto ya. Otro día fue él a case un zapatero y lo llamó privadamente, diciéndole que él quería que le echara un remiendo de buena vaqueta. Le preguntó el zapatero que si en dónde estaban los zapatos. Y él le dijo que no estaba en los zapatos. Y él le dijo:

—Pues ¿cómo? ¿Qué es lo que tengo que remendar?

—Las asentaderas. Ya verá lo que me pasa. Antier me casé y no puedo estar a gusto por tal razón.

Vino el zapatero y le puso un remiendo de buena vaqueta. Se fue a la casa.

En la noche le dijo la muchacha al ratón:

—Anda, ratón, a tu obligación.

Fue el ratón y le royó hasta hacerle un agujero. Cuando volvió, le dijo el ratón:

—Estás servida.

—Anda, mayate, y ejecuta tu oficio.

Fue el mayate y hizo el trabajo lo mismo que antes, volviendo después a trai la noticia que estaba servida. Fue otro día más terrible para los recién casados de ver que no podían estar a gusto. Uno al otro se echaban culpas y culpas.

Cuando iba el recién casado otra vez a la zapatería, s' incontró con un viejito que lo saludó, diciéndole:

—¿Qué te pasa? ¿Por qué estás en esa esfera? No parece que hace tres o cuatro días que te casates sino que hace un año o más. Tu rostro pálido y triste. Parece que estás avergonzado.

—Ya verás lo que me pasa.

Y le refirió lo que había pasado esas noches anteriores. Le dijo el viejito:

—Mira, es que no te conviene esta mujer para que sea tu mujer. Tu debías de haberte casado con la que te convenía. Y si quieres, lo puedes hacer. Anda y traila y cásate con ella y siempre vivirás a gusto y siempre vivirás bien porque ésta es una mujer que no te será fiel ni vivirás a gusto con ella. Y la otra es una mujer pobre que siempre vivirá bien contigo.

Lo hizo así, devidiéndose de la primera y luego fue y tomó a la pobrecita que tanto le rogaba a San Antonio, en donde San Antonio mismo fue su testigo, bendiciendo a aquel estado, lo cual no había estado a gusto con la primera mujer como con la segunda. Esta era la que le convenía y por esto dicen los antiguos ancianos que ver antes de hacer y pensar antes de pisar.

Eva Martínez / Colorado, EE.UU.

25. El canónigo y el amigo falso del rey*

Eran un hombre y una mujer que no tenían familia. Y prometieron una visita a Jerusalén si Dios les daba familia. Y por fin la mujer tuvo dos hijos, un hijo y una hija. Y los hijos fueron creciendo hasta que ya eran mayores. Y cuando ya eran mayores el hombre le dijo a su mujer que era güeno ir a hacer la visita a Jerusalén que habían prometido. Y se fueron y dejaron a sus dos hijos con el tío canónico.

Cuando llegaron a Jerusalén escribieron pa' preguntar cómo estaban sus hijos. Y el tío canónico contestó que la muchacha había salido mala y el muchacho muy güen hombre. La muchacha les dijo que había salido ramera. Y los padres antonces contestaron que siendo ansina que la llevaran y la tiraran a las fieras y que le sacaran los ojos y el dedito chiquito pa' cuando ellos vinieran. Y el tío canónico fue y les pagó a dos hombres porque llevaran a la muchacha al monte y le sacaran los ojos y el dedito chiquito y la echaran a las fieras. Los hombres la llevaron al monte, pero les dió lástima y la dejaron libre. Nomás le cortaron el dedito chiquito, y los ojos se los sacaron a un jabalí. Y este jabalí y un coyotito se quedaron ai cuidando a la muchacha. Vivía en su cuevita con ellos y la cuidaban.

Y un rey que vivía ai cerca andaba un día pasiándose ai por el monte y se incontró con el jabalí y el coyotito. Y fue siguiéndolos hasta que llegó a la cuevita onde estaba la muchacha. Y el rey la ve y le dice que salga, y ella le dice que no, que no puede porque está desnuda. Y viene el rey y se quita su capa y se la tira pa' que salga. Y salió la muchacha de la cueva y el rey se enamoró de ella y se la llevó a su palacio y se casó con ella. Y ai con el tiempo tuvo un chiquito la reina. Y antonces el rey tuvo que irse a la guerra. Y cuando volvió la reina le dijo un día: —¿Cuándo voy a ver a mis padres?

Y el rey la mandó con un amigo de quien tenía muncha confianza. Pero ai en el camino empezó el amigo a enamorarla, pero ella no

* La ortografía refleja la pronunciación criolla.

consintió. El amigo antonces se volvió, y ella se puso un traje que llevaba de su marido pa' que creyeran que era hombre. Y se fue a casa de su padre. Pero no la conocían.

Y el amigo aquél fue y le dijo al rey que su mujer era mala y se había ido sola. Y el rey se fue pronto siguiéndola pa' ver si era verdá. Y llegó a la misma casa de los padres de su mujer y no la conoció vestida de hombre. Y ai estaba también el tío canónico. Y este tío canónico la había acusao de ramera porque él mismo la había enamorao y ella no había consentido. Y ai onde estaban todos juntos empezaron a contar cada uno su chiste. Y ella estuvo contando todo lo que había pasao con el canónico y con el amigo del rey y todo. Y cuando acabó ya aquéllos estaban temblando de miedo. Y la mujer le dijo al rey que si conocería a su mujer si la vía.

—Sí —dijo el rey—, la conozco hasta hecha posole. Y era que ya la iba ya conociendo. Y en ese momento le dijo ella quién era y le dijo quiénes eran los que la habían querido forzar y que la habían acusao porque ella no había querido consentir. Y el rey cuando supo todo le pidió perdón a su mujer.

Y el rey antonces le preguntó a su mujer qué castigo debía darles al canónico y al amigo falso. Y la reina dijo que lo que él quisiera. Y dio orden que los amarraran a las colas de caballos y los arrastraran y luego los quemaran pa' que no quedaran de ellos más que las cenizas. Y el rey antonces se fue con su mujer pa' su tierra.

Juan Julián Archuleta / Nuevo México, EE.UU.

26. La historia que se volvió sueño

Este era un joven que andaba viajando y llegó a un pueblo que no conocía. Paseando por las calles vio a una niña muy hermosa, que estaba sola adentro de una pieza con puerta a la calle, tomando mate. La niña le llenó el ojo, y todos los días pasaba por su puerta para verla.

Un día se detuvo frente a ella, y le pidió permiso para encender el cigarro en el brasero; y con este motivo, entabló conversación con ella. Le preguntó si era casada o soltera, y ella le contestó que era soltera. Pero nada, era casada; eso sí que su marido era un ocioso, que no se ocupaba de otra cosa que de andar por las calles para arriba y para abajo, y no la iba a ver sino una que otra noche.

El joven forastero no tenía, en verdad, otra ocupación, y como frecuentaba los mismos lugares que el marido de la niña, se hicieron pronto muy amigos.

El joven forastero visitaba diariamente a la niña, y varias noches fue también a acompañarla. La primera noche que fue, al despedirse de su amiga, le obsequió, en señal de compromiso, un anillo muy valioso, con su nombre grabado en el interior.

Una noche que departían amistosamente los dos, golpearon a la puerta, y la joven preguntó quién era; el de afuera contestó: --Soy yo, tu marido.

—¡Cómo! —dice el forastero—. ¿Entonces es casada usted?

—Después hablaremos de eso; lo que ahora interesa es que usted se esconda luego.

Y lo ocultó en un montón de lana que había en un rincón de la pieza.

El escondido, que no conoció a su amigo, porque ni lo veía ni oía bien su voz por impedírselo la lana, permaneció ahí hasta las dos o tres de la mañana; y al otro día le contó a su amigo la aventura. Este le dijo:

—¡Caramba, amigo, qué suerte tiene usted! ¿La niña es buena moza? ¿Y esta noche irá otra vez?

—¡Cómo no! ¿Por qué había de dejar estos amores nuevos?

El marido hizo cuanto pudo por pillar al intruso, pero sin conseguirlo, porque la niña lo escondía siempre en partes diferentes. Esto tenía al marido sumamente irritado, y más aún con lo que el forastero le contaba al día siguiente, burlándose de él sin saberlo.

—Compañero —le decía—, qué celoso debe de ser el marido; no

deja rincón de la casa por donde no me busca, pero la niña me prefiere a él, que es un tunante y un sinvergüenza, y me esconde muy bien.

—De veras— decía el otro—, debe quererlo bastante. ¡Es mucha suerte la suya!

Una noche, no encontrando la joven dónde ocultar a su amigo, lo metió en un zaguán en que arrojaban los desperdicios de la cocina y las aguas sucias, y aunque el sitio no era muy agradable, no tuvo más remedio que aguantarse calladito. El marido, después de registrar por todas partes y no encontrándolo, tomó una piedra y la arrojó con fuerza al zaguán, diciendo:

—¡Por si estás ahí, pedazo de moledera!

Y tan bien cayó la piedra, que lo embadurnó de barro de los pies a la cabeza. Pero el otro ni chistó.

Al otro día el joven le contó todo al marido, quien, aparentando indiferencia, después de felicitarlo por la suerte que tenía, se fue donde su suegro, que vivía en una quinta situada en las goteras de la ciudad, y le dijo que fuese a buscar a su hija por esto y aquello, y le refirió todo lo sucedido.

El suegro mandó a buscar a su hija y la encerró en una pieza, y le dijo al yerno que convidase a su amigo a almorzar a la quinta, que él averiguaría lo que había y si su hija resultaba culpable, la mataría juntamente con el joven forastero.

Así lo hizo el marido, y poco después llegó con su amigo.

A las doce se pusieron a la mesa, que estuvo muy animada, porque cada plato se rociaba con muy buenos tragos de vino.

A los postres, el dueño de casa propuso que cada uno contara sus aventuras, comenzando él por referir una historia amorosa, que por cierto era inventada; pero que hizo reír mucho a todos.

A su derecha estaba el joven invitado, y dirigiéndose a él, le dijo el caballero:

—Ahora le toca a usted.

Entonces él, inocente de lo que pasaba, principió a contar sus aventuras con la hija del dueño de casa, sin omitir detalles; ¡y la pobre niña oyéndolo todo!

Cuando llegó a la última parte, esto es, cuando la niña lo escondió en el zaguán, tenía el joven la boca seca y pidió que le trajeran una copa de agua; le ofrecieron vino, pero él rehusó y pidió que le trajesen agua; y ésta fue su salvación, porque cuando pasó de vuelta la sirvienta con la copa, la niña la llamó por la ventana y echó en el agua el anillo que el joven le había regalado.

Al ver el joven el anillo, se lo echó en la boca junto con el último sorbo, y después se lo sacó disimuladamente y se lo guardó en un bolsillo del chaleco, sin que nadie se diese cuenta de ello; y enseguida continuó:

—Después de buscarme el marido por todas partes, no encontrándome, tomó una piedra y con rabia la disparó al zaguán, diciendo: «Por si estás ahí, pedazo de moledera», y la disparó con tanto acierto, que, al caer, me salpicó de barro desde los pies a la cabeza; y con el frío que sentí en la cara, desperté todo asustado.

—¿Cómo, dijo el suegro, entonces era un sueño?

—¿Y cómo cree, señor —contestó el joven—, que si hubiese sido cierto, lo hubiera contado?

—¡Ah, pícaro bellaco —exclamó el caballero, dirigiéndose a su yerno—, vil calumniador, que querías enlodar mi honra, encomiéndate a Dios, que ha llegado tu último momento.

Y lo mató de una puñalada.

Y como todos estaban interesados en callar el asunto, enterraron al muerto apresuradamente en el huerto, y jamás se supo lo que acababa de acontecer.

El joven siguió frecuentando la casa y antes del año se casó con la joven viuda del cuento.

José Manuel Reyes / Chile

27. Santa Teresa y el Señor*

Un día andaba el Señor con Santa Teresa y pasó por una ventana onde estaban unos casaos besándose pero no se escondieron y el Señor no les dio la bendición. Y más adelante pasaron por unos que no estaban casaos pero se escondieron ellos al verles y el Señor les dio la bendición. Y Santa Teresa se asombró mucho de esto pero no dijo nada. Y andaban y llegaron a una fonda muy pobre en onde no había más que un vaso pa' las cuatro personas que aí 'staban. Y 'staban dos peliándose por el vaso y entró el Señor y se lo llevó.

Y luego se fueron el Señor y Santa Teresa y Santa Teresa se asombró mucho de eso. Y luego llegaron a una fonda muy rica y aí dejó el Señor el vaso. Y más se asombró Santa Teresa y le preguntó: —Pos, Señor, ¿por qué dió usté la benedición a los que no estaban casaos, y por qué quitó usté el vaso de una fonda tan pobre?

Y le dijo el Señor: —Pos si quieres saber hay que irte al camino rial y aí veras.

Y se fue Santa Teresa y se sentó al lao del camino rial cerca de un paraje de arrieros. Y llegó un señor que llevaba una red de peces y se sentó a descansar y se durmió. Y luego, cuando se despertó, era muy de noche y se asustó mucho y montó en su caballo y se alejó corriendo y se olvidó de su dinero. Y había en el pueblo aí cerca un viejo que siempre staba pidiendo limosnas de una señora y ella le dió unas gorditas. Y se fue el viejo y incontró el dinero que había dejado el señor. Y aí hizo una lumbre, pero tanta alegría tenía que se olvidó de sus gorditas y se fue con el dinero.

Y intonce llegó un arriero que staba muy pobre y llevaba tres días de caminar sin comer nada. Y incontró la lumbre y las gorditas y muy contento se puso a calentar las gorditas y aunque era un hombre que nunca se acordaba del Señor, pos dio muchas gracias a Dios. Y al

---

* La ortografía refleja la pronunciación criolla.

momento llegó el dueño del dinero y muy enojado se acercó y le dijo:

—¿Qué has hecho con el dinero que yo traiba?

Y le dice el arriero: —Pos señor, no hallé nada de dinero; no más esta lumbre y estas gorditas.

Y le dijo el señor: —Pos mentira es; dame mi dinero o te voy a matar.

Y él le dijo que no, que no tenía dinero. Y intonce el señor lo mató y se fue.

Y se fue Santa Teresa y le dijo al Señor: —Pos, ¿cómo se explica todo eso?

Y le dijo: —Pos los casaos a que no les di la bendición fue por escandalosos; pos a los que no estaban casados les di la bendición porque temieron mi justicia; y el vaso les quité pa' que no se condenaran en peliar y robar; y dejé el vaso en la fonda rica porque a ésos les faltaba algo por condenarse; y al señor le robé el dinero pa' que no se condenara y al viejo que lo halló, le di el dinero porque se había acordao de mí; y el arriero que se murió, pos ése nunca se había acordao de mí y se acordó este día y le permití morir pa' que no volviera a ofender.

México

28. El arroz de la ceniza*

Dicen que había una niña que había perdido la madre y el padre se volvió a casar con una mujer mala y perversa; ésta tenía dos hijas que no la querían a la hermanastra. La huerfanita no tenía más con quien jugar que un corderito, porque ella era la sirvienta de la casa. Un día le dice la madrastra que lo mate al corderito; la niña se pone a llorar y la madrastra le dice:

---

* La ortografía refleja la pronunciación criolla.

—Si no querís matar el corderito, me vas a separar este plato de arroz de la ceniza.

Entonces revolcó el plato de arroz en la ceniza que había en la cocina y se acostó a dormir la siesta.

La niña se puso a llorar porque era imposible separar el arroz de la ceniza. Viene una palomita y le dice:

—¿Por qué llorás, niña?

La chica le contesta:

—Porque mi madrastra me ha dicho que separe el arroz de la ceniza hasta que ella se levante de dormir la siesta.

La paloma le dice:

—Acostate a dormir tranquila que yo te voy a hacer el trabajo.

La niña se acuesta y ve llegar una bandada de palomas, que al poco rato le escogen todo el arroz. Cuando la madrastra se levanta encuentra todo el arroz escogido, se queda admirada sin saber qué pensar.

Al otro día mezcla un plato de lentejas con arena y le dice:

—Si no querís matar el corderito, escogeme ese plato de lentejas hasta que yo me levante de dormir la siesta.

La niña se pone a llorar y llega una bandada de pájaros y le dicen:

—¿Por qué llorás, niña?

—Porque mi madrastra me ha ordenado separar las lentejas de la arena y yo no voy a poder terminar hasta que se levante de la siesta.

Los pájaros le dicen:

—Acostate a dormir tranquila, que nosotros vamos a hacer el trabajo.

Los pájaros le escogen el plato de lentejas y cuando la madrastra se levanta encuentra todo escogido.

Al otro día le dice:

—Si no querís matar el corderito, escogé este plato de azúcar de la ceniza hasta que yo me levante de dormir la siesta.

La niña se puso a llorar y llega una hormiga grande y le pregunta:

—¿Por qué llorás, niña?

—Porque mi madrastra me ha ordenado que separe la azúcar de la ceniza.

La hormiga le dice que se acueste tranquila, que ellas la iban a separar; como era la reina de las hormigas, trajo todas las hormigas y le separó la azúcar. Cuando la madrastra se levantó encontró toda la azúcar escogida.

Al otro día le dice la madrastra:

—Si no querís matar el corderito, tenís que hilar esos dos vellones de lana hasta que me levante de dormir la siesta.

La niña se pone a llorar y el corderito le dice:

—No llorís, que yo te voy a hilar la lana.

La niña lo ve al corderito que se tragaba toda la lana y que la largaba a toda nuevamente bien hilada. Cuando la madrastra se levanta ve toda la lana hilada y se fija en el corderito y ve que tenía pegado un poco de lana en el culito. Entonces ordena que se lo mate al corderito y se lo prepare para la noche.

La niña se pone a llorar y el corderito le dice que no llore, que vaya tranquila y lo mate; que adentro de la panza tenía un matecito y que se lo saque y lo guarde. La niña lo carnia al corderito en la orilla de un arroyo, encuentra el matecito y lo guarda. En eso llega un viejito y le pide agua; levanta en el matecito y le da de beber. Después se va a la casa la niña y lo pone al matecito en el fondo de un baúl que tenía.

La niña visitaba siempre la tumba de la madre; ahí había crecido un arbolito y en ese arbolito se asentaba un pajarito que cantaba muy lindo. La niña se ponía a llorar y a contarle las penas a la madre muerta; el pajarito cantaba y cantaba hasta que la hacía olvidar las penas a la niña.

La niña en la casa ya no tenía con quién jugar; un día las dos hermanastras le piden a la madre que les compre dos corderitos para hacerla envidiar a la hermanastra. Como crecieron los corderitos y no dejaron ninguna planta sana, la madre les ordenó que los comieran.

La hermana mayor se va a carniarlo al corderito y como lloraba, el corderito le dijo que no llorara, que adentro de la pancita tenía un matecito, que lo guardara pero que se cuidara de hacer el bien. La mayor encuentra el matecito, y en eso llega el viejito y le pide agua. Entonces la niña le dice:

—Yo no doy agua a viejos sucios y mugrientos.

Ese viejito había sido Dios.

Al otro día le toca carniar el corderito a la otra hermana; se pone a llorar y el corderito le dice que no llore, que dentro de la pancita tenía un matecito, que lo guardara pero que se cuidara de hacer el bien. Lo carnia y saca el matecito; va el viejito y le pide agua. Entonces ella le contesta:

—Yo no doy agua a un viejo mugriento; si quiere agua, agáchese y beba del arroyo.

El viejito se agacha, bebe el agua y la niña se vuelve a la casa y guarda el matecito.

En el pueblo había un rey que tenía un solo hijo y la madre al morir le había dicho que tenía que casarse con una niña que tenga un matecito de oro, porque ése era el destino que le había dado el hada madrina. El rey decretó un bando ordenando que la niña que tenga un matecito de oro se presente al palacio.

Cuando la vieja supo se fue, levantándose la pollera, de apurada, a comunicarle al rey que en su casa estaba la hija que tenía el matecito de oro.

Se va el hijo del rey en un caballo muy hermoso a traerla a la que sería su esposa. Llega a la casa y dice que se presente la que tenía el matecito de oro. Las dos hermanas empiezan a peliarse entre ellas, porque las dos tenían el matecito de oro, pero la madre ordena que vaya la mayor.

El príncipe la levanta en anca y como tenían que pasar por frente del cementerio, vieron el arbolito y un pajarito que cantaba así:

> *Vuélvete, vuélvete*
> *niño hermoso*
> *que en la casa te espera*
> *la que será tu compañera.*

Como el pajarito no se callaba, el príncipe le dice a la niña que le muestre el matecito; lo saca la niña y le da y lo ve que está completamente negro.

Entonces el príncipe se vuelve y le dice a la madre:

—Esta no es mi compañera.

Sale la otra chica y le muestra el matecito de oro. El príncipe la sube en ancas, pero al pasar por el cementerio el pajarito le dice:

Vuélvete, vuélvete
niño hermoso
que en la casa te espera
la que será tu compañera.

Entonces el príncipe le dice a la niña que le muestre el matecito; lo saca la niña y lo ve que estaba negro. Se vuelve el príncipe a la casa de la niña y le pregunta a la madre si tenía otra hija; la señora le dice que no.

Pero el príncipe insiste y le dice que ahí está la que sería su esposa. Como la vieja se negaba, el príncipe entró a remover la casa. Pasa el príncipe y la encuentra a la huerfanita. Le pregunta si tenía un matecito de oro; la niña, que nada sabía, le dice que sí. Entonces el príncipe dice que va a llevarla en ancas de su caballo; la vieja se desesperaba y le decía al príncipe que ésa era una cocinera. Pero el príncipe le contestó que a él no le interesaba, que sólo buscaba a la mujer que tenga el mate de oro.

Al pasar frente al cementerio el pajarito aleteaba de contento y le dice:

Sigue, niño hermoso
que ésa es tu compañera.

El príncipe le pide el mate, la niña lo saca, se lo da y ve que relucía hasta empañar la vista.

Llegan al palacio, y el rey se asusta al ver que su hijo llevaba una niña haraposa y descalza, pero cuando mira el mate comprende que ésa era la elegida.

El príncipe se casa, y cuando la niña estaba vestida con las galas de princesa, ve que era muy hermosa. La niña fue una gran reina, tuvo muchos hijos y siempre fue caritativa con los huérfanos.

Aída Agüero de Agüero / Argentina

29. Juan María y Juana María

Eran dos amigos que vivían juntas y se querían mucho. Y las dos amigas tuvieron dos niños: una Juana María y la otra Juan María. Los dos niños crecieron juntos, queriéndose como hermanos; pero ya en cierta edad querían casarse y las dos mamás se opusieron.

Entonces los niños se huyeron de la casa y escribieron una carta con sangre de sus venas, jurando que no se casarían con ningún otro. Llegaron a una ciudad y los apresaron por desconocidos y los pusieron en una bartolina, separados y sin comunicación, ella con su carcelera, y él con su carcelero. Día a día los sacaban a asolear a la calle; en una salida que tuvo el niño, pasó la hija del gobernador para misa y vio a Juan María y se enamoró de él. La niña le pidió a su padre que lo sacara de la prisión porque estaba enamorada de él y se quería casar con él. Su padre se lo concedió y llevaron a Juan María a un hotel para que se reformara.

Lo supo Juana María y se preparó; mandó hacer una mortaja blanca, un puñal, una cadena larga y gruesa y una linterna. Llegó la noche del matrimonio de Juan María con la hija del gobernador; hubo gran fiesta y Juana María, con la mortaja, la cadena, el puñal en la cintura y la linterna en la mano, salió de su prisión a cumplir su juramento y en las calles del trayecto hasta llegar al palacio iba gritando, con un grito desconsolado que hacía huir a la gente: —¡Ay! esta es la calle de mis pasiones. ¡Si algún pícaro encontrara y dos mil vidas tuviera, dos mil vidas le quitara!

Y sonaba la cadena.

Así se fue gritando hasta llegar a la puerta del palacio donde estaba el baile en lo mejor. Salió a abrirle Juan María y la entró donde estaba la cama nupcial. Ella le dijo que llegaba a cumplir su juramento, se acostó él en la cama, tendido, sacó ella el puñal y se lo metió en el pecho. Salió de regreso gritando por las calles: —¡Ay! esta es la calle de mis pasiones. ¡Si algún pícaro encontrara y dos mil vidas tuviera, dos mil vidas le quitara! —hasta que llegó a su prisión, donde se encerró muy tranquila.

En el palacio hubo gran sensación con haber encontrado al joven esposo hecho un cadáver y sin saber cómo había sido eso. Luego el baile se volvió velorio. Otro día encajonaron a Juan María y lo llevaron a la iglesia para que durmiera el cadáver en la iglesia y hacer el entierro, hasta otro día. Esa otra noche volvió a salir Juana María con su mortaja, la cadena, la linterna y gritando lo mismo. La ciudad estaba llena de comentarios, de novedades, asolada. Llegó a la puerta de la iglesia, abrió la iglesia y entró; abrió la tapadera de la caja donde estaba encerrado el cadáver de Juan María y volvió a embutirle el puñal. Al salir, la arrebataron los diablos y pasó por la prisión, donde estaba su carcelera esperándola en la puerta: —¡Adiós, Catalina! ¡Cuídate mucho, gracias por tus cuidados! —le dijo Juana María.

Y la carcelera le contestó: —¡Adiós, niña! ¡Se va y me deja!

Entonces le contestó Juana María: —¡Mi cadena es grande y alcanza para todos!

Y envolviéndola en la cadena, se la llevó.

Guatemala

30. La esposa bruja

Era un hombre que quedó huérfano, sin nadie. Y tenía muchos amigos. Y los amigos lo aconsejaron que se casara. Que le iban a llevar a una visita, donde una señorita que llamaban Celina y que era buena persona. Que con ella se podía casar.

Lo llevaron allá y así él quedó haciéndole visita hasta que le llegó el turno de manifestarse. Y ella le aceptó. Y se casó con ella.

Estando casados iban a la mesa y cuando se servía el desayuno, ella con un palillo iba ensartando granito por granito de arroz. Y le decía el hombre: —Por qué comes de este modo? Me ofendes. ¿No es de tu agrado los manjares?

El día siguiente ocurrió lo mismo. Le preguntó si lo hacía por economía. Ella no le contestó.

Una noche se acostaron y cuando lo sintió dormido —pero él despierto—, se levantó ella con precauciones y se volvió a vestir y ni la puerta sonó cuando salía.

¿Qué irá a hacer con salir a esta hora? pensó el hombre. Se levantó también y se salió. Pasa calle y redobla y coja otra calle y él atrás. Hasta que vio que cogió por la puerta del cementerio. Entonces él se trepó a una palmera que estaba al lado, afuera de la tapia. Y vio que llegó a una sepultura de un muerto recién enterrado. Había otras mujeres también y se pusieron a charlar y a reírse. Ya habían excavado la sepultura y descubierto el cadáver. Entró una y con sus uñas arrancaba pedazos de carne y les daba a las que estaban afuera. Hasta que arrancó un pedazo grande y se lo dió a su mujer. Y lo cogió con tanto gusto como si fuera un festín sabroso. Cuando él vio que su mujer estaba comiendo, quiso caer de arriba del palo, de ver que comía una carne tan puerca.

Después que terminaron la cena volvieron a tapar la sepultura y se fue el hombre para la casa y se acostó. A cabo rato volvió la mujer con precaución, se desvistió, puso su ropa en su puesto y se acostó en la cama. Y él, cada vez que su cuerpo le rozaba, se retiraba. No pudo dormir ni pensar en los medios para despegarse de esa mujer. Amaneció con fiebre, del trasnoche.

Llegó la hora del desayuno y volvió a comer así: granito por granito. Dijo el hombre: —No es de tu agrado la comida; que no es carne de muerto.

Ella comprendió. No le contestó.

Se levantó y se condució al aposento y se buscó unos polvos rojos y se salió. Cogió una copa y le puso agua y le echó el polvo. Y pronunció ahí unas cuantas palabras que él no comprendió y lo roció y dijo: —Reciba el castigo. ¡Conviértete en un perro negro!

Y cogió un fuete y le dio penca.

Échale penca y el perro no podía ni llorar. Vio una ventana falsa y salió. Cogió por la calle y se fue.

Llegó a una casa donde estaba un panadero almorzando. Y entró el perro y le tiró un trozo de pan. Y el perro miró el pan y después al hombre. Porque el hombre le espantó los otros perros que le iban a caer. Empezó a comérselo. Y le buscó un lugar donde estuviera el perro. Le daba agua y comida. Y como era panadero, había siempre pan.

Pero como había gente astuta que llevaba monedas falsas, hasta que el perro fue comprendiendo. Cuando era mala la moneda, el perro le brincaba y la cogía en la boca. —Hasta mi perro las reconoce —dijo el panadero.

Y así iban de propio con monedas malas, a ver si era verdad.

Así llegó a oído de otra señora. Tenía su madre. Como estas señoras grandes no salen a la calle, no más viven encerradas. —Mamá, mañana va ir adonde el perro y lleve una moneda falsa pa que usted misma se fije bien a ver si es verdad. Y se fija en el perro para que me diga qué color tiene y cómo es.

Se fue la mamá. —Señora, esta moneda es falsa —le dijo el panadero—. Convénzase, hasta mi perro la reconoce.

Y el perro apartó la moneda falsa entre las buenas.

Se fue a la casa y dijo allá: —Mira, el color del perro es rojo y tiene los ojos vivos y sabe cuales son las monedas malas.

Dijo la hija: —Ya ve, este perro encierra un misterio.

Cuando ella salió de la casa, salió el perro a la puerta y la mujer lo iba a llamar pero no quiso que el dueño lo viera. Entonces lo llamó tres veces y ahí mismo salió el perro corriendo y la alcanzó.

Llegaron a la casa. Entró y se le presentó a la hija. La joven miraba al perro y el perro a la joven. Entonces cogió una copa con agua y le puso unos polvos de un estuche de su bolsillo y pronunció ciertas palabras y le dice:

Si has nacido perro o si has nacido hombre:
recupera tu ser primitivo

Ahí mismo se convirtió el perro en persona y se hincó de rodillas ofreciéndole a ella, que sería su esclavo. Le dió la mano a la princesa pa' que se casara. Y le dijo que le contara su historia. Entonces él le contó desde los primeros momentos.

Dijo la princesa: —Conozco muy bien a Celina, porque tuvimos la misma escuela, pero nunca nos congeniamos porque la ciencia que ella tiene, la emplea para hacer mal.

Entonces él se quedó y les hacía de todo, las diligencias, hasta que se fue. Le pagó sus servicios y se fue a su casa otra vez.

Y así se salvó él de pasar trabajo. ¿Qué castigo iba a hacer a su mujer? Ninguno; porque era su mujer y no le quería hacer daño.

Cuando ella regresó a la casa, él salió y ella se asustó mucho. Se quedó pasmada, parada. Y se fue corriendo. Entonces él le roció del frasquito —es que la princesa se lo había dado— pero el líquido la convirtió en yegua. Entonces empezó a darle golpes y la vendió a un molinero.

El molinero estaba moliendo caña para hacer azúcar. Pero no quería moler la yegua. Al fin la mataron de tanto golpe. Y de este modo murió Celina. El hombre se casó luego con otra.

Colombia

31. Ay, maldito Mundo

Juan era un hombre bueno, que se dedicaba al pastoreo. Quería mucho a su mujer y ella lo ayudaba a mantener el hogar, trabajando con él casi de igual a igual. Eran al parecer felices en su pobreza y en su oficio, pero ella no lo quería tanto y solía sentirse a veces como fastidiada.

Un día, el pobre Juan se enfermó de repente y murió sin remedio. En ese momento se hallaban trabajando en un alto cerro, recogiendo las ovejas para llevarlas hasta el corral. Entonces la mujer llamó desde ahí a los vecinos del pueblo:

—¡Vengan tres mozos fuertes para ayudarme a bajar a Juan!

—¿Qué es lo que pasa? —preguntaron algunos.

—¡Que vengan tres mozos para ayudarme a bajar a Juan, que ha muerto! ¡Ay, mi pobre Juan, ay, mi pobre Juan! —volvió a gritar ella desesperada.

—Iremos cuatro —contestaron varios vecinos.

—¡No, no! —dijo ella—. Basta que vengan tres, que conmigo seremos cuatro.

Así entendiendo, tres mozos fueron al cerro y la ayudaron a llevar el cadáver de su marido. Mientras iban bajando por el camino, ella se lamentaba:

—¡Ay, mi pobre Juan, cuando él pasaba por esos sitios todos se alegraban al verlo!

Después, cuando llegaron a la casa con el difunto, los tres fuertes mozos se fueron y ella se puso lo más tranquila a freír unos buñuelos para comer, porque tenía mucha hambre. Como la noticia de la inesperada muerte de Juan corrió enseguida por el pueblo, de boca en boca, la gente no tardó en presentarse para darle el pésame y ella tuvo que esconder la sartén con los buñuelos listos, en un rincón.

Uno de los visitantes trajo con él a un inquieto perrito que se llamaba «Mundo». El animal olfateó la presa al instante y se lanzó como una bala en busca de los sabrosos buñuelos. Entonces ella, que era la única que lo veía hacer su gusto, comenzó a gritar con acento desgarrador:

—¡Ah, maldito Mundo, cómo los vas llevando uno por uno! ¡Ahora me llevas el mejor! ¡Ah, maldito Mundo!

Al día siguiente, pasado ya el entierro de Juan, todos los vecinos, que ignoraban por completo el asunto de los buñuelos, comentaban con pena, al acordarse de la viuda:

—¡Qué buena es la pobrecita! ¡Cómo lo quería al finado!

Clara Chamorro de Silva / Argentina

32. Las tres hermanas

Eran tres hermanas, muy simpáticas. Vivían en un barrio de la ciudad. Eran pobres pero muy preciosas.

Había entonces una ronda y las guardias salían de noche a ver dónde oían conversaciones malas y qué estaba haciendo la gente. Una noche pasó la primera guardia por la casa de las hermanas y oyeron la conversación de las tres.

La una dijo: —Yo me casaría con el panadero del rey para comer este pan esponjoso que es tan sabroso.

La segunda dijo: —Yo me casaría con el repartidor de la comida del rey para comer estos manjares que son tan sabrosos.

Entonces dijo la menor: —Yo me casaría con el mismo rey y no con uno de sus sirvientes.

Entonces decían las otras: —Pero tú si eres más pretenciosa que nosotras, queriéndote casar con el rey.

Las tres se reían mucho de eso pero los guardias oyeron todo y contaron la conversación al rey.

Este hizo llamar a las tres hermanas. Las tres saludaron y el rey las recibió muy bien y les brindó confianza y se puso a conversarles. Entonces dijo: —Yo he sabido que la mayor de ustedes se quiere casar con el panadero mío, la segunda con el repartidor de comida y la menor conmigo.

Las tres se asustaron y le preguntaron: —¿Quién se lo dijo? Yo no he dicho eso. Fue sólo un chiste.

—Pues lo serás; y tú quieres ser la esposa del repartidor de comida, pues lo serás; y tú quieres ser la esposa mía, pues me casaré contigo.

Así hicieron y se casaron y se fueron a vivir en el palacio.

Entonces la que era esposa del rey y que era la más bonita, salió embarazada. Llamó a sus dos hermanas para que la asistieran en el parto. Alumbró un varón. Pero las dos hermanas eran envidiosas y habían preparado un perrito y cuando nació el niño lo pusieron en un cajón y lo clavaron y lo botaron en un río que pasaba por el jardín. Al perrito lo pusieron en la cama. Entonces avisaron al rey y cuando fue, le mostraron el perrito. El rey dijo: —No hay que admirarse de las narraciones del mundo. Si mi mujer alumbró un perro, así será.

Pero el jardinero del rey encontró el cajón en el río, al buscar agua. Lo llevó a su casa y dijo a su mujer: —Míra, que encontré.

La mujer dijo: —Ábralo. Es un tesoro.

Entonces abrieron el cajón y encontraron el niño.

La mujer dijo: —Mira, es un niño; lo criaré ya que nosotros no tenemos hijos.

Comenzó a criarlo.

El otro año pasó lo mismo y la esposa del rey resultó embarazada. Llamó a sus dos hermanas para asistirle en el alumbramiento pero ellas trajeron un gato y lo pusieron en la cama. Al niño que había nacido lo pusieron en una caja y lo botaron al río. Cuando vino el rey tampoco se admiró. Dijo: —Que sea así.

Pero el jardinero encontró el cajón con el niño y su mujer le decía: —Esto será Dios. Como no tenemos hijos, los mandará de este modo.

Se puso a criar también a este niño.

El otro año la esposa del rey volvió a dar a luz. Llamó a sus dos hermanas pero estas trajeron un trozo de madera. Cuando nació una niña, la pusieron en un cajón y lo tiraron al agua, pero el trozo de madera lo pusieron en la cama. Cuando el rey vio la madera, tampoco se admiró sino se conformó.

Pero el jardinero encontró el cajón y también se puso a criar la niñita. Así se criaron los tres.

Un día las tres hermanas se fueron a pasear en el jardín y allá vieron a los tres niños, que ya eran jóvenes. Preguntaron al jardinero y al fin la mujer de éste les contó como habían encontrado a los niños.

El próximo día la esposa del rey volvió al jardín y dijo: —Qué lindo es este jardín pero le faltan tres cosas. Si las tuviese, sería el paraíso.

Entonces el jardinero preguntó: —¿Qué es lo que le falta?

—Le falta el pájaro que habla, el naranjo que baila y el agua que brinca y salta —decía la esposa del rey.

Entonces decía el muchacho mayor: —Voy a buscarlos.

Su mamá, la mujer del jardinero, lo alistó y así se fue por la montaña. En el camino encontró un solitario que le decía: —Buen joven, ¿adónde vais?

—Voy a buscar el pájaro que habla, el naranjo que baila y el agua que brinca y salta —contestó el joven.

El solitario dijo: —Mira, coje por este camino; después de este monte llegaréis a una planada y ahí encontraréis lo que buscáis. El pájaro está en una jaula colgada del naranjo y el agua está cerquita. Si el pájaro habla, entonces cójalo; si el naranjo baila córtale unas ramas y si el agua brinca y salta, entonces llena tu botella con ella. Pero si están quietos, no los toques. También te digo: Te van a insultar y a ofender pero ni mirais para atrás ni contestéis.

Entonces el joven se fue y cuando pasó por el monte y llegó a la cumbre, oía como gritaban: —¿Adónde va este hijo botado, este sivergüenza?

Pero él no contestó ni miró. Entonces encontró la planada y al pájaro, pero estaba quieto; el naranjo no se meneaba y el agua estaba serenita. Pero él cogió al pájaro, cortó unas ramas del naranjo y llenó su botella. Entonces quedó perdido y encantado y no se podía mover.

Antes de salir de su casa el joven había dejado un vaso con agua en la ventana y había dicho: —Cuando la mitad es sangre y la otra mitad es agua, entonces estoy en peligro y me debéis buscar.

El hermano y la hermana miraban el vaso todos los días y cuando veían de golpe la sangre, el hermano dijo: —Me voy a buscar a mi hermano.

Se fue para el monte.

Encontró al solitario y este le dió el mismo consejo. Pero el joven tampoco atendió el consejo, cogió al pájaro, las ramas y al agua y se quedó encantado.

Entonces la hermana dijo que ella iba a ver la pérdida de sus hermanos. Fue a buscar fósforos, unas tijeras y una peinilla, y se fue.

Se vistió de hombre y cuando encontró al solitario éste le preguntó adónde iba. —Voy a buscar mis dos hermanos que tengo perdidos.

Bajó de la mula y cogió sus tijeras y la peinilla y le cortó las uñas al solitario, que las tenía muy largas ya. Entonces dijo el solitario: —Puedes ir y tomar el camino otra vez.

Cuando iba llegando al mismo puesto empezaron a insultarla: —¡Esta botada; esta atrevida!

Pero la muchacha solo contestó: —Vuestras amenazas no me intimidan y vuestras ofensas no me ofenden.

Entonces encontró al pájaro hablando en su jaula, al naranjo bailando y al agua brincando y saltando. El pájaro grito: —¡Ahí viene la heroína!

La muchacha cogió al pájaro, cortó unas ramas del naranjo y cogió una botella del agua. Entonces preguntó al pájaro: —¿Pájaro divino, dónde están mis hermanos?

El pájaro contestó: —Míra, joven; mete tu mano en la fuente. Ahí están dos bolas de cristal; sáquelas y las sopla. De ahí van a recuperar su ser primitivo tus hermanos.

Así la muchacha desencantó a sus hermanos. Se regresaron a su casa montados en la mula. El nombre de un hermano era Bamán; el otro era Parvis; el de la muchacha no me recuerdo.

Sembraron las ramas en el jardín y ahí pusieron la jaula con el pájaro e hicieron una poza y vaciaron aquella agua ahí. Entonces los hermanos avisaron al rey y este vino y decía: —¡Qué lindo está este jardín!

La esposa del rey dijo: —Consiguieron lo que pedimos.

Pero el pájaro gritó: —¿De dónde vendrán estas botadoras de hijos ajenos? —y miraba hacia las dos hermanas; la mujer del panadero y la del repartidor de comida.

Entonces les dio mucha pena. Entonces se fueron del jardín.

El rey avisó al jardinero que iba a hacer una visita al jardín. La mujer del jardinero dijo: —¡Qué cosa! ¿Qué le guardaremos? ¿Qué manjares le pondremos?

Entonces dijo el pájaro: —Toma esta hilera de árboles allá a la derecha y vaya buscando. Allá hallarás.

La mujer se fue y cuando llegó al último árbol, se puso a cavar entre las raíces. Entonces dijo el pájaro: —Ahí encontraréis dos calabacines. Tómalos pues están llenos de perlas.

La mujer encontró los calabacines y dijo: —¿Qué hago con esto?

El pájaro dijo: —Con eso complaceis al rey, a su Real Majestad.

Entonces llegó el rey que ya se había encontrado con los dos jóvenes y le habían gustado mucho. Los dos muchachos se habían vestido muy bien. El rey se paseó por el jardín y ahí vio al pájaro hablando, al naranjo bailando y al agua como brincaba y saltaba. Entonces se sentó a la mesa y le metió cuchillo a un calabazo y se regaron las perlas. Entonces dijo: —¿Un calabazo lleno de perlas? Nunca había visto eso.

El pájaro dijo: —El rey sí se admira de ver un calabazo lleno de perlas, pero no se admiró cuando su esposa alumbró perro, gato y madera.

—¿Qué es eso? —preguntó el rey— ¡Cuéntanos!

Entonces dijo el pájaro: —Aquí tenéis tus tres hijos delante de tus ojos.

El rey los abrazó. Sus hijos —que habían botado a las comadronas— siendo hermanas hicieron esta maldad. Entonces el rey salió con los tres jóvenes y con los jardineros y mandó que fueran a ocupar otro puesto mejor.

Mandó tomar presa a las dos cuñadas y las mandó fusilar porque eso lo merecían ellas por lo que habían hecho por envidia porque la menor se había casado con el rey.

Colombia

33. El conde y la reina*

Estos eran dos condes que vivían solos en una ciudá y yendo él un domingo a misa, se enamoró de la mujer de un rey, pero no pudo estar con ella y cuando volvió a la casa, se puso triste y le preguntó su hermanita qué tenía. Antonces le respondió él que no podía remediarle nada. Antonces despachó él una viejita a case la reina a llevale una carta.

* La ortografía refleja la pronunciación criolla.

Cuando leyó la carta la reina, como respuesta le tiznó la cara a la viejita y le amarró un peñasco en el espinazo y la despachó pa' a case el conde. Antonces el conde le preguntó, cómo le había ido. Le dice la viejita:

—Me fue mal. Vengo con una carga en el espinazo.

Antonces sale su hermanita y le dice al conde:

—Yo te adivino lo que tú quieres. Esas señas que trai la viejita son buenas señor para ti. La cara que trai tiznada es que vayas de noche, y la piedra que trai en el espinazo es que entre por la ventana.

Y su marido de la reina no estaba en la casa. Andaba en campaña. Antonces su hermana le dijo al conde que tenía que estarse hasta las doce y lego se viniera y lo hizo como ella le mandó. Otro día volvió a ir y se quedó dormido hasta las seis de la mañana. Cuando el rey entró a ver a su esposa, vido que estaba un hombre acostado con ella. Antonces el rey mandó a uno de los criados y le dijo que fuera a trai al sacerdote para que los confesara antes de que él los matara. En el camino onde iba estaba su hermanita del conde y le pregunta para dónde va. El criado le dice que el rey agarró a su hermanito con la reina. Antonces le dice ella al criado:

—Yo te daré un talegón de dinero porque me dejes ir a mí por el sacerdote.

Antonces la hermanita del conde habla con el sacerdote y le cuenta lo que le ha pasado. El sacerdote le entriega la ropa de sacerdote y ella se viste de sacerdote y se presenta ante el rey y le pregunta qué es lo que pasa. El rey le da detalles y antonces dice la hermanita del conde que podrá confesarlos. Viene ella y levanta a su hermanito de la cama y se acuesta ella. Antonces viene su hermanito y se pone la ropa de sacerdote. Luego que ya han hecho esto, le dan el paso al rey pa' que entre. Antonces le dice la hermanita del conde que está muy equivocado, que no es hombre el que está con ella, que es mujer. Antonces el rey entra y la examina. No quedó conforme todavía. Antonces el rey le dice a la reina:

—Tienes que jurar en el nombre de Dios y en el nombre del sacerdote y de tu esposo que no has tomado más hombre que a mí.

Otro día en la mañana se van para la iglesia para que haga el juramento la reina. Mientras tanto fue el conde adonde estaba un pastorcito y le dio una buena recompensa porque le prestara su vestido. El conde se viste de pastorcito y en una media hora llega el rey y la reina. Antonces la reina le dice al rey que se detenga poquito. La reina se apea y cuando va a subirse no puede. Antonces viene el pastorcito y le dice:

—Señorita, yo le agarraré el pie para subirla en el carruaje.

Antonces llegan a la iglesia y el rey le explica al sacerdote lo que quieren. Antonces el sacerdote le dice a la reina:

—¿Jura usté ante Dios, ante la iglesia, ante el sacerdote y su esposo que no conoce más hombre que a su marido?

—Sí, juro ante Dios, ante la iglesia, ante el sacerdote y mi esposo que conozco por hombre a mi esposo y el pastorcito que me agarró el pie y me subió en la carretela. A esos dos conozco por hombres.

Félix Serna / Colorado, EE.UU.

CUARTA SECCIÓN

34. Luzmira de la sabiduría*

Escuchar pa' aprender, aprender pa' contar y contar pa' enseñar. El que no sabe que aprenda, que las compre al que las venda, zapatón, zapatita, ¡ay!, que me duele la patita.

Este era un caballero que tenía una hija muy buena moza. La madrina de la hija era adivina y le había regalado a la niña un zapatito de virtud, que todo lo sabía y todo lo enseñaba cuando la niña le preguntaba; pero a ella nomás, a los otros no les contaba nada.

El caballero era muy rico y tenía mucha plata, así que le había tomado profesores a la niña para que le enseñaran las lenguas de los idiomas, la historia y el castellano, porque él no la quería mandar a un colegio; pero la niña, con preguntárselo a su zapatito, sabía más que los mismos maestros y ellos no sabían ya qué enseñarle; pues sabía más de lenguas de idiomas, de historia y castellano que los que los habían inventado. Hasta de cuentas sabía más que el mismo cajero de su padre, y en un dos por tres sacaba la cuenta de los gastos de la casa. Todo el mundo estaba admirado de lo mucho que esta niña sabía.

Sucedió que a muchas personas que no habían podido aprender nada con los maestros, ella les explicaba las cosas y las aprendían al tiro. Como no se hacía pagar, naturalmente tenía mucha gente que venía pa' que les enseñara. Esta niña se llamaba Luzmira, y ese nombre le venía muy bien, porque era una verdadera luz.

* La ortografía refleja la pronunciación criolla.

Sucedió, pues, que un rey que tenía un hijo y una hija, y que había oído hablar de lo sabia que era esta niña, mandó llamar al padre pa' hablarle:

—¿Cómo le va, caballero?

—Muy bien, a los pies de su Sacarrión Majestá, pa' servirle en lo que pueda.

—Eso era pa' decirle, caballero, si me podría hacer el favor de prestarme por un par de meses a su hija, que dicen que es un portento, porque yo tengo un hijo y una hija que están estudiando. El niño ya es grande y aprovechao; pero la niña, algo atrasá y yo querría que su hija le repasara sus lecciones, a ver si aprovecha más con ella que con los mestros.

—A sus órdenes, mande su Sacarrión Majestá, que pa' servirles estamos prontos, mi hija y yo.

Volvió a su casa el caballero y le contó a su hija eso del rey y de sus hijos, y ella dijo que bueno, que iría.

Se fue al palacio del rey y fue muy bien recibía por el rey, la reina y la hija. El príncipe la miró así algo con desprecio, porque él había ofrecío al rey, su padre, repasar las lecciones de la hermanita, y el rey no había querío; porque le parecía que otra lo haría mejor.

Empezó de estitutriz la joven, y los reyes quedaron muy contentos, porque la hija parecía comprender bastante bien las leuciones y aprender más que con los otros profesores.

Un día que le enseñaba a la hija del rey, el príncipe vino a asistir a la clase. No le gustó su modo de enseñar y se lo dijo a la niña, ella le porfió que así se había de enseñar. Tuvieron unas cuestiones; casi todos los días, el príncipe se dentraba a la pieza y contrariaba a la mestra.

Sucedió que un día que la Luzmira y la hija del rey estaban tomando mate en la pieza de la princesa, se dentró el príncipe y empezó de nuevo a decir a la joven que no era así que se enseñaba, que a él no le habían enseñao del mismo modo. Tanto le molestó, que ella no pudo aguantar más, se paró tirando el mate en el suelo, y le plantó una bofetá al príncipe, que salió de la pieza sin decir una palabra.

Pasó el tiempo; la princesa ya había aprendío mucho con la Luzmira, y el rey y la reina, muy contentos, le habían ofrecío pagarle;

pero ella no quiso, porque dijo que era mucha honra pa' ella enseñarle a una princesa.

Entonces sucedió una cosa muy rara: el príncipe, que no había vuelto a hablarle a la mestra, dijo al rey, su padre, que quería casarse con ella pa' pagarle una deuda.

El rey, que no sabía nada de la bofetá, creyó que el príncipe había asistido como discípulo a las lecciones y había quedado agradecío a la joven mestra. Como el caballero era hombre principal y de muy buena familia, el rey consintió y se hizo el matrimonio con gran pompa.

El príncipe había mandado arreglar, pa' vivir más cómodamente con su esposa, un chalet que estaba en el mismo parque del palacio de su padre.

En la noche, cuando el padre de la niña y todos los convidados se fueron, el príncipe se dentró en la pieza donde estaba su joven esposa preparándose pa' acostarse y le preguntó:

—¿Te acorday, Luzmira, de la bofetá que me habías dao hace tiempo? ¿Estay arrepentía?

—Jesús, dijo ella —ni por pienso, prontita estoy pa' darle otra si se ofrece.

Al príncipe le dentró una gran rabia y, agarrando a su mujer, la empujó por un lao de la pieza donde había una trampa; la abrió y dijo:
—Ya que no te arrepentís te vay a los infiernos. La hizo bajar una escalera y la encerró en un calabozo que había hecho preparar pa' eso. Ella no dijo ni ¡ay!, se quedó tan conforme, pasando la noche en el calabozo sentá en una silla.

Por la mañana se asomó el príncipe y le preguntó que si estaba arrepentía. Ella dijo que no. El príncipe, pa' engañar al rey y al padre de Luzmira, había hecho partir tempranito una carroza en la cual estaba una sirvienta vestía como su esposa y con la cabeza tapá con un velo y él había salío a caballo, como pa' acompañarla, diciendo que iban a pasar una temporá en una hacienda de un amigo, así que nadie sospechaba na'.

Al ver que su esposa no quería arrepentirse, le dentró más rabia y pensó tenerla encerrá ahí dentro hasta que se arrepintiera. Todas las noches volvía escondíto y, abriendo la trampa, le preguntaba a su mujer: «¿Estay arrepentía?», y ella, siempre la misma contestación.

La joven se aburría en su calabozo; pero no quería pedir perdón ni por na'. Un día, vio que una laucha había abierto un aujero en el suelo. Se agachó pa' mirar y sintió un ruido como de agua que corría. Comprendió que era una acequia que pasaba por debajo del calabozo. Con una cuchara que tenía pa' comer escarbó y agrandó el hoyo y vio que una acequia bastante honda atravesaba todo el calabozo y salía a cielo descubierto un poco más lejos. Se metió en el agua y, agachándose y arrastrándose, pudo salir. Entonces se fue corriendo a la casa de su padre que creía que estaba de viaje y le contó lo que le había pasado.

El padre, furioso, quería ir a palacio pa' hablar con el rey: pero ella le dijo que no dijera na' a nadie, encargándole que, por el mismo camino, le mandara buena comía y lo que le haría falta, prometiéndole avisarle cuando tuviera algo más que hacer. El padre dijo que bueno y, sin que el rey ni el príncipe lo supieran, hizo desviar el agua de la acequia, así que pudo ir a visitar a su hija, que había vuelto a su calabozo sin que nadie sospechara na'.

El príncipe sólo abría la trampa de noche y no bajaba nunca, sino que le pasaba los alimentos a la esposa en un canasto amarrao a un cordelito. No pudo ver na', y todo siguió lo mesmo.

Un día, dempués de preguntarle como de costumbre si estaba arrepentía, y como ella le contestara que nunca, el príncipe le anunció que se iba de viaje pa' París a gozar y divertirse y que había dejao encargao a un sirviente que le pasara la comía. Ella le contestó que mucho se alegraba, que se divirtiera mucho y lo pasara bien. El marío, picao, cerró la trampa de un puntapié y se fue.

Entonces ella salió de su calabozo y corrió donde su padre a decirle que le diera mucha plata y le tomara un carro dormitorio especial pa' irse lo más pronto a París, porque allá se le iba el esposo.

El padre le dio muchos miles de pesos, cheques, servidumbre y le tomó un carro dormitorio pa' París.

Cuando llegó allá el príncipe, que se había retardado en el camino pa' divertirse, la Luzmira estaba ya instalada en un palacio muy hermoso; frente al palacio que el rey de París le arrendaba al príncipe.

Todos los días ella salía a pasear en un bonito coche tirado por cuatro caballos. El príncipe que también iba de paseo, la vio y se quedó admirao por lo mucho que se parecía a su esposa.

Empezó por saludarla, dempués dentraron en conversación y en muy poco tiempo él la visitó y le preguntó si estaba soltera y ella dijo que no tenía marío. Entonces él, tan enamorao, le dijo que quería casarse con ella. Ella dijo que bueno y se casaron.

A los nueve meses de casada, la joven tuvo dos guaguas; un niño hombre y una niñita mujer. Ella dijo que se les pusiera París y Francia a los niños. Así se hizo.

Como a los tres años de casados, el príncipe dijo que había recibío un telegrama, que su padre había muerto y que era preciso que volviera a su país. Entonces ella quiso acompañarlo; pero él no quiso y le dijo que no se podía hasta que todo estuviera arreglado con la reina, su madre. Dejó un papel que decía que los niños eran de él y habían de heredarle.

Partió, pues, pero la verdá es que el padre no había muerto, sino que, como él había escrito que su mujer había muerto de parto durante el viaje, el rey le escribía pa' decirle que volviera pronto, porque le tenía una novia muy hermosa, hija del rey de España y que no se demorara en concurrir, porque el padre de la novia quería que el matrimonio se hiciera pronto.

Sospechando lo que pudiera ser, la Luzmira con sus hijos volvió a tomar el tren y llegó antes que su esposo, que se había detenío pa' comprar regalos pa' la novia. Ella que llega y se va con sus niños al palacio de su padre, a quien había mandao un parte.

Al llegar el príncipe le preguntó al sirviente por su mujer y éste que se había guardao la plata sin abrir una sola vez la trampa, le dijo que se había muerto de pena hacía poco tiempo y que él había clavao la trampa pa' que nadie se enterara.

Muy contento el príncipe, se preparó pa' la boda. La hija del rey de España no era muy hermosa; pero era joven y muy rica. Además parecía muy tímida y apocá, así que el príncipe pensó que ella no lo contrariaría en na'.

Cuando el príncipe entró con la joven princesa en la catedral, que estaba muy adorná y llena de luces pa' el matrimonio, se sorprendió al ver a una señora vestía de blanco con un tupido velo sobre la cara que la envolvía enterita. A su lado, también tapaítos con velos había dos niñitos. Entonces esta mujer se adelantó y, cuando estuvo delante del príncipe, dejó caer el velo y apareció la Luzmira vestía de reina con una diadema de brillantes. Los niños también dejaron caer el velo y aparecieron París y Francia, cada uno con una carta en la mano. Eran los documentos que el príncipe le había dado a la madre antes de irse. Los niños se abalanzaron sobre él gritando «¡Papá!», y el príncipe —deslumbrado por la belleza de Luzmira— cayó de rodillas a sus plantas y le pidió perdón, confesando su delito. Todo el mundo aplaudió y vivó al príncipe, a su esposa y a sus hijos y la pobre princesa española se quedó con los crespos hechos, sin marío y sin reino.

Y se acabó el cuento,
y se lo llevó el viento.

Carmen Rivera / Chile

35. El amor es como la sal*

Este era un rey que tenía tres hijas y un día las llamó a su presencia y luego le preguntó a la mayor de ellas que cuánto lo amaba y ella le contestó que ella lo amaba como a todo el oro del mundo. Y luego le preguntó a la segunda lo mismo a lo cual dijo ella que ella lo amaba como a todas sus joyas y vestidos más bellos que tenía. Y por último le pre-

* La ortografía refleja la pronunciación criolla.

guntó lo mismo a la más chica y ella le dijo que ella lo amaba tanto como a la sal.

Y al oír esto el rey se llenó de ira y le dijo que la iba a matar. Y la princesita, de ver esto, lloró y le suplicó a su padre que no lo hiciera. Pero no le valió, sino que el rey mandó traer a unos vasallos que llevaran a la princesa a un monte y la mataran porque el rey creía que con lo que la princesa lo comparaba era muy bajo. Y así es que la princesa se marchó del palacio con los vasallos pa'l monte onde le iban a dar la muerte.

Y cuando llegaron al monte ella les suplicó que la dejaran con vida y que ella se internaría en el bosque en onde nunca la volverían a ver. Pero los vasallos ya le contaron que el rey les había dicho que le llevaran los ojos y el dedo chiquito de la mano de ella en prueba de que la habían matao. Y así es que le dijieron que no le podían perdonar la vida. Pero ella siempre siguió suplicándoles que la perdonaran. Y los vasallos, de verla tan hermosa y bella y arrodillada a sus pies, se conmovieron y luego le dijieron que le perdonarían, pero que tendrían que cortarle el dedo, no acordándose que el rey también había pedido los ojos.

Luego uno de ellos se acordó de un perrito que iba con ellos y todos acordaron de darle muerte al perro y sacarle los ojos y llevárselos al rey como si fuesen los de la princesa. Y así lo hicieron y dejándole en el bosque se devolvieron al palacio llevándole de prueba aquello al rey, el cual creyó que la habían matao.

Y la princesa, llena de dolor, se internó en el bosque hasta que vencida por el cansancio, se quedó dormida. Y otro día cuando amaneció, se levantó y se echó a andar sin dirección ninguna, buscando qué comer, que la hambre la devoraba. Y anduvo todo el día y ya por la tarde llegó a una cueva en onde vivía un ermitaño, el cual le preguntó: —¿Qué andas haciendo, buena niña, por estos lugares tan solitos?

Y ella le contestó: —Ando buscando un lugar onde pasar la noche.

Y ella le preguntó que si se podía quedar aí en la cueva con él, pues que ella le ayudaría como una buena hija. Y el ermitaño le dijo que sí, que se quedara.

Este fue un cambio en su vida diferente de estar en palacio lleno de comodidades y después tenía que mantenerse como la más divina pastora buscando raíces para sustentarse, tomando agua del arroyo. Y un día, inesperadamente, se internó un joven príncipe en el bosque y encontró a la princesa cortando flores en el prado, el cual, al verla, quedó maravillao de su hermosura y se enamoró de ella ciegamente, y le rogó que fuese su esposa; lo cual ella correspondió.

Y el príncipe de aquí se la llevó en su hermoso caballo que cabalgaba a su palacio y aí rogó a sus padres que lo casaran con la princesa y que él no quería otra mujer para su esposa. A lo cual los padres consintieron gozosos porque se quedaron encantaos de la belleza de la princesa. Y enseguida se hicieron los preparativos para la boda y fueron convidados los reyes vecinos en los cuales se contaban los padres de la princesa.

El día de la boda, cuando la princesa vio a su padre, le rogó a su esposo que le concediera la gracia de que en la mesa que comiera aquel rey que no se le pusiera sal a las comidas ni se pusiera sal en la mesa. Y así lo hizo. Y el príncipe y la princesa se sentaron en la misma mesa. Y cuando el rey empezó a comer y probó la comida sin sal, pos dijo que aquella comida estaba insípida y sin sabor. Y al oír esto la princesa se levantó y le dijo que para qué quería la sal, que en su modo de entender la sal para él no servía para nada. Y entonces dijo el rey que sin sal la comida no servía. Y luego le dijo la princesa: —Pos usted en un tiempo se ofendió porque le dijeron que lo amaban como a la sal. Y entonces el rey se acordó de lo que había hecho con su hija y le preguntó a ella que cómo sabía que él había dispreciado la sal.

Y luego le dijo la princesa que ella era su hija a la cual había mandado dar la muerte. Y él lo dudaba y entonces ella le mostró la mano en la cual le faltaba el dedo que le habían cortao los vasallos del rey. Entonces el rey, viendo esto, y muy arrepentido, le dijo: —Perdóname, hija mía, pos que no he sabido cuánto era lo que me amabas y ahora quiero yo reparar la ofensa que te hice y quiero que entres a mi palacio entre arcos de flores, y se harán en tu honor ocho días de fiestas reales. Y en estas fiestas hubo mucha comida, mataron cóconos y gallinas y a mí me mandaron a comer patitas de puerco.

México

36. El sueño del pongo

Un hombrecito se encaminó a la casa-hacienda de su patrón. Como era siervo iba a cumplir el turno de pongo, de sirviente en la gran residencia. Era pequeño, de cuerpo miserable, de ánimo débil, todo lamentable; sus ropas viejas.

El gran señor, patrón de la hacienda, no pudo contener la risa cuando el hombrecito lo saludó en el corredor de la residencia.

—¿Eres gente u otra cosa? —le preguntó delante de todos los hombres y mujeres que estaban de servicio.

Humillándose, el pongo no contestó. Atemorizado, çon los ojos helados, se quedó de pie.

—¡A ver! —dijo el patrón— por lo menos sabrá lavar ollas, siquiera podrá manejar la escoba, con esas sus manos que parece que no son nada. ¡Llévate esta inmundicia! —ordenó al mandón de la hacienda.

Arrodillándose, el pongo le besó las manos al patrón y, todo agachado, siguió al mandón hasta la cocina.

El hombrecito tenía el cuerpo pequeño, sus fuerzas eran sin embargo como las de un hombre común. Todo cuanto le ordenaban hacer lo hacía bien. Pero había un poco como de espanto en su rostro; algunos siervos se reían de verlo así, otros lo compadecían.

—Huérfano de huérfanos; hijo del viento de la luna debe ser el frío de sus ojos, el corazón pura tristeza —había dicho la mestiza cocinera, viéndolo.

El hombrecito no hablaba con nadie; trabajaba callado; comía en silencio. Todo cuanto le ordenaban, cumplía. «Sí, Papacito; sí, Mamacita», era cuanto solía decir.

Quizá a causa de tener una cierta expresión de espanto, y por su ropa tan haraposa y acaso, también, porque no quería hablar, el patrón sintió un especial desprecio por el hombrecito. Al anochecer, cuando los siervos se reunían para rezar el Ave María, en el corredor de la casa-hacienda, a esa hora, el patrón martirizaba siempre al pongo delante de toda la servidumbre: lo sacudía como a un trozo de pellejo.

Lo empujaba de la cabeza y lo obligaba a que se arrodillara y, así, cuando ya estaba hincado, le daba golpes suaves en la cara.

—Creo que eres perro. ¡Ladra! —le decía.

El hombrecito no podía ladrar.

—Ponte de cuatro patas —le ordenaba entonces.

El pongo obedecía, y daba unos pasos en cuatro pies.

—Trota de costado, como perro —seguía ordenándole el hacendado.

El hombrecito sabía correr imitando a los perros pequeños de la puna.

El patrón reía de muy buena gana; la risa le sacudía todo el cuerpo.

—¡Regresa! —le gritaba cuando el sirviente alcanzaba trotando el extremo del gran corredor.

El pongo volvía, corriendo de costadito. Llegaba fatigado.

Algunos de sus semejantes, siervos, rezaban mientras tanto el Ave María, despacio rezaban, como viento interior en el corazón.

—¡Alza las orejas ahora, vizcacha! ¡Vizcacha eres! —mandaba el señor al cansado hombrecito—. Siéntate en dos patas; empalma las manos.

Como si en el vientre de su madre hubiera sufrido la influencia modelante de alguna vizcacha, el pongo imitaba exactamente la figura de uno de estos animalitos, cuando permanecen quietos, como orando sobre las rocas. Pero no podía alzar las orejas. Entonces algunos de los siervos de la hacienda se echaban a reír.

Golpeándolo con la bota, sin patearlo fuerte, el patrón derribaba al hombrecito sobre el piso de ladrillos del corredor.

—Recemos el Padrenuestro —decía luego el patrón a sus indios que esperaban en fila.

El pongo se levantaba a pocos, y no podía rezar porque no estaba en el lugar que le correspondía ni ese lugar correspondía a nadie.

En el oscurecer, los siervos bajaban del corredor al patio y se dirigían al caserío de la hacienda.

—¡Vete, pancita! —solía ordenar después el patrón al pongo.

Y así, todos los días, el patrón hacía revolcarse a su nuevo pongo, delante de la servidumbre. Lo obligaba a reírse, a fingir llanto. Lo entregó a la mofa de sus iguales, los colonos.

Pero... una tarde, a la hora del Ave María, cuando el corredor estaba colmado de toda la gente de la hacienda, cuando el patrón empezó a mirar al pongo con sus densos ojos, ése, ese hombrecito, habló muy claramente. Su rostro seguía un poco espantado.

—Gran señor, dame tu licencia; padrecito mío, quiero hablarte —dijo.

El patrón no oyó lo que oía.

—¿Qué? ¿Tú eres quien ha hablado u otro? —preguntó.

—Tu licencia, padrecito, para hablarte. Es a ti a quien quiero hablarte —repitió el pongo.

—Habla... si puedes —contestó el hacendado.

—Padre mío, señor mío, corazón mío —empezó a hablar el hombrecito—. Soñé anoche que habíamos muerto los dos, juntos; juntos habíamos muerto.

—¿Conmigo? ¿Tú? Cuenta todo, indio —le dijo el gran patrón.

—Como éramos hombres muertos, señor mío, aparecimos desnudos, los dos, juntos; desnudos ante Nuestro Gran Padre San Francisco.

—¿Y después? ¡Habla! —ordenó el patrón, entre enojado e inquieto por la curiosidad.

—Viéndonos muertos, desnudos, juntos, Nuestro Gran Padre San Francisco nos examinó con sus ojos que alcanzan y miden no sabemos hasta qué distancia. Y a ti y a mí nos examinaba, pesando, creo, el corazón de cada uno y lo que éramos y lo que somos. Como hombre rico y grande, tú enfrentabas esos ojos, padre mío.

—¿Y tú?

—No puedo saber cómo estuve, gran señor. Yo no puedo saber lo que valgo.

—Bueno. Sigue contando.

—Entonces, después, Nuestro Padre dijo con su boca: «De todos los ángeles, el más hermoso, que venga. A ese incomparable que lo acompañe otro ángel pequeño, que sea también el más hermoso. Que el ángel pequeño traiga una copa de oro, y la copa de oro llena de la miel de chancaca más transparente».

—¿Y entonces? —preguntaba el patrón.

Los indios siervos oían, oían al pongo, con atención sin cuenta pero temerosos.

—Dueño mío: apenas Nuestro Gran Padre San Francisco dio la orden, apareció un ángel, brillando, alto como el sol; vino hasta llegar delante de nuestro Padre, caminando despacito. Detrás del ángel mayor marchaba otro pequeño, bello, de suave luz como el resplandor de las flores. Traía en las manos una copa de oro.

—¿Y entonces? —repitió el patrón.

—«Ángel Mayor, cubre a este caballero con la miel que está en la copa de oro; que tus manos sean como plumas cuando pasen sobre el cuerpo del hombre», diciendo, ordenó Nuestro Gran Padre. Y así, el ángel excelso, levantando la miel con sus manos, enlució tu cuerpecito, todo, desde la cabeza hasta las uñas de los pies. Y te erguiste, solo; en el resplandor del cielo la luz de tu cuerpo sobresalía, como si estuviera hecho de oro, transparente.

—Así tenía que ser —dijo el patrón, y luego preguntó:

—¿Y a ti?

—Cuando tú brillabas en el cielo, Nuestro Gran Padre San Francisco volvió a ordenar: «Que de todos los ángeles del cielo venga el de menos valer, el más ordinario. Que ese ángel traiga en un tarro de gasolina excremento humano».

—¿Y entonces?

—Un ángel que ya no valía, de patas escamosas, al que no alcanzaban las fuerzas para mantener las alas en su sitio, llegó ante Nuestro Gran Padre; llegó bien cansado, con las alas chorreadas, trayendo en las manos un tarro grande. «Oye viejo —ordenó Nuestro Gran Padre a ese pobre ángel— embadurna el cuerpo de este hombrecito con el excremento que hay en esa lata que has traído; todo el cuerpo, de cualquier manera; cúbrelo como puedas. ¡Rápido!». Entonces, con sus manos nudosas, el ángel viejo, sacando el excremento de la lata, me cubrió, desigual, el cuerpo, así como se echa barro en la pared de una casa ordinaria, sin cuidado. Y aparecí avergonzado, en la luz del cielo, apestando...

—Así mismo tenía que ser —afirmó el patrón—. ¡Continúa! ¿O todo concluye ahí?

—No, padrecito mío, señor mío. Cuando nuevamente, aunque ya de otro modo, nos vimos juntos, los dos, ante Nuestro Gran Padre San Francisco, él volvió a mirarnos, también nuevamente, ya a ti ya a mí, largo rato. Con sus ojos que colmaban el cielo, no sé hasta qué honduras nos alcanzó, juntando la noche con el día, el olvido con la memoria. Y luego dijo: «Todo cuanto los ángeles debían hacer con ustedes ya está hecho. Ahora, ¡lámanse el uno al otro! Despacio, por mucho tiempo». El viejo ángel rejuveneció a esa misma hora; sus alas recuperaron su color negro, su gran fuerza. Nuestro Padre le encomendó vigilar que su voluntad se cumpliera.

Perú (quechua)

37. El zorro y el mono

El zorro y el mono eran ladrones. Una noche salieron juntos y llegaron hasta la casucha de un pongo. Había una cazuela de potaje de quinoa en el fuego, y el mono se comió el potaje con las manos hasta que se hartó. Entonces fue que el zorro metió la cabeza en la cazuela y dijo: —Yo me como lo que queda.

Pero sin darse cuenta, se le trabó la cabeza al zorro. Le dijo al mono en voz baja: —¡Búscame una piedra para romper la cazuela!

El mono tanteó en la oscuridad, y puso la mano encima del pongo mientras dormía. Éste se despertó y agarró al mono; sin embargo, el zorro se escapó. El próximo día, cuando el pongo fue a trabajar en la gran mansión, trajo al mono consigo y se lo entregó a su patrón.

—Lo hervimos —dijo el patrón—, y luego lo despellajamos.

El zorro dio una vuelta para ver qué le había pasado al mono. Tan pronto vio al zorro, el mono gritó: —¡No te puedes imaginar el lío en que me he metido! ¡Me van a hacer casarme con una mujer!

Su curiosidad hizo que el zorro se le acercara y le preguntara: —Pero hermano, ¿cómo será posible?

—El dueño de la casa tiene una hija, y me dice que me tengo que casar con ella.

—Bueno, si es verdad —dijo el zorro—, déjame desamarrarte, y yo me pongo en tu lugar.

—¡Ay gracias! —dijo el mono, y el zorro lo soltó.

Entonces el mono amarró el zorro, y se fue corriendo.

Esa misma tarde el patrón y su pongo regresaron con una cazuela llena de agua hirviendo. El zorro gritó: —¡No, no! ¡Me caso con su hija!

Pero no le prestaron atención, y le echaron el agua hirviendo encima. Esa noche, el zorro pudo romper las ates con los dientes, y se escapó de la casa del patrón. Entonces fue cuando se puso a buscar al mono.

Lo encontró en una ladera. Cuando vio que llegaba el zorro, y sin dónde poder escaparse, el mono fingió estar al punto de caerse del saliente: —¡Ajá! —dijo el zorro—. ¡No te me vas a escapar!

En una vocecita bajita el mono le dijo: —Hermano, si me haces mover, esta piedra nos va a caer encima y matarnos a los dos. Peor todavía, va a matar a toda la gente abajo y desbaratarles las casas. Tú eres más fuerte que yo. Aguántemela mientras voy a buscar a alguien que nos ayude.

—Está bien —le contestó el zorro.

Levantó las manos y se aguantó al saliente mientras el mono hacía como si estuviera buscando auxilio. Después que pasó un rato, el zorro se cansó y pensó: *Bueno, de todas formas, me puedo escapar solo.*

Soltó el saliente y brincó. Miró a sus alrededores, temblando, pero el saliente no se movió.

—Me lo hizo otra vez —dijo el zorro—. Esta vez, lo voy a buscar y lo voy a matar.

Esa noche vio al mono sentado en la orilla del río con un pedazo de queso robado.

—Hermano —le dijo el mono—, ¿no sabes por qué no regresé? ¡Esa gente! ¡Ninguna quiso ayudarme!

Le brindó queso al zorro. Éste lo probó y le preguntó: —¿De dónde te robaste esto?

—Prométeme que no me vas a poner una mano encima, y te enseño de dónde lo saqué.

—Te lo prometo —le contestó el zorro.

El mono se lo llevó hasta el agua y le señaló hacia el reflejo de la luna menguante.

—Ahí está, hermano. Agarré un pedacito para mí, y dejé lo que quedaba para ti.

Sin que el mono acabara de hablar, el zorro se tiró en el río y se ahogó.

Moisés Álvarez / Bolivia (aimara)

38. El jarro del mezquino

Hubo una vez un mezquino que tenía un jarro muy hermoso. Era tan hermoso que todo el mundo que lo veía, quería comprarlo. Sin embargo, nadie podía pagar el precio que el viejo exigía.

Un día, cuando regresaba de su maizal, su hija, quien estaba rallando harina, le dijo: —Papá, vinieron tres personas a ver el jarro hoy por la mañana: un caballero, otro hombre y un cura.

—¿Y qué les dijiste? —le preguntó el viejo.

—Les dije que regresaran por la tarde.

—Eres una muchachita muy inteligente, y usas bien tu inteligencia —le dijo su padre—. Cuando regresen esas tres personas, como seguro que lo harán, les tienes que decir que has decidido vender el jarro por quinientos pesos sin que yo lo sepa. Dile al caballero que venga a buscarlo esta noche a las ocho, dile al otro hombre que venga a las ocho y media y al cura que venga a las nueve.

La muchachita hizo como le dijeron que hiciera, y a las ocho llegó el caballero, pero en el mismo momento en que la muchachita acababa de contar el dinero que él había traído, se oyó un sonido en la puerta de la casucha. La muchachita tiró el dinero hacia una esquina de la casucha, y gritó: —¡Váyase para la azotea! ¡Si mi padre lo ve aquí, lo mata!

Mientras el caballero corría hacia la azotea, el otro hombre entró, pero antes que se pudo ir con el jarro, se oyó otro sonido que venía desde la puerta.

—¡Váyase para la azotea —le gritó la muchachita—, si no mi padre lo mata!

El hombre enseguida subió a la azotea, y el cura entró. Tenía mucho apuro y ya tenía el jarro en las manos cuando se oyó, desde afuera, la voz del viejo. El cura tembló del miedo cuando oyó a la muchachita gritar: —¡Suelte el jarro y váyase a la azotea!

Cuando el padre de la muchachita entró, le preguntó: —¿Dónde está el dinero del caballero?

—Ahí en la esquina.

—¿Y el dinero del otro hombre?

—Ahí en la esquina.

—¿Y el dinero del cura?

—Ahí en la esquina.

Luego de una pausa, el viejo le preguntó: —Y el caballero, ¿dónde está?

—En la azotea.

—¿Y el otro hombre?

—En la azotea.

—¿Y el cura?

—En la azotea.

—Eres una muchachita muy inteligente —le dijo el viejo.

Entonces se quitó la mochila del hombro, la puso en el medio del piso y le pegó fuego. Los tres hombres que estaban en la azotea pronto murieron ahogados debido al humo, ya que la mochila estaba llena de chiles secos.

—Bueno —dijo el viejo—, todavía tenemos el jarro, y también tenemos quinientos pesos multiplicados por tres.

—Pero tenemos a tres hombres muertos en la azotea —le contestó su hija.

—Mañana los saca el tonto —dijo el viejo—. Voy a buscarlo por la mañana y le digo que me mandaste a buscarlo para que desayunara con nosotros.

La muchachita sabía que el tonto estaba enamorado de ella, y que haría cualquier cosa que ella le pidiera. Por lo tanto, el próximo día por la mañana, cuando los tres habían acabado de desayunar, ella le contó al tonto que ella y su padre estaban preocupados debido a que un cura que había cenado con ellos la noche anterior se había atorado y se había muerto, y ya que temían que los demás se enteraran, lo metieron en la azotea, porque no se atrevían a sacarlo para enterrarlo.

—No te preocupes del cura muerto —le dijo el tonto—. Prométeme que te vas a casar conmigo, y te lo saco de aquí sin ningún problema.

La muchachita le dio su palabra, pero enseguida que el tonto salió de la casa con el cura muerto cargado en la espalda, la muchachita hizo una sotana y se la puso al caballero.

Cuando el tonto regresó y empezó a hablar del matrimonio, la muchachita rió y le dijo: —No trates de engañarme. Estoy muy consciente que mientras yo estaba en el arroyo buscando agua, entraste sin que nadie te viera y volviste a meter al cura en la azotea.

Cuando el tonto vio al caballero en la sotana, le dijo: —Te enterré una vez, y te entierro de nuevo.

Entonces salió con el caballero encima de su espalda, y la muchachita hizo otra sotana y se la puso al último de los tres muertos.

Cuando el tonto regresó, dijo: —Esta vez se va a quedar donde lo metí, porque amontoné piedras pesadas encima de su tumba.

La muchachita dijo frunciendo el ceño: —¿Por qué no me dices la verdad? Estoy muy consciente que cuando salí a buscar leña, entraste aquí y volviste a meter el cura en la azotea.

—Bueno, vas a ver que no va a regresar después que lo entierre por tercera vez —dijo el tonto cuando vio la sotana.

Tan pronto salió con el último de los muertos encima de su espalda, la muchachita llamó a su padre, quien estaba escondido cerca. Entró en la casa, llenó el jarro hermoso de dinero, y se lo amarró a la espalda. La muchachita se amarró la muela a su espalda, y después que encendieron la casucha, salieron caminando en dirección al este.

No habían llegado lejos cuando el viejo tropezó con la raíz de un árbol, y cayó en un charco profundo que quedaba al lado del camino. Tratando de auxiliarlo, la muchachita se tiró en el charco, pero debido al peso de la muela, ella también se hundió, y así los dos vieron su final.

Cuando regresó y no vio la casucha, el tonto siguió los pasos del viejo y de su hija hasta llegar a la orilla del charco. Cuando se sentó y empezó a llorar, se volvió en el pájaro dónde-dónde. Y hasta el día de hoy se puede ver este pájaro cerca de los charcos y los pantanos, gritando: —¿Dónde, dónde? ¿Dónde, dónde?

Guatemala (kekchí)

39. Tup y las hormigas

Hubo una vez un viejo que tenía tres hijos. Cuando crecieron, les dijo: —Ahora se tienen que casar.

El mayor se empacó un poco de comida, le pidió la bendición a su padre y salió a buscar a una mujer. Cuando conoció a un hombre que tenía tres hijas, enseguida se casó con la mayor.

Pasó un rato, y el segundo hijo se casó con la segunda hija. Por último, el hijo más joven le pidió la bendición a su padre. También empacó comida para el camino, y salió a buscar a una mujer. Pronto se juntó con sus hermanos y enseguida se casó con la hija más joven del viejo.

Ahora, Tup, el más joven, era un vago, como pronto se dio cuenta su suegro. Siempre lo regañaban por ser vago, y su suegra le decía a su hija menor: —¿Para qué sirve un marido que no hace nada?

Cuando llegó la hora de cosechar el maíz, el viejo citó a sus tres yernos a la misma vez y les dijo que tenían que empezar a trabajar el próximo día: —¡Corten los árboles! —les ordenó.

El próximo día por la mañana, los hermanos salieron a trabajar, llevando con ellos tortillas y sopa de maíz para tres días. Tup llevaba poca comida, ya que la madre de su mujer detestaba gastar el maíz con un yerno que no valía para nada.

Enseguida los dos hermanos mayores encontraron un lugar que les venía bien, y se pusieron a trabajar. Pero Tup siguió travesando el bosque, y no se detuvo hasta haber dejado a sus hermanos lejos atrás. Se sentó para descansar y se quedó dormido. Cuando se despertó era tarde, demasiado tarde para trabajar. Por lo tanto, recogió unos ramos de palmeras y construyó un cobertizo. Después que comió algunas de sus tortillas y que se tomó un poco de la sopa de maíz, se volvió a acostar.

Cuando despertó la próxima mañana, se habían desaparecido todas sus tortillas y toda la sopa de maíz. Cuando miró a sus alrededores, vio una hormiga cortadora de hojas llevándose el último pedazo de tortilla que le quedaba, y fue cuando se dio cuenta que mientras dormía, las hormigas le robaron la comida. Cazó una hormiga y le dijo: —Si no me llevas a tu hormiguero, te mato.

La hormiga no lo desobedeció.

Cuando llegaron, Tup tocó tres veces, y el amo del hormiguero salió: —¿Qué quieres? —le preguntó.

—Tu gente me ha robado todas las tortillas y la sopa de maíz —dijo Tup—. O me la devuelven o tienes que trabajar en mi lugar.

El amo del hormiguero lo pensó por unos segundos, y luego le contestó: —Pues prefiero trabajar en tu lugar.

Por lo tanto, Tup le indicó dónde sembrar el maizal, y después regresó a su cobertizo a dormir mientras las hormigas desbrozaban el bosque. Esa noche, todas las hormigas fueron a trabajar, y como había tantas, removieron todos los árboles y arbustos en sólo tres días.

En camino de regreso a la casa de su suegro, Tup pasó a sus hermanos. En lugar de desbrozar el bosque, los dos estaban muy ocupados abriendo huecos en los troncos de los árboles. Cuando el viejo les había dicho que «cortaran los árboles», ellos pensaron que él quería que les cortaran en las cortezas, pero que no cortaran los troncos, y trabajaron sin cesar.

Cuando Tup regresó a casa, el viejo gritó: —Ya llegó el vago; el último que se fue, es el primero en regresar. No le des nada de comer.

Pese a esto, la suegra sí le ralló un poco de harina y le hizo unas tortillas. Sin embargo, cuando luego regresaron los dos hermanos mayores, el viejo los recibió con cariño, y mandó a que les cocinaran pollos enteros.

Después que pasaron unos días, y cuando vio que el campo se iba a secar, el viejo mandó a sus tres yernos a que lo quemaran. A los dos mayores les dieron grandes cantidades de sopa de maíz y miel de abeja, mientras que al pobrecito de Tup, por ser tan vago, sólo le dieron un poquito de ambas cosas.

Tan pronto llegaron al lugar que les correspondía dentro del bosque, los dos hermanos mayores juntaron todos los pedacitos y ramitas de madera que encontraron, y los quemaron, pero el humo que producía era muy débil. Mientras tanto, Tup llevó la miel de abeja y la sopa de maíz al hormiguero y se las dio al amo del hormiguero con la condición de que las hormigas quemaran el campo. Entonces Tup descansó todo el día, mientras que las hormigas trabajaban ligeramente quemando el campo entero. El humo que salió era tan oscuro que llegó a tapar el sol.

Pero el viejo supuso que el humo que subía del terreno que le correspondía a Tup venía del otro que estaban trabajando los otros hermanos. Por lo tanto, cuando Tup regresó, el viejo lo volvió a regañar.

Cuando llegó la temporada de sembrar, los hermanos mayores se llevaron consigo tres mulas cargadas de semillas de maíz. Tup se llevó sólo un saco. Los hermanos mayores sembraron un poco de su maíz debajo de los árboles, pero dejaron la mayor parte de las semillas en un cobertizo que habían construido en el bosque, y lo que quedaba lo escondieron dentro del tronco vacío de un árbol.

Mientras tanto, Tup llevó sus semillas a las hormigas, pero cuando vieron el saco, le dijeron que no tenía suficiente. Le informaron que el incendio había consumido más del terreno de lo que se iba a sembrar, y por lo tanto, el área de cultivo se había vuelto enorme.

—Hay más semillas en el cobertizo de mis hermanos —les dijo Tup, y cuando las hormigas se pusieron a trabajar, él se fue a dormir.

Después que terminaron de sembrar, los tres regresaron a casa. Tup fue recibido como siempre; es decir, con desprecio, mientras que festejaban a sus hermanos mayores.

Cuando salió maíz, el viejo mandó a sus tres yernos a que regresaran al campo para que hicieran hogueras donde asar el maíz. Ya que no sabían hacer otra cosa, los dos hermanos mayores abrieron un pequeño hueco en la tierra, donde metieron unas mazorcas diminutas que de alguna manera crecieron en la sombra del bosque. Pero Tup fue directamente a ver el amo de las hormigas, y éstas enseguida salieron a ayudarlo. Le trajeron quince carretones llenos de mazorcas amarillas mientras Tup dormía. Cuando anocheció, despertó y regresó a casa.

El día siguiente, el viejo, su mujer, sus tres hijas y sus maridos salieron con un tiro de mulas para cosechar el maíz y comer mazorcas asadas. Cuando llegaron al terreno que le correspondía a los hermanos mayores, el suegro se dio cuenta que no habían desbrozado ningún árbol, salvo por algunas miserables plantas que crecían en la sombra del bosque, y que se parecían más a la hierba que al maíz. Cuando el viejo vio el montón de maíz podrido en el árbol con el tronco vacío, gritó: —¿Dónde está la hoguera?

La hoguera estaba sin tapar, y cuando le mostraron al suegro las pocas mazorcas diminutas, le dio un ataque de rabia. Ni quiso hablar con los dos hermanos mayores, y se viró hacia Tup y le dijo: —Vamos a ver si pudiste hacer algo mejor.

Salieron de nuevo, y Tup los guió por el bosque hasta que llegaron al sendero que las hormigas habían hecho entre el hormiguero y el terreno. Poco a poco, el sendero se iba ampliando, hasta llegar a ser del ancho de una carretera.

—¿Adónde llega este camino tan bueno? —preguntó el viejo.

Y Tup le contestó: —A mi maizal.

Al fin llegaron a un enorme terreno, que se extendía más allá del horizonte.

—Este —dijo Tup—, es mi terreno.

Pero como el viejo conocía a su yerno muy bien, no lo podía creer. Mientras escalaban una pequeña loma que estaba a la orilla del maizal, la mujer del viejo le preguntó incrédulamente a Tup dónde estaba la hoguera, ya que ella dudaba que ese fuera su maizal, y por lo tanto, no creía que le iba a poder contestar.

—Estás parada encima de ella —contestó Tup—. La hoguera es la loma.

Entonces el viejo dijo: —Ya has trabajado bastante. Deja que tus dos hermanos saquen las mazorcas asadas.

Mientras que los hermanos trabajaban, la suegra trató de cruzar el maizal para ver lo ancho y largo que era, pero era tan enorme que se perdió, y otra vez, Tup tuvo que llamar a sus amigas, las hormigas. Cuando les explicó que la vieja se había perdido, las hormigas cubrieron todo el terreno del maizal hasta que la localizaron.

Después que se hartaron de maíz asado y cargaron las mulas, salieron para la casa. Esa noche sacrificaron pollos en honor de Tup, y los otros dos hermanos fueron echados de la casa, y se les dijo que jamás regresaran.

México (yucateco)

40. El maestro y su alumno*

Don Gumersindo Pososeco tenía un hijo ya muy crecido y seriamente dispuso entregarlo a aprender oficio. Un día lo llamó y le dijo: —Ve vos, muchacho, ya estás tamaño de grande y no sabés hacer nada, he dispuesto ponerte a aprender un oficio, decime cuál te gusta.

—Yo tata, no sé cómo se llaman los oficios —contestó el muchacho—, dígame usté uno detrás de otro, hasta que yo vea pasar el que más me cuadre.

—Pues, muchacho, vamos a ver, ¿te gusta carpintero?

—No, porque me puedo trozar.

—¿Herrero?

—¡No porque me quemo!

—¿Albañil?

—¡Tampoco, porque me entra cal en los ojos!

—¿Sastre?

—¡No, porque me pico con la aguja!

—¿Zapatero?

—¡No, porque me duelen las rodillas con los martillazos!

—¿Alfarero?

—¡No me gusta el lodo!

Don Gumersindo probó con todos los oficios y el muchacho a todos les encontró defectos. Desperado, el viejo le dijo: —Entonces, el oficio que te gustaría es el de haragán.

—Si usté quiere —dijo el muchacho—, voy a probar ése. Al día siguiente fué entregado el muchacho con ño Juan Jaragán, hombre sin oficio conocido, que vivía de petardos y de alzos.

El primer día del aprendizaje, le dijo ño Juan: —Monós, mijo a la calle, vamos a ver qué cachamos.

Estuvieron andando mucho, pidiendo limosna por aquí y viendo

* La ortografía refleja la pronunciación criolla

qué se jalaban por allá, pero no cayó nada. Como ya tenían mucha hambre, se metieron a un sitio donde había una higuera.

—Vaya —dijo ño Juan—, ésto es algo para matar el hambre. Quedáte vos abajo y yo me subo a botar higos, cuando ya hayás comido bastantes juntás los demás pa' mí.

Se subió ño Juan y botó bastantes higos, pero cuando bajó encontró a su aprendiz tendido en el suelo con la boca abierta.

—¿Y di ay? —le dijo—, ¿ya comites bastantes?

—¡No, Señor Maistro! —contestó— ¡ninguno me ha caído en la boca!

—¡Ah,… vos sí que sos listo —dijo ño Juan—, yo no sé por qué te entregó tu tata conmigo, mejor yo me quedo de aprendiz en tu casa, porque me dejás atrás, hermano!

Guatemala

41. El tambor del piojo

En un pais muy lejano vivió un rey que tenía una hija muy bonita que tocaba un tambor que se oía a lo lejos.

Como los reyes acostumbraban hacer fiestas en sus palacios para invitar príncipes para que sus hijas escogieran al que le gustaba, el rey hizo un banquete para que fueran príncipes a adivinar de qué material estaba hecho el tambor de su hija.

Ninguno llegó a adivinar, pero la princesa quería a un príncipe de su pueblo, pero era enemigo de su padre y no se atrevía a ir a palacio a pedir su mano. Un día la princesa estaba en el balcón y el príncipe en la ventana de su palacio; ella le dijo desde acá: —Ven a adivinar y di que el tambor está forrado del cuero de un piojo que me halló la empleada en mi cabeza.

Pero como el príncipe estaba lejos, no oyó lo que la princesa le había dicho.

Abajo del palacio estaba un viejo y oyó lo que la princesa había dicho. Enseguida pidió permiso a la guardia para entrar a adivinar. Cuando el rey lo vio le dijo: —Como no adivines, pasarás por la horca. Bueno, si eres adivinador, dime, ¿de qué está hecho el tambor de mi hija?

El señor contestó: —Este tambor está forrado de la piel de un piojo que la empleada le encontró en la cabeza de la princesa y usted con la piel se lo mandó a hacer.

Como los reyes lo que decían tenían que cumplirse, llamó a su hija que tenía que casarse con el anciano. Por mas súplicas de la princesa, los casó y la mandó que se fuera enseguida con su esposo.

La muchacha ideó invitar al viejo a bañarse a un río que tenía un gran salto; se fueron a bañar y cuando el viejo se durmió en el borde del salto, lo tiró abajo y se esnucó, pero se le trepó a la muchacha una potra en el hombro que cuando hablaba, la potra le contestaba.

Se fue andando, cruzando montañas, ríos, caseríos, hasta que llegó a una ciudad donde vivía un rey que tenía un hijo muy simpático; se hizo la muda para que nadie se enterara de que la potra le contestaba. En casa del rey la emplearon de cocinera; la llamaban la Muda.

El príncipe, cuando conoció a la nueva sirvienta, le gustó y él se decía en su mente, que esa empleada no parecía ser una joven humilde, sino una princesa. El muchacho se enamoró de una muchacha de esa ciudad. El día del compromiso fue una gran fiesta en el palacio y se comunicó la fecha del matrimonio.

Un día, le dijo la reina a la muchacha que se hiciera una mazamorra de masa. Cuando la puso a cocinar, que ya estaba gruesa, le dijo a la potra: —Ay, mi potra, ¿quieres bajarte al brazo?

La potra le contestó: —Chí, cómo no.

Cuando estaba en el brazo, ella le dijo: —Ay, mi potra, bájate a la mano.

La potra le dijo: —¡Chí, cómo no!

De nuevo le dijo que se le bajara a la punta del dedo, y la potra le contestó lo mismo. Cuando la potra estaba colgando del dedo, cogió un cuchillo y se cortó la punta del dedo y tiró a la potra en la mazamorra. Comenzó a decir: —¡Ayayay! ¡Ayayay! ¡Me estoy quemando!

Pero no la sacó, sino que habló y, al verse libre, quedó contenta, pero no dijo más nada; la reina halló muy sabrosa la mazamorra.

Por la tarde, la Muda sacó un traje verde, se puso unos zapatos del mismo color, se pintó, y, como era una princesa, quedó muy linda.

Ella sabía en dónde vivía la novia del príncipe y pasó enfrente y en el balcón estaba el príncipe con la novia. Él, al verla tan linda, se quedó asombrado y de pronto le dice: —Oh, Muda, pareces ser la princesa con quien ha soñado mi corazón.

Ella le contestó: —Ha visto su princesa en sueño, pero ahora la ve en realidad.

El príncipe se desprende del brazo de su novia y sale corriendo donde estaba la Muda y le dice: —¿Cómo es posible? ¡Tú no eres ninguna muda!

La toma del brazo y la conduce a un coche, para llevarla al palacio, para celebrar el nuevo compromiso, que fue una gran sorpresa para los dos reyes al oír relatar la historia que la muchacha les contaba.

El día del matrimonio invitaron a todos los reyes de los países vecinos y a su boda asistió el papá y la mamá de la princesa que fue muy feliz con su príncipe azul.

Panamá

42. Los tres sueños*

"Eh... una vez, dos estudiantes se conducían hacía la ciudá... solamente llevaban cinco centavos para sus cosas, y caminaban por un camino muy largo. En el camino distinguieron un bulto que se movía, y uno al otro se preguntó si ¿qué sería? Pero aviolentaron los pasos y al transcurso del camino... reconocieron que'ra un humano, el que iba, y

---

* La ortografía refleja la pronunciación criolla.

al mismo tiempo reconocieron qu'era un... indígena. Presurosos llegaron hacia él, lo entrevistaron y luego le preguntaron si llevaba dinero y el indígena contestó que sólo llevaba cinco len.

Pero, anteriormente los dos estudiantes se habían platicao... y ellos también llevaban cinco centavos cada uno, de los cuales disponían... para un desayuno y seguir caminando, cuando encontraron al... supuesto humano que vieron a la larga... decidieron alcanzarlo para fundar esperanzas que'l llevara dinero. Pues al mismo tiempo de alcanzalo lo entrevistaron y le preguntaron si él llevaba dinero y 'ijo que sólo llevaba cinco len...

'Tonces le dijo el uno al otro:

—Llevo cinco y vos que llevás cinco ajustamos diez, y con los cinco del compañero... ajustamos quince, eso nos sirve... para algo.

Siguieron caminando y al transcurso del tiempo entró la noche... y decidieron decirle al indito que acampara. Pues... se dieron los tres a comprar, media libra de arroz, una libra de azúcar, cocerla en una olla, que de consigo llevaba... uno 'e los tres. Pero, cuando se iban a... a dormir, acostar, como se quiera decir, dijo uno de los dos enteligentes:

—Este arroz lo vamos a cocer y lo comemos en el desayuno para encontrar fuerzas para caminar, pero sólo va a comer el que diga buen sueño.

Había razón para que los tres soñaran. Pero... los primeros que soñaron fueron los estudiantes. ¡Tóos se dieron... a responder con un sueño a la mañana siguiente! Pues, así fue. En la mañana siguiente despertó el primer estudiante y le dijo al otro:

—¿Soñaste algo?

—Sí, yo soñé.

—¿Qué soñaste?

—Yo soñé que de aquí a donde'stamos para'llá... había una gran callona, adornada de flores, en el tope de la callona, había... una iglesia, me fui por toa la calle, llegué al frente e la iglesia, y al verla tan linda, entré ahí y al entrar y ver las imágenes me quedé convertido... en imagen.

Entonces le dijo al otro:

—¿Qué soñaste vos?

—Igual, le 'ijo, soñé, le dijo, que de aquí a donde'stamos para'llá había una gran callona, me jui por toa la calle le dijo, encontré una iglesia le dijo, vi... te vi de a vos convertío en imagen l'... pero al ver para'rriba vi una nube que se acercaba le 'ijo, cuando se venía acercando a puede disti... distinguir tres ángeles, bajaron le... y me levantaron le... y me convertí en ángel, me fui arriba, con ellos.

—'Tonce los dos soñamos, ¿y tú qué soñaste indito?

—Pues igualita cosa patroncito, l'ijo, así merito como tú soñaste mero soñé yo. Fijáte patroncito que... yo soñé que había una... callona, en el tope del callone, le dijo, había una iglesia, entré yo a la iglesia y y y... encontré a mi primer patroncito convertío en imagen, vi para'rriba l'ijo, mi otro patroncito lo llevaban los ángeles, le 'ijo ¿y qué hice yo solito en el mundo?, ¡me comí el arroz!"

Luis Arturo Hernández Castañeda / Guatemala

43. La mata de albahaca

Pues señor, había una vez un carpintero que tenía tres hijas muy bonitas. Ellos vivían en una casita que estaba cerca del palacio del rey, y que tenía un jardín con muchas flores y una mata de albahaca muy hermosa.

El pobre carpintero tenía que estar fuera de casa con gran frecuencia por motivos de su oficio; así es que las tres hijas se quedaban solas trabajando en su casita.

En esta ciudad había un rey que era lo más preguntón y siempre estaba preguntando y echándoles adivinanzas a todas las personas que estaban a su alrededor o a las que él veía.

Una mañana salió el rey a dar un paseo y pasó por delante de la casita y encontró a Carmen, la hija mayor del carpintero, regando la mata de albahaca. Al ver a la niña el rey le preguntó:

> *Niña que riegas la albahaca,*
> *¿cuántas hojitas tiene la mata?*

La muchacha muy avergonzada se metió para dentro y no le contestó.

Al otra día volvió a pasar por ahí el rey, pero esta vez estaba regando la mata la segunda hija, María, y el rey le hizo a ella la misma pregunta y la muchacha tampoco se la contestó.

Al siguiente día regaba la mata Pepita, la hija más chiquita. Esta era mucho más bonita y más simpática que sus dos hermanas, y en cuanto el rey la vio le preguntó:

> *Niña que riegas la albahaca,*
> *¿cuántas hojitas tiene la mata?*

Y Pepita le contestó seguido en esta forma:

> *Y dígame, buen caballero,*
> *¿cuántas estrellas tiene el cielo?*

Como creía que ella no contestaría como sus hermanas, el rey se avergonzó mucho al no poder contestar a la muchacha y se retiró prometiendo vengarse de la chica.

A los pocos días el rey se disfrazó de dulcero y se fue a vender los dulces por los alrededores de la casita de las muchachas. Como éstas eran muy golosas, tan pronto oyeron la voz del dulcero corrieron a llamarlo. El dulcero entró en la casa de las niñas y dijo que sólo vendía sus dulces por besos. Las dos hermanas mayores se indinaron y se metieron para dentro; pero la más chiquita se quedó discutiendo con el dulcero y por fin decidió darle un beso por cada uno de los dulces que cogió de la batea.

El rey volvió a palacio, se cambió de traje y esperó hasta la hora de regar la mata de albahaca. Cuando llegó el momento pasó por la casita y le dijo a Pepita:

> *Niña que riegas la albahaca,*
> *¿cuántas hojitas tiene la mata?*

Y Pepita le contestó:

> *Y dígame, buen caballero,*
> *¿cuántas estrellas tiene el cielo?*

Y el rey replicó:

> *Ya que contestas ligero,*
> *¿cuántos besos le diste al dulcero?*

y Pepita muy sentida y avergonzada corrió para la casita.

Pasaron varios días sin que el rey se presentara por el jardín, pero Pepita averiguó que estaba enfermo. Entonces ella decidió vengarse y se disfrazó de Muerte y se fue para el palacio con una mula. Logró meterse en el cuarto del rey, y le dijo:

—Aquí he venido a llevarte. Tus días están contados.

El rey le pidió que le dejara vivir, que haría cualquiera cosa porque le dejara en este mundo algunos años más. Entonces Pepita le dijo que la única manera de salvarse era besando a su mula debajo del rabo, y como el rey quería vivir mucho, levantó el rabo y empezó a besar a la mula y le dio muchísimos besos. La Muerte le había dicho que viviría un año por cada beso.

Fuese Pepita con la mula, y el rey empezó a mejorar y se puso bueno del todo.

Tan pronto salió a la calle fue por el jardín y se encontró a Pepita regando la mata de albahaca, y le preguntó:

> *Niña que riegas la albahaca,*
> *¿cuántas hojitas tiene la mata?*

Y Pepita respondió:

> *Y dígame, buen caballero,*
> *¿cuántas estrellas tiene el cielo?*

Y el rey replicó:

> *Ya que contestas ligero,*
> *¿cuántos besos le diste al dulcero?*

Y Pepita añadió:

> *Y dígame; si está seguro,*
> *¿cuántos besos dio a mi mula en el c...?*

Y el rey comprendió que Pepita era una muchacha muy inteligente y que le convendría por esposa, pero quería vengarse de ella y mandó a buscar al carpintero y le dijo que quería casarse con su hija con la condición de que si no venía al palacio vestida y desnuda, ni en coche ni a caballo ni andando, que lo mataba a él y a ella.

El pobre carpintero llegó a su casa muy triste, pero cuando Pepita supo lo que pasaba mandó buscar una red de pescar y se vistió con ella, y le dijo a su papá que la amarrase a la cola de su mula, y así fue al palacio. El rey entonces comprendió que ella era muy lista y que haría una gran reina, y se casó con ella. Y vivieron muy felices, y a mí me dieron arroz con perdices.

Puerto Rico

Adivinanzas

I.

Fui a un cuarto,
encontré a un muerto,
hablé con él
y le saqué el secreto.

El libro

II.

Monte blanco,
flores negras,
un arado
y cinco yeguas.

La escritura

III.

Uno larguito,
dos más bajitos,
uno chico y flaco
y otro gordonazo.

Los dedos

IV. PARAGUAY (GUARANÍ)

Maravilla, maravilla,
¿mbaé motepá?

Maravilla, maravilla,
¿adivina qué es?

y cure mante oguatava.
El arado

Un instrumento que
camina con la lengua.
El arado

v.

No tiene pies y corre,
no tiene alas y vuela,
no tiene cuerpo y vive,
no tiene boca y habla,
sin armas lucha y vence
y siendo nada, está.

El viento

VI.

Más bueno que Dios
más malo que el diablo;
lo comen los muertos
y si lo comen los vivos, se mueren.

Nada

VII.

El que lo hace no lo goza,
el que lo goza no lo ve,
el que lo ve no lo desea
por bonito que lo esté.

El ataúd

VIII.

Cantando olvido mis penas
mientras voy hacia la mar;
las penas van y vuelven
más yo no vuelvo jamás.

El río

IX.

Blanca como la leche,
negra como la hez,
habla y no tiene boca,
anda y no tiene pies.

La carta

X.

Cuesta arriba,
cuesta abajo;
y, sin embargo, no se mueve.

La carretera

XI.

Verde en el monte,
negro en la plaza,
colorado en la casa.

El carbón

XII.

Pino, lino, flores,
y alrededor amores.

La mesa de comedor

XIII. MÉXICO (NÁHUATL)

Se tosaasaanil, se tosaasaanil   Adivina, adivina
maaske mas tikwaalaantok   La detestas
pero tikpiipiitsos.   pero le das un besito.

Tecomate   Una botella de cerveza

XIV.

Cuando joven, amarga,
cuando anciana, dulce.

La naranja

XV.

Cuando chiquita, costillita,
y cuando grandecita, tortillita.

La luna

XVI.

Mi madre tenía una sábana
que no la podía doblar;

mi padre tenía tanto dinero
que no lo podía contar.

El cielo y las estrellas

XVII. PERÚ (QUECHUA)

¿Imallanpas, haykallanpas?   Adivina qué es. Adivina.
mama killa watan,   La madre Luna lo ata,
tayta inti paskan.   El padre Sol lo suelta.

    La escarcha   La escarcha

XVIII.

El agua la da,
el sol la cría;
y si el agua le da
le quita la vida.

La sal

XIX. ECUADOR (QUICHUA)

Imashi, imashi.   Adivina qué.
Shuj yacupipish yaicun   Flota en el agua
mana shuturin,   pero nunca se moja.
ninapipish yaicun   Se cae sobre una vela
mana ruparin,   pero nunca se quema.
Imashi?   Adivina qué es.

    Chaimi can llandu   La sombra

XX.

Cuando iba,
iba con ella,
y cuando volvía
me encontré con ella.

        La huella

XXI.

En el camino la encontré,
me la busqué
y no la hallé
y siempre me la llevé.

        La espina

XXII.

En el cielo no lo hubo,
en la tierra se encontró,
Dios con ser Dios no lo tuvo
y un hombre a Dios se lo dio.

        El bautismo

XXIII.

Uno que nunca pecó
y nunca pudo pecar,
murió diciendo Jesús
y no se pudo salvar.

        El loro

XXIV. ECUADOR (QUICHUA)

Tutamantaca chuscu   Por la mañana
chaquihuan purin,   camina en cuatro patas,
chaupi punllaca ishqui   al mediodía en dos,
chaquihuan purin,   en la tarde, en tres.
tultu chishitaca qumsa   Adivina qué es.
chaquihuan purin,
imashi?

　　　　Runa   El ser humano

XXV.

No recuerdo si fui niño,
pues hombre fui al nacer.
aunque me quiten la vida
mil vidas he de tener.
De los besos amorosos
yo siempre testigo fui,
que por hacerlo a su novio
muchas me han besado a mí.

　　　　　　　La barba

XXVI.

Chiquita como un ratón
y guarda la casa como un león.

　　　　　　　La llave

XXVII.

Mientras que estoy preso, existo,
si me ponen en libertad, muero.

El secreto

XXVIII.

El que me nombra, me rompe.

El silencio

XXIX. PERÚ (CASHINAHUA)

Rawa ix'ta möxô mörã nimiç   ¿Qué viaja
mãekãi?   de noche?

Iôxĩnã   Los espíritus.

XXX. MÉXICO (YUCATECO)

Tanteni' tantetci'.   Yo lo estoy haciendo,
Tanktcaik'ik'   y tú lo estás haciendo.

Estamos respirando

QUINTA SECCIÓN

44. El pollo del carbonero

Había una vez un hombre muy pobre; este hombre era carbonero. Le pedía a Dios que hubiese un día que le sobraran cincuenta centavos para comprar una gallina para comérsela él sólo. Llegó el día en que le sobraron los cincuenta centavos y compró la gallina.

Enseguida se puso a guisarla, y cuando estaba guisándola llegó un hombre muy bien vestido y le pidió comida. El carbonero le preguntó:

—¿Quién es usted?

El hombre le contestó:

—¡Yo soy la suerte, que vengo a ayudarte a comer tu gallina!

El carbonero le dijo:

—¡No señor, váyase usted que yo no le doy mi gallina, porque la suerte protege solamente al rico!

Él se fue y al momento llegó otro hombre mal puesto, y el carbonero le preguntó:

—¿Quién es usted?

Y él le dijo:

—¡Yo soy la muerte, que vengo a ayudarte a comer tu gallina!

Entonces el carbonero le dijo:

—¡Suba usted para que nos la comamos, que a usted le doy de mi gallina, porque la muerte no escoge, porque cuando viene lo mismo se lleva al rico que se lleva al pobre y la suerte no; porque la suerte no es perro que sigue a su amo!

Puerto Rico

45. Los tres consejos*

Érase una vez un hombre que'staba casau y tení' un hijo 'e dieciséis años. Decidió dejar a su esposa y a su hijo y irse a otros lugares a buscar fortuna.

Se jue pa' un país muy lejano, y allá se conprendió con un güen hombre que siempre lo trataba bien. Después 'e haber servido por siete años completos, se jue a despedirse 'e su amu y cobrar su pago. Al comenzar el trabajo habían convenido que por siete años 'e trabajo, 'L'hombre habí' 'e recibir siete talegones 'e dinero.

Cuando 'l'amu supo que ya 'l'hombre s'iba, le jijo: —Ya que te vas, debo pagarte lo que te debo. Pero, dime, ¿qué quieres mejor, los siete talegones 'e dinero, o tres consejos?

'L'hombre se puso a pensar por un rato —como sería güeno hacer—, y al fin decidió agarrar los tres consejos mejor que los siete talegones 'e dinero. El güen amu antonces le dijo: —Muy bien. Los consejos son estos: primero, nunca dejes camino por vereda; segundo, no preguntes lo que no t'importa; y tercero, no te partas con la primer nueva.

'L'hombre oyó bien los consejos, y despidiéndose 'e su güen señor, se puso'n camino pa' su casa. En el camino, después 'e caminar unas leguas, s'incontró con unos hombres en un lugar 'onde salían dos veredas 'el camino. Uno 'e los viajeros le aconsejó que dejar'el camino y se juera con él por un' 'e las veredas, porque asina po'ía llegar más presto a su tierr'. 'L'hombre s'acordó 'e los tres consejos que habí' recibido 'e su amu, y no quiso siguir a los viajeros por la vereda, porque s'acordaba qu'el primero 'e los consejos era «no dejes camino por vereda». Después 'e caminar com'una legua, oyó que alguien le gritaba detrás, y volteó la cabeza pa' ver quién era. Vido que un hombre venía corriendo y gritando, y cuando s'acercó, vido que vení' herido y qu'er' uno 'e los dos que se habían ido por la vereda. 'L'herido le contó que unos saltiadores los habían incontrau en el camino y que habían matau a su compañero.

* La ortografía refleja la pronunciación criolla.

Él se habí' escapau. El viajero se consoló y vido que habí' hecho muy bien en agarrar los consejos mejor qu'el dinero, porque ya uno d'e'os lo habí' librau 'e la muerte. El viajero siguió su camino, y al fin llegó a una casa muy grand' y muy quieta. S'acercó y tocó la puerta, y un hombre muy flaco, muy alto y pálido lo recibió con muncha cortesí', y le dijo qu'entrar' y que se sentara. Ai lo dejaron solo por munchas horas, y todo 'staba tan silencioso qu'él no se movió pa' no hacer el menor ruido. Cuando llegó l'hor' 'e la cena, 'l'hombre flaco entró y llamó al viajero pa' que juera comer. Lo llevó a una grande sala 'onde 'stab'una mesa llena 'e to'o los manjares que se pue'en desiar. Ai habí' vino y licores 'e to'as clases. Ai habí' carnes 'e to'os los animales. Ai habí' bizcochos y frutas 'e to'os los países. Pa' comer tenían platos 'e oro y 'e palta, y chuchí'os y cucharas 'e plata. Se sentaron 'l'hombre flaco y el viajero, y delante d'e'os habí'n la mesa platos 'e oro y cuchí'os y tenedores 'e plata. Después 'e que se habían sentau, l'espós' 'el amu 'e la casa —que hast'ora no se habí' visto—, entró al cuarto muy despacio, y se sentó a comer con e'os. Cuando se arrimó a la mesa, el viajero vido que traíba una calaver'. La mujer puso la calaver' en la mesa con mucho cuidau, se sirvió la comid' en e'a, y di ai comía con los dedos. El viajero 'strañaba muncho que la mujer comier' en la calaver', y a veces se le venía la curiosidá 'e preguntar por qué hací' eso, pero s'acordaba 'el segundo consejo que había recibido, qu'era: «no preguntes lo que no t'importa». Se quedó cayau, y nada preguntó. También s'acordó que ya'l primer consejo le habí' servido. Lue'o qu'el señor 'e la casa vido que no pregunta'a na'a, lo llevó a su cuarto pa' que durmiera y ai durmió muy espantau 'e lo que habí' visto. Otro di' en la mayana —después 'e haberse levantau—, lo llamaron almorzar, y el viajero vido lo mismo 'el di' antes. La mujer salió con su calaver' otra vez, y d'e'a comió, pero el viajero no preguntó nada. Ya 'staba 'l viajero pa' despedirse cuando 'l'amu 'e la casa lo llamó a un lau y le dijo: —Muncho maravío que no haigas preguntau por qué mi'sposa come 'e aque'a calaver'. ¿Por qué no preguntates?

El viajero le respondió: —He recibid' un consejo que no pregunte lo que no m'importa, y no he querido faltar al consejo.

Antonces 'l señor 'e la casa le habló d'esta manera: —Pus, ya que no lo has preguntau, te voy a decir por qué. Yo y mi'sposa no semos d'este mundo. Durante nuestra vid'en el mundo, éranos murre ricos y murre avarientos. Dios nos condenó a que viviéranos aquí, y nos mandó vivir 'el modo que vivemos, y que mi mujer tení' que comer d'esa calaver' humana. Teníanos que 'starnos dándoles posad' a los viajeros y to'o los que preguntaban que si por qué comía mi mujer en esa calaver', tenían que morir. Y pa' que veas to'o los que han muerto porque preguntaron eso, ven y velos.

Antonces el señor 'e la casa llevó al viajero pa' un suterrano muy jodú y muy grande, lleno 'e cuerpos muertos, esqueletes, y calaveras, unos comidos 'e gusanos, podridos y jediondos, y otros recién muertos. 'l'hombre siguió diciendo: —Aquí teníanos que 'starnos hasta que llegar' uno que no preguntara que si por qué comía mi mujer en la calaver', y 'ora tú has sido el que nos preguntó esa pregunta, y ya 'stamos libres.

Antonces l'entregó al viajero las llaves 'e la casa y le dijo que habí' munchas riquezas escondidas, y le dijo que to'as eran d'él. Lue'o que dijo eso, se desapreció con su mujer, y el viajero se quedó solo, dueño 'e to'a' las riquezas. Muy contento 'e haber siguido 'l consejo 'e su amu, y viéndose tarre rico, se puso en camino pa' su tierr' 'onde habí' dejau a su esposa y a su hijo.

Al llegar a su tierr', s'acercó a su casa cuando y'era 'e nochi, y cuando y'iba llegar a la puerta, vido luz por la ventan', y s'arrimó a ver. Vido que su mujer 'stab'acostau en la cama y que 'staba 'cariciándole los cabe'os a un joven sacerdote que 'staba acostau junto d'e'a con la cabez' en sus brazos. El pobre viajero ni supo qué hacer, pus creyó que'l sacerdote que vía er' algún enamorau 'e su mujer, y le daban ganas d'entrar y matá'lo. Pero s'acordo qu'el último consejo que habí' recibido 'e su amu era «no te partas con la primer nueva», No hizo lo que tenía ganas 'e hacer, y ju'a la puert', y tocó. La mujer y el sacerdote salieron a recibí'lo, y él le' preguntó que si quién er'el sacerdote que 'staba con e'a, y e'a le dijo: —Es tu hijo, el que dejates jovencito cuando te juistes.

'L'hombre abrazó a su mujer y a su hijo con muncho gusto y alegría, y después le' contó to'o lo que le habí' sucedido en sus viajes, lo 'e los tres consejos, y to'o lo demás, y despúes se jue con e'os pa' sus ricas tierras.

Y el güen amu era Nuestro Señor Jesucristo, que querí' enriquecer al güen hombre por meyu 'e los tres consejos.

Nuevo México, EE.UU.

46. Las siete ciegas

Hubo en un país lejano un rey muy malo que se complacía en el daño que causaba a sus súbditos.

Un día que salió a cazar y se extravió en el bosque, vio en la puerta de una choza a una jovencita muy bella y agraciada, y llevándola a palacio se casó con ella.

Un mes nada más duró la felicidad de la reina. Transcurrido este corto tiempo, durante el cual el rey fue tierno y cariñoso con ella, se reveló nuevamente en él el hombre perverso de fieros instintos. Con pretextos y sin pretextos, todo lo encontraba malo, y como la reina era la persona que tenía más cerca, la desgraciada pagaba el pato. Un día que amaneció de más mal humor que de ordinario, hizo sacar los ojos a la reina y ordenó que la encerrasen en un calabozo húmedo y sin luz, que daba a uno de los patios interiores del palacio, y que la sometiesen a una alimentación escasa.

Poco tiempo después, el rey se casó con otra joven, la cual también sólo un mes fue feliz, y pasó otro mes al lado de su esposo sufriendo toda clase de vejámenes; después, privada de la vista, fue a hacer compañía en el calabozo a su predecesora.

La misma suerte corrieron cinco niñas más, con las cuales el monarca contrajo matrimonio sucesivamente.

Las siete desgraciadas tuvieron un hijo cada una en su prisión, pero sólo la primera lo conservó; las otras, muertas de hambre, se comieron los suyos, y si no hubiera sido porque la primera mujer logró ocultar a su hijo y que éste, como si adivinara el destino que le estaba reservado si las compañeras de su madre lo descubrían, jamás lanzó el menor gemido ni se le oyó llorar.

La criatura era hermosa y fue creciendo. Su madre le enseñaba a hablar en las noches, cuando sus compañeras dormían, y paulatinamente fue comunicándole los pocos conocimientos que tenía, lo que el niño aprendía con suma facilidad, porque estaba dotado de gran inteligencia.

Una vez el niño encontró un clavo y, jugando, se puso a escarbar la pared al lado del sitio que ocupaba su madre. La muralla, con la humedad, estaba blanda, así es que en pocos momentos hizo un pequeño forado por el que penetró un poco de luz; le dieron deseos de salir para conocer el mundo, del que tanto había oído hablar a su madre, y para conseguirlo continuó trabajando hasta que el agujero fue suficientemente grande para dejarlo pasar. Le contó a su madre lo que había hecho y le pidió que mientras él andaba afuera cubriera ella el forado con su cuerpo para que el carcelero no lo viese.

Salió el chico y se encontró con un hermoso huerto. No se cansaba de admirar el cielo, tan azul y tan bello; mucho también le llamaron la atención los árboles, las flores y los frutos; tomó algunos de éstos, los probó y los encontró sabrosísimos. Cogió entonces todos los que pudo para llevárselos a su madre, la cual sólo entonces comunicó la existencia de su hijo a sus compañeras de desgracia e hizo que el niño les repartiera frutas.

Desde ese momento el niño fue la alegría de todas, que lo quisieron entrañablemente, y él les pagaba su cariño renovándoles cada día las provisiones que tomaba en el huerto.

Cada vez que el niño estaba fuera, la madre pasaba sobresaltada, temiendo que uno de los hortelanos lo encontrara y lo llevase a presencia del rey. Por lo que pudiese suceder, le dijo un día: —Hijo, si te llegan a ver, te preguntarán de dónde vienes, cómo te llamas y quiénes son tus padres, y tú contestarás que vienes del mundo, que tu nombre es el Viento y que eres hijo del Trueno y de la Lluvia.

Pasó algún tiempo, más de un año, sin que nada se descubriera, porque el chico practicaba sus excursiones muy de mañana y los hortelanos no eran madrugadores; pero una vez que uno de éstos se levantó más temprano que de costumbre, fue cogido y llevado a la presencia del rey. Al rey le cayó en gracia el chico y le preguntó:

—¿De dónde vienes?

—Del mundo.

—¿Quién es tu padre?

—El Trueno.

—¿Y tu madre?

—La Lluvia.

Poco después de haberle hecho sacar los ojos a su séptima mujer y haberla encerrado en el calabozo, el rey se había casado por octava vez; pero en ésta le salió el futre, como vulgarmente se dice, porque la nueva esposa no era el manso cordero, ni la humilde paloma que las anteriores. Mujer de carácter fuerte, de corazón duro y envidiosa, dominó a su marido por completo. El rey se fue acostumbrando poco a poco a obedecer, y como consecuencia, su carácter se debilitó y dulcificó.

Como dijimos, el chico le cayó en gracia al rey, sólo de verlo, y mucho más cuando lo oyó responder con tanto despejo a sus preguntas; y ordenó que lo vistiesen bien y lo dejasen en completa libertad para andar por el palacio y sus dependencias.

El niño vivía con la servidumbre, que lo adoraba. Cuando concluía su comida, recogía todos los restos y se los llevaba a las ciegas, con las cuales conversaba un rato cada vez que entraba a la prisión, especialmente en la noche, antes de retirarse al cuarto que se le había destinado.

A medida que el niño crecía en altura, crecía también en inteligencia, de tal modo que su fama salió de los patios de la servidumbre y llegó a oídos de la reina. Ella también quiso oírlo, y al escuchar sus contestaciones tan prontas y oportunas, se propuso perderlo. Le reina era envidiosa y no tenía hijos. Se fingió enferma, hizo llamar al rey y le dijo que había soñado que no sanaría de su enfermedad sino tomando leche de leona traída por un león en odre de león, y que había de ser el niño quien la fuese a buscar.

El rey, que no hacía sino la voluntad de su mujer, aunque a disgusto ordenó al niño que cumpliera los deseos de la reina. El niño, muy afligido, fue a contarle a su madre lo que le pasaba, y ésta le dijo:

—La reina quiere perderte, pero nada te sucederá si sigues mis con-

sejos. Pide al cocinero, antes de partir, una cacerola, pan, leche y sal suficiente para sazonarla; te vas por tal y tal camino hasta que llegues a una
llanura en que verás una gran peña a orillas de un riachuelo sombreado
de árboles; haces una sopa de pan con leche y dejas la cacerola entre el
arroyo y la peña y te ocultas detrás de un árbol. Poco después llegará un
león, que después de olfatear la sopa la comerá; una vez que se la haya
tomado toda, dirá él: «¡Qué buena está esta sopa! ¿Quién la habrá
traído?». Entonces sales de tu escondite y le contestas: «Yo, señor», y el
león, agradecido te dará lo que le pidas.

Provisto de la cacerola y de las raciones de pan, leche y sal suficien-
tes, se dirigió afuera de la ciudad y siguió por el camino que su madre le
había indicado, hasta llegar a la peña. Ahí se detuvo, hizo la sopa de pan
con leche y despositó la cacerola entre el riachuelo y la peña y ocultándose detrás de un corpulento árbol, esperó. Pocos momentos después
llegaron a sus oídos los espantosos rugidos de un león, y casi enseguida
vio aparecer a la terrible fiera, que, rabiosa, rugía y escarbaba la tierra, y
abriendo las narices aspiraba el aire en todas direcciones como si buscara con el olfato el lugar en que se encontraba un ser extraño; pero
sucedió que lo primero que llegó a sus narices fue el olor suavísimo
para él de la sopa de pan con leche, y dirigiéndose al sitio en que el niño
la había dejado, se la tomó poco a poco, saboreándola con delicia.

Una vez que concluyó de comérsela, se lamió los bigotes y exclamó:

—¡Qué cosa más rica! ¿Quién la habrá dejado aquí?

Y entonces el niño, saliendo de su escondite, exclamó:

—Yo la traje, señor león.

El león lo miró un poco sorprendido y después de un rato, le preguntó:

—¿Qué quieres que te de en pago del placer que me has proporcio-
nado?

—Señor león —le contestó el niño—, lo que quiero es un poco de
leche de leona en odre de león, y que sea llevada al palacio por un león
para que se mejore la reina, que está enferma.

—Está bien —le dijo el león—, tendrás lo que pides; pero en cuanto llegues al palacio, le pegarás tres veces en la cabeza con esta varillita al leoncito que conduzca el odre y le dirás «ándate para tu casa».

Y mientras el león hablaba, apareció un leoncito con un odre sobre sus espaldas.

Púsose en marcha el niño, yendo adelante el leoncito con su carga. Cuando llegaron frente al palacio, estaba la reina en uno de los balcones, y al divisar al niño y a su compañero, casi se murió de ira.

Frente a la puerta del palacio echó el niño sobre sus hombros el odre y, recordando las instrucciones del león, dio al leoncito tres golpes con la varilla, diciéndole al mismo tiempo: «ándate para tu casa». El leoncito desapareció.

El odio de la reina para con el hijo de la ciega creció después de esta aventura y juró que lo haría morir. Hízose enferma nuevamente y le dijo al rey que había soñado que no sanaría sino viendo las torres cantando y las almenas bailando, y que debía ser el niño quien se las había de traer. El rey, temiendo la ira de la reina, ordenó al niño, a pesar del cariño que le tenía, que fuese en busca de los objetos que aquella decía necesitar.

El niño se fue llorando al calabozo y le contó a su madre lo que la reina exigía de él.

—No tengas cuidado —le dijo la ciega—. Le reina quiere que mueras; pero, si sigues mis instrucciones, nada te sucederá. Pide al hortelano que te preste un burrito y a la mujer del jardinero su guitarra. Montado en el burro, tomas tal y tal camino, y después de andar siete horas, llegarás a una ciudad encantada, en la cual no verás más ser humano que una vieja bruja. Desde que divises la ciudad tocarás la guitarra sin cesar hasta que salgas, y, y aunque la vieja te la pida, ni dejarás de tocar ni se la darás. Tú tienes bastante inteligencia para manejarte bien en lo demás que pueda sucederte.

Se abrigó el niño con un poncho, porque hacía mucho frío, y montado sobre el burro y con la guitarra colgada al cuello por medio de una correa, se dirigió a la ciudad. Cuando estuvo cerca, se puso a tocarla y le salió al encuentro una horrible vieja que le pidió se la vendiera; pero el niño, sin dejar de tañerla ni un momento, le contestó que no la vendía, pero que más allacito se la daría si le mostraba todo lo que había de interesante y curioso dentro de la ciudad.

Se pusieron en marcha, el niño toca que toca y la vieja chancleteando a su lado, hasta que llegaron a un chiquero muy elegante, en que había un chanchito muy bien cuidado.

—¿Y este chanchito, Mamita?

—Este chanchito es la vida de la actual mujer de tu padre; ¡pero dame tu guitarra, niño!

—Más adelante se la daré, Mamita.

Continuaron por la misma calle; el niño dale que dale a las cuerdas de la guitarra y la vieja sin perderle pisada. Llegaron a una plaza, en medio de la cual, entre flores de colores brillantísimos que despedían una fragancia exquisita, se elevaba una delgada columna de agua dorada.

—¿Qué es esto, Mamita? —preguntó el niño.

—Esta es el agua maravillosa que da vista a los ciegos; ¡pero dame tu guitarra, hijito!

—Más adelante se la daré, Mamita.

Un poco más allá, siguiendo la misma calle, en medio de otra, entre jardines y sobre una mesa hecha de un solo diamante, vio el niño un castillo en miniatura, de marfil, del cual salían voces argentinas de una belleza inefable que lo dejaron extático por un momento; se habría dicho que dentro había un coro de ángeles. Al mismo tiempo, de las troneras del castillo salían como disparados unos pequeños proyectiles que, una vez en el aire, se movían graciosamente como si bailasen.

El niño preguntó:

—¿Y qué son estas cosas, Mamita?

—Estas son las torres que cantan y las almenas que bailan; ¡pero dame tu guitarra, hijito!

—Dentro de poco se la daré, Mamita. No tenga cuidado.

Por fin llegaron a un lugar en que había muchas velas encendidas, unas largas, casi enteras, otras medianas y otras menores.

—Y esto ¿qué es, Mamita?

—Estas velas son la vida de los habitantes del país.

—¿Y esta vela tan alta y tan gruesa, que está adelante de todas? ¿Tal vez es la vida del rey mi padre?

—No, hijito; ésa es mi vida, que como ves, durará más, mucho más que las otras; pero dame tu...

No alcanzó a terminar la frase la bruja, porque el niño, sin dejar de tocar con la mano izquierda, con la derecha tomó un extremo del poncho y dando con él un fuerte golpe a la vela, la apagó, y la vieja cayó al mismo tiempo en el suelo muerta para siempre.

Enseguida el niño llenó un frasco del agua maravillosa, guardó en las petacas que llevaba el burro, las torres cantando y las almenas bailando, y ató el chancho con un lazo que aseguró a la enjalma, y se volvió muy alegre a la ciudad en que residía el rey su padre.

Cuando llegó a la plaza del palacio, divisó a la reina asomada al balcón, y cuando ésta vio al niño sano y salvo, de la rabia se arrancaba los cabellos.

El niño se desmontó de su cabalgadura y tomando entre sus manos al chanchito lo arrojó con fuerza al suelo matándolo immediatamente; en el momento mismo la malvada reina lanzó el último suspiro y entregó su alma al diablo.

Después de esto se fue a la prisión en que estaban las ciegas, y con el agua maravillosa volvió la vista a su madre y a sus seis compañeras de infortunio. Hecho lo cual se fue a ver al rey y le contó todo lo sucedido. El rey se sintió doblemente feliz y aliviado al oír la relación del niño, primeramente de verse libre de aquella mujer que le había hecho perder su personalidad; y segundo, de saber que aquel niño a quien tanto cariño había tomado, era su hijo.

Se casó nuevamente con la madre del niño y hubo grandes fiestas en palacio. El pueblo también se divirtió, porque el rey quiso que todos se alegrasen. Lo pasado sirvió de lección al soberano, que en adelante fue bueno con su pueblo y gobernó justicieramente. Las seis compañeras de la nueva reina se casaron cada una con un grande de la Corte y fueron muy felices.

Y aquí se acabó el cuento y se lo llevó el viento por la mar adentro.

Luis Smith / Chile

47. El rey perverso

Había una vez un rey, el cual era malvado y vil. Una mañana levantose muy molesto y decidió desechar a toda la gente vieja de su reinado. Envió pues a sus soldados para que cortasen la cabeza a todas aquellas personas que fuesen pasadas de edad. Los soldados cumplieron sus órdenes, y todos los ancianos fueron exterminados, con excepción de uno que huyó a la montaña y se refugió en la granja de su hijo. Tan pronto como llegó a oídos del rey que este anciano estaba aún con vida, mandó a los soldados a las montañas para que investigasen la veracidad de lo que se decía, y en caso de que fuera cierta la noticia, dieran muerte como a los demás. Se encaminaron los soldados a la granja del hijo, y una vez ahí, trataron por todos los medios de buscar al anciano, mas su búsqueda fue en vano, ya que éste había sido escondido por su hijo en una celda cerca de la casa. Regresaron los soldados, y expusieron al rey lo infructuoso de sus esfuerzos. Éste, encolerizado y frenético, ordenó que se le trajera al hijo que era dueño de la granja. Llegado a palacio el hijo del anciano, fue interrogado por el rey acerca del paradero de su padre, mas él negó saber algo concerniente al mismo. No creyendo el rey lo que el joven le decía, y queriendo probar si el padre vivía o no, mandó a que le buscara y trajera al Rey de las Flores, algo, por supuesto, que era imposible hacer al pobre joven. Éste regresó a su casa y le relató lo que pasaba a su esposa. Tristísimo se encontraba el joven, ya que el rey le había dicho que si no encontraba al Rey de las Flores, sería degollado. Decidió, pues, ir al escondite donde su padre estaba y relatarle lo que le había pasado. Una vez que le hizo la historia a su padre, éste le dijo que no se preocupase, ya que él sabía dónde podría encontrarlo. El joven siguió las indicaciones de su padre y encontró la flor deseada, la que llevó al rey. Quedó éste sorprendido al ver que el hijo del anciano había sido capaz de satisfacer sus deseos. El rey, con suspicacia suficiente, le declaró que aquello no había sido obra suya sino de un anciano sabio. Insistió el joven, por supuesto, en probarle la falsedad de sus ideas, mas el rey por su parte, siguió creyendo que aquel joven mentía acerca de su capacidad para encontrar lo que él había pedido. Dándole un tiempo limitado, por esta vez, el rey lo envió a que le buscara al Rey de los Pájaros, y en caso de que pasara el límite del tiempo por él dado, ordenaría su ejecución. Así fue que volvió de nuevo adonde se encontraba el padre, y le relató lo sucedido. Como la vez pasada el anciano dirigió al hijo en sus pasos, y éste fue capaz de satisfacer el capricho del rey por segunda vez, y cuando llegó al palacio con el pájaro pedido, el rey tornose furioso de nuevo, y no creyó tampoco que aquello fuera obra suya. Esta vez el rey le dijo que él quería que volviera al día siguiente al palacio, deseando que estuviera fuera y dentro de él al mismo tiempo. Esto era una difícil cuestión, pero fiándose de la vivacidad y sabiduría del anciano, su padre, fue hacia él, y expúsole los deseos del rey. Le explicó el anciano cómo podría hacerlo. A la mañana siguiente, cuando llegó a palacio, ató una soga de una de las vigas salientes del techo, por el frente, y se amarró él mismo por la cintura en su final, y comenzó a columpiarse hacia dentro y hacia afuera por la puerta principal. Al verlo el rey, se maravilló de ver al joven cumpliendo lo que le había ordenado, ya que estaba fuera y dentro del palacio al mismo tiempo. No satisfecho aún el rey, y como última prueba, le ordenó que se fuera y volviera el próximo día con su esposa y su perro. Cuando llegaron al siguiente día a palacio, el rey le dio un fuete, diciéndole que azotara al perro hasta que le dijera dónde se encontraba el anciano, mas el perro le fue fiel, como siempre. Luego el rey le ordenó al joven que pegara a su mujer. Débil ésta, como todas las de su clase, pasado un rato desde que empezaron a azotarla, declaró dónde se encontraba el anciano. Una vez que el anciano estuvo frente al rey, éste puso las manos sobre sus hombros, convencido de que era inteligente, ya que había criado a su hijo con maravillosa perfección. Sintió lo sucedido y perdonó al pobre anciano, el que regresó con hijo, nuera y perro a la granja, donde vivieron por siempre muy felices.

Florida, EE.UU.

48. La maldición de una madre

Pues señor, era una vez una madre que estaba almidonando un día y tenía muchísimo trabajo. El hijo, en un momento de descuido de la madre, fue a la tina y metió en ella sus manos sucias dañando el almidón que su mamá necesitaba para la ropa que iba a planchar más tarde. Cuando la pobre mujer se dio cuenta de lo que había pasado se disgustó mucho, y encolerizada dijo:

—¡Ojalá que el Diablo se le lleve!

Poco después de haber dicho ella estas palabras se levantó un remolino, se oscureció el cielo como si fuera a llover, se asustó la madre y empezó a temblar de miedo. Todo esto fue cosa de unos minutos, pero el caso es que cuando la madre buscó a su hijo en aquellos alrededores se encontró con que la criatura había desaparecido.

Lloró amargamente; lo llamó repetidas veces, pero todo fue inútil. El Diablo se había llevado al niño.

Un día paseando por el bosque, la madre encontró un montoncito de huesos. Volvió a su casa llevando los huesitos para darle sepultura. Y todas las noches, en la casa donde ella vivía se oye un aleteo de un pájaro enorme que grazna como pidiendo algo.

Dicen que el hijo viene especialmente en las noches de mucho viento, a pedirle perdón a su madre.

Puerto Rico

49. El ermitaño y el borracho

En un pueblo existían dos hermanos. El uno se hizo ermitaño y fue a vivir en una montaña donde el ángel bajaba con frecuencia a darle el «pan del día». El otro hermano se volvió un borracho acabado. Desde entonces ocupaba una habitación en el infierno, donde tenía una cama de fierro para dormir. Pero él no se daba cuenta de ello; estaba convencido que vivía en su propia casa. Todos los días salía con dinero suficiente en los bolsillos para ir a beber y hacer otros gastos. En el camino que seguía siempre de ida o regreso a su habitación había una imagen de la Virgen de Lourdes colgada en una urna en la entrada de una casa de familia virtuosa. Siempre que pasaba por frente a ella, solía el borracho sacarse el sombrero y saludarla diciendo:

—Virgencita, acuérdate de mí.

Cuando en su borrachera no la localizaba, averiguaba por ella a los pasajeros y regresaba a saludarla con sus palabras de siempre:

—Virgencita, acuérdate de mí.

Un día, pasando por un pueblo, oyó que lloraban en una casa de al lado. Se detuvo y averiguó sobre el caso. Entonces preguntó cuál era la viuda. Esta se hizo presente. Y el borracho, sacando el dinero en esterlinas, le dijo:

—Tome este dinero, señora, para que mantenga a sus hijos. Y no sienta, que yo le he de ayudar.

Como descubrió que ésta se encontraba encinta, en vísperas de dar a luz, añadió:

—Quiero que me dé ese niño, cuando nazca, para mi compañia.

Desde entonces, todas las veces que pasaba por ahí, dejaba dinero a la viuda. Cuando ésta dio a luz, la atendió en todo lo necesario. El niño crecía. Apenas aprendió a hablar, enseñado por su madre, empezó a decirle «Papá» al borracho hasta que el niño fue entregado a éste. El borracho lo cargó en el poncho y fue a su residencia del infierno. Mientras el padre dormía en su cama de fierro, el niño, travieso, se puso a rodearla, diciendo:

—¡Qué bonita cama!

La tocó y se quemó un dedo. Admirado, miró por debajo y descubrió cómo el fuego la incendiaba. Chilló de espanto, hizo despertar a su padre adoptivo y le dijo:

—Papá, se está incendiando la cama. Mira cómo me quemé el dedo.

El borracho, admirado, volvió en sí, cargó al niño y lo llevó a su madre, a quien le dijo:

—Cuídele a su hijo, usted, como madre. Porque yo tal vez ya no volveré.

Y se encaminó desesperado a una quebrada, donde se hincó, cogió una piedra y se puso a dar golpes en el pecho pidiendo perdón a la Virgen por todos sus pecados. En ese momento bajaron dos ángeles y lo llevaron al cielo.

Mientras tanto, su hermano, el ermitaño, había empezado a languidecerse de hambre. El ángel había dejado de bajar con alimento. A los ocho días, Dios se acordó de él y ordenó al ángel:

—Llévale este pan al ermitaño y dile que nos hemos olvidado porque estamos en fiesta ya que el borracho, su hermano, se ha salvado.

El ermitaño, al oír esto al ángel, exclamó envidioso:

—Si el hermano mío, el bandolero, se ha salvado, ¡mucho más yo!

Y ocurrió que en ese momento el ermitaño fue llevado por los demonios al infierno, a la cama que antes estuvo destinada para su hermano el bandolero.

Isabel Rivadeneira / Ecuador

50. La hija de la princesa y el hijo de la carbonera

En un lejano país, cuyo nombre no recuerdo, se elevaba a orillas de un caudaloso río un majestuoso castillo rodeado de bellísimos jardines. En ese castillo vivía una princesa, muy orgullosa y altanera, llamada María.

La princesa esperaba, de un momento a otro, la llegada al mundo de un hijo que viniese a llenar de alegría su vida y al que predecía los más altos destinos.

Cierta tarde, vagando por el jardín, se encontró con la carbonera del castillo que regresaba a la aldea después de haber dejado su carga en él. La carbonera (que también esperaba un niño) al ver a la princesa se acercó a ella y le dijo: —Señora princesa, qué bueno sería que usted tuviera una hija y yo un hijo, y que el hijo de la carbonera se casara con la hija de la princesa.

La princesa le volvió la espalda sin contestarle. Pero se fijó bien en sus palabras, y cuando algunos días después le nació una hermosísima niña, llamó a uno de sus fieles servidores y le dijo: —Quiero que vayas ahora mismo a la choza de la carbonera, y si ha tenido una niña, se la dejas; pero si ha tenido un niño, lo matas, y en prueba de que has cumplido mi mandato, me traes su lengua y su dedo pequeño.

El criado se dirigió a la choza de la carbonera y se encontró con que ésta había tenido un niño lindísimo, blanco, rubio, sonrosado, de ojos azules, que parecía un angelito. La madre, al saber a lo que venía el criado, loca de dolor trataba de defender a su hijo, pero el hombre pudo más y al fin se lo llevó. Pero al ir a matarlo le dio tanta lástima que no pudo; es mas, como sabía que la princesa lo mataría a él si se enteraba de que no había cumplido su orden, le cortó al niño el dedo pequeño, mató un perrito que pasaba por ahí y le cortó la lengua, y luego cogió una cesta llena de paja, en ella acostó al bebé y lo puso en el río para que la corriente lo llevase lejos de ahí.

Entonces se dirigió al palacio y se presentó ante la princesa. Ésta le dijo: —¿Cumpliste mi encargo?

—Sí, señora, y aquí está lo que me dijo que le trajera.

Y le enseñó el dedo del niño y la lengua del perrito. La princesa se puso muy contenta y mandó colocar a la entrada de su palacio la siguiente inscripción: «Lo que hizo Dios, lo deshice yo».

Los reyes de ese mismo país eran muy buenos y felices, pero una nube les oscurecía la felicidad: no habían tenido hijos. Así es que un día, al encontrarse el rey en el río con la cesta en que iba el hijo de la carbonera, no cabía en sí de gozo y al llevárselo a la reina le dijo: —Mira lo que me he encontrado en el río, este será nuestro hijo.

La reina se puso contentísima y le mandó a hacer al niño un dedo de oro.

El niño crecía y se hizo un príncipe arrogante y bueno. Cuando tuvo veinte años, los reyes lo llamaron y le contaron su historia. Le dijeron cómo el rey se lo había encontrado en el río, pero agregaron que ellos lo querían como si fuera su hijo y cuando ellos murieran él sería el rey.

El príncipe, aunque adoraba a los reyes, se puso a pensar lo bueno que sería conocer a sus verdaderos padres y ayudarlos si eran pobres. Así es que siempre andaba triste.

El rey, al ver al príncipe así, lo llamó y le preguntó qué le sucedía. Entonces el príncipe le dijo: —Señor, vosotros sabéis cuánto os quiero; pero yo quisiera conocer a mis verdaderos padres, esto es lo que me hace estar triste. Yo estoy seguro que si vosotros me dejáis recorrer el reino, encontraría a mis padres y los traería conmigo para que todos vivésemos felices.

Consultó el rey con la reina el deseo manifestado por el príncipe de buscar a sus padres, ésta estuvo conforme en tal deseo, y le dieron permiso para que recorriera el reino. El príncipe se puso muy contento y pidió con mucha insistencia que lo dejaran ir solo; pero la reina y el rey se opusieron y le dieron un séquito de veinte caballeros y veinte criados.

En todos los pueblos lo recibían con un entusiasmo indescriptible, pues el príncipe heredero tenía fama de ser muy bueno; pero él siempre estaba triste, porque no había podido encontrar a sus padres. Al fin, a los diez días de marcha, llegó al pueblo donde vivía la princesa y se hospedó en un hotel frente al palacio de ésta. Lo primero que le llamó la atención fue el letrero aquel que estaba a la entrada del castillo, y aunque les preguntó a varias personas qué quería decir con ello la acusadora del mismo, nadie supo contestarle.

Esa tarde estaba asomado a la ventana de su cuarto contemplando la inscripción cuando vio aparecer en un balcón del castillo una doncella bellísima. El príncipe quedó deslumbrado y al preguntar quién era aquella mujer, le dijeron: —Esa es la hija de la princesa.

El príncipe se puso contentísimo, porque la princesa lo había invitado a una fiesta que daba esa noche en honor suyo y él supuso con razón que ahí conocería a aquella joven tan bella.

Llegó la noche y el príncipe conoció a la hija de la princesa, que también se enamoró de él, pues ya dijimos que era muy bello y arrogante.

Como el príncipe era muy bueno y le gustaba conversar con la gente humilde, le preguntó al criado que lo había echado al río por qué habían puesto esa inscripción en el castillo. El criado, que ya se había dado cuenta que el príncipe era hijo de la carbonera, al verle el dedo de oro, le dijo que le contaría la historia de la inscripción si le prometía no decirle nada a la princesa. El príncipe se lo prometió y el criado le contó la historia. Entonces el príncipe se dio cuenta que él era el hijo de la carbonera y le preguntó al criado si sabía dónde vivía ésta. Al contestarle el criado afirmativamente, el príncipe le dijo: —Espérame mañana en el bosque para que me lleves a la choza de la carbonera, pero que no se entere nadie, ¿entiendes?

Al prometerle el criado no decírselo a nadie y estar al otro día muy temprano en el bosque, se separaron y el príncipe fue a reunirse con la hija de la princesa, que era tan buena como bella.

Al terminar la fiesta, el príncipe se retiró al hotel y al día siguiente, al salir el sol, ya estaba en el bosque, donde lo esperaba el criado. De ahí se dirigieron a la choza de la carbonera; ésta estaba en el patio; cuando vio llegar a aquellos dos hombres, se dirigió hacia ellos y les preguntó qué deseaban. Entonces el príncipe le dijo: —¿Os acordáis de vuestro hijo, de aquel niño que os arrebataron acabado de nacer? Pues ese hijo soy yo.

Y le contó todo lo que le había pasado desde que se separaron. La carbonera, loca de alegría, no sabía hablar, lo único que sabía hacer era besar y abrazar a aquel hijo que había considerado perdido para siempre y que de manera tan inesperada recuperaba. Al fin, pasados los primeros momentos de alegría, habló el príncipe y dijo: —No digáis a nadie todavía que soy vuestro hijo, pues quiero castigar a la princesa.

Madre e hijo se despidieron y el joven se fue al hotel. Ahí reunió a toda su gente y se dirigió al castillo de la princesa: ésta salió a recibirlo y el príncipe le dijo: —Señora, vengo a pediros la mano de vuestra hija.

La princesa accedió gustosísima, pues el sueño dorado de su vida había sido casar a su hija con un príncipe heredero para que llegase a ser reina.

—La boda será dentro de quince días —dijo el príncipe— y los padrinos serán el rey y una señora a quien yo quiero mucho.

La princesa quería que la madrina fuera la reina, pero tuvo que conformarse con la voluntad del príncipe, pues éste se mantuvo inflexible. Enseguida el príncipe se dirigió a la ciudad donde vivía el rey y se lo contó todo.

El rey se puso muy contento de que el príncipe hubiese encontrado a su madre y aprobó en todo sus planes.

Llegó el día señalado para la boda y el príncipe se dirigió con el rey y con la carbonera, que iba lujosamente vestida y con un velo por la cara, a la casa de la princesa; se celebraron las bodas y, después de la ceremonia, el príncipe le dijo a su madre:

—Señora, quitaos el velo.

La carbonera se quitó el velo y quedó frente a la princesa, que la miraba llena de asombro.

—¿No me conoces? —le preguntó la carbonera.

—Sí, os conozco, sois la carbonera.

—Sí, soy la carbonera y éste que veis aquí —señalando al príncipe— es aquel hijo que me arrebataste y que Dios salvó de la muerte, haciendo que se ablandara el corazón del criado destinado a sacrificarlo.

La princesa, al oír aquello, cayó muerta de rabia, viendo que su hija se había casado con el hijo de una carbonera. La princesa lo sintió mucho, pues era su madre, pero al fin se consoló y vivieron todos muy felices.

Cuba

51. La vaca encantada

Aprender para saber y escuchar para contar
las brevas son para comer si se las deja madurar.
Si quieres coger una pera, búscate una escalera
y si quieres un buen melón, que lo escoja un narigón.

Érase que se era una mujer llamada Dolores, que tenía dos hijos: un niño varón, de doce años, llamado Joaquín, y una niñita mujer de poco más de un año, que se llamaba Chabelita. La Dolores no tenía marido, a pesar de haber sido casada. Un día, poco antes que naciera la Chabelita, su esposo, que era muy buen mozo, trabajador y honrado, había partido para vender una vaca gorda en la feria de Chillán y desde entonces no se supo más de él. A la vaca no la vendió, pues volvió solita a la casa al día siguiente: tenía un lazo enredado en los cachos y estaba empapadita. Se pensó que, al querer atravesar el río, las aguas habrían arrastrado al animal y que el marido de la Dolores, al tirarle un lazo para tratar de salvarla, se había caído al río y se había ahogado. Se buscó su cuerpo y el de su caballo; no se pudo encontrar nada; pero, algunos días después, unos trabajadores dijeron que habían visto al hombre que creían muerto. Andaba a caballo y llevaba en ancas a una mujer que vivía solita en un rancho, cerquita del río, y a quien todo el mundo conocía por el apodo de la Condená, porque decían que estaba en relaciones amorosas con el demonio y que cada noche se oía grande algazara y cantos en su rancho.

La gente creyó, pues, que el hombre y la mujer se habían arrancado juntos, porque, precisamente desde ese mismo día, la Condená desapareció. A pesar de todo lo que se le decía, la Dolores no quiso creer que su Pancho, que así se llamaba el esposo, se le había ido, abandonando su familia por otra mujer; pero como el marido no volvió, ni se encontró rastro de él, tuvo que conformarse. Ella era de un pueblecito cerca de

Constitución y le dentró ganas de volver allá con su hijo y la guagua que acababa de nacerle. Vendió algunas tierras que tenía y los pocos animales que le quedaban; pero guardó la vaca que había vuelto a la casa, y a la cual quería mucho, porque decía que cuando el animal la miraba, le parecía que tenía mirada de gente. Además, su leche era muy abundante y muy rica y con ella criaba a la Chabelita.

Con la plata de lo que había vendido, la Dolores compró un ranchito un poco más allá de su pueblo, a poca distancia del mar. Como no tenía mucha plata, recogía mariscos que le servían para preparar la comida, y con la leche de la vaca hacía riquísimos quesos. Joaquín ayudaba a su madre y cuidaba de su hermanita a quien adoraba.

Un día que la madre había salido para ir al pueblo a comprar algunas provisiones, Joaquín quedó sólo con la guagua y pensó bañarla en el mar, como lo había hecho ya varias veces. La tomó en los brazos y entró al agua, entreteniéndose y jugando con ella, y haciéndose como si la tirara al mar, cuando, de repente, vino una ola inmensa que lo tiró boca abajo y lo envolvió. El niño no supo lo que le pasaba, se levantó medio ahogado y lanzó un grito; la guagua había desaparecido. Nadando de aquí y de allá, sumergiéndose en el agua, el pobre niño buscó a su hermanita; pero no la pudo encontrar. Loco de dolor, salió a la orilla y se dejó caer sollozando sobre la arena.

En esto, oyó una voz que le hablaba. Levantó la cabeza y vio a la vaca. Era la misma vaca que le hablaba como si fuera gente: —Eso sabía yo que había de suceder —dijo la vaca—. Lo mesmito sucedió con tu padre, al pasar el río. La mala hembra que lo perseguía era bruja, emparentada con el genio de las aguas, y fue por arte suyo que tu padre se perdió. Ahora se ha llevado a la guagua, y muy pronto te tocará a ti, si no haces lo que te voy a decir.

—¿Y qué he de hacer? —preguntó el niño, admirado de oír hablar a una vaca.

—Has de matarme y desollarme al tiro, luego que me hayas sacado el cuero lo tirarás al mar. Te pondrás encima como si fuera un bote y te agarrarás bien de la cola. Si te vieras en algún peligro arranca un pelo de mi cola, él te servirá para que te salves. No te olvides tampoco de sacarme los ojos, que te llevarás en el bolsillo, ellos son de virtud y te permitirán ver al través de las aguas, de la tierra, de las montañas o de las paredes.

Joaquín corrió al rancho, cogió un gran cuchillo bien afilado y con él mató a la vaca, que descueró; le sacó los ojos y se los puso en el bolsillo.

Apenitas el cuero fue echado al mar y el niño estuvo sentado encima, que empezó a nadar, alejándose de la orilla y metiéndose mar adentro. Como ya estaba bastante lejos, el cuero fue de repente rodeado por la mar de pescados grandes, que se pescaban de las patas de la vaca, impidiéndole que nadara y tratando de arrastrarla en el fondo del mar. Joaquín, acordándose de lo que la vaca le había dicho, arrancó un pelo de la cola, y éste, al tiro, se convirtió en un pesado remo, con el cual el muchacho dio de golpes sobre los pescados, que caían muertos en el mar. Sólo quedaba uno, el más grande. Joaquín levantó el remo y le dio un golpe tan feroz que el remo se partió y cayó al mar. Pero el pescado grande también había desaparecido.

La noche llegó muy pronto, oscura y triste, y el niño ya no veía nada y sacó un ojo de la vaca y se sirvió de él como de un anteojo para mirar si no había algún peligro. Pudo ver hasta el fondo del mar: las rocas, los pescados grandes y chicos, los monstruos marinos, buques que se habían hundido; pero no vio nada que le viniera en contra. Se guardó el ojo en el bolsillo y siguió navegando toda la noche.

Al amanecer una gran bandada de pájaros negros, más grandes que un cóndor, apareció volando sobre la cabeza del niño, y poco a poco bajaron para posarse sobre el cuero. Parecían muy pesados, y Joaquín comprendió que el cuero sería arrastrado en el fondo del mar. Ligero volvió a arrancar un pelo de la cola y éste fue transformado en una escopeta toda cargada, con la cual disparó y mató una buena porción de pájaros, que cayeron al agua, mientras que, asustados, los otros se arrancaron volando y metiendo mucha bulla. Como estaban heridos, el agua del mar, alrededor del cuero, estaba colorada por la mucha sangre que habían perdido.

El cuero siguió navegando un par de horas más, cuando el muchacho divisó a unas cosas blancas que brillaban al sol y parecían grandes piedras que flotaban. Eran trozos de hielo, que muy pronto rodearon al cuero cerrándole el camino. El niño se vio perdido y tal fue su precipitación, que casi arrancó toda la borla de pelos de la cola de la vaca. Sólo quedaron algunos. Los tiró sobre el hielo y el pelo empezó a arder. Al calor, todo el hielo se derritió y el cuero se vio libre otra vez de seguir su camino.

De vez en cuando, el muchacho se servía de los ojos de la vaca para mirar. Al fin, divisó una islita sobre la cual había un castillo rodeado de murallas tan altas como la cordillera y pensó que tal vez su hermanita estaría adentro.

Cuando el cuero llegó al pie de las murallas, Joaquín miró con su anteojo y pudo ver a través de las paredes. Vio una sala muy grande. En el medio había una columna de mármol negro, a la cual un hombre estaba amarrado por una gruesa cadena. Cerca del hombre había un brasero lleno de carbones encendidos y, arrodillada delante del brasero, una mujer que el muchacho reconoció por ser la mujer que, según decían, había enredado a su padre. De una mano sujetaba a una guagua y en la otra tenía un gran cuchillo con el cual se preparaba a degollarla. La mujer parecía hablarle al hombre que estaba amarrado y él siempre tenía la cabeza vuelta por el otro lado, como si no quisiera ver lo que la mujer iba a hacer.

Sin perder un momento, Joaquín sacó los pocos pelos que quedaban todavía a la cola de la vaca y los puso en el bolsillo. Aplicando uno contra la alta muralla del castillo tuvo una escalera tan altaza que parecía poder alcanzar hasta el mismo cielo. El niño trepó ligero y llegó a una ventana de la sala donde estaba la mujer. De un salto, cayó cerca del brasero y derribó a la mujer, arrancándole el cuchillo. Al ruido que hizo, el hombre amarrado volvió la cabeza y el muchacho reconoció a su padre, tan pálido y tan flaco, que parecía un esqueleto.

La mujer con la guagua habían rodado por el suelo. Algunos pelos de la cola, transformados en cordeles, sirvieron para amarrar a la bruja. El niño recogió a la guagua, que era su hermanita. Luego corrió a desatar a su padre, que se echó llorando a sus brazos, cubriendo de besos a sus hijos.

La bruja, bien amarrada, estaba tendida en el suelo, lanzando gritos y blasfemias. Joaquín, que había entregado a la guagua a su padre, no la perdía de vista. Notó que la mala mujer trataba, arrastrándose, de acercarse a la columna de mármol negro. Maliciando que tal vez tendría algún medio de salir por ella, sacó un ojo de la vaca y empezó a mirar la columna. Vio que ésta era hueca y que en ella había una escalera que bajaba a un subterráneo. Descubrió la puerta, que el brasero ocultaba, y la abrió. Entonces, cogiendo a la bruja, la lanzó con todas sus fuerzas escaleras abajo. Durante largo tiempo se oyó el ruido que hacía rodando. Después un grito, y nada más.

Joaquín, con su padre y la guagua, bajaron despacito la larga escalera y llegaron a un subterráneo en el cual había grandes arcones llenos de monedas de oro y piedras preciosas. El cuerpo de la bruja, hecho tortilla, estaba al pie de la escalera, ahí lo dejaron y se llenaron los bolsillos de oro, perlas y diamantes. Después, siguiendo un camino subterráneo, llegaron al pie de la alta muralla a orillas del mar, donde pensaban encontrar de nuevo al cuero y embarcarse en él. El cuero había desaparecido, en su lugar había un bonito buque, que se balanceaba sobre las aguas. Se embarcaron en él, y el buque empezó a navegar tripulado por seres invisibles. Rendidos de cansancio, el muchacho y su padre se durmieron profundamente y no despertaron hasta que el buque se detuvo en la pequeña playa que estaba enfrente del ranchito.

La Dolores estaba a orillas del mar, así que pudo presenciar la llegada del buque misterioso y el desembarco de su perdido esposo con sus queridos hijos. Se abrazaron todos, llorando de alegría.

El marido contó cómo, yendo a la feria de Chillán, la mala mujer le había pedido que la tomara en ancas para atravesar el río, y de cómo, apenitas estaban en medio del agua, ella había dicho algunas palabras. El caballo con su carga se había hundido en las aguas y había sido transportado al castillo de la isla misteriosa. Desde entonces, el hombre había pasado amarrado porque no había querido casarse con la bruja, que estaba enamorada de él.

Mientras que su padre contaba su historia, Joaquín caminaba pensativo, recorriendo la playa. De repente, vio el cuero, que las olas habían arrojado sobre la arena. Estaba cerca del montón de carne y huesos de la vaca que el muchacho había matado y que nadie había tocado. Joaquín pensó enterrarlo todo y, extendiendo bien el cuero, puso adentro los huesos y la carne. Puso también los ojos, que tenía en el bolsillo, e hizo un lío con todo. En esto se encontró todavía un pelo de la cola, que había quedado en su bolsillo. Encendió un fósforo para quemarlo; pero al arder el pelo le quemó los dedos, así que lo soltó. El pelo cayó sobre el cuero, y en un dos por tres la vaca se levantó sana y gorda como antes y se puso a caminar hacia el rancho.

Joaquín estaba como quien ve visiones. Llamó a su padre y a su madre, a quienes había contado lo de la vaca. Al verla todavía viva, comprendieron que era un milagro de la Providencia y dieron gracias al cielo por el favor que les había hecho.

Con una porción de las riquezas que habian traído del subterráneo, el padre de Joaquín compró un hermoso fundo, compró animales y todo lo necesario y se hizo rico, porque todo le fue bien. Todos vivieron felices hasta la hora de su muerte, mientras que nosotros esperamos la suerte.

> *Y el cuento se acabó,*
> *y el viento se lo llevó.*
> *Cuando lo vuelva a encontrar,*
> *se lo volveré a contar.*

Magdalena Muñoz / Chile

52. La oreja de Judas*

Ésta era una joven que se casó y tuvo un niño. Y se le murió su marido y dejó a su niño con la abuela y se fue a transitar mundo. Cuando llegó

---

* La ortografía refleja la pronunciación criolla.

a una montaña se vistió de hombre y se juntó con dos hombres que tenían un campo de cazadores. Y ai le dijieron que se podía estar trabajando con ellos. Pero no sabían que era mujer. Y un día la dejaron pa' que cuidara la comida mientras ellos iban a cazar. Y le dijieron que se cuidara porque alguien venía cuando se iban y tiraba toda la comida y no podían saber quién era. Y la joven dijo que estaba güeno, que se quedaría.

Y luego que aquellos se fueron vino una vieja y empezó a tirar la comida y la joven la vido. Y la joven fue antonces con una porra que tenía a peliar con ella. Pero la vieja salió huyendo y se metió en un abujero que había ai cerca. Se volvió antonces y se puso a esperar a sus compañeros, y cuando llegaron les dijo: —Es una vieja. Vino y empezó a comerse la comida y a tirarla por todas partes. Yo la seguí con mi porra y aquí se metió en este abujero.

—¿Cómo hacemos pa' agarrarla? —preguntaron ellos.

—Hacemos una riata de cuero y por ai entramos —dijo ella.

Conque hicieron la riata y entró primero uno de los dos hombres. Dijo que cuando le diera miedo meniaría la riata pa' que lo sacaran. Lo echaron con la riata y cuando ya iba muy adentro le dio miedo y meneó la riata y lo sacaron. Antonces metieron al segundo, y a este le pasó lo mismo que al otro. Le dio miedo cuando iba ya muy adentro y meneó la riata y lo sacaron.

—¿Qué vites ai abajo? —le preguntó la joven.

—Vide una lucecita y me dio miedo, y por eso me arrendé —dijo el hombre.

Conque antonces se metió la joven con su porra. Y la dejaron entrar hasta que llegó bien al fondo y ai vido una luz y se puso a esperar. Y luego que vido que no había nadie fue a ver qué había y vido a tres hermosas jóvenes que se asustaron al verla. Y una le preguntó: —¿Qué anda haciendo usté por aquí? ¿No sabe usté que estamos en un encanto? Nos tiene Judas, y una vieja nos está cuidando.

—No tengan ustedes miedo —les dijo la joven.

—Yo las sacaré a ustedes de aquí aunque me cueste la vida.

—¿Cómo, señor? Judas nos ha robao de nuestro padre, el rey de esta ciudá. Pero la joven les dijo que no tuvieran miedo, que ella las sacaría.

Se fueron antonces a la puerta del abujero y una por una sacó a las tres príncipas del abujero con la riata que tiraban pa' arriba los de afuera. Y ya con esa dijieron que ellos se iban a casar con las príncipas y dejaron a la joven en el abujero. Ai se sentó muy triste cuando vido que ya no la iban a sacar, cuando de repente va saliendo la vieja y le dice: —¿Qué estás haciendo aquí, ladrona? Tú te has robao a mis príncipas. Orita vendrá Judas y te comerá.

—¿Qué me estás hablando? —le dijo la joven.

Y levantando su porra mató a la vieja enseguida. Pero cuando mató a la vieja llega Judas bramando, y gritaba: —¡A carne humana me güele aquí, y si no me la das te comeré a ti! Te has llevao a las príncipas que yo tenía ganadas con mi poder.

Y agarró la joven su porra y le tiró el primer golpe. Judas se capió y le cortó una oreja. Y antonces Judas se le fue encima. Y la joven traiba un rosario y se lo puso a Judas en el pescuezo y se pegó abierto en el suelo: —¡Suéltame pronto! —gritaba Judas.

—Si yo no te tengo agarrao —le dijo la joven.

—Pero yo te suelto si me prometes sacarme de este encanto.

—Te prometo sacarte si me sueltas y me devuelves mi oreja —dijo Judas.

—Güeno —dijo la joven.

—Palabra de rey —dijo Judas.

—Y antonces le dijo a la joven que se subiera en sus hombros. La subió arriba y antonces Judas dijo: —Güeno, ya estás arriba, ora dame mi oreja.

—Sí, —le dijo la joven—. Te la voy a dar; pero a condición de que me vengas a ayudar siempre que te necesite.

Judas le prometió ayudarle siempre, y antonces la joven le dijo que cuando terminara todos sus negocios le devolvería su oreja.

Se despidió antonces de Judas y se fue pa' la ciudá. Y ai en la ciudá estaba su hijo, pero no sabía él dónde estaba su mamá. Y ai en la ciudá halló a los dos compañeros casados ya con las dos príncipas mayores y la menor estaba esperando al que las había sacao del encanto, creyendo que era hombre. Y llegó y pidió licencia pa' hablar con el rey. Y los guardias no lo dejaban entrar. Y ai por una ventana lo vido la príncipa menor y salió y le dijo al rey que lo dejaran entrar, que era su marido. El rey dijo que estaba güeno y entró. Y cuando entró, le dijo el rey: —¡Holas! ¡Holas! Ya apareció el marido de mi hija.

Y como la joven estaba vestida de hombre creían que era hombre.

El rey le dijo: —Tú sacates a las príncipas del encanto. Ora te puedes casar con la príncipa menor.

Y llamaron a los dos hombres que ya se habían casao y ellos dijieron que era verdá, que aquél era el que las había sacao del encanto. Pero la joven dijo: —Señor rey, yo tengo un hijo de las venas de mi corazón y ése puede casarse con su hija.

—¡Holas! ¡Holas! —dijo el rey—. Un hombre tan valiente como tú se rehusa a casarse con mi hija. ¿Qué tienes tú? Tú te la mereces y es tuya.

—Señor rey, yo no puedo casarme con una mujer —dijo la joven.

—¿Por qué? —dijo el rey.

—Porque soy mujer.

—¡Holas! ¡Holas! —dijo el rey—. Pero me extraña que esa porra que traes ai la pueda levantar una mujer.

—Pues soy mujer —dijo la joven.

—Si no dices la verdá, penas de la vida —le dijo antonces el rey—. Y convengo en que mi hija se case con tu hijo, y yo mismo lo coronaré de rey.

Conque antonces mandaron por el hijo de la joven y a la príncipa le gustó y se casaron enseguida. Y antonces el rey llamó a la joven y le dijo: —¿Será güeno matar a estos traidores que están casaos con mis hijas mayores y que te dejaron en la cueva? Palabra de rey que haré lo que tú digas.

—No —dijo la mujer.

—Es verdá que fueron muy malos conmigo, pero ya están casaos con las príncipas y es mejor que vivan ellas felices porque no tienen la culpa.

Y el rey dijo que estaba güeno, y le dijo que cuando hubiera guerra la iba a nombrar capitana de todos sus ejércitos.

> *Y está para bien saber*
> *que si fuera verdá,*
> *allá va;*
> *y si fuera mentira,*
> *ya está urdida.*

Sixto Chávez / Nuevo México, EE.UU.

53. Un bien con un mal se paga

Esto era un hombre que tenía una mujer y un hijo. Un día que iba con éste por el campo, vieron una culebra que trataba de abrirse camino por entre la hendidura, pero se lo impedía una gruesa rama. Cuando el hijo fue a separarla, para que saliera, el padre se lo quiso impedir, diciéndole:

—¡No hagas tal cosa! ¡Mira que la culebra es mala vecina y, con sólo una picada, si se ve libre, nos pondrá fuera de combate!

El hijo, sin atender a sus advertencias, libró al animal que salió disparado a picarle.

—¡Pero, comadre culebra! —le gritó el hombre— ¿Quieres morder al que te ha salvado?

—¿No sabes que yo pago —le respondió— como tantos otros, el bien con el mal?

La culebra insistió en morderles; y retirándose de ella con precaución, fueron padre e hijo a consultar a un burro que por ahí pasaba:

—Comadre culebra —respondió el burro—, píquelos bien, que un bien con un mal se paga; como me ha sucedido a mí que, después de trabajar siempre, mi amo me botó, al llegar a viejo, porque no me quiere mantener.

Iba a picar la culebra al joven cuando divisó el padre al compadre caballo que pasaba casualmente. Lo llamó y le rogó le sirviera de juez en la contienda, a lo que contestó el caballo como lo hizo el burro y más adelante lo mismo con un perro.

Ya la culebra se disponía a picar al muchacho, cuando el padre, que no se resignaba a su sacrificio, apeló a la zorra, convenciéndola de la necesidad de que fuera juez en este caso:

—Comadre zorra —le dijo en voz baja—, si me salva al niño, le regalaré un par de gallinas gordas y sanas que allá en mi rancho tengo.

La zorra se entusiasmó con el negocio y le manifestó debía despreocuparse, porque todo quedaría a pedir de boca.

La zorra, con su conocida habilidad, le habló a la culebra, la que se separó de ellos paso a paso.

—Bueno comadre —le dijo el hombre—, vamos a la casa a cumplir lo prometido.

—Si no es por mi comadre la zorra —le dijo a su mujer, en cuanto llegó—, no estaríamos vivos —contándole todo lo que pasó con la culebra y los varios animales que se habían prestado a hacer de jueces—. Le he prometido un par de gallinas de las más gordas, y está esperando allá en el mogote, que se las entregue.

La mujer se puso furiosa, porque sabía las tretas de este animal; pero en vista del compromiso, se le ocurrió fingir que se conformaba. Cogió una talega y en ella metió un perro bravo que tenía, y se la entregó, bien amarrada, a su marido el que, a su vez, se lo dio a la zorra.

Cuando la zorra entreabrió el bulto, en vez de gallinas, le saltó el perro bravo, que la dejó no muy bien parada, por lo que no le quedó sino el recurso de irse a paso largo, lamentándose durante la carrera:

—¡Bien me decían que un bien con un mal se paga!

Venezuela

54. La hija del pescador

Era un hombre que se había casado con una pobre también. Y todos los días iba a pescar. Y venía con suficiente pescado. Y los vendía y con eso tenían el diario. Se mantenían con los pescados que cogía el marido diariamente.

Un día se fue a pescar y se aburrió de tirar la atarraya y no cogió nada. Ni un solo pez. Y pasó por un pozo y oía una voz que decía: —Si me traes la prenda que te sale en el camino a la casa, a saludarte y a celebrarte, te daré todo el pescado que quieres.

El hombre pensó: *¿Será mi cachorra que tengo en la casa? Ella viene siempre a saludarme y a brincarme cuando llego de la pesca.*

Tres veces le habló la voz y a la tercera vez dijo que sí. —Bueno, se la traigo; ¿pero adónde se la traigo?

—Aquí —dijo la voz.

Entonces el hombre tiró la atarraya y sacó una carga de pescado. Se fue para la casa y se fue él contento.

Cuando iba a llegar a la casa sale corriendo la hijita: —Ya vienes papá —y le abrazó.

Entonces el hombre se dio cuenta. Dijo: —¡Ay! Si tú supieras qué me ha pasado, no me abrazarais.

Entró a la casa y dijo la mujer: —Por qué estás lloroso?

—¡Si tú supieras, no me lo preguntarías!

La mujer se puso a componer los pescados pero él no tenía ganas de hablar. Cuando estaba la comida, dijo: —No tengo apetito.

—¿Y por qué no? —preguntó la mujer.

—Si tú supieras, no me lo preguntarías —contestó.

—¿Qué te pasa? ¡Cuéntame! —dijo la mujer.

El hombre estaba llorando. Entonces le contó: —Mira, me está pasando eso; que yo venía vacío y me habló una voz que si yo le entregaba la prenda que me saliera a saludar y a celebrar, me daría pescado. Y me salió la hijita nuestra.

La mujer le dijo: —Tú hiciste el compromiso. Hágase la voluntad de Dios.

Tenía el hombre tres días de plazo. Arreglaron la niña y el tercer día se la llevó y habló en el pozo: —Aquí está la prenda que me exigió.

Entonces dijo la voz: —Llévela a lo largo del río y allá hay una casa. Ahí la pones.

Encontró la casa y entró. Había sillas y mesas; una casa muy bien arreglada. Dijo el hombre: —Hija, tú te quedas aquí. Yo vuelvo.

Ella estaba muy contenta y dijo que sí. Cerró la puerta y se fue para su casa. Llegó la noche.

A la hora de hacer luz, le hacían y le ponían comida y le colgaron la hamaca. Pero no se veía alma. Después que se acostaba le apagaban la luz. Así nada más.

Cuando se levantó por la mañanita, ya todo estaba servido. Veía todo en la mesa, sin ver alma viviente. Entonces, de noche, después de que se apagó la luz, la voz de un hombre la llamó: —Venga a matarme una caspita que tengo aquí.

Entonces ella se levantó y lo encontró y se puso a manosearle la cabeza. Al rato dijo: —Vaya pues; acuéstate a dormir.

Se iba. Entonces ella ya estaba muchacha.

Ahí en aquella casa estaba tranquila. Una noche fue el hombre y la llamó para que le buscara la caspita. Ella estuvo sobándole la cabeza pero entonces le tocó por más abajo y sentía una cosa extraña, como lana. En la obscuridad no podía ver qué era.

Una noche le dijo el hombre: —Mañana vas a ver a tu familia; a tu papá principalmente. Amanecerá un caballo en la puerta. Pero cuidado te dejas poner la mano.

Ella dijo que bien, que ella no se dejaba tentar.

—Busque algún dinero aquí y lléveselo a su papá —dijo el hombre.

Ella lo buscó. Por la mañana se fue.

La madre se le tiró abrazándola, pero la muchacha se retiró y dijo que no la tocaran.

—Bájate del caballo —decían.

Pero ella dijo: —No puedo, que ya me voy.

Los padres quedaron admirados de verla, porque ya era señorita. Ella entregó el dinero y regresó.

Cuando llegó no supo quién cogió el caballo y quién lo desensilló. Llegó la noche. Cuando se apagó la luz, llegó el hombre. Se fue a sobarle la cabeza.

—¿Y qué tal hiciste de lo que te pedí que hicieras? —preguntó.

Ella le dijo: —No me dejé tentar.

—Bueno, el domingo vas a volver y vas a hacer lo mismo —dijo él.

Volvió. Lo hizo perfectamente. Y el hombre contento con ella. A la tercera vez fue de otra manera. Ella estaba sobándole la cabeza, cuando le puso la mano por el cuerpo y sintió una cosa como escamas. *Eso es un encanto,* pensó ella.

Entonces el hombre dijo: —Mañana te vas otra vez para tu casa pero cuidado que no traigas nada de tu casa.

La muchacha dijo que sí.

Al otro día se fue para su casa. Esta vez se bajó y entró y se dejó abrazar por su papá y por su mamá. Ahí comió y fumó y bebió. Ya iba por el camino. Ella dijo a su madre: —Mamá, allá va un hombre todas las noches y manda a matarle la caspita que tiene en la cabeza pero tiene una cosa rara. Bueno sería llevar una cajita de fósforos y una vela.

Así lo hizo. Se los metió al bolsillo y se fue.

Cuando la llamaron, lo sintió dormido porque el hombre se dormía del gustico de sobarle la cabeza. Entonces ella pensó: *Ahora voy a ver.* Rastrilló un fósforo y vio que era mitad pescado y de la cintura para arriba un hombre. Se despertó y dijo: —Vea, pícara: ya te cogí. No te dije que no trajeras nada de tu casa y tú trajiste los fósforos.

Y ella asustada.

—Bueno —dijo el hombre—; ahora con tan buen tiempo que habéis tenido aquí, te vas a pasar trabajos ahora. Mañana te pondrás el vestido que encuentres en la mesa y el sombrero y el machete y las abarcas.

Por la mañana la muchacha encontró la ropa. Dijo el hombre: —Ahora te pones esta ropa y tienes que ir donde el rey a buscar trabajo, por haber sido desobediente.

La muchacha se puso el vestido del hombre, se puso el sombrero y salió de la casa.

—El camino va por ahí, a mano derecha —dijo el hombre.

Llegó donde estaba el rey, un joven. Lo saludó. Y le contestó el rey muy cariñosamente. —¿Para dónde vas, joven?

—Ando buscando trabajo y vine donde usted para ver si me tiene trabajo.

—Con mucho gusto —dijo el rey.

Pero notó que no era un hombre y que todo era de mujer. Ya le dieron un cuarto.

El día siguiente le pidió el trabajo.

—Mira —dijo el rey—, yo necesito un trabajo fuerte, que para ti es muy fuerte porque tendrás que caminar mucho. Necesito una hebra del cabello de la madre de todos los animales del mundo.

Salió sin saber qué camino tomar. Cuando ya había caminado mucho, encontró una mujercita vieja. Ella venía y ella iba.

—¿Para dónde vas, joven? —preguntó la viejita.

—Voy a buscar una hebra de cabello de la madre de todos los animales del mundo —dijo la muchacha.

—No te afanes —dijo la vieja—, mientras que lleves agua y comida y me des algo, que traigo sed y mi niño también.

La muchacha le dio agua y al niño también. Y la comida para ambos. Partió de todo. A la despedida dijo la vieja: —Vaya a tal montaña que ahí está la madre de todos los animales. Si está la sábana cubierta de cabellos, llegue sin temor ninguno y le jala con cuidado una hebra de pelo. Pero si está recogido en el medio y la sábana está clara, no llegues. Está despierta.

Llegó y estaba la sábana cubierta de cabello. Vino ella y apartó los pelos para coger una hebra y lo jaló. Comenzó a envolverla y hizo una pelota. Se fue.

Llegó donde el rey y le entregó el encargo. Entonces se alegró mucho el rey y comenzó a desenvolver la hebra. Hizo un montón; casi no tenía fin. Era larguísima aquella hebra.

Entonces dijo el rey: —Este joven sí me trabaja bien; ¿cuánto vale este trabajo?

Ella dijo que eso era parte de él. Entonces le dio miles de pesos, un poco de dinero. Dijo: —Ya puedes ir a trabajar a otra parte.

Se fue la muchacha, cargando el dinero.

Se volvió a encontrar con otra mujer, siendo la misma, y le dijo que ella andaba perdida y que ella iba buscando el camino de su casa.

Le dijo la viejita: —No te dé miedo; tome esta varita y llévesela adelante y cuando no encuentres el camino, diga: «Varita, varita, por la virtud que tú tienes y por la que Dios te ha dado, muéstrame el camino a mi casa». Ella te va a dirigir.

Así fue; se enderezaba la varita y la muchacha cogió el camino hasta que llegó a la casa. La madre estaba contenta y su padre también, pero iba vestida de hombre. La conocían por la cara. Entonces dijo la madre: —Pero es un hombre.

Entonces ella se quitó el vestido y se puso el de ella. Era la hija. Y quedó en su casa. Con el dinero que llevó tuvieron para ponerse ricos. Eran riquísimos. Ya eran de tienda y de todo cuanto había.

Colombia

SEXTA SECCIÓN

55. En el principio

¡**P**iénsenlo bien, amigos!

Hubo una vez cuando no se veía nada; sólo había agua.

Al fin, Dios habló: —El agua se debe secar. Deja que el mundo crezca.

Y creció, pero no había ningunas montañas.

Otra vez Dios habló: —Mañana es un día laboral: el lunes. Vamos a comenzar con nuestra labor. Construiremos montañas para que las plantas crezcan.

Y así fue.

El segundo día, martes, ¡hubo más que hacer! Dios hizo los canales por donde correría el agua; por los ríos y los arroyos.

El tercer día, miércoles, Dios formó las nubes: —Que los ríos se llenen de agua, y que nazcan las plantas.

El cuarto día, jueves, Dios hizo los peces. En ese momento el agua tuvo animales, y estaba limpia.

El viernes, el quinto día, Dios hizo las laderas de las montañas.

El sábado, el sexto día, Él hizo todos los animales del mundo, y el hombre.

El séptimo día, el domingo, Dios habló: —Nuestra obra ya acabó. Vamos a hacer una misa. Vamos a la iglesia a rezar para que nuestra labor dure por los muchos miles de años que aún están por pasar en esta tierra. Y así harán nuestros hijos, quienes el día de mañana, harán lo que estamos haciendo ahora.

Así terminó la obra de Dios.

Melchor García / México (mazateco)

56. Cómo se hicieron las primeras personas

El Dios verdadero recogió una onza de tierra, y la empezó a trabajar.

—¿Qué haces? —preguntó la hermana de Dios.

Dios le contestó: —Algo de lo cual puede ser que tú no sepas más que yo.

Hizo una imagen en la forma de un hombre y dejó que se secara. La bendijo con la señal de la cruz, y así hizo que la forma se convirtiera en un hombre.

—¿Qué hacías? —preguntó Dios.

—El hombre contestó: —Estaba durmiendo.

Dios le dio una piqueta y una pala, lo llevó a un manantial y le dijo que abriera un hueco. El hombre abrió el hueco, y el agua empezó a salir hacia un jardín que Dios había hecho. En pocos días empezaron a salir frutas en los árboles del jardín.

Entonces Dios hizo una hoguera. Hizo imágenes de bueyes de barro y las metió en la hoguera. Cuando las sacó, se volvieron animales vivos. Dios le dijo a San Lucas: —Tú vas a ser el patrón de los animales, para que así abunden.

San Lucas dijo: —Si quieres que abunden, tendrás que hacer una vaca.

Dios estuvo de acuerdo, y le dio todos los animales a San Lucas. Y por eso San Lucas es el patrón de los animales. Y en poco tiempo abundaron los animales.

El hombre empezó a cultivar sus tierras. San Javier salía al campo para llevarle un desayuno de tortillas, pero un día, el hombre no quiso comer. Dios les preguntó a San Lucas y a San Javier por qué el hombre no quería comer.

San Javier dijo que el hombre no quería comer porque deseaba tener una mujer.

Dios dijo: —Le daré una mujer, pero hoy no le voy a mandar nada de comer.

San Miguel fue a ver al hombre y le dijo que Dios consintió en darle una mujer, pero que no le iba a mandar nada de comer ese día. El hombre le dijo que estaba bien. El hombre se durmió en su campo, y mientras dormía, Dios se le acercó, le abrió el costado izquierdo, le sacó una costilla y se la colocó al lado. Y cuando despertó, el hombre estaba abrazando a la mujer con un brazo.

Ahora, cuando uno muere, ahí está San Miguel con una pesa. Los difuntos que pesan una onza van al cielo, y los muertos que pesan más, van al infierno.

Miguel Méndez / México (zapoteca)

57. La costilla de Adán

Dios dijo: —Tú eres el primer hombre. Como yo estoy muy ocupado, tú me vas a cuidar el jardín que he sembrado.

—Muy bien —dijo el hombre.

Pero después de unos días, le dijo a Dios: —Pues, yo no puedo cocinar, porque me paso todo el tiempo trabajando en el jardín. Yo quisiera cocinar para prepararme la comida.

—Se puede hacer —dijo Dios—. El viernes próximo dale siete golpecitos a tu costilla, y aparecerá alguien que te cocine.

El hombre regresó, hizo como le dijeron que hiciera, pero no apareció nadie que le cocinara. El hombre estaba muy triste. Entonces Dios se le apareció, y le dijo: —Dale golpecitos otra vez a tu costilla.

El hombre empezó a golpearse las costillas.

Y Dios le dijo: —Ahora verás salir a una mujer. Ella será tu esposa.

—¡Pero si yo sólo quería alguien que me cocinara! —contestó el hombre.

Leandro Pérez / México (popoluca)

58. Adán y Eva y sus hijos

Dios hizo el sol, la luna y las estrellas, y el mundo. Hizo al hombre y lo llamó Adán. Pero Adán no estaba satisfecho y Dios hizo a Eva de una de sus costillas. Entonces puso a Adán y Eva en el jardín. Les dijo que no comieran de la fruta de un árbol específico. La serpiente tentó a Eva y por eso comieron de esta fruta. Dios le dijo a Adán que ahora tenían que trabajar y que iban a morir. Y le dijo a Eva que iba a tener que pasar por los dolores de parto.

Y Eva tuvo veinticuatro hijos. Cuando crecieron, Dios le dijo a Eva que los llevara a bautizar, pero Eva sólo bautizó a doce de ellos. Eva sintió vergüenza, y por eso escondió a los otros doce en una cueva. Por eso Dios sólo bautizó a doce de sus hijos.

De los doce que fueron bautizados vinieron todos los blancos, y de los doce que Eva escondió en la cueva y que no fueron bautizados vinieron los indios. Cuando Dios se enteró de que Eva los había escondido en una cueva, los puso en Monte Blanco en el Colorado. De ahí, los indios salieron y fueron a diferentes pueblos. Algunos fueron a Taos, y otros fueron a Isleta, algunos a Sandía, y otros a San Juan, y otros fueron a Santa Clara y Laguna, y a los otros pueblos.

Nuevo México, EE.UU. (isleta)

59. La carta de Dios a Noé

Había un hombre que se llamaba Noé, y la gente lo respetaba mucho. Como Noé era católico, siempre iba a misa. No se olvidaba de Dios, ni tampoco Dios se olvidaba de él.

Dios le mandó una carta a Noé. Un ángel bajó del cielo y se la dio a las siete de la noche. La carta decía que si la gente no iba a misa, Dios iba a acabar con el mundo. La gente era maleducada y grosera. Le tocaba a Noé convocar una reunión para que todos supieran que si no iban a misa, que Dios iba a acabar con el mundo.

El domingo por la mañana, Noé fue con su carta a ver al oficial del pueblo, que estaba ocupado escribiendo. Todos se reunieron para escuchar lo que Noé tenía que decir y oír lo que decía la carta. El oficial leyó de la carta que Noé trajo consigo: —Dios dice que deben ir a misa y que deben rezar el rosario. Si no hacen lo que dice, Santísimo Dios va acabar con el mundo.

Se burlaron de él: —¡Noé está loco!

No creían que Dios había mandado la carta: —Noé mandó la carta. Está loco. Vamos a matarlo.

Noé dijo: —Ya me voy, y le voy a explicar a Dios que ustedes no creen lo que dice.

Esa noche, a las siete, el ángel regresó. Era el ángel Gabriel, y le preguntó: —¿Qué dice la gente del pueblo?

—Me van a matar porque estoy loco. No creen en lo que dice la carta.

—Está bien. Ve a verlos otra vez. Si persisten en no creer, Dios acabará con el mundo la semana que viene.

Agustín Santiago / México (zapoteco)

60. Dios elige a Noé*

Pasó un viejito preguntando: —¿Qué cosa haces, qué estás sembrando, hijo?

Le contestó: —Estoy sembrando un poco piedra.

Adelante siguió; cuando ya amaneció, había bastante piedra en la milpa.

Quedó arrepentido el viejo. Creyó: *El Santo pasó.*

Adelante siguió el Tata. Encontró otro viejo sembrando. Preguntó: —¿Qué siembras, hijo?

—Yo siembro un poco de carajo. Cuando amaneció, había carajotes.

Quedó arrepentido el viejo. Creía: *Santos pasó.*

Adelante siguió el Tata, encontró otro viejo sembrando. Preguntó: —¿Que siembras, hijo?

—Yo siembro un poco de maíz y un poco de frijol.

Dijo el milpero:

—¿Si no llevas gusto tomar caldo?

Dijo Santo Viejo: —Sí, hijo, yo bebo.

Le dieron un plato de caldo.

Dijo Dios Santo: —¿Si no me dan en tu casa para descansarme en la noche?

Dijeron: —Sí, con mucho gusto.

Dijo: —No me tengas asco, hijo, vengo grano mucho.

—¡No tengas cuidado, Papá! Yo voy a cuidarte. Yo te voy a curar aquí.

—Me has hecho el favor, ya estoy bueno, sano.

Dijo Dios: —Me voy, hijo. Ahí te quedas, hijo. Elote está tu milpita y está tu frijolito, y tres días está sembrado ya.

—No lo creo.

—¡Vete a verlo!

—Tú tienes tu elote nuevo y tu frijol.

Cuando volvió el viejo, ya no estaba ahí Dios Viejo. Acababa de salir.

* La ortografía refleja la pronunciación criolla.

—¡Sacude la cama!

Cuando vieron un emvuelto, dijo: —¡Ande alcanzar al Ancianito bueno! Aquí dejó su dinero.

Ya fueron a alcanzarlo.

Contestó Dios: —Hijos e hijas, yo lo dejo para ustedes que compren para alguna cosa.

Da gracias Dios.

Mañana pido un favor: —Me está persiguiendo diablo. Dígale al satanás, dos años o tres he pasado. Hoy tres días pasé.

—Apenas estoy sembrando, ya nay maíz.

Dijo: —¿Por dónde se fue? ¿En que camino se fue?

Contestaron: —En este camino.

Estaba diciendo el milpero: —Vamos a trabajar en nuestra milpa. Va día, viene día.

Atanasio de Dios / México (mixe)

61. El diluvio

El Viejito dejó uno en tierra, dijo:

—Mi hijo, no hoy podemos trabajar. Todo el mundo va perderse, va volverse agua la tierra.

Dijo: —¡Siembra una semilla de palo cedro, mañana busca un carpintero que haga una gran canoa con su tapa! ¡Entra con toda tu familia y te tapas!

En una noche creció luego-luego el cedro, sopla el viento, suenan las hojitas del palo. Hizo el carpintero una gran canoa.

Lluvia vino en medianoche. Vino lluvia noche; con agua se llenó tierra, con agua.

En mitad del agua subió canoa hasta el cielo.

Se perdió tierra y mundo. Tierra volvió agua.

Se bajó el agua, se secó el mundo.

Había nueva gente.

Dejó otra nueva gente el Viejito.

Salió de la canoa, agarró pescado, comió pescado, los mató.

El Viejito había mandado que no haga lumbre.

El Viejito olió lumbre en el alto, bajó a verlo quién hace lumbre.

Preguntó: —¿Dónde huele lumbre?

Vino el Viejito, dijo:

—¿Quién te dio orden para agarrar pescado?

El Viejito dijo: —Que no hagas lumbre. Y tú hicistes lumbre; a ti yo mandé no hagas lumbre, Tú, tú, cabeza dura. Tú quedas testigo para la nueva gente.

El Viejito pegó en la frente del dueño de la canoa.

—Porque no obedecistes. Hoy te voy a voltear en chango.

Serapia Ricarda / México (mixe)

62. Un sueño profético

Hubo una mujer que sembraba muchas flores de todos tipos. Mucha gente iba a verla para que les diera de sus flores para adornar sus casas.

Un día llegó una niñita que quería una gardenia. Bueno, la mujer enseguida fue a dársela. Pero en la mata de gardenia había una flor en la forma de un dedo, y por debajo de la uña salían palabras.

—No me toques —dijo la flor.

¡Cómo corrió la mujer!

Pronto después llegó otra persona que también quería una flor. Bueno, esta vez encontró una cara en la mata. Y también esa cara le dijo que no se acercara. Y otra vez, la mujer… ¡ni se imaginen cómo se quedó! Bueno, ella le dijo a todo el mundo que no iba a cortar esa flor, ya que lo que se veía ahí era una persona. Pero regresó una tercera vez, y esta vez pudo incluso verle el pecho.

Ese mismo día tuvo un sueño. Soñó que la persona que iba a nacer se llamaría «Dios Todopoderoso». Por lo tanto, le dijo a su marido: —Escúchame, tuve un sueño cuando estaba dormida, y soñé que Dios venía a la Tierra.

Su marido se molestó mucho: —¿Ah, entonces es Dios quien viene? ¿Tú crees eso? ¿Qué si me estás engañando? ¿Qué si será tu amante el que viene?

—Escúchame. ¿Qué si lo que te digo es verdad? ¿Qué si es verdad que es Dios? Entonces tú estarías diciendo maldades —dijo su mujer.

Una cuarta persona se apareció para pedir una flor. La mujer regresó a la mata, pero se había muerto, y no había nada dentro de ella. Ya Dios está entre su gente, los ángeles, contándoles lo que le iba a pasar al mundo.

Melchor García / México (mazateco)

63. La lila blanca

Mi abuela me contó este cuento, ¿cómo era? La Virgencita Madre era una entre tres hermanas. De las tres hermanas una era casamentera, una era beata y la otra era mundanera. La Virgen Madre estaba a punto de casarse; le presentaron a muchos pretendientes para que se casara, pero nadie quería casarse con ella. Entonces se dijeron: —¿Quién falta? ¿Quién falta?

Nadia quería casarse con la Virgen Madre. Luego dijeron: —Falta José —y fueron a buscar a José.

Cuando le trajeron, cuando él llegó, tiró una flor de azucena sobre el pecho de la Virgen y se fue corriendo. Luego volvió y se casó con ella.

Cuando ya habían estado casados por algún tiempo, un día la abrazó. Al hacer así sintió que una guagua se movía en el vientre de la Virgen Madre. Al moverse la guagua, dijo: —Ese no es mi hijo, no es mi hija ¿De quién es el niño que vas a tener? No es mío —dijo San José, negando.

Al negarlo, se fue cargando todas sus herramientas en el burrito. Arreando el burro se fue despidiéndose de la Virgen Madrecita.

Ecuador (quichua)

64. La noche en el establo

Como ya sabemos, Jesucristo nació una noche en Jerusalén. Sus padres eran San José y la Virgen María. Eran comerciantes y viajaban juntos. Iban de casa en casa pidiéndole posada a la gente rica, pero la gente no los dejaba entrar porque suponían que José y María eran ladrones.

Al fin llegaron a la casa de un hombre rico que les permitió quedarse con él, pero tenían que pasar la noche en el establo donde se albergaban las ovejas, las vacas y otros animales, junto a sus pastores. Y para allá fueron.

A eso de las tres de la madrugada, o un poquito más tarde, cuando salió el lucero del alba, María dio a luz un niño que tenía estrellas en las palmas de sus manos y en la frente. El niño iluminó el mundo.

Todos los pastores fueron a ver al niño, y el amo de la casa también lo fue a ver.

Esa noche nevó mucho, y el niño tenía frío que se puso tieso como un muerto. Los pastores se fueron a cuidar sus animales, pero las ovejas y las vacas respiraron sobre el cuerpecito del niño y lo calentaron. El niño revivió. Entonces Jesucristo le dio su bendición a esos animales. Pero cuando los caballos y las mulas se le acercaron para verlo, no creyeron que Él era Dios. En lugar de respirarle encima para calentarlo, se tiraron pedos. Dios se molestó con los caballos y las mulas y dijo que jamás serían animales favorecidos, y que jamás serían comidos por los seres humanos, y que de ese momento en adelante, iban a tener que servir como animales de carga.

Tomás Ventura Calel / Guatemala (quiché)

65. Cuando amaneció

I. ¿POR QUÉ AMANECIÓ?

Cuando Jesucristo nació, todo estaba oscuro en el establo, pero muchos fueron a verlo.

Estaba muy, pero que muy oscuro. ¿Y por qué amaneció? Por que Él apareció. Estaba amaneciendo. Él apareció. Estaba amaneciendo. Se veía hermoso; brillaba mientras aparecía. Pero apareció allá abajo, y como dicen, aquí es donde está. Asá llegó, ascendiendo. Todos lo vieron. Muchos se juntaron, y después todos lo vieron. Antes de que amaneciera había amanecido. Amaneció hasta que amaneció por completo.

México (náhuatl)

II. AQUEL FUE EL DÍA MÁS IMPORTANTE

Ya nació Nuestro Señor.

El próximo día, vieron al hombre que no quiso ofrecerles su casa, llorando: —Ay, yo suponía que había sido un mendigo que pasó la noche aquí —dijo el siguiente día por la mañana.

Ahora se dieron cuenta que era Nuestro Señor. Con los curas y los obispos fueron a verlo, y para verlos disfrutar una fiesta maravillosa en el día más importante, el día de la Navidad. Por eso lo llaman el día de

Navidad. O sea, cuando amaneció, festejaron. El Niño Jesús ya había nacido cuando amaneció. Pero no era un ser humano, era Nuestro Señor.

Cuando lo vieron, tuvieron una fiesta maravillosa al amanecer. Hubo música y de todo. ¡Si, cómo no! Por eso aquel fue el día más importante, el día de la Navidad. Y desde entonces, siempre ha sido igual, tal como lo es hoy en día.

Manuel K'obyox / México (tzotzil)

66. Los Tres Reyes

Cuando Jesucristo nació, tres reyes vinieron a verlo y adorarlo. Uno era americano, el otro era mexicano y el último era un indio.

Cuando llegaron, los tres se arrodillaron y adoraron al Niño Jesús. Cado uno le dio un regalo. El rey americano le dio dinero. El rey mexicano le dio unos pañales a Jesucristo. Y el rey indígena, como era muy pobre y no tenía nada que darle, bailó frente a Jesucristo.

Entonces Jesucristo le dijo a cada uno que le daría un regalo, y que pidieran lo que quisieran. El rey americano dijo que quería ser inteligente y poderoso. Y Jesucristo le concedió su deseo. Por eso los americanos son poderosos.

Cuando le preguntó al rey mexicano lo que deseaba, éste le dijo que quería creer en los santos y rezar. Y por eso los mexicanos creen en los santos y rezan.

Para finalizar, Jesucristo le preguntó al rey indio qué quería, y éste le dijo que era muy pobre y humilde, y que recibiría con los brazos abiertos cualquier cosa que le diera. Entonces Jesucristo le dio semillas de maíz, trigo, melones y de otras frutas. Y por eso los indios tienen siempre que trabajar para vivir.

Nuevo México, EE.UU. (isleta)

67. El Niño Jesús como engañabobos

Pasó el tiempo y el Niño Jesús iba creciendo. Había cumplido los cuatro años más o menos. Un día se perdió de la pobre chocita de la Madre Virgen. Nadie sabía adónde se había ido. Le buscaron por todas partes sin encontrarlo. Lo buscaron mucho y luego habló a la Madre Virgen:

—¡Jajá! ¿Dónde crees tú que estaba yo? ¿Dónde crees que estaba? Mientras vosotros me andabais buscando, yo estaba parado aquí mismo a vuestro lado —les dijo el Niño Jesús.

Después de eso, su padre se consiguió un contrato para construir una casa, para poder así proveer a la Madre Virgen con comida. Estaba construyendo la casa, y abrió un saco de cemento. Aún no había echado agua al cemento cuando el Niño soltó el agua y la dejó correr por encima del cemento transformándolo en lodo. —¡Joven travieso! ¡Mira lo que haces, mira! Ahora el cemento se va a esparcir —le dijo San José.

Luego, cuando su padre se ausentó un momento, enseguidita el Niño hizo algo para que se secara el cemento y quedara igual que antes.

En otra ocasión, iban a entrar a casa a comer: —¡Apúrate hijo, ven a comer! —le dijeron.

Entonces hicieron llamar a José el carpintero, al que estaba construyendo la casa, para que acudiese a comer. Había ahí una docena de pollitos, y el Niño los mató todos y entró en la casa llevándolos envueltos en su poncho, botándolos al suelo: —¡Mira lo que has hecho! Ahora sí que tienes que pagar a José estos pollitos —le dijeron—. Mira, joven travieso, lo que has hecho!

Y él se quedó ahí riéndose.

Luego le dijeron: —¡Bótalos afuera. Bótalos! Ahora sí que vas a pagarlos.

Entonces salió afuera y los tiró amontonados al suelo. Luego, mientras ellos seguían comiendo, los pollitos muertos resucitaron ahí afuera. Entonces el Niño los recogió en su poncho y entró adentro con ellos. Los pollitos piaban.

—¡Jesús, Ave María! ¡Qué milagros haces! —le dijeron al Niño Jesús. Él se reía.

Después de comer, salió de casa. Mientras su padre estaba arriba midiendo los niveles de la construcción, él cogió una sierra y cortó en pedazos todas las vigas.

—¡Joven travieso, mira! ¿Qué es lo que haces? Esas vigas habían sido medidas, ya estaban listas para ser clavadas. ¿Qué voy a hacer ahora? ¿Dónde voy a comprar más? ¿Qué será de mí? Ya no tengo dinero, aquí trabajo por ser pobre —dijo su padre, enojándose.

Luego él se bajó y reconstituyó los palitos de madera en vigas nuevamente.

Ecuador (quichua)

68. Cristo salvado por una luciérnaga

Cuando Jesucristo estaba preso, pensaban que estaba fumando en la cárcel. Les parecía que habían visto un puro encendido. Pero no era Él, sino una luciérnaga. Jesucristo ya había huido.

Matías Sicajan / Guatemala (cakchiquel)

69. Cristo traicionado por los caracoles

Llegó a un río y lo cruzó. Pero cuando estaba cruzándolo, pisó los caracoles de agua fresca. Cuando los que lo estaban persiguiendo llegaron a la orilla del río y no podían ver para dónde fue, le preguntaron a los caracoles, quienes les contestaron: —¿Acaso no ven que nos pisó y que nos viró boca abajo?

Belice (kekchí)

70. Cristo traicionado por la urraca

Jesucristo se escondió debajo de unos plataneros.

—Ese es Él. Está cerca —dijeron los que lo perseguían.

La urraca estaba presente. Era una urraca humana.

—¿Están buscando a Nuestro Señor? —preguntó la urraca.

—¡Deténganlo! ¡Aquí está!

Y entonces apresaron a Nuestro Señor. Lo hicieron cargar una cruz.

Romin Teratol / México (tzotzil)

71. El ciego y la cruz

Los soldados llegaron para llevarse a Cristo al Calvario. Ay amigos, estos recuerdos son un buche amargo.

Todos los poblanos estaban reunidos. Pilatos le dijo a la gente: —¿Cuál de estos dos reclusos quieren ustedes ver libre? Uno se llama Barrabás, y el otro es el Hijo de Dios, y se apellida Cristo.

—¡Libere a Barrabás!

Barrabás fue liberado. Llevaron a Nuestro Señor al Calvario y lo golpearon en el camino. Le dieron cinco mil latigazos. Se cayó tres veces, con la cruz en sus espaldas.

La Magdalena, María Cleofás y la Virgen Purísima vieron a Jesucristo ahí. Estaban profundamente heridas. Les preguntaron a los soldados si les podían dar un momento para lavar a Cristo.

Casi apestaba. Estaba tapado de gusanos, piojos, pulgas y de todo tipo de heridas. Le habían escupido todo el cuerpo.

—Vamos a sanarlo mientras lo bañamos.

Lo lavaron. Después que lo limpiaron, también le lavaron la ropa.

Pero cuando le pasaron una toalla por la cara, apareció en ella un retrato de la cara de Jesucristo. Ahora los soldados estaban más molestos que nunca.

—¡Este hombre tiene mucha magia! —dijeron.

Y fue para ese lugar donde iba a morir.

Le arrancaron la ropa, y la repartieron entre todo el poblado.

Le dieron con un martillo en el pecho. Incluso su Madre, que en ese momento se encontraba lejos, casi muere del dolor. Cuando oyó el golpe supo que estaban ejecutando a su Hijo.

Le estiraron los brazos a Cristo sobre los dos brazos de la cruz.

Lo clavaron en la cruz. Lo pusieron recto para que todos lo vieran. Pero no murió.

Al fin, trajeron soldados. Lo fusilaron.

Todo el mundo quería fusilarlo, pero Cristo se defendió. Ni una bala lo tocó.

Un solo hombre no le tiró: un niño ciego.

—¿Para qué sirve este ciego, si lo único que ha hecho es oír lo que está pasando? Él no ha hecho nada —dijeron los soldados.

Los soldados le dieron al niño ciego una lanza. Le indicaron qué hacer: —Le das por aquí, por aquí mismo, pues.

—Ahora, la lanza.

—¡Empu—ja!

El sol y la luna escurrieron.

La tierra se sacudió violentamente. Muchos soldados —pero muchos— se cayeron, casi muertos.

Cayó una gota de la sangre de Jesucristo. La gota le cayó en el ojo al niño ¡Y pudo ver!

Cristo abrió los ojos.

—Ay, Padre de mi corazón, no sabía que eras tú, hombre, Si hubiera podido ver, no te hubiera hecho esto.

El ciego fue perdonado.

Entonces murió Jesucristo.

Melchor García / México (mazateco)

72. El grillo, el topo y el ratón

Algunos amigos de Jesucristo vinieron, incluso José y algunos otros. Estaban hablando de qué hacer con Jesucristo ahora que estaba muerto.

—Está muerto. Debemos enterrarlo. No queremos que se quede aquí. Primero vamos a ver al rey para ver si no se puede enterrar.

Y fueron a ver al rey para pedirle si podían bajar a Cristo, ya que no querían dejarlo colgado ahí, con toda la gente mirándolo.

—Está bien, pues —les dijo, puesto que incluso el rey quería que lo bajaran.

—Por mi parte —dijo Pilatos—, a mí también me duele, pero fue la culpa del pueblo. Lo hice sólo porque ellos querían que lo hiciera.

Cuando llegaron los Apóstoles, la Virgen estaba al pie de la cruz, llorando y rezando. Sacaron una tela blanca —un tipo de hamaca— para que ella lo abrazara mientras fabricaban el ataúd.

Y trajeron el ataúd.

Bueno, todo estaba listo. No había nada más que hacer, aparte de llevarlo al sepulcro. Sellaron el ataúd.

Cuando terminaron de enterrarlo, colocaron una piedra enorme para que no saliera. Y había un soldado haciendo guardia para que nadie lo sacara. Todos los demás se fueron. Sólo había silencio.

Silencio, amigos, escuchen.

Se apareció un grillo cantando un pro nobi. El pobrecito lo repitió tres y cuatro veces. Ya seguramente Jesucristo estaba muerto, y nada lo podía despertar.

Pero dentro del sepulcro, donde estaba el cadáver, Jesucristo lo oyó. Le dijo que todavía no estaba muerto.

—Estoy vivo, estoy vivo, pero no sé cómo salir con esa piedra allá arriba.

El animalito, al oír las palabras de Cristo, huyó, mientras gritaba:
—¡No se preocupe! ¡Regreso ya!

En el camino se encontró con un topo.

—¿Adónde vas, topo?

—Estoy paseando, pues.

—Mira amigo, fui donde está el cuerpo de Nuestro Señor. Cristo *no* ha muerto. Ya habló, pero no sabe cómo salir, porque la piedra es muy grande, y no puede salir. ¿Podrías cavar donde está el ataúd? Yo no lo puedo hacer, ya que no tengo la fuerza para hacerlo.

—Sí, cómo no, allá voy.

Trató, trató, y trató de abrir el ataúd de Cristo.

En ese momento casi se podía seguir el camino del topo para llegar al ataúd.

Entonces otros animalitos fueron a ver dónde estaba enterrado Cristo.

Vino un ratón.

El ratón bajó corriendo por el camino que había hecho el topo, y abrió el ataúd con los dientes.

Jesucristo despertó y salió.

Otra vez la tierra tembló con mucha fuerza.

El soldado que estaba encima de la piedra casi muere. ¡Pero cómo se asustó! Salió corriendo. No dijo nada.

Bueno, por la mañana del cuarto día, tres mujeres fueron a ver el sepulcro de Jesucristo. Una era la madre de Jesús, y las otras dos eran parientes.

Cuando María vio la tumba de su Hijo, vio la piedra flotando en el aire y un ángel sentado sobre la misma, como si fuera una paloma.

Cuando María vio esto, dijo: —¿Por qué está la piedra en el aire? ¿Quién está sentado en la piedra? ¿Por qué no se cae?

Después de un momento, el ángel le habló a María: —¿Qué viniste a ver aquí?

—Pues vine a ver la tumba de mi Hijo. Vine a dejarle flores en el cuarto día.

Así hacen nuestras mujeres hoy en día.

—Bueno, mira, Jesucristo no está muerto. Ya se fue. Ahora lo puedes encontrar en un lugar específico. Sería mejor si te fueras para tu casa y le dieras esta buena nueva a todos los demás.

Melchor García / México (mazateco)

73. Como si tuviera alas

Jesucristo voló por el aire como si tuviera alas. Ascendió al cielo. Los Apóstoles lo vieron ascender.

A los cuarenta y siete días, cuando Jesucristo llegó al cielo, los doce Apóstoles ascendieron al cielo, para gobernar hasta hoy en día.

Colorín, colorado, ese cuento se ha acabado.

Melchor García / México (mazateco)

▼▲▼▲▼▲▼▲▼▲▼▲▼▲▼▲▼

SÉPTIMA SECCIÓN

▼▲▼▲▼▲▼▲▼▲▼

74. El lento mató a cuatro

Había una vez y dos son tres, un rey que tenía una hija que era una gran adivinadora. Ella podía adivinar todas las adivinanzas que se le echaban.

El rey su padre mandó echar un pregón que decía que el hombre que le echara una adivinanza a la princesa que ella no pudiera resolver, se casaría con ella y heredaría el reino. Como la princesa era bonita, y el reino era uno de los más importantes, vinieron al palacio muchos príncipes, condes, marqueses, profesores y sabios, pero todos perdieron la vida porque la princesa adivinó todas las adivinanzas que ellos le echaron.

Había en este reino una viuda que tenía un hijo tan estúpido y tan bobo que todo el mundo le conocía por el nombre de Juan Bobo. A éste se le metió en la cabeza ir al palacio y echarle una adivinanza a la princesa, pero su madre no quería que fuese porque sabía que lo iban a matar como a los otros que sabían más que él. Juan Bobo insistió y por fin la madre le dio el permiso. Mientras él preparaba su yegua para el viaje la madre hizo unas tortas de casabe y las envenenó, pues prefería que su hijo muriese así mejor que en la horca.

Salió Juan Bobo, y después de andar largo rato se bajó de su yegua y se puso a dormir a la sombra de un mango. Mientras dormía, la yegua se comió las tortas de casabe que Juan había colocado al lado suyo. Se murió la yegua y llegaron cuatro cuervos que picaron en el cuerpo de la yegua y se quedaron muertos. Despertó Juan, vio lo que había pasado y emprendió su marcha con los cuatro cuervos desplumados y colgados al cuello. Al atravesar un bosque siete ladrones le detuvieron y le quitaron los cuervos. Se los comieron y cayeron muertos. Juan cogió una de las escopetas y siguió su camino tratando de hallar algo de comer. Vio una ardilla y le disparó pero no la mató. En cambio había matado una coneja que estaba preñada. La desolló, y para asarla quemó varios periódicos que por ahí encontró. Siguió su camino y llegó a un puente, y cuando lo cruzaba vio que un caballo muerto, con tres cuervos encima, iba flotando en la corriente dei río. Y después de más andar llegó a las puertas del palacio y pidió permiso para echarle una adivinanza a la princesa. Cuando le vieron, todos se echaron a reír, y otros le cogieron pena pues sabían que el pobre iba a morir. Pero Juan Bobo, como si tal cosa, se dirigió a la princesa, muy serio, y le dijo:

> *Salí de casa, salí en Panda.*
> *Panda mató a cuatro.*
> *Cuatro mataron a siete.*
> *Disparé al que vi,*
> *maté al que no vi.*
> *Comí carne no nacida*
> *y asada con palabras.*
> *Pasó un blando sobre un duro*
> *y un muerto iba cargando a tres.*

La princesa pensó y pensó, pero no pudo adivinar. Ella tenía derecho a tres días para dar la solución, y trató de averiguarla las dos primeras noches mandando a dos de sus doncellas al cuarto de Juan Bobo. La tercera noche fue la princesa y Juan Bobo le dijo que si le daba su camisa de dormir y su sortija que le diría la solución al amanezca.

La princesa le dio lo que él pedía y por la mañana temprano Juan Bobo le explicó la adivinanza.

La princesa entonces explicó la adivinanza delante de la corte y el rey sentenció a Juan a la horca. El pobre pidió permiso para hablar y dijo que la princesa le había adivinado porque le había explicado él mismo la solución. El rey pidió pruebas y Juan Bobo le presentó la camisa y la sortija de la princesa. Al ver esto, el rey ordenó el casamiento. Se casaron y fueron muy felices, pues Juan Bobo resultó ser más vivo que todos los príncipes que por la corte pasaron.

Puerto Rico

75. El precio del cielo y la lluvia de caramelos*

I.

Éste era un muchacho que no tenía trabajo y además era muy flojo y no sabía hacer nada. Lo único que le gustaba era ir a los velorios. Y éste, un día, salió de la ciudá rumbo a un pueblo, onde ya llegando se encontró con un casa en onde estaba una muerta. Y éste, como le gustaba mucho ír a los velorios, se metió a la casa a velar al muerto. Y los deudos de la muerta que estaban aí eran muy sencillos, muy inocentes. Y le preguntaron a uno de los que estaban ai velando: —¿No sabe usté con cuánto entrará mi esposa al cielo? ¿Cuánto necesita pa' ir?

Y el otro, que también era muy inocente, le dijo: —Yo creo que con cien pesos bien se ajusta.

Entonces le pusieron los cien pesos en la caja y la llevaron a enterrar.

Todo esto lo había visto el muchacho. Y en la noche jue y sacó a la muerta y también los cien pesos. Y después se llevó a la muerta a la casa y la puso junto a la puerta. Y al día siguiente uno de los hijos jue a abrir la puerta, y al abrirla se le cayó el cadáver de su madre encima. Entonces él dijo: —Mira a mi mamá, ya está aquí de vuelta, pos seguro no le alcanzaron los cien pesos que se llevó, pos no los trae. Pos tenemos que darle otros cien pesos.

Pero en la noche siguiente jue el muchacho y se volvió a robar los cien pesos y se volvió a llevar a la muerta. Y otra vez se la encontraron y la

---

* La ortografía refleja la pronunciación criolla.

volvieron a enterrar con otros cien pesos. Y esa noche pasó lo mismo que
las dos anteriores. Entonces el esposo de la dijunta le dijo al muchacho:
—Oye, tú sabes mucho, dime cuánto necesitan los muertos pa' ir al cielo.

Entonces éste le dijo: —Necesita quinientos pesos.

—¡Válgame la pobre de tu madre! Pos si lo que necesita son quinientos pesos y nosotros apenas le hemos dado trescientos —les dijo el
padre a sus hijos.

Y después le dijo al muchacho: —Mira, ora tú te vas a encargar de
esto; te llevas los doscientos pesos junto con ella y la entierras pa' que ya
pueda llegar a la gloria.

Pos el muchacho enterró a la mujer y se llevó los quinientos pesos
que habían juntao y sé jue a otro pueblo.

II.

Allá duró muchos años y ya estaba un poco grande cuando se casó.
Pero le tocó la mala suerte que se casó con una vieja muy regañona. Y
una vez estaba él trabajando en el monte cuando pasaron po aí unos
arrieros que traían unas cargas de dinero. Entonces él se escondió y oyó
lo que los arrieros estaban diciendo.

—Pos —dicen los arrieros— es mejor que dejemos aquí escondidas
estas cargas de dinero, al cabo nadie está orita que nos puede ver y después volvemos por él en otra pasada que nos demos po aquí y cuando
los tiempos estén major.

Y así lo hicieron. Lo enterraron y se jueron. Entonces el muchacho
jue y le dijo a su esposa: —Mira, aí en el monte unos arrieros dejaron
unas cargas de dinero y es bueno ir a sacarlos.

Y le dijo la mujer: —¡Cállate, viejo embustero, porque si no te des-
greño! ¿Quién puede dejar dinero enterrao?

Pero la vieja, luego que estuvo sola, jue y sacó el dinero de aí y se lo
llevó a su casa onde entonces el esposo la vio pero no dijo nada. Y ese
mismo día le dijo la mujer al hombre que amarrara al perro con la longaniza porque el perro se quería salir. Y éste jue y lo amarró.

Después le dijo la mujer: —Ándale ya. Vete a la escuela.

Porque ha de saber usté que la mujer mandaba a la escuela al pobre viejo que ya estaba chocho. Y éste, muy obediente, se jue. Pos hacía todo lo que la mujer le decía. Y luego ese día la mujer compró muchas colociones, caramelos y bolitas. Y cuando ya se acostaron en la noche se levantó y regó en todo el patio los caramelos y las bolitas y las colaciones. Y al día siguiente le dijo la mujer, muy temprano: —¡Levántate, viejo arrugado, pa' que barras, que ya es muy tarde!

Entonces el viejo se levantó y agarró la escoba y comenzó a barrer. Pero vio que no había basura sino puros caramelos, bolitas y colaciones.

Entonces jue con la mujer y le dijo: —Mira, viejita, cómo está el patio; de seguro que anoche llovió caramelos, bolitas y colaciones.

—Pos junta todo esto —le dijo la vieja.

Y ya había pasao algún tiempo y los arrieros jueron por su dinero, pero como no lo encontraron jueron al pueblo a preguntarle a alguien pa' ver si no sabía quién lo había robao. Y al primero que se encontraron jue el viejillo. Y entonces le preguntaron: —Oiga, ¿no sabe usté quién desenterró unas cargas de dinero que estaban en el monte?

—Sí, yo vi cuando ustés lo estaban enterrando y juí a decirle a mi mujer y ella jue y lo sacó.

—Pos vamos con tu mujer —le dijeron los arrieros.

Y llegaron con la mujer y le dijeron que su esposo había dicho que ella tenía el dinero que ellos habían enterrao en el monte. Y les dijo ella: —¿Y ustés van a creer a este viejo embustero todo lo que dice? A ver, dime: ¿cuándo saqué yo ese dinero?

Entonces el viejo les dijo a los arrieros: —Me acuerdo cuando jue, pos cuando mi mujer me mandaba a la escuela.

Entonces los arrieros se dijeron: —Pos este viejo sí que está loco. ¿Pos cuándo lo mandarían a la escuela si ya está muy chocho?

Entonces les dijo el viejo: —Ya tengo otra señal más, mi mujer sacó el dinero cuando amarré al perro con longaniza y no se la comió.

—Cállate, viejo, no seas tan tarugo. ¿Cuándo has amarrao a perros con longaniza si todos los perros se las comen?

Bueno, pa' major señal me acuerdo cuando llovió bolitas, caramelos y colaciones. Pos ese día mi mujer sacó el dinero.

Entonces los arrieros se enfadaron de estar oyendo aquel viejo y se
jueron. Y ya los dos se quedaron muy ricos con todas las cargas de
dinero.

México

76. La casa del hombre llamado Piña

Como antes había la costumbre de que el que gobernaba era un rey, en
una ciudad gobernada por el rey sucedió esto que le voy a contar.

Se cuenta que el rey perdió un anillo muy valioso, por el que ofreció gran suma de dinero por el astrólogo que le dijera el fin de su anillo.
Entonces había un hombre que podíamos decir que era un campesino y
que al oír lo que ofrecía el rey por el encuentro de su anillo, se interesó
para ir hasta el rey.

Este hombre se llamaba Piña, pero éste no tenía nada de civilización. El hombre fue adonde el rey y le dijo que era capaz de encontrarle
el anillo. Este le expuso sus razones como para convencer al rey de que
era un astrólogo, pero el rey rehusó de su propuesta. Pero como siempre a los adivinadores o astrólogos le ponen ciertas cosas para que adivi-
nen, al señor Piña le pusieron una.

En la ciudad en donde vivía el rey, ni en los alrededores se conocía
la piña. Entonces el rey le mandó a servir una comida al señor astrólogo, poniéndole varias clases de comidas y frutas; entre ellas se encontraba la piña.

El rey, como sabía que nadie conocía esa fruta en la ciudad, le dijo
al astrólogo que le dijera el nombre de esa fruta. Este se puso turbado y
un poco nervioso y dijo: —¡Piña, Piña! ¡En lo que te has metido!

El rey, al oírlo, díjole: —¡Basta, señor! Anda al apartamento a estudiar las estrellas.

El señor Piña pasó en el observatorio, comiendo y bebiendo de lo más sabroso.

El campesino a pesar de ser ignorante, era muy astuto; observaba mucho a los criados cuando iban a servirle su comida y notaba que estos hablaban en secreto. A los pocos días de estar en el observatorio, fue su esposa a visitarlo. Se puso muy contento al ver a su esposa. Éste, lo primero que le dijo a su esposa, fue: —Quiero que me hagas un favor; te vas a poner debajo de la cama y cuando veas que los criados llegan a dejar la comida, al primero que llegue le dices con voz de tumba: «¡Ladrón!».

Su esposa hizo lo que su esposo le ordenó.

Cuando llegaron los criados con la comida, lo primero que les dice una voz de tumba, fue: —¡Ladrón!

El criado miró a sus lados, se puso nervioso. Enseguida entró el otro y le repitió lo mismo; éstos salieron inmediatamente, secreteándose; pensaron enseguida de que los autores del robo eran ellos.

Así fue en realidad: eran ellos. Dijeron entre ellos: —Tenemos que darle nuestro tesoro al astrólogo para que no nos denuncie el robo.

Así fue: llegaron donde Piña y le propusieron; éste aceptó y les dijo que fueran al jardín y que hicieran de que el pavo que estaba ahí, se tragara en anillo. Los criados fueron y lo hicieron.

Entonces el señor Piña fue donde el rey y le dijo que matara el pavo del jardín, que ése era el que tenía el anillo. Así fue: lo mataron y tenía el anillo. Adentró el rey, y el astrólogo fue muy bien obsequiado. Y aquí se acaba el cuento y se lo lleva el viento.

Panamá

77. El monstro de siete cabezas*

Éste era un padre que tenía tres hijas, sabes, y la más chica destas hijas era bonita, muy bonita, sabes. Pero las hijas mayores eran muy feas y no querían a la hija más chica porque era muncho más bonita que ella, sabes. Y un día le dijo una de las hermanas feas a la otra, dice: —Pos yo estoy aburrida de ver a esa hermana mía que tiene tantos novios y yo no tengo ni uno. Pos amos a hacerle un mal pa' que nuestro padre la eche juera de la casa y no la veremos más.

Y le dice la otra hermana: —Muy bien. ¿Qué haremos pa' hacerle un mal?

Y le dijo la otra: —Mira, yo me voy a robar unas monedas a mi padre y las meteré en la cama de nuestra hermana y luego cuando mi padre me pregunte onde están las monedas pos yo le voy a decir que nuestra hermana le ha robao y en pruebas de eso yo le voy a decir que ella las escondió en su cama.

Y le dice la otra hermana: —Bien, está muy bien; amos haciendo esto.

Y luego se jue la hermana mala y le robó a su padre munchas monedas, onde se jue y las mitió en la cama de la hija más chica. Y llegó el padre y buscó su dinero y no lo incontró y dijo, muy corajudo: —Pos ¡caramba! ¿Ónde está mi dinero?

Y le dijo la hermana mala: —Papá, esa hija tuya te ha robao y en pruebas de eso te vas a su cama y aí incontrarás tu dinero onde ella lo escondió.

Y le dijo el padre: —¿Pos es cierto eso?

Y le dijo: —Sí, que es cierto, que yo misma la vide.

Y se jue el padre y buscó en la cama de la hija más chica y aí incontró el dinero como le dojo su hija mayor. Y intonce llamó a la hija más chica y le dijo, muy corajudo: —Mira, me has robao y ora te voy a matar.

Y la agarró de una mano y tomó su machete y se jue con ella al monte onde se dispuso a matarla.

* La ortografía refleja la pronunciación criolla.

Y le dijo ella: —¡Ay, papá, no me mates! Déjame ir y te prometo de irme de aquí y no volver más.

Y tanto le suplicó ella que por fin el padre se compadeció y le dijo: —Pos es verdá que eres muy mala, pero te voy a dejar libre si me prometes irte de aquí y no volver más.

Y la niña le dijo que sí, que se iría y luego el padre la soltó y le dio unas tortillas y le dijo que se juera.

Y se jue la niña muy triste y no sabía qué hacer, sabes porque no tenía ni un centavo, sólo las tortillas que le había dado su padre. Y se jue y caminó ande y ande y ande, y por fin llegó a un árbol onde se sentó pa' descansar y comer sus tortillas porque ya tenía muncha hambre, sabes.

Y aí estaba comiendo sus tortillas, sabes, cuando llegó una vieja muy probe toa vestida de harapos, sabes. Y se acercó la vieja y le dijo: —Güenos días, güena muchacha. ¿No puedes darme una de esas tortillas que comes? Pos, sabes que ya hace dos días que yo me voy sin comer na y ora casi me muero de hambre.

Y le dijo la muchacha: —Pos sí, güena vieja, toma esta tortillas, y muncho me pesa que no hay más, pero sabes que yo estoy tan probe como la más probe que haiga en el mundo.

Dice la vieja: —¿Cómo así? ¿Es cierto?

Y le dijo la muchacha: —Pos sí que es cierto; sabes que mi padre me ha corrido juera de su casa y me ha dicho que ya no puedo venir y por eso ando juida y no sé yo qué hacer. ¡Ay de mí!

Güeno pos sabes que esta vieja era la Santísima Virgen María y ya cuando había oído lo que le dijo la güena muchacha pos le dijo ella: —Güena niña, ¿queres trabajo?

Y le dijo la muchacha, dice: —Pos sí, orita quero trabajo y si no lo incuentro pos me voy a morir de hambre.

Y le dijo la vieja: —Pos po aí muy lejos está el reinado de Quiquiriquí, onde el rey es muy poderoso, y aí en su palacio de seguro vas a incontrar trabajo. Y aquí tienes esta varita que es una varita de mucha virtú y cuando queras saber una cosa, pos no más dices: «varita de virtú, por la virtú que tú tienes y la virtú que Dios te ha dado, quero saber eso» y de pronto te lo vas a saber to.

Y la muchacha le dio las gracias y tomó la varita y se jue ande y ande y ande, hasta que por fin llegó a onde el camino se dividía en trese caminos, sabes. Y intonce ella cogió su varita y dijo: —Varita de virtú, por la virtú que tú tienes y la virtú que Dios te ha dado, quero saber ónde va este camino a la derecha.

Y le dijo la varita: —Pos sabes que el camino no es pa' ti, que este camino va derecho a la cueva de un mostro que tiene siete cabezas y toos los días anda comiéndose a la gente po aí alrededor. No sigas este camino.

Y otra vez ella cogió la varita y le dijo: —Varita de virtú, por la virtú que tú tienes y la virtú que Dios te ha dado, quero saber por ónde va este camino a la izquierda.

Y le dijo la varita: —Pos por este camino no vayas tampoco. Sabes que este camino va derecho al castillo del gigante Bolumbí, que es un gigante muy feroz, sabes, y tamién es muy aficionado a comer carne humana.

Y intonce le dijo la muchacha a la varita: —Varita de virtú, por la virtu que tú tienes y la virtú que Dios te ha dado, quero saber por ónde va este camino por el centro.

Y le dijo la varita, dice: —Pos, sabes que este camino es el que tú debes seguir porque este camino va derecho al palacio del rey del reinado de Quiquiriquí, que es un rey muy poderoso.

Y luego luego se jue la niña por el camino y se jue ande y ande y ande, hasta que por fin ella divisó el palacio del rey del reinado de Quiquiriquí. Y se acercó ella al palacio y le preguntó al capitán de la guardia: —Señor capitán, ¿se puede incontrar trabajo por aquí?

Y le dijo el güen capitán: —Pos no sé, hija, pero pase usté a preguntar al rey si hay trabajo.

Y pasó la niña y se aceró al rey y le dijo: —Sacarial Majestá, quisiera incontrar trabajo aquí.

Y le dijo el rey: —Pos aquí hay trabajo. Ve derecho a la cocina y aí incontrarás trabajo.

Y sabes que toos los dias el rey parecía muy triste y casi no hablaba. Y intonce la muchacha cogió su varita y le dijo: —Varita de virtú, por la virtú que tú tienes y la virtú que Dios te ha dado, quero saber por que está el rey tan triste.

Y le dijo la barita: —Pos sabes que muy cerca de este reinado de Quiquiriquí hay un mostro que tiene siete cabezas y es muy feroz, y dice el mostro al rey que si mañana no le manda a su hijo, el príncipe, pa' que se lo coma, pos va a venir inmediatemente al reinado de Quiquiriquí pa' comerse a la gente. Y por eso está muy triste el rey.

Y le dijo la muchacha: —Varita de virtú, por la virtú que tú tienes y la virtú que Dios te ha dado, quero saber como se puede matar a este mostro.

Y le dijo la varita: —Pos es muy fácil eso. Sabes que toos los días a las doce se duerme el mostro, y vas aí cuando se duerme y conmigo le das muy juertemente en la cola y orita se muere. Pero ten muncho cuidao de dale en la cola y no en la cabeza.

Pos sabes que el rey mandó puplicar unos pasquines onde se dice que al que le diera la muerte al mostro pos recibiría cualquera cosa que pidiera. Y luego se jue la niña y llegó a onde estaba el mostro y aí taba durmiendo. Y se jue ella y con la varita le dió muy juerte en la cola, onde se murió el mostro luego luego. Y luego intonce se jue ella y le cortó las siete lenguas al mostro y intonce se jue pa'l palacio.

Y luego llegó un vasallo del rey del reinado de Quiquiriquí y vido al mostro aí muerto y dijo: —Pos qué buena suerte es la mía; ora voy a decir al rey que soy yo el que he matao a este mostro, y ora le voy a pedir la mano de su hija, la princesa.

Y intonce el se jue pa'l palacio y le dijo al rey, dice: —Sacarial Majestá, he matao yo al mostro y en pruebas de eso aquí estan las siete cabezas.

Y oyó esto que dijo el vasallo la muchacha y luego le dijo ella al rey: —Gran Majestá, ese hombre es mentiroso, pos soy yo la que he matao al mostro.

Y se rió muncho el rey y le dijo: —Pos no seas tonta. ¿Cómo es que una niña haiga matao a este terrible mostro? Esta vez te perdono, y ora, vete a la cocina.

Pero la muchacha le dijo: —No, Gran Majestá, es la verdá. Soy yo la que he matao al mostro.

Y le dijo el rey, muy corajudo: —Pos cállate. ¿No ves que este vasallo mío ha traído las siete cabezas del mostro en pruebas de que ha matao a este mostro? ¿Por qué dices que has matao a este mostro?

Y le dijo la muchacha: —Gran Majestá, mire usté a ver si hay lenguas en las siete cabezas.

Y se jue el rey y miró en las cabezas y sabes que no vido las lenguas y dijo: —Pos es verdá, aquí no hay ni una lengua. Pos aquí hay algo muy curioso. ¿Ónde están las lenguas, pos?

Y le dijo la muchacha: —Pos, Sacarial Majestá, soy yo la que he matao al mostro y en pruebas de eso aquí están las lenguas.

Y las sacó de su bolsillo y se las enseñó al rey.

Y le dijo el rey, muy sorprendido: —¡Caramba! Es verdá, tú has matado a este mostro y le has salvao la vida a mi hijo. ¡Que afusilen inmediatemente a este monstro! Y tú, ¿qué queres por tu trabajo?

Y le dijo la muchacha: —Sacarial Majestá, quero casarme con su hijo, el príncipe.

Y le dijo el rey: —No, eso no puede ser. ¿Cómo es que mi hijo, el príncipe, se pueda casar con una cocinera? No; de ninguna manera; eso no puede ser.

Y le dijo la muchacha: —Pos palabra de rey no se vuelve atrás.

Y le dijo el rey, dice: —Pos es verdá. Mañana en la noche te vas a casar con mi hijo, el príncipe.

Y se jue el rey muy triste y le dijo a su hijo: —Hijo mío, mañana en la noche tienes que casarte con la cocinera porque ella ha matao al mostro y yo le he dicho que asegún mi palabra de rey ella se puede casar contigo.

Y prepararon las bodas y hubo un baile muy hermoso onde vinieron toos los condes y toos los duques y too lo grande personaje del reinado de Quiquiriquí. Y estaba muy triste el príncipe porque tenía que casarse con la cocinera. Y también estaba muy triste la muchacha porque no tenía na con qué vestirse. Y luego se acordó de su varita y la cogió y le dijo: —Varita de virtú, por la virtú que tú tienes y la virtú que Dios te ha dado, dime onde puedo incontrar un vestido de princesa más bonito que toos los vestidos que haigan.

Y le dijo la varita: —Pos esta noche, cuando te vayas a acostar, pos, pídelo a la Santísima Virgen.

Y ansí lo hizo la muchacha y en la mañana, cuando se despertú vido un traje to de oro y diamante aí cerca de su cama. Y en la noche cuando había el baile, se vistió ella y se jue al baile. Y la vido el príncipe y se inamoró muncho della y dijo: —Pos, ¿quién eres, bonita princesa?

Y le dijo la muchacha: —Pos soy la cocinera y esta noche nos amos a casar.

Y se sorprendó muncho el príncipe. Y tamién estaba muy sorprendido el rey y dijo: —Pos de seguro ésta no es cocinera sino una princesa muy bonita, pos. Que se celebren las bodas luego luego.

Y se celebraron las bodas y estaban muy felices en su matrimonio el príncipe y la muchacha. Pero sabes que el rey tamién se inamoró de la muchacha y dijo: —Pos hay que hacer un mal a mi hijo pa' que yo pueda casarme con la princesa.

Y pensó muncho y lo vido muy distraído la princesa y cogió a su varita y le dijo: —Varita de virtú, por la virtú que tú tienes y la virtú que Dios te ha dado, quero saber lo que piensa el rey.

Y le dijo la varita: —Pos sabes que piensa el rey cómo hacerle un mal porque está muy inamorado de ti y quere matar a su hijo, y ora piensa mandar a su hijo a la guerra, y ya cuando salga su hijo va a seguirle el rey con los suyos y cuando menos lo piense el príncipe va a matarle el rey.

Y estaba muy asustada la princesa y le dijo a la varita: —Pos quero saber cómo se puede evitar to eso.

Y le dijo la varita: —Pos mira. Aí muy lejos está un gigante muy temible que tiene un cintillo de muncha virtú y con ese cintillo no más dices: «cintillo, quero que se cambie eso en cualquiera cosa» y inmediatamente se cambia.

Y le dijo la princesa: —Y ¿cómo se puede conseguir ese cintillo?

Y le dijo la varita: —Pos sabes que ese cintillo lo lleva el gigante en un diente y toos los días al mediodía se va este gigante a tomar su siesta y cuando está muy bien dormido tú entras en su cuarto y le robas el cintillo; pero ten muncho cuidado porque este gigante es el gigante Bolumbí y está muy aficionado a la carne humana.

Y se jue la princesa ande y ande y ande hasta que divisó el castillo del gigante Bolumbí. Y se jue ella a la puerta del castillo al mediodía y aí intró muy quendito, sabes, y oyó roncar muy juerte al gigante, onde se jue ella derecho a su cuarto onde staba dormido el gigante. Y mientras roncaba el gigante y cuando ya estaba bien abierta su boca pos, se acercó ella y le robó el cintillo y luego luego se jue corri corri.

Y se jue y llegó al palacio onde le dijo el príncipe: —Pos mañana me voy yo a la guerra asegún las órdenes de mi papá, el rey, y tú vas a quedar aquí porque en la guerra hay muncho peligro.

Y la princesa le dijo que sí. Y se jue el príncipe, onde la princesa cogió a su varita y dijo: —Varita de virtú, por la virtú que tú tienes y la virtú que Dios te ha dado, quero saber lo que hace el rey ora.

Y le dice la varita: —Pos sabes que ora el rey va a salir con su escolta pa' seguir al príncipe y esta noche le va a matar pa' que se case contigo.

Y dijo la princesa: —Pos que salga este rey.

Y salió el rey con su escolta y se puso a seguir al príncipe. Y ya cuando estaba muy cerca el príncipe, cogió la princesa su varita y dijo: —Varita de virtú, por la virtú que tú tienes y la virtú que Dios te ha dado, quero saber en onde stá el rey ora.

Y le dijo la varita: —Pos sabes que el rey ya stá muy cerquita del príncipe y ora va sólo pa' matarle.

Y cogió la princesa el cintillo y dijo: —Cintillo, que se cambie el rey inmediatamente en un puerco.

Y ya cuando el rey se acercó al príncipe pa' matarle pos se quedó puerco. Y lo vido el príncipe y dijo: —Pos que puerco tan gordito es éste; amos a matarlo pa' la comida. Y se jueron los soldaos y cogieron al puerco luego y luego lo mataron y lo comieron con muncho gusto. Y luego luego el príncipe ganó la guerra y se volvió con la princesa y aí vivieron ellos munchos años y muy felices. Y a mí me invitaron aí munchas veces, y colorín, colorao, este cuento se ha acabao.

México

78. Juanchito*

El señor cura de la parroquia, que en los quehaceres de su cargo andaba por la ronda del pueblo, se encontró con un niño, como de siete años de edad, acompañado de un perrito al que llamaba diciéndole:

—Tú, tú, Juanchito; Junachito, tú, tú.

Al oír esto el sacerdote pensó así: Juanchito es el diminutivo familiar de Juanito, que es el gramatical de Juan, nombre que llevaron gloriosos santos como el Bautista y el Evangelista, y más, una serie de veintidós pontífices romanos; de modo que llamar «Juanchito» a un perro es gran desorden social y no menor irreverencia religiosa; mas al propio tiempo reflexionó, que nada remediaría con hacer advertencias al muchacho, las que serían eficaces hechas a sus padres, los verdaderos culpables de tal desorden irreverente; y al efecto preguntó al niño.

—¿Tienes papá y mamá?

—No, tata padre, no tengo ni tata ni mama, porque soy güérfano; pero tengo pipe, hermana mayor, y mamanoya, mama señora, y abuela.

—¿Dónde habitan?

Largo de aquí, esta calle derecha hasta llegar al rastro y de ahí se coge para abajo y apoquito está la casa, al ladito de la de tío Pacho el prioste de nuestro Padre Jesús Nazareno.

—¿Quiere usté que yo lo traiga?

—Sí, llévame, que necesito hablar con tu abuela y con tu hermana.

Caminando juntos, el niño estimulaba al perrito a que le siguiera, repitiendo «tú, tú, Juanchito», con lo que metía un clavo de pena en el corazón del piadoso sacerdote.

Llegados a la casa, las indicadas habitantes de ella, mostraron mucho regocijo por recibir la visita del señor cura.

—Qué dicha la nuestra de tenerlo aquí; qué cara tan perdida que

---

* La ortografía refleja la pronunciación criolla.

casi nunca la vemos y hasta querríamos mandarle a pedir su retrato; lo que nos pasa «porque somos pobres y vivimos largo».

—No, hijas mías, dijo el párroco, deseando mucho visitar a mis feligreses, mis ocupaciones me lo impiden; para mí los pobres son los preferidos como lo fueron de Jesús Nuestro Señor.

—Gracias, señor; ya sabe que esta chocita es toda suya, y estamos muy contentas de que haya venido a vernos.

—Pero yo no lo estoy, insinuó el cura, porque les vengo a poner una queja de este niño a quien oí que llamaba a ese perrito con el nombre de Juanchito; y deben de saber ustedes que...

Mas en este punto, cuando se disponía el sacerdote a reprender la grave irreverencia, la mamanoya lo atajó diciendo:

—¡Ay, señor!, es que mi ñeto es muy desobediente y lo que uno le dice, le entra por una oreja y le sale por la otra. Yo le he regañado muchas veces por eso de llamar al perro Juanchito, cambiándole el nombre, pues el perro se llama «Juan de Dios».

Nicaragua

79. La cosa más rara*

Este'ra un rey ¿vea?, que tenía tres hijos varones, y tenía una sobrina; y cae la torcidura que los tres estaban enamora'o de la so', de la prima hermana porque 'ra prima ¿veá? era sobrina del rey. 'Tonce' el rey dijo:

—No puede ser —dijo—, que se case, pue' si lo caso con uno s'enoja' los otros.

'Tonce' él por quitárselo' d'encima, les dijo:

—Mire, —le dijo—, el que me traiga una cosa—, le dijo— que nu'haiga e' la suidá —le dijo—, con ella lo caso.

* La ortografía refleja la pronunciación criolla.

—'Ta bueno.

—A lo más, a lo' tres mese' le' —dijo el rey.

Y agarraron camino, ¿veá? 'T'ieron camino los tres. Bueno, el primero encontró unos antiojos ¿veá? que le vendieron, ¿veá?, que los antiojos de una suidá miraban pa'l otro, ¿veá?' 'to'o miraba bien, bien mira a lo q' estaban haciendo.

—Esto no hay en mi suidá— dijo—, ¡ja!

En eso il otro incontró una… como… alfombra ¿veá?, qu'en diez minutos 'taba de una siudá' a otra.

—Ahhh esto no tie'… ¡queeee!, allá en mi tierra no hay nada d'eso. So'o me… ¡fss!

En eso el más pequeño encontró una manzana ¿veá?, que sólo al pasarle la manzana en cruz revivía aquella persona.

—¡Já! Esto no hay en mi tierra, e' revivo —dijo—, cualquiera que se muera yo lo revivo, gano pisto —dijo él.

Llegaron pues, se juntaron en el punto ¿veá?, 'onde se tenía' que juntar los tres; 'tan 'es.

—¿Qué viste vos? —le dice—, que hallaste —le dijo.

—¡Ja! unos antiojos mira —le dijo—, que miro la orita voy a ver, eh, voy a ver —le dice—, el palacio de mi padre, dijo.

Comenzó a ver, en eso ve ¿verdá? que 'stá la gente entrando, ve q' estaba la muchacha tendida, ¿veá?

—Caramba —dijo—, si ha muerto nuestra prima —dijo.

—¡Malhaya estuviere yo allá! —dijo entonce' él, el el de la manzana—, ya ya la revivía.

—En esto' momento' montémono' —dijo entonce'—, en la manta que'n se', diez minutos 'o menos estamos allá—dijo.

Y los tre' llegaron pues con el rey. Pero aquel de la manzana y fue 'entrando y le pasó la… en cruz ¿veá? Se sal', rucitó la muchacha.

Y el rey. Entonce' le dice él, el de la, el de la manzana:

—Yo me caso con ella papa —dice—, porque yo la he revivido.

'Tonce' le dice'l otro:

—Qué te servía tener vos la manzana y rivivir —le dice—; si no 'bie'a teni'o mi manta para traerlos a uste'es.

—Bueno —le dice entonce' el otro—, de que te se'vía vos tener la manta y él la manzana; si no 'bie'a teni'omis antiojos que vi qu'estaba muerta. Qué sabian uste' na'a. Es que a mí me pertenece.

Así es que los tres otra vez iguales.

—Ahhh dijo el rey, no —dijo—. No pue'o casarlo' —dijo el rey—. Los tres van a salir —le dijo.

Más di aquellos 'bían visto una' muchachas pues, simpáticas pues, en otra suida'es ¿veá?, pues otra...

—Cada uno se va ir a trer una su muchacha —le 'ijo—, yo los caso.

Antonio Ramírez / Guatemala

80. El Príncipe Tonto

Este era un rey que tenía tres hijos. Los dos mayores eran inteligentes e instruidos, pero el menor era un alma de Dios, por lo cual todo el mundo lo llamaba el Príncipe Tonto.

Cierto día, los dos mayores dijeron a su padre que ellos querían ir a rodar fortuna por esos mundos y que les diera su herencia. El menor, o sea el Tonto, dijo que él se iba también con sus hermanos, pero la reina dijo que qué iba a hacer ese gandul; el rey, que qué iba a hacer ese no nos dejes, y sus hermanos se lo comieron a burlas.

Salieron, pues, los príncipes inteligentes con su herencia en la bolsa, y al Tonto se le metió en la cabeza que se iba y que se iba, aunque no le dieran un cinco. Y de veras se les pegó detrás; los hermanos lo esperaron y le dieron una buena varejoneada para que se devolviera, pero no fue posible que hiciera caso. Él hizo que se devolvió, pero en cuanto se alejaron los príncipes, los siguió nuevamente. Allá más adelante lo divisaron y lo esperaron para volverle a dar su propina. Lo castigaron como en cuatro veces y nada... siempre los seguía. En eso vino la noche y el Tonto pudo seguirlos sin ser visto. Los vio internarse en un bosquecito de la orilla del camino, y comprendió que ahí iban a hacer noche. Se acercó a ellos lo más que pudo y se acostó bajo un árbol que tenía tres ramas. Como estaba muy cansado, pronto se durmió. A eso de la medianoche lo despertaron unas voces que procedían del árbol bajo el cual dormía. Eran tres aves colocadas una en cada rama. Una de ellas dijo:

—Voy a cantar y dejo caer mi mochilita.

—¿Y qué hace tu mochilita? —preguntó otra de las aves.

Y la primera contestó:

—Pues que si se vacía, se vuelve a llenar solita de dinero.

La cual cantó y dejó caer la mochila. El Tonto puso cuidado dónde cayó.

Otra de las aves dijo:

—Yo voy a cantar y dejo caer mi violincito.

—¿Y qué hace tu violincito? —le preguntó otra ave.

—Que cuando lo tocan, todos bailan.

Y cantó el ave y dejó caer el violincito.

La última dijo:

—Pues, niñas, yo voy a cantar y dejo caer mi capita.

—¿Y qué hace tu capita? —le preguntaron.

—Que cuando uno se la pone no lo ven.

Y cantó y dejó caer la capita.

A los primeros raoys del día, se levantó el Tonto antes que sus hermanos y recogió los objetos que dejaron las aves. Cuando lo vieron sus hermanos, se enojaron y quisieron pegarle, pero él les rogó que no le pegaran y les daría una cosa. Diciendo esto, les mostró los objetos, refiriéndoles cómo los había encontrado y la virtud que tenían. Así fue, el hermano mayor tomó la mochila, el otro el violín y al Tonto le quedó la capita. De este modo, continuaron los tres juntos la jornada; así que vino la noche, se internaron un poco en el bosque y se refugiaron bajo un árbol. Cuando los hermanos mayores tantearon que el Tonto estaba dormido, se levantaron sin hacer ruido y se fueron.

Al amanecer se despertó el Tonto y en vez de volver al camino real por donde iban sus hermanos, tomó una veredita hasta internarse por completo en la montaña. Ahí había toda clase de fieras, pero el Tonto se puso la capita y de este modo no lo veían. Todo el día fue de caminar sin saber adónde ir; por allá muy lejos encontró un árbol cargado de frutas olorosas del tamaño de una naranja. Como tenía mucha hambre, recogió varias en el sombrero y en los bolsillos; luego se sentó en un tronco a comer. Al ratito sintió que le pesaba la cabeza, se pasó la mano por la frente, ¡y va viendo que le habían nacido unos grandes cuernos como de venado...!

—¿Y ahora —se dijo— qué hago? ¿Cómo llegar donde el rey así cornudo?

Pero se conformó con la idea de que le servían de defensa contra los animales feroces. Tiró al suelo las frutas que le quedaban y continuó su camino. Al pasar una quebradita, se resbaló y cayó en una poza; por fortuna no era muy honda y logró salir sin dificultad. Una cosa le sirvió de admiración, y fue que salió sin cuernos. Se echó una carcajada de alegría, diciendo:

—Ahora ya sé el remedio.

Y se devolvió a recoger las frutas que había botado, se comió unas cuantas y otra vez le nacieron cuernos; pero como ya sabía el remedio fue a la quebradita, se lavó la cabeza y quedó sin nada.

Siguió caminando; por allá salió a una gran ciudad, y aunque era tonto comprendió que era la capital de algún reino; resolvió entonces ir donde el rey a venderle las frutas para divertirse un rato. Llegó al palacio y estaba la princesa en el balcón.

—Niña —dijo el Tonto— ¿compra pelotas?

—Papá —dijo la niña— dice un muchacho que si compra frutas.

—No, niña, si son pelotas —volvió a decir el Tonto.

Salió el rey, y al sentir el olor tan exquisito de aquellas frutas se le abrió el apetito y las compró todas.

Al día siguiente se regó la gran noticia por toda la ciudad de que sus majestades y la servidumbre tenían cuernos; todo mundo acudía al palacio, pero de nadie se dejaban ver. El Tonto entonces se puso su capita y seguro de que no lo veían, entró muy orondo al palacio. Anduvo por todas las habitaciones y se encontró a la reina y a la princesa en un rincón llorando amargamente de verse con tamaños cuernos.

Supo el Tonto que sus hermanos estaban por ahí y fue a visitarlos. Ellos lo recibieron muy bien y le ofrecieron alojamiento. En vista de tanta generosidad, le dijo al del violín que se lo prestara por un rato; el hermano no se lo negó; entonces se puso la capita, tomó el violín y se encaminó al palacio del rey, se colocó en la puerta principal y empezó a tocar el violín con tal entusiasmo que sus majestades, olvidándose de que tenían cuernos, se pusieron a bailar en los salones que daban a la calle. Al oír la música se fue apiñando un gentío tremendo, que ya no cabía, y se estrechaban tanto que no podían bailar. Aquella música era cada vez más alegre y crecía el entusiasmo en los danzantes, que a la vez reían de ver la figura que hacían los reyes y criados con sus cuernos. Y aquella música incesante no permitía el menor reposo; unos, no pudiendo tenerse en pie, se tiraban al suelo y ahí movían pies y manos a fin de no perder ni una nota de la pieza.

El rey, más muerto que vivo, gritaba que callasen esa maldita música y daba una gran bolsa de dinero, pero el Tonto le contestó que se callaba solamente si le daba la princesa por esposa, y el rey, sin saber a qué horas, le dijo qué bueno.

—Así sí —dijo el Tonto, y guardó el violín.

Al día siguiente fue el Tonto al palacio y se hizo anunciar como el futuro esposo de la princesa. Mandó el rey que lo pasaran adelante, porque recordó la promesa del día anterior y quería conocer el personaje del violín. Él, la reina y la princesa se escondieron tras unas cortinas y va entrando el Tonto acompañado del criado. Inmediatamente reconocieron al muchacho de las frutas, y lleno de cólera el rey salió de su escondite, lo tomó de las orejas y lo arrojó a un patio interior, dando orden de que lo encalabozaran para ahorcarlo al día siguiente.

—Ahora sí —dijo el Tonto—, hasta aquí me la prestó Dios.

Pero pensando y más pensando se dijo:

—No hay que perder las esperanzas, y juro por este chiquero de cruces que la princesa será mi esposa.

Por fortuna tenía la capita en la bolsa; entonces se la puso y empezó a hablar al carcelero.

—Mirá, buen hombre, hoy por mí, mañana por ti, abrime un poquito la puerta de este encierro, yo te doy mi palabra de no fugarme; es que este aire me asfixia, ya casi no puedo respirar. Si me dejan media hora más aquí encerrado, no se dará el gusto el rey de verme patalear con la soga al cuello, ¡porque moriré asfixiado...! ¡Por vida tuyita abrime la puerta, es sólo para respirar, que me muero antes de la hora...!

El carcelero le creyó al fin y le abrió la puerta... Inmediatamente salió el Tonto, y como llevaba puesta la capita, nadie lo vio salir. Se fue donde el hermano que tenía la mochilita y le rogó que se la prestara un rato. La vació unas cuantas veces y se la devolvió. Fue a una tienda y compró un buen traje de doctor; después compró una volanta, contrató un criado y en un cuarto amueblado debidamente puso un rótulo que decía: «Médico especialista en enfermedades de la cabeza, como la cuernitis aguda».

Pronto le llegó al rey la noticia de este nuevo médico y lo mandó llamar a palacio. Le dijo que él había ofrecido la mano de la princesa al médico que lo curara de tan horrible enfermedad. El médico contestó que él lo curaba, pero le advertía que la medicina era más penosa que la enfermedad porque a veces costaba la vida.

—No importa qué clase de medicina sea —agregó el rey—, yo lo que quiero es librarme de estos cuernos.

—Entonces manos a la obra —dijo el médico—: mande construir una pila que tenga cinco metros de largo y cuatro de profundidad y la manda llenar de agua hasta los bordes. Dentro de tres días vuelvo.

Diciendo esto se despidió con grandes ceremonias.

Al tercer día muy cumplidamente volvió el supuesto doctor, le mostraron la pila tal como había ordenado y acto continuo dio principio a su tarea. Vació diversas clases de aceites y perfumes en la pila, diciendo que eran los medicamentos indispensables para la curación. En cada esquina puso un sahumerio de cuernos de res y mandó que se presentará el rey en camisa de baño.

—Su Majestad me perdone —le dijo— pero para hacerle circular la sangre tengo que darle con este chilillo de danta; así es que arrodíllese para empezar; yo no quisiera, pero qué se hace: tengo diez años de investigaciones sobre esta enfermedad y no he encontrado otro medio de curarla.

Y le llovió al rey un crecido número de chilillazos. Luego lo tomo en brazos el médico y lo echó a la pila como quien deja caer un trozo de madera. Al rato, cuando ya se estaba ahogando, lo sacó.

—¡Ay! Hijitas, por Dios —decía el rey a la reina y la princesa— quién sabe si ustedes resistan la curación... Miren cómo traigo mi cuerpo.

En eso llamó el doctor a la reina, la cual se presentó llorando a lágrima viva.

—Venga, mi señora —dijo el médico—, arrodíllese aquí; no se aflija, que su dosis es más moderada.

Le dio media docena de chilillazos y la echó a la pila, sacándola sin mucha tardanza.

Enseguida llegó la princesa llorando también, pero el doctor le hizo ver que no había por qué afligirse, pues para ella la dosis sería insignificante. La mandó arrodillarse y le pegó con un pañuelo de seda, luego la tomó en brazos y la echó a la pila, sacándola con la velocidad del relámpago.

Por último medicinó los criados a quienes, cual más cual menos, les daba con el chilillo. Terminada la curación, fue obsequiado el médico con un suntuoso banquete y baile. Pocos días después se casó con la princesa, y el rey, además le dio la corona. Así es que nuestro príncipe Tonto fue el rey de tan poderoso país. Como era de buen corazón, hizo venir al palacio a sus hermanos y les dio puestos honoríficos.

Costa Rica

81. La lililón

Un hombre y su mujer tenían tres hijos. Su hijo favorito era el más joven, y todo el pueblo también lo quería mucho. Sin embargo, sus hermanos mayores estaban celosos de él.

Un día, la madre se enfermó, y los médicos no la podían ayudar. Nadie sabía qué hacer hasta que una bruja les dijo que fueran al bosque a buscar una hierba específica llamada la lililón. No había nada más que podía curar la enfermedad de la madre.

El padre mandó a los tres hijos a buscar la flor. Pero cuando llegaron al bosque, los dos mayores se escondieron detrás de los árboles, y el más joven, al verse perdido, empezó a llorar y a correr en todas direcciones. Deambulando, encontró la flor, recogió algunas y se fue rumbo a su casa.

En el camino se topó con sus dos hermanos. Cuando se dieron cuenta de que él había encontrado las flores, se enardecieron, y lo golpearon. Lo arrastraron hasta un hoyo y lo taparon con piedras.

Luego los dos varones le llevaron las flores a su padre, y el padre se las llevó e hizo un remedio con ellas. Cuando se lo dio a la madre, enseguida se sanó. Cuando se dio cuenta que el hijo menor no había regresado, el padre se preguntó qué le había pasado. Los hermanos le dijeron que seguro que se perdió.

Los padres mandaron un pelotón de buscada a localizar a su hijo. Pero cuando pasaron tres semanas y aún no lo habían ubicado, lo dieron por muerto. Pensaron que se lo comieron los animales salvajes.

Mientras tanto, hubo un niño que salió a pasear en el bosque, y de regreso al pueblo, se topó con una mata interesante cubierta de flores. Arrancó una y la sopló, y la flor cantó una cancioncita que decía:

> *Ay niñito, no me soples;*
> *no me soples más, no, no.*
> *Mis hermanos me han matado,*
> *por la flor de lililón.*

El niño se asustó, pero cuando la sopló otra vez, y la flor repitió su cancioncita, se puso a pensar. Decidió llenarse los bolsillos con las flores para venderlas en el pueblo.

El destino llevó al niño al frente de la casa donde vivían los padres del niño perdido. El niño empezó a soplar las flores mientras anunciaba la venta de las mismas. La gente estaba curiosa, y por eso lo rodearon. Los padres del niño perdido reconocieron la voz de su hijo y salieron a la calle para ver qué estaba pasando. Llamaron al niño y le pidieron una flor. Cuando el padre la sopló, la flor cantó:

> *Ay padre querido, no me soples:*
> *no me soples más, no, no.*
> *Mis hermanos me han matado,*
> *por la flor de lililón.*

El padre no sabía qué pensar. Le dio la flor a su mujer, y ella la sopló. Entonces ella oyó a la flor decir:

> *Ay madre querida, no me soples:*
> *no me soples más, no, no.*
> *Mis hermanos me han matado,*
> *por la flor de lililón.*

Los padres mandaron a buscar a los hermanos y les dijeron que soplaran la flor, la cual les dijo:

> *Ay hermanos míos, no me soplen;*
> *no me soplen más, no, no.*
> *Mis hermanos, ustedes me han matado,*
> *por la flor de lililón.*

Cuando oyeron esto, la madre y el padre echaron chiles en la chimenea y encerraron a los dos hermanos en la casa, donde se ahogaron. Después le pidieron al niñito que los llevara a la mata de flores. La gente del pueblo los siguió. Cuando llegaron al lugar donde crecía la mata, empezaron a quitar las piedras. Ahí estaba el hijo pequeño durmiendo debajo del tronco de la mata. Lo abrazaron, y enseguida se despertó, y todo el mundo vitoreó.

Ya mi cuento está dicho, y sólo falta el tuyo.

Jorge Carlos González Avila / México

82. Mi jardín está mejor que nunca

Había una mujer pobre que nunca vio el dinero. Sin embargo, un día mientras estaba barriendo, encontró unos centavos.

—¿Qué hago? —se preguntó—. Si compro azúcar, no va a durar, y si compro sal, se desaparece antes que me dé cuenta.

Y decidió comprar semillas de lechuga, y después que las sembró en un terruño, esperó un rato, y cosechó suficiente lechuga para vender. Con el dinero que ganó pudo comprar más semillas, lo suficiente como para sembrar un jardín grande.

Pero había un conejo que acabó con todo sólo para divertirse, y empezó a destruirle el jardín. Un día, la mujer pobre regresaba de trabajar en el jardín cuando una vecina le preguntó: —¿Cómo le van las cosas? ¿Qué le está pasando a su jardín?

—Un conejo está acabando con todo —le contestó la mujer pobre.

—Le voy a dar un consejo —dijo la vecina—. Hay una manera fácil de agarrar el conejo. Todo lo que tiene que hacer es formar una muñeca de cera de abejas y ponerla en el camino por donde entra el conejo en el jardín.

La mujer pobre oía lo que le decían, pero no le prestó atención a todas las palabras de su vecina. En lugar de usar cera de abejas, hizo una muñeca de trapo. La puso en el jardín. Más tarde, la vecina le preguntó: —¿Cómo van las cosas? ¿Qué pasó con el conejo?

—Nada, vecina. El conejo acabó con la muñeca.

—¿De qué la hiciste?

—De trapos.

—No-o-o-o, vecina, le dije *cera*.

El próximo día, la mujer pobre trató otra vez. Esta vez, hizo la muñeca de cera de abeja. Esa noche, cuando el conejo llegó, encontró la muñeca a la entrada del jardín. El conejo dijo: —Buenas tardes, amiguita. ¿Me da permiso para llevarme la lechuga?

La muñeca no dijo nada.

—¿Me das permiso para la lechuga? —preguntó otra vez el conejo.

No hubo respuesta, y el conejo le dio un golpe a la muñeca.

—Te voy a forzar a darme una respuesta —le dijo, pero la mano se le pegó a la muñeca—. Déjame pasar. Si no, te voy a dar otra vez.

Le dio el conejo con la otra mano. Ahora sus dos manos estaban pegadas a la muñeca y el conejo estaba molesto.

—¡Suéltame las manos —gritó—, si no, te pateo!

Pateó el conejo, y se le pegaron los pies. Entonces mordió el conejo, y también se le pegó la cabeza.

El próximo día la dueña salió a ver su jardín, y se dio cuenta que había capturado un conejo. Hizo una jaula de palos, metió el conejo dentro, y después de recoger unos vegetales, se lo llevó todo para la casa. Otra vez la vecina le preguntó: —Vecina, ¿cómo le van las cosas?

—Muy bien —le contestó, con las manos llenas—. Mi jardín está mejor que nunca.

Anastasio García / México (popoluca)

83. Juan Bobo y la puerca*

Un día la mae de Juan Bobo se fue a misa y le dijo a su hijo que le cuidara a la puerca y a unos pollitos que tenía.

Mucho rato después la puerca empezó a chillar y los pollitos se querían salir del corral. Juan Bobo al ver que la puerca no se callaba, le dijo:

—Ah, lo que tú quierej ej dirte pa' misa con mae, ¿veldá? Puej no te apurej que yo te boy a yebal.

Sacó todo lo mejor que tenía su mamá en el ropero, y empezó a vestir a la puerca. Le puso el mejor traje que encontró, la nueva mantilla negra, todos los collares, etcétera. La llevó al camino, y como la puerca no quería andar le metió un fuetazo y así ella empistó a correr.

Luego, como los pollos no se estaban quietos, los cogió a todos y los espetó en una vara.

Cuando la madre llegó de misa le preguntó a su hijo por la puerca y los pollos, y le dijo:

—Juan Bobo, ¿dónde metiste la puelca?

Y él le contestó apurado: —¿Pero no te la haj ancontrao en misa? Yo la bejtí y la mandé pa' yá polque ejtaba yorando pol dilse contigo. Y como loj poyos se querían salil del corral, loj ejpeté en una bara y ahí loj tieej quietesitoj. Ya tú beráj cómo agorita se presenta pol ahí la puelca.

Por esto se llevó una paliza.

Puerto Rico

---

* La ortografía refleja la pronunciación criolla.

84. El príncipe loro

Para saber y contar y contar para aprender, aserrín, aserrán, los maderos de San Juan, los de roque alfandoque, los de rique alfeñique, triquitriqui triquitrán. Este era un caballero viudo que tenía una hija muy hermosa llamada Mariquita, a quien quería extremadamente y mimaba y daba gusto en todo. Pero Mariquita se encontraba muy sola y quería que en su casa hubiera otras niñas con quienes jugar y divertirse, mientras su padre salía a sus ocupaciones.

Pues bien, en la casa vecina había una viuda que tenía tres hijas jóvenes, mayores que Mariquita y bastante feas; y esta viuda, siempre que veía a Mariquita, la obsequiaba con dulces y toda clase de golosinas; y sus hijas también le hacían mucho cariño, y le decían: —Aconséjale a tu papá que se case con la mamá y entonces viviremos juntas y nos pasaremos jugando todo el día.

Y tanto se lo dijeron y tanto la acariciaron, que Mariquita llegó a creer que sería la niña más feliz de la tierra si se efectuaba aquel matrimonio, y comenzó a majaderear a su padre pidiéndole a todas horas que se casara con la vecina; hasta que el padre se rindió a los ruegos de la niña, nada más que por darle gusto, y se llevó a cabo el casamiento.

Pero apenas celebrado el matrimonio, cambiaron por completo las cosas: en vez de caricias, dulces y golosinas, la pobre Mariquita no recibía de su madrastra e hijas, sino malos modos, reprimendas y golpes.

La pobre tenía la culpa de lo que le pasaba, así es que todo lo soportaba en silencio y nada decía a su padre; y hubiera seguido callando sus sufrimientos quién sabe hasta cuándo, si no se hubiera colmado la medida. Una vez que el dueño de casa estaba ausente, las hijas de la viuda la arrastraron de las trenzas, y como ella se quejara a su madrastra, esta mujer pícara, en vez de reprender a sus hijas por su mala acción, tomó un palo y le aplicó tres o cuatro fuertes golpes, diciéndole: —Ven a quejarte, sinvergüenza, ¡quizás qué maldades habrás hecho cuando mis niñitas te han castigado!

Pero lo cierto era que las tres muchachas odiaban a Mariquita, le tenían envidia porque era hermosa y ellas eran feas, porque era la única heredera de los bienes de su padre y ellas eran pobres; y por eso mismo la vieja no podía verla.

Cuando llegó el caballero, Mariquita le contó lo que le había pasado y la vida de sufrimientos que hasta entonces había llevado; no le hizo cargos, pero le suplicó que la dejara irse a vivir sola a una casita que le había dejado su madre al morir. Y el caballero accedió, pues no veía otro modo de que volviera la tranquilidad a su familia.

Después de tantos días de padecimiento siguieron otros de bonanza para Mariquita. Su vida se deslizaba entre los quehaceres de la casa y el cuidado de un jardincito y de algunos árboles que la convidaban con su sombra a descansar.

Una tarde, mientras barría el patió, oyó que le decían: —Mariquita, ¿te ayudo a barrer?

Asustada, miró a su alrededor, pero no vio a nadie. Nuevamente se oyó la voz: —No te asustes, Mariquita, soy yo quien te habla desde las ramas del peumo.

Miró ella hacia arriba del árbol y vio un loro vestido de brillantes plumas de los más bellos colores.

—¡Ay, lorito lindo —le dijo— quién pudiera merecerte!

—¿Quieres que baje? —le contestó el loro.

—Sí, baja y quédate conmigo. Serás mi compañero. ¡Estoy tan sola! ¡Cómo te cuidaré! ¡Qué cosas tan ricas te daré de comer! Nueces, chocolate, pan con vino, dulces…

—Ahora no puedo —contestó el loro—; tengo que irme, pero volveré en la noche. Déjame en la ventana, abierta, una palangana con agua, un paño de manos, una peineta y un espejo.

Y emprendió el vuelo.

En cuanto se obscureció, Mariquita abrió la ventana y colocó en ella los objetos que el loro le había encargado, y llena de impaciencia se sentó a esperarlo. Cuando daban las doce, sintió el ruido que producían las alas del loro, que se acercaba; lo vio meterse en el agua y bañarse alegremente; después salir de la palangana y secarse; enseguida, peinarse las plumas, mirándose en el espejo; y por fin, dando un salto, caer arrodillado a sus pies, convertido en el más bello príncipe que hubiera podido soñar.

Nada diremos de lo que hablaron; pero sí, que en la mañana, al despedirse, le prometió volver todas las noches y acompañarla hasta el amanecer. Y entregándole una gruesa suma de dinero, se zabulló en la palangana, y convertido nuevamente en loro, dio un volido y se perdió en el espacio.

El loro cumplió su promesa y sus visitas se repitieron noche a noche.

Mariquita se sentía plenamente feliz; el príncipe la adoraba; costosos trajes de seda cubrían su cuerpo y valiosísimas alhajas adornaban sus orejas, su cuello y sus brazos.

Cierta ocasión en que una de sus hermanastras pasaba por su casa, la divisó en la ventana y fue a contar a su madre y hermanas cómo había visto a Mariquita tan lujosamente vestida y alhajada.

—Alguien le da dinero —dijo la vieja— porque ella no tiene para comprar cosas de tanto valor; y es bueno que vayas tú a verla y te quedes a dormir allá —agregó dirigiéndose a la mayor de sus hijas— y que observes lo que pasa y nos vengas a contar lo que veas.

Y al otro día la mayor fue a visitar a Mariquita y le contó mil mentiras: que sentían tanto que se hubiera ido de la casa; que la echaban tanto de menos; que no fuera ingrata; que su mamá y sus hermanas se morían de ganas de verla, y que ella venía acompañarla todo el día y toda la noche. Mariquita, siempre bondadosa, le dio las gracias y le hizo mucho cariño; pero temiendo que en la noche sintiera llegar al príncipe y los oyera hablar, durante la comida le sirvió vino a cada rato, y la muchacha, que era aficionada al trago, se bebía los vasos uno tras otro; y tanto bebió, que antes de levantarse de la mesa tenía la cabeza completamente trastornada y habría podido pasar una carreta por encima de ella sin que la sintiera. Mariquita la acostó en una pieza contigua a la suya y esperó tranquila al príncipe…

La alojada se levantó al otro día no muy temprano, después de pasar la noche de un sueño, y sin que se hubiera dado cuenta de lo que ocurría tan cerca de ella. Cuando llegó a su casa, les contó a su madre y hermanas cuán bien puesta tenía Mariquita la casa y cómo la había servido, con lo que más se encendió la envidia de aquella mala gente. La madre se enojó con la muchacha porque no había visto lo que importaba ver; y ordenó a la mediana que fuese, a su vez, a pasar con su hijastra, recomendándole que no se quedase dormida y se fijase en todo. Pero a ésta le pasó lo que a la mayor, que se embriagó y volvió a su casa sabiendo de nuevo tanto como sabía antes de salir.

Pero la menor, que era la más fea, la más envidiosa y la que más odiaba a Mariquita, le dijo a su madre: —Yo iré ahora y lo averiguaré todo.

Y así fue, en efecto, porque, como sólo fingió beber, no se durmió y pasó la noche en vela, y por el ojo de la cerradura de la puerta que comunicaba su dormitorio con el de Mariquita, vio llegar al loro, le vio bañarse en la palangana y convertirse en hermosísimo príncipe, y por fin, sentarse al lado de Mariquita, hablarla cariñosamente y acariciarla. La rabia se la comía viva y no veía la hora de que amaneciese para regresar a su casa. La noche entera permaneció pegada al ojo de la cerradura, sin pestañear, sin moverse, a pesar de lo incómodo de la postura, así es que de todo se impuso hasta el momento en que, aclarando el día, el príncipe entregaba a su amada una bolsa de dinero, se despedía con un cariñoso beso y, metiéndose en la palangana, emprendía el vuelo transformado en loro.

Un rato después, la envidiosa joven se despedía de su hermanastra asegurándole que había pasado un día y una noche excelentes, y que, si no le era pesada, repetiría la visita. Mariquita le dijo que, al contrario, le daría mucho gusto su compañía, que viniera siempre que quisiera, con la seguridad de que sería bien recibida. Salió la muchacha sonriente de la casa de Mariquita, pero apenas se apartó lo suficiente para no ser vista, echó a correr hasta llegar a su casa, a la que entró a los pocos instantes, convertida en una verdadera furia.

—¿No ve, Mamá, cómo yo me impuse de todo? ¡Estas tontas pasaban la noche durmiendo y no veían nada; pero yo no dormí y lo vi todo, todo, todo!

Y hablando precipitadamente, refirió cuanto había presenciado.

Una vez terminada la relación, dijo la madre:

—¡Ah! ¿Con que esas tenemos? Lo que es esta noche no hablará esa cochina con su famoso príncipe. Yo iré, y va a saber lo que es bueno.

Efectivamente, poco antes de las doce de la noche llegó la vieja, ocultándose en las sombras, a la ventana por donde entraba el príncipe, y sin hacer el menor ruido, puso en la palangana tres navajas abiertas, muy afiladas, con el filo hacia arriba, y se quedó atisbando a la distancia.

Dando las doce llegó el loro, y, como de costumbre, se dejó caer en la palangana, pero esta vez se hirió el cuerpo con las navajas. El dolor que experimentó le hizo lanzar un agudo grito; y viendo a Mariquita, que había acudido presurosa a ver qué había sucedido, le dijo con tono dolorido:

—¿Qué te he hecho, ingrata, para que me trates así? ¿De esta manera pagas mi cariño? Hoy precisamente cesaba mi encantamiento, y con tu acción me has perdido, tal vez para siempre. Pero si alguna vez llegaras a arrepentirte de tu conducta y quisieras buscarme, zapatos de hierro tendrás que gastar para dar conmigo.

Y se lanzó volando al espacio, en medio de las lágrimas de la pobre niña, a quien no dejó tiempo de decir ni una palabra, y que, sólo cuando vio las navajas en el agua, enrojecida con la sangre del príncipe, se dió cuenta de lo acaecido.

La vieja todo lo vio y todo lo oyó desde el escondite en que estaba en acecho, y radiante de gozo por el éxito que había alcanzado, se fue a su casa a referirlo a sus hijas. Las tres celebraron lo ocurrido; pero quien se sintió más feliz con la desgracia de Mariquita, fue la menor.

Mariquita lloró un buen rato amargamente, pero pensó que mejor que llorar era salir a buscar a su esposo. Mandó hacer inmediatamente un par de zapatos de hierro, que se calzó en cuanto se lo entregaron, y partió a la ventura sin más equipaje que un atado de ropa blanca, para mudarse, hilo, aguja, unas buenas tijeras y una botella para el agua. Con su atado al hombro, anduvo mucho tiempo, por llanos y cerros, sin descanso ni reposo, sufriendo mil quebrantos y miserias, hasta que un día en que ya no podía más de fatiga, llegó a un monte, cerca de una laguna, y se tendió a descansar en la espesura. Y al estirar las piernas para estar más cómoda —¡oh felicidad!— notó que sus zapatos de hierro tenían la planta completamente gastada y que por la punta de ambos asomaban los dedos de sus pies; señal evidente, pensó, de que pronto encontraría a su amado.

Comenzaba a anochecer. Mariquita, rendida de cansancio, dormitaba con los párpados cerrados; pero no alcanzó a dormir, porque el ruido de un fuerte aleteo que cesó muy cerca de ella, la hizo abrir los ojos y prestar atención. Casi al mismo instante sintió un nuevo aleteo, y oyó esta conversación:

—Qué hay, Comadre, ¿cómo está? Y usted, Ahijada, ¿está bien?

—Estamos buenas, Comadre. Aquí nos ve, que acabamos de llegar de nuestra casa, en donde dejamos durmiendo al viejo tonto de mi marido y a mis dos hijas mayores, que no valen más que él. Si la única digna de mí, es su ahijada, comadrita, y por eso me hago acompañar de ella a todas partes, desde que es bruja como nosotras.

¿Y qué noticias nos trae usted del príncipe loro? ¿Se morirá pronto?

—Ya podía haber reventado —dijo la ahijada.

—No le quedarán, comadre, más de dos o tres días de vida. Se le han corrompido las heridas que se hizo en la palangana con las navajas que usted le puso, y los médicos no atinan con el remedio. ¿Y qué van a atinar? Pero hablemos más bajo, comadre, y ocultémonos bien, porque las paredes tienen oídos y los matorrales ojos. ¿Cómo van a adivinar —dijo—, que el príncipe sanaría en tres días, si nos sacaran a cada una de nosotras una pluma del ala derecha y cada día le pasaran por las heridas una de estas plumas untada en nuestra sangre? Pero para esto tendrían que matarnos.

—¡Qué lo van a adivinar, comadrita de mi alma! ¡No lo permita el diablo que lleguen a saber tal cosa!

—Vámonos a dormir, Comadre. Estoy que me caigo de sueño, porque me levanté muy temprano.

—Lo mismo nosotras, Comadre. Vamos a acostarnos, y mañana seguiremos nuestra conversación.

Y patojeando se metieron por entre unas totoras que había a la orilla de la laguna.

Las que así hablaban eran tres brujas: la madrastra de Mariquita, su hija menor y la madrina de ésta, que todos los sábados en la noche se reunían ahí, transformadas en patas, a contarse las novedades de la semana.

Mariquita esperó cerca de una hora, y saliendo de su escondite armada de sus tijeras, que eran grandes y muy afiladas, se dirigió al lugar en que estaban las patas. Las tres se habían situado a alguna distancia una de otra. A la primera que encontró Mariquita fue a su madrastra y tomándola del cogote, se lo cortó de un solo tijeretazo. Recogió un poco de sangre en la botella que había llevado consigo, y arrancándole una pluma del ala derecha, se fue en busca de otra pata, que encontró pronto y resultó ser su hermanastra, e hizo con ella lo mismo que había hecho con su madrastra; y por fin, ejecutó igual operación con la comadre; después de lo cual se dirigió apresuradamente a la ciudad. Al llegar, cambió sus vestidos de mujer por los de un hombre que encontró en su camino, a quien pagó el cambio con todo el dinero que llevaba, y así disfrazada entró a la ciudad.

A poco andar encontró a una viejecita que iba muy triste, y deteniéndola, le preguntó:

—¿Qué sucede, Mamita, que va tan afligida?

—¿Qué ha de suceder, pues, Hijito? —contestó la anciana—. Que el príncipe, hijo del rey nuestro amo, está agonizando y los médicos dicen que difícilmente pasará de hoy.

—¡Ay, Mamita! Yo soy médico, y si pudiese entrar al palacio sanaría al enfermo en tres días.

—¿De veras, Hijito? Yo lo llevaré al palacio; yo crié a mis pechos al príncipe y puedo entrar a la hora que quiera.

Y se fueron las dos para el palacio.

La viejecita habló primero con el rey, y él ordenó que dejasen entrar al joven médico a la pieza del príncipe, exigiendo aquél que lo dejaran solo con el enfermo.

Mariquita, cuando quedó sola, rompió a llorar amargamente: el príncipe tenía los ojos cerrados, estaba sin conocimiento y sus heridas despedían un olor sumamente desagradable. Y así, llorando, tomó una de las plumas arrancadas de las alas de las patas y untándola en la sangre que llevaba en la botella, la pasó suavemente por las heridas del príncipe.

Al otro día temprano, fue el rey a ver a su hijo.

—¿Cómo lo encuentra? —preguntó al falso médico.

—Mucho mejor, señor. Acérquese y mire: los gusanos han desaparecido y las heridas han formado costra.

Y así era en efecto.

El médico pidió que lo dejasen solo hasta el día siguiente, y el rey se retiró contentísimo y con la esperanza de que su hijo viviría.

En cuanto salió el rey, Mariquita aplicó otra pluma con sangre de las brujas a las heridas del joven, que al punto recobró el conocimiento. Las costras se desprendieron y fueron cayendo poco a poco.

Al otro día fue nuevamente el rey y encontró a su hijo tan mejorado, que ya hablaba. Naturalmente salió aún más contento que de la visita anterior.

Inmediatamente después de retirarse el rey, Mariquita pasó por todo el cuerpo del príncipe la tercera pluma con el resto de sangre que quedaba en la botella, y al punto el enfermo quedó completamente sano y pidió su ropa para levantarse. Mariquita se dio a conocer, y en medio de la alegría del príncipe, le contó todo lo que había sucedido desde que se hirió, y cómo, por la conversación de las brujas, llegó a saber que su madrastra había sido quien había colocado las navajas en la palangana.

Cuando Mariquita concluía su relato, entró el rey, y no es para contada la alegría que experimentó al ver a su hijo completamente sano y en pie. El príncipe refirió a su padre cuanto acababa de saber de Mariquita y le rogó lo dejase casarse con ella, ya que ambos se amaban tiernamente y a ella le debía la vida. El rey consintió gustoso, y el matrimonio se celebró a los pocos días, en medio del mayor entusiasmo de todos los habitantes del reino.

Y de ello puedo yo dar fe, porque me encontré en el casamiento y comí y bebí tanto, que casi reventé.

Y con esto se acabó el cuento y se lo llevó el viento para el mar adentro.

Chile

Adivinanzas en cadena

I.

—Adivina dónde está el maíz.

—Debajo de un metate.

—Adivina dónde está el metate.

—En el nido de una ardilla.

—Adivina dónde está el nido.

—Tapado por un cangrejo.

—Adivina dónde está el cangrejo.

—Se lo comió una garza real.

—Adivina dónde está la garza real.

—Encaramada en un árbol.

—Adivina dónde está el árbol.

—Se cayó en el agua.

—Adivina dónde está el agua.

—Se la tomó un ciervo.

—Adivina dónde está el ciervo.

—Lo espantó un incendio.

—Adivina dónde es el incendio.

—Lo apagó la lluvia.

—Adivina dónde está la lluvia.

—Se la llevó el viento

—Adivina dónde está el viento.

—Se fue por detrás de la montaña.

México (mixe)

II.

—Comadre rana, ¿vino su marido?

—Sí, señora.

—¿Qué le trajo?

—Un vestido.

—¿De qué color?

—De verde limón.

—¿Vamos a misa?

—No tengo camisa.

—¿Vamos al sermón?

—No tengo mantón.

—Sopita li-pón, sopita li-pón.

Puerto Rico

III.

—La Luna, la Luna, Santa Rosa,
adivina adónde fue Rosa.

—Fue a buscar dos carbones ardientes.

—¿Y para qué el fuego?

—Para cocinar el maíz.

—¿Y para qué el maíz?

—Para hacer tortillas.

—¿Y para qué las tortillas?

—Para que abuelo se las lleve al huerto.

—¿Y qué quiere abuelo en el huerto?

—Fue a buscar una enredadera.

—¿Y para qué una enredadera?

—Para darle golpes a abuela, para que salga
de la cocina y traiga un jarro lleno de agua.

—¿Y para qué el agua?

—Para que la tomen los pollos.

—¿Y para qué los pollos?

—Para que pongan huevos.

—¿Y para qué los huevos?

—Para darle de comer al cura.

—¿Y para qué el cura?

—Para que dé una misa.

Tin-alín, coco de lechera.

Tin-alín, coco de coyal.

México (zapoteco)

IV.

—El rey y la reina se fueron por agua.

—¿Quése el agua?

—Se la bebieron los pollitos.

—¿Quése los pollitos?

—Andan comiendo huesitos.

—¿Quése los huesitos?

—Se los llevó el rey.

—¿Quése el rey?

—Se fue a decir misita.

—¿Quése la misita?

—La envolvió en un papelito.

—¿Quése el papelito?

—Voló al ciclo.

Nuevo México, EE.UU.

V.

—¿Adónde vas, típula?

—Allá.

—¿Y por qué allá?

—Para buscar una flor blanca.

—¿Y para qué es la flor?

—Para ponérsela a los pies de una niña.

—¿Qué le pasó a la niña?

—¿La mordió una serpiente blanca.

—¿Dónde está la serpiente?

—La matamos.

—¿Adónde la echaste?

—La echamos en el fuego.

—¿Dónde están las cenizas?

—Las usaron para arreglar la iglesia vieja.

—¿Y la iglesia vieja?

—Se desplomó.

—¿Quién la tumbó?

—Una oveja coja le dio una patada.

—¿Y dónde está la oveja?

—Se la comió un coyote.

—¿Y dónde está el coyote?

—Se lo comió un buitre.

—¿Y dónde está el buitre?

—Se fue volando.

México (otomí)

VI.

—Vamos a cazar.

—Mi rifle está roto.

—¿Dónde están los trozos?

—Los he quemado.

—¿Dónde están las cenizas?

—Se las comió un halcón.

—¿Dónde están el halcón?

—Se fue al cielo.

—¿Adónde en el cielo?

—Se cayó.

—¿Pues dónde cayó?

—Se metió en un pozo.

—¿Dónde está el pozo?

—Ha desaparecido.

—¿Dónde desapareció?

—Dentro de tu ombligo.

—Cierto.

México (yucateco)

▼▲▼▲▼▲▼▲▼▲▼▲▼▲▼▲▼▲▼

OCTAVA SECCIÓN

▼▲▼▲▼▲▼▲▼▲▼

85. El muerto habla

Hacía mucho tiempo que mis primos, Andrés, Francisco y Santiago, querían ir a los Estados Unidos. Venían a vernos a nosotros, pero se montaron en un tren equivocado, y en lugar de ir a Austin, fueron a Oklahoma. Mientras estuvieron ahí, trabajaron como vaqueros.

Mientras los tres estaban en el rancho, uno de los otros vaqueros se enfermó. Llevaron al vaquero a la casa más cercana, que era una casucha de dos cuartos abandonada. El vaquero murió, y los otros colocaron su cadáver sobre unas planchas de madera y pusieron una vela sobre su cabeza y otra sobre sus pies.

Entonces a uno de los vaqueros se le ocurrió que jugaran a las barajas para pasar el tiempo, pero mi primo Francisco no quiso. Él dijo: —Hay un muerto en el otro cuarto. No debemos faltarle el respeto.

Los otros no quisieron hacerle caso. Empezaron a jugar a las barajas y a tomar whisky. Una de las velas que los alumbraba se estaba apagando, y como no les quedaba más ninguna, Andrés le dijo a Francisco: —Vete al otro cuarto y trae una de las velas.

Francisco entró en el cuarto donde estaba el difunto. Cuando agarró la vela, el difunto se levantó un poco. Francisco tropezó, tiró la vela al piso y se cayó encima de las planchas de madera. La vela que estaba encima de la cabeza del difunto se apagó y las planchas de madera salieron volando. Mientras estas atravesaban el aire, el difunto cayó encima de Francisco. Sus codos le dieron a Francisco, y éste oyó una voz estridente decir: —A los muertos se les debe respetar.

Cuando oyó esto, Francisco gritó: —¡Auxilio! ¡El muerto me quiere matar!

Cuando los vaqueros lo oyeron, salieron corriendo de la casucha. Andrés fue el primero que se compuso, y regresó a ver lo que le había pasado a Francisco. Francisco se había desmayado. Los vaqueros lo revivieron, pero no volvieron a jugar a las barajas ni tomaron más whisky. Nunca más jugaron a las barajas ni tomaron whisky en la presencia de un muerto.

Señora Charles G. Balagia / Texas, EE.UU.

86. El hijo de la osa

Eran dos pobrecitos. El hombre gustaba de ir a buscar colmenas. Un día vino a su casa y dijo a su señora que iba a vender miel, pero luego dijo que no, que no iba, como salía un oso en la montaña por el camino donde tenía que pasar. Dijo su señora: —Bueno, voy a venderla yo.

—Y, ¿si te sale el oso?

—Primero Dios, que no quiero me vaya a salir.

—Pues bueno, si quieres ir.

Y le dio seis botellas llenas de miel en un canasto. Se fue ella sola con el canasto diciendo: —A la mano de Dios que no me vaya a salir el animal.

Iba caminando por la montaña cuando salió el animal. Ella lo sintió. La va agarrando, abrazando y con todo aquello, la miel quedó en la calle. Él no quería la miel. La agarró y se la llevó para la gran cuevona donde vivía. Era como una iglesia. Lo va viendo ella hasta el último rincón. Aquello era bien bonito. Era pura casa. Entonces le dijo: —Ahorita por mientras te dejo aquí, cuidado que no te vayas a salir. Si te sales te mato.

Al rato volvió él con toda clase de carnes. Las traía chineadas bien arregladonas, en hojas de guaruma de las que hay en la montaña.

Ella dijo que no, que no comía carne cruda. Ella le pidió que haga un fueguito en un rinconcito de la cueva. Luego él hizo un fuego y asó la carne. El salía de noche. Y siempre llegaba de vuelta bien noche. En el día se quedaba en la cueva. Así estaban. Ya como al año tuvieron un niño. Ella se decía: *¡Dios mío! ¡En lo que me vine a meter yo!*

Y así se fue criando su niño. El niño sí comía carne cruda, galán. Así se crió. Ya tenía como quince años él. De la mitad para abajo estaba bien peludo, tenía bastante pelo, igual al de la mamá.

—¿Este animal es mi papá? Y yo, ¡fíjese cómo he salido! Mire cómo soy yo, peludo hasta los pies.

Le dijo ella: —Es que vos salistes ya amistado de él, la mitad animal, pero también, la mitad gente.

—Pues bueno… Pero mira entonces este animal, a ver cómo haremos con él. No le gusta usted aquí en esta casa. Mire yo mamá.

Agarró un palo y lo golpeó contra una roca.

—¿Tendrá más fuerzas mi papá? ¿Sabe cómo, Mamá? Dormido puedo matarlo.

—Mire, de veras hijo, es para usted que quiero que lo mate.

El hijo se acostó. Ya tenía lista la pulla. Cuando vino el papá y se acostó el hijo le puso la pulla y no se la aflojaba hasta que se murió.

—Pues lo maté. Ahora sí Mamá, ahora sí nos vamos mamá.

—Sí, vámonos. Vamos a ir a bautizarte.

—¿Dónde se bautiza, Mamá?

—En la iglesia hijo, donde el cura.

—Ah vaya, esto va a estar bueno, Mamá.

Se fueron. Ya va de andar y va de andar.

—Me va a decir qué es lo que es el hombre.

Por la noche se quedaron por el camino en una garuchita de zacate. Al otro día dijo el hijo: —Pues bueno Mamá, antes de irme a bautizar quiero ver al hombre.

—No, Hijo no, te matará el hombre, te mata, seguro.

—Quiero ver al hombre primero.

—Mira Hijo, el hombre por las ideas que tiene, te puede matar. El hombre tiene ideas y te puede matar ligero. Y si no te mata, va a hacer cosas con vos, con las ideas que tiene. Cuídate.

Él se iba. Él se miraba fuerte.

—Pues vaya —dijo la mamá—, que te vaya bien, que Dios te socorra.

Va de andar y va de andar y va de andar el muchacho, cuando mira un buey. El hijo se dijo: *Mi mamá dijo que el hombre es chiquito, pequeñito y que sólo dos pies tiene, así como yo.*

—Ah ¿qué tal? —le dice al buey—. Vea, ¿usted es el hombre?

—No. Yo soy el buey.

—Ah, vaya. ¿Qué estás haciendo?

—Pues descansando que ahorita me acaba de soltar el hombre. Pues mira, me pone el yugo, me pone palos en la cabeza. Mírame la nuca, como estoy, bien pelado. Así es el hombre, no hay con qué se atenga.

—¡Pero vos sos más grande!

—Pues sí, tengo más fuerzas, pero no las ideas. Yo tengo más fuerzas que él, pero las fuerzas sólo sirven para arrastrar maderos. Y cuando él me suelta, él laxa, me enreda en un palo y así me detiene. Es que el hombre tiene bastantes ideas.

—¡Cuando le encuentre, voy a matarle!

Más adelante mira un caballo debajo de un palo. Estaba bien amarrado al palo. Lo miró y se dijo: *Así como me dijo mi mamá tiene las orejitas bien chiquitas y son paradas. Casi son iguales a las mías.*

—¿Qué estás haciendo?

—Cállate. ¿No ves que estoy cansado, que el hombre me acaba de desensillar? Me cansan las árganas. No me miras mi lomo… como está de pelado. Cuando me estaba amansando el hombre, yo lo volteaba. Yo lo quería cocear con las patas. Pero era en balde. Me agarraba a chilillo y desde que me amansó ya me puso la carga.

—Pues me voy.

Sigue el camino derecho a las casas. Adelante miró un burro, encadenado. *Bueno, pues aquel debe ser el hombre: barriga blanca, el lomo bien bonito, la cara como fajeada. Pero no, pues me dijo mi mamá que no tenía tanto pelo.*

Lo miraba bien. El burro estaba comiendo galán, mascando y sonaba la cadena.

—Bueno. ¿Qué tal, hombre?

—¿No ves que es la cadena, que me puso el hombre? La cadena, este fierro. Esto sí que no lo reviento yo. Hay lazos que no me aguantan, soy demasiado fuerte pero este fierro, no.

—Pues, voy a liberarte.

—No, esto es imposible, le dijo el burro.

—Pues ya me voy.

—Que te vaya bien. Vaya adelante, ya vas a llegar.

Se fue cuando al momentito que iba andando *ruuuu,* ladró un perro.

—Y vos, ¿por qué me hablas?

—Porque así me ordena mi amo. Porque si hay alguna cosa peligrosa, le ladro.

—Ah, vaya. Y ¿quién es tu amo?

—El hombre. Ya va a salir, ya viene, ahí viene. Tú le dices a qué vienes vos.

Cuando el hombre lo miró al hijo de la osa le dijo: ¿Qué tal?

—Pues bien. ¿Y vos?

Se dieron la mano. Se saludaron bien.

—Y vos, ¿en qué vueltas andas?

—Pues yo vengo a que peleemos. A eso vengo. Me dijo mi mamá que usted es el hombre, que usted es el que puede con todo el mundo, que lo hace todo, que usted doma todo animal.

—Tal vez.

—Tal vez, pues yo vengo a que nos matemos ahorita.

El hombre llevaba un hacha en el lomo.

—¿Que nos matemos?

—Sí ahorita.

—No. Espérate un tantito. Espérate, después ya vamos a pelear. Véngase para acá. Venga, ayúdame a hacer un trabajito.

—Con gusto.

—Bueno, aquí me vas a hacer un trabajito.

El hombre pegó el hachazo al troncón y lo abrió.

—Vaya, meta las manos ahí para arrancar este palo.

—Bueno está bien. ¿Las dos manos?

—Sí. Los dos brazos cruzados.

Así lo hizo.

—Ya tantea, haga fuerzas.

Luego el hombre zató y destrabó el hacha para arriba y el muchacho quedó entrampado.

—¡Jay! ¡Pero no hagas así! —le gritó—. ¡Espérese ya vamos a pelear!

Pero el hombre agarró el hacha y se fue. El hombre se fue para la
casa. Puso el hacha debajo de la cama, cenó y se acostó dejándolo ahí
prensado.

Se acostó el hombre. Al siguiente día se desayunó, agarró el hacha,
la tiró al lomo y vino de vuelta. Le puso el hacha y se abrió el palo de
vuelta. Ya sacó los brazos bien tronchaditos.

—Vos ahora ¿qué decís? ¿Querés pelear conmigo?

—No. No tronchado.

—Y ¿cómo pues?

—Si bien me dijo mi mamá. Yo sé bien una cosa: que usted es el
hombre.

—Ya. ¿Qué decís pues vos venías a matarme? Va pues. Si querés
venir a mi casa venite.

—No. Ahora mira los brazos cómo estoy yo bien tronchadito.

—Va pues.

—Mejor me voy de vuelta para mi casa.

Se fue y volvió por donde los animales. Pasó por donde el burro, el
caballo y el buey. A cada uno les dijo: —Ya. El hombre todo me tronchó.
¡Qué íbamos a pelear! Mírame todo tronchado.

—¿Verdad que te lo dije? —le dijo el burro, luego el caballo y el buey.

Llega a la casa de él. Su mamá le saludó:

—¿Qué tal te lo fue, Hijo?

—Ah. Cállese Mamá. Mira como vengo… ¡los brazos!

—Verdad que te dije, Hijo.

Ella se puso a sobarlo con manteca. Bien lo compuso.

—Pues ahora sí, Hijo, ya vamos a ir a bautizarte.

La mamá lo llevó a la iglesia. Llegaron donde el cura y ella le dijo:

—Venga a que me bautice este niño que ya es un hombre grande.

—Ah, bueno Hijito. Pues voy a ser el padrino también. No ande buscando usted señora, yo voy a ser el padrino. Pero luego sí, me lo va a dejar a mí para la iglesia.

—Está bueno —dice la mamá.

Luego le preguntó al hijo: —¿Te quedarías con él?

—Cómo no. Sí. Yo sí me quedo con mi padrino.

—Ya pues —dice el cura— desde ahorita ya me lo va a dejar aquí.

Le arregló una cama para que estuviera ahí en una pieza de la casa cural. Le dio de comer. Este día también conoció la tortilla, porque él no conocía nada. Él la comió. Lo que le daban, lo comía. Él no andaba con cuentos. A la mañana le dice el padrino, el cura: —Pues mirá Hijito, va a ir a ver a unos trabajadores que tengo yo haciendo la milpa.

—Ah vaya, Padrino, está bueno.

Le dieron de desayunar y se fue, pero sin nada, sin machete, nada. Llegó a la milpa. Allá el cura tenía veinticinco mozos rozando, botando madera. El muchacho, el oso pues, llegó y miró el gran corte que llevaban ellos. El hombre, el mayordomo, le dijo: —Pues ya tenemos como cinco días trabajando.

—Ah —le dijo y anduvo mirando el monte.

Entró en la montaña y se le parecía igual a la montaña donde vivía él con su mamá y su padre Sisimite. Les dijo a los mozos: —Aquí se parece adonde nací yo. Puro donde viví yo.

A él le gustó estar en el monte. Anduvo mirando todos los palos. Se fue para la casa. Su padrino le preguntó: —¿Qué dicen los mozos?

—Pues hay veinticinco, pero en cinco días han hecho muy poquito. Mañana vengo a trabajar, pero voy a querer un machete de dos arrobas. Estos machetitos de aquí los quiebro de un machetazo. No me aguantan.

El cura se fue ligerito donde el herrero que le dijo:

—Pero señor cura, ¿para qué quiere usted este machetón? ¿Cómo lo va a levantar?

—Pues es que mi ahijado, así quiere un machete.

—Ah, vaya. ¿Tiene algún ahijado?

—Cómo no. Si usted lo conociera, viera qué bonito es, la mitad bien peludita, lo demás, gente, bien bonito.

Así se fue el ahijado, de mañana en el caballo con una mano llevó el machete. Entrado a la montaña casi aterró a los mozos por aquel gran machete. Toda la gente se apartó en terror. Al fin del día, el padrino volvió a la montaña. El ahijado le dijo: —Pues mira Padrino, yo solo voy a hacer todos los trabajos. No se preocupe. Hice toda una manzana en el día, pero eso sí padrino, han quedado los palos gruesos. Voy a ocupar un hacha de cuatro arrobas.

—¿Tanto, Hijito?

—Pues es lo que hace falta para botar los palos.

Así fue. El padrino mandó hacer el hacha. Próximo día, el ahijado tala los árboles. El día según se queman los árboles. Próximo día, él planta las semillas. Finalmente, la cosecha.

—Hijito, has trabajado mucho y no ganas ni un centavo —le dijo el sacerdote.

—¿Qué es ganar, Padrino?

—Tenés esos dos pesos.

Sacó de la gaveta dos pesos y se los dio.

—Anda, échate un traguito de aguardiente.

—¿Qué es aguardiente, Padrino?

—Anda al estanco, ahí te lo van a vender.

Le dijo que bueno y se fue. Llegando al estanquito dijo al cantinero: —Dijo mi padrino que me venda dos pesos de aguardiente.

—Estád bueno. Aquí está.

—Qué bueno está esto que me da mi padrino. Voy a pedirle que me dé otros dos pesos.

—Vaya pues —le dice el cantinero.

Regresó a su padrino y le preguntó: —Padrino, qué buena esa agüita de aguardiente. Déme otros dos pesos.

—Bueno pues, tenga hijo.

Él regresó a la casa del cura dos veces más para dos pesos cada vez. Se fue al estanco, y cuando terminó su última toma el cantinero le dijo: —No vienes más por acá. Que no. Voy a mandar a traer la autoridad.

—Vaya, es cosa suya, pero ¿qué es autoridad?

En eso el cantinero manda un cipote para traer la guardia. El cantinero todavía tenía otros cinco garrafones alzados. Llegaron varios guardias, pero pues no lo pudieron capturar, más bien el muchacho bebió todos los cinco garrafones. Entonces se fue para la casa del cura, bien bolo y atrás el cantinero y luego la guardia. Llegando le dijo el cantinero al cura:

—¡Mire usted señor cura, usted me tiene que pagar todo lo que me bebió su ahijado!

—Que yo pago. Pago lo que quiere

Se dijo a sí mismo, *¿De pagar? No pago nada pero yo fui tonto. ¿Para qué le enseñé el aguaradiente? Yo tengo la culpa. Él no tiene la culpa. Pero ya no me está gustando. Es que éste no es gente, es un animal. Pues bueno yo lo tenía de mozo, pero ya no me gusta.*

Cerca había una montaña donde salían unos tigres. Más peligrosa era una tigra parida que toda la gente que pasaba por ahí se la comía. El cura le dijo: *Le mando donde la tigra y se lo come. Sí.*

Al otro día dice a su ahijado:

—Hombre, Hijito, mañana me vas a ir a traer una vaquita que tengo y tres terneritos. Allá en la montaña. Pero cuídate porque la vaca es algo brava.

—Pero Padrino, ¿cómo es el modo de llamar a las vacas?

—Desde que se entra a la montaña uno va chiflando, cantando, llamando, ton, ton, ton.

Cuando se fue el ahijado, el cura dijo:—Ah. La tigra se lo va a comer y ya.

El muchacho agarró camino, agarró a andar, a andar hasta que llegó a la montaña. Entonces se dijo: *Mi padrino dijo que había que chiflar, llamar, gritar, ton, ton, ton.*

Se paró en la lomita y al ratito venía la tigra a cazarlo y casi se le tira encima.

—Ah ¡puercadita! —le gritó.

Y le pegó un tiratazo. La devanó y la tiró acostada, pero se levantó de vuelta.

—Vaya. Mi padrino dijo bien que a esta vaquita hay que saberla educar. Pero conmigo se va a fregar.

Le pegó otro tiratazo.

—¡Pucha! ¡Pero la puedo matar!

Le dio otro pero quedito.

—¡Qué puerca es!

No le daba en la cabeza, sólo en el lomo, para no matarla.

—Para no matar la vaquita le pego con cuidado, como está parida. Me quiere asustar como a mi padrino.

Pues ya la lazó, bien amarradita, la amarró de las canillas de un palo con cuidadito a modo de no molestarla. Le quiso agarrar, le quiso arañar, le quiso morder pero no hubo caso. De repente el muchacho saltó, pues detrás le salió otro y le quiso hacer lo mismo, luego otro y otro, tres más.

—¡Pucha! —dijo. Estos terneritos son bien bravos.

Entre gritos y golpes los domó a todos y los amarró bien amarradi-tos como a la vaca.

—Ah, qué puercaditas —dijo.

Agarró los tres con una sola mano y la otra con la otra mano y así arrastrándolos se fue para la ciudad. Entrando a la ciudad, ¡qué admira-ción de la gente! Llegando a la casa le dice a su padrino: —Padrino, aquí está su vaquita. ¡Viera qué brava! Y los tres terneritos.

—Sí, sí. Está bueno, Hijito.

Escondido del muchacho, el cura manda a traer la escolta de la guardia para que matara a los cuatro tigritos. El muchacho oyó ruidos, los cuatro tiros. Les pegaron uno a cada uno. El miró pasar la escolta. Así que ya almorzó, se levantó y fue a ver la vaquita y la va mirando muerta con sus tres terneritos, aquellos con rifles.

—Padrino —le dijo—. ¿Qué está haciendo? ¿Para qué manda matar la vaca y los terneros? ¿No ve que mañana yo iba a tomar leche?

—No, Hijito, es que estas vacas no se acostumbran mandarlas a traer.

—Ya, entonces ¿para qué me mandó a traerlas? ¿Sólo es para matar-las? Pobrecitas.

Y agarró para la cama y se acostó enojado. El cura mandó esconder los tigres muertos y a sacarles los cueritos para tenerlos ahí de adornos.

Al otro día el muchacho todavía estaba enojado pero el cura le dijo:

—Mañana vas a ir hijo a hacer otro mandado. Vas a ir a dormir a la hacienda que tengo yo, a la casa, a ver que no vaya a llegar alguno de noche que asusta.

Ahora sí, esta vez sí, se dijo el cura, *se va a morir de puro susto.*

—Bueno, está bueno —le dijo su ahijado.

Le alistaron una cobija y un machete de arroba. Al otro día agarró camino y cuando llegó ya se hizo noche, pero todavía se miraba claro en la casa. Llegó y se acostó, roncó y se durmió de verdad. Pero al ratito se despertó y miró una luz en la pieza al lado de donde estaba.

—Ve, bien dijo mi padrino que se mete gente aquí.

Se levantó, se puso los zapatos, se vistió y agarró el machete de arroba. Pasó a la pieza al lado de donde salía la luz y mira que alguien está arreglando una vaca para comérsela.

—Ah ¿qué usted está aquí en la casa de mi padrino? ¿Qué viene a hacer aquí?

—Hombre, cállate —le dijo—. Cállate vos.

—Yo vengo a cuidar la casa de padrino. Si no se vaya le saco a puros golpes, a la fuerza, si no lo mato.

—Cállate —le dijo.

—Bueno, ¿y con qué permiso se ha metido aquí?

—¿Quieres comer?

—Yo no vengo a comer. Mi padrino ya me dio de comer. Vengo lleno. ¡Que salga de aquí! Si no ya le mato.

Era como modo de gente, como uno, todo y todo, bien arreglado. Tenía cuchillos y ya estaba haciendo el destazo de la vaca. De tanto rogarle de comer y mirando la gran mesada de comida, comió. Se sentó en la mesa y comió de todo lo que aquel le había arreglado. Ya al último bocadito dijo que tenía sueño, que ya estaba bien lleno y se fue a dormir en su pieza cerrando bien las puertas. Se acostó de vuelta y va de roncar cuando oyó una voz salida de las vigas de su pieza, que gritaba: «¡Me caigo! ¡Me caigo!».

Pero ¿quién ha entrado aquí? se dijo el muchacho ya bien despierto. Mira arriba de su cama a una viga.

—¡Me caigo! ¡Me caigo!

—Usted está molestando mucho. Ya rato me dio de comer y ahora me está jodiendo. ¿Por qué está molestando allá arriba? ¡Salite, andate! ¡Quiero dormir! ¡Cayete al suelo de una vez!

—Está bueno pues me caigo.

Lo miró el muchacho por la viga, y miró un brazo que se cayó suelto al suelo. El resto del cuerpo todavía estaba arriba en la viga. Luego cayó el otro brazo. Le gritó.

—¿Qué estás haciendo vos? ¿Por pedazos estás cayendo? ¡No fregués!

Va pues, al rato una pierna suelta cayó y pegó fuerte al suelo.

—Tírate del todo —le gritó el muchacho—. Cayete de una vez. ¡No sigas jodiendo!

En esto se tiró la otra canilla, la otra pierna. Sólo la cabeza quedó arriba. El muchacho miraba en el suelo los pedazos tirados. Luego, ¡pum! Cayó la cabeza. Al ratito, que le siguió mirando el muchacho, se juntaron los pedazos y pedacitos de cuerpo y se hizo un hombre de nuevo. Le dijo: —Pues bueno, así es que vos te tirás por tucos y luego te juntas en el suelo. ¿Con qué permiso te andas metiendo aquí en la casa de mi padrino?

—No —le dice el cuerpo—, es que soy espíritu.

—¿Cómo? ¿Espíritu? Yo te miré que andas. ¿Espíritu? Y ¿cómo te subís a la viga? Si fuera espíritu no te subieras arriba.

—No fregués… dejé un entierro en esta casa.

—¿Cómo un entierro?

—Vení, levántate. Te digo aquí hay un entierro de pura plata digo. Levántate y corta dos estacas.

—¿Yo corto estacas? ¿Por qué no las cortas vos?

—Pues, no puedo yo.

—¿Y no tenés manos? Como para restregarlas ahí en las vigas, para eso sí tenés manos.

—Córteme dos estacas. El bien es para usted.

—Para usted será. Yo estoy acostado.

Como pudo el espíritu tronchó dos estaquitas y las prendió. Se fue a buscar el entierro.

—Pues aquí está el entierro, el que yo dejé con mi plata. Aquí está entero. Yo lo dejo para que me haga una misa el cura el día de San Antonio.

—Ah, vaya.

—Está bueno. Sólo eso es lo que quiero yo, que me haga esa misa.

—¿Con el pisto? ¿Con esa plata?

—Sí. Y lo demás que quede para ustedes.

—Ah vaya pues, ¿sólo por eso anda jodiendo?

—Pues sí, sólo por eso ando yo en penas.

—Va pues. Andate.

—Me voy.

Desapareció aquel. El muchacho volvió a la cama. Durmió. Amaneció y ¡pucha! Hasta mediodía, a las doce se recordó. Entonces se fue donde el cura.

—¡Ah, Padrino!

—¿Qué, Hijo?

¡Pucha!, se dijo el cura, *éste no es gente. Este ya no lo aguanto.*

—A comer llegó.

—Ah, y ¿qué miraste?

—Ahí estaba arreglando una vaca. Después me puso una gran mesada y de tanto rogarme yo comí. Me llené bien. Luego me acosté. Después de eso salió un hombre arriba en las vigas. Se venía por pedazos cayendo para abajo.

—¡Ah pucha! —dijo el cura.

—Luego cortó unas estacas y las prendió. Me decía que yo me levantara a prenderlas, pero él las prendió. Y con la luz de las estacas me enseñó el entierro, en la misma casa, lleno de pura plata. Quiere una misa para el día de San Antonio. Ahí está la plata. Que vaya a sacarlo.

—Ah vaya, Hijito. Pobrecito el señor. Le vamos a hacer este trabajito. Vete ahora a comer, a cenar.

Se puso contento el cura. Alistó unos fierros, ya al otro día se fueron para la hacienda.

—Mira, Padrino, donde estaba comiendo yo y ahí estaba arreglando la vaca. Aquí me puso de comer y allá me acosté yo.

—Vaya, Hijito.

El cura se echó agua bendita sobre todo aquello. Luego sacó los fierros. El muchacho le ayudaba a levantar el cajón con el pisto pues no alcanzaba levantarlo solo. Lo sacaron y lo llevaron para la casa en el lomo del muchacho. Ya para el día de San Antonio el cura hizo la misa, para el alma en penas. Era pues el dueño de la casa antes de la hacienda y familia del cura. El espíritu quedó en paz y el cura con el pisto. Gastó para la misa y lo demás que le sobró, para él.

Mira que el cura no se anduvo con cuentos. Le dijo al muchacho:

—Ya, Hijito, son muchos trabajos que le mando hacer. Me los hace todos. Es una fregada, puede morir usted de eso.

—Está bueno, Padrino, hasta ahora nomás voy a estar aquí.

—Ah, vaya, Hijito, está bueno.

El cura alegre que se vaya. Pues así fue. Al otro día se levantó, se vistió y todo.

—Padrino, entonces ahora me voy.

—Pues que te pongan de comer, tortillas, comidita, almuerzo.

—No, no quiero nada.

Él, bien enojado. Amaneció enojado.

—Pues bueno, pues mire. Usted es mi padrino. Usted es el que me bautizó. Mi mamá me trajo a bautizar y usted es mi padrino. Pues que Dios lo socorra.

—Vaya pues, Hijito, que Dios lo socorra y que te vaya bien.

Se perdió el muchacho. A saber por dónde agarraría. Hasta aquí nomás es la historia.

Hipólito Lara / Honduras (lenca)

87. La caridad

Había una vez un rey muy caritativo con la gente necesitada de su pueblo. Elegía un día de la semana en que su servidumbre tenía que preparar comida suficiente para repartirles y él en persona se encargaba de hacerlo.

De tantos necesitados que iban, tan sólo un hombre faltaba; una vez anoticiado se presenta y el rey, al verlo por primera vez, le pregunta cómo pasaba su vida. El hombre le dice que más pobre que las ratas, porque además de su mujer y sus padres, tenía muchos hijos y contaba con su humilde recurso para sostenerlos.

Al oír esto, el rey ordena a sus sirvientes preparen empanadas para el siguiente viernes, con el fin de ayudarle sin que adviertan los demás pobres. Una vez preparadas, abre una y pone adentro un doblón; luego la cierra y la aparta.

Llega la hora del reparto y el rey le entrega a este hombre dos empanadas en lugar de una, pero sin decirle nada. Las recibe contento y se va para su casa; en el camino se da con otro pobre que recién iba al palacio y notando que éste llegaría a destiempo, guarda una para él y le da la otra empanada.

El viernes siguiente el rey observa asombrado que entre el grupo de pobres estaba aquel al que le dio la empanada con premio; indignado, creyendo que después de haber gastado el doblón de oro que llevaba la empanada, volvía por más, lo llama aparte y le dice muy airado:

—¿Qué hiciste del doblón de oro que llevaba una de las empanadas que te di?

Sorprendido de esto, el hombre le responde que él no había encontrado nada en la suya, y que la otra la había regalado a otro pobre.

—¡Bueno, no hay más que he favorecido a otro sin querer! —dice el rey comprendiendo la confusión del hombre.

Lo llama de nuevo para renovar su ayuda y lo lleva adonde guardaba su tesoro, para sacarlo de su pobreza. Ensaya las llaves y como ninguna iba bien en la cerradura, se enoja. En ese trance estaba el rey cuando de pronto siente una voz que le habla desde un crucifijo cercano. Era Nuestro Señor que le decía:

—No hagas rico a quien yo hice pobre.

El rey escucha bien, y se sorprende por este aviso. Entonces comprende que no era conveniente favorecer a ese hombre, y desde ese momento lo ayuda como lo hacía con todos.

Manuel de Jesús Aráoz / Argentina

88. Riquezas sin trabajar*

Una vez una viejecita tenía un hijo. Este muchacho estaba enamorado de una joven, y nunca trabajaba. Podría tener dieciocho y quería casarse en la casa de un hacendado. He aquí lo que hizo el muchacho: envió a su madre para que les vaya a decir que se la den. La viejecita le dijo a su hijo: —Pero ¿dónde te han de recibir? Como nomás para me vayan a correr.

Dijo el muchacho: —¡Ea! Vaya usted a decirle haber si quiere oírla su mamá.

Y no iba. Se metió a la casa del hacendado; de ninguna manera le hacían caso, hasta que, después, ya pasado rato, le preguntaron: —¿Qué quiere usted?

—Esto —contestó.

He aquí con lo que salió el hacendado: —Nomás oyó y también la novia; nomás vino usted a molestarse, nomás vino usted a traer recado, vosotros sois sucios pelados; también queréis riquezas sin trabajar: trabajad, si no sois flojos, para ahorréis algo.

La viejecita, esto apenas oyó, temblorosa, enseguida se vino saliendo y le vino a decir a su hijo todo lo que le fueron diciendo. Este muchacho le dijo a su madre: —Deje usted ya no irá, y mañana me mata un gallo para llevarlo al monte; iré a traer leña para que no anden diciendo que soy perezoso.

Cuando ya amaneció se lo arregló su madre como se lo encargó el

---

* La ortografía refleja la pronunciación criolla.

muchacho: le puso el gallo y un chiquihuite de tortillas. Se fue con esto el muchacho contento. Siguió el camino hasta ya muy tarde y no podía llegar. Dijo: —Pos ¿por donde? Hasta el monte no puedo llegar, y aquí ya tengo hambre, ya voy a comer.

Sentado para comer comenzó a decir: —¡Toma! Ya se hizo de noche.

Y luego hizo pedazos la carne: cada pedazo que ponía en un lugar ya lejos lo hallaba roído y ve a su carne con lástima. Dijo: —Pos, ¿de qué modo mi carne nunca más se pierda? Teniendo cuidado y que ve a un ratón que viene saliendo. Él me coge la carne e inmediatamente se mete.

Dijo: —Pos ¡ahora lo verás! Mas que, ¿hasta dónde? Lo he de descubrir pero, es así que yo te he de vencer. Anduvo de aquí para allá, y que lo halló. Inmediatamente habla el muchacho: le decía al ratón: —¡Ah! ¡Bribón! Tú eres. Tú me acabaste mi carne; pero ahora tú me la pagarás, tú y todos tus hijos.

El ratón comenzó a cruzarse de manos y le suplicaba. ¿No los mataré? El muchacho dijo: —Pero hombre. Tú me acabaste mi carne.

Respondió el ratón: —Si no nos matas y nos llevas a tu casa, nos pones cama y nos das de comer, cuanto quieras se hará. ¿Qué cosa deseas? —preguntó al muchacho.

—Algo yo desearía.

Dijo el ratón: —Para que tú veas que te quiero, te casaré con una hacendada que no te recibe.

Dijo el muchacho: —¿De veras?

Dijo el ratón: —Pos en haciendo lo que yo te diga se hará lo que tú quieras.

Dijo el muchacho: —Pos tan sólo se hará lo que yo quiero: os voy a llevar.

Los acomodó en su sarape, los cargó; con ellos se fue, y regresó a su casa. Cuando llegó le preguntó su madre: —¿En dónde está la leña? ¿La trajiste?

Dijo el muchacho: —¡Ea! Vaya usted a comprar algodón: si usted tiene, pos tráigalo.

Dijo la viejecita: —¿Para qué ocuparás el algodón que me mandas traer?

Dijo: —Para los vestidos de los ratones: con eso les comprondré sus camas.

Dijo la viejecita: —Mejor hubieras matado a los ratones. ¡Ya los metió! ¡Anda! Ya los voy a matar.

Dijo: —¿A que no sabe usted lo que éllos van a hacer? Los necesito.

Se compró una libra de algodón y se la dió al muchacho. Este fue luego a componerles su cama y los acostó. Le recomendó a su madre les guardara carne, pos les compró y se las dio. Esa noche, por el ratón aconsejado, fue a la casa de la novia. Como ya sabía que por ahí en la casa había una cantidad de dinero en un cajón escondido, se metió y comenzó a agujerearlo; lo acabó, mientras trajo uno.

Pero luego dijo el ratón, le dijo al muchacho: —Pon los cajones para el dinero, pos que bien pronto te van a dar a tu mujer.

Este muchacho puso muchos cajones y comenzó el ratón a transportarlos, todas las noches de una semana; acabó de transportarlos: ni un centavo, nada quedó dentro de la casa de la novia. Entonces la viejecita ya les compraba su carne, ya les tenía muy regalados. El muchacho ya gozaba de buen caballo, hasta bailaba, andaba por allá algunos días presumiendo. La madre de la novia se enfermó. Vendieron los terrenos para con ello curarla, pero no se alivió: se murió.

Comenzó a estar grave su padre también, y con esto ya se acabaron las tierras de vender. Se acordó que en la casa por ahí estaba el dinero para sacarlo. Y que... ya no estaba: comenzó a buscar, pero ya no lo halló. Se murió el padre de la novia, y ya se quedó huérfana. Entonces vino por el tesoro a preguntarle. Ese muchacho reflexionó: buscaba cómo negarlo; pero al fin se lo contó; pos que dijo: si no se lo explico no me lucirá lo que tengo. Hasta que por fin los dos se casaron y se quedó rico.

México (náhuatl)

89. El que no te conozca que te compre

Don Jesús Nuezmoscada, hombre sencillo, católico y crédulo de buena fe, fue a la feria de Chiantla a comprar un macho; pero como llevaba al hombro sus árganas repletas de dinero, dos ladrones que no faltan en las ferias, le echaron el ojo y lo fueron siguiendo. Don Chus, después de dar muchas vueltas, encontró un macho que le gustó, y después de ponerle muchos defectos y el dueño muchas cualidades, se cerró el trato y él se llevó su compra a su posada, lo amarró en una estaca y le echó bastante zacate.

Nuezmoscada se propuso no dormir esa noche y a cada momento salía a ver a su animal. Los ladrones mientras tanto, lo estaban velando y en cuanto se descuidó, desataron al macho, le pusieron otro lazo en el pescuezo y se quedó uno de ellos poniéndose a gatas. A los pocos momentos salió don Chus del cuarto, con su hachón de ocote y se fue de espaldas al ver que en lugar de su macho estaba un hombre amarrado del pescuezo haciendo esfuerzos por comer zacate. Poco a poco se fue animando y por fin sin acercarse mucho se santiguó y dijo: —En el nombre de Dios Todopoderoso ¿qué estás haciendo ahí, vos?

—¡Ay, señor mío! Mi bienhechor —contestó el ladrón—, yo soy un hombre que fuí muy mal portado con mis padres, por eso una bruja me encantó, me volvió macho y me dijo: «Anda errante por el mundo en castigo de tus faltas, volverás otra vez a tu ser cuando te compre un hombre de buena fe». Desde entonces he pasado muchos trabajos. Estuve en el poste, me remataron, y me compró Ño Pascasio Taltusa, pero como es un hereje no pude volver a mi primer estado hasta que mi buena suerte quiso que usté que es un santo, me compró y hace como media hora que volví a mi primitivo ser. Ora sólo falta que me desate porque yo no puedo, siento todavía mis manos como cascos.

—¡Bueno! —dijo don Jesús—. Y si te desato ¿quién me paga mi pisto que di por vos? ¿Tenés vos con qué pagarme?

—¿Onde quiere que yo vaya a traer? Suélteme, écheme su bendición y regáleme cinco pesos, que Dios le ha de pagar porque ¿cuándo ha visto usté que Dios se quede con una deuda?

Al fin, compadecido don Chus, lo soltó.

Al día siguiente, Nuezmoscada se fue a la feria a reponer el macho perdido, ya muy satisfecho de su buena acción, cuando encontró un animal muy parecido al que perdió y al estarlo registrando se fijó en el tamaño, color y los fierros sacó la carta de venta, comparó todas las señas y resultó ser el mismo macho que él había comprado el día antes.

—¡Ah pícaro! —le dijo don Jesús— a mí no me la pegás dos veces, ¡el que no te conozca que te compre!...

Guatemala

90. El rey de los ratones

Bueno, dice que en esas épocas antiguas, había una casita de un... un campesino, de una gente así humilde a la orilla de un bosque. Que este campesino labrador, tenía una hija muy linda. Ésta se había entrado al bosque a pasear y encontró una ratita blanca dormida al pie de un árbol. Entonces la agarró a la ratita y dijo: —Me la voy a llevar a la ratita a casa.

Que era una belleza, ¿no? Pero entonces la ratita le habló y le dijo: —No me lleves. Te ruego largamente, no me tengas prisionera. Yo soy el rey de los ratones, y si me largas yo te daré todo lo que tú me pidas.

—¡Ah! —dijo la otra—. Esto me conviene más.

—Y todas las veces que tú necesites algo vienes al pie de esta encina, de este árbol y dices: «ratoncito mío, ratoncito blanco, ven, te necesito». Yo te voy a escuchar y te voy a conceder todo lo que tú me pidas.

Bueno, en ese mismo minuto, ella muy diligente le dice: —Bueno, en este mismo momento te pido que mi chozita humilde se convierta en una linda casa de campo.

—Muy bien. Puedes irte a tu casa y verás cómo está.

Se va la otra. Y cuál no sería su sorpresa. Se encuentra con una hermosísima casa de campo. Sus padres felices, ella también. Regresa… ah… y al tiempo de regresar, porque ella pensó y dijo: —Bueno, ahora voy a ir a darle las gracias al ratón.

Se encuentra con su enamorado que era un labrador humilde y le dice: —No. Ahora ya no me gustas, porque ahora ya soy pues persona que ha subido de categoría. Tengo una hermosísima casa.

Y lo despreció al labrador, y le dijo que ya no. Entonces piensa y dice: —No. Yo he sido muy tonta. ¿Por qué he pedido una casa así? Debería haber pedido pues una casa mejor, un castillo.

Se va, otra vez: —Ratoncito mío, ratoncito blanco, yo te pido un castillo.

Efectivamente regresa y se encuentra con el castillo. Pero en el trayecto se encuentra con un joven muy buen mozo, que era un noble, que le propone matrimonio. Ah, ella sonríe un poco a la idea, pero después piensa y dice: —No. Yo ya tengo que pretender algo más, es muy poco.

Ella le dice no. Regresa donde el ratoncito y le dice pues: —Yo quiero ser reina. Y quiero para esto que me des un palacio de reina. Algo fantástico —le dice ¿no?—, porque quiero casarme con un rey.

—Muy bien.

También se regresa y se encuentra con el castillo. Realmente que era algo fantástico, como de rey. Y a esto aparece el hijo de un rey, que probablemente en esas épocas sería, pues, un rey de Inglaterra, o ¿de dónde sería?, pues. Entonces le propone matrimonio y ella por supuesto le acepta. Pero nuevamente regresa donde el ratón, que ya estaba un poco enojado por tanta ambición. Y ya le había prevenido el ratón y le dijo: —Mira, tú eres demasiado ambiciosa. Nada te contenta, quieres una cosa, y quieres otra mejor, y otra mejor. Mucho cuidado.

Ella regresa y le dice: —Mira, todo está perfecto. Me voy a casar con el hijo del rey. Pero yo necesito, ahora, que tú hagas que este hijo del rey, el príncipe, no haga más que lo que yo quiera, para que sea yo la que mande en este reino.

Y el ratón muy enojado, la mira y le dice: —Ya te dije que no seas ambiciosa. ¡Regresa!

Regresa la otra, pensando que efectivamente el príncipe iba a ser pues una oveja. Que no iba a hacer más que lo que ella decía. Y cuál no sería su sorpresa, que se encuentra con la misma casuchita que tenía, y la misma chozita, y sus padres vestidos igual. Y ella se fija que ya no tenía las hermosísimas ropas, ni la gran casa que tenía. La hermosísima ropa, carrozas, no había ya nada ¿no?

Y qué había sido: que el ratoncito, cada vez que ella le pedía algo, hacía que ella viera en su imaginación las cosas que pedía ¿no? Pero la estaba probando para ver cómo era. Y cada vez pedía más, pedía más. Y el ratoncito tenía una fuerza mental tan grande, que hacía que ella viera lo que pedía. Pero ya la última vez, ya se pasó de raya, entonces la castigó. Hizo que ya no hubiera nada.

Amalia de Ordóñez / Bolivia

91. Mariquita la fea y Mariquita la bonita

Hace mucho tiempo, vivía una mujer que tenía una hija y una hijastra: las dos se llamaban Mariquita, pero a la hija le decían Mariquita la fea, porque era muy fea y muy mala, y a la hijastra le decían Mariquita la bonita, porque era muy bonita y buena.

Madre e hija siempre estaban buscando la oportunidad de hacer sufrir a Mariquita la bonita, porque la odiaban. La obligaban a trabajar, le pegaban, y sin embargo, nunca se quejaba. Cierto día le regalaron un lechoncito y Mariquita estaba contentísima pensando: *Ya tengo con quien jugar*; pero la madrastra, al ver su alegría, le dijo a su hija: —Mañana mataremos al lechoncito y nos lo comeremos.

Y así fue; al otro día, sin hacer caso de los ruegos de Mariquita, mataron el lechoncito, le sacaron las tripas, las pusieron en una cesta y la madrastra llamó a Mariquita y le dijo: —Dentro de esta cesta hay ocho tripitas. Ve al río, lávalas, y como se te pierda alguna, te mataré.

Se fue la niña al río y empezó a lavar las tripitas, y ya estaba terminando de lavarlas cuando vino un pececito y se llevó una; al ver aquello, la niña se echó a llorar, porque sabía que si no las llevaba completas la matarían.

En esto pasó un perro y la niña le dijo: —Perro, perro, búscame una tripita que se me ha perdido, porque si no la encuentro mi madrastra me mata.

—Cúrame esta pata que tengo enferma y yo te la buscaré.

La niña le curó la pata y entonces el perro le dijo: —Más atrás viene un viejecito, él te la buscará —y se fue.

Al poco rato pasó un viejecito y la niña le dijo: —Viejecito, viejecito, ¿quieres buscarme una tripita que se me ha perdido? Porque si vuelvo a casa sin ella mi madrastra me matará.

—Córtame la barba y yo te la buscaré.

Mariquita, como era muy buena, le cortó la barba y entonces el viejecito le dijo: —Más atrás viene una viejecita; ella te la buscará.

Y se desapareció.

Cuando pasó la viejecita, Mariquita le dijo: —Viejecita, viejecita, ¿quieres buscarme la tripita que se me ha perdido? Porque si vuelvo a casa sin ella mi madrastra me matará.

Entonces la viejecita, que era la Virgen, le dijo: —¿Ves aquella casita que está allá lejos? Pues, ve allá, la revuelves toda, matas al perro, le pegas al niño, le cortas la cabeza al perico y le tuerces el pescuezo al gallo. ¿Harás todo eso?

—Sí, señora —contestó la niña.

—Bueno, pues déjame aquí la cesta con tus tripitas y cuando hayas terminado de hacer lo que he dicho, yo te las llevaré completas.

Se fue la niña corriendo y pronto llegó a la casita. Entonces, como era muy buena, en lugar de hacer lo que le había dicho la vieja, barrió la casita, la arregló, le dio de comer al perro, al perico y al gallo, bañó al niño y lo durmió, hizo la comida, y después se escondió detrás de la puerta.

Cuando la viejecita llegó se puso muy contenta y dijo: —¿Quién me ha puesto mi casa tan bonita?

—Jau… jau… detrás de la puerta está, cógela que se te va —ladró el perro.

—Detrás de la puerta está, cógela que se te va —dijo el perico.

—Quiquiriquí… detrás de la puerta está, cógela que se te va —cantó el gallo.

La viejecita se asomó detrás de la puerta, y al ver a la niña, le puso una mano en la frente y le dijo:

—Donde te he puesto la mano te saldrá un lucero que, mientras más te lo raspen, más lindo se te pondrá.

La niña se miró en un espejo y viéndose aquel lucero tan lindo en la frente, le pidió a la viejecita un pañuelo con que cubrírselo, para que su madrastra no lo viera, porque ella sabía que si se lo veía le pegaría. La viejecita se lo dio, junto con la cesta en que ya estaban las ocho tripitas, y Mariquita se dirigió a su casa. Cuando llegó a ella, la madrastra le dijo: —¿Qué tienes en la frente? —y le arrancó el pañuelo.

Y, llena de envidia al ver aquel lucero tan lindo, cogió un cuchillo y empezó a rasparlo, pero mientras más lo raspaba, más lindo se ponía; viendo esto, le dijo a Mariquita: —Dime inmediatamente, si no quieres que te mate, cómo te ha salido ese lucero en la frente.

La niña le contó todo lo que le había sucedido, y entonces la madrastra le dijo a su hija: —Mañana irás tú también a lavar unas tripitas para que te pongan un lucero en la frente.

Dicho y hecho; al otro día muy temprano mató un lechoncito, le sacó las tripitas, puso ocho en una cesta y se las dió a su hija para que fuera a lavarlas al río.

Cuando la niña llegó al río se puso a lavarlas, pero, viendo que ningún pececito se llevaba una, la dejó ir y se hizo la que estaba llorando; en esto pasó un perro y ella, al verlo, le dijo despectivamente: —Perro, perro, búscame una tripita que se me ha perdido.

—Cúrame esta pata que tengo enferma y yo te la buscaré.

—¡Ja! ¡Ja! ¡Como que yo me voy a ensuciar las manos curando a un perro!

El perro no contestó y siguió por su camino. Al poco rato pasó un viejecito y ella le gritó: —Oiga, viejo, búsqueme una tripita que se me ha perdido.

—Si me cortas la barba te la buscaré.

—¡Ya lo creo! ¡Ahora mismo le voy a cortar la barba a un viejo tan asqueroso como tú!

El viejecito no le hizo caso y prosiguió por su camino. Cuando pasó la viejecita, la niña le dijo: —Oye, vieja, búscame una tripita que se me ha perdido.

—Yo te la buscaré, con una condición: que vayas a mi casa, que es esa que se ve allá muy lejos, y la arregles, hagas la comida, bañes al niño, le eches agua a la tinaja y le des de comer al perro, al perico y al gallo.

Le dejó la niña la cesta a la viejecita y se dirigió a su casa.

Cuando estuvo en ella, se dijo: —¿Qué se habrá creído la vieja esa, que yo le voy a arreglar la casa? ¡Ahora verá ella lo que es bueno!

Y aquella niña tan mala cogió toda la basura que había recogido y la regó por toda la casa, rompió las ollas, le pegó al niño y lo tiró al suelo, hizo pedazos la tinaja, dejó al perro medio muerto de tantos palos que le dio, y al perico y al gallo los dejó casi sin cabeza. Después que hizo todo aquello, se escondió detrás de la puerta; cuando la viejecita llegó y vio aquel destrozo, dijo: —¿Quién me ha puesto mi casa así?

—Jau... jau... de... trás de... la... puerta está... Cógela... que se... te... va —ladró el perro, muriéndose.

—Detrás de la puerta está, cógela que se te va —dijo el perico.

—Quiquiriquí... detrás de la puerta está, cógela que se te va —cantó el gallo, y cayó muerto.

Al oír aquello, la viejecita se asomó detrás de la puerta, y al ver a la niña le puso una mano en la frente y dijo: —Donde te he puesto la mano te saldrá un moco de guanajo, que mientras más te lo corten, más grande se te pondrá —y le dio la cesta.

La niña cogió la cesta y se fue muy contenta, creyendo que lo que le habían puesto en la frente era un lucero.

Cuando llegó a su casa la madre le dijo: —Ay, hija mía, ¿qué te han puesto en la frente?

—Un lucero —contestó ella.

—No, mírate —y le puso un espejo delante.

Al verse aquello tan horrible, empezó a llorar y le dijo a la madre:
—Mamá, córtamelo.

La madre cogió un cuchillo y se puso a cortárselo, pero mientras
más se lo cortaba, más grande se le ponía.

Pasó el tiempo y las dos niñas se hicieron mujeres; las dos seguían
igual: una mala y fea, la otra buena y bonita.

En esto se le ocurre al príncipe heredero tomar esposa, y para ello
invita a todas las jóvenes del país a una fiesta que iba a dar en su palacio,
para escoger la que más le gustase.

La madrastra no quería que Mariquita la bonita fuera a la fiesta,
pero no tuvo más remedio que llevarla, porque castigaban a la persona
responsable de que una muchacha faltara al baile.

Cuando llegaron el príncipe salió a recibirlas, y al ver a Mariquita la
bonita tan linda y con aquel hermoso lucero en la frente, se enamoró de
ella y le preguntó si quería ser su esposa. Ella le dijo que sí, y al poco
tiempo se celebraron las bodas.

El príncipe, al enterarse de lo mucho que habían hecho sufrir, la
madrastra y su hija, a Mariquita la bonita, las botó del país, siendo ambas
muy desgraciadas, pues todos se alejaban de ellas al ver la maldad de las
dos y la fealdad de la hija, tan repulsiva, con aquel «adorno» en la frente.

Cuba

92. La cena del compadre*

Era una ve que eran una gente mu mequina. La gente diban a su casa y
seguido econdían la comía en una tuaya. Y un día le dijo un amigo a

---

* La ortografía refleja la pronunciación criolla.

otro amigo: —Vamo apotando que yo hoy como de la comía de donde mi compái.

—¡No! ¡Qué va tú a coméi!

Cogió el hombre pa' la casa seguío, y lo alcansaron a vei. Corrieron y econdieron la comía entre una tuaya. Y seguío el hombre entró y se sentó sobre la tuaya.

—No señó, no se siente en eta siya —le dise la mujéi.

—No, señora, yo toy aquí bien.

—Pasan hora y vienen hora y el hombre sentao ensima e la tuaya. Yegó la noche, y el hombre sentao ensima la tuaya. Y la gente muriéndose de jambre.

—Seño, acuétese en eta cama.

—No, señora, que una noche se pasa como quiera.

Le dise el viejo a la vieja: —¡Yo sí tengo jambre!

—Y el hombre taba roncando mucho pa' jaséi creéi que taba doimío. Le dise el viejo a la vieja: —Alevántate y vete a la cosina y ha un majaretico.

Denje que el hombre vio la vieja que diba pa' la cocina, seguío se levantó y fue pa' la cosina y le dijo: —Señora, a uté le pasa lo que me pasa a mí. Yo no puedo doimí. Yo toy alevantao aquí jasiendo un aimidón poique tengo que aimidonái una ropa. Yo tengo aquí un pañuelo que le dije a esa gente que me lo aimidonaran. Yo ahora lo voy aimidonái aquí.

Y seguido cogió el pañuelo y lo entró dentro la paila, y se yevó toíto ei majarete dentro dei pañnuelo. Y entonse fue y se acotó otra ve.

La vieja fue y yamó el viejo y le dise: —El hombre fue a la cocina y me dijo que a él le pasaba lo mimo, y entró el pañuelo dentro la paila y se yevó to el majarete.

—Pue vete y ha tre boyito.

Y el hombre di que taba mu doimío, y la viejita fue pa' la cocina y jiso su tre boyito y lo enterró en el medio dei fogón. Y seguido el hombre se levantó y dijo: —¿Qué será lo que no pasa a nojotro? Que ni uté puede doimí ni yo tampoco.

Y le dise el hombre: —Señora, yo toy pensando una cosa: nojotro semo tre heimano, y a ca uno le toca una herencia —diciendo eto el hombre tenía un palito en la manó y se paró a la vera dei fogón —pero yo toy pensando que no quiero eta, ni eta —y entró el palo dentro del fogón y debarató lo tre boyo.

Y la viejesita se fue seguío pa'l bohío y le dijo al viejo: —El hombre debarató lo tre boyo.

Y el hombre taba di que roncando mucho en seguido que la vieja se fue.

Dise la vieja al marido: —Lo que te va a valéi é tiraite po la ventana con un senserro pa' que él crea que é un burro.

Y cuando lo oyó, el hombre tocó poi el seto epantando el burro, y el viejo en el patio comiendo lechuga. Y en seguido que el hombre epantó una cuanta vese el burro, salió afuera con un palo, y le dió tanto palo que lo mató. Y dijo: —Yo no sabía que era el viejo. Yo creía que era un burro.

Carmen Sánchez / República Dominicana

93. El marranito

Había un hombre en una población y tenía un marranito listo para matar. Y no hallaba cómo hacer para que le quedara algo de carne porque toda la vecindad su costumbre era convidar a todos sus vecinos cuando mataban un marranito. Y esta vez le tocaba a él matar el suyo y todos lo habían convidado ya. Y la víspera que lo iba a matar, un compadre suyo le aconsejó cómo hacer para dejar satisfechos a los vecinos:

—Lo mataremos esta noche —le dijo— yo y usted, y en la mañana sale a la vecindad preguntando por su marrano, que se lo robaron.

Y así se convino y fueron a hora avanzada en la noche y lo mataron y la siguiente mañana fue primero a traer carne para almorzar y no lo halló al marrano. Por razón de que su compañero que le había dado el consejo se lo llevó antes de que aclarara. De modo que a la primera casa que fue él a preguntar por su marrano fue a casa de su compadre y le dijo:

—Compadre, pues ya se me perdió mi marrano.

—Así no más dígales a todos, según el plan hecho anoche.

—No, compadre, si ciertamente se perdió. Me lo robaron.

—Bueno, compadre —le dijo—, si es tan desagradecido y no me quiere convidar a mí después que yo le aconsejé, vaya con Dios.

Y de este modo se quedó el compadre con el marrano y al dueño no le tocó nada y ni a la vecindá convidó.

Presciliano López / Colorado, EE.UU.

94. Las dos hermanas

Una vez había una pobre mujer que tenía tres hijos. Esta pobre mujer iba todos los días a hacer pan a la casa de su hermana que era muy rica, para ganar el salario para sus tres hijos. La mujer tenía la costumbre de no lavarse las manos hasta que llegaba a su casa para darles el agua a sus tres hijos.

Un día le preguntó la hermana rica qué les daba ella a sus niños que estaban tan gordos, siendo ella tan pobre, y los de ella que era tan rica estaban tan flacos. La mujer le dijo que ella se lavaba las manos al llegar a su casa por la tarde y les daba a tomar el agua a sus hijos. Entonces la hermana rica le dijo que aquella tarde tenía que lavarse las manos en su casa para darles el agua a sus hijos que estaban tan flacos. La hermana pobre se lavó las manos en la casa de la rica y por la tarde cuando regresó a su casa volvió a lavarse las manos para darles el agua a sus hijos. Al día siguiente, cuando venía de su trabajo se encontró con un viejo el cual le dijo que cuando llegara a su casa que todo lo que hallara ahí era de ella, que lo cogiera.

Cuando esta pobre mujer llegó a su casa se la encontró muy hermosa y además había tres cajas de dinero y la finca tenía mucho ganado. La pobre al ver todo esto quedó muy contenta e inmediatamente mandó a buscar una medida a casa de su hermana, para medir el dinero. Al llegar el muchacho a pedir la medida, la rica le preguntó qué iba su hermana a medir y él le dijo que iba a medir unos granos. Ésta le preguntó dónde había encontrado su mamá aquellos granos y él le dijo que un vecino se los había mandado.

El muchacho le llevó la medida a su madre para que midiera el dinero, pero sucedió que la medida tenía una hendedura en la cual se quedó una peseta. Al llevarle la medida a la rica, después de haber medido el dinero, se encontró en la hendedura que tenía la medida una peseta. La mujer quedó atónita al verla y le dijo al muchacho que le dijera a su madre que fuera a su casa, que tenía que hablar con ella. El muchacho se lo dijo a su madre y ella al momento fue a ver para qué la quería su hermana rica. Ésta le preguntó dónde había encontrado el dinero y la pobre le dijo que había sido Dios quien se lo había dado.

Entonces le dijo la rica, que cuando Dios volviera a su casa que se lo mandara para conocerlo ella, pero sucedió que un día llegó Dios a casa de la rica y como ella creía que Dios andaba con mucho lujo y viendo que era un mendigo, mandó a los esclavos que le soltaran los perros a aquel mendigo, porque ella a quien esperaba era a Dios, que no era ningún mendigo como aquél.

El pobre viejo se fue y no hacía ni media hora que había salido de la casa cuando todo su capital estaba convertido en ceniza y ella quedó reducida a pedir limosna a la hermana que antes estaba pobre, para poder darles de comer a sus hijos. Así pasó todo el resto de su vida, pidiendo limosna para mantenerse.

Puerto Rico

95. El real de las ánimas

En tiempos muy atrás había un hombre que le debía a todo el mundo. Al que no le debía un real, le debía un céntimo. Siempre tenía en las puertas de su casa tres o cuatro cobradores.

Un dia viéndose fastidiado por los deudores, le dijo a su mujer que tenía una idea para salir de ellos y así lo hizo. La idea era esta: hacerse muerto y que la mujer se pusiese a dar gritos, y a decir también que él había dicho antes de morir que lo velara su mujer en la iglesia sola hasta el otro día. Y así lo hizo la mujer.

Los deudores venían y decían: —Yo lo perdono.

Y así fueron diciendo todos hasta que llegó uno que dijo: —Yo no lo perdono —que a él le debía un real, y mientras no se lo pagaran no se iba, que aunque fuera un cabo de vela tenían que darle.

Por la tarde lo llevaron a la iglesia para que su mujer lo velara sola, según había pedido él, mientras que al que le debía el real, estaba parado en la puerta esperando que se lo llevaran para él coger su cabo de vela. A medianoche andaban siete salteadores por la calle en busca de luz para repartirse el dinero que habían robado esa noche. Al ver la luz en la iglesia se metieron, y sin darse cuenta se pusieron al lado de la caja donde estaba el supuesto muerto. El supuesto muerto al oír esa bulla se sentó en la caja, y uno de los salteadores lo vio y dio un grito y, como es natural, todos volvieron la cara, y al ver el muerto salieron huyendo, dejando todo el dinero. El muerto aprovechó este momento para coger el dinero y para él irse, y así lo hicieron marido y mujer: cogieron todo el dinero y salieron huyendo.

El deudor, que estaba detrás de la puerta rompió a dar gritos diciendo —¡Mi real, mi real, mi real!

Los ladrones que volvían a buscar su dinero, repuestos del susto, volvieron a salir huyendo diciendo que las ánimas eran tantas que no habían alcanzado ni a real.

Julio Antonio Medina / República Dominicana

NOVENA SECCIÓN

96. El compadre malo

Había un vendedor llamado Mariano que fue a vender un poquito de pan, un poquito de azúcar y un poquito de carne. Se fue de viaje, y cuando regresó, trajo consigo mucho dinero.

Su compadre Juan se enteró de lo sucedido. Entonces Juan se lo dijo a su mujer: —Hazme un favor. Quiero que hagas algo por mí. Ve a ver a nuestro compadre, o habla con su mujer.

La mujer fue a hablar con el hombre: —Hazme un favor, compadre, cuando te vayas de viaje, díselo a tu compadre. Hazle ese favor. Tu compadre se las pasa diciendo: «Yo lo sigo. Me quiero ir de viaje con él».

—Bueno, está bien —dijo Mariano—. Voy a estar fuera por una semana, y me voy a ganar un poco de dinero. Voy a comprar un poquito de pan, un poquito de azúcar y un poquito de embutido. Eso es todo lo que voy a llevar conmigo.

—Gracias, se lo voy a dejar saber a tu compadre.

La mujer regresó donde su marido, y le contó lo que le había dicho Mariano.

—Bueno, está bien —dijo Juan—. Voy a estar fuera por una semana, pero no me voy a llevar mucho, sólo un poquito de pan, un poquito de carne, un poquito de azúcar y un poquito de embutido. Eso es todo lo que voy a llevar conmigo, y lo voy a vender.

Entonces Juan consiguió un poquito de dinero y compró el pan, la carne, el azúcar y el embutido. Una semana después se fue en el viaje de ventas con su compadre. Se fueron juntos.

Ahora, Mariano sabía mucho de la magia, y cuando Juan se atrasó, Mariano siguió adelante e hizo un hechizo. Apareció un enjambre de hormigas cortadoras de hojas, y las dejó ahí en el camino. Cuando Juan pasó, las hormigas no le cedieron el paso. Enseguida puso su bolso en el suelo, y sacó cuatro libras de azúcar, y la echó enfrente de las hormigas cortadoras de hojas, junto con la mitad de un pan. Y cuando vieron la comida, las hormigas salieron corriendo del camino.

Cuando Juan alcanzó a su compadre, lo encontró debajo de la sombra.

—Bueno —dijo Mariano—, ¿por qué no caminas más rápido? Hace tiempo que estoy aquí esperándote.

—Bueno, sí, Compadre —contestó Juan—, yo camino despacio.

Y otra vez, el compadre salió caminando a toda marcha, y Juan se atrasó.

Juan llegó a una curva en el camino, donde delante de él había dos serpientes. Se asustó, y por eso enseguida sacó dos libras de carne, una libra para una de las serpientes y una para la otra. Después que se comieron la carne, las serpientes le cedieron el paso.

Cuando al fin lo alcanzó, su compadre le preguntó: —¿Por qué no puedes caminar más rápido, pues? —y—, ¿Qué has estado haciendo?

—Nada, Compadre.

—Vamos, pues. Estamos gastando tiempo por gusto.

—Está bien —dijo Juan.

Entonces Mariano salió a toda marcha, y otra vez, Juan se atrasó. No era un buen viajero. Cuando llegó a una curva en el camino, se encontró con dos coyotes. Enseguida sacó el pan que le quedaba y la mitad de la carne. Se los dio, se lo comieron de una mordida y se metieron en el bosque. Juan siguió adelante y alcanzó a su compadre.

—Bueno, Compadre, ¿qué te pasó?

—Nada, Compadre.

—Vamos, pues. Ya está anocheciendo.

—Está bien, Compadre —dijo Juan.

Entonces Mariano salió a toda marcha y hechizó más. Hizo que aparecieran dos halcones, y los dejó en el camino. El pobre Juan no podía pasar porque los halcones estaban listos para comérselo. Enseguida sacó todo el embutido y lo tiró delante de los halcones. Se lo llevaron, y le cedieron el paso. Siguió adelante hasta que se encontró con su compadre.

—Bueno, Compadre —dijo Mariano—, ¿no puedes caminar más rápido, pues?

—Bueno, sí, Compadre, pero me cansé un poco. Tuve que caminar más lento.

—Compadre, te voy a decir algo. No te atrases más, porque ya estamos cerca de la finca donde voy.

—Está bien —dijo Juan.

Entonces Mariano siguió adelante a toda marcha e hizo más hechizos en contra de su compadre. Hizo que aparecieran dos jaguares, y cuando Juan llegó, ahí estaban, en pleno camino, esperándolo para comérselo. Juan se asustó, pero sacó el último pedazo de carne que le quedaba, y se los tiró enfrente, y los jaguares se fueron corriendo. Era la última carne que le quedaba, y por eso Mariano esperaba que lo mataran, pero Dios no les permitió a los jaguares que se comieran al pobre Juan.

Cuando alcanzó a su compadre, Mariano le preguntó: —¿Por qué no puedes caminar más rápido, pues?

—Bueno, sí, Compadre, yo camino lento.

—¿Te topaste con algún animal en el camino?

—No, no vi ninguno.

—Bueno, no te atrases tanto, porque ya casi estamos en la finca.

—Está bien, Compadre.

Ya había anochecido cuando llegaron a la finca, y por eso tenía que encontrar dónde dormir. Pero antes de hacer eso, Mariano fue a hablar con el dueño de la finca.

—He traído conmigo un criado que trabaja maravillosamente bien. Usted verá con sus propios ojos cómo hace todo lo que le digo. Bueno, mañana le presentaré este criado. ¡Pero qué clase de criado es! ¡Trabaja maravillosamente bien! ¡Pero de maravillas!

—Está bien, está bien —dijo el dueño de la finca—. Vamos a dejarlo así.

El próximo día por la mañana, Mariano trajo a su compadre a trabajar con él, y cuando anocheció, el pobre hombre regresó muy cansado. En ese momento, Mariano fue a ver al dueño de la finca otra vez, y le dijo: —Patrón, le voy a decir algo, pues. Usted me dio un poquito de dinero porque encontré a nuestro criado. Y permítame contarle lo que me dijo este criado. Me dijo que «no quiero trabajar, porque era demasiado fácil para mí». Eso fue lo que me dijo. Y después me dijo. «Voy a mezclar un quintal de azúcar y un quintal de sal, y así mezclo los dos quintales, y cuando amanezca, te doy el azúcar en una bolsa y la sal en la otra». Patrón, ¡así me habla nuestro criado!

—Bueno, está bien, pues —dijo el dueño de la finca—, y si no lo hace, lo mando a castigar.

Entonces el dueño de la finca llamó al pobre Juan: —Bueno, pues, hijo, ¿será verdad que tú puedes separar un quintal de azúcar y un quintal de sal de los dos quintales mezclados?

—No, señor —contestó Juan—. Yo nunca he dicho eso.

—Sí lo dijiste —dijo Mariano—. Mi criado sólo dice la verdad.

—Bueno, pues, te vamos a dar un quintal de cada cosa —dijo el dueño de la finca.

Y en ese mismo momento, enfrente del pobre Juan, mezclaron la sal con todo el azúcar. Ya estaba hecho.

A las ocho de la noche, Juan se fue a dormir, y enseguida, el pobre hombre soñó. Soñó que las hormigas le decían: «Hijo, no te preocupes. Nosotras nos encargamos de eso, y a las seis de la mañana, vas a descubrir una bolsa de azúcar y una bolsa de sal. Sí, es verdad, pues, y las bolsas van a estar llenas».

Llegó la mañana, y Mariano le preguntó: —¿Hiciste lo que habíamos platicado?

—Compadre, no hice nada.

Mariano fue a ver las bolsas, y ahí estaban, la sal y el azúcar completamente separadas. Salió corriendo adonde el dueño de la finca.

—¡Patrón, patrón! —gritó en la puerta—. Señor, ¡ven pronto! Nuestro criado hizo lo que le dijimos que hiciera. Nuestro criado trabaja de maravillas. Y permítame contarle lo que me dijo. Dice que quiere hacer algo más importante. Entonces le dije: «Siembra un maizal de quinientos mecates en las laderas de la montaña, y tenlo listo para las seis de la mañana». Y él me contestó: «Está bien, ¡lo haré, pues!» Patrón, eso es lo que me dijo.

—Está bien, pues. Voy a llamar al hombre.

—¿Será verdad lo que tú dices, que para mañana a las seis de la mañana, tendrías listo un maizal de quinientos mecates?

—No, señor, no dije eso.

—Sí lo dijiste —dijo Mariano—. Nuestro criado siempre dice la verdad. Quinientos mecates listos para mañana por la mañana. Asegúrese que su capataz esté ahí a las cinco y media.

Juan no dijo nada.

Esa noche se aparecieron los animales. Cortaron todos los árboles y sembraron el maizal. A las tres de la mañana, mandaron a buscar el capataz, y éste fue con los demás. Fueron a ver el maizal, y fue verdad. Ahí estaba. El capataz lo midió. Quinientos mecates sembrados. Entonces regresó y se lo contó al dueño de la finca.

El compadre malo regresó por otro camino para ver al dueño. Le dijo: —Ya ve, le dije lo bien que trabajaba nuestro criado. Pero patrón, ahora él dice: «Quisiera que me dijeran que construyera una casa de cuatro plantas con un reloj de cuatro campanas en el techo, y que las paredes estén bien enyesadas y pintadas de blanco por dentro, con un jardín y tanque de agua enfrente, y donde la señora de la casa —la hija del patrón— le esté dando de pecho a un lindo recién nacido: todo antes de las cinco de la mañana. Yo haría todas estas cosas». Eso es lo que dice nuestro criado, señor patrón, y nuestro criado sólo dice la verdad.

—Bueno, pues, le estaré agradecido a mi criado si me hace ese favor —dijo el patrón—. ¡Y vamos a ver si puede lograr que haya un niño alimentándose del pecho de mi hija! Y si no lo logra, le mando a castigar. Y tiene que tenerlo todo listo antes de la seis de la mañana. Ahora, déjame mandar a buscarlo. ¡Juan, ven acá!

—Sí, señor —dijo Juan.

—Criado mío, ¿será cierto que tú puedes hacer todo lo que dices? ¿Será verdad que podrás hacer tantas cosas?

—No puedo, señor.

—Y tiene que estar todo listo antes de la seis de la mañana.

—A sus órdenes, señor —le contestó Juan.

Y Juan se fue a dormir. Soñó. Pero no tuvo sueños, sino los animales le hablaron mientras dormía.

—Juan, queremos que no te preocupes. Nosotros haremos el trabajo por ti —le dijeron los animales que soñó.

Y así fue.

Los animales terminaron todo el trabajo en una sola noche. Los coyotes hicieron los ladrillos. Las serpientes enyesaron las paredes. Los halcones pusieron los ladrillos y las hormigas cortahojas trajeron las vigas.

Los halcones fueron a buscar el reloj. Los dos fueron juntos. Uno trajo el reloj, y el otro trajo a un niño de otro país. Trajeron todo esto, y terminaron la casa entera y la pintaron. Y cuando la hija del patrón entró, no sintió nada. Pero cuando ya estaba dentro de la casa, sintió a un niño en el seno. Cuando amaneció, habían ya hecho un jardín y un tanque de agua. A las seis de la mañana, el dueño de la finca llegó. Miró todo, y se dio cuenta que todo —incluso el jardín— fue hecho en una sola noche.

Entonces Mariano fue a ver al dueño de la finca, y le dijo: —Patrón, ahora puede ver lo que le dije. El criado trabaja muy bien, este criado nuestro. Hizo todo lo que prometió. Por lo tanto, me debe pagar bien, ya que yo fui quien le dijo que lo haría todo.

—Está bien, Mariano, te voy a pagar bien, puesto que ahora tengo una gran casa con un reloj. Sí, te pagaré bien. Ven a buscar tu dinero por la tarde.

—Está bien, patrón. Pero Juan también vendrá a verlo para pedirle dinero. No le dé mucho. No, démelo a mí, ya que fui yo quien lo encontró.

Está bien, pues —dijo el patrón.

Esa tarde, a las cinco, Mariano y su compadre fueron juntos a que le dieran su dinero. El patrón le dio sólo un poco al pobre Juan, mientras que a Mariano le dio mucho.

Juan durmió esa noche en la finca, tal como había hecho anteriormente. Y cuando soñó, los animales vinieron a platicarle, y le dijeron: —Pobre Juan, es una pena lo que Mariano te ha hecho, lo que te ha pasado por culpa de tu compadre, cómo te ha maltratado. Pero todo ha sido culpa nuestra, ya que te hicimos un favor e hicimos el trabajo por ti. Ya hemos fijado un lugar donde vamos a encontrarnos con Mariano. No tengas miedo. Lo vamos a agarrar, y le vamos a quitar la vida, porque nos sentimos mal por lo que ha sucedido, y sería mejor si sus huesos yacieran en ese lugar.

—Tú estás libre, porque el pecado fue de Mariano. Tú compraste la carne, te gastaste tu plata, y pues, en ese lugar, pondremos en tus manos todo el dinero que tiene —le dijeron en el sueño.

Se despertó por la mañana, y fue verdad. Cuando llegó a ese lugar, los animales estaban en el camino con su compadre Mariano, quien había ido primero. Dios castigó a su compadre, y todos sus huesos yacieron en ese lugar.

Cuando Juan llegó al pueblo, la mujer de Mariano fue a verlo.

—Hola, Compadre.

—Entra, Comadre.

—Por favor, dime Compadre, ¿dónde se quedó tu compadre?

Juan le dijo: —Comadre, bebió demasiado, y como se siente un poco mal, se ha atrasado. Se quedó en la taberna.

—Está bien, Compadre. Gracias, pues. Entonces llegará en poco rato.

Francisco Sánchez / Guatemala (cakchiquel)

97. Las gallinas prietas*

Éste era uno que tenía una mujer casada. Y luego la mujer tenía inconvenientes con otro hombre y el marido no lo podía ver. Y luego acató de hacerle un remedio y entonces pensó de irse el hombre, el casero a trabajar en sus barbechos. Y la mujer dijo: —Vente pa'cá, mi querido,

---

* La ortografía refleja la pronunciación criolla.

alcabo que no 'stá aquí mi marido. Bien puedes llegar 'hora que no 'stá aquí.

Y luego poco a poco se asomó aquel hombre y le hizo unas señas, y entre más, más, se fue arrimando. Y la mujer salió a asomarse y luego hizo unas señas y luego dijo: —Ven acá, alcabo no 'stá mi marido.

Y luego el marido se fue pa'l barbecho. (Esto es que no se fue par' allá; se fue par' un iglesia adentro, po'que sabía que la mujer iba a pedir para que pidiera y para que les hicieran maravillas a las imágenes). Y luego el marido se fue par' adentro y luego se crucificó detrás del Cristo. A poco rato fue llegando adentro de la iglesia la mujer. Luego se hincó y luego dijo: —¡Ea, padre mío! Vengo que me haga una maravilla para que mi marido pierda la vista, para que mi querido pueda llegar en la casa. 'Hora no puede llegar a verme porque mi marido está muy listo.

Y luego se hincó y empezó a rezar y luego dijo: —¡Ea, padre mío! Me haces una maravilla y te prometo una vela de dos reales, otro día de real y otro día de medio, y otro de quartilla para que mi marido pierda la vista.

Y luego dijo: —¡Ea, padre mío! Ya mero me hablas. (Esto es que era el marido el que estaba crucificado detrás del Cristo).

Y lo vía y la mujer decía: —¡Ea, padre mío! Háblame; si me hablas y si me dices que es bueno que mi marido pierda la vista por de atiro para que mi querido pueda llegar bien.

Y volvió a decir: —¡Ea, padre mío! Si me hablas, te cumplo lo que te he prometido.

Sonaron los milagros. (Esto es que lo bulló más el marido). Y luego fue diciendo y respondió detrasito del manto: —Es bueno; las gallinas prietas.

Y luego la mujer dijo: —¡Ea, padre mío! Ya me hablates. (Y esto es que no era el Cristo; es que era el marido que había hablado).

Y luego la mujer salió para afuera alegre y ya había sabido lo que era bueno para que perdiera la vista el marido.

Y ya alto el sol no parecía el marido en el barbecho. Y luego dijo el hombre: —Voy a ver a mi mujer, porque no ha venido a darme de comer.

Y luego se fue y llegó a la casa y luego dijo: —¿Por qué no fuites a darme de comer?

Luego respondió la mujer: —Pues no he ido porque ya andaba barriendo y en ésas andaba. Ya maté una gallina y ahí me divertí pelándola. (Pero esto es que no; es que se había ido a la iglesia a pedir maravillas).

Y luego ya coció aquella gallina y luego dijo el marido: —Ándele pues, que tengo hambre.

Y luego la coció bien entre mole, y luego dijo: —Ya está.

Luego empezó a comer el marido y luego separó aparte una cazuela de temole. Y luego le preguntó: —Ésa, ¿para qué es?

Luego dijo la mujer: —Es para mí. (Pero esto es que no era para ella; era para el querido).

Y luego en la tarde dijo el marido: —Oyés, tú. ¿Lo crees que no veo muy bien?

Luego respondió la mujer: ¡Adió!

Y luego se alegró más la mujer.

Otro día volvió a matar otra gallina. Y luego el marido se fue otra vez a trabajar y vino a comer en la casa con gallina. Luego dijo: —¿Por qué no fuites a dejarme de comer otra vez?

Entonces dijo la mujer: —Pues, no fuí porque estaba pelando otra gallina porque no hay de comer. (Esto es que creyó la mujer que ya se andaba haciendo ciego el marido).

Y otro día mató otra gallina y luego en la tarde la volvió a cocer. Y luego dijo el marido: —Oyés, tú. Entre más, menos voy mirando.

Y luego la mujer se creyó que ya las gallinas prietas eran las que eran buenas. —A poco a poco voy perdiendo la vista.

Y luego dijo la mujer: —¿De veras?

Respondió el marido: —Sí.

Así estuvo hasta que poco a poco dijo: —Ea, tú. Lo que hay es que entre más, más voy perdiendo la vista. Ya no miro bien.

Y ya la mujer estaba alegre que ya había perdido la vista el marido. (Esto es que no; nomás a ver si se creía la mujer).

Y luego se creyó.

Y otro día le volvió a matar otra gallina. Entonces en la tarde dijo

que ya, ya no miraba. Y luego por ahí se asomó el querido y le hizo unas
señas que se arrimara, que alcabo no tuviera cuidado, que ya el marido
ya no miraba. Y luego poco a poco se arrimó detrás de la casa. Y ahí
estuvo y el marido adentro porque ya no miraba. Luego dijo la mujer:
—Arrímate alcabo que mi marido ya no ve.

Y luego el marido dijo: —¿'Ond'estás tú? ¿Qué no te vienes aquí
conmigo?

Respondió la mujer: —Sí, aquí estoy.

Luego dijo el hombre: —¡Caray! ¡Qué cosa es ya no ver uno! 'Hora
ya ni modo que vaya a trabajar, ni modo que vaya a venadiar. Y pues,
¿cómo voy? Ya no miro.

Y luego salió la mujer para afuera y el querido ahí estaba. Y luego se
abrazaban y se daban besos. Y luego decía el hombre: —¿'On'tás por ahí?

—Aquí estoy.

—¡Qué cosa es ya no ver! Y luego se abrazaban y se besaban afuera,
y luego dijo la mujer: —No tengas cuidado alcabo mi marido ya no
mira. ¿Qué nos hace?

A poco a poco hasta que el querido entró par' adentro y luego
pensó: —Alcabo ya no ve.

Y luego adentro de la casa 'ond'estaba el marido se abrazaban y se
besaban delante de él pensando que de veras ya no vía. Esto es que se
estaban haciendo ver ahí delante de él.

Y luego estaba moliendo la mujer y el querido delante de ella, sentado enfrente del marido, y el querido cuando estaba moliendo le ten-
taba las chichis pensando que ya no vía el marido de veras. El marido
sentado en el rincón miraba par' afuera y decía: —¡Qué cosa es no ver
uno! Yo ya no miro de veras. 'Hora yo ya no puedo trabajar. ¿Pues 'hora
qué hago?

Y luego dijo: —Quizás no me convendría. Quizás con esto me voy
a morir.

Y luego le dijo a un hijo: —Ven acá, hijo para darte unos consejos
del modo que has de trabajar, para que te mantengas, porque yo ya no
puedo trabajar.

Y luego el querido y la mujer se hacían cosquillas delante del marido. Y luego dijo el marido: —¡Sea por Dios! Yo ya no miro de veras. Hasta aquí llegó mi trabajo.

Y luego llamó al hijo: —A ver, hijo. Trai mi réminton para darte unas mestrías de modo que has de manijar l' arma.

Y luego se arrimó el muchacho junto de él. Y luego le agarraba el rifle y nunca pensaban que ya les iba a dar un balazo. Ya no quiso sufrir delante de ellos. Y luego se arrimó el muchachote y luego le dijo: —A ver, hijo. Vente para enseñarte a tirar.

Y luego agarraron el réminton entre los dos apuntando par' afuera. Y luego le dijo al hijo: —Asina, mira, has de manijar el arma cuando quieras matar un venado. Le has de apuntar en el codillo ó en el corazón.

Y luego la mujer ahí delante de ellos se reía y el querido nunca pensaba que el marido de la mujer le iba a dar un balazo. Y luego otra vez le dijo al hijo: —Así has de tirar un balazo a la ave a la ala. Y al venado al codillo y al corazón.

Y luego: —¡Y al cabrón se va!

Y luego, «¡tras!» Y no le jerró en el corazón.

Luego le aventó par' atrás de un balazo. Y luego se levantó el marido y con la vaqueta del mismo rifle fregó a la mujer hasta que la dejó tirada. Y luego le dijo: —Hasta aquí te quise sufrir. Y aquí está el ciego que no vía. (Esto es que se estaba haciendo).

Y luego con mucho rato se levantó la mujer. Y luego le dijo el marido: —¿Qué tal; cómo te fue?

Y no respondió. Y ya dijo la mujer: —¡Ah, que caray! Ya no te vuelvo a hacer esto.

Luego dijo el marido: —¡Ándale, si quieres, otra vez! ¡Ándale!

Luego otro día pasaron dos mujeres y le decían á esa mujer: —¡Oiga! ¿No vamos?

Y respondió la mujer: —¿A dónde?

—A la paranda.

Luego dijo la mujer: —¡No! ¿Cómo dejo sola mi casa?

—¿Qué ya no te deja tu marido?

Y respondió la mujer: —Sí, pero yo ya no quiero ir porque mis gallinas, ¿cómo las dejo?

Y luego dijo el marido: —Si quieres ir, ¡anda!

Luego dijieron las mujeres: —De veras; no más que usted no quiere ir. (Pero esto es que le había dado una monda a la mujer).

Y luego levantaron al muerto y lo llevaron arrastrando par' afuera como un perro, y lo echaron en el patio. Y luego otro día llegaron los gendarmes a levantarlo y luego dijieron: —Pues, éste, ¿qué le sucedió?

Luego dijo el casero: —¡Sabe! Ahí amaneció.

Y luego lo levantaron. Luego dijo el hombre: —Yo le maté.

—¿Por qué?

—Porque me hizo menos con mi mujer.

Luego dijo el capitán: —¿Qué de veras? Le hubieras dado tres balazos.

Luego respondió: —No, no más con uno tuvo.

Y la mujer triste porque la había dado una monda de ahí. Y ya empezó a hacer lo que el marido le mandaba pronto hasta que hubo ese remedio, ni jamás volvió a hacer nunca nada. Se pasiaba en el patio mirando para la ladera. Pasaron otras tres mujeres y luego le decían: —¡Oiga! ¿Que ya está más honrada?

Respondió: —¿Por qué?

—Yo ya no la he visto en la paranda ni en los bailes.

No, sí, pero yo ya no quiero. Y luego el marido decía: —Si quieres ir, anda.

Y le enseñaba un varejón de toros y luego decía la mujer: —No, yo pensaba que de veras me habían hecho milagros las imágenes. Esto es que no. Pues 'hora yo no les cumplo lo que les he prometido. Y respondió el marido: —¡Ándale, promete más para que te hagan milagros como 'hora te hicieron!

Y luego la mujer dijo: —Hasta aquí llegan mis diabluras, y hasta aquí llegan mis loqueras. Mira lo que me ha sucedido por andarme creyendo de mi querido, al cabo no me salvó. Nomás me ha hecho compromiso. Hasta aquí duraron mis pensamientos malos. Quizás ya no lo volveré a hacer nunca jamás.

México (tepecano)

98. Con dos cabezas

Había un hombre cuya mujer se desaparecía todas las noches. Él no se daba cuenta porque todas las mañanas, cuando se despertaba, ahí estaba ella, preparándole la bolsa con el almuerzo.

Un vecino lo aconsejó: —Tu mujer sale después que anochece. Pasa la noche con otro. ¿No lo ves? Ella mete un palo debajo de la frazada para que tú pienses que ella está a tu lado.

El hombre se puso a pensar. Era verdad. Cuando amaneció, fue a la casa del vecino: —Tienes razón. Su cabeza salió, sus brazos salieron, sus piernas salieron. Lo único que dejó atrás fue su cuerpo.

La próxima noche, se volvió a fijar en ella, y otra vez, ella se deshizo. El vecino le dijo: —Déjale saber lo que has visto. Pon un jarro de cenizas al lado de la cama, y añádele sal. Pásalo por el lugar donde se deshace. Entonces espera que regrese.

Esa noche, cuando regresó la cabeza, trató de engancharse al cuerpo. ¡No pudo! Trató otra vez. ¡No pudo! Se cayó, volvió y trató otra vez. ¡Pero no pudo!

Regresaron los brazos. ¡No pudieron engancharse al cuerpo! ¡Las piernas no pudieron! Entonces la cabeza dijo: —Párate.

—¿Qué quieres?

—Párate. Quiero saber por qué hiciste algo tan terrible. Y para que no lo hagas otra vez, me voy a enganchar a ti.

Se enganchó a su marido. De ese momento en adelante, él tuvo dos cabezas. Cuando iba a trabajar, su mujer lo acompañaba. Cuando él comía, ella comía también. Y cuando tenía que hacer sus necesidades, las hacía por medio del cuerpo de su marido.

Cuando llegaba la hora de dormir, ella se desenganchaba de su marido, se recostaba al lado de él y charlaban cariñosamente.

Pero ella estaba al tanto de cualquier movimiento que hiciera él, y él no se podía librar de ella.

Un día, estaban paseando entre los matorrales cuando llegaron a un zapotillo. Una de sus frutas se había caído, y el hombre la recogió y la abrió. Le dio mitad a la cabeza de su mujer y se comió la otra mitad.

—Está muy rico —dijo él.

—Encarámate a ver si encuentras otra.

—Está bien —dijo el marido—. Quédate tú ahí.

Se quitó el abrigo y lo dejó en el suelo para que la cabeza tuviera un lugar agradable donde descansar mientras él se encaramaba en el zapotillo. Encontró otra fruta y la tiró sobre el abrigo. Arrancó otra, pero estaba verde.

—Encontré otra, pero está verde —dijo.

La botó, y le dio a un ciervo que pasaba. El ciervo se echó a correr.

La cabeza de su mujer oyó el ciervo y le pareció que era su marido tratando de escapar. Le fue atrás, y cuando lo alcanzó, se le enganchó a sus ancas. El ciervo siguió corriendo, tratando de que se soltara la cabeza. Con todas las zarzas que pasó, la cabeza al fin se murió y se soltó.

El hombre se bajó del árbol. Gritó: —¡Mi mujer se fue! Habrá pensado que yo estaba huyendo. Nunca más la encuentro. ¿Qué hago?

Fue a confesarse.

Entonces, años más tarde, cuando le pedían que contara lo que pasó, decía lo siguiente: «El cura me dijo que tenía que seguir buscando la cabeza de mi mujer. Busqué en el bosque; busqué por dondequiera. Cuando la encontré, regresé donde el cura, y él me dijo: "¡Entiérrala!" Y después de eso, yo tenía que cuidar la tumba. Me dijo que fuera ahí todos los días y que le dijera lo que había visto. Una vez, cuando estaba mirándola, una pequeña mata de calabaza salió de la tierra. Se lo conté al cura, y él me dijo: "Sigue vigilándola, para ver lo que pasa"».

«La calabaza siguió creciendo. Un poquito de sangre empezó a brotar por diferentes lados de la mata. Se lo describí al cura, y él me dijo: "Sigue vigilándola". Entonces se empezó a formar la calabaza, y tan pronto maduró, empecé a oír un ruido que salía del fruto. Seguí vigilando. Cuando la calabaza se reventó, vi que estaba llena de niños pequeños. Se lo conté al cura, y me dijo que debiera ir al pueblo a buscar pedazos de tela».

«Tan pronto maduraban más calabazas, niños pequeños empezaron a caer de todas partes de la mata. Los vestí con las telas para tapar su desnudez, tal como me indicó el cura. Y cuando el último cayó de la mata, los agarré a todos en los brazos, y me los llevé a casa».

El Salvador (pipil)

99. El Miñique

Para saber y contar y contar para aprender. Estos eran dos viejecitos muy pobres y muy desgraciados. El marido era aguador y la mujer lavandera; pero por más que trabajaban, el dinero que recibían apenas les alcanzaba para no morirse de hambre.

Una noche que hablaban de su pobreza y de su soledad, dijo la viejecita:

—Si siquiera hubiéramos tenido un hijo, aunque hubiera sido chiquitito, nos habría ayudado a pasar sin tantas escaseces y habríamos tenido con quien conversar en las noches y quien nos cuidara cuando hubiésemos caído enfermos.

—Así es —respondió el aguador—, pero, ¿qué sacamos con hablar de estas cosas?

—Tendrán el hijo que desean —dijo una voz que venía del techo.

Los dos ancianos se miraron asustados; y como era tarde, se acostaron y se quedaron profundamente dormidos.

Al otro día se levantaron de madrugada, como de costumbre; el viejecito se fue a acarrear agua para sus parroquianos, y su mujer se puso a lavar ropa.

Apenas se había puesto la lavandera a su trabajo, sintió que por entre el brazo derecho y la manga de la camisa le andaba algo, y creyendo que podía ser una lagartija u otro bicho, se asustó y sacudió el brazo. Sintió caer algo en la artesa; pero aunque nada vio, oyó una vocecita atiplada, que decía:

—Mamita, sáqueme luego del agua, que me ahogo.

Buscó la anciana y después de fijarse mucho descubrió una guagua tan pequeñita que apenas se veía y que movía pies y manos en el agua jabonada, como si nadara.

Los viejos lo criaron con todo cariño y cuidado y como era tan chiquitín, lo llamaron Miñique, nombre que le venía muy bien, porque, en verdad, el niño nunca fue más grande que el menor de los dedos de la mano.

En lo único que creció Miñique fue en fuerzas, que llegó a tenerlas prodigiosas; y en voz, que cuando gritaba, era más recia que la de cualquier hombre.

Los ancianos lograron ocultar la existencia del niño, que ni siquiera era sospechada de nadie. Era tan lindo, que temían se lo robaran, y el conversar y entretenerse con él era el único consuelo que tenían.

Pasaron siete años y los viejecitos se pusieron tan achacosos que no podían trabajar y el dinero se les concluía.

Treinta centavos nomás les quedaban, cuando la antigua lavandera le dijo a Miñique:

—Hijito, tome este diez, y vaya a la carnicería y me lo compra de carne.

Fue el Miñique a la carnicería y golpeó en el mostrador. El carnicero miraba y como a nadie veía, dijo:

—¿Quién golpea?

—Yo, el Miñique —le contestó un vozarrón que llegó a asustarlo—. Véndame un diez de carne.

Se asomó el carnicero por encima del mostrador y después de algún trabajo logró ver a un hombrecito que apenas se levantaba unos diez centímetros del suelo.

—¿Y de dónde vas a sacar fuerzas para llevarte diez centavos de carne? El trozo que te diera sería muy pesado para ti.

—Pero, señor, ¿que quiere reírse de mí? ¡Si un buey entero me da, soy capaz de llevarme el buey!

—Bueno —replicó el carnicero—, dame el diez y te llevas ese buey que está colgado en la puerta.

Esto que oye el Miñique, se echa el buey al hombro y se lanza a correr con su carga. El carnicero se quedó con la boca abierta, alelado, sin acertar ni a moverse; y toda la gente que transitaba por la calle se hacía cruces, pues no se explicaba cómo podía correr un animal despostado y con las patas hacia arriba; porque al Miñique, como era muy chiquitito y estaba debajo del animal, nadie lo veía.

Los viejecitos se pusieron muy contentos con la adquisición del Miñique, y le dijeron que fuese a comprar cinco centavos de pan.

Se fue el Miñique corriendo a la panadería y se puso a golpear en el mostrador. El panadero sentía los golpes, pero no veía a nadie.

—¿Quién golpea? —preguntó.

—Yo, el Miñique —contestó el niño, con voz formidable—. Deme un cinco de pan.

El panadero se inclinó sobre el mostrador y, asustado de ver aquel pedacito de hombre, le dijo:

—¿Y cómo podrás llevar, siendo tan chico, cinco centavos de pan?

—Las cosas de usted; ¿que cómo me los llevaré? Pues, lo mismo que se lo lleva toda la gente que viene a comprarle. Si me da lleno de pan aquel gran canasto que está sobre el mostrador, verá usted que me lo llevo muy bien.

—Dame los cinco centavos y llévate el canasto.

—Tome el cinco, y écheme el canasto al hombro.

Cogió el panadero la pequeña moneda, y, temiendo aplastar al Miñique con el peso del canasto, con mucho cuidado se lo colocó encima.

Apenas sintió el Miñique que tenía el canasto en sus hombros, echó a correr como si la carga que llevaba fuese una pluma; y aquí fue la admiración del panadero, y de todos los que pasaban por la calle, que veían cómo un canasto corría solo sin que nadie lo empujara o lo llevara tras de sí.

Llenos de alegría recibieron los viejos al Miñique; y muy pronto se sentaron a comer un buen asado. El viejecito dijo:

—Dejaremos carne para dos días, y la demás la haremos charqui mañana y así tendremos para comer mucho tiempo.

Siguieron conversando muy contentos. En la noche dijo la anciana:

—¡Quién pudiera tomar un matecito!

—Mamita —le dijo el niño—, deme diez centavos y yo le traeré un cinco de azúcar y otro cinco de yerba.

—Aquí tiene, hijito.

Salió el Miñique y se dirigió al almacén de la esquina.

—¿Quién golpea? —preguntó el despachero.

—El Miñique —contestó el niño—. Deme un cinco de azúcar y un cinco de yerba.

Se asomó el comerciante por encima del mostrador y cuando vio aquel pergenio, le dijo:

—Pero, niño, ¿y cómo vas a llevar el azúcar y la yerba? Es mucho para ti.

—No tenga cuidado por eso, señor, que si por un cinco me da un cajón de azúcar y por otro cinco un barril de yerba, yo me los llevaré solito, sin que nadie me ayude.

—Bueno, pásame los diez centavos y llévate aquel cajón y aquel barril.

—Aquí tiene el diez; pero amarre el barril encima del cajón y después me los echa a la espalda y verá bueno. No sabe usted las fuerzas que tengo.

El despachero se reía de lo que le decía el Miñique, que creía eran puras bromas; sin embargo, hizo lo que el niño le pidió, y al cargar el enorme bulto sobre el pequeñuelo le dijo:

—¡Cuidado, niño, no te vaya a aplastar!

—No tema nada; échemelo nomás.

Al sentir el Miñique que el bulto tocaba sus espaldas, se asió de la cuerda y echó a correr, dejando asombrado al almacenero.

Es de imaginarse el gusto de los padres del Miñique cuando lo vieron llegar con su preciosa carga. Ya no se morirían de hambre: tenían bastante carne, pan, azúcar y yerba. ¿Qué más querían? Se tomaron sus buenos mates y se acostaron; y al otro día el viejo charquió la carne del buey.

Cuando el charqui estuvo hecho dijo la viejecita:

—¡Quién tuviera algunas cebollitas para hacer un valdiviano!

—¿No le queda todavía un cinco, mamita? Démelo y yo le traeré cebollas.

Le entregó la anciana el cinco, y al salir el niño a la calle se encontró uno de esos cortaplumas pequeñitos que algunas personas suelen usar como dije. Lo tomó, se lo guardó en la faltriquera y siguió su camino.

A poco andar encontró a un cebollero, que llevaba su mercancía en dos grandes árguenas que pendían a uno y otro lado del caballo que montaba.

—Oiga, amigo —le gritó el Miñique—, véndame un cinco de cebollas.

El cebollero miraba a todas partes, pero no veía al comprador, a quien ocultaba la yerba que brotaba a la orilla de la acera.

—¡Que me venda un cinco de cebollas, le digo! —repitió el Miñique.

Pero apenas concluyó de decir estas palabras, una vaca que venía por la misma calle comiendo la yerba que crecía en las orillas de la calle, junto con tragarse un puñado de ella, se tragó al Miñique. El Miñique siguió gritando desde adentro de la barriga del animal:

—¡Véndame luego el cinco de cebollas! ¡Mire que mi mamita me está esperando!

El cebollero casi se volvía loco buscando al que le hablaba, sin poderlo encontrar. ¿Cómo iba a figurarse que la voz salía de adentro de la vaca?

Sólo al rato de haber sido tragado vino a darse cuenta el Miñique del lugar en que se encontraba; pero como era de ánimo esforzado, no se atemorizó, antes bien sacó su cortaplumas del bolsillo y poco a poco abrió un buen tajo en la guata del animal y salió por ahí, no muy limpio ni muy fragante, en verdad, pero sano y salvo. El animal cayó muerto a los pocos instantes y el Miñique cogiéndolo de la cola lo arrastró hasta su casa, en donde fue hecho charqui también.

Inmediatamente de dejar la vaca en poder de sus padres, que lo lavaron y le cambiaron la ropa, volvió el Miñique tras el cebollero, y habiéndolo alcanzado, le gritó:

—¿Qué hubo, amigo? ¿Me vende o no el cinco de cebollas?

—Pero, niño —respondió el cebollero—, ¿cómo podrás llevar media docena de cebollas grandes? Una sola sería demasiado peso para ti.

—¿Qué se ha imaginado usted, señor cebollero? Si me da por el cinco las dos árguenas, verá que me las llevo yo solito, sin necesidad de pedir ayuda a nadie.

—Ya está, te doy las dos árguenas con cebollas por el cinco —le dijo el cebollero, pensando que eran simples bravatas las del chiquitín—, dame el cinco y aquí tienes las dos árguenas —agregó, bajándolas.

Le entregó el Miñique la moneda y cogiendo las árguenas de la parte en que estaban unidas, apretó a correr, arrastrándolas tras de sí, con tanta ligereza, que en un momento se perdió de vista, dejando estupefacto al vendedor de cebollas.

Con estas aventuras, la fama del Miñique se extendió por todo el país y el rey manifestó deseos de conocerlo.

Como la capital estaba lejos, el Miñique quiso ir a caballo y cogió una lauchita que domesticó fácilmente. De una horquilla de peinado hizo frenos y estribos; de un pedazo de cabritilla de guante viejo, la silla de montar; y de un cordón de zapatos las riendas y demás arreos; se colgó a la cintura, a manera de espada, el pequeño cortaplumas con la cuchillita abierta, y montando en su cabalgadura se dirigió a la capital del reino.

Cuando llegó al palacio, fue la admiración de todos: el rey, la reina, los príncipes, las princesas, los señores y damas de la corte, lo acogieron con entusiasmo; no sabían qué admirar más en él, si su pequeña estatura o sus fuerzas prodigiosas, o si su belleza o su voz estentórea. Fue calificado como la primera maravilla del reino, y el rey quiso mantenerlo a su lado. Pero cuando el monarca le comunicó su decisión, el Miñique observó respetuosamente que no podía abandonar a sus padres, ancianos, achacosos y miserables, cuyo único sostén era él; si él les faltaba, los pobres viejos se morirían.

Mucho le agradaron al rey los buenos sentimientos del Miñique para con sus padres, a quienes hizo venir, les dio habitación en el palacio y proveyó a todas sus necesidades.

El Miñique sirvió al rey de modo extraordinario en una guerra a que fue provocado por sus enemigos; él sólo bastó para mover toda la artillería, en ocasión de que los caballos se habían hecho muy escasos; y él también, con su voz potente, transmitió las órdenes del general en jefe. Por sus servicios fue condecorado y ascendido a capitán en el campo de batalla; y vivió el resto de sus días querido y agasajado de todos.

Manuel Oporto / Chile

100. Rosalía

Un joven que se fue de la casa para ganarse un poco de plata llegó a una cabaña donde vivía un gigante con sus tres hijas, y cuando se enamoró de la menor, decidió quedarse.

—Te puedes quedar y ser mi yerno —dijo el gigante—, pero sólo si puedes cumplir con cuatro tareas que te voy a dar.

El joven aceptó las condiciones.

—Primero —dijo el gigante—, tengo un gran deseo de bañarme tan pronto salga de la cama, en lugar de tener que bajar hasta el lago. Esta noche vas a traer al lago hasta la cabaña, así cuando me despierte por la mañana, me puedo sentar en la cama y meter los pies en el agua. Usa esta cesta para cargar el lago.

El joven casi no sabía qué pensar. Pero la hija menor del gigante —cuyo nombre era Rosalía— le dijo que no se preocupara. Esa noche, mientras todos dormían, Rosalía bajó al lago, y con su faldo cargó el agua hasta la cama de su padre. Cuando el gigante despertó, se asombró cuando vio el agua besando las patas de su cama.

Luego el gigante agarró una cazuela grande, y la tiró en el río más profundo que pudo encontrar, y le dijo a su futuro yerno que la trajera a la casa. Después de tirarse muchas veces en el río, el joven estaba listo para darse por vencido, ya que el río era tan profundo que no podía tocar el fondo. Entonces Rosalía le dijo que fuera con ella al río esa

noche, y que ella brincaría en lugar de él. Pero él tenía que decir el nombre de Rosalía cuando ella tocara el fondo del río, de lo contrario, no
podría salir a la superficie. Así hicieron, y el próximo día por la mañana,
el gigante encontró la cazuela en la casa.

La próxima tarea era sembrar un maizal de cien mecates. El joven
tenía que cortar los árboles y encenderlos, sembrar las semillas, y a la
medianoche de ese mismo día, regresar con una carga entera de maíz.
Salió a trabajar al amanecer, pero al anochecer, casi no había logrado nada.

Entonces Rosalía se levantó la falda, y todo el bosque se cayó enseguida. Usando la misma magia, secó la maleza, la encendió, sembró las
semillas de maíz, cuidó el maizal y cosechó el maíz, para que el joven se
lo llevara a su padre a la medianoche.

El gigante estaba furioso, y por eso fue donde su mujer para ver
cómo se iban a librar de su futuro yerno.

—Vamos a prepararlo todo para que lo tire un caballo —dijo su
mujer.

Y lo prepararon todo para que la mujer se convirtiera en una yegua,
el gigante en la silla de montar y los estribos y Rosalía en la brida. Sin
embargo, Rosalía oyó la conversación, y le advirtió al hombre que quería
que tuviera cuidado con la brida, el caballo y la silla de montar.

El próximo día por la mañana, el gigante le dijo al joven que saliera
a la sabana donde encontraría a una yegua con su asiento de montar, y
que su tarea sería montarla y regresar con ella a la casa. Mientras tanto,
el gigante, su mujer y Rosalía se fueron por un camino más corto por el
bosque, y cuando llegó el joven, todos se habían convertido en una
yegua con montura completa.

El joven, quien había traído un palo grueso consigo, se montó en la
yegua, y antes de que ésta saliera, empezó a golpearla con toda la fuerza
que tenía. La yegua casi queda paralizada de los golpes, y por eso no
pudo tirar al jinete, y luego de unos segundos, la yegua cayó al piso,
muerta de cansancio.

El joven regresó a la cabaña, donde luego se juntó con el gigante y
su mujer, todos moreteados y agotados.

El yerno ya había cumplido con cuatro tareas, pero el gigante se olvidó del acuerdo y le dijo que aún quedaban más tareas que hacer. Esa noche, Rosalía decidió que tenían que fugarse, mientras aún les dolían los golpes al gigante y su mujer. Mientras los dos dormían, Rosalía agarró una aguja, una pizca de tierra blanca y otra de sal, escupió en el piso y salió de la casa desapercibida para reunirse con el joven.

Al amanecer, el gigante le dijo a Rosalía que se levantara.

—Está bien, Papá. Me estoy levantando. Me estoy peinando —contestó el escupidazo, el cual habló con la voz de la hija del gigante, y por eso, él no sospechó nada.

Un poco más tarde, el gigante llamó a Rosalía otra vez, y le preguntó si ya estaba vestida. Otra vez, el escupidazo contestó: —Me estoy peinando.

Pero el escupidazo ya casi se había secado, y por lo tanto, sólo podía contestar con una voz floja. Ya que sospechaba algo raro, la vieja fue al cuarto de Rosalía y se dio cuenta de que ella los había engañado.

Entonces el gigante salió a buscar la pareja que huía, y pronto los estaba alcanzando. Cuando casi los alcanza, Rosalía se convirtió en un naranjo, y el joven se disfrazó de abuelo viejo. El gigante se detuvo al lado del árbol, y preguntó si había pasado una pareja joven por ahí.

—No —contestó el abuelo viejo—, pero quédese aquí un rato, y cómase unas naranjas.

El gigante probó las naranjas, y enseguida se le quitaron las ganas de perseguir a su hija y al joven. Cuando regresó a su cabaña, le explicó a su mujer que no los pudo alcanzar.

—¡Idiota! —gritó la vieja—. El naranjo era Rosalía.

Otra vez salió el gigante a buscarlos. Cuando casi los alcanza, Rosalía convirtió el caballo que estaban montando en una iglesia, al joven en un sacristán, y ella se convirtió en una imagen de la Virgen. Cuando el gigante llegó a la iglesia, le preguntó al sacristán si había visto algo de la pareja perdida.

—¡Silencio! —contestó el sacristán—. Aquí no se habla. El cura está a punto de cantar la misa. Entre para que vea nuestra bella Virgen.

El gigante entró en la iglesia, y en el mismo momento en que vio la imagen, se le quitaron todas las ganas de perseguir a la joven pareja.

Otra vez regresó a su cabaña, y le explicó a su mujer cómo había visto a la Virgen y que había decidido regresar a la casa.

—¡Idiota! ¡Eres un idiota! —gritó la vieja—. La Virgen era Rosalía. No sirves para nada; eres demasiado bruto. Yo voy a buscarlos.

La mujer del gigante salió a toda marcha. Rosalía y el joven iban lo más rápido que podían, pero la vieja corría más rápido, y pronto los alcanzó. Cuando casi los alcanza, Rosalía gritó: —¡No la podemos engañar! ¡Vamos a tener que usar la aguja!

Se agachó, y metió la aguja en la tierra, y enseguida salió un matorral denso. Por el momento, estaban fuera de peligro. Mientras que la vieja se abría paso por dentro del matorral, la pareja joven siguió adelante. Pero al fin, la vieja pudo salir del matorral, y otra vez, los estaba alcanzando.

Cuando la madre casi los alcanza, Rosalía tiró el pizco de tierra al suelo, y enseguida salió una montaña. Otra vez, la pareja huyó, mientras que la vieja —sin aliento— subió gateando la ladera empinada hasta la cima, y después se deslizó por el otro lado.

Al fin, después de vencer el obstáculo de la montaña, la vieja siguió adelante, casi alcanzando a su hija y al joven. Cuando casi los alcanza, Rosalía tiró el pizco de sal al suelo, y se volvió un enorme mar. Rosalía se convirtió en una sardina, y el joven en un tiburón, y su caballo en un caimán. La vieja caminó por el agua tratando de capturar la sardina, pero el tiburón la espantó.

—Muy bien —dijo la vieja—. Pero te tienes que quedar en el agua por siete años.

Cuando pasaron los siete años, y al fin estaban libres, salieron a tierra firme y fueron hasta el pueblo donde vivían los abuelos del joven. Sin embargo, Rosalía no podía entrar en el pueblo, porque no estaba bautizada. Le dijo al joven que siguiera hasta el pueblo, y que regresara con una botella llena a la mitad con agua bendita, y que en ningunas circunstancias abrazara a sus abuelos, porque por lo contrario, se olvidaría de su Rosalía.

El joven llegó a su antigua casa, y saludó a sus abuelos, pero no les permitió que lo abrazaran. Ya que se sentía cansado, decidió tomar una siesta antes de regresar a Rosalía con el agua bendita. Pronto estaba rendido, y entonces fue cuando su abuela se agachó y le dio un besito. Cuando despertó, no tenía ningún recuerdo de Rosalía.

Rosalía pasó días esperando que regresara. Al fin, un día por la mañana, vio a un niñito jugando en la orilla del pueblo. Lo llamó y le dijo que le trajera un poco de agua bendita. El niño se la trajo, ella se bañó con el agua, y entró en el pueblo. Ahí se enteró que el joven quien ella amaba —debido a las insistencias de sus abuelos—, pronto se iba a casar con otra joven.

Rosalía fue derecho a la casa de los abuelos, pero el joven no sabía quién era. Aun así, ella sí logró posponer el matrimonio por un período de tres días. Rosalía organizó una gran fiesta e invitó a todos los notables del pueblo, y al joven a quien ella amaba. En el centro de la mesa colocó dos muñecos que ella había hecho: uno que se parecía a ella, y el otro, al joven.

Los invitados llegaron y se sentaron a la mesa. En aquel momento, Rosalía sacó un látigo y empezó a golpear el muñeco que representaba al hombre.

—¿No recuerdas cómo te dijeron que tenías que cargar el agua en la cesta? —gritó ella, y «¡clac!», sonó el látigo en el aire. Cuando le dio al muñeco, el hombre gritó de los dolores que sintió.

Otra vez Rosalía le habló al muñeco: —¿No te acuerdas de la cazuela en el fondo del río y cómo la rescaté por ti?

«¡Clac!», y otra vez el joven gritó de los dolores.

—¿No te acuerdas del maizal que tú estabas supuesto sembrar y el maíz que sembré por ti?

«¡Clac!».

—¿Y los siete años que pasamos juntos en el mar?

«¡Clac!».

Otra vez el joven gritó de los dolores. Recobró la memoria, se le olvidó su futura novia y, gritando de la alegría, se tiró en los brazos de Rosalía.

México (yucateco)

101. El jornalero va a trabajar

Había un hombre de pequeña estatura, un jornalerito. Todos los días iba a trabajar. Él y su mujer vivían cerca de su comadre y su marido. Durante el día, cuando el hombre estaba en el trabajo, la comadre vigilaba a la mujer para ver qué hacía.

Por las mañanas, después que el hombre se iba, su mujer lo seguía para llevarle de qué comer. Más tarde regresaba para darles de comer a los animales. Esto es todo lo que veía la vecina.

Por las tardes, el hombre pasaba por la casa de su comadre en camino a la casa. Estos dos compadres mantenían una buena amistad, pero la mujer del hombre y la comadre no se llevaban.

Bueno, esta mujer —o sea, la comadre— le mintió al hombre. Le dijo que siempre veía a un desconocido en la casa: —Viene y se sienta en tu lugar. ¿A veces la comida te llega temprano, no es cierto? ¿Y a veces tarde, no? Bueno, el desconocido es el primero que come. Entonces se acuesta en tu cama.

Por supuesto, no era verdad, pero así se lo contó: Cuando ella vio que el compadre regresaba a su casa, lo detuvo y le dijo: —Compadre, ¿estás regresando del trabajo?

—Sí, mi querida comadre. Ya regresé.

—Ay, pobrecito, siempre estás cansado.

—Estoy cansado de estar buscando trabajo para pagar mis gastos. Tengo que ganarme la vida para mantener a mi familia.

—Pobrecito. Te estás muriendo del hambre y de la sed, y un desconocido va a tu casa a comer.

—¿Quién?

—Un hombre. Viene a hablar con tu mujer. Primero comen, y después hacen el amor. Y después, ella te lleva las tortillas. No sabes cómo me duele tener que contarte esto. Llega por las mañanas a eso de las ocho, nueve o diez. Él es quien no deja que tu mujer te lleve la comidita. Él le ocupa su tiempo.

—Comadre, esto no puede ser verdad. ¿Estás segura?

—Sí, muy segura.

En ese momento el hombre se enojó, y se fue.

—Me voy, Comadre. Nos vemos mañana.

Y ella le contestó: —Bueno, está bien, Compadre.

Casi había llegado a su casa. Su mujer siempre solía salir a la terraza tan pronto veía a su marido regresar del trabajo. Salió a recibirlo. Él estaba furioso y no la saludó; sólo se le veía la rabia en la cara. La golpeó con el puño, y la abofeteó y pateó. No se pudo controlar más, sacó su cuchillo y la apuñaló. La mujer cayó muerta.

Cuando vio a su mujer caer, se dio cuenta de lo que había hecho, se arrepintió y le pidió a Dios que lo perdonara. Entonces sacó sus sábanas de la casa y se fue. Tenía miedo por lo que había hecho. Siguió por los caminos, aún cuando anocheció.

Como a eso de las tres de la mañana, se topó con una casa ubicada a la orilla del camino. Había una lámpara ardiendo. Una vieja vivía ahí con un niñito. El hombre le pidió permiso para entrar. Él le dijo: —Buenas noches, señora. Buenas noches, señora.

Lo dijo tres veces. No estaba seguro de lo que decía. Estaba como dentro de una nube.

—¿Buenas noches? —le preguntó—. Querrá decir «buenos días». Ya pronto va a amanecer.

—¡Ave María! Yo pensaba que era de noche.

—No lo es. Ya casi va a amanecer. Son las tres de la mañana. Seguro que estuvo caminado la noche entera.

—Señora, permítame descansar un rato.

—¿Adónde iba usted?

—Voy a la ciudad, para ver si puedo trabajar por uno o dos días. Tengo necesidad de ganarme un poco de dinero.

—Entre y descanse —le dijo la señora.

Descansó. Se echó una siesta, pero sin dormir, porque no podía dejar de pensar en su mujer. Pensó en Dios y se preguntó a sí miso: *¿Quién sabe si lo que me dijo mi comadre sea verdad? Maté a mi mujer.*

Casi estaba llorando, y sólo pensaba en Dios. La vieja lo dejó descansar como por dos horas, y después le dijo: —¿Está listo para levantarse, querido hombre? Es hora de ir a trabajar. Tiene que estar ahí antes que amanezca.

El hombre dudaba de lo que decía: —¿Dónde? ¿Está usted segura?

—Sí, hay unos hombres importantes que están buscando quienes les trabajen, ya que ningunos de sus obreros regresan.

—¿Cómo encuentro ese lugar?

—Levántese —le dijo la señora—. Le voy a dar un poco de café y tortillas secas. Le van a hacer falta. El trabajo es muy duro. El niñito le indicará dónde viven los hombres ricos, los que contratan a los trabajadores.

El hombre se tomó el café y se comió las tortillas. Casi no pudo tragar, ya que estaba muy disgustado por lo que le había hecho a su mujer. Le dieron otra taza de café y un plato de frijoles. Les dio las gracias, pero les dijo que no.

—Espere —le dijo la mujer—, el niñito lo va a acompañar por un rato, y luego regresará acá.

El hombre se fue con el niñito donde viven los hombres ricos. Los llamó y los saludó cuando salían. Uno de ellos le preguntó: —¿Estás buscando trabajo? Bueno, pues.

El hombre importante enseguida ensilló su caballo, le puso las riendas y se montó en él. Entonces llevó al hombre de pequeña estatura, como un animal, al bosque.

—Este es el lugar —dijo—. Saca estos árboles de aquí, y deja la tierra lista para sembrar.

Le entregó un hacha grande, pero estaba desafilada y no servía para nada.

—¡Más vale que trabajes bien!

El hombre de pequeña estatura empezó a cortar los árboles, pero no se caían. Lo único que podía hacer era darles hachazos y hacer bulla.

A eso de las diez el niñito regresó para llevarle tacos y agua al hombre.

—¿Cómo va el trabajo?

—Bien —dijo el hombre—. Poco a poco, voy a terminar.

—¿Ha cortado usted algún árbol? ¿Dónde están?

—¡Malditos árboles! Sólo hacen bulla, y no se quieren caer.

—Yo lo sé. Este es el tipo de trabajo que hacen estos hombres. ¿Qué pensaba usted? ¿Para qué vino usted aquí?

—Tenía que trabajar.

—Bueno —dijo el niño—, he aquí su comida. Mientras esté comiendo, le voy a ayudar con algunos de los árboles.

Recogió el hacha, y con sólo uno o dos hachazos, los árboles hicieron un estruendo, y se cayeron.

El hombre siguió almorzando.

—Ave María —se dijo a sí mismo—, ¿cómo es que ese niño puede hacer eso?

En menos de una hora, el niño había amontonado diez árboles.

—Bueno, con esto espero que le haya ayudado un poco —le dijo—. Cuando el hombre importante regrese y vea lo que ha hecho, no va a poder hacerle nada.

A las once se apareció el hombre importante: —¿Qué has hecho? Ah, bueno, pues. Creo que eres mejor que yo. ¡Pero no te vayas a atrasar ahora!

El hombre importante tenía un látigo, y su caballo estaba inquieto.

—¡Trabajen más rápido!

Y se fue a inspeccionar los otros terrenos, mientras que el hombre de pequeña estatura seguía trabajando, pero sin adelantar en nada.

El próximo día le dieron más trabajo que hacer. Cuando regresó de noche, la vieja le preguntó: —¿Cómo le va?

—Muy lento.

—Yo lo sé —dijo la mujer—. Ellos quieren que usted trabaje rápido. Y si no lo hace, lo golpean. A eso están acostumbrados. Se les tiene que trabajar rápido. Para que no le hagan daño, todos los días voy a mandarle al niño para que le ayude con el trabajo. Mientras usted se quede conmigo, nada le va a pasar.

El próximo día le dieron una hoz para que cultivara el trigo. La hoz estaba desafilada, se seguía cayendo y el maldito trigo no se dejaba cortar. A las diez llegó el niño con el almuerzo.

—¿Cuánto ha hecho?

—Estoy trabajando lo más rápido que puedo, pero la hoz no sirve para nada.

—Bueno —dijo el niño—, coma, y yo lo ayudo.

Agarró la hoz y la blandió por dondequiera. En poco tiempo había un montón de trigo.

—Ahora no le va a pasar nada cuando llegue el importante.

El hombre de pequeña estatura empezó a temblar cuando pensó en el otro.

—Apúrese —dijo el niño—, y acabe de comer y póngase a trabajar. Me tengo que ir ahorita, para que no me vean aquí.

El hombre importante llegó, y preguntó: —¿Qué has estado haciendo? ¡Caray, trabajas mejor que yo!

Quería estar enojado con el hombre de pequeña estatura, pero no podía.

—¿Quieres comer? Toma, te traje comida.

Pero el hombre dijo que no. La vieja le había dicho: —No coma nada que le den.

—Está bien, pues, ¡no comas! Pero si tienes hambre, déjame saberlo. Si quieres, te doy de comer. Encima de eso, te estás ganando el dinero.

Pero eso no era verdad. Lo estaban estafando. No había pago, salvo golpes por no trabajar lo suficientemente rápido.

El próximo día por la mañana, la vieja le dijo: —Hoy le van a dar otro tipo de trabajo.

Ella estaba al tanto de lo que estaba pasando.

—No va a ser como en el pasado —dijo ella—. Lo estaban poniendo a prueba.

—Sea lo que sea que me hagan hacer, que Dios me ayude.

—El niño le va a llevar un taco —dijo ella—, pero usted tiene que trabajar.

Otra vez regresó a la casa del hombre importante.

—Ahora vas a arar surcos para que coseches el trigo —le dijo—. Ve y búscate unas mulas y un arado.

Pero le dieron dos mulas malas que no querían trabajar. Lo mordieron y lo patearon. El niño lo aconsejó: —No tenga miedo cuando ponga a trabajar a las mulas del hombre importante. Sólo déles con el puño, y así las puede dominar. Estos animales que le dieron son como animales salvajes.

Y le dieron las mulas, y las amarró juntas, aunque le costó mucho trabajo. Le mordieron las manos.

—¡Ave María! —gritó el jornalero, mientras seguía pensando en Dios.

Les puso las riendas, y le volvieron a morder las manos. El jornalero les dio unas bofetadas. Las mulas eran tan salvajes que les salía candela de las bocas y de los ojos. No querían que nadie las pilotara, ni querían halar el arado.

El niño regresó, y le preguntó: —¿Cuánto ha terminado?

—No se quieren mover.

—Ah, sí se van a mover —dijo el niño—. Usted come, y yo lo ayudo con uno o dos surcos.

Bueno, el niño agarró a los animales, y les habló lentamente. Enseguida empezaron a halar los arados. Hicieron todos los surcos en el terreno. Pero cuando el hombre acabó de comer y trató de encargarse de las mulas, lo volvieron a morder, y lo patearon hasta que empezaron a echar candela de los ojos y de las narices.

—Golpéelas. No les tenga miedo. Por eso lo tratan así.

El hombre le hizo caso, y golpeó las mulas, y éstas gritaron: —¡Para, compadre! ¡Nos estás matando!

Al fin llegó la tarde, y el hombre soltó las mulas. Las metió en el corral, les dio de comer y fue para la casa de la viejita.

—¿Trabajó mucho? —preguntó ella—. Se ve muy cansado.

—Sí, cansado. Esos animales que me dieron no se querían mover.

—Bueno, así son, pues. Y usted ya ha cumplido con su penitencia. Puede regresar a su casa. Descanse. Mañana va a regresar a su casa.

El hombre descansó, se recostó y le dieron de comer. Le dieron tortillas y frijoles, y agua, pero no le dieron pulque.

A eso de las tres de la mañana, la vieja le preguntó: —¿Ya se levantó?

—Sí, señora, estoy despierto.

—Ahora puede regresar a su casa. Tu mujer está allá, llorando. Ella enciende una vela por ti, y no te olvida. Ella está bien. Usted la golpeó. Pero lo que usted hizo no fue culpa suya, sino fue culpa de su comadre: la misma que usted ayer mandó como un animal, la que usted amarró. Usted fue castigado por lo que le hizo a su mujer, y su comadre también recibió su castigo. Usted la mandó, y ella haló el arado. Ahora, váyase donde su mujer. Ella está llorando, ya que supone que lo perdió. No sabe adónde usted fue a parar. Vaya a verla.

—Sí señora. Gracias —y se levantó.

—Váyase, pues. Vaya a verla ahorita. Olvídese de lo que le hizo. Olvídese de lo que hemos platicado.

Y la vieja le mostró el corazón, que le sangraba. Ella era la querida Virgen, con la marca de la herida en el pecho.

—No vaya a creer siempre lo que la gente le diga —dijo ella—. Crea en lo que pueda ver con sus ojos. Bueno, y cuando pase por la casa de su comadre, usted va a hablar con ella. Los ojos se le han vuelto negros por lo que usted le hizo ayer.

Regresó a su casa y saludó a su comadre, cuya casa estaba ubicada en el camino a la suya. Estaba toda moreteada y con heridas provocadas por la paliza.

—Ay, Compadre —dijo ella—, me castigaste ayer.

—¿Entonces eras tú la mula?

—Sí, efectivamente.

—Pero sólo hice lo que me dijo el jefe que hiciera. Estaba siguiendo sus indicaciones. No sabia que tú eras la mula.

—Bueno, Compadre, así fue, pues. Te mentí, y por eso, me supongo, fuimos al lugar donde vive el demonio.

Jesús Salinas Pedraza / México (otomí)

102. La mariposa nocturna

Vivía un matrimonio feliz con el primer fruto de sus amores.

El esposo emprendía sus viajes dejando a su mujer anegada en llanto, pasándose las noches en vigilia, hilando. Una noche, desvelado el niño pregunta a su madre qué era aquello que revoloteaba a su alrededor y que le hablaba. La madre por toda contestación le dice: —Es mi amante, mi cariñoso compañero que viene a hacerme compañía.

Regresó el marido en momentos que había salido su mujer y se puso a conversar con el hijo e interrogarle por lo que hacía la madre durante las noches de su ausencia. El chicuelo le refirió que venía su amante todas las noches, que se hallaba despierta hasta muy tarde, hilando, y que hablaba con él.

Apenas hubo escuchado se fue a su encuentro, y desbarrancándola le dio muerte.

Cierta noche que taciturno con su recuerdo contemplaba absorto la luz encendida, de pronto el muchacho se pone a gritar: —¡Ahí está el amante de mi mamá, el que la acompañaba! —señalando la mariposa que solía venir cuando su madre velaba.

Inmediatamente se dio cuenta del error en que había incurrido y presa de desesperación murió de pesar.

Perú (quechua)

103. Se los tragó la tierra

Era éste un viejo que tenía tres hijas, las cuales sufrían mucho porque su padre era tan avaro que ni aun les daba lo necesario para vivir.

Viéndose un día el viejo próximo a la muerte, llamó a su lado a sus tres hijas diciéndoles que lo único que les pedía era que lo enterrasen con todo su dinero que tenía en monedas de oro y plata en una bolsa que estaba escondida en el hueco de la muralla y tan bien tapado, que nadie adivinaría el escondite; y les indicó dónde era, pues las niñas ignoraban por completo que el padre tuviera ese tesoro. Las hijas, como es natural, prometieron a su padre enterrarlo con el dinero.

Murió el avaro y las niñas, cumpliendo lo prometido, pusieron en el cajón la bolsa de dinero.

Pasaron muchos días y viéndose las niñas tan pobres, dispusieron de común acuerdo robarle la bolsa a su padre, puesto que a él ya no le hacía falta y en cambio a ellas las sacaría de la difícil situación en que estaban. Convinieron en que la mayor de las hermanas iría a sacarla.

Al otro día por la tarde, así a la oración, fue aquélla y trajo la bolsa, guardándola para disponer de algún dinero al día siguiente.

Pero esa noche, no bien terminaron de cenar, sintieron que llamaban a la puerta; miraron por el ojo de la llave y vieron que era el padre que venía del otro mundo. Muertas de miedo se amontonaron en un rincón y no abrieron la puerta. Al siguiente día, colocaron de nuevo la bolsa en el cajón del padre.

Pasaron pocos días; cansadas otra vez de no tener dinero, dispusieron nuevamente traer la bolsa y se encargaría de ello la segunda de las hermanas.

Así lo hizo ésta, pero otra vez la noche de ese mismo día llamó el padre a la puerta, y entonces llevaron nuevamente al día siguiente la bolsa al cajón del muerto.

Después de unos días de ocurrido esto, manifestó la hermana menor que ella iría por la bolsa, pero que no la devolvería más y que si venía su padre, le abriría la puerta y conversaría con él.

Cumplió lo prometido la menor de las niñas; fue al cementerio y trajo la bolsa que escondieron muy bien por si venía el padre.

Por la noche y a la hora de costumbre, siempre que tenían la bolsa, llamaron a la puerta. La menor preguntó:

—¿Quién es?

—¡Tu padre! —le contestó una voz hueca, como si saliera debajo de la tierra.

Ella abrió la puerta y se apareció un esqueleto que causaba horror; entró sin hacer el menor ruido, como si caminara en el aire y se sentó en la silla que la niña le ofreció, recogiéndose en el asiento como hacen los fantasmas. Las dos hijas mayores no se atrevían a hablar; la menor le preguntó:

—¿Y las piernas, padre?

—¡Se las comió la tierra! —contestó el fantasma.

—¿Y las manos y brazos, padre?

—¡Se los comió la tierra!

—¿Y las orejas, padre?

—¡Se las comió la tierra!

—¿Y el cabello, padre?

—¡Se lo comió la tierra!

—¿Y la bolsa de plata, padre?

—¿No te la sacaste tú? —dijo con voz aunque hueca, fuerte, de enojo, al mismo tiempo que daba un salto de la silla y… huyó.

Las niñas se desmayaron, pero quedaron con la bolsa que tenían bien escondida.

Así vivieron felices y comieron perdices.

Argentina

▼▲▼▲▼▲▼▲▼▲▼▲▼▲▼▲▼▲▼▲▼▲▼▲▼

EPÍLOGO:

LOS MITOS DEL SIGLO XX

Hay que temerles a los espíritus, a los dioses,
a los antepasados, pero no a los hombres vivos.

—*proverbio*

Bolivia (aimara)

Para resistir la influencia hispana, la literatura narrada de estricto origen aborigen americano floreció a través del siglo XX, pero no como una idea posterior, sino vigorosamente en muchas zonas, desde Nuevo México hasta la Argentina. Con los que se dedicaban al folklore, consagrando su atención a la tradición trasplantada del Viejo Mundo, los antropólogos continuaron documentando las culturas de los aborígenes, de las que poco se sabía, transcribiendo narraciones en cantidades que sobrepasaban con mucho las colecciones hispanas. Hasta en el México indígena, que había sido descartado como hispanizado por las autoridades a principios del siglo XX, la pura tradición aborigen pareció haber sobrevivido, notablemente entre los mayas lancandones de Chiapas y los huicholes de Jalisco, y, además, en un grado impresionante entre otros grupos de ese país, sin mencionar cómo sobrevivió esta tradición entre las culturas más remotamente situadas de Costa Rica, Colombia, Venezuela, Ecuador, Perú, Bolivia, Paraguay y la Argentina.

La tradición indígena, dondequiera que no esté mezclada con tradiciones ibéricas, no puede llamarse latina; y como se dice en otra parte de este libro, la mezcla, cuando tiene lugar, ocurre solamente en la otra dirección. La técnica de la narración de los cuentos indígenas y sus temas no son captados por los latinoamericanos; es decir, no al nivel del folklore. Ellos han tenido un efecto pronunciado, sin embargo, en la literatura latinoamericana, como puede verse en las obras de ficción y poesía de Rosario Castellanos, Miguel Ángel Asturias, Mario Vargas Llosa, Ernesto Cardenal y varios otros, quienes han considerado el arte de las narraciones indígenas como un recurso cultural. Esto no es igual que traer al indígena simbólico a la literatura como una figura noble o trágica. Lo que significa es que el arte hablado aborigen se ha vuelto una influencia literaria, como con el peruano Vargas Llosa, cuyas nuevas narraciones de cuentos machiguengas del siglo XX, en su novela publicada en 1987, *El hablador*, crearon un puente, si bien problemático, entre las tradiciones hispanas e indígenas: problemático para el lado hispano, porque el «hablador» ficticio en realidad cruza el puente en una renunciación de la cultura occidental.

Pudiéramos hablar del folklore indígena, a pesar de que las narraciones indígenas no pueden ser llamadas, con comodidad, cuentos tradicionales, ya que ambos tienen la inmensidad e intimidad que los europeos asocian con un estrato muy anterior en su propia cultura, cuando el mito se producía libremente. Los cuentistas indígenas saben distinguir entre los cuentos serios y los que se dicen sólo para entretener. Pero la terminología exacta sería difícil ajustar al brevísimo ejemplo que puede ser ofrecido aquí, al cual el término «mito», en el verdadero sentido original heleno, pudiera aplicársele «historia» más ampliamente. Esto sigue la costumbre de algunos, aunque no de todos, los antropólogos.

Los doce mitos que se dan más abajo fueron escogidos para reflejar la antología principal, comenzando con un cuento que sugiere el poder de los cuentos por sí mismo y terminando —en ambos casos, aunque con efectos diferentes— con una pregunta final: ¿Puede la muerte ser permanente? Entremedio hay algunos de los temas familiares: el matrimonio, la creación del mundo y los cortejos románticos. Obsérvese que el dinero y las tonterías, esos fundamentos básicos duraderos de la tradición europea, no están presentes; y hay algunos contratiempos: en vez de «La esposa bruja» tenemos «El marido buitre». Además, en lugar de un creador, al menos en tres instancias, hay una creadora.

Puede notarse que los narradores indígenas tienen una manera especial de extraer la historia de la esfera social y colocarla en un mundo más amplio de la naturaleza. Una tendencia contraria, a veces revelada en las mismas historias, atrae al que las escucha dentro de la profundidad de la personalidad, a salvo debajo del mundo inevitable de males sociales. El resultado, podemos decir, es medicinal, como un tipo de remedio. Un reclamo similar bien conocido es que los cuentos europeos tradicionales son una forma de sicoterapia, a pesar de que son controvertidos. Con los mitos, esta propuesta es menos fácil de ignorar, aunque la trama elusiva tiene que ser controversial. «El cóndor busca a una esposa», con su heroína que se retira a la seguridad del regazo de la madre, y «El hijo del sacerdote se hace águila», con su súbito escape a la naturaleza, pueden ser considerados en este estilo.

Justamente, como la tradición del viejo Mundo tiene sus cuentos corrientes de hadas y fábulas de Esopo, la tradición aborigen tiene tipos de cuentos que saltan de lengua a lengua, abarcando un espacio grande de áreas geográficas. Tres de éstos están incluidos aquí. El primero, «El marido buitre», pertenece a México y Centroamérica. El segundo, «La esposa muerta», es de tipo pan-indígena más común en Norteamérica que en Latinoamérica, y con una historia de documentación que llega tan lejos como, al menos, al comienzo del siglo XVII. El tercero, «La rebelión de los utensilios», también un mito pan-indígena, tiene un linaje aún más antiguo.

De la misma manera que los cuentos europeos tienen sus raíces en fuentes medievales —*Gesta romanorum*, y el *Panchatantra* hindú del siglo V—, los mitos americanos también tienen prototipos coloniales y precolombinos. Un caso a citar es «La rebelión de los utensilios», el cual aparece en el *Popol Vuh* del siglo XVI, el libro sagrado de los quichés de Guatemala. Escrito en un alfabeto caligráfico, en la década de 1550 por uno de los escribanos mayas, el *Popol Vuh* incorpora historias que recuerdan versiones pictóricas de jarrones mayas de mil años antes. El mito de los utensilios rebeldes, en el cual la tierra es librada de una raza anterior de seres humanos imperfectos, cuenta una historia de destrucción cultural. Las cazuelas que usa la gente para cocinar, las planchas,

las piedras de moler, las armas y otros artefactos, se levantan en contra
de sus dueños y los matan, devolviendo el mundo a un estado natural.
Aunque esta historia no se ha encontrado hasta ahora en un antiguo
jarrón maya, una versión aparece ilustrada en un cazo preincaico del
Perú, mostrando a los combativos utensilios con armas, piernas y
pequeñas caras enfadadas. La versión moderna que damos a continuación de los tacanes de Bolivia muestra a los utensilies en una modalidad
juguetona, manteniendo sus poderes en control, quizá para recordar
suavemente que la guerra entre la naturaleza y la cultura, si parece
resolverse en favor de la cultura, aún no finaliza.

104. Por qué el tabaco crece cerca de las casas

El tabaco era antes gente. Le gustaban los cuentos y por eso vivía siempre arrimado a la pared de las casas, para escuchar cómo echaban cuentos. Cada vez cuando oía hablar en una casa, vino y se paró en la pared
y escuchaba. Por eso la Madre hizo que creciera siempre alrededor de
las casas, cerquita a la pared. Allá puede escuchar. También la Madre
mandó que el tabaco se tomara junto con la coca, porque así puede oír
todos los cuentos.

Colombia (kogui)

105. El marido buitre

Hace mucho tiempo hubo un hombre. Era muy vago. Era un vividor.
No quería hacer nada. No quería trabajar. Cuando iba a cortar los árbo-

les, pedía que le dieran tortillas para llevárselas consigo. Pero nada más que salía para comer.

Recostado en el bosque, mirando los buitres volar por el cielo, les dijo: —¡Baja buitre, ven acá, vamos a hablar! ¡Dame tu traje!

El buitre nunca bajó.

Todos los días el hombre regresaba a casa.

—¿Cómo te va el trabajo? —le preguntaba su mujer.

—Todavía tengo cosas que hacer. Todavía queda mucho porque no es fácil. Hay muchos troncos grandes —le contestaba el hombre.

Y se fue, y regresó. Y así pasó el año.

¡La pobre mujer!

—Van a cosechar mi maíz —dijo ella.

¿Pero cómo iban a cosechar su maíz cuando el hombre sólo dormía? Ponía su túnica de lana en el piso, y se acostaba, y hacía almohadas de las tortillas.

—Dios, Señor mío, santo buitre, ¿cómo es que no haces nada? —preguntaba el hombre—. Vuelas como si nada, y no trabajas. Pero para mí, todo es difícil. Sufro mucho. ¡Qué triste mi pesar! ¡Míreme las manos! Ya tienen muchas ampollas. Me duelen las manos, y por lo tanto, ahorita no puedo trabajar. Tengo las manos gastadas. No quiero trabajar, y punto.

Quizá Nuestro Señor se cansó de lo mismo. Al fin, el buitre bajó.

—Bueno, pues, ya que me hablas así, ¿qué quieres conmigo?

—Es que parece que usted vive muy bien —dijo el hombre—. Sin cuidado, usted vuela por el cielo. Sin embargo, yo sufro mucho. Sufro mucho trabajando en el maizal, y no tengo maíz. Soy pobre. Mi mujer me regaña. Entonces, si usted quiere, llévese mi ropa, y yo me vuelvo buitre.

—¡Ah! —dijo el buitre—. Bueno, primero voy a pedir permiso. Y regreso, depende de lo que me digan.

—¡Vaya, pues!

—Espérame aquí.

El hombre lo esperó. Se sentó y esperó que el buitre regresara.

—¿Por qué no viene a vivir en mi lugar como vivo yo? Ya no aguanto más. Estoy cansado de trabajar —dijo él.

Había llevado su hacha y una podadera consigo para desbrozar el terreno. Desbrozó sólo un poco. Cortó dos árboles, y otra vez regresó a casa.

—Bueno, ¿ya terminaste de desbrozar tu terreno? —preguntó su mujer.

—Casi está listo.

—Ah —dijo ella, y pasó otro día.

—Hoy voy a regresar —dijo él—. Despiértate, por favor, y prepárame un par de tortillas.

—Está bien —dijo la mujer, y el hombre fue a hablar con el buitre. Enseguida se sentó: —Dios mío, ya tengo hambre. Tengo demasiado trabajo.

—¿De veras? —dijo alguien. Era el buitre, bajando. Aterrizó.

—¿Qué? ¿Qué dijiste?

—Nuestro Señor nos ha dado Su permiso. Podemos cambiar de situación. Me dijo que tú te fueras, y que yo me quedara.

—¿Pero acaso mi mujer no se va a dar cuenta que tú no eres yo? —preguntó el hombre.

—No, ella no va a saber nada. Es la voluntad de Nuestro Señor —dijo el buitre, y se quitó las plumas. Se quitó todas las plumas. El hombre se quitó los pantalones, la camisa, su túnica de lana, todo. El otro se lo puso, y cuando terminó de ponerse la túnica de lana, la ropa empezó a pegársele. Y las plumas del buitre y todo también empezaron a pegársele al hombre.

—Escucha bien —dijo el que había sido un buitre—, no hagas nada mal. Déjame saber cómo comemos. Nosotros vemos un vapor cuando hay un caballo muerto, o una oveja, o lo que sea. Verás que si es una comida pequeña, nada más que va a haber poco vapor. Si la comida es más grande, hay mucho vapor. Si ves mucho vapor, vete adonde está, ya que es una comida muy grande. ¡Vete! ¡Vete! ¡Diviértete! Regresa en unos días.

—Está bien. Voy a regresar. Hablo contigo entonces.

Después que el hombre que había sido un buitre estuvo tres días desbrozando el terreno, el buitre que había sido hombre regresó.

—Dios mío, es cierto, yo no sirvo para nada —dijo él—. Y ya usted ha hecho una gran labor desbrozando el terreno. ¡Mire lo bien que usted ha trabajado! Mi mujer lo prefiere a usted. ¿Le dijo que yo no servía para nada?

—No me dijo mucho —dijo él—. «¿Por qué apestas tanto?», «¡Tienes mucha peste!», es lo que me dijo.

—¿Y qué le contestó usted?

—«¿Cómo no voy a apestar?» —le dije—. «Yo sí apesto, pero es porque estoy trabajando. Antes te mentía. Nunca trabajaba. Sólo dormía todo el tiempo. Pero ahora vete a ver, si quieres. Cuando queme nuestras tierras, ¡vete a verlas! Ve y ayúdame a vigilar el fuego».

—¿Y usted la va a llevar?

—Sí —contestó.

Y la mujer lo acompañó cuando encendieron los árboles. Se la llevó consigo: —Siéntate ahí. Primero, voy a hacer un corredor alrededor de nuestras tierras —dijo él.

—Está bien —contestó ella.

La mujer se sentó y le preparó la comida a su marido. Después comieron.

El humo salía de los árboles. Subía y subía. El buitre que había sido un hombre pensó que era su comida, ya que se acordó de lo que le habían dicho. Cuando intercambiaron ropa, el otro le había dicho: «Verás un vapor en el cielo».

Cuando el humo subió, el buitre bajó volando. Aterrizó dentro del fuego, y se quemó.

—¿Será tan estúpido ese buitre? —preguntó la mujer—. Eso es lo que se merecía ese animal asqueroso: morir de esa manera.

—Fue la voluntad de Nuestro Señor —dijo el marido—. Pero no le hagas caso. Ahorita vamos a cosechar el maíz. En una semana regresamos para sembrarlo.

—¡Está bien! —dijo la mujer.

Se fueron, y regresaron a casa.

—Mira bien —dijo el marido—, estoy cubierto de hollín. Me voy a cambiar. Tú dices que apesto porque sudo mucho.

¿Cómo se iba enterar ella que él era un buitre?

¿Saben cómo se descubrió? Una vecina le dijo: —¿Por qué no quieres reconocer que tu marido se volvió buitre?

Ella le dijo a su marido: —¡Yo tenía razón cuando te dije que apestabas mucho! Tú eres un buitre.

—¿Y qué nos importa eso? —dijo él—. ¡Lo que dice la gente! ¿Quién sabe si es verdad?

—Pero sí es verdad. Yo tenía razón; es la peste de un buitre. Yo tenía razón cuando te dije que eras un buitre.

—¿Quién sabe? —dijo él—. Nunca me sentí como un buitre. Debido a que sudo mucho, tengo mal olor.

—Mientras me mantengas —dijo ella—, olvídate de eso.

Ahora tenían cosas. Ahora comían. El marido de la mujer ya no era un vividor. Trabajaba bien.

Éstas son palabras muy antiguas.

México (tzotzil)

106. La esposa muerta

Un misquito llamado Nakili perdió a su esposa que él quería mucho. Fue a su tumba, y ahí, repentinamente, se encontró en la presencia de su *isiñni* [el alma sin cuerpo]. El alma, que sólo medía dos pies de estatura, le informó que el alma había comenzado su viaje a la madre Escorpión [el espíritu del más allá].

El hombre quería ir con ella, pero ella le dijo que eso sería imposible, ya que él aún vivía. Aun así, él insistía en que no se iba a quedar atrás. Por lo tanto, se fueron juntos, y ella lo guió, y ella tomó un camino muy estrecho que él jamás había visto antes.

Llegaron al lugar donde había muchas mariposas nocturnas volando por dondequiera. Ella les tenía miedo, y por lo tanto, no quería proseguir. Pero él las espantó, y siguieron por su camino.

Después de un rato, el camino pasó por dentro de dos pinos bajitos, tan pegados que la esposa casi no pudo pasar entre ellos. El marido, que era de tamaño normal, no pudo pasar. Por lo contrario, les dio la vuelta.

Siguieron adelante, y llegaron a un puente del ancho de un pelo humano que iba sobre un cañón. Debajo había una cazuela enorme de agua hirviendo atendida por pájaros *sikla*. Ya que era diminuta y liviana la esposa pudo pasar el puente. Pero Nakili vio que el cañón no era muy ancho, y por lo tanto, lo brincó.

Entonces llegaron a un río muy grande, donde había una canoa con un perro remando. El río estaba lleno de *bilim* [pececitos], pero el alma pensó que eran tiburones. En la otra orilla podían ver el país de la madre Escorpión, y todo el mundo ahí parecía estar contento.

Cuando las almas de aquellos que no vivieron una vida honrada trataban de cruzar el río, la canoa se volcaba, y los *bilim* se los comían. La esposa cruzó sana y salva con el perro remando, mientras que el marido pudo nadar al lado de la canoa.

En la orilla opuesta fueron recibidos por la madre Escorpión, una mujer muy alta y gorda, con muchos senos, de los cuales los habitantes de ese lugar solían mamar como si fueran niños. Parecía estar molesta con Nakili por haber venido, y lo mandó a regresar a la tierra. Le rogó que lo dejara quedarse, porque quería mucho a su esposa y no quería estar separado de ella. Al fin, la madre Escorpión lo dejó que se quedara.

En ese país, nadie tenía que trabajar. Había mucho de que comer y de que tomar, y no faltaba la diversión. Pero después de pasar un tiempo ahí, Nakili deseaba regresar a la tierra para volver a ver a sus hijos. La madre Escorpión le permitió irse, con la condición de que no regresara al más allá hasta después que muriera. Entonces lo metió en un tronco de bambú enorme, y lo introdujo en el río. Después de pasar un rato, el hombre se fijó en las olas grandes, y se dio cuenta de que estaba en el océano, y al final, una ola gigantesca lo dejó en el litoral, justo enfrente de su cabaña.

Nicaragua (misquito)

107. Romi Kumu hace el mundo

En el principio, el mundo estaba hecho totalmente de piedra, y no había vida. Romi Kumu [una chamán] agarró un poco de arcilla e hizo una parrilla para cocinar arepas. Ella hizo tres rejillas para las cazuelas y puso la parrilla encima. Las rejillas eran tres montañas aguantando la parrilla, el cielo. Ella vivía encima de la parrilla.

Prendió el fuego debajo de la parrilla. El fuego era tan fuerte que las rejillas se rajaron y la parrilla cayó al mundo abajo, hasta llegar a ser el bajo mundo, y la parilla se convirtió en la tierra. Entonces ella hizo otra parrilla, la cual es el nivel encima de esta tierra, el cielo.

Hizo una puerta en la orilla de la tierra, la puerta del agua, en el este. Había mucha agua afuera, y cuando ella abrió la puerta el agua entró e inundó la tierra.

Las aguas inundaron la casa. Todo lo que había dentro de ella cobró vida. La palangana de la cerveza de yuca y el tubo largo para colar la coca se convirtieron en anacondas, el poste de la resina que se usaba para alumbrar la casa se volvió un caimán, y los paños y otros objetos planos se convirtieron en pirañas. Estos animales empezaron a comerse a la gente.

La gente construyó canoas para escapar del diluvio, pero los únicos que se salvaron eran aquellos que estaban en la canoa hecha del árbol *kahu*. Todos los demás y los animales se ahogaron.

Los que se salvaron terminaron encima de una montaña conocida como Ruhiro cera del Pirá-Paraná. Ahí empezaron a comerse unos a otros porque no había comida, y los animales que se salvaron también se empezaron a devorar entre ellos.

Entonces las lluvias y las inundaciones cesaron, y era verano. El sol estaba en pleno cielo, y se puso más y más caliente y seco. Esto siguió hasta que la misma tierra se prendió en candela. La tierra ardió con furia hasta no quedar nada. Las llamas eran tan calientes que las patas del nivel de arriba se rajaron, y se cayeron con un estruendo.

Colombia (barasana)

108. Ella era recuerdo y memoria

Primero estaba el mar. Todo estaba obscuro. No había sol, ni luna, ni gente, ni animales, ni plantas. Sólo el mar estaba en todas partes. El mar era la Madre. Ella era agua y agua por todas partes y ella era río, laguna, quebrada y mar y así ella estaba en todas partes. Así, primero, sólo estaba la Madre. Se llamaba Gaulchovang.

La Madre no era gente, ni nada, ni cosa alguna. Ella era *alúna*. Ella era espíritu de lo que iba a venir y ella era pensamiento y memoria. Así la Madre existió sólo en *aluna*, en el mundo más bajo, en la última profundidad, sola.

Entonces cuando existió así la Madre, se formaron arriba las tierras, los mundos, hasta arriba donde está hoy nuestro mundo.

Colombia (kogui)

109. ¿Sería una ilusión?

¿Sería una ilusión?

El Padre tocó una imagen ilusoria. Tocó un misterio. No había nada ahí. El Padre, Quien Tiene una Ilusión, lo agarró, y mientras soñaba, se puso a pensar.

¿Acaso no tenía bastón? Entonces, con un hilo de sueño aguantó la ilusión. Mientras respiraba, la aguantó, la ilusión, el vacío, y trató de sentir su tierra. No había nada que sentir.

—Juntaré el vacío.

Sintió, pero no había nada.

Ahora, el Padre pensó en la palabra.

—Tierra.

Sintió el vacío, sintió la ilusión, y se las puso en las manos. Entonces el Padre juntó el vacío con hilo de sueño y lo pegó junto con goma. Con la goma de sueño *iseíke* lo pegó bien.

Agarró la ilusión, la tierra ilusoria, y la pisoteó y pisoteó, agarrándola y aplastándola. Entonces la agarró y la aguantó, y se paró encima de ella, encima de esa que había soñado, encima de esta que había aplastado.

Mientras aguantaba la ilusión, se le brotaba más, más y más saliva de la boca. Encima de esta ilusión, mientras la aguantaba, puso el techo de cielo. Agarró esta ilusión entera, y le quitó el cielo blanco y azul.

Ahora, pues, en el infierno, mientras pensaban y pensaban, los fabricantes de mitos permitieron que este cuento existiera. Este es el cuento que trajimos con nosotros cuando surgimos.

Rosendo (sin apellidos) / Colombia (huitoto)

110. El principio de la vida de un colibrí

Nuestro Primer Padre, el Absoluto, salió de la oscuridad original.

Las plantas sagradas de Sus pies, y su pequeño lugar redondo, donde se encuentra, los hizo mientras salía de la oscuridad original.

El reflejo de Sus pensamientos sagrados, su capacidad de oírlo todo, la sagrada palma de Su mano en la cual lleva Su bastón de autoridad, las palmas sagradas de Sus manos en forma de ramas de árbol con flores en sus puntas, fueron creados por Ñamanduí mientras Él salía de la oscuridad original.

Llevaba una corona de plumas y de flores que parecían como gotas de rocío en Su sagrada cabeza. Entre las flores de la corona sagrada volaba el primer pájaro, el colibrí.

Mientras crecía, y creaba Su santo cuerpo, nuestro Primer Padre vivió entre los vientos primarios. Antes de que pensara en su futura morada terrenal, antes de que pensara en su cielo futuro —su mundo futuro, tal como lo veía en el principio— el colibrí vino y le refrescó la boca. Fue el colibrí quien nutrió a Ñamanduí con las frutas del paraíso.

Mientras crecía, Nuestro Padre Ñamanduí, el Primer Ser, no veía la oscuridad, aunque el sol aún no existía. Se alumbraba con el reflejo de Su propio ser interior. Los pensamientos estaban por dentro de este Ser sagrado, y éstos eran su sol.

El Padre Ñamanduí verdadero, el Primer Ser, vivía dentro de los vientos primarios. Trajo el búho a descansar, e hizo la oscuridad. Hizo la cuna de la oscuridad.

Mientras crecía, el Padre Ñamanduí verdadero, creó el futuro paraíso. Creó la Tierra. Pero en el principio vivía entre los vientos primarios. El viento primario en el cual vivía Nuestro Padre regresa todos los años con el regreso del tiempo-espacio primario, con la recurrencia del tiempo-espacio que fue. Tan pronto termina esa estación, florecen las enredaderas. Los vientos siguen al siguiente tiempo-espacio. Nuevos vientos y un nuevo espacio se crean en el tiempo. Así se obtiene la restauración del espacio y del tiempo.

Paraguay (mbyá guaraní)

111. El cuento de la ibis

En los tiempos antiguos, mientras la primavera se acercaba, un hombre miró desde su posada, y vio una ibis volando por arriba. Con mucha alegría, le gritó a las otras posadas: —¡Una ibis ha volado por encima de mi posada! ¡Vengan a ver!

La gente lo oyó, y salieron corriendo, gritando: —¡La primavera ha llegado! ¡Las ibis están volando!

Brincaron de la alegría y hablaron en voz alta.

Pero la ibis es una mujer delicada y sensible. La tienen que tratar con respeto. Cuando ella oyó todo el ruido que estaban haciendo esos hombres, mujeres y niños, gritando sin cesar, se molestó. Al estar tan ofendida, mandó a que viniera una terrible tormenta de nieve helada con mucho hielo. Siguió nevando por meses enteros. Nevó sin cesar, y la tierra entera estaba cubierta con el hielo, y hacía un frío espantoso. Se congeló el agua por dondequiera. Mucha, mucha gente murió. No podían montarse en sus canoas, ni tampoco podían viajar para conseguir comida. Ni podían salir de sus moradas para buscar leña. Había grandes cantidades de nieve por dondequiera. Más y más gente murió.

Después de un largo tiempo, dejó de nevar. Pronto salió el sol y brilló con tanta fuerza que todo el hielo y toda la nieve se derritieron. La tierra había estado cubierta de hielo y nieve hasta las cimas de las montañas. Pero ahora había mucha agua en los ríos que salía a mar abierto. El sol se volvió tan caliente que las cimas de las montañas se quemaron, y por lo tanto, hasta la actualidad, nada crece ahí. El hielo que había en tanto los ríos como los riachuelos se derritió. Entonces, al fin, la gente pudo ir a la playa y montarse en sus canoas para buscar comida. Pero en las laderas de las montañas más altas y en los valles profundos, se mantuvo el hielo y aún se mantiene ahí. El sol no fue lo suficientemente caliente como para derretirlo. Aún se puede ver este hielo, que llega hasta el mar, ya que la capa de nieve que una vez cubrió la tierra era muy gruesa. El frío más amargo y las nevadas más espantosas fueron obra de la ibis. De hecho, ella es una mujer delicada y sensible.

Desde entonces, los yamanes han tratado a la ibis con mucho respeto. Cuando una se acerca a sus moradas, la gente se queda tranquila. No hacen bulla. Callan a los niñitos y no los dejan gritar.

Chile (yamana)

112. El cóndor busca una esposa

El cóndor enamorado de una pastorita de rostro moreno, ojos negros y de dulce mirar, no pudiendo satisfacer sus apasionados deseos permaneciendo tal cual era, tomó el aspecto de un joven apuesto, para ocultar su escamoso cuello se envolvió con un blanco pañuelo y así ataviado se presentó a la pastorita que apacentaba su ganado.

—Lulu— le dice—, ¿qué haces aquí?

—Pasteo mis corderos, canto y con mi honda ahuyento el zorro que comer quiere mis ovejas, al mallcu que arrebatarme intenta.

—¿Quieres que te acompañe y te ayude a botar al tiula, a espantar al mallcu?

—No —le responde— las compañías hacen desgraciadas a las jóvenes. Amo mis corderos, adoro mi agreste libertad y quiero vivir sola, cantando y ajena a los pesares del amor.

—Entonces me voy, hasta mañana.

Al día siguiente regresa con el mismo disfraz.

—Lulu —le dice a la pastorita de bello rostro y de ojos negros— ¿quieres que conversemos?

—Conversemos —le contesta— ¿y de dónde vienes?

—Yo vengo de montes elevados, donde el trueno suena aterrador, y recibe su cumbre los primeros besos del sol y los últimos rayos de la luz moribunda. Ahí donde la nieve brilla, como un diamante y la soledad y el silencio impera en absoluto. ¿Quieres irte conmigo ahí? Serás la soberana de los aires. El cielo siempre azul, siempre diáfano, será el techo que cubra nuestro hogar. Las flores desde el fondo de los valles nos enviarán su aroma para hacer grata nuestra existencia. ¿Quieres irte, mi bien?

—No; no quiero las cumbres de donde vienes, amo a mi madre que lloraría con mi ausencia; quiero mis campos, mis ovejas. Mira aquel corderillo tan blanco y dulce, cuánto, cuánto sufriría sin mí.

—Lulu, no te porfío, sólo te ruego que me prestes tu prendedor, para rascarme la espalda, que siento un escozor.

La joven de los ojos negros y de los labios de coral, le presta su prendedor, que se lo devuelve después de hacer uso de él.

Al otro día vuelve el joven.

—Lulu, Lulu —le dice— tus ojos me han hechizado, sin ti no puedo vivir, por eso vengo a verte. Vamos.

—No, no puedo —le contesta— mi madre lloraría, mis ovejas balarían por mí tristes y sin consuelo.

—¿Sabes —le replica— que siento en mi espalda el mismo escozor de ayer y con mayor intensidad? Te ruego, por favor que me rasques. Tus dedos suaves como la lana de alpaca, han de hacer cesar la comezón y curarme de ella para siempre.

La incauta joven sube y apenas la siente sobre su espalda el astuto galán, vuelve a su ser y levanta raudo el vuelo, llevando su preciosa carga.

Cruzan los aires, y después de un rápido viaje llegan a la gruta de una elevada montaña, donde mora su madre, una ave de mucha edad y de plumaje descolorido. En otras grutas de la misma montaña tienen su guarida mulitud de cóndores.

La llegada de la pastorita es celebrada con un grito general de alegría, acompañado de aleteos ruidosos. La madre, la vieja ave, la recibe con la mayor alegría y cuidadosa la arrulla bajo sus grandes alas, transmite su calor a la pastorita que tiembla con el frío de las alturas.

Es feliz con su cóndor joven y cariñoso, pero no le dan de comer.

—Mira —le dice a su galán— tus caricias me llenan el alma; pero la falta de alimento hace desfallecer mi cuerpo. Recuerda que sé comer, que sé beber. Necesito fuego, necesito carne; necesito los productos de la tierra. Tengo hambre, tengo sed, mi bien.

El cóndor levanta el vuelo, penetra a una cocina desierta y roba brazas ardientes y lleva. Abre con su pico un canal y conduce por ahí una corriente de agua limpia y cristalina. De los campos y de los caminos recoge pedazos de carne de animales muertos y los presenta. Escarba los sembradíos de papa y le lleva.

La carne olía mal, las papas eran tiernas y la joven, asediada por el hambre, devoraba aquellos malos alimentos con avidez. Suspiraba por el pan, sin que su amigo pudiera satisfacer su deseo.

Mientras su madre lloraba desolada en el hogar abandonado, la pastorita de ojos negros vivía consumida por la nostalgia, mal alimentada, constantemente cubierta por el abrazo fecundante de su alado amante. Comenzó a enflaquecer; en su cuerpo nacieron plumas. Puso huevos; y sintió después de dar un número determinado de ellos que se hacía clueca. Era la mujer del cóndor, la reina de los aires y su misión era empollar polluelos, que como su padre surcasen impávidos el espacio.

La madre seguía llorando inconsolable en el hogar, abandonada por la fugitiva pastorita.

Compadecida de ella, un loro que habitaba en los alrededores le dice:

—Mamala, no llores, tu hija vive en la gran montaña, en concubinato con el mallcu. Si me das tu huerto de maíz para consumirlo y los árboles que frondosos ahí se ostentan para posar mis pies en sus ramas y hacer mi nido, te prometo traerla.

La madre acepta la oferta. Le cede su huerto de maíz, le dá sus árboles para que haga su nido en ellos.

El loro vuela a la elevada montaña y aprovechando un momento de descuido de los cóndores, carga con la joven y la lleva al lado de su madre. Estaba flaca, maloliente por la pésima alimentación, sus ojos negros como una noche obscura, eran los únicos restos de su belleza pasada, su cuerpo que lucía sedosas plumas, le daban el aspecto de un ser humano ridiculizado, disfrazada de ave. La madre la recibió entre sus brazos, lavó su cuerpo con las lágrimas de sus ojos; la vistió con su mejor traje; la sentó sobre su regazo y la estuvo contemplando con una ternura infinita.

Indignado y pesaroso el cóndor de la mala pasada que le había hecho el loro, fue en su busca. Lo encontró en el huerto, hartado de maíz y volando satisfecho y contento de árbol en árbol.

El cóndor, rápido lo coge y sin darle tiempo lo engulle en sus anchas fauces. El loro sale con prontitud por el ano. El cóndor vuelve a tragarlo y el loro sale por detrás. Colérico el cóndor por no haber podido aniquilar a su odiado y oficioso mal hacedor, lo tomó entre sus agudas garras y lo redujo a pedazos y fue comiéndolos uno por uno. Con gran sorpresa de él fueron saliendo de su ano, lindos y pequeños loritos, que correspondían a cada pedazo que comía.

Este es el origen de donde provienen esos atrayentes animalitos, dicen los indios.

Desconsolado, el cóndor voló a su montaña, tiñó sus plumas relucientes de negro, en señal de duelo, lloró inconsolable por su amada pastorita y sus lágrimas se convirtieron en negras mariposas que volaron al interior del hogar de su amada.

Bolivia (quechua)

113. El hijo del sacerdote se hace águila

Vivían en Hawiku. El sacerdote del pueblo tenía un hijo y cuatro hijas. Todas las muchachas del pueblo querían casarse con el hijo del sacerdote. Todas las noches llegaba una muchacha con una cesta de harina encima de la cabeza y subía la escalera.

El muchacho y su padre estaban cenando. El padre le dijo: —Te debes casar. Todas las muchachas están locas por casarse contigo. Escoge una de ellas para que sea tu esposa.

La muchacha bajó la escalera. Calzaba mocasines blancos, y llevaba una sábana fina blanca con un borde rojo y negro sobre los hombros. La madre del muchacho preguntó: —¿Vienes, sí o no?

La muchacha le contestó: —Sí.

La madre del muchacho la invitó a que comiera con ellos. Ella comió, y después de comer, dijo: —Gracias.

Ellos le preguntaron: —¿Qué viniste a preguntar?

Ella les contestó: —Estaba pensando en su hijo.

El padre y la madre le dijeron: —Vete con él al cuarto interior.

El muchacho se quedaba en ese cuarto todo el día tejiendo una sábana blanca, la cual estaba en el telar. El muchacho le dijo a la muchacha: —No deberemos dormir juntos esta noche. Por la mañana, ven a este cuarto y teje esta sábana, y si lo puedes hacer, serás mi mujer. Si no puedes, no nos podemos casar.

Esa noche durmieron separados.

El próximo día, ella amaneció para moler antes que el padre y la madre del muchacho despertaran. Después que la madre preparó el desayuno y que desayunaron, la muchacha regresó al cuarto interior y trató de tejer la sábana, pero no podía. Cuando se dio cuenta de que no podía, regresó a su casa llorando. Se avergonzó.

La hermana que le llevaba más edad a la muchacha vino a preguntar por el muchacho, pero ella también regresó a su casa cuando se dio cuenta de que no podía tejer. Y la tercera hermana vino, pero le dijeron que se fuera. Todo el mundo vigilaba la casa del hijo del sacerdote. Todos los días por la mañana veían a una muchacha regresar a su casa llorando.

Ese día por la noche, la hermana menor fue al pozo a buscar agua. Quería que alguien le enseñara cómo tejer. Oyó a alguien hablarle. Buscó por dondequiera, pero no encontraba de dónde venía la voz. Al fin, la voz le dijo: —Aquí estoy, encima de este tallo.

Miró, y vio que era la Mujer Araña.

La Mujer Araña le dijo: —Regresa al manantial por la mañana del día cuando vayas a la casa del muchacho, y me meto en tu oreja. Voy contigo a su casa y te enseño cómo tejer.

El próximo día por la mañana, la muchacha regresó al manantial, y la Mujer Araña se le metió en la oreja. Se puso los mocasines blancos, las medias blancas y su sábana blanca, y se fueron para la casa del muchacho. La madre de éste le preguntó: —¿Vienes, sí o no?

Le sacó una silla y le trajo de qué comer.

La muchacha comió, y cuando terminó, dijo: —Gracias.

La madre se llevó la comida, y le preguntaron: —¿Qué viniste a preguntar?

Ella les contestó: —Estaba pensando en su hijo.

Le dijeron: —Vete con él al cuarto interior.

Cuando entraron en el otro cuarto, el muchacho le dijo a ella: —No deberemos dormir juntos esta noche. Por la mañana, ven a este cuarto y teje esta sábana, y si lo puedes hacer, serás mi mujer. Durmieron separados.

Por la mañana desayunaron. Cuando terminaron, la muchacha entró en el cuarto interior, y fue derecho al telar y se sentó. La Mujer Araña le dijo: —Primero saca ese palo corto. Hala la barra inferior hacia ti. Ahora pon la bola de hilo de algodón en la urdimbre.

La Mujer Araña le indicó todo lo que tenía que hacer. El muchacho se sentó justamente al lado de ella y se dio cuenta de que ella sí sabía cómo tejer una sábana en su telar. Le dijo: —Amor mío, ahora nos vamos a casar y viviremos largo tiempo.

Ese día por la mañana, todo el mundo esperaba ver a la muchacha salir llorando de la casa del muchacho. Pero nadie salió, y así supieron que ella se había casado con él. Sus hermanas estaban muy molestas. Después que ocurriera esto, ella siempre se quedó en casa para tejer, y su marido ayudaba a su padre a azadonar sus tierras.

Cuando regresaba a su casa, su mujer siempre le preguntaba: —Amor mío, ¿me quieres?

Cada vez que él estaba en casa, otra vez ella le preguntaba: —Amor mío, ¿me quieres?

Al muchacho no le gustaba que le preguntaran eso. Pensó para él: —Tengo que ver si de verdad me quiere.

El próximo día, cuando él y su padre azadonaban la tierra, el muchacho le preguntó: —Papá, ¿habrá alguna manera de saber si mi mujer me quiere?

Su padre le contestó: —Hijo mío, puedes llamar a los apaches.

Ya que los cuervos estaban volando por encima del maizal, el muchacho les dijo a los cuervos: —Vayan donde los apaches, y díganles que el hijo del sacerdote les pide que arremetan contra el pueblo de Hawiku.

El cuervo fue volando hasta donde estaban los apaches, y buscó al sacerdote de los apaches, y le dijo: —El hijo del sacerdote de Hawiku quiere que arremetan contra él y su mujer.

El apache contestó: —Bueno, pues. Mañana voy.

Se prepararon para ir a Hawiku el próximo día.

Por la mañana, el hijo del sacerdote le dijo a su mujer que calzara sus mocasines blancos y que se pusiera sus medias, y que pusiera encima de su vestido una sábana blanca de borde rojo y negro, y encima de ésta, una sábana blanca bordada. Le dijo: —Yo y mi padre vamos a salir a azadonar nuestras tierras. Tráenos un almuerzo de maíz rallado.

La muchacha salió al campo y les llevó el almuerzo de maíz rallado. Le construyeron un albergue para que se sentara en él mientras ellos trabajaban. Al mediodía, le echaron agua a la comida y almorzaron. El muchacho le dijo a su padre que regresara a casa, y el viejo regresó al pueblo. Se podía ver el polvo en la distancia de donde venían los apaches.

Los apaches los cazaron de sorpresa. Se escondieron por dentro de los cedros. Al fin, estaban cerca. El muchacho sacó sus flechas. Tenía veinte flechas, y las lanzó todas. Mató a muchos de los enemigos. Cuando se le acabaron las flechas, los apaches lo mataron, y cayó. Su mujer huyó.

El padre del muchacho fue a ver a los sacerdotes de los arcos y les dijo que proclamaran que en ocho días bailarían la yaya. Cuando llegó el octavo día, todos estaban listos para bailar. Todas las mujeres habían traído lana teñida de rojo para hacerles encajes nuevos a sus vestidos, y calzaron mocasines blancos de piel de ciervo, y se pusieron sus medias. La mujer del hijo del sacerdote también se vistió, y fue con sus hermanas al baile. Ni siquiera pensó en su difunto esposo. A mediados de la mañana comenzó el baile. El líder de la yaya se les acercó a la mujer y a sus hermanas, y les preguntó: —¿Quieren que les amarre las sábanas?

Sacó su aguja de hueso de ciervo, y cosió todas las sábanas juntas, y las puso en el círculo de baile.

El hijo del sacerdote regresó desde el occidente, y se encaramó en los techos de las casas situadas en la plaza. Vio a su mujer y sus hermanas ir al baile, y se dio cuenta de que su mujer ni siquiera había pensado en él. Enseguida los líderes de la yaya se le acercaron al hijo del sacerdote, y también lo incorporaron al baile. Lo empujaron dentro del círculo hasta que estaba al lado de su mujer. La muchacha lo miró y lo reconoció. Las lágrimas le corrían por la cara. El muchacho inmediatamente se volvió en águila y salió volando hacia las casas donde se había posado anteriormente. Entonces, levantó vuelo dando chillidos de águila. Y por eso le damos tanto valor a las plumas de las águilas, ya que el águila es el hijo del sacerdote.

Nuevo México, EE.UU. (zuñi)

114. La rebelión de los utensilios

En los tiempos pasados, las cazuelas de barro y otros objetos eran como la gente. Podían conversar, hacerles la visita a los demás, y podían hacer chicha.

Un día, un hombre salió de su casa, y las cazuelas decidieron salir al jardín y al arroyo para buscar maíz y agua para hacer chicha de maíz. Y así se fueron para el jardín y el arroyo. Ahí encontraron maíz y agua. Entonces fue que hicieron la chicha.

Se alegraron.

—Ahora vamos a tocar música y bailar —dijeron, y cuando prepararon la chicha, tocaron música y bailaron.

Estaban de buen humor, y disfrutaron estar juntas. Luego de pasar largo rato tocando música, se dieron cuenta que el hombre de la casa iba a regresar. Empezaron a recogerlo todo. Limpiaron, y dejaron el lugar tal como estaba antes.

El hombre regresó, y miró todo lo que le rodeaba.

—Todo está en orden —dijo, y todas las cazuelas soltaron una carcajada.

Bolivia (tacana)

115. El principio de la muerte permanente

Después de la primera muerte, el colibrí fue a buscar barro para hacer un ser humano más perdurable. Entonces mandaron al grillo a buscar madera de balsa liviana. Finalmente, mandaron al escarabajo a buscar piedras para mezclarlas con el nuevo ser para darle firmeza.

Entonces empezaron a hacer un ser humano que resistiera la muerte. El grillo llegó enseguida con la madera liviana, y el colibrí llegó con el barro. Pero el escarabajo nunca se apareció. Su tarea fue de traer la piedra, pero nunca regresó.

Luego de una larga espera, y aún no regresaba el escarabajo, decidieron hacer al ser humano de barro. Al no tener piedras, sólo usaron el barro y aquellos palos de madera de balsa. Entonces le inspiraron vida, y el ser humano estaba terminado.

Y entonces, Etsa [el sol], dijo: —¿Acaso no dije que los seres humanos también tenían que ser hechos de piedra? ¿Acaso no fue mi deseo que los seres humanos fueran inmortales? ¿Acaso no había establecido que incluso los viejos volverían a ser niños? Yo había decretado que los seres humanos fueran inmortales. Pero ahora digo que habrán de morir.

Luego Etsa pronunció el siguiente fallo solemne: —Que mueran los hombres maduros y los recién nacidos. Que mueran los jóvenes que aún no han tenido hijos, y las jóvenes que aún no se han casado.

¿Acaso todo lo que está hecho de tierra y barro frágil no se debe romper? El plato hondo de barro, aunque esté bien hecho, ¿acaso no se rompe? Nosotros estamos hechos de lo mismo.

Píkuir (sin apellidos) / Ecuador (shuar)

▼▲▼▲▼▲▼▲▼▲▼▲▼▲▼

NOTAS

Si «AT» aparece delante de los números de los géneros de los cuentos, significa que estos cuentos siguen la clasificación de Aarne y Thompson. Los géneros de Boggs de 1930, y de Hansen y de Robe de 1973 también están indicados. Los números temáticos provienen del patrón *tema-índice* de Stith Thompson. Las clasificaciones de los cuentos folklóricos han sido derivadas —en su mayoría— de estos mismos índices, teniendo en cuenta que se supone que los cuentos hispanoamericanos fueron importados vía España de orígenes más remotos de Europa, del Cercano Oriente y de la India. Por lo tanto, las clasificaciones que no caen dentro de los parámetros asiático-europeo-hispano-americanos no se toman en cuenta en este tomo.

Introducción:

Ramón Pané y las leyendas taínas (Stevens-Arroyo, páginas 74, 78, 88, 103, 137 y 186–89); La deidad colombiana (Anglería, página 645); Sahagún como «médico» (Sahagún 1982, páginas 45 y 67); Toledo y Sarmiento (Urton, página 29; Bendezú, página 393); Moctezuma e Inkarrí (Bierhorst 1990, páginas 204 y 205; 1988, páginas 235–37); La perspectiva tzotzil de los monarcas europeos (Laughlin 1977, página 78); Esopo en náhuatl (Kutscher y col.); El cuento cubano de las once mil vírgenes (Feijoo, volumen 2, página 178); La divinidad femenina en la Sierra Nevada de Santa Marta (Reichel-Dolmatoff 1951; 1978, páginas 35 y 147); Pedro de Urdemalas «vive en el corazón de los guatemaltecos» (Lara Figueroa 1981, páginas vii y 20); Antonio Ramírez (Lara Figueroa 1981, páginas 112 y 113); Tía Panchita (Lyra, páginas 3–8); José Rivera Blanco (Anibarro de Halushka, páginas 448 y 449); La narración de la Biblia folklórica mazateca (Laughlin 1971, página 37); Las narradoras según Martin Gusinde (citado en Wilbert, página 3); Stanley Robe al este de Guadalajara (Robe 1970, página 36).

Prólogo: *Las leyendas del inicio de la época virreinal*

(**Epígrafe**): Lumholtz, volumen I, página 516.

(**Nota introductoria**): «Dijimos que parecían como los temas encantados de que habla el libro de Amadís» (Díaz del Castillo, capítulo 87). Alexander Pope, «Windsor Forest», II. páginas 411 y 412. Los incas salieron de las cuevas (Sarmiento, páginas 213–16; Cobo, capítulo 3).

I / I. La piedra que habla, traducción basada en la de Tezozomoc, capítulo 102, y en la de Durán, capítulo 66 (estas dos fuentes provienen de un supuesto manuscrito nahua conocido como la Crónica X).

La leyenda recuerda la gran piedra redonda que fue tallada durante el reinado de Tizoc (1481–1486), durante la generación previa a la época de Moctezuma. La piedra era de basalto cilíndrico de dos metros y medio de alto por casi tres metros de diámetro. Apoyaban al recluso endrogado encima de la superficie plana superior de la piedra, y sujetado por asistentes, el sacerdote le abría el pecho y le extirpaba el corazón mientras aún latía. La piedra de Tizoc —como se conoce en la actualidad— está exhibida en el Museo Nacional de Antropología en México, D.F., México.

Huitzilopóchtli: dios principal de los aztecas, y dios de la guerra.

I / II. La herida de Moctezuma, traducción basada en la de Durán, capítulo 67, y en la de Tezozomoc, capítulo 103.

En México, durante los siglos XVI y XVII, hubo dos cuentos más como éste. En uno de éstos, una mujer de la nobleza fallece y es sepultada. Cuatro días después, se libera de su tumba, y va a ver a Moctezuma para informarle que México sería conquistado por extranjeros (Sahagún 1979, libro 8, capítulo 1). En el otro cuento, la hermana del mismo rey, Papantzin, muere y es sepultada en una cueva, y cuando resucita, oye a un ángel profetizar la llegada de los españoles y la conversión de los indios al cristianismo. Papantzin le da la noticia a Moctezuma, quien se disgusta tanto que rehúsa verla más (Torquemada, libro 2, capítulo 91).

I / III. Los ocho presagios, traducción del náhuatl basada en la de Sahagún 1979, libro 12, capítulo 1.

La madre desconsolada del sexto presagio anticipa la famosa «llorona» del folklore mexicano moderno. La gente dice oírla de noche llorando por los hijos que ha perdido, sobre todo en los lugares abandonados y en las orillas de los arroyos.

12 Casa: el año 1517 d.C.

I / IV. El regreso de Quetzalcóatl, traducción basada en la de Tezozomoc, capítulos 106–108, y en la de Durán, capítulo 69.

Este recuento confunde el recibimiento dado a Juan de Grijalva —quien llegó a las costas mexicanas en 1518— con el recibimiento semejante dado a Hernán Cortés en 1519. Fue Cortés quien llegó con Malintzin, la mujer nahua que se unió a su expedición en un lugar austral del litoral Mexicano, y quien fue su intérprete —y querida— ya antes de llegar al territorio azteca. Al ser fiel a Cortés, Malintzin fue clave en la Conquista. Su nombre ha quedado dudosamente honrado en el vocablo moderno *malinchismo,* lo cual significa acatarse a las influencias extranjeras a expensas de los valores mexicanos. Los emblemas de Quetzlacóatl, los cuales le fueron presentados a Cortés como regalos por parte de Moctezuma, fueron algunos de los tesoros enviados inmediatamente a Europa, donde fueron exhibidos al público. Alberto Durero los vio en Bruselas durante el verano de 1520, y escribió en su diario: «Jamás en mi vida he visto nada que alegre tanto el corazón como estas cosas, ya que entre ellas he visto maravillosas obras de arte» (citado en Keen, página 69).

México-Tenochtitlán: la más importante de las dos urbes, o ciudades gemelas, que formaban la capital azteca, México. La otra urbe gemela era Tlatelolco.

I / V. ¿Serás tú?, traducción del náhuatl basada en la de Sahagún 1979, libro 12, capítulo 16.

Aquí la historia definidamente pasa de ser leyenda a ser un relato histórico estilizado, y no es más o menos preciso que los recuentos contradictorios que se encuentran en las cartas de Cortés y en *La historia verdadera* de Bernal Díaz.

Itzcóatl, Moctezuma padre, Axayacatl, Tizoc, Ahuitzotl: Moctezuma (es decir, Moctezuma hijo) está nombrando a sus antecesores en orden cronológico, y dice que todos sencillamente esperaban el regreso de Quetzalcóatl, y que éste retomaría su trono.

2 / I. Mayta Cápac, traducción basada en la de Sarmiento, capítulos 16 y 17.

Los eventos sobre los cuales se basa esta leyenda ocurrieron más de doscientos años antes de la Conquista de 1533. Sin embargo, en esta versión de mediados del siglo XVI, ya oímos que en la época de Mayta Cápac los incas «vivían a base del robo», y así sembraron la semilla de la culpabilidad que justificaría la desgracia que les esperaba. Durante esos primeros días, el imperio —si así se le podía llamar— no se extendía más allá del valle del

Cuzco. El pueblo de Oma, que vio nacer a la madre de Mayta Cápac, quedaba a sólo dos leguas del mismo Cuzco; y los alcahuizas —también conocidos como los culunchimas— fueron inicialmente nativos del Cuzco cuyos ancestros fueron subyugados por los primeros incas tres generaciones antes. Por lo tanto, el cuento relata la historia de una rebelión, la cual se dice que fue el primer gran desafío al dominio incaico (Cobo, capítulo 7).

2 / II. La tempestad, traducción basada en el texto quechua-alemán de Trimborn y Kelm, capítulo 23. Las traducciones de este cuento y el que le sigue han sido comparadas con las versiones de lengua española de Urioste, y con las de Salomon y Urioste en inglés.

Topa Inca Yupanqui le añadió más territorio al imperio que cualquier otro inca, y adoptó los dioses de las numerosas tribus que conquistó. Sin embargo, según el cuento, tuvo la desgracia de tener que enfrentarse a una rebelión, y se les impuso a los rebeldes sólo debido a que el dios Macahuisa libró una tempestad en contra de sus enemigos. Cabe señalar que este cuento que relata la debilidad del inca no proviene de los archivos oficiales del Cuzco, sino de la provincia conquistada de Huarochirí, donde Macahuisa y su «padre», Pariacaca, eran deidades locales.

Coral (*mulla*): la traducción cae dentro de los parámetros establecidos por Trimborn y Kelm. Lara 1971, página 177, tiene «una concha marina de color rojo que se ofrendaba a los dioses en la época del incario».

2 / III. La novia que desapareció, traducción basada en el texto quechua-alemán de Trimborn y Kelm, capítulo 14.

Bajo el reino de Huayna Cápac, el hijo de Topa Inca Yupanqui, las leyendas se vuelven más directas e inquietantes. Este cuento —uno de los más misteriosos— incorpora una versión indígena del mito de Orfeo, según la opinión de los folkloristas, quienes señalan su parecido con la fábula helena de Orfeo y Eurídice. La base de la trama es el héroe que trata de buscar a una novia o a una mujer en el infierno, y que fracasa. Esta trama se relata dos veces en este cuento. La primera vez, los mismos aborígenes pierden la novia, y la segunda vez, pierden tanto la novia como el inca. Aquí, los subyugados del inca están clasificados en tres grupos ficticios: el cóndor (el proverbial habitante celestial de la tradición peruana); el halcón (un ave de las elevaciones terrenales); y la golondrina (que hace su nido dentro de la tierra). Esto deja entender que los tres niveles del universo (el cielo, la superficie de la tierra y el infierno), o —de forma más extensa— la sociedad humana en su totalidad, se quedó despojada de todo. Debido a su asociación con el infierno, la golondrina representa el papel más importante. (Sin embargo, Solomon y Urioste nos dan otra interpretación, al plantear que el cuento describe a la gente como si fueran chamanes, cuyas propiedades de ave les permiten volar al otro mundo). Otra versión moderna del mito de Orfeo se encuentra en «La esposa muerta» de los indios misquitos de Nicaragua, número 106. Véase abajo.

Cajamarca: el acontecimiento decisivo de la conquista peruana. La ejecución del inca Atahualpa se llevó a cabo en este pueblo andino a mitad del camino entre Quito y el Cuzco.

2 / IV. Un mensajero vestido por negro, traducción y adaptación del texto de Pachacuti (el texto se encuentra casi al final de esta crónica esencialmente corta).

Como se dijo anteriormente en la nota introductoria, se cree que la epidemia que empezó en Panamá pudo haber sido el tifo (o la peste bubónica). Pero «las caras cubiertas de postillas» apuntan a la viruela. El último detalle no es tan fantástico, ya que las momias incaicas eran sacadas en procesión en los eventos ceremoniales.

2 / V. El oráculo de Huamachuco, traducción basada en la de Sarmiento, capítulo 64.

El ídolo que destruyó Atahualpa fue la estatua del dios Catequilla. Sus piezas rotas fueron dispersadas según *La relación de la religión y ritos del Perú* (escrito alrededor de 1561), el cual añade más detalles: «Después de entrados los cristianos en la tierra, una india andaba pensando en las cosas de Catequil: aparecióle una piedra pequeña y ella tomóla y llevóla al gran hechicero y dijo: "esta piedra hallé"; y entonces el hechicero preguntóle a la piedra "¿Quién eres?", y la piedra respondió, o por mejor decir el demonio en ella: "Yo soy *Tantaguayanai*, hijo de Catequil". Pronto después, otro "hijo" de Catequilla salió a relucir, y los dos "se multiplicaron" hasta haber unos trescientos por todo el distrito, y pronto se establecieron como focos de adoración. En un hecho que recuerda la furia de Atahualpa, los padres agustinos recogieron todos estos objetos y "los quemaron y deshicieron y quitaron los hechiceros"», (*Relación*, páginas 25–7).

3. Predicar la Santa Palabra, traducción basada en la del náhuatl de Bierhorst 1985a, páginas 269–73.

Esta versión catequista de las Santas Escrituras fue preparada por don Francisco Plácido, el gobernador aborigen del pueblo de Xiquipilco (el titulo «don» aquí señala a alguien que formaba parte de la nobleza indígena antigua). Esta pieza se cantaba para el deleite del pueblo de Azcapotzalco, cuyo santo patrón era San Felipe, y tiene un preludio y un resumen (ninguno de los cuales está incluido aquí), que saludaba al pueblo de Azcapotzalco, y al final, convocaba al espíritu de San Felipe. Claro está que el segmento catequístico tiene la función de explicar qué papel jugaban los Apóstoles —incluyendo a San Felipe— en la historia mundial. Esta fábula es un recuento completo de la doctrina en la cual se basa el ciclo de los cuentos bíblicos folklóricos latinoamericanos. Véase *Historias bíblicas folklóricas*, números 55–73.

Señores y princesas: la nobleza azteca.

Los cuentos folklóricos: Un velorio del siglo XX

(**Epígrafe**): *Los muertos al pozo y los vivos al negocio* (Pérez, página 123).

(**Nota introductoria**): Información sobre los velorios (Reichel-Dolmatoff y Reichel-Dolmatoff 1961, páginas 378–82; Vázquez de Acuña, páginas 45–48; Chapman, páginas 186–95; Lara Figueroa 1981, páginas 112–25; Campa, página 196; Laughlin 1971; Portal, página 38; Carvalho-Neto 1961, página 319). «Ay Serenísimo, ay señor Ron...» (Cadilla de Martínez, página 240).

4. En la ciudad de Benjamín, traducción basada en la de Carvalho-Neto 1994, número 39. Tema J1185,1 Scheherazade.

«Benjamín» es la traducción de *benjuí,* un arcaico vocablo español que significa goma de benjamín o de laurel, y que aquí evidentemente se refiere al medio por el cual se traslada al lector al Oriente. Claro está que es una variante de la trama esencial de *Las mil y una noches,* donde se dice que un rey llamado Schahriar fue traicionado por su mujer mientras le hacía la visita a su hermano, cuya mujer lo había traicionado a *él.* Al llegar a la conclusión de que no podía confiar en las mujeres, desde ese momento en adelante, Schahriar tuvo una mujer nueva cada noche, y después la mataba por la mañana. Después de tres años, la gente huyó con sus hijas. Como necesitaba una mujer, Schahriar ordenó a su visir a que le trajera una señorita. La hija mayor del visir, Scheherazade, quien había leído mil cuentos, ofreció ser su novia, con la condición de que pudiera traer a su hermana menor consigo. En la noche nupcial, la hermana le pidió que le contara una historia, el rey asintió y Scheherazade empezó a narrarla. En la mil y primera noche, después que le dio tres hijos, le rogó al rey que le amparara la vida. El rey lloró, y se la amparó.

El cuento también proviene de un linaje del Cercano Oriente, pero se traslada contundentemente al territorio latinoamericano.

5. La suerte de Antuco, traducción basada en la de Sauniére, páginas

286–97. Temas N531 El tesoro descubierto por medio de un sueño; H1226, 4 La búsqueda por una bola de hilo que rodaba que se convierte en una exploración; N512 El tesoro en un cuarto subterráneo; N813 El genio que ayuda mucho.

El talismán color rojo oscuro debajo de la cruz da señales del Sagrado Corazón (el cual al fin es mencionado en el cuento número 101); aquí subyuga al genio de la tradición del Cercano Oriente, pero con un toque muy hispano. Los lugares que de verdad existen, como la Alameda (Bernardo O' Higgins) en Santiago de Chile, como también el nombre Antuco —el cual es el nombre de un pueblo y de un volcán en la región del Bío-Bío— hacen de este cuento estilo novela una creación chilena. Aunque la novela es vista como una obra literaria, este tipo de cuento «se repite con mucho entre los que no son letrados, sobre todo entre la gente del Cercano Oriente; la acción ocurre en el mundo de verdad con un tiempo y lugar definido, y aunque sí ocurren maravillas, son del tipo que esperan los oyentes» (Thompson 1946, página 8). Se habló de este cuento en la introducción, página 8. Véase también comentarios acerca de los números 13 y 51, abajo.

6. Don Dinero y doña Buenafortuna, traducción basada en la de Andrade 1930, número 269.

Se le puede asignar el género AT 945 La suerte y la inteligencia, pero también se merece un subgénero hispano, El dinero y la suerte, también documentado en Nuevo México, EE.UU. (Rael, número 93). En uno de los variantes neomexicanos de este cuento, los personajes también se llaman don Dinero y doña Fortuna (Brown y col., páginas 140–43).

7. La niña Lucía, traducción basada en la de Corona, páginas 43–50. Género AT 403 La novia blanca y negra (California, EE.UU.; Cercano Oriente; Chile; Costa Rica; Europa; India; México; Nuevo México, EE.UU.; Puerto Rico; República Dominicana).

Alcrán: *Zanthoxylum fagara*, antiguo remedio para las mígrañas.

8. Los deseos de San Pedro, traducción basada en la de Feijoo, páginas 48 y 49. Género AT 759. Véase comentario acerca del número 27.

9. La coyota Teodora, traducción basada en la de Izaguirre, páginas 168–70. Temas G211 La bruja en forma de animal; G266 Las brujas roban; G271,2,2 Las brujas despojadas con agua bendita; G271,4,5 Romper un hechizo por golpear a la persona u objeto hechizado.

Éste es uno de los cuentos latinoamericanos de esposas brujas más raros. Los números 30 y 98 son del tipo más común.

10. Enterrado en vida, traducción basada en la de Miller, páginas 266–68. Género AT 612 Las tres hojas de serpiente (California, EE.UU.; Cercano Oriente; Europa; India; México; Nuevo México, EE.UU.; Panamá).

El ratón que ayuda mucho, a quien se le cae la flor que resucita a la esposa, es típico de las versiones americanas. En el cuento de los Hermanos Grimm (número 16), el ayudante es una serpiente que usa tres hojas verdes.

11. Los tres trajes, traducción basada en la de Mason 1925, páginas 572–74. Género AT 510B El vestido hecho de oro, plata y estrellas (Cercano Oriente; Cuba; Europa; India; México; Nuevo México, EE.UU.; Puerto Rico; República Dominicana).

El muy innegable subtexto de este provocativo cuento al estilo de la Cenicienta tiene que ver con los padres de una joven pareja. El padre de la joven, que piensa demasiado en casarla, se queda atrás debido a que habló demasiado acerca de sus intenciones. A su homóloga más sutil, la madre del joven, le cuesta más trabajo separarse de su hijo, y con su carácter un poco desequilibrado, la incorporan a la nueva mezcla.

Quizá la piel de león sea un desarrollo de las versiones antiguas peninsulares en las cuales hay una heroína huérfana que no tiene ropa apropiada que ponerse. Una variante moderna de la provincia española de Cáceres empieza así: «Hubo una vez una huérfana que andaba por el mundo vestida en pieles de animales» (Taggart 1990, página 101).

12. El Caballito de los Siete Colores, traducción basada en la de Sojo, páginas 183–88. Género AT #530 La princesa en la montaña de vidrio (Cercano Oriente; Cuba; Europa; India; México; Nuevo México, EE.UU.; Venezuela). Con los adjuntos temáticos D1234 La guitarra mágica; B401 El caballo que ayuda mucho; Q2 El amable y el poco amable; L31 El compasivo hijo menor; S165 La mutilación: sacar ojos; N452 Enterarse por casualidad de un remedio secreto que discutían los animales (brujas). El caballo que ayuda mucho aparece en las variantes del Viejo Mundo, pero que tenga que ser «de siete colores» es un requisito latinoamericano.

Ya que es una parodia de los cuentos de la Cenicienta al inverso, este cuento tan detalladamente desarrollado se podía llamar «Los tres trajes elegantes». La vanidad del héroe, mientras se cambia de un traje fantástico al otro, se puede comparar a la de la misma Cenicienta, mientras que la crueldad exagerada de sus dos hermanos mayores es aún peor que la de las hermanastras de las versiones clásicas. Se debe comparar con los números 11 y 28.

13. La vaquita, traducción basada en la de Rael, número 55. Género AT

1415 Hans el dichoso (Cercano Oriente; Europa; India; Nuevo México, EE.UU.; Puerto Rico).

El compadrazgo es la institución que une la sociedad —por lo menos en teoría— y que siembra los problemas en los cuentos folklóricos. Es uno de los temas claves del folklore latinoamericano, en los cuales la mera locución del apodo cariñoso «compadre» es una señal de alguien que va a ser víctima o traicionado. En realidad, el compadre es el padrino de un hijo, y la mujer del compadre se conoce como la comadre. Recíprocamente, los padrinos usan la misma terminología cuando se refieren a los padres del ahijado, estableciendo así una unidad social que abarca la confianza y el auxilio mutuo. El cuento «La suerte de Antuco», número 5, no es como los demás, ya que habla de la relación sin decir nada negativo. Los cuentos típicos, además del número 13, son los números 22, 23, 92, 93, 96 y 101. En el número 84, las brujas se llaman «comadre» entre sí.

14. El médico y la muerte, traducción basada en la de Andrade 1930, número 230. Género AT 332 El padrino Muerte (Cercano Oriente; Ecuador; Europa; India; Guatemala; México; Nuevo México, EE.UU.; Panamá; República Dominicana).

Una vez más, como en el número 4, sólo basta con contar una historia para salvar una vida humana.

15. Lo que dijo el búho, traducción basada en la de Portal, páginas 89 y 90. Género Hansen 613 (El héroe oyó secretos por casualidad y cura enfermedades) (Costa Rica; Guatemala; México; Perú; Puerto Rico; República Dominicana).

A pesar de su influencia indígena, este cuento es del tipo del Viejo Mundo que se encuentra por toda Europa, donde se fusiona dentro de la narrativa un poco más larga, y que se clasifica como Los dos viajantes (AT 613). El remedio que se oye sin querer en una conversación entre los animales o las brujas (tema N425), y que se encuentra en el *Pentamerone* y en el *Panchatantra*, también aparece en los números 12, 80 y 84 de este tomo. Sin embargo, los detalles del remedio que aquí se presentan, junto a la sátira sobre las modificaciones al estilo occidental, son muy específicos a esta versión mazateca del estado de Oaxaca, México. Deshacerse de las pepas de maíz, la descripción de un animal como la fuente de una enfermedad, la medicina en forma de líquido (el ron, o como lo fue en este caso, el aguardiente), y el huevo (el cual se tiene que pasar por encima del cuerpo del paciente), son todas características típicas de la medicina folklórica oaxaqueña que seguramente tienen raíces indígenas, aunque la limpieza con el huevo lo más probable es de origen peninsular (Parsons 1936, páginas 120–22, 376 y 493–98). Cabe señalar que aquí el animal ofensivo es un sapo, como también lo es en la variante peruana (véase comentario al número 84).

16. La Tía Miseria, traducción basada en la de Ramírez de Arellano, número 95. Género AT #330D El señor Miseria. Muy parecido al género AT #330 El herrador fue más listo que el Diablo (Argentina; Chile; Colombia; Costa Rica; Europa; Guatemala; México; Nuevo México, EE.UU.; Puerto Rico; República Dominicana).

El héroe del cuento siempre es masculino, salvo aquí.

17. El cuento del palmito real, traducción basada en la de Reichel-Dolmatoff y Reichel-Dolmatoff 1956, número 70. Género AT 327 Los niños y el ogro (Chile; Colombia; Cuba; Europa; Guatemala; India; México; Nuevo México, EE.UU.; Perú; Puerto Rico; República Dominicana).

La extraña apertura del cuento, en la cual el héroe es expulsado del vientre de su madre y enseguida trata de ayudar a la gente, no tiene mucho sentido hasta que el lector llega al último renglón. Ninguna otra versión de este cuento tiene un final que no se esperaba ni un episodio inicial que prepara el terreno para el mismo.

18 / I. El cartero del otro mundo, traducción basada en la de Laval 1968, número 67, Género AT 1540 El alumno llegado del Paraíso (Argentina; Cercano Oriente; Chile; Europa; India; México).

En las versiones del Viejo Mundo de este cuento, un estudiante le dice a una mujer que él proviene de París. Ella lo entiende cuando él le dice el más allá, y ella le da dinero y otras necesidades para que se los lleve a su difunto marido. Una versión mexicana dice que él le informa que su marido está en el infierno. Ella le pregunta qué necesita su marido para el viaje de regreso a casa, y ella le da al engañabobos un caballo, ropa y dinero.

18 / II. Los puercos del rey, traducción basada en la de Lara Figueroa 1981, número 4. Género AT #1004 Los cerdos en el fango (Argentina; Arizona, EE.UU.; California, EE.UU.; Cercano Oriente; Chile; Europa; Guatemala; India; México; Nuevo México, EE.UU.; Puerto Rico; Texas, EE.UU.).

Este es uno de los cuentos más documentados. Suele ser narrado junto a otros cuentos parecidos. Fuera del mundo de lenguas hispanas y lusitanas, se le da otro nombre al engañabobos. La versión de Grimm (número 192) es contada como el «ladrón experto».

18 / III. El saco, traducción basada en la de Laval 1968, número 68. Género

AT 1737 El cura va al cielo en una bolsa (Argentina; Cercano Oriente; Chile; Europa; Guatemala; India; México; Nuevo México, EE.UU.; Puerto Rico).

Una vez más, aquí se encuentra el viejo contraste entre la ciudad y el campo, como en el número 75, donde el hombre de la ciudad va al campo para estafar a los dolientes en un velorio. Aquí, Pedro de Urdemalas se disfraza de fraile y se va para el campo a mendigar. Lo que esto quiere decir es que es fácil engañar a los campesinos. Pero en el número 14, «La muerte y el médico», el campesino va a la ciudad con un truco que decía curar enfermedades; y en el número 18 / I, el mismo Pedro es el niño campesino que sale para la ciudad con una idea para ganar dinero.

18 / IV. Pedro va al cielo, traducción basada en la de Chertudi 1964, páginas 97–99. Género AT 330 El herrador fue más listo que el Diablo (Argentina; Chile; Colombia; Costa Rica; Europa; México; Nuevo México, EE.UU.; Puerto Rico; República Dominicana).

En el medio de este cuento, cuando el Diablo está trabado en el árbol, se encuentra una variación del número 16.

Viejo tocayo: San Pedro, quien comparte su nombre con Pedro de Urdemalas.

19. Un viaje a la eternidad, traducción basada en la de Anibarro de Halushka, número 25. Género AT 470 Amigos en la vida y en la muerte (Bolivia; Colombia; Europa).

Aunque se conoce poco en Latinoamérica, este tipo de cuento folklórico es muy popular desde Islandia hasta Rusia, y desde España hasta Turquía. El narrador que dice: «No estoy seguro, pero creo que esto ocurrió en España» demuestra que él supone que el cuento es más bien legendario, pero no una ficción por completo. Para más información acerca de este narrador, véase la introducción, página xxvii.

20. Madre e hija, traducción basada en la de Reichel-Dolmatoff y Reichel-Dolmatoff 1956, número 84.

Este cuento corto —un poco más que una ficción— que se puede clasificar como una variación piadosa del género AT 310 La doncella en la torre, es muy conocido en Europa, con variantes en Cuba, la República Dominicana y Puerto Rico. En ese cuento, una bruja visita a una señorita guardada en una torre, encaramándose en el pelo de la joven. Aquí, la bruja se ha vuelto la madre de la heroína, retenida en el Purgatorio. La joven tiene que pasar tiempo ahí porque parece que el narrador no quiere que el público piense que ella ha hecho trampa al subir demasiado rápido.

21. El Pájaro Dulce Encanto, traducción basada en la de Lyra, páginas 112–20. Género AT 551 Los hijos en la búsqueda por un remedio maravilloso para su padre (Argentina; Cercano Oriente; Costa Rica; Europa; India; México; Nuevo México, EE.UU.; Panamá; Puerto Rico; República Dominicana), y género AT 505 Los difuntos felices (en esencia, la misma distribución).

Los difuntos felices es la historia de un héroe que le paga el entierro a un desconocido sin un centavo, y el espíritu agradecido del difunto sigue al héroe y lo ayuda. En combinación con el cuento del hijo joven que busca remediar la ceguera de su padre, y en el proceso, se gana a una princesa, este cuento tiene su antecedente en el libro apócrifo hebreo de Tobías. Tobías, quien entierra a los fallecidos sin dinero, quedó ciego, y el espíritu que siguió a su hijo durante su búsqueda por un remedio era el arcángel San Rafael. Con la asistencia de éste, el hijo descubre una cura milagrosa para la ceguera de su padre, y también se gana el amor de Sara, hija de Raquel.

La versión costarricense de este cuento proviene de una mujer que sólo se conoce como Panchita, quien, sin embargo, quedó como una figura imponente del folklore latinoamericano. Panchita tenía muchos cuentos, y se decía que poseía el gracejo y la agudeza que se requería de los narradores en los velorios (Noguera, página xv). Para más información acerca de la tía Panchita, véase la introducción, páginas xxvi–xxvii.

22. La muerte le tocó al gallo, traducción basada en la de Feijoo, 1960, página 80. Género AT 1354 La muerte le toca a la pareja anciana (Cuba; Europa; India; Neuvo México, EE.UU.).

23. Las doce verdades del mundo, traducción basada en la de J. M. Espinosa, número 50. Temas S224 Un niño prometido al Diablo como ahijado; H602,1,1 El significado simbólico de los números del uno hasta (...) el doce.

Esta oración, a veces conocida como «Las doce palabras regresan», se cree haber originado en la India, y luego fue llevada a Europa por medio del Cercano Oriente. Según Aurelio Espinosa, la primera versión conocida de este cuento se encuentra en una fábula persa tomada de *El libro de Arda Viraf*, en el cual las preguntas y las respuestas empiezan de la siguiente forma: ¿Qué es el uno? El buen sol que alumbra el mundo. ¿Qué son los dos? El respirar y exhalar. ¿Qué son los tres? Los buenos pensamientos, las buenas palabras y las buenas obras. ¿Qué son los cuatro? El agua, la tierra, las plantas y los animales. ¿Qué son los cinco? Los cinco reyes persas: Kaikabad, Kaijuseróv, Kailorasep, etcétera. En la versión judía, las doce palabras son Dios, las Dos Tablas de Moisés, los tres Patriarcas, las cuatro

Matriarcas, etcétera (A. M. Espinosa 1946 7 1947, volumen 3, páginas 119 y 120, y 133). Una versión no judía también incluye las Dos Tablas de Moisés (Olivares Figueroa, páginas 86–89). Otras versiones latinoamericanas —de sólo la oración— se conocen en la Argentina, en Chile y en Puerto Rico. Existen versiones de este cuento —pero sin la oración— en el Ecuador (Carvalho-Neto 1994, números 48–50).

Hay una vieja superstición peninsular que dice que se necesita saber las doce «palabras», debido a que en su viaje al más allá, el espíritu tiene que cruzar un puente donde el Diablo está esperándole para hacerle las doce preguntas (Espinosa).

Oraciones folklóricas. I y IV, traducciones basadas en las de Vázquez de Acuña, páginas 35 y 38; II, traducción basada en la de Laval 1916, página 25; III, V, traducciones basadas en las de Olivares Figueroa, páginas 84, 85, y 86.

Estas no son oraciones canónicas, y de hecho, la número III es una maldición. Según las investigaciones publicadas de Reichel-Dolmatoff, se cree que la muerte es producto de la brujería, y que durante los velorios, «se sospecha de los enemigos del difunto, pero nunca se revelan los nombres de éstos» (Reichel-Dolmatoff y Reichel-Dolmatoff 1961, página 381).

Este breve ensalmo a San Antonio, santo patrón del noviazgo, ha sido incluido como un tipo de puente al cuento que le sigue.

24. El ratón y el mayate, traducción basada en las de Rael, número 32. Género Robe 559 El escarabajo (Colorado, EE.UU.; México). Un cuento parecido, derivado de éste, género Robe 559 El escarabajo, es conocido por toda Europa, y también en México y en Nuevo México, EE.UU.

San Antonio, quien encuentra las cosas perdidas y ayuda a los amantes, puede ser que sea el santo más nombrado en los cuentos latinoamericanos. Se dice que en Nuevo México, EE.UU., si el Santo rehusaba cumplir con un pedido, su imagen se ponía boca abajo con la cabeza sumergida, hasta que San Antonio cediera (A. M. Espinosa 1985, página 74).

25. El canónigo y el amigo falso del rey, traducción basada en la de J. M. Espinosa, número 3. Género AT 883A La doncella inocente calumniada (Cercano Oriente; Europa; India; Nuevo México, EE.UU.).

Este es un cuento conocido en las fuentes medievales, incluso en la *Gesta romanorum*, pero no es muy conocido en Latinoamérica.

26. La historia que se volvió sueño, traducción basada en la de Laval 1920, número 19. Género AT 1364 La mujer del hermano consanguíneo (Argentina; Cercano Oriente; Chile; Europa).

El narrador chileno lleva el cuento a la realidad contemporánea. Los dos caballeros que se juraban hermandad consanguínea en las antiguas versiones europeas ahora son un par de vagabundos que andan cotidianamente deambulando por las calles de la urbe.

27. Santa Teresa y el Señor, traducción basada en la de Wheeler, número 40. Género AT 759 La voluntad de Dios es justificada (Argentina; Cercano Oriente; Cuba; Europa; Guatemala; India; México; Nuevo México, EE.UU.; Panamá; Puerto Rico).

Los sucesos varían, pero la situación es siempre la misma. Un compañero incrédulo viaja con un patrón difícil e injusto, y al final explica las razones ocultas de estas injusticias. La antigua versión que se encuentra en las santas escrituras islámicas es una parábola sobre la virtud de la fe absoluta (Corán 18:65–82). Una versión chistosa cubana convierte el cuento en una competencia entre los sexos (número 8).

Gorda: tortilla mexicana del grosor de un dedo que se usa para llevar de viaje entre la gente rural de este país.

28. El arroz de la ceniza, traducción basada en la de Chertudi 1960, páginas 138–42. Género AT 510 La Cenicienta (Argentina; California, EE.UU.; Cercano Oriente; Chile; Colombia; Costa Rica; Cuba; Ecuador; Europa; India; México; Nuevo México, EE.UU.; Puerto Rico).

Es el mismo cuento conocido, pero con unos detalles interesantes. Aquí es el príncipe, y no la Cenicienta, quien es protegido por el hada; y en lugar de haber una zapatilla de vidrio, hay una taza de oro sacada de la barriga de un cordero (tema H121 La identificación por medio de una copa). Las tareas que le impone la madrastra al principio del cuento son elementos folklóricos típicos, aunque no suelen ser asociados con la Cenicienta (temas H1091,1 Tarea: separar los granos buenos de los malos; labor realizada por hormigas que ayudan mucho, y H1091,2 Tarea: separar los granos buenos de los malos; labor realizada por pájaros que ayudan mucho).

29. Juan María y Juana María, traducción basada en la de Recinos 1918a, número 8.

Este no es un cuento folklórico en el sentido tradicional, sino que es lo que los folkloristas actuales llamarían una leyenda urbana. A pesar de su clasificación, el lugar donde se lleva a cabo no tiene que ser urbano, pero sí tiene que ser contemporáneo. El cuento necesita tener una trama llena de suspenso, y con detalles sensacionales, incluso horripilantes. Puede que tenga algún elemento supernatural. Aun así, el cuento se narra como si fuera un acontecimiento reciente. Un ejemplo de esto en Norteamérica es el cuento «The Vanishing Hitchhiker» («La autostopista que desaparece»), en el cual el espíritu de una joven trata de regresar a su casa por medio del autostopismo todos los años en el aniversario de su fallecimiento (Brunvand, páginas 165–70).

30. La esposa bruja, traducción basada en la de Reichel-Dolmatoff y Reichel-Dolmatoff 1956, número 83. Tema Hansen 748H La esposa bruja que va al cementerio, y convierte en perro a su marido que le espiaba (Colombia; Nuevo México, EE.UU.; Puerto Rico).

La historia de la mujer escapándose de la casa mientras que su marido la vigila, y quien descubre que ella es una bruja, es una de las contribuciones latinoamericanas más impresionantes al folklore mundial. Véase también los números 9 y 98. La bruja volviéndose una yegua (tema G211,1,1) es una trama común en estos cuentos, y normalmente es el marido quien la golpea. Pero aquí ese no es el caso. La versión colombiana es narrada por un hombre de setenta años que se cuida mucho de presentar al marido como un buen esposo a pesar de la desvergüenza de su mujer.

31. Ay, maldito Mundo, traducción basada en la de Chertudi, volumen I, número 92. Género Boggs 1940E El perro de la viuda llamado Mundo (Argentina; Cuba; España). La versión cubana se encuentra en Feijoo, volumen 2, página 142.

32. Las tres hermanas, traducción basada en la de Reichel-Dolmatoff y Reichel-Dolmatoff 1956, número 79. Género AT 707 Los tres hijos dorados (California, EE.UU.; Cercano Oriente; Chile; Colombia; Europa; India; México; Nuevo México, EE.UU.; Panamá; Puerto Rico; República Dominicana).

Este es uno de los cuentos folklóricos más conocidos a escala internacional. Tal como suele pasar en el folklore latinoamericano, la versión colombiana se parece muchísimo a la versión que se encuentra en *Las mil y una noches*.

33. El conde y la reina, traducción basada en la de Rael, número 487. Género AT 1418 El juramento equívoco (Colorado, EE.UU.; Europa; India).

34. Luzmira de la sabiduría, traducción basada en la de Saunière, páginas 260-268. Género AT 891 El hombre que abandona a su mujer, y que la hace darle a luz a un hijo (Cercano Oriente; Chile; Eruopa; India).

Las versiones en las cuales las heroínas empiezan como maestras de escuela —tal como aparecen en este cuento— son muy populares en el sur de Europa. La versión chilena tiene a la maestra sirviendo mate, la bedida nacional. Pero las insinuaciones geográficas (el tren a París, el noviazgo con una princesa española) sugieren que este cuento tiene un origen italiano.

De hecho, se parece mucho a una variante que aparece en la gran colección siciliana de Giuseppe Pitrè, tal como fue recapitulada por Saunière en sus notas comparativas, y traducida al inglés en Calvino (número 151, «Catalina la sabia»).

35. El amor es como la sal, traducción basada en la de Wheeler, número 54, Subgénero AT 510 La Cenicienta, clasificado por separado como AT 923 El amor es como la sal (Arizona, EE.UU.; California, EE.UU.; Cercano Oriente; Cuba; Europa; Guatemala; India; México; Nuevo México, EE.UU.; Puerto Rico).

La heroína de este cuento es una de las Cenicientas más pícaras, como la heroína del número 11, y contrasta con las hijastras sufridas de los números 28 y 91. El tema del rey Lear (M21), el cual presenta al padre rechazando a la más joven y sincera de sus tres hijas, es un elemento típico de El amor es como la sal, tanto en el Viejo como en el Nuevo Mundo. Si el énfasis en la sal le parece raro al lector moderno, vale recordar el viejo refrán latinoamericano: El diablo vendrá a una mesa sin sal (Redfield, página 131).

36. El sueño del pongo, traducción basada en la de Arguedas y Carrillo, páginas 127–32.

El cuento de un sueño en el cual el gran hombre está cubierto de miel y el pobre de excremento, y que luego los dos se pasan la lengua mutuamente, se conoce en la India (Schulman, páginas 199 y 200), y se supone que llegó al Perú por medio del Cercano Oriente y España. Sin embargo, este cuento no está clasificado ni como europeo ni como latinoamericano. Arguedas obtuvo esta versión en Lima de un comunero, procedente del Cuzco, que hablaba quechua. Luego Arguedas se enteró de que dos colegas peruanos también habían oído versiones del mismo cuento (Arguedas, página 9).

Pongo: Un indio labrador de la clase social más baja, al quien le daban la responsabilidad de trabajar en la cocina y los establos. Normalmente, un pongo era un portero cuyo lugar correcto solía ser en el vestíbulo. De ahí proviene la palabra «pongo», del quechua *punku*, «puerta» (Luna).

37. El zorro y el mono, basado en el texto aimara-inglés de LaBarre, páginas 42–45.

Para tener efecto, los cuentos de animales dependen casi totalmente del lenguaje corporal y de la manipulación vocal, y por lo tanto, no se pueden traducir. Debido a la popularidad de éstos, el antólogo digno de llamarse así no puede excluirlos. En Latinoamérica —como en otros lados— se suele contar dos o más de estos pequeños cuentos juntos. En México y Mesoamérica, el engañabobos y su compañero tonto suelen ser el conejo y el coyote, y en regiones específicas de Suramérica, suelen ser el zorro y el tigre. Éstos a veces son sustituidos por un armadillo, león, mono, ardilla u otro animal. La siguiente secuencia une estos elementos:

Tema W151,9 La persona (animal) codiciosa se le traba la mano (cabeza) en el jarro de comida (Bolivia; Brasil; India).

Tema K841 El substituto por una ejecución lograda por el engaño (América, Europa, India).

Género AT 1530 Aguantar la piedra (Argentina; Chile; Europa; Guatemala; México; Nuevo México, EE.UU.; Puerto Rico; República Dominicana).

Género AT 34 El lobo se tira en el agua para agarrar un queso reflejado (Costa Rica; Europa; Guatemala; México, Nuevo México, EE.UU.; Puerto Rico; República Dominicana).

38. El jarro del mezquino, adaptado de Gordon, páginas 134–36. Género AT 1536B Los tres hermanos jorobados se ahogan (Argentina; Belice; Bolivia; Cercano Oriente; Chile; Europa; Guatemala; India; México; Nuevo México, EE.UU.; Puerto Rico).

También hay un cuento como este sobre Pedro de Urdemalas, con Pedro como el bobo que sigue sepultando a los cadáveres (Lara Figueroa 1982, número 31).

39. Tup y las hormigas, adaptado de J. E. S. Thompson, páginas 163–65.

Los cuentos acerca de la tala y la quema a menudo son muy detallados, y pertenecen a la categoría aborigen de cuentos folklóricos mexicanos y mesoamericanos. Sin embargo, los varios elementos narrativos de este cuento —los tres hermanos, el héroe inesperado, las hormigas que ayudan mucho, los mentecatos (quienes en este caso cortan los troncos de los árboles en lugar de tumbarlos)— apuntan a un patrón peninsular. Tema J2461 Seguir detalladamente las indicaciones de cómo hacer algo.

40. El maestro y su alumno, traducción basada en la de Recios 1918A, número 8. Robe 1712 (Guatemala).

Este cuento no está clasificado ni como europeo ni latinoamericano. Pero también aparece una versión triestina en Pinguentini (número 30), y la traducción al inglés en Calvino (número 44, «La ciencia de la vagancia»).

Evidentemente, quien informó a Recino tenía una debilidad por los apellidos dickensianos.

41. El tambor del piojo, traducción basada en la de Riera-Pinilla, número 57, Género AT 621 La piel del piojo (Argentina; Cercano Oriente; Colombia; Europa; India; México; Nuevo México, EE.UU.; Puerto Rico).

42. Los tres sueños, traducción basada en la de Lara Figueroa 1982, número 39. Género AT 1626 Pan de sueños (Argentina; Cercano Oriente; Cuba; Europa; Guatemala; India; México; Nuevo México, EE.UU.; Panamá; Puerto Rico).

El narrador guatemalteco se permite describir al indígena como «esta cosa u otra que puede ser un ser humano». Y en un cuento muy parecido del Perú, «El sueño del pongos» (número 36), le preguntan al indio: «¿Serás tú un ser humano u otra cosa?» En ambos casos, el aborigen triunfa discretamente por medio de un sueño. ¿Pero quién relataría un cuento como éste? ¿Un indio? O, para usar el vocablo guatemalteco, ¿o un *ladino*? En el caso peruano, es un indio, y en el guatemalteco, es un ladino. En este cuento, el narrador es un obrero agricultor con sólo dos años de estudio, nacido en la pequeña aldea de La Juez, en la colonia de La Montaña, municipio de Sansare, departamento de El Progreso, al noreste de Ciudad Guatemala.

43. La mata de albahaca, traducción basada en la de Ramírez de Arellano, número 29. Género AT 879 La doncella de albahaca (Argentina; Bolivia; Chile; Europa; México; Nuevo México, EE.UU.; Puerto Rico; República Dominicana).

La apertura del cuento, «Pues señor», es una fórmula usada tanto por los hombres como por las mujeres, y no tiene nada que ver con quién sea el público.

Adivinanzas. I, traducción basada en la de Mason 1916, número 322; II, VI, VII, VIII, X, y XXV, traducciones basada en las de Ramírez de Arellano, números 391, 396, 430, 452a, 512, y 529b; III, IV, V, XIV, XV, XXII, XXIII, XXVI, XXVII, y XXVIII, traducciones basada en las de Lehmann-Nitsche, números 57A, 60A, 66, 186, 196, 284, 551, 608a, 656d, y 677b; IX, XI, y XII, traducciones basadas en las de Recinos 1918b, números 10, 12 y 38; XIII, traducción basada en la del texto náhuatl-español en Ramírez y col., página 62; XVI, traducción basada en la de Andrade 1930, números 172 y 276; XXI, traducción basada en la de Dary Fuentes y Esquivel, página 117; XXIX, traducción basada en la del cashinahua en Abreu, número 5908; XXX, traducción basada en la del texto yucateco y español de Andrade 1977, folio 1648.

Las adivinanzas hispanas varían poco, o no varían para nada de país a país, y muchas han sido llevadas a las lenguas aborígenes sin ningún cambio, incluso una adivinanza tan respetada como el enigma del Esfinge (número XXIV). Otras merecen ser clasificadas como originales de América (números XVII y XXIX). Los folkloristas debaten si las adivinanzas se originaron en América. Un manuscrito maya del siglo XVIII contiene adivinanzas con contenido indudablemente aborigen:

> *Hijo, ve y tráeme una muchacha con dientes aguosos, y con su pelo en un moño. Debe oler rico cuando le quite las vestimentas.*
>
> Respuesta: Es una mazorca de maíz verde cocinada en una hoguera.

Una gran colección de adivinanzas nahuas está conservada en la *Historia* de Sahagún del siglo XVI, incluyendo:

> *¿Quién se dice a sí mismo: «Tú vas por allá, yo voy por allá, y nos encontramos en el otro lado»?*
>
> Respuesta: Un taparrabos (Sahagún 1979, libro 6, capítulo 42, folio 198v).

Aun así, se puede decir que dichas adivinanzas —aunque por lo viejas que son se les puede llamar «nativas»— fueron inspiradas por patrones peninsulares.

44. El pollo del carbonero, traducción basada en la de Mason 1924, número 36, Género AT 332B La muerte y la suerte (California, EE.UU.; Chile; España; México; Nuevo México, EE.UU.; Puerto Rico).

45. Los tres consejos, traducción tomada de A. M. Espinosa 1911, número 4. Género AT 910B Los buenos consejos del sirviente (Cercano Oriente; Chile; Cuba; Europa; Guatemala; India; México; Nuevo México, EE.UU.; Puerto Rico).

La primera vez que la versión europea de la Casa de la Muerte apareció por escrito fue en la *Gesta romanorum:* un príncipe, que vivía en una casa de campo aislada, un día conoció a un comerciante y lo invitó a su casa. Cuando llegaron, el comerciante se quedó maravillado con las riquezas del lugar y felicitó a su anfitrión por la buena fortuna que le había tocado. La mujer del príncipe comió con ellos, pero en lugar de comer de un plato, comió de una calavera humana. Esa noche, mientras dormía en su alcoba, el comerciante vio a dos cadáveres colgados de sus manos desde la parte superior de la división. Por la mañana el príncipe le explicó al comerciante que su mujer le había sido infiel, y que por lo tanto, la estaba castigando con hacerla comer de la calavera de su amante, quien el príncipe había ejecutado. Los dos cadáveres eran de los cuñados del príncipe, asesinados por el hijo del amante. Al final, el comerciante se va, y el príncipe le aconseja que no se juzgara la buena fortuna sólo por las apariencias (A. M. Espinosa 1946 y 1947, volumen 2, página 279).

46. Las siete ciegas, traducción basada en la de Laval 1968, páginas 180–87. Género AT 462 Las reinas desterradas y la reina cruel (Chile; India).

Este cuento es bien conocido en la India, pero no ha sido clasificado en Europa ni en ningún otro lugar de Latinoamérica. En una versión chilena, las ciegas desterradas son las sobrinas del rey. La reina celosa manda a su hermano a buscar la leche del león, se la toma y se muere, y luego el rey vive felizmente en compañía de sus sobrinas y sobrino (Hansen, página 58).

47. El rey perverso, traducción de Boggs 1938, número 5. Género AT 981 La sabiduría de un viejo oculto salva el reino (Cercano Oriente; Europa; Florida, EE.UU.; India; México).

Este cuento fue documentado en la región de la ciudad de Tampa en la década de 1930, donde vivía la mayor colonia hispana de la Florida de la época, la cual se centraba en la industria tabacalera que había abandonado Nueva York para así evitar el sindicalismo. La mayoría de los tabacaleros eran cubanos, aunque algunos eran mexicanos.

En las versiones del Viejo Mundo del mismo cuento, el rey ejecuta a los viejos para ahorrar comida en tiempos de hambruna. En la versión mexicana, el rey es derrocado y el niño que había sido escondido por su padre anciano regresa gobernar bien (Wheeler, número 3).

48. La maldición de una madre, traducción basada en la de Ramírez de Arellano, número 89. Tema C12 El Diablo se aparece inesperadamente después de ser invocado.

49. El ermitaño y el borracho, traducción basada en la de Carvalho-Neto 1994, número 25. Género AT 756 Las tres ramitas verdes (Argentina; Chile; Ecuador; Europa; Nuevo México, EE.UU.; Puerto Rico). La versión ecuatoriana se parece más al subgénero AT 756B El contrato con el Demonio.

En las versiones europeas, el pecador tiene que hacer penitencia deambulando por el mundo o cargando un saco de piedras hasta que le salieran retoños a el, o tres ramitas verdes a un ramo seco. En este cuento, el pecador va al cielo después de golpearse el pecho con una piedra.

50. La hija de la princesa y el hijo de la carbonera, traducción basada en la de Hernández Suárez, páginas 260–64. Género Hansen 930B (La hija noble y el hijo del vendedor de carbón) (Cuba): un subgénero del género AT 930 La profecía (Cercano Oriente; Europa; India; Puerto Rico).

51. La vaca encantada, traducción basada en la de Saunière, páginas 308–17. Temas B411 La vaca que ayuda mucho; F841 El bote extraordinario; N512 El tesoro en un cuarto subterráneo; E30 La resucitación por medio de un arreglo de los miembros.

Al darle un nombre a cada uno de los personajes y a las localidades definidas de forma real (tal como el pueblo cerca de Constitución y la verbena de Chillán), el narrador le da a este cuento la cualidad de una novela, tal como es el caso con el número 5, «La suerte de Antuco».

52. La oreja de Judas, traducción basada en la de J. M. Espinosa, número 21. Género AT 301A La búsqueda por una princesa perdida (Cercano Oriente; Chile; Costa Rica; Europa; Guatemala; India; México; Nuevo México, EE.UU.; Nicaragua; Perú; Puerto Rico; Venezuela).

53. Un bien con un mal se paga, traducción basada en la Olivares Figueroa, página 48 y 49. Género AT 155 La serpiente malagradecida regresa al cautiverio (Argentina; California, EE.UU.; Cercano Oriente; Chile; Cuba; Costa Rica; Europa; Guatemala; India; México; Nuevo México, EE.UU.; Nicaragua; Perú; Puerto Rico; República Dominicana).

Otras versiones de esta antigua fábula se encuentran en el *Panchatantra,* en la *Gesta romanorum,* en las obras de La Fontaine, y en otras obras literarias. Quizá la versión más antigua es la variante esópica documentada en griego por el autor Babrio del siglo II d.C. Según éste: «Un agricultor recogió una víbora que casi muere del frío, y le dio calor. Pero la víbora, después de estirarse, se enganchó de su brazo y lo mordió letalmente, y así mató a todo el mundo que quiso rescatarlo. Antes de morir, el hombre dijo las siguientes palabras dignas de recordar: "Me merezco este sufrimiento por ser misericordioso con el maldito"» (Perry, página 187).

El título con el cual se conoce esta fábula por Latinoamérica, «Un bien con un mal se paga», es un refrán.

54. La hija del pescador, traducción basada en la de Reichel-Dolmatoff y Reichel-Dolmatoff 1956, número 71. Tema S241 Un niño prometido sin querer: «a lo primero que te encuentres», género AT 425A Un Cupido y una Psique (California, EE.UU.; Cercano Oriente; Chile; Colombia; Costa Rica; Europa; India; México; Nuevo México, EE.UU.; Panamá; Puerto Rico).

Este cuento es un viaje aventurero por los temas europeos y los de los aborígenes americanos. El sacrificio involuntario del espíritu del agua es netamente oriundo del Viejo Mundo (tema S241), y la secuencia de escenas en la cama —culminando en la prohibición violada— sigue la trama de Cupido y Psique (AT 425A). Aunque se refiere al paraíso perdido («ya se acabaron tus días fáciles en esta casa»), y a pesar de su paralelo bíblico, aún tiene un sabor indígena (con sombrero, sandalias y machete), ya que la manera de redimirse —el pelo mágico que viene de la «madre» que vive en lo más alto de las montañas— se origina en la antigua mitología indígena del norte de Colombia. Se habla de este cuento en la introducción, página xxiv.

55. En el principio, Laughlin 1971, páginas 37 y 38. Génesis 1:1–2:3

Dependiendo del contexto, estos cuentos forman el ciclo de los cuentos folklóricos bíblicos que se pueden llamar leyendas o cuentos folklóricos. Si se consideran verídicos, se les llaman leyendas, y cuentos folklóricos si se consideran fábulas (tal como en la versión tepeaquesa de la Natividad del Señor, la cual termina con la fórmula folklórica: «Y entro por un chiqui-huite roto, y cuéntame otro»: Mason 1914, página 166). Algunos —como el número 55— son versiones folklóricas de las Santas Escrituras. Otros —como el número 67— no tienen nada que ver con la Biblia. Por lo menos dos de estos cuentos —los números 61 y 68— son mitos precolombinos que fueron acomodados a las nuevas circunstancias religiosas.

56. Cómo se hicieron las primeras personas, Parsons 1932, páginas 287 y 288. Génesis 2:5–25, y tema E751,1 Pesar las almas en el Juicio Final.

El narrador cambia la doctrina del pecado original, y coloca a Adán cultivando el campo desde el primer día, incluso abriendo una zanja en el jardín.

57. La costilla de Adán, adaptado de Foster, páginas 236 y 237. Génesis 2:21–24.

Al igual que en el cuento que le precede, aquí Adán labora en el jardín, sin importarle la diferencia bíblica entre el paraíso y el mundo que quedaba al este del Edén, como por ejemplo, Génesis 3:23–24: «Y lo sacó Jehová del huerto del Edén para que labrase la tierra de que fue tomado. Echó, pues, fuera al hombre, y puso al oriente del huerto del Edén querubines y una espada encendida que se revolvía todos lados para guardar el camino del árbol de la vida».

58. Adán y Eva y sus hijos, A. M. Espinosa 1936, página 119. Génesis 3:1–24, y temas A1650,1 Todos los hijos de Eva, y F251,4 Gente subterránea descendiente de los hijos que Eva le ocultó a Dios.

Al contrario de los narradores de los dos últimos cuentos, este narrador acepta la teoría de que el trabajo es la sanción por la insubordinación original, aun así, éste enseguida le da la vuelta y lo convierte en una fábula de aspecto indígena. Sin embargo, primero pasa por el folklore netamente europeo que no tiene nada que ver con las Santas Escrituras. Esta digresión, la cual sirve de puente, proviene de un cuento bien conocido de

Grimm (número 180), en el cual Eva da a luz a siete hijos bonitos y a doce que son feos. Al sentirse avergonzada de éstos, cada vez que el Señor le hacía la visita, los escondía. Dios le dio su bendición a los siete, y le dio a cada uno un destino digno de envidia (rey, príncipe, etcétera). Queriendo bendiciones parecidas para los doce que quedaban, Eva los sacó de su escondite, pero el Señor sólo los destinó a ser criados, obreros y comerciantes. Entre los isletas, el cuento explica el por qué de los destinos disímiles que les tocó a los blancos y a los indios, y también habla de los orígenes de las naciones indígenas, que según su creencia, habían brotado desde la profundidad de la tierra.

59. La carta de Dios a Noé, adaptado de Parsons 1946, página 350. Génesis 6:5–13.

60. Dios elige a Noé, traducción basada en la de Lehmann 1928, páginas 754–56. Género AT 752C El sembrador descortés (Chile; Colombia; Ecuador; Europa; Guatemala; México; Nuevo México, EE.UU.)

Este cuento suele tratarse de Jesucristo, quien conoce a un sembrador descortés mientras está huyendo de los que lo persiguen. También se trata de la Virgen María y San José en camino a Belén. Es el único cuento en el ciclo folklórico bíblico que aún perdura entre todos los hispanos, aunque es mucho más popular entre los indígenas, sobre todo en México y Guatemala.

Falos: piedras rotundamente fálicas que se han encontrado en las excavaciones mayas. En el estado de Oaxaca, México, son piedras naturales que son percibidas como fálicas y que tienen significados ritualistas, aunque en este cuento la referencia parece sólo simbolizar el desprecio del agricultor.

61. El diluvio, traducción basada en la de Lehmann 1928, páginas 753 y 754.

Esta versión mixe del siglo XX del estado de Oaxaca, México, se parece mucho a un cuento azteca del siglo XVI, el cual fue derivado de fuentes pictográficas precolombinas (Bierhorst 1992, páginas 143 y 144). El ligero parecido a la versión bíblica puede que sea una coincidencia. Pero Dios, los ángeles, el arca y los animales en pares también aparecen en otras versiones del mismo cuento que han sido recopiladas por los narradores indígenas en las regiones centrales y australes de México (Horcasitas, páginas 194–303). Un tema que sale a relucir en estos cuentos diluvianos aborígenes es la prohibición en contra del trabajo. Antes del arribo del diluvio, se le decreta al hombre que no trabaje, y del mismo modo, no se le permite preparar ningún fuego después que se retiraran las aguas. Debido a su desobediencia, lo castigan, lo cual no se puede comparar a la terrible experiencia de Noé, sino con el aprieto de Adán, quien desobedece, y a quien no le queda otro remedio que trabajar. La explicación de esta causa y efecto, ya tenga que ver o no con Adán o Noé, ha sido la tarea de los teólogos y mitólogos.

62. Un sueño profético, Laughlin, páginas 38 y 39. San Juan el Teólogo 19:41–20:31.

La historia de la aparición de Jesucristo luego de su Resurrección aquí se vuelve una profecía de su arribo. En el cuento bíblico, María Magdalena entra en el jardín donde sepultaron a Cristo, y lo encuentra de pie en el Santo Sepulcro. Él le advierte: «No me toques: porque aún no he subido a mi Padre: mas ve a mis hermanos, y diles: Subo a mi Padre y a vuestro Padre, a mi Dios y a vuestro Dios». Los demás discípulos se enteraron de lo ocurrido, pero uno de ellos, llamado Tomás, dudaba.

63. La lila blanca, traducción basada en la de Howard-Malverde, página 211.

La Concepción no siempre fue Inmaculada. Según la versión nahua, la Virgen María conoció a San José mientras estaba lavando la ropa sucia de su padre. La pareja se fugó para casarse, con la Virgen montada en un burro (Taggart 1983, página 103). Según la versión mazateca, San José deja a la Virgen en estado, pero al tener otros pretendientes, ella los pone todos a prueba: la Virgen le da a cada uno un ramo seco, y sólo el que le dio a San José echa raíces (Laughlin 1971, páginas 39–41). Según el cuento tepeaqués, la Virgen era la ayudante de San José en su negocio de carpintería. A la misma vez, había demonios que querían casarse con ella debido a su belleza. Cuando salió en estado, aunque era señorita, el padre de la Virgen decretó que el hombre de cuyo bastón salieron flores sería su marido (Mason 1914, página 164).

64. La noche en el establo, adaptado de Tax, páginas 125 y 126. El Evangelio según San Lucas 2:1–20 y San Mateo 2:2, con tema H71,1 Una estrella en la frente como señal de nobleza.

Aunque no aparece en los índices modernos, el cuento de la Natividad que habla de la vaca premiada y la mula castigada tiene un largo historial dentro del folklore europeo (Dähnhardt, páginas 12–16), y también tiene variantes aborígenes en el Ecuador, Guatemala, México y Nuevo México, EE.UU. (Howard-Malverde, página 199; Incháustegui, páginas 212 y 213; Laughlin 1977, páginas 331 y 332; Parsons 1918, página 256; Siegel, página 121; Williams García, página 73).

65 / I. ¿Por qué amaneció?, Taggart 1983, página 103.

Ya a mediados del siglo XVI, Jesucristo estaba identificado con el sol en la literatura cristianizada nahua (Bierhorst 1985 b, página 367). Ya para finales del siglo XX, esta manera de ver a Jesucristo se había regado por todo

México y Guatemala. «Para los nahuas, está bien claro que (...) Jesucristo es una manifestación del sol» (Sandstrom, página 236).

65 / II. Aquel fue el día más importante, Laughlin 1977, página 332.

66. Los Tres Reyes, A. M. Espinosa 1936, páginas 118 y 119. El Evangelio según San Mateo 2:1–12.

Los cuentos que explican por qué los indios son pobres se conocen por toda Latinoamérica, aunque están más vinculados a la Creación que a la Natividad. Entre los seris del norte de México, se dice que al principio los indios se encontraban dentro de un bambú enorme, y que cada uno estaba situado en un nudo, mirando hacia fuera. En el nivel más alto estaban los seris, seguidos por los gringos, y después estaban chinos, los apaches, los yaquis y, en el nivel inferior, los mexicanos. Cada grupo salió por separado a saludar a Dios y a recibir regalos. Los mexicanos —que eran los más ricos— recibieron dinero, revólveres, casa, ropa y comida. Debido a que eran demasiado orgullosos para recibir los regalos, los seris terminaron sólo con algas —que ellos mismos tenían que sacar del mar— para taparse la desnudez (Coolidge y Coolidge, páginas 107 y 108); Kroeber, página 12.

67. El Niño Jesús como engañabobos, traducción basada en la de Howard-Malverde, páginas 199–201.

Este cuento es verdaderamente raro. Existen cuentos que remotamente se parecen a este en las *Narraciones de la infancia,* las cuales se hicieron sentir a final de la Edad Media, sobre todo en el Evangelio según el Seudo–San Mateo, donde dice: «A José le mandaron a hacer una cama de seis codos de largo, y le dijo a su Hijo que hiciera una viga del largo adecuado, pero le quedó demasiado corta. Esto le molestó a José. Pero con sólo halarla, Jesús la estiró a seis codos de largo» (James, página 78). Pero ni en el Evangelio según el Seudo–San Mateo ni en ninguna otra escritura apócrifa existen evidencias claras del Niño Jesús como engañabobos.

68. Cristo salvado por una luciérnaga, Redfield, página 65.

Este mismo cuento acerca de los héroes mellizos Hunahpu y Xbalanque aparece en el *Popol Vuh.* Encarcelados por los señores de la muerte, se les da puros a los dos niños y se les dicta que los mantengan prendidos toda la noche. Ya que eran más listos que los guardias, los héroes se escapan luego de poner luciérnagas en las puntas de los puros (Coe, página 99). En una versión moderna —también de Guatemala—, cuando los carcelarios ven la luciérnaga, se suponen que Jesuscristo está «ahí sentado fumando un cigarrillo» (Tax, página 126).

69. Cristo traicionado por los caracoles, J. E. S. Thompson, página 161.

Este cuento es uno de los incidentes más raros en la historia de la persecución y la huida de Jesucristo. No nos explica cuál castigo les tocó a los caracoles.

70. Cristo traicionado por la urraca, Laughlin 1977, página 26.

Laughlin explica que la urraca es un ave muy escandalosa. En la versión guatemalteca, es un gallo el que alborotadoramente traiciona a Cristo, y por lo tanto, su castigo es ser un ave que se sacrifica.

71. El ciego y la cruz, Laughlin 1971, páginas 47 y 48, y el Evangelio San Mateo 27:1, y el tema D1505,8,1 La sangre de las heridas de Cristo restaura la vista.

El *tema-índice* de Thompson sólo menciona la fuente medieval francesa. Según una versión nahua moderna, el ciego puede ver otra vez, y enseguida grita: «¡Que Dios me ampare! ¡He matado a mi compadre!» (Ziehm, página 159). Una versión de los lagunas de Nuevo México, EE.UU., dice que la sangre que brotó no sólo sanó al ciego, sino que se volvió agente de la nueva Creación: «De la sangre brotada salió todo lo que vive, los caballos y las mulas, y todas las criaturas» (Parsons 1918, página 257).

72. El grillo, el topo y el ratón, Laughlin 1971, páginas 48–50. San Mateo 27:57–66; San Lucas 24:1–3.

Es evidente que este cuento inusual de cómo se abrió el Santo Sepulcro se conoce tanto en el Ecuador como en México. Entre los quichuas de Imbabura en la sierra ecuatoriana se dice que una vez durante el mes de las cosechas, tan pronto se cosechó todos los granos, Jesucristo vino a darle a cada criatura el grano que le correspondía. Un ratón se le presentó y dijo: «Le abriré el sepulcro para que pueda salir cuando sus enemigos lo maten y entierren». Jesucristo le contestó: «Si me haces ese favor, vivirás para siempre como el señor de todos los granos, y casi siempre estarás escondido en las casas de los hombres» (Parsons 1945, página 147).

73. Como si tuviera alas, Laughlin 1971, página 52; El Evangelio según San Marcos 16:19; Hechos de los Apóstoles 1:9.

74. El lento mató a cuatro, traducción basada en la de Ramírez de Arellano, número 22. Género AT 851 La princesa que no puede solucionar la adivinanza (Argentina; Cercano Oriente; Chile; Costa Rica; Ecuador; Europa; India; México; Nuevo México, EE.UU; Puerto Rico; Venezuela).

También conocido como «La adivinanza del pastor», este cuento se reconoce fácilmente como una variante de *Las mil y una noches:* Un joven que había caído en desgracia vende a sus padres para comprarse ropa fina y un caballo. En el camino, le da sed, y por lo tanto, se toma el sudor del caballo. El joven llega al palacio de un rey que le ofrece la mano de su hija a cualquiera que plantee una adivinanza que ella no pueda adivinar, y el joven dice: «El agua que tomé no era ni de la tierra ni del cielo». La princesa no sabe qué decir. Esa noche, la princesa va a su cama y se acuesta con él para que éste le dé la respuesta. La princesa deja la ropa que se puso para dormir, y el próximo día, el joven la alucina para siempre con la siguiente adivinanza: «Me vino una paloma y me dejó sus plumas en mis manos».

75. El precio del cielo y la lluvia de caramelos, traducción basada en la de Wheeler, número 158. Tema Robe 134E (El dinero en el ataúd) (México), y género AT 1381B La lluvia de los embutidos (Europa; India; México; Nuevo México, EE.UU.; Panamá).

Estos dos cuentos no se parecen, aunque en los dos casos el engañabobos termina adueñándose del dinero. La técnica de la duplicación, o de contar cuentos contemporáneos conjuntamente, es un aspecto relacionado más con la narración aborigen que con la peninsular. Da la casualidad que el dinero que se coloca en el ataúd recuerda la verdadera costumbre de ponerle dinero encima del pecho al difunto durante el velorio para contribuir a la comida y a la bebida (Carvalho-Neto 1961, página 313).

76. La casa del hombre llamado Piña, traducción basada en la de Riera-Pinilla, número 58. Género AT 1641 El doctor Sabelotodo (Argentina; Cercano Oriente; Chile; Europa; Guatemala; India; México; Nuevo México, EE.UU.; Puerto Rico; República Dominicana; Venezuela).

77. El monstro de siete cabezas, traducción basada en la de Wheeler, número 57. Género AT 300 El asesino de dragones (Argentina; California, EE.UU,; Cercano Oriente; Chile; Colombia; Europa; Guatemala; India; México; Nuevo México, EE.UU.; Puerto Rico; República Dominicana; Venezuela), y género AT 510A La Cenicienta (véase número 28).

Las heroínas desempeñando su papel con pantalones puestos —nada raro en la tradición del Viejo Mundo— son factores habituales y sorprendentes de la narrativa folklórica latinoamericana. Una de estas heroínas —y a ciencia cierta, la menos esperada— es la asesina de dragones que rescata a la princesa en apuros. La viuda que libera a las tres princesas, y que se vuelve la general de los ejércitos del rey (número 52), queda en un muy cercano segundo lugar. Hay otros ejemplos como éstos en los números 11, 25, 33, 34, 84 y 97.

Quiquiriquí: la tierra del Nunca-Jamás de los cuentos folklóricos hispanos.

Colorín, colorado, este cuento se ha acabado: una conclusión rutinaria de origen peninsular. *Colorín* denota un pardilla (en España), o las semillas de color rojo claro de los frijoles colorados, *Erythrina coralloides* (en América). Una variante española es *punto colorado, cuento terminado* (Taggart 1990, página 180).

78. Juanchito, traducción basada en la de Peña Hernández, páginas 222 y 223.

Veintidós papas romanos: El cuento fue documentado antes del papado de Juan XXIII (1958–1963).

Juan de Dios, 1495–1550, fundador de la Orden de los Hospitalarios de San Juan de Dios, canonizado en 1690.

79. La cosa más rara, traducción basada en la de Lara Figueroa 1982, páginas 20 y 21. Género AT 653A La cosa más rara del mundo (Europa; Guatemala; México; Nuevo México, EE.UU.; Puerto Rico).

En la versión neomexicana, la princesa debe casarse con el hombre que le ofrezca el mejor regalo, pero cuando se aparecen tres pretendientes, cada uno diciendo que su regalo era el mejor, ella los manda a tirar flechas para que luego se las traegan. Los pretendientes todavía están buscando las flechas (Rael, número 223).

80. El Príncipe Tonto, traducción basada en la de Noguera, páginas 105–14. Género AT 566 Los tres objetos mágicos y las frutas maravillosas (Argentina; Chile; Costa Rica; Europa; México; Nuevo México, EE.UU.; Puerto Rico).

El cambio al tapir le da un toque tropical y americano a este cuento innegablemente procedente del Viejo Mundo.

81. La lililón, adaptado de A. Paredes, número 41. Género AT 780 La lililón (Argentina; Bolivia; Cercano Oriente; Chile; Costa Rica; Cuba; Ecuador; Europa; India; México; Nuevo México, EE.UU.; Panamá; Puerto Rico; República Dominicana).

82. Mi jardín está mejor que nunca, adaptado de Foster, página 218. Género AT 175 El niñito y el conejo (África; Argentina; Chile; Colombia; Costa Rica; Cuba; Ecuador; Europa; Guatemala; India; México; Nuevo México, EE.UU.; Puerto Rico; República Dominicana; Venezuela). La variante salvadoreña se encuentra en Shultze Jena, página 133.

Este es el más conocido cuento de conejos. Está ampliamente difundido por toda la América hispana e indígena. Se cree que llegó al Nuevo Mundo desde el África. La teoría más elaborada (y controversial) de Aurelio Espinosa plantea que el cuento tiene orígenes hindúes, y desde la India, se difundió hasta la América por dos rutas paralelas: una por el África, y de ahí hasta las Antillas y el Brasil, y a la otra por el Cercano Oriente, y de ahí a España, y luego a México y a la Suramérica hispana (A. M. Espinosa 1946 y 1947, volumen 2, páginas 163–227).

83. Juan Bobo y la puerca, traducción tomada de Ramírez de Arellano, número 114. Género Hansen 1704** (El bobo como cuidaniños) (Cuba; Puerto Rico).

Muchas versiones puertorriqueñas de este cuento han sido documentadas. En la mayoría de éstas, los pollitos son reemplazados por niños que no dejan de llorar. El bobo los calla al meterles una aguja por la cabeza.

84. El príncipe loro, traducción basada en la de Laval 1920, número 9. Género AT 432 El príncipe como ave (California, EE.UU.; Cercano Oriente; Chile; Europa; Guatemala; India; México; Nuevo México EE.UU.; Puerto Rico), junto con el tema H1125 Tarea: andar con zapatos de hierro hasta que se gasten (Chile; Europa; México; Nuevo México, EE.UU.; Panamá; Puerto Rico).

El enterarse por casualidad de un remedio secreto que discutían los animales (tema N452), es un truco narrativo muy arraigado a la tradición del Viejo Mundo, y se cree que se conocía en el Nuevo Mundo por lo menos a principios del siglo XVI. Este truco debutó en América en un manuscrito quechua de 1608 de la provincia de Huarochirí en el altiplano central peruano. Según este cuento, un hombre rico es repentinamente afligido con una enfermedad incurable. «Se mandaron a buscar a los sabios, de la misma manera que los españoles mandan a buscar a sus ilustrados y a sus médicos, pero ninguno reconoció la enfermedad».

En ese mismo momento, un mendigo bajaba por la montaña y decidió tomarse una siesta. Cuando se estaba quedando dormido, llegaron dos zorros, uno del valle, y otro del altiplano. El que vino del valle preguntó: «Hermano, ¿cómo van las cosas allá arriba?» «Muy bien. Muy bien. Pero hay un señor en Anchicocha (…) que está muy enfermo, y ha mandado a buscar a todos los sabios para que le expliquen cuál enfermedad tiene, ya que nadie se la puede diagnosticar. Lo único que te puedo decir es que…» Y cuando oyó sin querer la causa de la enfermedad, el mendigo entró en el pueblo, preguntó si había alguien enfermo, y fue a sanar al infectado. El remedio requería quitar una serpiente del techo de la casa, y un sapo de dos cabezas que estaba debajo del amolador (Trimborn y Kelm, páginas 33–37). Véase el comentario a la variante mexicana, «Lo que dijo el búho», número 15, arriba.

En barcos para Juan, Rock y Rick…: véase en la nota introductoria, página 33.

Peumo: un pequeño árbol de hoja perenne *(Cryptocarya alba)* oriundo de Chile.

Las paredes tienen oídos, y los arbustos tienen ojos: una expresión formalista que se suele usar en la narrativa folklórica europea, haya o no haya paredes o arbustos en el cuento.

Adivinanzas en cadena. I, adaptada de Scott, página 239; II, traducción basada en la de Cadilla de Martínes, página 252; III, traducción del zapoteco por Langston Hughes en Covarrubias, páginas 346 y 347; IV, traducción basada en la de A. M. Espinosa 1916, página 516; V, adaptada de Bernard y Salinas 1989, página 103; VI, traducción basada en la del yucateco por Allan F. Burns, y de la adaptación al español por Pilar Abio Villarig y José C. Lisón Arcal en Burns, página 21.

El primero de estos cantitos se dice ser una adivinanza. El segundo, tercero y cuarto son rimas sin sentido que se usan en los juegos infantiles. El quinto se narra como un cuento, y el sexto se dice al final de un cuento para romper un hechizo.

85. El muerto habla, traducción basada en la de Pérez, páginas 94 y 95. Tema E235 La resurrección para castigar las indecencias hechas a los cadáveres.

Los folkloristas latinoamericanos llamarían este cuentito «un caso», el cual es un recuerdo que suele tratar de un encontronazo con lo supernatural, y que es narrado por alguien —como si fuera un evento verídico— que dice haber presenciado el evento, o que es narrado de segunda mano por alguien que «conoce» a la persona que lo presenció. Cuando se distancia del narrador original, suele volverse una «leyenda urbana» (véase número 29).

86. El hijo de la osa, adaptado de la traducción de Chapman, páginas 215–33.

Uno de los cuentos folklóricos hispanos más variados y populares, también es conocido como «Juan Oso». Esta cruda versión hondureña es extraña, ya que les da una orientación laboral a los elementos narrativos —liberándose así de los temas basados en la trama del aventurero que rescata a la princesa—, y debido a su conmovedor trasfondo sociológico, se vuelve una novela netamente americana que trata con la madurez del protagonista, creada casi totalmente de los materiales folklóricos del Viejo Mundo. Los elementos centrales se pueden recapitular así:

Tema B635,1 El hijo del oso (Bolivia; California, EE.UU.; Chile; Europa; Guatemala; Honduras; México; Nuevo México, EE.UU.; Puerto Rico).

Tema B600,2 El marido animal provee la comida que suelen comer los animales (véase el comentario del número 112, abajo).

Género AT 157 Aprender a temer a los hombres (Argentina; Cercano Oriente; Chile; Europa; Guatemala; Honduras; India; México; Nuevo México, EE.UU.; Puerto Rico).

Género AT 38 La garra en un árbol partido (Cercano Oriente; Europa; Guatemala; Honduras; India; México; Nuevo México, EE.UU, Puerto Rico).

Tema J1758 Confundir un tigre por mascota.

Género AT 326 El joven que quería conocer lo que es el temor (Bolivia; Chile; Cercano Oriente; Europa; Guatemala; Honduras; India; México; Nuevo México, EE.UU.; Puerto Rico; República Dominicana).

Guaruma: árbol grandioso de México y Mesoamérica, *Cecropia peltata,* con hojas parecidas a las hojas de las higueras.

87. La caridad, traducción basada en la de Chertudi, volumen I, número 54. Género AT 841 Un mendigo confía en Dios, y el otro en el rey (Argentina; Cercano Oriente; México; Europa; India).

88. Riquezas sin trabajar, traducción basada en la de Boas y Arreola, páginas 1–5. Género Robe 545G El ratón como ayudante (México).

Quizá sea una variante del cuento conocido del *Gato con botas* (Género AT 545 El gato como ayundante), el cual ha sido documentado muchas veces en México. Este es un ejemplo de la creatividad de la narración de los aborígenes americanos.

89. El que no te conozca que te compre, traducción basada en la de Recinos 1918a, número 5. Género AT 1529 El ladrón dice que lo convirtieron en caballo (Cercano Oriente; Chile; Europa; Guatemala; Honduras; México; Panamá). La variante hondureña se encuentra en Ortega.

Chiantla: un pueblo al norte de Huehuetenango, en territorio indígena.

Chus: apodo de Jesús.

Mazorca de maíz estudiosa: *Pascasio Taltusa,* lo cual significa «un estudiante de vacaciones, un hombre llamado mazorca de maíz»; en otras palabras, un intelectual rústico. Compare a los estudiantes que tratan de engañar al indio en otro cuento guatemalteco, número 42, y los apellidos similares dickensianos en otro cuento guatemalteco, número 40.

90. El rey de los ratones, traducción basada en la de Anibarro de Halushka, número 39. Género AT 555 El pescador y su mujer (Bolivia; Cercano Oriente; Cuba; Europa; Nuevo México, EE.UU.).

En este cuento bien conocido del pez agradecido, para que lo vuelvan a tirar al agua, le concede a la mujer del pescador todos sus deseos, hasta que desea ser una diosa. Sólo en las versiones bolivianas y cubanas son los deseos concedidos por un ratón. Con una moraleja desacostumbradamente fina el narrador boliviano relata un drama sicológico en miniatura.

91. Mariquita la fea y Mariquita la bonita, traducción basada en la de Hernández Suárez, páginas 264–69. Género AT 480 La hilandera en el manantial (Cercano Oriente; Cuba; Europa; India; México; Nuevo México, EE.UU.).

El contraste entre los amables y los poco agradables, entre los que tratan a los desconocidos con cortesía y los que les son descorteses, es uno de los temas centrales en estos cuentos folklóricos. En este cuento, estos temas forman la base de uno de los cuentos menos conocidos de la Cenicienta.

92. La cena del compadre, traducción basada en la de Andrade 1930, número 294. Género Hansen 1545** (Los anfitriones reacios) (Cuba; España; Puerto Rico; República Dominicana). La variante cubana se encuentra en Feijoo, volumen I, páginas 75 y 77.

Majarete: plato original de Cuba y la República Dominicana (un tipo de natilla hecha de harina, miel y otros ingredientes, que se sirve de postre).

93. El marranito, traducción basada en la de Rael, número 54. Género AT 1792 El cura mezquino y el puerco sacrificado (Europa; Nuevo México, EE.UU.).

94. Las dos hermanas, traducción basada en la de Mason 1924, número 10. Género AT 750F La bendición del viejo (Argentina; Puerto Rico).

95. El real de las ánimas, traducción basada en la de Andrade 1930, número 270. Género AT 1654 Los ladrones en el pabellón de la muerte (Cercano Oriente; Cuba; Ecuador; Europa; India; México; Nuevo México, EE.UU.; Panamá; República Dominicana).

Los velorios suelen llevarse a cabo en las casas. Pero en un comentario sobre la variante ecuatoriana de este cuento, Carvalho-Neto dice: «Era la costumbre en el pasado velar al difunto en la iglesia frente al altar mayor» (1994, páginas 11 y 12).

96. El compadre malo, traducción basada en la del cachiquel por Robert Redfield, en Redfield, páginas 243–51. Género AT Fernando, el de verdad, y Fernando, el de mentira (Cercano Oriente; Costa Rica; Europa; Guatemala; India; México; Nuevo México, EE.UU.), y género AT 554 Los animales agradecidos (Argentina; Cercano Oriente; Cuba; Europa; Guatemala; India; México; Nuevo México, EE.UU.; Puerto Rico).

Raramente nos enteramos de dónde proviene una versión en particular de un cuento, o cuál es la evaluación del narrador del mismo. Pero en este caso, el antropólogo Robert Redfield nos ofrece más información: «Cuento narrado por Francisco Sánchez, 18 de noviembre de 1940. Dijo que su amigo Antonio Pérez le dijo que el cuento ya se lo había contado su suegra. Francisco dijo que era una historia verídica, y varias veces trató de asegurarse que yo entendía el significado que tenía. No paraba de hablar de lo mal que se portó Mariano, ya que trató de prevenir que su compadre ganara dinero. "El comercio les pertenece a todos. Fue en pecado hacerle eso a su compadre". También habló del trasfondo maldito de la magia de Mariano. "Su poder no viene de Dios, sino del Diablo". Antes de terminar el cuento en cachiquel, me dijo la conclusión en español. Me quiso decir que a Mariano le iba a llegar su hora».

97. Las gallinas prietas, traducción tomada de Mason 1914, número 17. Género AT 1380 La esposa engañadora (Cercano Oriente; Europa; India; México).

Este cuento es bien conocido en el Viejo Mundo, pero se supone que sólo fue documentado en América en esta variante tepeaquesa de México. Se parece muchísimo a las versiones peninsulares, donde la esposa engañadora, queriendo cegar a su marido, le pide a las imágenes de San Antonio o a la de Cristo que la asistan. Su marido, hablándole desde atrás de la estatua, le aconseja que lo alimentara con jamón, chuletas y vino, y en otra versión, que le diera pollos negros y vino tinto. La versión hindú documentada en el *Panchatantra* es un poco diferente, pero aun así, se reconoce fácilmente: Había una mujer que se pasaba todo el tiempo haciendo galletitas, y se las daba en secreto a su amante con mantequilla y azúcar. El marido le preguntaba por qué ella las hacía, y ella le explicaba que se las ofrecía a una diosa regional. Cuando la mujer se fue a bañar, el marido la siguió y se escondió detrás de la imagen de la diosa. Cuando la oyó preguntarle a la estatua: «¿Qué le puedo dar a mi marido para que se quede ciego?», él le contestó: «¡Galletitas con mantequilla y azúcar!». La mujer regresó a su casa e hizo lo que le dijeron. El marido fingió estar ciego, y así aprovechó agarrarla con su amante, y les dio una fuerte paliza» (A. M. Espinosa, volumen I, números 33 y 34; volumen 2, páginas 160–62).

98. Con dos cabezas, traducción basada en la del texto pipil-alemán que se encuentra en Schultze Jena, páginas 23–26.

La esposa bruja, que sale de la casa por las noches, después de haberse arrancado la cabeza o la piel, es el tema de varios cuentos documentados en El

Salvador, México y Puerto Rico. El marido usa cenizas —y aún más, la sal— para prevenir que se vuelva a meter en su piel o que la cabeza se le vuelva a unir al cuerpo. Y en algunas versiones, la cabeza se la lleva un animal. Estos aspectos del cuento quizá sean de origen peninsular, aunque la folklorista Elsie Parsons cree que tienen influencias africanas. Las versiones salvadoreñas tienen un toque netamente aborigen, ya que el marido enviudado tiene muchísimos hijos, y de este cuento salen otros, formando así un ciclo mitológico en el cual las aventuras de los niños culminan con el origen del maíz.

Cuentos parecidos de esposas brujas que quizá sean de origen peninsular se encuentran en Hartmann páginas 144–46; Laughlin 1977, páginas 65 y 66; 72 y 73; 179–82; Mason 1926 (resumido en Hansen, páginas 82–85); Parsons 1936, página 364; Preuss 2000; Redfield y Villa Rojas, página 334; y J. E. S. Thompson, página 158. Más variantes están citadas en Laughlin 1977, página 66. Véase Dorson, página 246, para las versiones afroamericanas. Otros dos subgéneros del cuento de la esposa bruja están representados en los números 9 y 30 de este tomo.

Cabe señalar que los muchos hijos del viudo no son del tamaño normal del ser humano. Igual que los enanos de la lluvia aztecas y los dioses diminutos de la mitología zuñi, estos hijos son personas minúsculas. Y de hecho, la mitología completa (de la cual este cuento es sólo una pequeña parte) revela que los hijos del viudo son los «niños de la lluvia» traviesos que le dan el maíz al mundo (Schultze Jena).

99. El Miñique, traducción basada en la de Laval 1968, páginas 187–93. Género AT 700 Tomás el chiquitín (Cercano Oriente; Chile; Europa; India; Nuevo México, EE.UU.; Panamá; Puerto Rico; República Dominicana).

Este cuento se conoce por toda Europa —incluso en España— y fue documentado por primera vez en la literatura europea en *The History of Tom Thumbe* de R. Johnson (1621), y luego apareció como prosa, pero con autor anónimo, en *Tom Thumbe, His Life and Death,* también publicado en Inglaterra. En esta versión, una pareja casada desea tener un hijo, y con la ayuda de Merlín, les nace un niño del tamaño de un pulgar. Sus aventuras empiezan cuando se cae en un plato lleno de comida y se lo traga un mendigo. El niño sale como excremento, y lo rescata su madre, quien lo amarra a una hoja de higo. Una vaca se lo come, y otra vez sale como excremento. La madre lo limpia, y el niño se va a arar el campo. Ahí se lo traga un gigante. Sale como excremento al mar, y se lo traga un pez. Un pescador logra pescar el pez, Tom es rescatado y vive para siempre en la corte del rey Arturo.

Valdiviano: un estofado hecho de tasajo (plato chileno).

100. Rosalía, adaptado de J. E. S. Thompson, páginas 167–71. Género AT 313 La niña ayuda al héroe a huir (Argentina; Cercano Oriente; Chile; Cuba; Europa; India; M«xico; Nuevo México, EE.UU.; Panamá; Puerto Rico; República Dominicana; Venezuela).

El nombre «Rosalía» es un elemento inusual de esta versión yucateca. Tanto en España como en Latinoamérica, la heroína suele llamarse «Blancaflor». En la variante de este cuento que aparece en *El cuento de los cuentos* (noveno cuento del tercer día), el autor —Giambattista Basile— bautiza la heroína como «Rosella».

101. El jornalero va a trabajar, adaptado de Bernard y Salinas 1976, páginas 1–17.

En este cuento, la vida se describe como un viaje al infierno. Aunque el cuento hace eco de los temas folklóricos, no se puede clasificar con sólo un puñado de fórmulas. El dueño de la plantación —quien hace acto de presencia en muchos de estos cuentos hispanoindígenas— se ha vuelto el Diablo. La Virgen, en su papel de esposa sumisa, le manda comida al campo, ayudándolo así a cumplir con su penitencia. La mujer bruja prototípica —identificada por su transformación en mula— sencillamente se volvió la vecina, mientras que la prosaica moraleja folklórica articulada por la Virgen —«No siempre vayas a creer lo que la gente te dice»— queda enterrada debajo de la mayor realidad de miseria y aprietos.

Aunque no ha sido clasificado, está claro que este cuento tiene sus variantes. En un cuento parecido de los ixiles de Guatemala, un hombre pobre deja a su mujer en búsqueda de dinero, y es llevado al infierno. Ahí el patrón —identificado como *ladino*— lo manda a trabajar con una mula terca. El pobre golpea la mula, que resulta ser su propia comadre, sentenciada al infierno por haber pecado. Cuando el hombre regresa a su casa, se entera por su mujer que su comadre está en su propia casa, moreteada a causa de la heridas que él le provocó en el infierno (Colby y Colby 1981, páginas 188–94).

102. La mariposa nocturna, traducción basada en la de Arguedas y Carrillo, páginas 78 y 79.

La redención que se gana el marido desconsolado en el cuento anterior no le tocó a su homólogo en este cuento peruano típicamente violento. También en este caso, no hay ni género ni tema que se pueda usar para clasificarlo.

103. Se los tragó la tierra, traducción basada en la de Jijena Sánchez, número 30.

Al fin, un cuento menos serio y original, por lo menos según la tradición europea. Una variante de este cuento argentino ha sido documentada en el vecino Paraguay: una viuda adinerada le dice a su sobrina que le ponga todas sus joyas en el ataúd cuando muera. Después del entierro y un velorio divertido y bien concurrido, un cuatrero se cuela en el cementerio para robarse las joyas. Al arrebatar uno de los peines, sin querer, el cuatrero le hala el pelo a la mujer, y el cadáver abre los ojos. Aterrado, el ladrón trata de huir, pero su poncho se le engancha en el ataúd, y por lo tanto, el ladrón supone que el cadáver lo está tratando de agarrar. Cuando al fin logra huir, ya ha enloquecido, y el pelo se le ha vuelto blanco en canas (Carvalho-Neto 1961, página 195).

Epílogo: Los mitos del siglo XX

(Epígrafe): Hay que temerles a los espíritus, a los dioses, a los antepasados, pero no a los hombres vivos (Otero, página 233).

104. Por qué el tabaco crece cerca de las casas, traducción basada en la de Reichel-Dolmatoff 1951, página 60.

La Madre: según las creencias de los koguíes, ella es «la madre del mundo». Véase también el número 108.

105. El marido buitre, un conjunto extraído y basado en tres versiones traducidas del tzotzil por Robert Laughlin, tomado de Laughlin 1977, páginas 50 y 51; 246–51; 342 y 343.

Este cuento se conoce por todo México y Guatemala, sobre todo entre los mayas, pero también se conoce entre los nahuas, e incluso en el extremo norte entre los yaquíes del estado de Sonora, México, y de Arizona, EE.UU. (Laughlin 1977, página 51; Bierhorst 1990, páginas 119 y 217; Peñalosa 1996, páginas 87 y 88).

106. La esposa muerta, adaptado de Conzemius, páginas 159 y 160. Tema F81,1 Orfeo.

He aquí una variante de los misquitos nicaragüenses donde se encuentra el llamado mito de Orfeo de la América aborigen, el cual se conoce bien por todo el hemisferio (Hultkranz; Bierhorst 1990, página 119 y 217; Wilbert y Simoneau, página 565). La versión peruana, 2 / III «La novia que desapareció» —la cual tiene cuatrocientos años— se puede clasificar más fácilmente según el género general que presenta a un héroe violando una prohibición, y que por lo tanto, pierde a la mujer o a la novia que trató de rescatar del infierno, como es el caso en el mito heleno de Orfeo y Eurídice. Según los folkloristas, el paralelo entre el Viejo y Nuevo Mundo es pura coincidencia.

Si hubiera un índice de temas totalmente acorde con la América aborigen, podría incluir los siguientes factores típicos de la tradición indígena mexicana y mesoamericana: Los espíritus de los difuntos como polillas o mariposas; El perro como capitán de transbordador que va al más allá; El árbol lleno de senos que les da de mamar a los niños pequeños en el más allá (Bierhorst 1991, páginas 155 y 156). Los primeros dos se parecen a los temas E734,1 El alma en forma de mariposa (Asia; Europa), y el A673 El perro del infierno (Cercano Oriente; Europa; India) de Stith Thompson. Aun así, los cuentos en los cuales aparecen estos temas —incluso «La esposa muerta» de los misquitos— apuntan a un origen independiente.

107. Romi Kumu hace el mundo, Hugh-Jones, página 265. Temas A1010 El diluvio, y A1030 El mundo ardiente.

Aunque se conoce por toda la América, la idea de un mundo ardiente suele ser más común en la mitología suramericana. La revuelta de las cazuelas, de la cual se habla en la nota introductoria, página 343, es característica de los aborígenes americanos, y aquí aparece en el cuarto párrafo del cuento.

Pirá-Paraná: río de la Amazonia colombiana.

108. Ella era recuerdo y memoria, traducción basada en la de Reichel-Dolmatoff 1951, página 9.

Hay nueve mundos primordiales, uno encima del otro. La Madre reside en el primero y más inferior, y la vida humana sucesivamente se va formando entre el segundo y el noveno (Reichel-Dolmatoff 1951, páginas 9–18, y 60).

109. ¿Sería una ilusión?, traducción basada en el texto huitoto-alemán en K. T. Preuss 1921, páginas 166 y 167.

¿Acaso él no tenía bastón?: cabe señalar que en el mito que le sigue, el número 110, el Creador tiene un «bastón de poderío».

Iseíke: un adhesivo misterioso descrito por uno de los informantes de Preuss como algo «parecido al humo de tabaco, como copetes de algodón».

110. El principio de la vida de un colibrí, traducción basada en el texto mbyá guaraní–español en Cadogan, páginas 13–15.

Este cuento es el primero en un ciclo de mitos de la creación conocidos por el título general *ayvu rapyta* (el inicio del lenguaje humano). La manera en que Cadogan pudo documentar estos cuentos es llamativa, ya que por varios años sólo fue expuesto a la tradición exotérica de los mbyás, y no tenía ni idea de que existía una tradición más amplia y secreta. Sin embargo, su relación con la tribu cambió luego de que pudo lograr la excarcelación de un destacado miembro de la misma que había sido acusado de asesinato y encarcelado por las autoridades paraguayas. Cuando el cacique llegó a la ciudad de Villarrica para recibir al reo, el hombre liberado se viró hacia él y le preguntó si en alguna ocasión le había hablado a Cadogan del *ayvu rapyta*. El cacique le dijo que no. Entonces fue que el hombre liberado le planteó a éste que a Cadogan se le considerara como «nuestro verdadero compatriota, miembro genuino del asiento de nuestros fogones», y luego de pronunciarse este dictamen, Cadogan se entrevistó con los mayores que más sabían, incluyendo al hombre liberado y al mismo cacique, quien le relató los mitos a Cadogan (Cadogan, páginas 9–11).

Ñamanduí: otro nombre del Primer Padre.

Colibrí: lo mismo que el Primer Padre.

El tiempo-espacio primario: el invierno.

El nuevo espacio en el tiempo: la primavera.

111. El cuento de la ibis, traducción basada en el texto alemán en Gusinde, páginas 1232 y 1233 (con la asistencia de la versión en inglés en Wilbert, páginas 23–26).

Este es un cuento inusual que sólo se narra entre los yamanes de la Tierra del Fuego, y en más ningún lugar. La trama subyacente de este cuento es típica de los aborígenes, ya que deja entender que los cataclismos de la época formativa pueden regresar. Por eso tiene razón que «manden a callar a los niños pequeños» cuando la mujer ibis se aparece.

112. El cóndor busca una esposa, traducción basada en la de M. R. Paredes, páginas 65–67. Tema B600,2 El marido animal provee la comida que suelen comer los animales.

La escena realista y desagradable de la colonia de cóndores, con la alimentación diaria de carroña, identifica este cuento como un mito típico de los aborígenes americanos, ya que se concentra en las distinciones sutiles entre la naturaleza y la cultura. Su tono sentimental y la mención de las ovejas puede que sean añadiduras modernas. Thompson usa el tema clave, B600,2, sólo para clasificar cuentos provenientes de Groenlandia y del Canadá, y Wilbert y Simoneau lo usan para clasificar los cuentos argentinos, colombianos y paraguayos. Se pudiera añadir muchas otras regiones del Nuevo Mundo, incluyendo Honduras (véase «El hijo de la osa», número 86). También compare el uso parecido de la alimentación en «El marido buitre», número 105.

113. El hijo del sacerdote se hace águila, traducción basada en la del zuñi por Ruth Benedict, en Benedict, volumen I, páginas 179–82. El renglón que lee: «La hermana que le llevaba más edad a la muchacha», sigue las indicaciones de Benedict.

El uso compulsivo del número «4», lo cual es típico en la narración de los cuentos aborígenes del norte de México, contrasta con el número obligatorio «3» de la tradición europea. Por lo tanto, eran cuatro las pretendientes. Cabe señalar que las muchachas suben y bajan la escalera. Esto era necesario hacerlo ya que a las casas de los indios pueblos se entraba por los techos. La visita es recibida con la expresión habitual «¿Vienes, sí o no?», lo que más o menos es parecido a «bienvenido». Benedict dice que en este cuento se enfatiza, de forma extrema, cuánto desconfían los zuñíes de las locuciones indiscretas. En la época en que se documentó este cuento, Benedict estaba en el proceso de recopilar un índice de la mitología de los aborígenes del suroeste estadounidense (el cual nunca terminó), que hubiera incluido el género «Solicitar la muerte por llamar a los apaches». Cabe señalar que el «sacerdote» es un oficiante de la religión aborigen, y no un cura católico.

Todo esto se lleva a cabo en Hawiku, un pueblo abandonado hace mucho tiempo, que queda a diecinueve kiómetros en dirección suroeste de un pueblo contemporáneo zuñí. Fue en Hawiku que el conquistador Francisco Vázquez de Coronado se topó con los guerreros zuñíes en el año 1540.

114. La rebelión de los utensilios, traducción basado en el texto alemán en Hissink y Hahn, número 230.

La trama de este cuento se repite en la mitología de los aborígenes americanos. Suele llevarse a cabo durante la Creación, sobre todo como parte del diluvio universal, tal como en el número 107. En este cuento, el narrador tacana se está divirtiendo con un viejo cuento conocido. En otra versión tacana —un poco más espeluznante— se dice que todos los utensilios principiaron su tumulto aproximadamente cuando sucedió un eclipse lunar. Cuando la luna volvió a salir, cayeron como muertos. Al estilo de la antigüedad, hay un tercer cuento tacana que dice que los utensilios se rebelaron en contra de la gente durante un eclipse solar. Pero aún más característicamente, otro mito tacana dice: «Antes que el gran diluvio inundara y destruyera la tierra, las cazuelas, los ralladores, las armas y otros utensilios se rebelaron en contra de la gente y la devoraron» (Hissink y Hahn, números 4, 39 y 40). Véase la nota introductoria, página 343.

115. El principio de la muerte permanente, traducción basado en el texto shuar-español en Pellizzaro, páginas 86–92.

El narrador, Píkiur, es un hombre de cincuenta y ocho años de edad que sólo habla la lengua shuar.

▼▲▼▲▼▲▼▲▼▲▼▲▼▲▼▲▼

DIRECTORIO DE LOS
GÉNEROS DE LOS CUENTOS
Y DE TEMAS SELECTOS

Este directorio, o lista, de los géneros de los cuentos le brinda al folklorista un resumen breve del contenido de este tomo que tiene más sentido que el mismo índice general. Aquel que no sea folklorista, pero que sí tiene algún conocimiento de los cuentos folklóricos, reconocerá algunos de los géneros sólo por medio de sus muletillas: la Cenicienta, los difuntos felices, el niñito y el conejo, y Tomás el chiquitín, entre muchos otros. Con el pasar de los años, el orden de los números de géneros establecido en 1910 por el folklorista Antti Aarne se ha vuelto el modelo a seguir. Nadie ha tratado de cambiarlo, aunque muchos han contribuido a este sistema —entre ellos Thompson, Boggs, Hansen, Robe y Peñaloso (cuyas obras aparecen en la bibliografía de este tomo)— con sólo añadirles letras o asteriscos a los números básicos. Por lo tanto, este orden es a la vez inmutable, y hasta cierto punto, flexible. Para el latinoamericanista, su principal restricción —la «camisa de fuerza» euro-hindú— es su mejor ventaja, ya que brinda una forma útil de distinguir lo importado de lo aborigen. Cabe señalar que los cuentos de puro origen indígena no tienen números de géneros aceptados por todos.

El «género» es la forma más o menos compleja del «tema». Por lo tanto, la repetición de un «género» es un fuerte indicio de algo prestado en lugar de ser una innovación independiente.

Algunos cuentos, incluso aquellos que provienen de la tradición del Viejo Mundo, son lo suficientemente originales para no caber dentro de la lista de géneros. Sin embargo, la mayoría de éstos tienen uno o más temas que pueden ser convenientemente citados, aunque dicha identificación no es ninguna garantía de haberse originado en el Viejo Mundo. El patrón *tema-índice* de Stith Thompson, al contrario del orden cuento-género, incorpora algo de las referencias indígenas.

En las siguientes listas, los números que le corresponden a los cuentos se encuentran entre paréntesis. Todos los géneros han sido notados lo más posible. Sin embargo, los temas sólo están notados para aquellos cuentos —o extractos de los mismos— para los cuales no se les puede atribuir un género (aun así, si se repiten los temas que aparecen en la lista en los cuentos a los cuales se les atribuyen, aparecerán los números de aquellos que aquí se presentan junto a los números de los cuentos para los cuales no se les atribuye ningún género). La abreviatura «AT» significa Aarne y Thompson.

LOS GÉNEROS

Los cuentos de animales

AT 34 El lobo se tira en el agua para agarrar un queso reflejado (37)

AT 38 La garra en un árbol partido (86)

AT 155 La serpiente malagradecida regresa al cautiverio (53)

AT 157 Aprender a temer a los hombres (86)

AT 175 El niñito y el conejo (82)

Los cuentos folklóricos corrientes

AT 300 El asesino de dragones (77)

AT 301A La búsqueda de una princesa perdida (52)

AT 310 La doncella en la torre (20)

AT 313 La niña ayuda al héroe a huir (Blancaflor) (100)

AT 326 El joven que quería conocer lo que es el temor (86)

AT 327 Los niños y el ogro (17)

AT 330 El herrador fue más listo que el Diablo (16, 18/IV)

AT 330D El señor Miseria (16)

AT 332 El padrino Muerte (14)

AT 332B La muerte y la suerte (44)

AT 403 La novia blanca y negra (7)

AT 425A Un Cupido y una Psique (54)

AT 432 El príncipe como ave (84)

AT 462 Las reinas desterradas y la reina cruel (46)

AT 470 Amigos en la vida y en la muerte (19)

AT 480 La hilandera en el manantial (91)

AT 505 Los difuntos felices (21)

AT 510 La Cenicienta (35)

AT 510A La Cenicienta (28, 77)

AT 510B El vestido hecho de oro, plata y de estrellas (11)

AT 530 La princesa en la montaña de vidrio (12)

AT 531 Fernando, el de verdad, y Fernando, el de mentira (96)

Robe 545G El ratón como ayudante (88)

AT 551 Los hijos en la búsqueda de un remedio maravilloso para su padre (21)

AT 554 Los animales agradecidos (96)

AT 555 El pescador y su mujer (90)

Robe 559 El escarabajo (24)

AT 556 Los tres objetos mágicos y las frutas maravillosas (80)

AT 612 Las tres hojas de serpiente (10)

AT 613 Los dos viajantes (15)

Hansen 613 (El héroe oyó secretos por casualidad y cura enfermedades) (15)

AT 621 La piel del piojo (41)

AT 653A La cosa más rara del mundo (79)

AT 700 Tomás el chiquitín (99)

AT 707 Los tres hijos dorados (32)

Hansen 784H (La esposa bruja que va al cementerio, y convierte en perro a su marido que le espiaba) (30)

AT 750F La bendición del viejo (94)

AT 752C* El sembrador descortés (60)

AT 756A Las tres ramitas verdes (49)

AT 756B El contrato con el Demonio

AT 759 La voluntad de Dios es justificada (8, 27)

AT 780 La lililón (81)

AT 841 Un mendigo confía en Dios, y el otro en el rey (87)

AT 851 La princesa que no puede solucionar la adivinanza (74)

AT 879 La doncella de albahaca (43)

AT 883A La doncella inocente calumniada (25)

AT 891 El hombre que abandona a su mujer, y que la hace darle a luz a un hijo (34)

AT 910B Los buenos consejos del sirviente (45)

AT 923 El amor es como la sal (35)

Hansen 930B (La hija del noble y el hijo del vendedor de carbón) (50)

AT 945 La suerte y la inteligencia (6)

AT 981 La sabiduría de un viejo oculto salva el reino (47)

AT 1004 Los cerdos en el fango (18/II)

Los chistes y las anécdotas

Robe 1341E (El dinero en el ataúd) (75)

AT 1354 La muerte le toca a la pareja anciana (22)

AT 1364 La mujer del hermano consanguíneo (26)

AT 1380 La esposa engañadora (97)

AT 1381B La lluvia de los embutidos (75)

AT 1415 Hans el dichoso (13)

AT 1418 El juramento equívoco (33)

AT 1529 El ladrón dice que lo convirtieron en caballo (89)

AT 1530 Aguantar la piedra (37)

AT 1536B Los tres hermanos jorobados se ahogan (28)

AT 1540 El alumno llegado del Paraíso (18/I)

Hansen 1545** (Los anfitriones reacios) (92)

AT 1626 Pan de sueños (42)

AT 1641 El doctor Sabelotodo (76)

AT 1654 Los ladrones en el pabellón de la muerte (95)

Hansen 1704** (El bobo como cuidaniños) (83)

AT 1737 El cura va al cielo en una bolsa (18/III)

AT 1792 El cura mezquino y el puerco sacrificado (93)

Boggs 1940E (El perro de la viuda llamado Mundo) (31)

LOS TEMAS SELECTOS

Los temas mitológicos

A673 El perro del infierno (106)

A1010 El diluvio (3, 61, 107, 111)

A1030 El mundo ardiente (107)

A1650,1 Todos los hijos de Eva (58)

Los animales

B401 El caballo que ayuda mucho (12)

B411 La vaca que ayuda mucho (51)

B600,2 El marido animal provee la comida que suelen comer los animales (86, 112)

B635,1 El hijo del oso (86)

El tabú

C12 El Diablo se aparece inesperadamente después de ser invocado (48)

La magia

D1234 La guitarra mágica (12)

D1505,8,1 La sangre de las heridas de Cristo restaura la vista (71)

Los difuntos

E30 La resucitación por medio de un arreglo de los miembros (51)

E235 La resurrección para castigar las indecencias hechas a los cadáveres (85)

E734,1 El alma en forma de mariposa (106)

E751,1 Pesar las almas en el Juicio Final (56)

Las maravillas

F81,1 Orfeo (106)

F251,4 Gente subterránea descendiente de los hijos que Eva le ocultó a Dios (58)

F841 El bote extraordinario (51)

Los ogros

G211 La bruja en forma de animal (9, 80, 84)

G211,1,2 La bruja en forma de caballo (30, cfr. 101)

G266 Las brujas roban (9)

G271,2,2 Las brujas despojadas con agua bendita (9)

G271,4,5 Romper un hechizo por golpear a la persona u objeto hechizado (9)

Las pruebas

H71,1 Una estrella en la frente como señal de nobleza (64)

H121 La identificación por medio de una copa (28)

H602,1,1 El significado simbólico de los números del uno hasta (…) el doce (23)

H109,1 Tarea: separar los granos buenos de los malos; labor realizada por hormigas que ayudan mucho (28, 96)

H1091,2 Tarea: separar los granos buenos de los malos; labor realizada por pájaros que ayudan mucho (28)

H1125 Tarea: andar con zapatos de hierro hasta que se gasten (84)

H1226,4 La búsqueda de una bola de hilo que rodaba que se convierte en una exploración (5)

Los sabios y los tontos

J1185,1 Scheherazade (4)

J1758 Confundir un tigre por mascota (86)

J2461,1 Seguir detalladamente las indicaciones de cómo hacer algo (39)

Los engaños

K841 El substituto por una ejecución lograda por el engaño (37)

El contratiempo

L31 El compasivo hijo menor (12, 21)

Disponer del futuro

M21 El fallo del rey Lear (35)

La suerte y el destino

N452 Enterarse por casualidad de un remedio secreto que discutían los animales (12, 15, 84, cfr. 80)

N512 El tesoro en un cuarto subterráneo (5, 51)

N531 El tesoro descubierto por medio de un sueño (5)

N813 El genio que ayuda mucho (5)

Los premios y castigos

Q2 El amable y el poco amable (12, 21, 28, 60, 91, 94)

La crueldad infrahumana

Los rasgos de la personalidad

▼▲▼▲▼▲▼▲▼▲▼▲▼▲▼

GLOSARIO DE
CULTURAS INDÍGENAS

Las cifras de poblaciones —las cuales sólo son estimados muy generales— provienen de diferentes fuentes, sobre todo del Instituto Summer de Lingüística.

Aimara. *También* **aymara.** Grupo étnico más numeroso del altiplano de la cordillera de los Andes. En la actualidad viven más de 3.000.000 en el noroeste de Bolivia, en el sur del Perú y en el norte de Chile. Cabe señalar que aparte del español y el quechua, el aimara es lengua oficial de Bolivia.

Azteca. *Véase* **nahua.**

Barasana. Una pequeña tribu amazónica del sureste de Colombia que cuenta con menos de 500 miembros.

Cagaba. *Véase* **kogui.**

Cakchiquel. Uno de los grupos mayas de los altiplanos al oeste de Ciudad Guatemala. Ascienden a más de 600.000 personas.

Cashinahua. *También* **cashinawa.** Tribu selvática con unos 2.000 miembros en la región fronteriza peruano-brasileña, pero en su mayoría, residen en territorio del Perú.

Cora. Tribu yuto-azteca de unas 15.000 personas de la Sierra Madre Occidental del estado de Nayarit, México.

Guaraní. Junto al español, lengua oficial del Paraguay. Lo hablan casi 5.000.000 de habitantes de ese país (el 95 por ciento de la población), y centenares de miles de aborígenes que viven en las regiones aledañas en la Argentina.

Huitoto. *También* **witoto.** Tribu amazónica de 2.000 personas de la región suroriental de Colombia. Otros 1.000 viven en el vecino Perú.

Inca. Una pequeña tribu que conquistó el Valle del Cuzco en el altiplano suroriental del Perú, y que luego se convirtió en la clase gobernante de un vasto imperio. El rey, o emperador, se conocía como «El Inca». *Véase también* **quechua.**

Isleta. Uno de los pueblos del río Bravo, en la región norteña del estado de Nuevo México, EE.UU., que asciende a una población de unas 2.500 personas.

Jíbaro. *Véase* **shuar.**

Kekchí. Un grupo maya que cuenta con 300.000 personas en la región oriental de Guatemala, y unas 9.000 en Belice.

Kogui. *También* **kogi** o **cagaba.** Pueblo chibcha de la Sierra Nevada de Santa Marta, en la región nororiental de Colombia. Se cree que su población oscila entre las 4.000 a 6.000 personas.

Lenca. Etnia hondureña de 50.000 personas. En la actualidad, casi todos hablan español, y quedan muy pocos que hablen su lengua.

Maya. *Véase* **yucateco.**

Maya (lengua). *También* **mayense.** Familia lingüística del sur de México y de Guatemala, la cual incluye el cakchiquel, kekchí, quiché, tzotzil y el yucateco, entre muchos otros.

Mazateco. Pueblo del estado de Oaxaca, México, de los cuales 30.000 personas aún hablan su lengua.

Mbyá guaraní. Pueblo del Paraguay oriental, de los cuales 7.000 personas aún hablan su lengua aborigen, aparte de otros 5.000 que viven en las regiones aledañas en el Brasil.

Misquito. *También* **mískito** o **mesquito.** Principal grupo aborigen de Nicaragua, su población asciende a 150.000 personas.

Mixe. Un pueblo de la región nororiental del estado de Oaxaca, México. Su población asciende a 30.000 personas.

Nahua. Un término que en la actualidad utilizan los especialistas para denominar a los pueblos que han hablado el náhuatl en el pasado —incluso los aztecas precolombinos—, y que lo hablan en el actual en México. Hoy en día hay más de 1.000.000 de personas que hablan el náhuatl, sobre todo en la región central de ese país.

Otomí. Grupo del centro de México que asciende a 400.000 personas. También se denominan **ñähñu.**

Pipil. Etnia que cuenta con 200.000 personas en El Salvador, relacionada a los nahuas mexicanos. La mayoría ahora habla español.

Popoluca. Pueblo de la región suroriental del estado de Veracruz, México, que asciende a 50.000 personas.

Quechua. Idioma de los incas del Cuzco, y originalmente impuesto sobre los demás aborígenes del altiplano andino. Actualmente se habla por todo lo largo de la sierra peruana. También se habla en Bolivia y en la Argentina. Cabe señalar que en el Perú, y junto al español, el quechua es lengua oficial, y que en Bolivia también lo es, junto al español y el aimara. *Véase también* **quichua.**

Quiché. Grupo maya de la sierra guatemalteca que consiste de 600.000 personas.

Quichua. Variación ecuatoriana del quechua. Es hablado por cuatro millones de personas en ese país.

Shuar. Antes conocido como los jíbaros, es un grupo aborigen que cuenta con más de 30.000 personas en el oriente del Ecuador.

Tacana. Tribu selvática de las laderas orientales de los andes bolivianos que cuenta con 3.500 personas.

Tepeaqués. Etnia de la Sierra Madre Occidental del estado de Jalisco, México. En tiempos pasados hablaban una lengua yuto-azteca, pero actualmente sólo hablan español.

Tzotzil. Grupo maya del estado de Chiapas, México. Su número asciende a los 300.000.

Witoto. *Véase* **huitoto.**

Yagán. *Véase* **yamana.**

Yamana. *También* **Yagán.** Pequeño grupo aborigen de la Tierra del Fuego. Su cultura ha dejado de existir.

Yucateco. *También* **maya.** El pueblo maya de la península del Yucatán. Su población asciende a 1.000.000 de personas.

Zapoteco. Grupo de pueblos con lazos étnicos muy estrechos del estado de Oaxaca, México, cuya población asciende a las 600.000 personas.

Zuñi. Grupo perteneciente a los pueblos aborígenes del oeste del estado de Nuevo México, EE.UU. Cuenta con 10.000 personas.

▼▲▼▲▼▲▼▲▼▲▼▲▼▲▼

BIBLIOGRAFÍA

Las fuentes de los cuentos están señaladas con asteriscos y seguidas por los números (en paréntesis) que les corresponden en este tomo.

Aarne, Antti, y Stith Thompson. 1973. *The Types of the Folktale: A Classification and Bibliography*. Folklore Fellows Communications, número 184. Helsinki, Finlandia: Suomalainen Tiedeakatemia.

Abrahams, Roger D. 1999. *African American Folktales: Stories from Black Traditions in the New World*. Nueva York, Nueva York, EE.UU.: Pantheon Books.

Abreu, J. Capistrano de. 1914. *Rã-txa hu-ni-ku-ĩ: a língua dos caxinauás*. Río de Janeiro, Brasil: Luezinger.

*Andrade, Manuel J. 1930. *Folk-Lore from the Dominican Republic*. Nueva York, Nueva York, EE.UU.: American Folklore Society. (6, 14, 92, 95).

———. 1977. «Yucatec Maya Stories». Microfilm Collection of Manuscripts on Cultural Anthropology, número 262. Biblioteca Joseph Regenstein de la Universidad de Chicago, Illinois, EE.UU.

Anglería, Pedro Mártir de. 1964–65. *Décadas del Nuevo Mundo*. 2 volúmenes. México, D.F., México: José Porrúa e Hijos.

*Anibarro de Halushka, Delina. 1976. *La tradición oral en Bolivia*. La Paz, Bolivia: Instituto Boliviano de Cultura. (19, 90).

Arguedas, José María. 1969. *El sueño del pongo: cuentos quechuas / canciones quechuas tradicionales*. Santiago, Chile: Editorial Universitaria.

*Arguedas, José María, y Francisco Carrillo. 1967. *Poesía y prosa quechua*. Lima, Perú: Biblioteca Universitaria (36, 102).

Bendezú Aybar, Edmundo. 1980. *Literatura quechua*. Caracas, Venezuela: Biblioteca Ayacucho.

*Benedict, Ruth. 1935. *Zuni Mythology*. 2 volúmenes. Nueva York, Nueva York, EE.UU.: Columbia University Press. (113).

*Bernard, H. Russell, y Jesús Salinas Pedraza. 1976. *Otomí Parables, Folktales, *and Jokes*. International Journal of American Linguistics, Native American Texts Series, volumen I, número 2. Chicago, Illinois, EE.UU.: University of Chicago Press. (101).

————. 1989. *Native Ethnography: A Mexican Indian Describes His Culture*. Newbury Park, California, EE.UU.: Sage.

*Bierhorst, John. 1985a. *Cantares Mexicanos: Songs of the Aztecs*. Stanford, California, EE.UU.: Stanford University Press. (3).

————. 1985b. *A Náhuatl-English Dictionary and Concordance to the* Cantares Mexicanos *with an Analytic Transcription and Grammatical Notes*. Stanford, California, EE.UU.: Stanford University Press.

————. 1988. *The Mythology of South America*. Nueva York, Nueva York, EE.UU.: William Morrow.

————. 1990. *The Mythology of Mexico and Central America*. Nueva York, Nueva York, EE.UU.: William Morrow.

————. 1992. *History and Mythology of the Aztecs: The Codex Chimalpopoca*. Tucson, Arizona, EE.UU.: University of Arizona Press.

*Boas, Franz, y José María Arreola. 1920. «Cuentos en mexicano de Milpa Alta, D.F.». *Journal of American Folklore* 33: 1–24. (88).

Boggs, Ralph S[teele]. 1930. *Index of Spanish Folktales*. Folklore Fellows Communications, número 90. Helsinki, Finlandia: Suomalainen Tiedeakatemia.

Boggs, Ralph Steele. 1937. «Spanish Folklore from Tampa, Florida» («I. Background», y «II. Riddles»). *Southern Florida Quarterly* I, número 3 (septiembre): 1–12.

*————. 1938. «Spanish Folklore from Tampa, Florida: (número V) Folktales». *Southern Florida Quarterly* 2, número 2 (junio): 87–106. (47).

Briggs, Charles L. *Véase* Brown y col.

Brotherson, Gordon. *Véase* Kutscher y col.

Brown, Lorin W., Charles L. Briggs, y Marta Weigle. 1978. *Hispano Folklife of New Mexico*. Albuquerque, Nuevo México, EE.UU.: University of New Mexico Press.

Brunvand, Jan Harold. 1986. *The Study of American Folklore*. Nueva York, Nueva York, EE.UU.: Norton.

Burns, Allan F. 1995. *Una época de milagros: literatura oral del maya yucateco*. Mérida: Ediciones de la Universidad Autónoma del Yucatán.

Cadilla de Martínez, María. 1933. *La poesía popular en Puerto Rico*. Madrid, España: Universidad Complutense.

*Cadogan, León. 1959. *Ayvu rapyta.* Universidade de São Paulo, Faculdade de Filosofia, Ciências e Letras. Boletim 227, Antropologia 5. São Paulo, Brasil. (110).

Calvino, Italo. 1981. *Italian Folktales.* Traducción de George Martin. Nueva York, Nueva York, EE.UU.: Pantheon Books.

Campa, Arthur L. 1979. *Hispanic Culture in the Southwest.* Norman, Oklahoma, EE.UU.: University of Oklahoma Press.

Carrasquilla, Tomás. *Cuentos de Tejas Arriba (Folklore antioqueño).* Medellín, Colombia: Editorial Atlántida, 1936.

Carvalho-Neto, Paulo. 1961. *Folklore del Paraguay.* Quito, Ecuador: Editorial Universitaria.

————. 1969. *History of Iberoamerican Folklore: Mestizo Culture.* Oosterhout, Países Bajos: Anthropological Publications.

*————. 1994. *Cuentos Folklóricos del Ecuador (sierra y costa).* Quito, Ecuador: Abya-Yala. (4, 49).

*Chapman, Anne. 1985. *Los hijos del copal y la candela: ritos agrarios y tradición oral de los lencas de Honduras.* México, D.F., México: Universidad Nacional Autónoma de México. (86).

*Chertudi, Susana. 1960, 1964. *Cuentos folklóricos de la Argentina.* 2 volúmenes («primera serie» y «segunda serie»). Buenos Aires, Argentina: Instituto Nacional de Antropología. (18/IV, 28, 31, 87).

Cobo, Bernabé. 1979. *History of the Inca Empire.* Traducción de Roland Hamilton. Austin, Texas, EE.UU.: University of Texas Press.

Coe, Michael D. 1978. *The Maya Scribe and His World.* Nueva York, Nueva York, EE.UU.: Grolier Club.

Colby, Benjamin N., y Lore M. Colby. 1981. *The Daykeeper: The Life and Discourse of an Ixil Diviner.* Cambridge, Massachusetts, EE.UU.: Harvard University Press.

*Conzemius, Eduard. 1932. *Ethnographical Survey of the Miskito and Sumu Indians of Honduras and Nicaragua.* Washington, D.C.: EE.UU.: Bureau of American Ethnology, Bulletin 106. (106).

Coolidge, Dane, y Mary Roberts Coolidge. 1971. *The Last of the Seris.* Glorieta, Nuevo México, EE.UU.: Rio Grande Press. Publicado por primera vez en 1939.

*Corona, Pascuala. 1945. *Cuentos mexicanos.* México, D.F., México (7).

Covarrubias, Miguel. 1967. *Mexico South: The Isthmus of Tehuantepec.* Nueva York, Nueva York, EE.UU.: Alfred A. Knopf.

Dähnhardt, Oskar. 1909. *Natursagen: Eine Sammlung naturdeutender Sagen, Märchen, Fabeln, und Legenden.* Volumen 2: *Sagen zum Neuen Testament.* Leipzig y Berlín, Alemania: B. G. Teubner.

Dary Fuentes, Claudia, y Aracely Esquivel. 1985. «Una muestra de la tradición oral del caserío "El Soyate", municipio de Oratorio, Santa Rosa, Guatemala». *Tradiciones de Guatemala: Revista del Centro de Estudios Folklóricos,* numeros 23–4: 83–124. Universidad de San Carlos de Guatemala.

Díaz del Castillo, Bernal. 1976. *Historia verdadera de la conquista de la Nueva España.* México, D.F., México: Editorial Porrúa.

Dorson, Richard M. 1967. *American Negro Folktales.* Greenwich, Connecticut, EE.UU.: Fawcett.

*Durán, Diego. 1967. *Historia de las Indias de Nueva España e islas de la tierra firme.* Editado por Àngel M. Garibay K. Volumen 2: Historia. México, D.F., México: Editorial Porrúa. (1/I, 1/II, 1/IV).

*Espinosa, Aurelio M. 1911. «New-Mexican Spanish Folk-Lore, III. Folk-Tales». *Journal of American Folklore* 24: 397–444. (45).

———. 1916. «New-Mexican Spanish Folk-Lore, X. Children's Games». *Journal of American Folklore* 29: 505–35.

*———. 1936. «Pueblo Indian Folk Tales». *Journal of American Folklore* 49: 69–133. (58, 66).

———. 1946–47. *Cuentos populares españoles.* 3 volúmenes. Madrid, España: Consejo Superior de Investigaciones Científicas / Instituto Antonio de Nebrija de Filología.

———. 1985. *The Folklore of Spain in the American Southwest: Traditional Spanish Folk Literature in Northern New Mexico and Southern Colorado.* Editado por J. Manuel Espinosa. Norman, Oklahoma, EE.UU.: University of Oklahoma Press.

*Espinosa, José Manuel. 1937. *Spanish Folk-Tales from New Mexico.* Nueva York, Nueva York, EE.UU.: American Folklore Society. (23, 25, 52).

*Feijoo, Samuel. 1960, 1962. *Cuentos populares cubanos.* 2 volúmenes. Santa Clara, Las Villas y La Habana, Cuba: Universidad Central de Las Villas / Ucar García (volumen 1), Imprenta Nacional (volumen 2). (8, 22).

*Foster, George M. 1945. *Sierra Popoluca: Folklore and Beliefs.* University of California Publications in American Archeology and Ethnology, volumen 42, número 2. Berkeley, California, EE.UU. (57, 82).

Fox, Hugh, editor. 1978. *First Fire: Central and South American Indian Poetry.* Garden City, Nueva York, Nueva York, EE.UU.: Anchor Books / Doubleday.

García Sáez, Valentín. 1957. *Leyendas y supersticiones del Uruguay.* Montevideo, Uruguay.

*Gordon, G. B. 1915. «Guatemala Myths». *Museum Journal* 6: 103–44. (38).

Grimm's Fairy Tales. 1944. Nueva York, Nueva York, EE.UU.: Pantheon Books.

*Gusinde, Martin. 1937. *Die Yamana (Die Feuerland-Indianer,* volumen 2). Mödling bei Wien, Austria (111).

Hansen, Terrence Leslie. 1957. *The Types of the Folktales in Cuba, Puerto Rico, the Dominican Republic, and Spanish South America.* Berkeley, California, EE.UU.: University of California Press.

Hartman, C. V. 1907. «Mythology of the Aztecs of Salvador». *Journal of American Folklore* 20: 143–7.

*Hernández Suárez, Dolores. 1929. «Cuentos recogidos en Camagüey». *Archivos del folklore cubano* 4: 251–69. Se volvió a publicar con un cambio en el apellido materno de la autora, Dolores Hernández Ruiz, pero con el mismo título, *Archivos del folklore cubano* 5 (1930): 61–70. (50, 91).

*Hissink, Karin, y Albert Hahn. 1961. *Die Tacana,* volumen I: *Erzählungsgut.* Stuttgart, Alemania: W. Kohlhammer. (114).

Horcasitas, Fernando. 1988. «An Analysis of the Deluge Myth in Mesoamerica». En *The Flood Myth,* editado por Alan Dundes, 183–219. Berkeley, California, EE.UU.: University of California Press.

*Howard-Malverde, Rosaleen. 1981. *Dioses y diablos: tradición oral de Cañar, Ecuador / Amerindia: Revue d'ethnolinguistique amérindienne,* número especial I. París: A. E. A. / Universidad de París VIII, Centro de Investigaciones. (63, 67).

*Hugh-Jones, Stephen. 1979. *The Palm and the Pleiades: Initiation and Cosmology in Northwest Amazonia.* Cambridge, Inglaterra, Reino Unido: Cambridge University Press. (107).

Hultkranz, Åke. 1957. *The North American Indian Orpheus Tradition.* Serie de monografías del Statens Etnografiska Museum, 2. Estocolmo, Suecia.

Incháustegui, Carlos. 1977. *Relatos del mundo mágico mazateco.* México, D.F., México: Instituto Nacional de Antropología e Historia.

*Izaguirre, Carlos. 1943. «Adivinanzas, leyendas y tradiciones, y bombas». *Boletín de la Biblioteca y Archivos Nacionales,* año 3, número 6: 167–74. Tegucigalpa, Honduras. (9).

James, Montague Rhodes. 1953. *The Apocryphal New Testament.* Oxford.

*Jijena Sánchez, Rafael. 1946. *Los cuentos de Mamá Vieja.* Buenos Aires, Argentina: Versol. (103).

Keen, Benjamin. 1971. *The Aztec Image in Western Thought.* Nueva Brunswick, Nueva Jersey, EE.UU.: Rutgers University Press.

Kleymeyer, Carlos David. 1990. *¡Imashi! ¡Imashi! Adivinanzas poéticas de los campesinos indígenas de la sierra andina ecuatoriana / peruana.* Quito: Abya-Yala.

Kroeber, A. L. 1931. *The Seri.* Southwest Museum Papers, número 6. Los Ángeles, California, EE.UU.

Kutscher, Gerdt, Gordon Brotherson, y Günter Vollmer. 1987. *Aesop in Mexico.* Berlín, Alemania: Gebr. Mann.

*La Barre, Weston. 1950. «Aymara Folktales.» *International Journal of American Linguistics* 16: 40–5. (37).

Lara, Jesús. 1971. *Diccionario qhëshwa-castellano, castellano-qhëshwa.* La Paz, Bolivia: Amigos del Libro.

*Lara Figueroa, Celso A. 1981. *Las increíbles hazañas de Pedro Urdemalas en Guatemala.* Segunda edición. Ciudad Guatemala, Guatemala: Universidad de San Carlos, Centro de Estudios Folklóricos. (18/II).

*———. 1982. *Cuentos populares de Guatemala,* primera serie. Ciudad Guatemala, Guatemala: Universidad de San Carlos, Centro de Estudios Folklóricos. (42, 79).

*Laughlin, Robert M. 1971. «In the Beginning: A Tale from the Mazatec». *Alcheringa: Ethnopoetics,* número 2 (verano): 37–52. Nueva York, Nueva York, EE.UU. (55, 62, 71, 72, 73).

*———. 1977. *Of Cabbages and Kings: Tales from Zinacantán.* Smithsonian Contributions to Anthropology, número 23. Washington, D.C., EE.UU.: Smithsonian Institution Press. (65/II, 70, 105).

Laval, Ramón A. 1916. *Contribución al folklore de Carahue (Chile).* Madrid, España: Victoriano Suárez.

*———. 1920. *Contribución al folklore de Carahue (Chile), segunda parte: leyendas y cuentos populares.* Santiago, Chile: Imprenta Universitaria. (26, 84).

*———. 1968. *Cuentos populares chilenos.* Santiago, Chile: Editorial Nacimiento. Publicado por primera vez en 1910–25. (18/I, 18/III, 46, 99).

Lehmann, Walter. 1910. «Ergebnisse einer Forschungsreise in Mittelamerika und México, 1907–1909». *Zeitschrift für Ethnologie* 42: 687–749.

*———. 1928. «Ergebnisse einer mit Unterstützung der Notgemeinschaft der Deutschen Wissenschaft in der Jahren 1925–1926 ausgeführten Forschungsreise nach Mexiko und Guatemala». *Anthropos* 23: 749–91. (60, 61).

Lehmann-Nitsche, Robert. 1911. *Adivinanzas rioplatenses*. Folklore Argentino I. Buenos Aires, Argentina: Universidad de La Plata.

León Meléndez, Ofelia Columba de. 1985. *Folklore aplicado a la educación guatemalteca*. Ciudad Guatemala, Guatemala: Universidad de San Carlos, Centro de Estudios Folklóricos.

Lumhotlz, Carl. 1987. *Unknown Mexico: Explorations in the Sierra Madre and Other Regions, 1890–1898*. 2 volúmenes. Nueva York, Nueva York, EE.UU.: Dover. Publicado por primera vez en 1902.

Luna, Lisandro. 1957. «El pongo». *Tradición: Revista de Cultura*, números 19–20: 19–24.

*Lyra, Carmen (es decir, María Isabel Carvajal). 1936. *Los cuentos de mi tía Panchita*. San José, Costa Rica: Imprenta Española. Publicado por primera vez en 1920. (21).

*Mason, J. Alden. 1914. «Folk-Tales of the Tepecanos». Editado por Aurelio M. Espinosa. *Journal of American Folklore* 27: 148–210. (97).

———. 1916. «Porto-Rican Folk-Lore: Riddles». Editado por Aurelio M. Espinosa. *Journal of American Folklore* 29: 423–504.

———. 1922. «Porto-Rican Folk-Lore: Folk-Tales». Editado por Aurelio M. Espinosa. *Journal of American Folklore* 35: 1–61.

*———. 1924. «Porto-Rican Folk-Lore: Folk-Tales». Editado por Aurelio M. Espinosa. *Journal of American Folklore* 37: 247–344. (44, 94).

*———. 1925. «Porto-Rican Folk-Lore: Folk-Tales». Editado por Aurelio M. Espinosa. *Journal of American Folklore* 38: 507–618. (11).

———. 1926. «Porto-Rican Folk-Lore: Folk-Tales». Editado por Aurelio M. Espinosa. *Journal of American Folklore* 39: 227–369.

———. 1927. «Porto-Rican Folk-Lore: Folk-Tales». Editado por Aurelio M. Espinosa. *Journal of American Folklore* 40: 313–414.

———. 1929. «Porto-Rican Folk-Lore: Folk-Tales». Editado por Aurelio M. Espinosa. *Journal of American Folklore* 42: 85–156.

*Miller, Elaine K. 1973. *Mexican Folk Narrative from the Los Angeles Area*. Austin, Texas, EE.UU.: American Folklore Society / University of Texas Press. (10).

*Noguera, María de. 1952. *Cuentos viejos*. Tercera edición. San José, Costa Rica: Lehmann. (80).

*Olivares Figueroa, R. 1954. *Folklore venezolano*, volumen 2: prosas. Caracas, Venezuela: Ministerio de Educación. (53).

Ortega, Pompilio. 1949. «Que te compre quien no te conoce». *Boletín del Comité Nacional del Café*, página 697. Tegucigalpa, Honduras.

Otero, Gustavo Adolfo. 1951. *La piedra mágica: vida y costumbre de los indios callahuayas de Bolivia*. México, D.F., México: Instituto Indigenista Interamericano.

*Pachacuti Yamqui Salcamaygua (es decir, Juan de Santacruz). 1927. «Relación de antigüedades desde el reino del Perú». Tomado de *Historia de los incas y relación de su gobierno*, editado por Horacio H. Urteaga. Lima, Perú: Sanmartí. (92/IV).

*Paredes, Américo. 1970. *Folktales of Mexico*. Chicago, Illinois, EE.UU.: University of Chicago Press. (81).

*Paredes, M. Rigoberto. 1949. *El arte folklórico de Bolivia*. Segunda edición. La Paz, Bolivia (112).

Parsons, Elsie Clews. 1918. «Nativity Myth at Laguna and Zuñi». *Journal of American Folklore* 31: 256–63.

*———. 1932. «Zapoteca and Spanish Tales of Mitla, Oaxaca». *Journal of American Folklore* 45: 277–317. (56).

*———. 1936. *Mitla: Town of the Souls and Other Zapoteco-Speaking Pueblos of Oaxaca, Mexico*. Chicago, Illinois, EE.UU.: University of Chicago Press. (59).

———. *Peguche, Canton of Otavalo, Province of Imbabura, Ecuador: A Study of Andean Indians*. Chicago, Illinois, EE.UU.: University of Chicago Press.

*Pellizzaro, Siro. 1980. *Ayumpúm (Mitología shuar, volumen 5)*. Sucua, Ecuador: Mundo Shuar. (115).

*Peña Hernández, Enrique. 1968. *Folklore de Nicaragua*. Masaya, Nicaragua: Editorial Unión (Cardoza). (78).

Peñalosa, Fernando. 1996. *The Mayan Folktale: An Introduction*. Rancho Palos Verdes, California, EE.UU.: Yax Te' Press.

*Pérez, Soledad. 1951. «Mexican Folklore from Austin, Texas». Tomado de *The Healer of Los Olmos and Other Mexican Lore*, editado por Wilson M. Hudson (Texas Folklore Society, publicación número 24), páginas 71–127. Austin y Dallas, Texas, EE.UU.: Texas Folklore Society y Southern Methodist University Press. (85).

Perry, Ben Edwin. 1984. *Babrius and Phaedrus* (…) *Greek and Latin Fables in the Aesopic Tradition*. Cambridge, Massachusetts, EE.UU.: Harvard University Press.

Pinguentini, Gianni. 1955. *Fiabe, leggende, novelle, satire paesane, storielle, barzellette in dialetto triestino*. Trieste, Italia: E. Borsatti.

Pino Saavedra, Yolando. 1967. *Folktales of Chile*. Traducción de Rockwell Gray. Chicago, Illinois, EE.UU.: University of Chicago Press.

*Portal, María Ana. 1986. *Cuentos y mitos en una zona mazateca.* Colección Científica, Serie de Antropología Social. México, D.F., México: Instituto Nacional de Antropología e Historia. (15).

*Preuss, Konrad Theodor. 1921, 1923. *Religion und Mythologie der Uitoto.* 2 volúmenes. Göttingen, Alemania: Vandenhoek und Ruprecht. (109).

Preuss, Mary H. 2000. «The Cat-Witch». *Latin American Indian Literatures Journal* 16, número 2: 181–2.

Radin, Paul. 1917. *El folklore de Oaxaca.* Editado por Aurelio M. Espinosa. Nueva York, Nueva York, EE.UU.: Stechert.

*Rael, Juan B. 1977. *Cuentos españoles de Colorado y Nuevo México.* Segunda edición. Dos volúmenes. Santa Fe, México, EE.UU.: Museum of New Mexico Press. (13, 24, 33, 93).

Ramírez, Arnulfo G., José Antonio Flores, y Leopoldo Valiñas. 1992. *Se tosaasaanil, se tosaasaanil: adivinanzas nahuas de ayer y hoy.* Tlalpan, México: Instituto Nacional Indigenista / Centro de Investigaciones y Estudios Superiores en Antropología Social.

*Ramírez de Arellano, Rafael. 1926. *Folklore portorriqueño.* Madrid, España: Ávila. (16, 43, 48, 74, 83).

*Recinos, Adrián. 1918a. «Cuentos populares de Guatemala». *Journal of American Folklore* 31: 472–87. (29, 40, 89).

———. 1918b. «Adivinanzas recogidas en Guatemala». *Journal of American Folklore* 31: 544–9.

*Redfield, Robert. 1945. «Notes on San Antonio Palopo». Microfilm Collection of Manuscripts on Cultural Anthropology, número 4. Biblioteca Joseph Regenstein de la Universidad de Chicago, Chicago, Illinois, EE.UU. (68, 96).

Redfield, Robert, y Alfonso Villa Rojas. 1934. *Chan Kom: A Maya Village.* Washington, D.C., EE.UU.: Carnegie Institution of Washington.

*Reichel-Dolmatoff, Gerardo. 1951. *Los kogi.* Volumen 2. Bogotá, Colombia: Iquiema. (108).

———. 1978. «The Loom of Life». *Journal of Latin American Lore* 4: 5–27.

*Reichel-Dolmatoff, Gerardo, y Alicia Reichel-Dolmatoff. 1956. *La literatura oral de una aldea colombiana.* Divulgaciones etnológicas, volumen 5. Barranquilla, Colombia: Universidad del Atlántico, Instituto de Investigación Etnológica. (17, 20, 30, 32, 54).

———. 1961. *The People of Aritama: The Cultural Personality of a Colombian Mestizo Village.* Chicago, Illinois, EE.UU.: University of Chicago Press.

«Relación de la religión y ritos del Perú hecha por los primeros religiosos agustinos que allí pasaron para la conversión de los naturales». 1986. Tomado de la *Colección de documentos inéditos, relativos del descubrimiento, conquista y colonización de las posesiones españolas en América y Oceanía,* volumen 3, páginas 5–58. Madrid, España.

*Riera-Pinilla, Mario. 1956. *Cuentos folklóricos de Panamá.* Ciudad Panamá, Panamá: Ministerio de Educación, Departamento de Bellas Artes. (41, 76).

Robe, Stanley L. 1970. *Mexican Tales and Legends from Los Altos.* Berkeley, California, EE.UU.: University of California Press.

———. 1972. *Amapa Storytellers.* Berkeley, California, EE.UU.: University of California Press.

———. 1973. *Index of Mexican Folktales.* Berkeley, California, EE.UU.: University of California Press.

Roys, Ralph L. 1967. *The Book of Chilam Balam of Chumayel.* Norman, Oklahoma, EE.UU.: University of Oklahoma Press. Publicado por primera vez en 1933.

*Sahagún, Bernardino de. 1979. *Códice florentino.* 3 volúmenes. México, D.F., México: Secretaría de Gobernación. Facsímile del manuscrito 218–200, Colección Palatina, Biblioteca Laurenciana, Florencia, Italia. (1/III, 1/V).

———. 1982. *Florentine Codex: General History of the Things of New Spain.* Editado por Arthur J. O. Anderson, y Charles E. Dibble. Primera parte: introducciones e índices. Santa Fe, Nuevo México, EE.UU.: School of American Research y la Universidad de Utah.

Salomon, Frank, y George L. Urioste. 1991. *The Huarochirí Manuscript: A Testament of Ancient and Colonial Andean Religion.* Austin, Texas, EE.UU.: University of Texas Press.

Sandstrom, Alan R. 1991. *Corn Is Our Blood: Culture and Ethnic Identity in a Contemporary Aztec Indian Village.* Norman, Oklahoma, EE.UU.: University of Oklahoma Press.

*Sarmiento de Gamboa, Pedro. 1965. «Historia de los incas» (Historia índica). Tomado de la *Biblioteca de autores españoles,* editada por Carmelo Sáenz de Santa María. Volumen 4. Madrid, España: Atlas. (2/I, 2/V).

*Saunière, Sperata R. de. 1975. *Cuentos populares araucanos y chilenos.* Santiago, Chile: Editorial Nascimento. Publicado por primera vez en *Revista de Historia y Geografía,* números 21–32 (1916–18). (5, 34, 51).

*Schultze Jena, Leonhard. 1935. *Indiana,* volumen 2: *Mythen in der Muttersprache der Pipil von Izalco in El Salvador.* Jena, Alemania: Gustav Fischer. (98).

Scott, Charles T. 1963. «New Evidence of American Indian Riddles». *Journal of American Folklore* 76:236–44.

Shulman, David Dean. 1985. *The King and the Clown in South Indian Myth and Poetry.* Princeton, Nueva Jersey, EE.UU.: Princeton University Press.

Siegel, Morris. 1943. «The Creation Myth and Acculturation in Acatán, Guatemala». *Journal of American Folklore* 56: 120–6.

*Sojo, Juan Pablo. 1953–54. «Cuentos folklóricos venezolanos», *Archivos venezolanos de folklore,* año 2–3, tomo 2, número 3: 175–89. (12).

Stevens-Arroyo, Antonio M. 1988. *Cave of the Jaguar: The Mythological World of the Taínos.* Albuquerque, Nuevo México, EE.UU.: University of New Mexico Press.

Taggart, James M. 1983. *Nahuat Myth and Social Structure.* Austin, Texas, EE.UU.: University of Texas Press. (65/I).

———. 1990. *Enchanted Maidens: Gender Relations in Spanish Folktales of Courtship and Marriage.* Princeton, Nueva Jersey, EE.UU.: Princeton University Press.

———. 1997. *The Bear and His Sons: Masculinity in Spanish and Mexican Folktales.* Austin, Texas, EE.UU.: University of Texas Press.

*Tax, Sol. 1949. «Folk Tales in Chichicastenango: An Unsolved Puzzle». *Journal of American Folklore* 62: 125–35. (64).

Tayler, Donald. 1997. *The Coming of the Sun: A Prologue to Ika Sacred Narrative.* Monografía número 7. Oxford, Inglaterra, Reino Unido: Pitt Rivers Museum, Oxford University.

Tedlock, Dennis. 1996. *Popol Vuh: The Mayan Book of the Dawn of Life.* Edición revisada. Nueva York, Nueva York, EE.UU.: Simon and Schuster / Touchstone.

*Tezozomoc, Hernando Alvarado. 1975. *Crónica mexicana.* Editado por Manuel Orozco y Berra. México, D.F., México: Editorial Porrúa. Reimpresión de la edición de 1878. (1/I, 1/II. 1/IV).

*Thompson, J. Eric S. 1930. *Ethnology of the Mayas of Southern and Central British Honduras.* Anthropological Series, volumen 17, número 2. Chicago, Illinois, EE.UU.: Field Museum of Natural History. (39, 69, 100).

Thompson, Stith. 1946. *The Folktale.* Nueva York, Nueva York, EE.UU.: Holt, Rinehart and Winston.

———. 1955–58. *Motif-Index of Folk Literature.* 6 volúmenes. Bloomington, Indiana, EE.UU.: University of Indiana Press.

Torquemada, Juan de. 1975. *Monarquía indiana.* 3 volúmenes. México, D.F., México: Editorial Porrúa.

*Trimborn, Hermann, y Antje Kelm, editores. 1967. *Francisco de Ávila*, (Ávila, Francisco de, «Tratado y relación de los errores, falsos dioses, y otras supersticiones... de Huarochirí...») Berlín, Alemania: Mann. (2/II, 2/III).

Urioste, George L. 1983. *Hijos de la Pariya Qaqa: la tradición oral de Waru Chiri*. 2 volúmenes. Siracusa, Nueva York, EE.UU.: Syracuse University, Maxwell School of Citizenship and Public Affairs.

Urton, Gary. 1999. *Inca Myths*. Austin, Texas, EE.UU.: University of Texas Press.

Vázquez de Acuña G., Isidoro. 1956. *Costumbres religiosas de Chiloé y su raigambre hispana*. Santiago, Chile: Universidad de Chile, Centro de Estudios Antropológicos.

Weigle, Marta. *Véase* Brown y col.

*Wheeler, Howard T. 1943. *Tales from Jalisco, Mexico*. Filadelfia, Pennsilvania, EE.UU.: American Folklore Society. (27, 35, 75, 77).

Wilbert, Johannes, editor. 1977. *Folk Literature of the Yamana Indians: Martin Gusinde's Collection of Yamana Narratives*. Berkeley, California, EE.UU.: University of California Press.

Wilbert, Johannes, y Karin Simoneau. 1992. *Folk Literature of South American Indians: General Index*. Los Ángeles, California, EE.UU.: UCLA Latin American Center.

Williams García, Roberto. 1972. *Mitos tepehuas*. México, D.F., México: SepSetentas / Secretaría de Educación Pública.

Ziehm, Elsa, editora. 1968. *Nahua-Texte aus San Pedro Jícora in Durango*, volumen I: *Mythen und Sagen*. Berlín, Alemania: Gebr. Mann.

Zingg, Robert M. 1977. *The Huichols: Primitive Artists*. Millwood, Nueva York, EE.UU.: Reimpresión Kraus.

▼▲▼▲▼▲▼▲▼▲▼▲▼▲▼

PERMISOS Y MENCIONES

Se hace mención de los permisos otorgados para reimprimir, adaptar o traducir el siguiente material. Para más información, véase la bibliografía y las notas.

«Como si tuviera alas», «El ciego y la cruz», «El grillo, el topo y el ratón», «En el principio» y «Un sueño profético» fueron tomados de «In the Beginning: A Tale from the Mazatec», el cual fue publicado en *Alcheringa*, número 2 (1971). Reimpresos en este tomo con el permiso de Robert M. Laughlin.

«Predicar la Santa Palabra» fue publicado en *Cantares Mexicanos: Songs of the Aztecs* (1985), y editado por John Bierhorst. Reimpreso en este tomo con el permiso de la editorial Stanford University Press.

«Enterrado en vida» fue publicado en *Mexican Folk Narrative from the Los Angeles Area: Introduction, Notes, and Classification*. Derechos de autor © 1973 por Elaine K. Miller. Reimpreso en este tomo con el permiso de la editorial University of Texas Press.

«El Niño Jesús como engañabobos» y «La lila blanca» fueron tomados y traducidos de *Dioses y diablos: tradición oral de Cañar, Ecuador* (*Amerindia: Revue d'ethnolinguistique amérindienne,* Paris, numéro spécial I, 1981) por Rosaleen Howard-Malverde. Reimpresos en este tomo con el permiso de la Association d'Ethnolinguistique Amérindienne.

«La vaquita», «El conde y la reina», «El ratón y el mayate» y «El marranito» fueron publicados en *Cuentos españoles de Colorado y Nuevo México* (segunda edición), por Juan Rael. Reimpresos en este tomo con el permiso de la editorial Museum of New Mexico Press.

«El jornalero va a trabajar» fue publicado en *Otomí Parables, Folktales, and Jokes* (International Journal of American Linguistics, Native American Texts Series, volumen I, número 2) por H. Russell Bernard y Jesús Salinas Pedraza. Reimpreso en este tomo con el permiso de la editorial University of Chicago Press. Derechos de autor © 1976 por The University of Chicago.

«La lililón» fue tomado de *Folktales of Mexico*, y editado por Américo Paredes (Folktales of the World Series; editor ejecutivo: Richard M. Dorson). Reimpreso en este tomo con el permiso de la editorial University of Chicago Press. Derechos de autor © 1970 por The University of Chicago.

«Lo que dijo el búho» fue tomado de *Cuentos y mitos en una zona mazateca* por María Ana Portal. Reimpreso en este tomo con el permiso del Instituto Nacional de Antropología e Historia, México, D.F.

«Los puercos del rey» fue tomado de *Las increíbles hazañas de Pedro Urdemalas* por Celso A. Lara Figueroa. Reimpreso en este tomo con el permiso del Centro de Estudios Folklóricos, Universidad de San Carlos de Guatemala.

«Moctezuma» fue tomado de *Mitos y leyendas de los aztecas* (EDAF 1985), editado por John Bierhorst, y traducido por Rafael Lassaletta. Reimpreso en este tomo con el permiso de EDAF, Ediciones-Distribuciones, S.A., Madrid, España.

«La luna, la luna, Santa Rosa…» (adivinanza en cadena) fue tomado de *Mexico South: The Isthmus of Tehuantepec*, por Miguel Covarrubias. Derechos de autor © 1946 por Alfred A. Knopf, Inc. Traducido con el permiso de la editorial Alfred A. Knopf, una división de Random House, Inc.

«La cosa más rara» y «Los tres sueños» fueron tomados de *Cuentos populares de Guatemala*, primera serie, por A. Celso Lara Figueroa. Reimpreso en este tomo con el permiso del Centro de Estudios Folklóricos, Universidad de San Carlos de Guatemala.

John Bierhorst es el autor de dos libros sobre el folklore latino-americano, *The Mythology of South America* y *The Mythology of Mexico and Central America*. Además es especialista en los idiomas y las literaturas aztecas, el traductor de *Cantares mexicanos* y autor de un diccionario náhuatl-inglés. Actualmente es uno de los editores de *The Norton Anthology of World Literature*, y ha recibido subsidios y becas de la Americas Society, el National Endowment for the Humanities y el National Endowment for the Arts.

José Lucas Badué, un cubanoamericano residente en Nueva York, siempre ha tenido gran pasión por la palabra escrita y los conocimientos, lo cual lo ha llevado a desempeñar carreras bibliotecarias, pedagógicas y editoriales. Es graduado de Georgetown University, y recibió su Maestría en Educación de Columbia University, donde también obtuvo el Doctorado en Historia. Actualmente se dedica a la traducción literaria.